Le Châle de cachemire

ROSIE THOMAS

Le Châle de cachemire

ROMAN

Traduit de l'anglais
par Marie-Axelle de La Rochefoucauld

CHARLESTON

Titre original : *The Kashmir Shawl*
Un roman publié initialement en langue anglaise par HarperCollins Publishers Ltd.

Édition française publiée par :

17, rue du Regard
75006 Paris - France
contact@editionscharleston.fr
www.editionscharleston.fr

ISBN : 978-2-36812-003-3
Dépôt légal : avril 2013

Traduction : Marie-Axelle de La Rochefoucauld
Maquette : Patrick Leleux PAO

Pour suivre notre actualité, rejoignez-nous sur la page Facebook et sur twitter @ LillyCharleston.

À mon père

Plus doux les moutons des hauts pâturages,
Mais plus gras ceux des vallées ;
Nous jugeâmes donc plus sage,
D'enlever ces derniers.

(Thomas Love Peacock, *Les Malheurs d'Elphin*)

CHAPITRE UN

Mair le découvrit lors de son dernier jour dans la vieille maison.

Ils étaient tous les trois à l'étage, dans la chambre de leur père. Ils s'étaient réunis pour la triste tâche du tri et du rangement des meubles et affaires de leurs parents, avant de fermer la maison pour la dernière fois et remettre les clés à l'agent immobilier. Mai touchait à sa fin et les agneaux avaient été emmenés au marché. Sur la colline, les moutons bêlaient en continu, poussant des cris déconcertés, puissants et sauvages, qui se mêlaient à l'odeur de l'herbe printanière.

Mair avait fait du thé et posé la théière sur un plateau pour la monter à sa sœur Eirlys. Leur frère Dylan la suivait, baissant la tête comme il était obligé de le faire depuis l'âge de treize ans, pour éviter de se cogner à la poutre en haut de l'escalier.

Eirlys déployait comme toujours une énergie prodigieuse. Le sol de la chambre était soigneusement quadrillé de piles de couvertures et d'oreillers, de tours de cartons étiquetés, de grands sacs-poubelle noirs. Elle se tenait au pied du lit et, les sourcils froncés, gribouillait des modifications sur l'une des listes de son bloc-notes, appuyée contre le montant. Il ne lui manquait plus qu'une blouse blanche et une escorte d'internes pour donner l'air d'être en train de faire ses visites.

« Formidable », murmura-t-elle en apercevant le thé. « Ne le pose pas là », ajouta-t-elle.

Dylan se servit une tasse et alla s'adosser au rebord de la fenêtre. Il cachait la lumière et Eirlys lui jeta un regard contrarié. « Bois ton thé, dit-il avec douceur. Soyons fous, prends donc aussi un biscuit. »

Mair s'assit sur le lit. La vieille couverture chauffante rose était toujours étendue d'un coin à l'autre et elle repensa aux dernières semaines de son père, quand elle était revenue dans son ancienne maison, au fond de la vallée, pour s'occuper de lui de son mieux et pour lui tenir compagnie. Ils avaient eu de longues conversations décousues à propos du passé et des gens qu'il avait connus autrefois.

« T'ai-je déjà parlé de Billy Jones, le commissaire-priseur ?

— Je ne crois pas.

— Il bégayait.

— Comment se débrouillait-il alors ? »

Son père l'avait regardée par-dessus ses lunettes. « Nous n'étions pas aussi pressés, tu sais, à l'époque. »

Dans cette chambre basse de plafond, le vieil homme semblait tout proche, et en même temps complètement absent.

Eirlys montrait quelles affaires devaient être portées à des associations caritatives et de quelles choses les personnes chargées de vider la maison pouvaient se débarrasser. Un doute subsistait pour les draps en lin qui étaient rangés dans la même armoire depuis toujours et étaient mystérieusement réservés aux « grandes occasions », sans doute d'après un décret ancestral de leur mère. Mais après avoir déplié le drap du dessus, les sœurs virent qu'il était tellement usé au milieu que la lumière passait à travers. Eirlys fit une moue désapprobatrice et le relégua sans plus attendre, avec le drap assorti, dans un de ses sacs-poubelle classés en différentes catégories.

Les rayons du soleil perçaient la fenêtre, bordant le pull-over de Dylan d'un ourlet doré.

Mair sentit qu'elle ne pouvait plus rester assise là et laisser la vague de leurs souvenirs les engloutir. Elle se leva d'un bond et se dirigea vers la commode arrondie qui faisait face au pied du lit. Leur mère en avait hérité de sa propre mère – elle se souvenait l'avoir entendu. Les vêtements de Gwen Ellis y avaient été rangés après sa mort et y étaient restés jusqu'à ce que, finalement, son mari et sa fille aînée se soient suffisamment remis pour accepter de les donner.

Les deux petits tiroirs du haut étaient vides. Eirlys en avait même retiré le revêtement. Il y a peu, celui du milieu contenait encore les vestes, les pantalons et les chemises de leur père. Comme il était très affaibli, Mair l'aidait à s'habiller le matin. Dans le vain espoir de lui réchauffer les os, elle tenait ses sous-vêtements devant le radiateur électrique avant de les lui passer. Beaucoup d'entre eux gisaient à présent sur le sol.

« Il faudra que nous mettions toutes ses affaires dans le sac des choses à recycler. » Eirlys hocha la tête. « On ne peut rien en faire d'autre. »

Mair ouvrit le tiroir du bas. Elle y vit quelques taies d'oreiller jaunies, ainsi que la nappe à l'élégant motif central que ses parents sortaient une fois l'an, sans exception, pour l'étendre sur la table lors du dîner de Noël. Le tissu blanc était taché de rouille par endroits. En tâtonnant sous la nappe, ses doigts sentirent du papier de soie. Elle la souleva pour inspecter ce qu'elle recouvrait.

Le papier de soie était très vieux et ramolli.

En le déballant, elle fut d'abord éblouie par la beauté des couleurs. Un mélange de bleus argentés et de verts, la distillation de l'eau d'un lac et de ciels de printemps, avec des éclats de lavande et de vermillon, comme des fleurs piégées dans les profondeurs. Elle regarda de plus près et vit la subtilité du dessin tissé ; de somptueux motifs en forme de larmes, aux courbes parfaites, des frondes de fougère, des tiges ramifiées et de minuscules fleurs à cinq pétales. Le seul bruit audible était celui de la détresse des moutons tandis que Mair dépliait les épaisseurs de douce laine. Le châle était si léger qu'il semblait flotter dans l'air.

Il était magnifique et elle ne l'avait encore jamais vu.

Une enveloppe avait glissé du châle. Elle était vieille et marron, ordinaire, pliée en deux, et la colle du rabat avait depuis longtemps séché. Mair l'ouvrit délicatement. Elle contenait une mèche de cheveux. La boucle était fine et soyeuse, brun foncé, avec quelques reflets cuivrés. Elle la pinça entre ses doigts.

« C'est le châle de Grand-maman Watkins, déclara Eirlys avec son autorité habituelle.

— Il est superbe », murmura Mair.

Eirlys était la seule des trois à avoir connu leur grand-mère maternelle, mais elle n'en gardait aucun souvenir non plus car elle était morte alors qu'Eirlys n'était qu'un bébé. Tout ce qu'ils savaient c'est que son mari, beaucoup plus âgé qu'elle, avait été envoyé en mission en Inde et qu'elle était partie avec lui. Le couple était finalement rentré au pays de Galles et avait eu son unique enfant quand Nerys avait déjà plus de quarante ans. Cette fille, Gwen, avait épousé un voisin de la même vallée, le beau Huw Ellis, à seulement dix-neuf ans. Elle avait toujours dit à ses trois enfants qu'elle ne voulait pas qu'ils grandissent avec de vieux parents, comme elle en avait fait l'expérience.

« Ce sont les cheveux de qui, à ton avis ? demanda Mair.

— Je n'en ai aucune idée », répondit Eirlys.

Mair se mit à réfléchir. Grand-maman Watkins n'aurait pas gardé ses cheveux à elle, n'est-ce pas ? Étaient-ce ceux de son mari alors ou, plus vraisemblablement, ceux de son enfant ?

Non. Ce n'étaient pas les cheveux d'un homme, et ce n'étaient pas non plus ceux de Gwen, elle en était certaine : les siens avaient une couleur très différente, bien plus claire.

Ceux de qui, alors ?

Cette question l'intriguait, mais semblait ne pas avoir de réponse.

Elle serra le châle contre sa joue. Le tissu était si fin qu'elle pouvait l'enfermer dans ses deux poings. Pour la première fois, elle respira sa légère odeur d'épices.

« Il nous reste encore beaucoup à faire », déclara Eirlys en finissant son thé.

Mair remit consciencieusement la mèche de cheveux dans son enveloppe.

Plus tard, après avoir trié la majorité des affaires et les avoir mises dans des cartons, ils se réunirent tous trois dans la cuisine. La porte de derrière était ouverte et des moucherons s'y engouffraient, portés par la brise. Le bruit des moutons devenait de plus en plus fort et plaintif tandis que la nuit tombait. Dylan avait ouvert une bouteille de vin, et Mair préparait un dîner pique-nique avec du jambon et des pommes de terre au four qu'elle avait mises au micro-ondes. Dylan l'avait acheté pour leur père quelques années plus tôt et Huw s'en était souvent servi pour réchauffer des plats individuels achetés au supermarché, disant qu'ils étaient très savoureux. Eirlys désapprouvait, soulignant que les plats tout prêts contenaient énormément de sel et de matières grasses. L'appareil sonna et Mair en sortit les pommes de terre. Elle imaginait son père faisant un clin d'œil et disant tout bas *hé-hé-hé-hé.*

Sans crier gare, ses yeux se remplirent de larmes menaçantes.

Ils savaient tous que c'était la dernière soirée qu'ils passeraient ensemble dans la vieille cuisine. Mair était déterminée à ne pas rendre la chose plus douloureuse en y ajoutant des pleurs. Elle se força à sourire, d'abord à Dylan qui était assis les mains dans les poches de son jean, puis à Eirlys, avec ses cheveux derrière ses oreilles et ses yeux brillants derrière ses lunettes.

« Vous voulez qu'on dîne dans l'autre pièce ? » demanda Mair.

La table y était d'une meilleure taille, pour trois personnes, que le comptoir au coin de la cuisine où le souvenir de leur père, assis tout seul avec son thé et son journal, était encore vif.

Le fait d'emporter les plats et de chercher les derniers couverts non empaquetés leur permit de ne pas être submergés par l'émotion. Dylan trouva des restes de bougies qu'Eirlys plaça dans une soucoupe. La lueur rendit à la pièce nue son air accueillant, faisant oublier, sur les murs, les traces poussiéreuses des tableaux décrochés.

« On devrait parler des belles choses », dit Eirlys tandis qu'ils s'asseyaient autour de la table.

Pendant un instant, Mair pensa qu'elle parlait des bons moments qu'ils avaient passés en famille, et elle en fut surprise car ce n'était pas son genre. Puis elle comprit que sa sœur faisait référence à l'argenterie et aux deux ou trois beaux meubles, seuls objets à avoir de la valeur dans la maison. Depuis la lecture du testament, ils savaient que l'argent de la vente de la maison devait être partagé équitablement entre eux. Ils n'avaient pas vraiment parlé des plus petites choses.

Il y avait l'horloge du grand-père, dont le devant était peint et représentait le soleil et la lune et dont le tic-tac bruyant avait rythmé les après-midi de son enfance. Huw en avait parlé une fois, dans ses dernières semaines, en l'appelant l'« horloge de Dylan ». Mair l'avait ignoré délibérément car elle ne voulait pas admettre ce à quoi il faisait allusion.

« Tu prendras l'horloge, Dylan, dit Eirlys. Mair ? »

Les deux autres étaient mariés et possédaient chacun une maison avec hall, alcôves et multiples étagères. Mair ne l'était pas, et elle vivait heureuse dans un deux-pièces qu'elle louait. Elle n'avait pas besoin, ni même envie, de la commode ancienne de sa mère ou de la théière en argent. Ils seraient mieux lotis chez Eirlys. Elle posa sa fourchette et son couteau et se racla la gorge.

« J'aimerais avoir le châle de Grand-maman, dit-elle. Vous n'y voyez pas d'inconvénient ?

— Aucun, répondit Eirlys. Si tu es d'accord, Dylan ? »

Il regarda Mair. Ces derniers temps, les rides au coin de ses yeux s'étaient creusées. Eirlys et lui étaient tous deux myopes, et Dylan avait tendance à s'esquinter les yeux quand il se concentrait.

La conscience de l'amour qu'elle éprouvait envers son frère l'enveloppa comme une douce couverture. Toute sa vie, il avait été son allié, alors qu'Eirlys et elle se chamaillaient sans cesse étant enfants, en grande partie parce qu'elles étaient chacune l'incarnation de l'opposé de l'autre. Mais bien sûr, à présent, elles étaient en bons termes. La perte de leur père adoré les avait rapprochées, les rendant même attentionnées l'une pour l'autre.

« Tu sais d'où il vient ? lui demanda Dylan.

— Non, répondit-elle, mais je pourrais peut-être essayer de le découvrir. »

L'idée ne lui vint à l'esprit qu'au moment où elle l'exprima. Elle était surprise de voir à quel point ce mystérieux châle excitait sa curiosité.

Cette nuit-là, Mair et Eirlys allèrent se coucher pour la dernière fois dans la chambre qu'elles partageaient enfants. Mair sentait bien que sa sœur ne dormait pas même si, contrairement à elle, elle ne se tournait pas dans tous les sens dans ses draps humides. Au bout d'un moment, elle chuchota : « Eirlys, tu n'arrives pas à dormir ?

— Non.

— À quoi tu penses ?

— À la même chose que toi, sans doute. Une fois que tes deux parents sont morts, ça y est, tu n'as plus d'excuse. Tu dois être responsable parce qu'il n'y a plus personne pour te protéger. Tu vois ce que je veux dire ? »

Un sentiment de compassion inonda le cœur de Mair. Sa sœur avait toujours agi de façon responsable. Elle avait reçu plusieurs prix au cours de ses études de médecine, elle venait d'être nommée à un poste de spécialiste dans son hôpital à Birmingham et, malgré tout cela, elle avait trouvé le temps de se marier et d'avoir deux petits garçons. Toute sa vie, elle avait étudié et s'était occupée des autres, et à présent elle voyait la disparition de leurs parents comme un poids supplémentaire sur ses épaules.

Depuis que je parle et que je marche, pensait Mair, je me suis écartée du chemin emprunté par mon frère et ma sœur. Au lieu de suivre leurs pas dans une bonne université, elle avait quitté la maison et le pays de Galles à l'âge de dix-sept ans, réalisant une promesse de longue date, à mi-chemin entre une plaisanterie familiale et une menace d'adolescente rebelle : partir rejoindre un cirque. Et au Cirque Floyd, elle avait rencontré Harriet Hayes, ou Hattie le Clown. Ensemble, elles avaient élaboré un petit numéro de trapézistes. Leurs soirées au cirque étaient maintenant loin derrière elles, mais elles étaient restées très amies depuis. Entre-temps, Mair avait aussi été gérante d'une boutique de robes, chanteuse dans un groupe, réceptionniste, responsable RP, assistante dans une crèche, libraire, et autres incarnations sur le marché du travail, avec plus ou moins de succès, mais une certaine satisfaction en général.

Non, même Hattie ne me qualifierait pas de responsable, admettait-elle. Et Hattie était bien plus frivole qu'Eirlys.

Le cœur de Mair se mit à battre violemment contre ses côtes et une forte lumière blanche brilla derrière ses yeux. Son corps lui parut soudain léger comme une plume, et elle se rendit compte que ce qu'elle éprouvait était un sentiment de *liberté*. Elle voulait garder cette joie et, en même temps, elle mourait d'envie de la partager avec sa sœur. Elle tendit la main et toucha le châle, qu'elle avait posé sur la chaise à côté de son lit. « Oui, je vois très bien ce que tu veux dire, dit-elle. Eirlys, j'ai réfléchi à une chose. Je vais peut-être voyager. Tu sais, maintenant que Papa est parti et, comme tu dis, il ne reste plus que nous. Je pensais aller en Inde – peut-être voir ce que je peux découvrir sur Grand-maman et son châle. Je percerais certains mystères de l'histoire de la famille. Et si tu venais avec moi ? On pourrait passer du temps ensemble. On ne l'a pas beaucoup fait ces dernières années. »

Eirlys hésita à peine une seconde avant de répondre : « C'est impossible. Il y a l'hôpital. C'est difficile pour toute l'équipe, avec les récentes réductions de personnel. Et qui s'occuperait de Graeme et des garçons ? Mais toi tu devrais y aller, si c'est vraiment ce dont tu as envie. J'ai vu la façon dont tu regardais le châle. »

Mair savait que cela ne servait à rien d'essayer de faire changer sa sœur d'avis. Eirlys était assez ferme pour deux. « Je pense vraiment que ça pourrait être intéressant », dit-elle.

Elle n'essaya pas d'exprimer le sentiment d'errance qui la tracassait depuis la mort de leur père. Eirlys et Dylan étaient tous deux rangés, stables, ce qui était loin d'être son cas. La découverte de certains aspects de l'histoire de la famille l'aiderait peut-être à retrouver sa place.

« Tu risques de ne rien découvrir du tout. L'Inde est un immense pays. Mais tu mérites une pause et un nouvel horizon. Le chagrin peut prendre toutes sortes de formes différentes, tu sais. Et c'est toi qui t'es le plus sacrifiée pour t'occuper de Papa. Dylan et moi sommes vraiment reconnaissants de ce que tu as fait, en abandonnant ton travail et tout. »

Mair battait fortement des paupières dans l'obscurité, mais de chaudes larmes s'échappaient tout de même du coin de ses yeux. Après l'enterrement, Eirlys avait fait remarquer que le bébé de la famille était si occupée à faire sa marginale que ça ne lui laissait pas beaucoup de temps pour se dédier à quoi que ce soit d'autre. Mair en avait été blessée, mais à présent elle se disait que le chagrin prenait en effet de nombreuses formes. Celui d'Eirlys la rendait plus acerbe que d'habitude. Cette prise de conscience rendait la gentillesse de sa sœur encore plus touchante et précieuse. Elle murmura : « C'était un privilège. Je suis contente d'avoir pu me libérer pour le faire.

— Prends un peu de temps pour toi, pars donc en voyage en Inde. Si tu as besoin d'un prétexte et que le châle t'en donne un, tant mieux, conclut Eirlys. On peut dormir maintenant ? »

Dehors, le bêlement des moutons s'était enfin apaisé. Mair savait pourquoi. Une fois la nuit tombée, les brebis comprenaient que leurs agneaux perdus ne leur reviendraient plus. Un cri de désespoir s'élevait encore parfois vers les étoiles, mais l'essentiel du troupeau était à présent silencieux.

*
* *

Mair se réveilla. Allongée dans son lit étroit, elle essayait de se rappeler où elle était. Elle avait rêvé d'un chien qui aboyait et d'autres animaux qui s'agitaient en guise de réponse, un frisson d'inquiétude les parcourant avant que les meneurs ne s'éloignent, courant à travers le pâturage. Puis, soudain, elle avait vu la lumière du jour inonder le coteau de couleur et les animaux en mouvement couler sur l'herbe comme des motifs cachemire gris sur fond vert. Un chien de berger les poussait vers un enclos en pierre dont un fermier maintenait la barrière ouverte.

Comme tout se mélange dans les rêves, un lieu qui lui était cher et familier avait fusionné avec un autre qu'elle n'avait encore jamais visité. Il faisait froid dans la chambre et elle grelottait. Tandis qu'elle remontait les couvertures jusqu'à ses épaules pour se réchauffer, le premier appel du muezzin éclata derrière les volets.

Un frisson lui parcourut la nuque. Cette fois ce n'était plus le froid mais l'excitation.

Tout lui revint en mémoire.

Elle ouvrit de grands yeux, frappée par l'angoisse en ce matin grisâtre. Sa chambre d'hôtel était exiguë et généreusement parsemée de toutes ses affaires. La nuit dernière, une coupure de courant l'avait obligée à trouver un pyjama et des chaussettes à l'aveuglette et ses sacs étaient à présent sens dessus dessous. Mais le châle était bien à l'abri, soigneusement plié sur le dossier de l'unique chaise de la pièce. La lumière était encore trop faible pour révéler ses couleurs dans toute leur splendeur, mais elles étaient clairement imprimées dans l'esprit de Mair.

Elle poussa les couvertures et se redressa. Il était bien trop tôt pour se lever, mais elle savait qu'elle n'arriverait pas à se rendormir.

Elle avait décidé de s'accorder toute une journée pour s'acclimater. Alors, après un petit déjeuner solitaire dans la salle à manger froide et déserte de l'hôtel, elle se prépara à partir en reconnaissance, un peu nerveuse. Elle prit son sac à bandoulière et y nicha la carte approximative de la ville que lui avait dessinée le gentil réceptionniste ladakhi, une bouteille d'eau minérale, du gel antibactérien et une pomme soigneusement lavée. Elle était si incertaine de ce qui l'attendait qu'elle en avait le souffle court et des palpitations sous le diaphragme, à peine liées aux effets de l'altitude.

Mair n'avait encore jamais été en Inde, elle ne connaissait ni les plages de Goa, ni les paysages de Jaipur, alors un village isolé dans l'Himalaya… Malgré sa fierté de femme indépendante, elle n'avait pas non plus l'habitude de voyager seule. Quand elle avait les moyens de partir en vacances, elle se retrouvait en général en Espagne ou dans les îles grecques, avec un nouveau petit ami ou un qu'elle avait l'intention de quitter, ou bien avec un groupe d'amis dont Hattie, presque toujours. Comme à l'accoutumée,

Eirlys avait raison quand elle avait fait remarquer que Mair rompait rarement avec son absence de routine très étudiée.

Mair sourit à nouveau en fermant à clé sa chambre d'hôtel. Elle était libre à présent. Des jours et des semaines de temps officiellement non alloué s'étendaient devant elle. Grâce à la vente de l'ancienne maison au pays de Galles, elle avait un peu d'argent, et du temps à consacrer à l'étrange projet qui s'était emparé de son imagination et n'avait pas quitté ses pensées depuis des mois, sans qu'elle comprenne vraiment pourquoi. Elle n'avait pas beaucoup parlé de cette entreprise, pas même à Hattie, car il lui aurait été trop difficile d'expliquer son obsession.

Quoi qu'il en soit, le projet le moins précis du monde l'avait amenée jusqu'ici, à Leh. Elle n'avait pris qu'un aller et n'avait donc pas même une date de retour en tête pour se rassurer et cadrer l'étendue de son voyage.

Elle descendit le chemin bétonné qui partait de l'hôtel et passa devant des plates-bandes de zinnias, de cosmos et de soucis aux couleurs éclatantes avant de rejoindre la rue. Sur son chemin en direction du centre-ville, elle contemplait tout ce qui l'entourait, fascinée. C'était la fin septembre et elle voyait que la courte saison touristique de Leh touchait à sa fin. Déjà, beaucoup des magasins d'artisanat et des agences de voyages qui longeaient la route avaient baissé et cadenassé leurs stores métalliques en prévision de l'hiver, et les cafés Internet où s'arrêtaient routards et randonneurs étaient presque déserts. Sur les hauts sommets entourant la ville brillait un manteau de neige fraîchement tombée et, dans les jardins des hôtels, les peupliers bruissaient de feuilles dorées desséchées.

Dans un mois, la véritable neige arriverait et les passages montagneux reliant la capitale ladakhi à la vallée du Cachemire, à l'ouest, et à l'Himachal Pradesh, au sud, seraient infranchissables jusqu'au dégel du printemps. Pendant six mois, la seule façon d'accéder à Leh serait par les airs, comme avait fait Mair la veille, prenant l'avion entre Delhi et le petit aéroport situé à côté de l'Indus. Tandis qu'elle marchait, elle essayait de s'imaginer ce que ce serait en plein hiver, quand les étroites ruelles de la ville seraient obstruées par la neige et le toit de chaque maison recouvert de tas de fourrage séché pour les animaux de la famille. Mais elle fut tirée de sa rêverie. Avec la disparition imminente des touristes, les commerçants de la ville essayaient tant bien que mal de gagner quelques dernières roupies. Dans la rue principale, trois d'entre eux lui coupèrent la route d'un mouvement de tenailles parfaitement exécuté.

« Bonjour madame, tu viens d'où ? Viens voir mon magasin, s'il te plaît.

— J'ai des beaux pashminas, je te fais un très bon prix aujourd'hui. »

Le troisième homme fit la moue quand, habituée à ce genre de pratiques, elle secoua la tête. « Mais ça coûte rien de regarder, madame. Viens regarder. Tu es si pressée que ça ? »

Elle n'était pas pressée, effectivement. En riant, elle suivit le dernier marchand et grimpa quelques marches pour entrer dans son magasin en pagaille afin qu'il lui expose son stock. Il avait des tiroirs de bijoux en argent, corail et turquoise en provenance du Tibet, ainsi que des thermos peints et de duveteuses couvertures en nylon aux teintes électriques en provenance de Chine. Il avait également des produits locaux comme des chapeaux et des gilets qui grattent, en poil de chèvre, des sacs en toile avec des pompons, ainsi que des quantités de tee-shirts de toutes les tailles et de toutes les couleurs – portant pour la plupart un yak brodé à la machine sur le devant accompagné du slogan « Yak Yak Yak Ladakh ». Les yeux de Mair s'habituaient peu à peu à l'obscurité du magasin. Contre le mur se trouvaient des remparts de samovars, de plats en cuivre et de tapisseries sur canevas.

« C'est très joli. Merci de m'avoir montré toutes ces belles choses. Mais aujourd'hui je ne suis pas venue pour acheter. »

L'homme était cachemiri, autrement dit né pour vendre. « Il te faut un pashmina. » Ce n'était pas une question. Le fond du magasin était recouvert d'étagères du sol au plafond, ellesmêmes croulant sous plusieurs épaisseurs de tissu plié.

« Montrez-moi. »

Sans attendre, il se mit à descendre des châles dans un tourbillon de couleurs. Jaunes, bleus et rose fuchsia s'empilèrent sur le petit comptoir. « Tu vois ? Touche, c'est magnifique. Meilleure qualité. Pur pashmina. »

Mair s'y connaissait bien mieux en châles délicats que quatre mois plus tôt, quand elle s'était approprié l'exquis spécimen qui était en ce moment à l'abri dans le coffre de l'hôtel. Elle se rendait compte de la qualité de l'artisanat et de sa valeur. « Pur ? demanda-t-elle. Vraiment ?

— Oui, pur mélange de laines pashmina soyeuses. Mille deux cents roupies. Regarde ce rose et ce charmant bleu turquoise. Noël approche, pense à tes amies, aux beaux cadeaux que ça ferait ! Je te fais un prix : trois pour trois mille.

— Est-ce que vous avez des châles *kani* ? Ou des châles brodés ? »

L'homme leva les yeux. « Ah, oui. Tu as du goût, madame. Je te montre. »

Il ouvrit un placard et en sortit un autre tas. À l'instar d'un magicien, fouettant l'air, il déploya des tissus encore plus amples et plus colorés, les brandissant sous les yeux de Mair. Elle prit le plus proche d'elle et le laissa se déplier entre ses doigts. Elle pencha la tête d'un geste bref afin d'examiner le motif floral rouge et violet, puis enroula le châle autour de ses épaules.

« Superbe, approuva le Cachemiri. Ces couleurs sont parfaites pour toi. »

Ça n'avait rien à voir avec le sien. Le tissu était raide, plein de bosses autour des fleurs, et il ne tombait pas bien – à mille lieues du drapé fluide de son châle. Quand elle le retira, elle entendit presque les fibres craquer. Elle ne savait pas exactement comment le motif avait été tissé mais, à voir l'envers, ça avait tout l'air d'être un travail à la machine peu soigné. « Merci, murmura-t-elle.

— Neuf mille. Bon prix. » Il savait qu'elle n'allait pas l'acheter. « Et celui-ci, regarde, brodé. Entièrement à la main. »

Bleu roi, cette fois, avec une frise de fleurs blanches brodée aux deux extrémités. Elle n'avait pas de mal à croire que les fleurs avaient été brodées à la main, mais le motif était cousu de façon un peu approximative et des fils dépassaient au dos. Les contours du motif imprimé étaient visibles sous les points.

On n'aurait pas pu trouver plus différent du sien, sur lequel la double bande de broderie florale avait été réalisée sur le motif préalablement tissé dans les mêmes tons et avec des points si fins qu'ils étaient presque invisibles à l'œil nu. L'ouvrage était si parfait qu'il était presque impossible de distinguer l'endroit de l'envers. Le but d'un travail si minutieux était de gaufrer le motif tissé, donnant aux formes cachemire et au feuillage tressé un somptueux effet tridimensionnel.

« C'est très joli », répéta Mair.

L'homme parut vexé. À présent elle voulait vraiment quitter le magasin, retrouver le soleil. Elle saisit une paire de boucles d'oreilles en corail sur le présentoir près de la porte, paya en vitesse et prit la fuite.

« Reviens vite ! » lança le marchand.

Les deux autres vendeurs la rejoignirent, mais cette fois sans grand enthousiasme. Elle réussit à les semer et poursuivit sa route le long de la rue poussiéreuse et ensoleillée, passant devant une rangée de femmes assises sur le trottoir, les bras chargés de paniers de choux-fleurs et de pommes à vendre. Des cireurs de chaussures armés de brosses et de boîtes de cirage, installés sur des carrés de grosse toile, essayaient d'attirer son attention, bien que ses Converse éraflées soient clairement visibles. Des scooters et des rickshaws tressautaient au-dessus des nids-de-poule de la route. Le bruit de la circulation était assourdissant. Mair jeta un coup d'œil en direction des ruelles ombragées qui partaient de la rue et en choisit une au hasard à aller explorer. Une chienne galeuse bondit près d'elle, ses mamelles distendues se balançant.

Il faisait plus frais à l'ombre et elle s'enfonça de plus en plus, passant devant des salons de coiffure et des étals de bouchers où des têtes de chèvres suintaient sur des planches en bois. Un objet noir et vrombissant cloué à une poutre s'avéra être la langue tranchée d'un animal, sans doute fixée là pour détourner les mouches du reste de la viande. Mair la regarda, avala sa salive et tâtonna dans son sac pour en extraire sa bouteille d'eau. Elle but une bonne gorgée pour se remettre et reprit son chemin. À présent, des bâches attachées en hauteur reliaient les murs de la ruelle, et celle-ci devenait de plus en plus étroite et sombre. À chaque pas, elle écrasait des restes de légumes pourris et autres déchets moins identifiables. Des femmes en sari la dépassaient en se faufilant, tandis que d'autres en *burqa* se pressaient dans la direction opposée. Des marchands criaient et des enfants sautaient par-dessus les caniveaux. C'était une scène gaie et agitée, si inédite pour Mair.

La ruelle donnait sur une grande place ensoleillée et la lumière soudaine lui fit plisser les yeux. D'un côté, un petit bouvillon brun broutait un tas d'ordures fumantes avec délectation. De l'autre, un moulin à prières rouge et or était fixé au-dessous d'un baldaquin richement peint. Tandis qu'elle le regardait, un moine âgé en vêtements de cérémonie safran et bordeaux sortit de la foule et l'actionna en le faisant tourner dans le sens des aiguilles d'une montre. L'homme suivait la rotation de l'objet sacré en murmurant et en comptant les grains de son chapelet. Mair prit une photo avant de se dire qu'elle avait peut-être été indiscrète.

Elle s'éloigna en empruntant une nouvelle ruelle, qui partait dans une autre direction, au cœur du bazar. Là, les étals croulaient sous les baskets blanches et les sandales en plastique marron. Au-dessus de sa tête, des centaines de sacs à dos et autres sacs fourre-tout se balançaient comme des fruits difformes. Des robes de filles à paillettes et à froufrous pendaient par flopées.

Et c'est là, encadrée par la fumée bleue qui s'élevait d'un étal de nourriture, que la famille Becker lui apparut pour la première fois. N'importe où le trio aurait surpris mais, au milieu du chaos du marché, il donnait à voir un tableau si surnaturel qu'il avait presque une qualité religieuse.

Les trois membres de cette famille étaient les seuls Occidentaux qu'elle avait vus depuis qu'elle avait quitté la rue principale. La femme était grande, svelte et d'une pâleur éthérée. Elle avait une masse de cheveux roux doré qui tombaient en cascade sur ses épaules. Elle portait un ample chemisier blanc sur une jupe en lin bleue à volants et, aux pieds, une paire de bottes couvertes de boue. Elle parlait, montrait des choses du doigt et riait, tout à la fois. L'homme qui l'accompagnait regardait dans l'autre direction. Il était encore plus grand que sa femme, tout bronzé, avec les cheveux et les sourcils noirs comme du charbon et une barbe de quelques jours. Au milieu d'eux se tenait une petite fille absolument adorable qui devait avoir deux ans. Elle avait la même masse de cheveux bouclés que sa mère, mais les siens étaient très blonds, presque blancs. Elle tournait la tête pour regarder d'un parent à l'autre. Puis elle leva en l'air ses bras minuscules et cria « Dans les bras ! ».

La femme était toujours à rire et à montrer des choses de la main. Elle se baissa et, de son bras libre, souleva l'enfant de terre. Elle installa la petite fille à califourchon sur sa hanche et se dirigea à grandes enjambées vers l'étal de denrées alimentaires. L'air miroitait au-dessus d'une cuve d'huile bouillante. L'enfant tira sur une des incroyables boucles de sa mère et, l'enroulant autour de son œil comme pour s'en faire une longue-vue, se mit à observer les têtes qui passaient près d'elle.

L'homme se tourna pour voir ce que montrait sa femme. Le vendeur pêcha dans la cuve bouillante avec une louche et en sortit des torsades luisantes couleur caramel. Il les disposa dans un cône en papier et le leur tendit en échange de quelques roupies. La femme y plongea les doigts pour extraire une torsade frite. Elle souffla dessus, puis la donna à l'enfant. La petite fille la mordit avidement sans se préoccuper de ce que c'était.

La femme pencha la tête en arrière et en mit quelques-unes dans sa bouche. Elle mâcha avec enthousiasme et rit en s'essuyant le menton. Elle respirait la santé et la joie de vivre. Sa main libre flotta légèrement dans l'air pour aller se poser sur la hanche de son mari. C'était un geste possessif et affectueux, aussi intime que désinvolte. Elle l'éloigna du vendeur, et du regard scrutateur de Mair par la même occasion, bien qu'aucun des trois n'ait jeté ne serait-ce qu'un œil dans sa direction. Ils partirent flâner un peu plus loin dans le labyrinthe des étals. Elle les suivit des yeux, les têtes rousse et noire, avec la tête pâle de l'enfant s'agitant entre les deux, jusqu'à ce qu'ils disparaissent à un coin de rue.

Elle resta immobile, malgré sa forte envie de courir après cette famille. Le vendeur de nourriture plongea une nouvelle tournée de ses mystérieuses denrées dans le chaudron ; l'huile grésillait et crépitait.

Au milieu du tohu-bohu du marché, le sentiment de solitude de Mair s'intensifia.

Elle avait beaucoup d'amis et avait eu un certain nombre de relations amoureuses, mais il n'y avait eu personne avec qui elle aurait pu imaginer passer le restant de sa vie, du moins pas comme sa sœur Eirlys avait entrepris de le faire avec son Graeme, ou Dylan avec sa Jackie.

Elle prit une profonde inspiration de toutes les odeurs du bazar et contempla les vaches paisibles, les poules creusant dans un tas d'ordures, le moine bouddhiste qui revenait du moulin à prières, et la vague constante de gens vaquant à leurs occupations diverses. Senteurs, couleurs et nouveautés inondaient sa tête, et son esprit reprit sa rêverie. Elle fit demi-tour et revint sur ses pas, se dirigeant délibérément dans la direction opposée aux fascinants étrangers.

Le voyage vers Changthang, à l'est de Leh, près de là où se trouvait autrefois la frontière avec le Tibet – à présent territoire chinois – prit l'essentiel de la journée. Les autres membres de l'excursion, qui l'accompagnaient dans le petit car Toyota, étaient deux couples néerlandais corpulents, d'une cinquantaine d'années, et trois jeunes Israéliens, qui se montrèrent à la fois chahuteurs et très antipathiques. Ils étaient affalés au fond et s'esclaffaient accompagnés par leur lecteur MP3 tonitruant. Pelotonnée sur son siège et cramponnée au bord pour ne pas trop sentir les cahots, Mair eut tout son temps pendant cette longue route pour réfléchir et méditer.

Avant son départ pour l'Inde, elle avait fait autant de recherches que possible sur l'histoire de ses grands-parents. Trois mois auparavant, dans l'édition en ligne d'un livre appelé *Espoir et Gloire de Dieu* et sous-titré *Avec les missionnaires gallois en Inde*, elle avait trouvé l'entrée *Parchedig Evan William Watkins (1899-1960)*.

Evan Watkins avait fait ses études au Collège universitaire du nord du pays de Galles et au Collège de l'Église presbytérienne du pays de Galles. Après son ordination, il avait reçu l'appel pour partir travailler en Inde et, en 1929, il s'était rendu à Shillong dans ce qui était alors l'Assam. Par la suite, il avait servi en tant que missionnaire de région à Shangpung.

Depuis qu'elle avait lu sa biographie cléricale, Mair avait souvent essayé de se représenter Evan Watkins, avec son manteau noir et son col de pasteur, en train de prêcher avec hardiesse le non-conformisme dans les villages isolés des collines indiennes. Sa voix retentissait-elle de sa chaire ecclésiastique de fortune les jours de mousson, quand les fortes pluies tambourinaient sur le toit en étain ?

Depuis son arrivée dans l'Himalaya, elle avait fait plus d'efforts encore pour se le représenter, mais le choc des cultures était trop brutal pour générer n'importe quelle image.

Selon le livre, Parchedig Watkins était retourné au pays de Galles en 1938, où il avait rencontré et épousé Nerys Evelyn Roberts, née en 1909. En 1939, le couple avait pris le bateau pour Liverpool où ils étaient montés à bord du navire *Prospect*, direction Bombay.

Voilà qui était plus facile à imaginer. Mair voyait le coucher de soleil au-dessus du canal de Suez et entendait un groupe qui jouait pour les danseurs du salon de deuxième classe. Le pasteur n'avait sans doute pas beaucoup de temps pour le fox-trot, mais elle se demandait si la jeune Mme Watkins était du même avis, ou si elle sirotait sa limonade en regardant les couples joyeux avec un brin de mélancolie.

Le révérend Evan et Mme Watkins avaient ensuite été appelés pour servir auprès de la nouvelle mission de Leh, loin dans les montagnes du Ladakh, où le pasteur devint responsable du travail missionnaire de proximité dans toute la région. De nombreuses routes de son secteur étaient infranchissables sept mois par an, avait noté le biographe, et l'électricité était à peine connue.

Par la fenêtre du bus, Mair regardait le paysage austère et les montagnes gris-violet qui se dressaient dans le ciel bleu désert. Devant eux, la route zigzaguait en direction d'un col lointain dans une série de virages en épingle à cheveux creusés dans le roc et la terre. Le long de cette route, des camions géants, peints comme des manèges de fête foraine, klaxonnaient et dérapaient. Les petites silhouettes du pasteur gallois et de sa femme refusaient toujours de prendre forme dans son imagination, là où n'importe où ailleurs dans l'Himalaya.

Le reste du passage parlant de lui était bref. Après la guerre, la santé fragile de l'ecclésiastique l'avait contraint à retourner au pays de Galles. Evan Watkins avait conservé un grand intérêt pour le travail des services missionnaires, mais il ne s'était jamais remis de la rigueur du climat indien et était décédé en 1960, laissant sa veuve ainsi qu'une fille, née en 1950.

Il s'agissait de la mère de Mair, Gwen Ellis, née Watkins.

Gwen était morte brutalement d'une hémorragie cérébrale, alors que son plus jeune enfant était à peine adolescent. C'était à présent l'un des plus grands regrets de Mair : égoïste et dédaigneuse, comme la majorité des filles de treize ans, elle n'avait jamais demandé à sa mère de lui parler ne serait-ce qu'un peu des années exotiques d'Evan et de Nerys, quand ils étaient missionnaires en Inde.

Le car s'arrêta sur le bord de la route, près d'un étal qui vendait du thé et des petites choses à grignoter. Les jeunes Israéliens se ruèrent dehors, bousculant au passage Mair et les couples néerlandais. Avant de sortir pour étirer ses jambes raides, Mair prit son sac à dos, qu'elle avait posé sur le siège à côté d'elle, et le mit sur une épaule. Elle le maintenait contre elle avec la pression de son coude.

« D'où venez-vous ? » lui demanda l'une des deux Néerlandaises, tandis qu'elles buvaient un thé abondamment sucré, gardé au chaud par le vendeur dans un thermos. Une ribambelle de fourgons militaires indiens progressaient péniblement, faisant sans doute partie des forces de défense des frontières. De jeunes soldats, armés de fusils prêts à faire feu, les regardaient avec méfiance par-dessus les hayons.

Au lieu de dire « d'Angleterre » et de nommer la charmante ville côtière où elle habitait, non loin d'Hattie et de plusieurs autres amis, et où son emploi le plus récent était situé, Mair s'étonna elle-même en répondant « du nord du pays de Galles ».

Sa maison d'enfance était à présent occupée par un homme d'affaires de Manchester et sa jeune famille, il n'y avait donc plus d'attaches, si ce n'est son frère, sa sœur et leurs souvenirs. Mais malgré cela, ou peut-être à cause de cela, la vallée et les années de son enfance, prolongée au maximum, étaient très présentes dans son esprit. La maison lui manquait maintenant qu'elle avait été vendue et qu'elle savait qu'elle ne pourrait plus y retourner. Elle se raccrocha à la pensée de ses grands-parents et de leur vie dans cet endroit étrange.

« Et vous ? enchaîna rapidement Mair.

— D'Utrecht. Vous êtes en vacances ?

— Euh, oui. Je fais un petit voyage. »

Son sac lui tombait sur la hanche. Le châle était plié dans une bourse à l'intérieur.

La femme soupira. « Nous avons du mal avec ces routes. Mon mari ne se sent pas bien du tout. »

Du fond du car parvint le bruit caractéristique de quelqu'un en train de vomir. Entre eux, les jeunes Israéliens trouvaient cela désopilant.

Le car passa encore un col, tant bien que mal, et une vue panoramique s'ouvrit devant leurs yeux. Leur destination était un endroit tout plat, complètement isolé, en haut des montagnes. Géographiquement, le lieu faisait partie du plateau tibétain, bien qu'il soit officiellement territoire indien.

Changthang était l'endroit où, traditionnellement, les nomades de la partie Est du Ladakh emmenaient paître leurs troupeaux de chèvres. À cette altitude, le climat était si froid et si rude que c'est là que les animaux produisaient leur toison la plus dense et la plus fine pour s'isoler. Les nomades déplaçaient les troupeaux tout au long de l'année, à la recherche des rares pâturages. Le fourrage que mangeaient les chèvres et l'eau qu'elles buvaient n'avaient pas été atteints par la moindre pollution, et leur laine était aussi pure que possible.

D'après ses lectures, Mair savait que c'était de là que venait le *pashm* le plus fin, la matière première des châles en cachemire, c'était donc sans doute là que son précieux châle, encore bien mystérieux, avait commencé son périple sous forme de laine de chèvre pashmina.

Quand elle se retrouva enfin seule sous sa tente au campement touristique, elle sortit la bourse de son sac à dos et examina à nouveau le châle, à la lumière de sa lampe de poche. Elle savait à présent que la légère odeur d'épices, renfermée au creux des plis, n'était autre que l'odeur de l'Inde elle-même. Le motif tissé central représentait l'éventail de la queue d'un paon. Une double bordure épaisse entourait le dessin du milieu, avec des formes cachemire chatoyantes dans les coins et de larges bandes de feuillage luxuriant à chaque extrémité. Ces dernières, en partie brodées, donnaient presque un effet brocart. Néanmoins, malgré toute sa beauté, le châle était vieux et usé. Des lignes décolorées apparaissaient au niveau des plis que l'étoffe avait conservés des décennies durant ; à certains endroits, la broderie complexe s'effilochait, à d'autres, elle avait tout bonnement disparu. Il y avait des éclaboussures d'encre dans un coin, une tache jaune irrégulière dans un autre. Mair l'étendit sur ses genoux et se mit à suivre d'un doigt distrait les arabesques de la broderie et à lisser les franges emmêlées, essayant de lire l'histoire du châle comme s'il s'agissait d'une carte.

Tôt le lendemain matin, alors qu'il faisait à peine jour, le guide rassembla Mair, les Israéliens et les Néerlandais pour les conduire sur une route qui n'était qu'un passage un peu moins accidenté au milieu des gros rochers gris qui jonchaient la plaine. Ils atteignirent la rive d'un grand lac, où l'eau était recouverte d'une pellicule de glace et la terre saupoudrée de neige. Au bord du lac se dressait une poignée de maisons à un étage, un peu plus élaborées que des cases, au milieu d'une rangée de peupliers nus. Des yaks se déplaçaient lourdement entre les rochers, leurs longs poils balayant presque le sol. En préparation de l'hiver, les familles nomades Changpa faisaient descendre les troupeaux des pâtures les plus éloignées. Près du lac se trouvaient des cercles de pierres peu élevés, que les premiers venus avaient recouverts d'un toit précaire en poils de chèvre, afin de s'abriter, eux et leurs animaux. De la fumée s'échappait en fines colonnes des bouches d'aération situées au sommet. Une femme revenait péniblement de la rive, portant un seau rempli à ras bord, le dos courbé.

Les chèvres empestaient – il n'y avait pas d'autre mot. Le campement nomade sentait aussi le kérosène, les excréments d'animaux et le feu de bois, mais l'odeur dominante qui vous prenait à la gorge était celle des chèvres au naturel.

Une démonstration était organisée pour les touristes. Trois hommes en tuniques de grosse toile et bottes en peau de yak conduisirent une dizaine de leurs bêtes dans un enclos en pierre. Mair enfonça son bonnet de laine sur sa tête pour que les rabats lui couvrent les oreilles. Le vent était glacial et elle frissonnait. Elle pouvait presque sentir la couche de glace se durcir à la surface du lac. Les chèvres étaient des créatures hirsutes, blanches, brunes et noires, avec des cornes recourbées et des yeux aux pupilles si grandes que c'en était presque dérangeant. On les fit basculer sur le côté et elles n'opposèrent aucune résistance. Elles restaient alors allongées là, pattes écartées, dégageant une odeur pestilentielle. De sous leurs vêtements, les hommes extirpèrent des instruments en bois qui ressemblaient à des brosses dotées de dents métalliques recourbées ultra-résistantes. Avec une vigueur synchronisée, ils s'attaquèrent chacun à une chèvre, râpant et tirant sur la laine du cou et de la poitrine. Des boules de poils emmêlés commencèrent à céder à ce traitement, se détachant en gros morceaux, noyées sous la terre, la crasse et les excréments. Les chèvres étaient à présent moins conciliantes et les hommes ripostaient en hululant une chanson gutturale.

« Ils chantent pour dire aux chèvres de leur donner du bon *pashm* en échange de l'herbe tendre qu'elles ont mangée et de l'eau fraîche qu'elles ont bue », expliqua le guide.

Tandis que les hommes dénouaient les touffes des brosses, une femme les ramassait, soucieuse de récupérer jusqu'au moindre petit poil, avant de les fourrer dans un sac en plastique raidi par le froid.

« Chaque famille possède entre quatre-vingts et deux cents chèvres. On brosse les bêtes en mai et en septembre. Ce procédé permet de récolter environ deux cents grammes de laine brute par chèvre », entonna le guide, fier de son anglais. Au moins elle n'avait pas à retraduire tout cela, se disait Mair, contrairement à ses compagnons.

« Combien cela rapporte-t-il ? demanda le Néerlandais qui n'avait pas été malade.

— Mille six cents roupies pour un kilo, répondit le guide. Parfois plus, parfois moins. Ça dépend de la qualité. Après lavage et traitement, ce kilo de laine brute ne donnera que trois cents grammes de fibre pure prête pour le filage. »

Mair regarda le sac. Il faudrait beaucoup de brossages pour arriver à un kilo et sans doute tout un troupeau de chèvres pour remplir ce seul sac. Et il était très difficile de concevoir comment ces paquets crasseux pourraient un jour se transformer en l'élégance duveteuse de son châle.

« Et ensuite ? demanda l'un des Israéliens, bien qu'il n'ait absolument pas l'air intéressé.

— Les négociants de laine viennent de Leh en camion. Ils achètent le *pashm* et l'emportent en ville pour le traitement. »

Un autre des garçons avait ramassé une cannette rouillée parmi tous les détritus éparpillés sur le campement de Changpa. Il l'avait installée sur un rocher et la visait avec des cailloux.

« C'est tout ? » voulait savoir son ami. Une fusillade de pierres résonna contre la cannette jusqu'à ce qu'elle finisse par être éjectée du rocher.

Le guide semblait vexé. « C'est la tradition. Ça se passe comme cela depuis des centaines d'années.

— Mais il n'y a rien d'autre à *voir* ?

— Cet après-midi nous visiterons le monastère. Il y a quelques très belles peintures.

— Mouais. »

La démonstration terminée, les hommes libérèrent leurs chèvres et les firent sortir de l'enclos. Leur chef resta à attendre un pourboire tandis que les autres se hâtèrent vers l'abri le plus proche. Mair espérait qu'ils passeraient le reste de la journée assis près d'un feu de bois, à chanter des ballades pastorales et à boire du *chang*. Elle ouvrit son sac à dos, vérifia une fois de plus que le châle y était bien enveloppé, et sortit un billet de cinq cents roupies de son portefeuille. L'homme le saisit aussitôt de sa main noircie, mais le guide eut quand même le temps de voir le montant. Il allait sûrement penser qu'elle était une Occidentale naïve facile à berner, car c'était bien trop généreux, mais cela lui était égal.

« *Julley* », murmura-t-elle. C'était le terme ladakhi multi-usage pour « bonjour », « au revoir » et « merci ».

« *Julley* », dit l'homme à son tour. Il se dirigeait déjà vers les Néerlandais.

Mair avait prévu de déplier son châle et de l'étendre sur des rochers baignés de soleil, avec les chèvres broutant dans le fond, afin de prendre une photo artistique de ses débuts pour montrer à Eirlys et Dylan – mais elle aurait dû le lester avec des cailloux pour l'empêcher de s'envoler et, de plus, des cristaux de glace portés par le vent venaient tinter contre ses joues. Mair savait maintenant que c'était là que l'histoire de son précieux châle avait commencé, il y a environ soixante-dix ans, mais la scène en elle-même était trop morne pour en tirer quoi que ce soit d'autre. Le lieu et les méthodes n'avaient sans doute pas changé au cours des années. Mair était contente d'être venue faire cette visite. Elle se contenta de prendre une photo du lac et des arbres avec, au premier plan, une chèvre blanche à poils longs qui la regardait d'un air furieux.

Elle n'avait aucun moyen de capturer l'odeur, mais ça ne l'attristait pas plus que cela.

Maintenant qu'elle avait elle-même fait le voyage, il lui semblait peu plausible que ses grands-parents, bien qu'émissaires d'une mission presbytérienne galloise à Leh, se soient aventurés si loin. Evan Watkins avait dû être assez occupé à prêcher dans les villages le long de l'Indus et du Zanskar sans poursuivre les gens de Changpa jusque-là. De toute façon, il n'aurait pas pu atteindre cet endroit en hiver, la neige lui aurait barré la route.

Ses compagnons traversaient péniblement le plateau pour rejoindre la tache blanche du car Toyota. Mair jeta un dernier regard vers les chèvres et leur toile de fond avant de leur emboîter le pas.

« On remonte dans le car », cria le meneur des Israéliens. Les deux autres le suivirent avec empressement.

CHAPITRE DEUX

De retour à Leh, Mair passa toute une journée à essayer de trouver le gardien du cimetière européen.

« Peut-être sera-t-il là cet après-midi », prédit un vieil homme, assis sur une marche avec son narguilé.

Mais elle n'aperçut ni vieil homme, ni gardien, ni clés. Mair se retrouva donc du mauvais côté de la barrière, frustrée, à regarder les feuilles qui, comme des flocons d'or, dégringolaient des arbres et dérivaient au-dessus des pierres tombales. Au Ladakh, elle était en train de le découvrir, on vivait à son propre rythme. Elle retourna à pied au centre-ville, dans l'intention d'aller boire du *chai* dans un café et de réfléchir à une stratégie.

Dans la rue principale, devant la mosquée, elle aperçut des cheveux roux doré, flamboyants au milieu des chapeaux blancs et des dos gris des fidèles se rendant à la prière. La femme et l'enfant étaient très occupées, la petite à faire une colère qui lui tordait le visage en un nœud cramoisi et sa mère à la gronder avec douceur. Aucun signe du ténébreux mari.

« Non et non ! criait l'enfant en tapant du pied.

— Ça suffit, ordonna la jeune femme, avec un fort accent américain. Arrête tout de suite. » Son expression était à la fois amusée et résignée. Elle avait les bras chargés d'emplettes et posa quelques sacs afin de libérer une main pour l'enfant. Mais la petite fille avait déjà remarqué que Mair la regardait. Elle clignait des yeux, dans lesquels il n'y avait aucun signe de larmes, rien que de l'indignation. Les cris redoublèrent, dignes d'un drame à l'opéra.

Mair regarda autour d'elle. Elle avait de l'espace à la fois devant et derrière. Elle leva un doigt et regarda l'enfant dans les yeux. D'un coup sa colère se calma, laissant place à la curiosité. Dès qu'elle eut toute l'attention de la petite fille, Mair inspira, se ramassa et exécuta un saut périlleux.

Elle n'en avait pas fait depuis longtemps et elle vacilla au moment de l'atterrissage, mais sinon c'était plutôt réussi. L'enfant ouvrit grands la bouche et les yeux, stupéfaite. Mair frappa dans ses mains en la regardant et enchaîna deux sauts de mains vers elle. Hattie et elle avaient synchronisé ce numéro et, encore aujourd'hui, elle pourrait sans doute le faire en dormant. La seconde culbute l'amena assez près de la mère et de l'enfant. La petite fille attrapa la jambe de Mair et la regarda avec admiration. Un sourire lui illumina le visage.

« Encore ! Encore une fois ! »

La mère riait. « C'est super ! Et bien plus efficace qu'un bonbon. »

Mair était un peu gênée de se rendre compte que son intention avait sans doute été d'attirer l'attention de la mère autant que celle de la fille. Elle avait aussi ameuté une petite foule de spectateurs, car il n'y avait pas tant d'autres distractions dans la ville en cet après-midi de fin de saison. Elle espérait que les curieux se disperseraient vite.

« J'ai l'impression que ça a marché. Puis-je vous aider avec tout ça ? » Mair s'épousseta les mains et saisit les sacs, laissant la mère prendre sa fille et l'installer sur sa hanche, avec le même naturel qu'au bazar.

« Dame qui saute ! s'exclama l'enfant émerveillée, tendant sa petite main pour toucher le visage de Mair.

— Eh oui, acquiesça la mère. Drôlement chouette, hein ? » On entendait dans sa voix qu'elle venait du sud des États-Unis.

« En fait, c'était assez bancal. Je ne sais pas très bien ce qui m'a pris. Je voulais arrêter la colère de votre fille. »

L'autre femme soupira. « Moi aussi. Elle était censée passer l'après-midi avec son père et s'est retrouvée coincée avec moi. Il est parti à la recherche d'un guide et de poneys : nous partons demain en expédition. C'est pour ça que j'ai fait tant de courses – je ne sais pas très bien quoi emporter comme provisions. Où allez-vous ? Au fait, je m'appelle Karen Becker. Et voici Lotus. »

Cette dernière leva la main et l'agita comme une petite reine.

« Mair Ellis. Bonjour, Lotus. » Mair sourit.

La fillette était extraordinairement belle, avec un large front et une bouche comme celle d'un chérubin sur une toile de la Renaissance.

« J'allais prendre une tasse de thé », ajouta-t-elle.

Karen hocha la tête. « Super. Nous allons au salon de beauté, pas vrai Lo ? Nous avons besoin d'une pédicure sans quoi nous ne pourrons pas nous lancer dans cette expédition. Venez donc avec nous et nous pourrons bavarder ! Je suis sûre qu'on vous donnera du thé. »

Mair était contente de pouvoir échapper à la foule qui l'observait. Les deux femmes enjambèrent le caniveau et se frayèrent un passage entre les bœufs et les rickshaws pour arriver devant une grande baie vitrée drapée de dentelle. L'enseigne disait « Ladies Only Beauty ».

À l'intérieur, elles découvrirent un sol craquelé, pas très propre, des étagères vides et poussiéreuses, ainsi qu'une rangée de fauteuils de salon de coiffure. Il se dégageait une odeur de vieille lotion pour permanente mélangée à de l'encens et de la lessive. En un instant, un petit troupeau de femmes vêtues de saris aux couleurs vives entourèrent Lotus, l'enlevèrent des bras de sa mère et l'emmenèrent à l'arrière du magasin. Abasourdies par ses cheveux blonds presque blancs, les femmes commencèrent à les lui peigner avec admiration. Lotus accepta cette attention comme allant de soi.

Une fille souriante au visage tibétain tout rond et rose les débarrassa des sacs de courses. Quelques instants plus tard, elles étaient installées dans des fauteuils adjacents, face à leur image dans un miroir marbré.

« Allez. Faites-le vous aussi ! » Karen était aux anges.

Mair laissa une Tibétaine défaire les lacets de ses Converse et lui plonger les pieds dans une sorte de jacuzzi miniature en plastique rose. Le moteur se mit à vrombir sous ses plantes de pieds et l'eau à bouillonner. Toute cette scène était si incongrue qu'elle ne put s'empêcher de rire.

Dans le miroir, le regard bleu de Karen croisa le sien. « Dites-moi tout. Vous devez être un genre de danseuse de *capoeira*, n'est-ce pas ? Nous avons vu quelques-uns de ces artistes de rue à Rio. Y avez-vous été ? C'est for-mi-dable. J'aimerais tellement pouvoir bouger comme eux. Mais bon, je peux rêver. »

Mair rit à nouveau. « Quoi ? Non, je ne suis pas du tout danseuse. J'ai travaillé dans un cirque, il y a des années.

— Dans un *cirque* ? Vous venez d'une famille de cirque ? Continuez, votre père était dresseur de lions, j'en suis sûre, et votre mère portait une robe à paillettes et faisait des pirouettes sur le dos de l'éléphant ? Vous êtes née dans une caravane de professionnels du spectacle et, dès que vous avez su marcher, on vous a fait porter un adorable petit costume pour la parade. Ne racontez *rien* de tout ça à Lotus, s'il vous plaît – ça lui donnerait des idées. »

Apparemment, Karen ne manquait pas d'imagination non plus. Mair était fascinée par son extrême élégance et par sa vivacité, mais elle ne savait pas très bien quoi penser d'elle. « Rien de si glamour, j'en ai peur. Mon père vendait des produits agricoles et ma mère était institutrice au nord du pays de Galles.

— Mais alors, comment ça se fait ? »

Mair aurait pu esquiver ces questions mais, après tout, c'est elle qui avait fait preuve d'exhibitionnisme et la moindre des politesses était de répondre sans détour. « J'étais un enfant rebelle et je menaçais depuis tant d'années de m'enfuir pour rejoindre un cirque que, quand l'heure est venue, j'étais obligée de le faire sous peine de perdre la face. Notre spectacle était très politiquement correct. Pas de lions. D'ailleurs, pas d'animaux du tout car cela aurait été cruel. Mon amie et moi avions un numéro de trapézistes et, lors du spectacle des enfants, nous faisions aussi les clowns. Cette aventure a duré quatre ans, et ensuite il a été temps de grandir.

— Je vois. » Karen plissa les yeux. « Est-ce que je dois croire tout ça ? Ou est-ce l'une de ces histoires que les gens racontent sur leur vie pour ne pas brusquer les étrangers lors d'une première rencontre ? Si c'est le cas, je le découvrirai, je vous mets en garde. Nous allons être amies. Je ne me trompe jamais sur ce genre de choses. »

Une jeune fille arriva avec un plateau de verres de thé. Mair en prit un qu'elle but à petites gorgées. Le thé était laiteux et dense de sucre, mais il était le bienvenu. La femme qui s'occupait d'elle sortit l'un de ses pieds du bain et le sécha sur ses genoux. Puis elle se mit au travail en commençant par l'enduire généreusement d'une sorte de potion grumeleuse.

Karen continuait de bavarder : « Comment pourrais-je rater l'occasion de devenir amie avec quelqu'un qui fait des sauts périlleux dans les airs avant même de parler ? »

De l'autre côté de la pièce, Lotus réapparut avec une dizaine de rubans dans les cheveux. On entreprit d'appliquer du vernis à paillettes sur ses ongles minuscules.

Mair décida qu'il était temps de prendre en main la conversation. « Que faites-vous à Leh ? » demanda-t-elle.

Les yeux de Karen s'élargirent. Dans le miroir, son visage se transforma en un ovale pâle et attentif. « Nous arrivons du Tibet. Je suis bouddhiste, vous voyez. J'étais en pèlerinage. » Elle se mit à parler des monastères qu'elle avait visités et des prières qu'elle avait exprimées. Elle avait reçu la bénédiction du dalaï-lama après le dévoilement annuel d'une peinture *thangka* spectaculaire, l'une des expériences les plus spirituelles de sa vie. Mair était-elle pratiquante ? Ah non ? Vraiment pas ? N'avait-elle jamais entendu d'appel ? Savait-elle que l'une des résidences estivales de Sa Sainteté se trouvait justement ici, à Leh ? Avait-elle vu l'énorme Maitreya doré au *gompa* de Thikse ?

« Oui », put répondre Mair à cette dernière question. Le vif massage de son pied et de sa cheville éclaboussait le sol de peaux mortes et de crème.

La jambe de Karen subissait le même traitement. Elle fit une pause dans son monologue et détourna son attention vers la jeune fille qui était de retour avec une sélection de vernis sur le plateau à thé. « Rose ou rouge, à votre avis ?

— Rouge, répondit Mair sans réfléchir.

— Hmm. Oui, mais je crois que je vais opter pour le rose. Je ne veux surtout pas effrayer les poneys ! Lotus, de quelle couleur sont tes orteils ? appela-t-elle.

— Rose brillant, gazouilla Lotus.

— Ravissant. Papa va adorer.

— Et alors maintenant vous partez en randonnée ? »

Karen agita une main languissante. « C'est l'activité favorite de mon mari. C'est un échange équitable, j'imagine. Mes monastères contre ses montagnes. Bien que nous nous soyons rencontrés à New York, nous sommes basés à Genève car Bruno est suisse. En ce moment, il peut aller skier et escalader les montagnes assez régulièrement près de la maison, mais nous avons convenu que ces vacances ne seraient pas uniquement centrées sur le bouddhisme. Lotus aussi était très contre cette idée, bien qu'elle soit en général assez accommodante. Bon, cet après-midi elle ne vous a sans doute pas donné cette impression, mais il est rare qu'elle panique comme ça.

— Vous allez l'emmener en expédition avec vous ? »

Karen eut l'air surprise, puis haussa les épaules. « Bien sûr. Pourquoi pas ? Bruno la porte dans un sac à dos la plupart du temps. Où que nous allions, Lotus nous accompagne. De cette façon, on se retrouve avec un enfant équilibré et ouvert d'esprit. »

La petite fille se dégagea de son cercle d'admiratrices en se tortillant pour venir montrer sa manucure, fière comme Artaban, déployant ses mains sur les genoux de Mair et la regardant tout sourire. Les rubans voletaient dans ses frisettes. Il y avait une certaine logique dans la théorie de Karen, se disait Mair. Elle se souvenait de la première fois qu'elle avait aperçu la petite famille au bazar, à quel point leur intimité l'avait frappée. Lotus était sans doute l'enfant de deux ans le plus sûr de lui qu'elle ait jamais rencontré.

« Tu es très jolie, lui dit Mair. Comme un tableau.

— Oui – comme Maman », reconnut Lotus, passant d'un miroir à l'autre pour s'admirer.

La porte du salon de beauté s'ouvrit, faisant danser la dentelle. Une sombre silhouette se dessina dans l'embrasure. « Karen ? »

Celle-ci leva les yeux de ses orteils. « Te voilà ! As-tu déjà eu le temps de tout régler ?

— Pappy ! » Lotus se précipita vers son père et lui sauta dans les bras. Il la souleva de terre. « Dame qui saute, clama-t-elle en montrant Mair du doigt. Dame qui saute *haut*.

— Bruno, je te présente Maya, dit Karen. Ma nouvelle amie.

— Bonjour », dit l'homme en lui faisant un signe de tête. Il devait y avoir un sourire enfoui en lui, pensa Mair, mais il était trop loin de la surface pour percer. Elle commença à expliquer son prénom, que Karen n'avait visiblement pas compris.

Mair était la variante galloise de Mary. Quand elle était plus jeune, elle avait essayé de persuader ses amis d'adopter cette version plus sophistiquée, mais elle n'y était jamais parvenue. Les enfants du village trouvaient cela trop étrange. « *Mair, Mair, une fille venue de la mer* », chantonnaient-ils parfois, ravis de cette rime. Toutefois, elle n'eut pas le temps de raconter cette anecdote. Quelque chose dans la façon dont Bruno Becker la dévisageait, d'un air calme et interrogateur, l'arrêta dans son élan.

« Mair, dit-elle doucement. Bonjour. »

Les présentations tournèrent court car le personnel du salon de beauté tentait de chasser Bruno. « Ladies Only Beauty » voulait dire ce que ça voulait dire.

Il emmena Lotus avec lui. Il dit à sa femme qu'ils la retrouveraient à l'hôtel quand elle serait prête. « Enchanté », lança-t-il à Mair par-dessus son épaule. Et il disparut. De toute évidence, la présentation d'une nouvelle amie de Karen était chose courante.

Karen étira ses orteils et sourit. « La paix. Ça signifie que, vous et moi, nous pourrons aller manger des pâtisseries à la sortie. Nous pourrons discuter plus tranquillement. »

Mair avait l'impression d'être un galet emporté par un tsunami, mais Karen Becker se montrait si insistante – et si intéressante

– qu'elle essaya à peine de résister. De toute façon, qu'avait-elle de mieux à faire ?

Une fois le vernis sec à la convenance de Karen, elles descendirent en flânant une ruelle voisine jusqu'à une improbable boulangerie allemande. Autour de café et d'un gâteau aux pommes, Karen confia à Mair qu'elle avait envie de voyager dans cette partie du monde depuis des années, en fait depuis le moment où elle avait commencé à s'intéresser au bouddhisme, à l'âge de vingt ans. Jusque-là elle n'avait pas été déçue. Ces endroits respiraient la sainteté – ils touchaient votre âme sans détour. On trouvait rarement une spiritualité si profonde en Europe, n'est-ce pas ? Et jamais aux États-Unis. Ou du moins pas *elle*, conclut Karen. Mair – prononçait-elle son prénom comme il fallait – voyait-elle ce qu'elle voulait dire ?

Mair pensa aux *gompas* qu'elle avait visités ces derniers jours, ces monastères blanchis à la chaux, perchés en haut des collines. Les salles obscures aux peintures murales sombres, remplies de statues de Bouddha, dégageaient une forte odeur d'encens et de cendre. Leurs autels étaient couverts d'offrandes, parfois si banales que c'en était touchant, comme des paquets de biscuits ou des petits bouquets de fleurs en plastique. Les psalmodies des moines traversaient les vieux planchers, et les fenêtres donnaient sur des vues saisissantes de rivières entrelacées et de vergers loin dans la vallée. Il y avait bel et bien une divinité, se disait-elle, mais son caractère insaisissable la gênait.

Dans l'un des monastères, le guide lui avait fait signe de le suivre dans la cuisine où un vieux moine préparait tranquillement le dîner pour la communauté. À l'aide d'une louche en bois, il puisait de l'eau dans un seau pour la verser dans une marmite noircie posée sur un four à bois. Des boules de riz froid étaient disposées dans des serviettes en tissu, prêtes à être distribuées. À genoux devant une table rudimentaire, un enfant moine d'une dizaine d'années coupait des légumes du jardin monastique. Le vieil homme hochait la tête pour indiquer qu'il était satisfait de son travail et le garçon mettait alors des poignées d'oignons et de carottes dans la marmite.

Ils travaillaient tous deux en silence et Mair se disait que, mis à part sa présence, cette scène se passait sans doute à l'identique deux ou trois cents ans plus tôt. Le dévouement silencieux des moines à la préparation routinière des repas pour leurs confrères l'avait touchée davantage que tous les rituels religieux.

Elle tenta d'expliquer à Karen cette révélation minuscule.

« Mais je comprends totalement », s'exclama cette dernière. Elle prit la main de Mair. « De nombreux chemins mènent à la Foi, mais tous finissent par rejoindre la même route. Je vois que vous savez de quoi je parle. J'en étais sûre. Je l'ai senti chez vous dès que je vous ai vue.

— Malgré les sauts périlleux ?

— Grâce à ça comme à tout le reste. Pourquoi refouler ce que vous vouliez exprimer ? Vous êtes une femme entière. C'est une qualité que j'apprécie. »

Bruno n'était pas spirituel comme elle, reprit Karen, mais il comprenait son point de vue car il l'apparentait aux montagnes. Elles étaient ses temples à lui et il y avait effectué ses propres pèlerinages. « Prenez Lotus, par exemple. Je souhaite qu'elle expérimente le monde comme une entité bienveillante avant tout. Dans la mesure du possible, je veux qu'elle grandisse sans peur, sans limites inutiles, sans règles ennuyeuses, afin qu'elle devienne celle qu'elle doit devenir. »

Naturellement, Mair se disait que, si Lotus faisait des colères, c'était à cause de cet excès de bienveillance.

Elles avaient fini leur gâteau et leur café. Karen ramassa les dernières miettes du bout de son doigt avant de se le lécher. « Il faut que j'y aille. Quels sont vos projets ? Nous serons absents quatre ou cinq jours.

— J'ai quelques recherches à faire ici. Je ne sais pas combien de temps cela prendra. »

Karen la regarda attentivement, son doigt encore à ses lèvres. Les deux ou trois autres touristes dans la pâtisserie ne pouvaient s'empêcher d'admirer cette grande dame blonde, Mair le voyait bien.

« Vous êtes très mystérieuse, vous savez, dit Karen.

— Pas du tout ! protesta Mair.

— Mais si, vous ne m'avez toujours pas révélé ce qui vous amenait au Ladakh. Vous n'êtes pas seulement là pour faire du tourisme, j'en suis certaine. »

Mair n'allait pas essayer de décrire le châle, ou la mèche de cheveux, ou les blancs dans l'histoire de sa famille, tous ces éléments qui obsédaient son imagination. Gênée, elle répondit simplement : « Mon père est mort il y a peu. »

Instantanément, le visage de Karen s'inonda de compassion. « Je suis désolée, dit-elle d'un ton chaleureux. C'est triste pour vous. Ce n'est pas pour rien que vous vous retrouvez dans un pays bouddhiste. Avez-vous entendu parler du concept de *punabbhava* ? Cela signifie "re-devenir". C'est notre croyance en la renaissance. Cela n'annihile pas le chagrin, ni la perte, et ce n'est pas censé être le cas, mais y croire apporte réconfort et consolation. Ou du moins parfois. »

Mair se rendait compte que sa nouvelle amie était pleine de bonnes intentions, et qu'elle parlait de façon un peu étrange, certes, mais sincère. « Merci. » Elle sourit.

Karen serra sa main dans la sienne et se leva. Elle paya ce petit goûter, refusant d'un geste de la main l'argent que lui tendait Mair. « Où logez-vous ? »

Mair lui donna le nom de l'hôtel.

« Parfait, nous vous reverrons à notre retour. »

Le lendemain, Mair alla visiter l'usine de transformation du pashmina à Leh. Le temps commençait à changer, comme pour souligner l'absence des Becker. Ce jour-là, le soleil d'automne doré auquel Mair s'était habituée apparaissait à peine sous de bas nuages gris, tandis qu'un vent redoutable chassait les dernières feuilles des peupliers.

Un petit homme avec une casquette de base-ball émergea d'un des bâtiments crasseux de l'usine pour la saluer. « Je m'appelle Tinley. Je suis le responsable adjoint de la production. Par ici pour la magie, m'dame », plaisanta-t-il en la faisant traverser la cour pour l'emmener vers une remise en béton. Mair le suivit, dubitative.

À l'intérieur, quatre femmes étaient accroupies en cercle. Elles avaient la tête et le bas du visage couverts par un châle. Au milieu d'elles s'élevait un tas de toison, d'épaisses boules de poils de chèvre bruts mêlés à de la graisse, du crottin et des brindilles, exactement la même chose qui avait été enfouie dans le sac sur le plateau. Il ne faisait aucun doute qu'il s'agissait de la fibre de *pashm* non traitée telle qu'elle était arrivée de Changthang après un long trajet en camion. Les femmes nettoyaient les touffes à la main, retirant le plus gros des saletés et triant les poils en plus petits tas selon la couleur, du gris le plus clair jusqu'au marron le plus foncé. Dans la pièce nue, l'air paraissait presque solide tant l'odeur rance de chèvre était forte.

Tinley fit un petit geste de regret. « C'est un procédé de séparation des couleurs. Il ne peut être effectué que par des yeux humains. » Puis son visage s'éclaira. « Néanmoins, comme vous allez le voir, le reste de notre processus est tout à fait moderne. Très mécanisé. Par ici, s'il vous plaît. »

Une porte métallique s'ouvrit en coulissant et Mair pénétra dans la section suivante de l'usine. Elle avait entendu le ronronnement des machines, mais elle ne s'attendait pas à quelque chose d'aussi énorme. L'appareil devait mesurer quarante-cinq mètres de long, un colosse de courroies qui tournent et de roues qui basculent, de larges cylindres recouverts de caoutchouc et de réservoirs fumants. Au bout de l'engin se trouvait une chambre de séchage d'où la laine ressortait plus propre et plus douce, mais pas encore débarrassée de toutes les saletés et autres rugosités.

« Et maintenant ? » demanda-t-elle en faisant rouler un écheveau entre ses doigts.

Une deuxième porte métallique s'ouvrit devant eux. Une vague d'air moite, lourd de l'odeur de la laine mouillée, l'enveloppa.

« Pourquoi fait-il si chaud ? Et si humide ? dit-elle en étouffant.

— C'est une chambre humidifiée, répondit Tinley tout fier. Ça rend la laine plus facile à travailler. C'est la section où l'on retire les poils superflus, vous voyez ? »

Ils s'avancèrent près de la machine. À chaque étape, la laine ressortait plus blanche et plus douce, au fur et à mesure que la toison pure – l'isolation la plus sûre de la chèvre contre le froid de l'Himalaya – était séparée du reste.

Au bout de la ligne, après une autre chambre de séchage, la courroie faisait demi-tour. Un homme supervisait le tout tandis que le produit fini, parfaitement nettoyé et séché, tombait en tourbillon des mâchoires de la machine.

Mair ne put s'empêcher de s'approcher et de plonger les mains jusqu'aux coudes dans le *pashm* pur. C'était comme tenir un nuage, léger et vaporeux, de couleur parfaitement identique de bout en bout. Elle se souvint qu'un kilo de la laine crasseuse et répugnante qu'elle avait vue au début du processus ne produisait que trois cents grammes de cette toison aérienne. « C'est vrai que c'est magique », dit-elle.

Les yeux de Tinley pétillèrent. « Venez avec moi. » Il enfonça un peu plus sa casquette sur sa tête et ouvrit la voie pour sortir de l'usine.

Les chemins étaient trop étroits pour deux personnes et étaient surplombés de cordes à linge, de branches de vieux arbres noueux et des balcons saillants des maisons du quartier. Tinley marchait si vite que Mair devait faire des efforts pour garder le rythme. Arrivé devant une double porte menaçant de s'effondrer, percée dans un mur blanchi à la chaux, il lui fit signe d'avancer. Des poules fouillaient les tas d'ordures et, soudain, l'appel du muezzin retentit au-dessus des toits.

« *Julley* », lança Tinley à un homme appuyé sur un balai.

Après avoir gravi quatre marches en pierre et franchi une porte étroite, ils arrivèrent dans une pièce remplie de femmes assises devant des métiers à tisser. Tandis qu'elles travaillaient, on entendait le craquement régulier des pédales et l'on distinguait l'éclat des navettes. Elles tissaient des pashminas basiques, dans des tons clairs de marron et de gris. Tinley lui expliqua que ces travailleuses confectionnaient des châles qui seraient vendus dans les points de vente d'industrie artisanale de Leh soutenus par l'État. « Méthodes très traditionnelles préservées, bonnes opportunités de travail pour les femmes de la région. Elles peuvent travailler le nombre d'heures qu'elles souhaitent et gagner un peu d'argent, tout en s'occupant de leur famille.

— C'est bien », reconnut Mair, mais le peu de ressemblance entre ces châles et le sien la laissait perplexe.

Ils traversèrent l'atelier de tissage et les femmes levèrent la tête et sourirent sur son passage. L'avant du bâtiment, à la grande surprise de Mair, s'ouvrait sur une vue qu'elle reconnaissait : la rue principale, avec les minarets de la mosquée centrale s'élevant sur la colline, elle-même couronnée par le vieux palais. En empruntant le labyrinthe des petites rues, ils étaient parvenus à une véritable salle d'exposition de châles, couverte de ces étagères qui lui étaient à présent familières. Un vendeur sourit à Mair, dévoilant une incisive dorée, avant d'entreprendre de sortir ses articles de leur emballage plastique.

Parfois Leh semblait être un seul et unique immense magasin de produits à base de laine.

Néanmoins, il n'était pas question pour Mair de différer ses achats, maintenant que Tinley lui avait patiemment fait découvrir tout le processus de fabrication des précieuses étoffes. Docile, Mair choisit trois châles : un gris perle pour Eirlys, un caramel pour elle et un crème pour Hattie. Cela irait bien avec le teint mat de son amie. Elle paya douze mille roupies en tout, en se disant que ce n'était au fond pas si cher que cela, compte tenu de tout le travail nécessaire à la production de la fibre de pashmina.

Le vendeur emporta ses achats pour les emballer et, sur un coup de tête, Mair ouvrit son sac et sortit la bourse de sa cachette. Curieux, Tinley la regarda déplier le châle de sa grand-mère et l'étendre délicatement sur le comptoir en bois de la boutique. Les couleurs d'eau et de fleurs qui s'épanouissent formaient une flaque éclatante dans la lumière tamisée du magasin. Les articles entreposés sur les étagères apparaissaient soudain ternes et grossiers en comparaison. Tinley renifla le châle en se penchant pour l'observer de plus près, et le vendeur se retourna brusquement pour venir le voir.

« Pouvez-vous me donner des informations sur ce châle ? » demanda Mair.

Tinley attrapa une petite loupe derrière le comptoir et examina le tissage avec minutie, passant ses doigts sur la broderie avant de retourner le tissu pour analyser l'envers. Il suivit le contour des motifs cachemire puis s'attarda sur un coin de l'étoffe.

« C'est un travail cachemiri, dit-il, un tissage *kani*. Nous ne faisons pas ça ici au Ladakh. »

Le vendeur lui glissa quelques mots à l'oreille.

« Vous voulez le vendre ? s'enquit Tinley, l'air de rien.

— Non. Sûrement pas. Il appartenait à ma grand-mère. Je... J'essaie juste de découvrir l'histoire de ce châle et peut-être, grâce à cela, un peu de celle de ma grand-mère. Vous voyez, je ne l'ai jamais connue. »

Tinley posa sa loupe et se redressa. « Alors vous devez vous rendre dans la vallée du Cachemire, par-delà les montagnes.

— Je crois néanmoins que mes grands-parents étaient à Leh. Dans les années quarante. Mon grand-père était missionnaire.

— Catholique ? Morave ?

— Non. Il était gallois, presbytérien. »

Tinley secoua la tête et haussa les épaules. De toute évidence cela ne lui disait rien. « Les Européens sont venus, peu sont restés. Ils ont ouvert des cliniques et fondé des écoles pour les enfants, et pour ça nous leur devons une fière chandelle. » Il s'arrêta là, ce qui, par omission, signifiait que la reconnaissance indienne était moindre pour d'autres actions des missionnaires, notamment pour leur travail de conversion religieuse.

Mair enchaîna : « Je voulais faire un tour dans le cimetière européen de la ville, mais les portes sont toujours fermées et je n'arrive pas à trouver qui a la clé. »

Tinley sourit de toutes ses dents et mit sa casquette sur le côté. Il parla à toute vitesse au commerçant et tous deux se mirent à rire.

« C'est facile. Tsering, mon ami que voici, c'est son oncle le gardien. »

Les deux hommes échangèrent quelques informations supplémentaires et Tinley dit à Mair que, si elle revenait le lendemain, vers trois heures, l'oncle en question viendrait avec la clé et l'emmènerait visiter le cimetière.

Elle les remercia tous deux et promit d'être à l'heure. Tandis qu'elle repliait le châle, Tinley lui toucha le poignet. « Vous avez vu ça ? » demanda-t-il en désignant l'un des quatre coins. Il lui mit la loupe dans la main et elle se pencha pour voir ce qu'elle n'avait encore jamais remarqué. Il y avait un minuscule symbole brodé, comme un papillon stylisé ou, peut-être, les initiales BB, avec la première lettre à l'envers et, à côté, un autre signe indéchiffrable. « De quoi s'agit-il ?

— C'est la signature du fabricant suivie du nombre “42”, peut-être l'année où il a été achevé. C'est un châle magnifique et l'artisan a dû mettre de nombreux mois, voire des années, à le tisser puis à le broder. Il a sans doute été réalisé pour le mariage d'une jeune femme, pour qu'elle l'emporte avec elle dans la maison de son époux. »

Pour sa grand-mère Nerys Watkins, comme cadeau de la part de son mari le missionnaire presbytérien gallois ? Mair le trouvait bien trop somptueux pour cela. Rien de ce qu'elle avait appris des conditions de vie et de la foi sobre de ses grands-parents ne correspondait à la valeur et à la rareté du châle. Le mystère n'en devenait que plus grand.

Elle rangea les nouveaux châles dans son sac, aux côtés de l'ancien, remercia le commerçant et répéta qu'elle serait de retour à trois heures le lendemain après-midi.

Tinley lui fit un grand sourire. « Vous devriez porter un de vos nouveaux pashminas. Le froid arrive. L'hiver sera précoce cette année. »

Tandis qu'elle se promenait dans la vieille ville le lendemain, elle vit à quel point l'endroit se repliait sur lui-même sous l'effet du vent glacial en provenance des montagnes. L'air sentait la neige, comme Tinley l'avait prédit, et elle était bien contente de sentir la chaleur de son châle caramel autour de sa gorge. La plupart des fenêtres des maisons étaient maintenant protégées par de vieux volets en bois, et presque chaque toit présentait des piles de bois et de fourrage pour les animaux. Il y avait moins de gens au bazar et elle ne croisa qu'un ou deux Occidentaux. Dans une semaine ou deux, les derniers cafés et dernières maisons d'hôtes seraient fermés, les travailleurs saisonniers venus pour l'été partiraient vers les plages et les hôtels de Goa pour la période hivernale, et Leh sombrerait dans l'isolement au fur et à mesure que la neige s'accumulerait au niveau des cols. Elle pensa aux Becker et se demanda comment ils se débrouillaient sous leur tente par ce temps si froid.

De retour au magasin, elle ne vit, bien sûr, aucun signe de l'oncle ni de la clé insaisissable. Tsering, le commerçant, essaya de la faire patienter. Il voulut lui montrer une nouvelle livraison de châles, à peine arrivés du finisseur. Ils burent du *masala chai* et grignotèrent des amandes et des abricots secs tandis que Mair admirait la marchandise. Elle était en train de comprendre que les échanges ritualisés entre vendeur et acheteur étaient systématiques, même s'ils savaient tous deux qu'argent et châles ne changeraient pas de main ce jour-là.

Après une demi-heure plutôt agréable, la porte qui menait à l'atelier de tissage s'ouvrit en cliquetant. Un très vieil homme de toute petite taille, portant une sorte de toque de fourrure et des bottes en feutre lacées avec des lanières de cuir, se présenta sur le seuil en titubant.

« Mon oncle Sonam. » Rayonnant, Tsering lui entoura les épaules de son bras costaud. « Le frère de ma grand-mère. »

Mair serra la main de ce vénérable personnage en se disant que ce n'était pas étonnant qu'il ne passe pas plus de temps à s'occuper du cimetière. Il paraissait trop vieux pour faire quoi que ce soit d'autre que de s'asseoir dans un fauteuil pour somnoler.

« Bonjour, Sonam-*le* », dit-elle, utilisant ce qu'elle savait être la formule honorifique de politesse. Le vieil homme lui lança un regard vif et critique. Il parla tout bas à Tsering et tourna brusquement le pouce vers la porte du magasin.

Tsering enfila sa veste Adidas avec empressement. « Allons-y, dit-il.

— Vous allez quitter la boutique ?

— Mon oncle ne parle pas anglais. » Il haussa les épaules et fit une grimace avant d'ajouter : « De toute façon, je ne vois aucun client. »

Il ferma la porte à clé et tous trois se mirent en route, la longue tunique de Sonam bruissant autour de ses chevilles et sa toque de fourrure s'agitant tandis qu'ils traversaient le bazar. À la grande surprise de Mair, il se déplaçait très vite. En quelques minutes, ils avaient atteint les portes familières du cimetière européen. Sonam fouilla dans ses différentes couches de vêtements et en sortit une énorme clé. Les portes s'ouvrirent enfin et Mair entra, se faufilant entre les croix et les pierres tombales, sous les arbres décharnés. Le sol était couvert de feuilles mortes, leur belle couleur dorée ayant déjà cédé sa place à un brun terne. Le froid lui piquait les joues.

« Qu'est-ce que vous cherchez ? » demanda Tsering.

Mair était en train d'essayer de traduire l'inscription en allemand que portait la pierre la plus proche. « Je ne sais pas », avoua-t-elle.

Elle fut soulagée quand les deux hommes allèrent s'abriter sous un petit appentis vert placé près d'un mur. Elle erra au hasard dans les rangs. Il y avait plusieurs tombes minuscules, dont une portait juste l'inscription suivante : « Josephine, 7 mois ». Elle essaya d'imaginer la lutte permanente des Européennes pour prendre soin de leurs enfants dans cet endroit isolé, si loin de chez elles, et toutes leurs prières qui n'avaient pas suffi.

Elle arriva à un petit groupe de pierres tombales qui portaient des noms gallois, les Williams, les Thomas ou encore les Jones, des noms de sa vallée d'origine, qui avaient forcément été membres de la mission presbytérienne. Elle sortit son cahier et copia les noms et les dates pour les rechercher dans *Espoir et Gloire de Dieu* la prochaine fois qu'elle aurait accès à Internet. Elle reconnut une ligne de gallois qui lui était tout à fait familière car elle l'avait vue récemment dans le cimetière de sa ville d'enfance, gravée sur une pierre à quelques mètres de celles de son père et de sa mère. *Hedd perffaith hedd.* La paix, la paix parfaite.

Elle fut prise de mal du pays, et cette sensation était aussi forte qu'inattendue. Pendant un instant, troublée, elle ressentit un grand désir de retourner dans la vallée. Elle revoyait son père à la table de la cuisine, la tête penchée au-dessus du journal, son inévitable tasse de thé à la main.

Elle se ressaisit en regardant vers le rempart formé par l'Himalaya et les nuages qui le franchissaient. Evan et Nerys Watkins s'étaient peut-être tenus à cet endroit précis pour regarder ce même spectacle. Nerys avait sans doute plus d'une fois eu le mal du pays, d'autant qu'à l'époque les distances paraissaient encore plus grandes et il était bien plus difficile de communiquer avec ceux qu'elle avait laissés derrière elle. Pour la première fois depuis son arrivée en Inde, Mair ressentit un attachement pour sa grand-mère.

Elle continua à marcher lentement jusqu'à ce qu'elle ait fini son tour de l'enceinte. Elle était déçue car il n'y avait rien d'autre que les trois ou quatre noms gallois sur les pierres tombales. Elle s'apprêtait à rejoindre le refuge, où Tsering et son oncle s'étaient mis à l'abri du vent et fumaient des *bidis*, quand elle remarqua une plaque incrustée dans un mur.

Elle lut :

In Memoriam
Matthew Alexander Forbes, St John's College, Cambridge
Disparu sur le Nanga Parbat, en août 1938, à l'âge de 22 ans

Mair ne savait pas exactement ce qu'était le Nanga Parbat et encore moins où cela se trouvait, mais elle supposa qu'il s'agissait d'une montagne. Vingt-deux ans, c'était très jeune.

« Comment ça va, m'dame ? appela Tsering. Vous avez trouvé quelque chose ? »

Elle secoua la tête. « D'après les noms, j'ai vu qu'il y avait des Gallois enterrés ici, mais rien ne les relie à ma famille. »

Sonam tourna la tête et la dévisagea. Il avait l'air d'une extrême vieillesse, mais il était aussi alerte que son petit neveu. Il marmonna une question et Tsering haussa les épaules avant de la traduire à Mair : « Il demande pourquoi vous ne nous avez pas dit plus tôt que c'étaient les Gallois qui vous intéressaient. »

Elle cligna des yeux.

Sonam se leva et fit un geste en direction de l'autre côté du mur. Elle hocha la tête et il les mena hors du cimetière, dans une rue qui serpentait derrière. Mair et Tsering durent se presser pour réussir à le suivre. Elle n'avait pas encore exploré cette portion de la vieille ville et observa avec tristesse les murs de pierres en ruine et les cavités béantes. La majorité des vieux bâtiments étaient à l'abandon. Une femme portant un fagot de petit bois sur la tête salua Sonam en le croisant dans sa marche effrénée.

Le chemin s'arrêtait net au niveau d'un mur blanc encadré par deux édifices abandonnés. L'un était en pierres basiques avec de hautes fenêtres voilées de couches de vieille poussière et Mair fut frappée par le fait que, dans sa simplicité dépouillée, il ressemblait à une chapelle galloise. Celui situé de l'autre côté n'était rien de plus qu'un mur avec une porte en train de s'effondrer mais, sur l'indication de Sonam, Tsering poussa cette dernière. Elle donnait sur une petite cour pavée entourée de bâtiments à étage unique. Jeunes arbres et mauvaises herbes brisaient la régularité des vieux pavés, et tout le vitrage des fenêtres à petits carreaux avait disparu. Deux chiens affamés apparurent dans un coin sombre et les regardèrent d'un œil jaune.

Tsering et Sonam se consultèrent.

« Voici l'ancienne mission, avec l'école et la clinique, mon oncle se rappelle bien. Là, c'était la chapelle galloise. C'est ensuite devenu un temple hindou, mais aujourd'hui il y en a un nouveau et il ne sert plus. De nos jours, il ne se passe plus rien par ici. » Il haussa les épaules, sans la moindre lueur d'optimisme. Mair avait trop souvent remarqué un tel geste chez ses interlocuteurs à Leh.

Sonam continuait de hocher la tête en agitant la main pour lui indiquer qu'elle pouvait explorer librement cet endroit désolé.

En évitant les chiens, elle alla jeter un coup d'œil dans les pièces minuscules. Les deux premières étaient vides, à l'exception des mauvaises herbes qui avaient traversé le plancher, quelques ordures par-ci par-là et des sacs déchirés mais, dans la troisième, elle trouva quelques meubles rouillés. L'un d'eux était une chaise d'école avec une petite étagère accrochée au dossier, sans doute pour ranger des manuels. Elle avait connu des chaises similaires à celle-là dans la petite classe de sa propre école. Mair se pencha et entreprit de la remettre droite, mais l'étagère lui resta dans les mains. À ses pieds gisaient les restes d'un livre, un triste vestige à la couverture boursouflée, que l'étagère avait à moitié protégé de l'humidité et du froid. Elle le ramassa et feuilleta les pages abîmées sur lesquelles elle ne réussit à distinguer que deux ou trois mots au milieu de la masse grise pâteuse.

Il s'agissait d'un livre de cantiques gallois.

Mair leva la tête. Quelques minutes plus tôt, elle pensait que les deux hommes essayaient de lui faire plaisir en lui faisant visiter une enceinte qui aurait pu appartenir à n'importe quelle mission au Ladakh, ou qui aurait pu n'avoir aucun lien avec une mission. À présent, elle était persuadée du contraire.

Soixante-dix ans auparavant, c'est dans cette chapelle en face que prêchait Evan Watkins, et peut-être sa femme essayait-elle de donner des leçons aux enfants dans cette pièce même ! Elle pencha la tête pour écouter, comme si elle pouvait saisir le son de leurs voix, mais elle n'entendait que l'aboiement des chiens et les klaxons au loin.

« C'est ça que je cherchais », dit-elle doucement à ses compagnons. Elle garda le livre de cantiques encore un petit moment avant de le remettre à sa place.

Tous trois retournèrent à l'air libre. Sonam prit le bras de Mair. Il se mit à parler avec animation, les mots se déversant de sa bouche tandis qu'il secouait le coude de la jeune femme en la regardant droit dans les yeux. Il n'avait plus de dents et des rides profondes hachuraient son visage, mais il semblait soudain bien plus jeune que son âge.

« Dites-moi ce qu'il raconte ! implora-t-elle Tsering.

— Il se souvient de l'institutrice qui enseignait ici, quand il était petit garçon. Elle était gentille. Elle donnait des pommes aux enfants et ils chantaient des chansons. »

Nerys Watkins, qui avait suivi son mari en Inde et rapporté le châle de mariage avec une mèche de cheveux cachée dans les plis.

« C'était probablement ma grand-mère. Se souvient-il de son nom ? Quelles chansons chantaient-ils ? »

L'agitation de la tête du vieil homme suffisait comme réponse, mais une autre cascade de mots suivit immédiatement. Ses mains mimaient un objet dans les airs et il souriait jusqu'aux oreilles en faisant semblant de chanceler sous son poids. Elle comprit que se remémorer le passé lointain était un plaisir pour lui, tout comme ça l'était devenu pour son père. Tsering donna une petite tape dans le dos de son oncle en lui disant de se calmer.

« Il dit qu'il y avait une radio ici, la première que mon oncle ait jamais écoutée. Il aimait la musique qui en sortait. La radio était grande comme *ça*, et très lourde. Elle avait une batterie si grosse qu'il fallait quatre hommes et un chariot pour l'emporter jusqu'à la rivière pour la charger au générateur. Ensuite les gens s'approchaient et écoutaient, le visage grave. Les enfants avaient envie de rire, mais ce n'était pas autorisé. C'est quand il y avait la guerre en Europe, puis elle est arrivée en Asie. »

Evan et Nerys, écoutant d'un air sombre les informations à la radio dans l'une de ces pièces basses de plafond, la lampe à huile projetant leur ombre sur le mur. À présent elle les voyait très clairement, enfin : Evan, dans sa tenue noire de pasteur, et Nerys, portant un tablier par-dessus sa jupe sobre et son gilet tricoté à la main.

« Oui, acquiesça-t-elle. C'était à cette époque. »

Il n'y avait rien d'autre à voir dans cette enceinte abandonnée. Tsering était intéressé et il refit un tour avec elle, regardant derrière toutes les portes, mais ils ne découvrirent rien de plus. Après cette soudaine lueur du passé, Sonam semblait fatigué ; il avait dépensé toute son énergie. Mair posa doucement la main sur son épaule. « Merci. Je suis contente d'être venue ici. »

Ils repartirent par le même chemin, mais cette fois Sonam marchait bien plus lentement, soutenu par son petit neveu. Le crépuscule se faisait plus sombre et des lumières brillaient à travers les fenêtres des maisons proches du cimetière, puis elles se mirent à clignoter et l'électricité se coupa. Le seul réverbère de la rue s'éteignit. Mair et ses compagnons s'arrêtèrent sous le ciel bleu marine, le temps que Tsering sorte une lampe de poche de sa veste. Le vieil homme tendit une main vers Mair pour s'appuyer et elle lui prit le bras. Liés ensemble, à la lumière du rayon étroit de la lampe qui éclairait nids-de-poule et débris de murs, ils continuèrent avec prudence leur chemin vers la route.

Au carrefour où elle devait tourner pour rejoindre son hôtel, elle dit au revoir aux deux hommes. L'argent qu'elle donna à Sonam disparut en un éclair dans une fente de sa tunique. Il l'attrapa par le poignet et s'approcha pour la dévisager dans le noir. Tsering servit une dernière fois de traducteur.

« En ce temps-là, la vieille époque, il était très difficile de vivre ici. Il n'y avait pas grand-chose, pour personne. Mais c'était bien, malgré tout. »

Le vieil homme était en train de lui dire qu'Evan Watkins et sa femme n'avaient pas vécu la détresse à l'état pur, ici à Leh. Il y avait aussi eu des moments de joie.

Mair pouvait le comprendre.

Elle leur serra la main.

Tsering sourit, ses dents brillant dans la nuit. « Vous êtes à la recherche de l'histoire de votre châle. Il vous faut maintenant aller à Cachemire.

— J'irai.

— Bon voyage », dit-il.

Ils lui souhaitèrent une bonne nuit. Tandis qu'elle les regardait avancer à petits pas dans la rue déserte, l'électricité fut rétablie. Leur ombre glissait le long des vieux murs de pierres.

CHAPITRE TROIS

Inde, 1941

Il avait pris leur bougie avec lui derrière le paravent. C'était une simple armature de bois de part et d'autre de laquelle était tendue une grande feuille de papier marron et la lumière, placée en haut du lavabo, projetait son ombre grossie et déformée sur le papier. Nerys tourna la tête de l'autre côté afin de ne pas voir son mari se laver. Elle se mit à étudier le sobre crucifix en bois accroché au mur près du lit.

Il rapporta la bougie du lavabo, faisant vaciller sa lueur jaune, et la posa sur la table de nuit, ce qui signifiait qu'elle pouvait se retourner. Le matelas, bourré de poils de yak, fit son bruissement habituel tandis qu'elle se déplaçait. Quand Evan prit la Bible qui était toujours à côté de son oreiller, il s'éleva un parfum de savon phéniqué mêlé d'une odeur persistante de transpiration masculine. Il s'agenouilla près du lit. Aussitôt, Nerys fit un geste pour repousser la couverture et le rejoindre dans sa prière, mais il lui dit qu'elle ferait mieux de rester où elle était.

« Le Seigneur voit tout. Il ne désapprouvera pas si tu te reposes encore quelques jours, Nerys.

— Je vais tout à fait bien », murmura-t-elle, mais elle ne bougea pas tant elle était fatiguée. Elle l'écouta lire en gallois un de ses passages préférés du Livre de Job. « Amen », dit-elle, quand elle crut qu'il avait terminé. Il y eut une pause pendant laquelle il pria en silence, et elle essaya de faire de même. Entre autres choses, elle demanda à Dieu s'Il pouvait faire d'elle une meilleure épouse.

Evan finit par soupirer et par se relever. Il enleva son épaisse robe de chambre et la pendit au crochet, souleva la couverture, faisant entrer une lame d'air glacé dans le lit, et resta là debout dans son pyjama de flanelle, comme si s'allonger près d'elle lui demandait un réel effort de volonté.

« Tu es prête ? demanda-t-il.

— Oui. »

Il souffla la bougie et se glissa dans le lit. Le matelas s'enfonça sous son poids et elle contracta les muscles de sa hanche et de sa jambe pour ne pas rouler contre lui. Non pas qu'elle ne rêve du réconfort de ses bras et de la chaleur de sa peau, car elle se sentait si triste et si vide qu'elle mourait d'envie d'être rassurée physiquement, sans aucun des écueils auxquels les mots pouvaient mener, mais la journée avait été longue et elle ne voulait pas lui imposer ce besoin.

« Bonne nuit, ma chère, dit-il au bout d'un moment.

— Bonne nuit, Evan », répondit-elle doucement.

Bientôt, il s'endormirait. Elle croisa les mains sur sa poitrine et passa la journée en revue.

C'étaient les enfants les plus jeunes qui lui apportaient le plus de joie. Elle aimait les voir en classe, avec des tabliers d'écoliers noués sur leurs vêtements déchirés, assis en rang, leurs yeux brillants fixés sur elle quand elle écrivait mots et chiffres sur le tableau en équilibre sur un chevalet. Un, deux, trois. Botte, chapeau, pomme, main. Ils suivaient cette partie de la journée avec patience, tout comme quand elle leur lisait des histoires tirées de la Bible, mais ce qu'ils aimaient le plus, c'était danser, chanter et taper des mains. Ils improvisaient leurs propres paroles sur les comptines qu'elle leur apprenait, ou bien ils inventaient des chansons ensemble, elle à l'harmonium et eux au tambour, au sifflet et au tambourin, remplissant la pièce de rythme qui n'avait nul besoin de paroles.

Travailler avec les autres enfants était moins gratifiant. Nerys savait qu'ils ne venaient à l'école que pour bénéficier du repas qu'offrait la mission à midi, de la soupe et du riz accompagnés d'un épais ragoût de lentilles. Ils gigotaient et chuchotaient pendant qu'elle parlait et, dès que le cours finissait, à trois heures, ils se précipitaient dehors, heureux d'être libérés de ses leçons, même s'ils allaient passer le reste de la journée à travailler dans les champs ou penchés sur un métier à tisser. Elle ne pouvait qu'espérer que la nourriture qu'ils mangeaient et le peu d'attention médicale qu'elle pouvait offrir, pour leurs toux déchirantes, leurs yeux collés et leurs plaies suppurantes, compensaient les deux heures d'incompréhension mutuelle qu'ils partageaient avec elle. À huit ou neuf ans, la plupart d'entre eux ne venaient plus du tout. Ils étaient bien trop précieux pour leurs parents comme bras supplémentaires.

Nerys écoutait la respiration d'Evan se faire plus lente et sonore.

Elle avait beau essayer d'être positive, elle avait du mal à se persuader qu'ils ne perdaient pas leur temps dans cet endroit, deux étrangers ignorants luttant contre des conditions de vie primitives, une langue obscure et des siècles d'histoire.

Bien sûr, Evan n'admettrait jamais qu'ils étaient ignorants. Mais Nerys ne partageait pas la conviction de son mari selon laquelle la Parole était la seule vérité, et son annonce aux païens la seule chose qui importait. Elle craignait même de perdre la foi, bien que cette seule pensée, silencieuse et dans l'obscurité protectrice, la fasse grimacer d'anxiété. Comment une épouse de missionnaire pourrait-elle être non-croyante ?

L'ironie, c'est qu'elle avait commencé à s'approcher de ce précipice de doute depuis qu'elle était en Inde.

Au pays de Galles, elle avait rencontré le pasteur Evan Watkins alors qu'il était en permission de sa mission en Inde et qu'elle finissait sa formation de professeur, et tout avait semblé clair. Leur Dieu, celui qu'elle partageait avec Evan, était bien sûr au cœur de leur vie quotidienne. Il disait le bénédicité avant chaque repas, des prières à l'heure du coucher pour la famille et les malades, le roi et la reine, les malheureux païens. Il allait à la chapelle le dimanche, avec l'épaisse Bible noire, les cantiques non-conformistes, et tout un style de vie auquel elle était habituée et qu'elle considérait comme normal. Même après la demande en mariage d'Evan (et elle avait espéré – même *prié* – pour qu'il lui fasse sa demande), et durant leurs courtes fiançailles, le mariage, leur voyage de noces dans l'île d'Anglesey (elle n'allait pas s'attarder là-dessus maintenant) et tous les préparatifs pour leur départ en Inde qui avaient suivi, elle n'avait jamais remis en question la prémisse de base. Evan avait reçu l'appel de devenir missionnaire et elle était fière de l'accompagner. Elle l'aiderait et lui apporterait son soutien par tous les moyens possibles et, ensemble, ils réussiraient.

À Shillong, le centre de la Mission presbytérienne d'aide sociale en Inde, où ils avaient vécu les premiers mois après leur mariage, cela n'avait pas été si difficile. La mission dirigeait une assez grande école où l'enseignement était excellent et où les familles locales semblaient disposées à accepter le message chrétien qui l'accompagnait. En plus de la chapelle imposante, avec ses services réguliers pour les familles de la mission et le nombre respectable de convertis, l'enceinte comprenait un centre médical pour les premiers secours et les maladies bénignes, des cours destinés aux femmes – aptitudes domestiques, hygiène, culture de légumes – pour lesquels Nerys aidait avec plaisir, et enfin tout le soutien d'une communauté religieuse restreinte mais déterminée. La mission avait même, un peu plus loin, un hôpital avec un médecin qualifié et trois infirmières où les femmes pouvaient accoucher dans des conditions plus sûres et plus hygiéniques qu'ailleurs dans la région. On y traitait aussi les patients atteints de lèpre, de tuberculose, de septicémie, de rage et de toutes les autres maladies ravageant l'Inde. Nerys avait le sentiment que, par leur travail, son mari et elle étaient utiles à la population locale, même si ce n'était qu'une petite pierre à l'édifice.

L'Inde en elle-même l'avait interloquée. Avant d'arriver, elle n'avait qu'une vague idée de ce qui l'attendait et avait donc été choquée par l'immensité du pays, la chaleur brutale des plaines, si féroce qu'elle lui écorchait la peau et décolorait le ciel, le fourmillement des habitants, la violence des torrents de pluie de la mousson, les couleurs criardes, la puanteur de l'ensemble, les mouches, les corps estropiés et la pauvreté crue auxquels elle était chaque jour confrontée. Quand elle avait essayé d'avouer son désarroi à Evan, il avait eu l'air agacé.

« Le travail est ce qui nous amène ici, ma chère, avec l'aide de Dieu. Nous n'avons pas le temps de nous apitoyer. »

Elle avait alors commencé à répliquer qu'elle n'avait pas peur de la tâche et qu'elle n'était pas égocentrique, qu'elle souhaitait juste discuter de ce qu'ils voyaient tous deux sans cesse. Mais il l'avait coupée. Evan ne voulait parler de rien à l'exception de leur routine quotidienne. Il était concentré sur son travail de façon si stricte et inébranlable, qu'elle s'était mise à le soupçonner de craindre où pourrait le mener la spéculation.

Néanmoins, sa confusion n'avait pas duré. Avec le temps, elle avait commencé à voir une certaine vitalité dans ce pays grouillant de monde, une sorte d'appétit tenace qui faisait naître des bébés au milieu de la désespérance, qui se reflétait dans les yeux du mendiant qui levait les mains pour recevoir une pièce d'un demi *paisâ*, dans le dos des femmes pliées en deux dans les champs, et chez l'homme qui passait ses journées assis à l'écart de la circulation tourbillonnante avec son réchaud, à faire infuser du délicieux *chai* pour le vendre aux passants. Nerys avait l'habitude de s'arrêter sur son chemin quotidien pour boire une tasse de thé avec cet homme, s'asseyant sur son tabouret tandis qu'il s'accroupissait dans la poussière. Malheureusement, elle ne voyait pas comment l'une ou l'autre de ces personnes pourrait être touchée, en bien ou en mal, par le message chrétien qu'elle était censée leur apporter. Leur situation était presque toujours désespérée et ces gens avaient déjà leurs religions diverses et variées. Que pourrait changer une nouvelle croyance ?

C'était une graine sèche et importune qui avait germé en elle, mais sa croissance était rapide.

Evan travaillait sans arrêt, prêchant, écrivant, lisant et voyageant dans des villages excentrés. Même en enseignant à l'école et en essayant de gérer les serviteurs de la maison, qui la mettaient mal à l'aise en attendant ses ordres le sourire aux lèvres, Nerys avait beaucoup de temps libre. Elle avait alors commencé à aider à l'hôpital où les infirmières offraient une compagnie bien plus gaie que les autres femmes de missionnaires.

Ce qu'elle préférait c'était assister le personnel médical en salle d'accouchement. Le souvenir du premier bébé qu'elle avait vu naître était aussi net que si ça avait été le matin même. La mère était plus jeune qu'elle, avait déjà mis au monde deux enfants et avait hurlé deux longues heures tandis que Nerys lui épongeait le visage et luttait pour la calmer. Mais dès la naissance de l'enfant, elle avait tendu les bras pour le prendre avec un sourire qui avait rempli la pièce. Nerys avait dû tourner la tête pour essuyer ses propres larmes.

À présent ses mains glissaient plus bas, dépassant les arches jumelles de ses côtes flottantes, pour reposer dans le creux juste en dessous, un mouvement involontaire dont elle essayait de se débarrasser sans succès. Depuis sa première grossesse qui avait fini en fausse couche, moins d'un mois plus tôt, elle essayait de se dire qu'il y aurait bientôt un autre bébé en route. Elle se sentait malade et épuisée, et ça leur avait pris déjà bien assez longtemps pour concevoir celui-là, mais bon, ils y arriveraient, n'est-ce pas ?

À moins que ce ne soit le moyen choisi par Dieu pour la punir de ne plus croire en Lui.

Nerys sourit tristement dans l'obscurité. Si elle ne croyait plus, comment une fausse couche maintenant ou une impossibilité de concevoir à nouveau pourraient-elles être une punition divine pour quoi que ce soit ?

Pense à quelque chose d'autre, se dit-elle. Son mari soupira dans son sommeil et se recroquevilla sur le côté, lui tournant le dos.

Quand on avait offert à Evan la possibilité d'aller jusqu'à Leh, où le pasteur gallois missionnaire était mort de dysenterie, il avait expliqué à Nerys qu'ils n'étaient pas obligés de s'y rendre. Ils devaient considérer cette offre comme une opportunité de faire plus de bien, pas comme un ordre. L'affectation serait difficile, l'avait-il avertie. Leh était à une altitude considérable ; on ne pouvait y accéder que par deux routes que la neige rendait impraticables au moins six mois de l'année. Ils se retrouveraient sans doute avec très peu d'autres Occidentaux, il n'y avait pas d'hôpital à proprement parler, et la population locale serait certainement encore moins réceptive à la parole du Seigneur que là où ils se trouvaient, à Shillong.

Nerys l'avait regardé dans les yeux.

Evan ne voulait y aller que parce que, justement, l'affectation serait difficile et inconfortable. Leh lui donnerait l'occasion de prouver son zèle missionnaire à ses supérieurs et à Dieu, tout en lui donnant encore plus de possibilités de sacrifice de soi. Elle commençait à se rendre compte que le pauvre Evan avait une bien basse opinion de lui-même. Ses doutes sur la valeur de ses réalisations au sein de la mission, tout son travail consciencieux et son insistance pour prendre la route la plus dure possible, étaient probablement sa façon de compenser une absence de confiance en soi et d'amour-propre. Il ne s'alimentait même pas correctement, malgré les efforts de Nerys pour lui préparer des repas nourrissants et équilibrés. Il était émacié et avait les joues de plus en plus creusées. Il était souvent malade, avec de la fièvre et des maux d'estomac.

Je t'aimerai mieux et davantage, avait-elle promis en silence, *pour compenser ce que tu ne peux pas faire pour toi-même.*

Elle avait pris son visage entre ses mains et lui avait embrassé le front. « Bien sûr que nous devons y aller. Je serai très déçue si nous n'y allons pas. Rien que le voyage a l'air d'être une aventure. » Elle connaissait les légendes de la route menant de Manali à Leh.

Ce soir-là, dans leur lit, Evan lui avait pris la main et murmuré : « Ma chère ? »

C'était son signal. Elle s'était rapprochée de lui, sa chemise de nuit se froissant au niveau de ses cuisses, et elle avait murmuré à son tour : « Oui. » Elle s'était assurée que sa bouche touche presque la sienne, pour qu'il sente la chaleur de son haleine.

Il ne pensait sans doute pas que le faire était un péché en soi, pensait-elle. Après tout, ils avaient été mariés, à la chapelle, par Parchedig Geraint Rhys, l'ami et le professeur d'Evan, devant leurs deux familles. C'était simplement – sans doute – qu'il pensait ne pas mériter tant de plaisir. Il est certain qu'il ne tentait jamais de prolonger l'acte ni d'intensifier leurs sensations à l'un ou à l'autre. Il cédait à la pulsion ignoble, comme il la considérait sans doute, puis se détachait aussi vite que possible.

De son côté, peu importait à Nerys de mériter du plaisir ou non, mais elle savait depuis la première fois où, avec maladresse, son mari était entré en elle, qu'elle adorait faire l'amour. Au début, elle avait imaginé une relation où les deux époux aimaient ça autant l'un que l'autre et en avaient envie autant l'un que l'autre. On ne quitterait jamais le lit, se disait-elle. Après deux ans de mariage, elle avait appris à garder son imagination sous un contrôle plus strict.

Evan accepta l'affectation à Leh et les Watkins entreprirent le long voyage vers le Ladakh. Nerys apprécia le voyage en train jusqu'à Calcutta, puis jusqu'à Delhi, bien qu'elle ait trouvé la chaleur estivale des plaines écrasante après la relative fraîcheur de Shillong. À chaque arrêt, des vendeurs grimpaient dans leur voiture avec des paniers-repas contenant riz et currys, des hommes proposaient du *chai* en annonçant leur arrivée à l'aide d'une clochette et, implorantes, des femmes élevaient des nappes remplies de fruits mûrs contre les vitres couvertes de poussière. Elle marchandait pour ces denrées à la manière des autres passagers du train et concoctait des petits pique-niques dans une serviette blanche pour tenter Evan quand il lèverait les yeux de son livre. Et, heure après heure, elle regardait l'Inde défiler sous ses yeux. Rizières, charrettes tirées par des buffles et villages boueux faisaient place à des villes de taudis, accablantes de misère, et à des campements encore plus désespérés où des familles vivaient sous une bâche de toile en lambeaux, sur un bout de terre près des rails, la fumée d'innombrables feux épaississant l'air déjà visqueux. Puis le train repartait dans la campagne, longeant une vaste plaine brune, comme si la ville âcre n'avait jamais existé.

À Delhi, ils logeaient dans une maison de missionnaires quand Nerys apprit enfin la nouvelle de l'évacuation de Dunkerque sur la fréquence étrangère de la BBC. Des lettres de ses parents l'attendaient, lui racontant les raids aériens et les rationnements alimentaires, et lui parlant de petits garçons qu'elle avait connus à l'école et qui apparaissaient à présent sur les listes des hommes morts au combat. Il lui était difficile d'apprendre les changements terribles que son monde chéri subissait quand elle était elle-même dans un endroit si étrange. L'angoisse qu'elle ressentait pour les gens qu'elle avait laissés derrière elle occupait ses pensées, et leur travail en Inde lui semblait de plus en plus absurde. Elle n'avait qu'une envie : rentrer chez elle. Ce désir était physique, si fort qu'il en était presque effrayant. Evan revint un après-midi d'une réunion de la mission et la trouva devant une fenêtre ouverte, luttant pour respirer, bien que l'air extérieur soit chaud et encrassé. Une chaussette en laine qu'elle était en train de tricoter gisait par terre près d'elle. Elle avait entendu qu'il ferait très froid lors de la traversée des cols vers Leh et, bien que la notion de fraîcheur semble avoir complètement disparu du monde, elle s'inquiétait qu'ils n'aient pas assez de vêtements chauds.

« Je pense que nous sommes prêts pour le départ. » Evan fronça les sourcils, choisissant de ne pas voir sa détresse ou, du moins, de faire comme si de rien n'était. « Je vais prendre les billets pour Chandigarh. »

Avec l'aide et les conseils de la mission de Delhi, ils avaient rassemblé une montagne d'équipement et de provisions, allant des grosses bottes en feutre et des couvertures aux plaquettes de beurre de l'entreprise laitière de Delhi. Tout avait été installé dans des paniers de voyage attachés à l'aide de courroies en cuir.

Nerys se baissa pour ramasser son tricot. « Est-ce la bonne décision, Evan ? Ne penses-tu jamais que… que nos efforts seraient plus utiles dans notre pays ? »

Il posa sa charge de papiers et de livres. « À cause de la guerre ?

— Oui. » S'ils étaient au pays de Galles, se disait-elle, son mari serait aumônier militaire et elle enseignerait à l'école, à la place des hommes partis au combat.

« C'est ici que j'ai été appelé, Nerys. Je sais que j'accomplis la volonté du Seigneur. »

« Tant mieux pour toi, faillit-elle répondre, mais moi alors ? Je n'ai reçu aucun appel du genre. Quelle est la volonté de Dieu pour *moi* ? »

Cela, elle ne l'avait jamais demandé à Evan.

Elle s'était toujours mordu la langue, sachant que la seule orientation prudente pour la conversation était d'accepter le fait qu'elle était la femme d'Evan, et que son devoir se limitait à cela. Quoi qu'il en soit, tout cela, chaque étape qui l'avait amenée là, avait découlé de ses propres choix. Si elle n'avait pas choisi de l'épouser, elle serait chez elle au pays de Galles et, demain, elle serait institutrice, célibataire, et elle enseignerait à des enfants dont elle comprendrait la vie, au lieu d'être une femme mariée en route pour le Ladakh.

Par la fenêtre, ils entendaient les cris des vendeurs, les enfants des rues jouer dans le caniveau, les pleurs d'un bébé, les notes grêles d'une lointaine musique. Nerys ne bougeait pas et avait l'impression que ses doigts avaient fondu comme de la cire sur des aiguilles à tricoter.

« Es-tu souffrante ? » Evan posa une main sur son épaule. « Veux-tu que j'appelle Mme Griffiths ? »

Mme Griffiths était leur hôtesse, la femme d'un missionnaire de Delhi que Nerys connaissait à peine. « Non, merci Evan. Je ne suis pas malade. Je suis d'accord avec toi. Nous sommes prêts à partir et tu devrais prendre les billets de train. »

À Chandigarh, ils sortirent du train et continuèrent leur route en camion, leurs bagages placés sous une toile et attachés avec des cordes à l'arrière du véhicule, jusqu'à une ville du nom de Manali. Il s'y trouvait un autre bastion de la mission et Evan devait régler les derniers détails concernant son affectation à Leh, ils y restèrent donc trois jours. Manali était située dans les contreforts de hautes montagnes et l'air y était merveilleusement frais, vivifiant et parfumé. Les corniches surplombant la vallée étaient couvertes de sapins d'un vert profond. Les paysages rappelaient la Suisse à Nerys, bien qu'elle n'y soit jamais allée. Elle se promenait le long d'un ruisseau à l'eau transparente comme le cristal et regardait les aigles tournoyer au-dessus des rochers escarpés. Son esprit s'élevait comme ces oiseaux.

Le dernier soir, Evan et elle dînèrent aux chandelles dans une petite pièce lambrissée donnant sur un jardin. Quand il eut posé son couteau et sa fourchette, elle bondit vers lui, passa ses bras autour de ses épaules et posa sa joue sur ses cheveux. « Je suis vraiment contente d'y aller. Je suis désolée d'avoir douté de la sagesse de cette décision, murmura-t-elle.

— J'ai prié pour que tu changes d'avis », répondit-il.

Nerys savait que ce serait leur dernière nuit dans un vrai lit jusqu'à leur arrivée à Leh. Elle avait appris au cours de son voyage de noces qu'elle ne devait jamais faire d'avances à son mari mais, alors qu'il était sorti de la chambre, elle mit une goutte de parfum dans le creux de son cou et enfila la chemise de nuit qu'elle avait portée le soir de leur mariage.

« Ma chère ? » demanda Evan dès qu'il eut soufflé la bougie.

Le lendemain matin, au petit jour, un cortège de quinze poneys fut assemblé. Il fallut deux heures pour défaire tous les bagages d'Evan et de Nerys et pour les répartir entre les animaux et les hommes qui les accompagnaient. Un petit Indien tout maigre, Sethi, avait la charge de leur caravane. Leh était à près de cinq cents kilomètres et il fallait emprunter une ancienne route commerciale à travers la chaîne de l'Himalaya. Ils voyageraient le jour et s'arrêteraient le soir pour camper sur le chemin.

« Viens, memsahib. » Sethi aida Nerys à monter sur la selle de son poney, lui donna la bride avec ses cloches et ses pompons de laine éclatants, et frappa la croupe de l'animal. Ils se mirent en route et leur procession quitta Manali tel un serpent. Ils devaient gravir cinquante kilomètres de pente raide avant d'atteindre le premier col du voyage.

Nerys repenserait souvent, incrédule et prise de vertige, à la rudesse de ce long voyage. Pendant la journée s'alternaient secousses sur le dos du poney et périodes à terre où ils marchaient péniblement dans son sillage, les jambes douloureuses et les fessiers engourdis. La route n'était souvent qu'un vague passage frayé au milieu d'un tas de pierres, ou une saillie boueuse perchée au-dessus du vide, à des centaines de mètres d'altitude, d'où l'on apercevait, tout en bas, le dessin d'une rivière. Les poneys avançaient avec précaution, encouragés par les sifflements et les claquements de doigts de leurs maîtres. Leurs charges se balançaient en rythme, s'inclinant parfois dangereusement au-dessus du vide. À la nuit tombée, Sethi et ses hommes plantaient la tente et Nerys et Evan y rentraient à quatre pattes et se blottissaient sous leurs couvertures. Des vents froids frappaient la toile et se glissaient entre les parois de la tente et le revêtement du sol. Le jeune homme chargé des repas allumait un feu et, peu après, on leur passait une gamelle de ragoût de mouton et une autre de riz brûlant. Nerys n'avait jamais été aussi affamée de sa vie. Elle mangeait avec voracité, dévorant tout ce qu'on lui apportait. Evan était couché dans son cocon de couvertures, les yeux fermés. Il supportait mal l'altitude : tous les matins il se réveillait avec une migraine et il toussait toute la journée. Nerys le bourrait d'aspirine et de sirop pour la toux et l'amadouait pour le faire manger.

« Rien qu'une cuillère de riz, chéri. Tu dois manger un peu sinon tu n'auras pas la force de faire ton travail à l'arrivée. »

Il se redressait sur un coude et avalait un peu de son dîner.

La nuit, ils dormaient par intermittence, appuyés sur une selle pour faciliter leur respiration, régulièrement réveillés par le bruit du vent ou les bavardages et les rires des Indiens autour du feu. Au petit matin, tout recommençait.

Mais, au fil des jours, Nerys se fortifiait et, petit à petit, elle retrouva sa joie de vivre. Elle contemplait le paysage changeant, en se disant que sa majesté aride rendait certes minuscules les pics et les vallées de Snowdonia mais lui rappelait son pays. Elle se rendit compte qu'elle se sentait plus à l'aise sur cette terre inhospitalière que n'importe où dans les plaines indiennes torrides. Elle plaisantait avec leurs accompagnateurs, en utilisant le langage des signes car ils avaient à peine deux mots en commun. Sethi devint son allié, montant son poney blanc hirsute juste devant elle ou menant patiemment sa monture à elle quand son corps douloureux protestait trop et qu'elle était obligée de descendre et de marcher pendant trois ou quatre kilomètres.

« Memsahib très forte », disait-il de manière significative. Il ne regardait même pas Evan, affaissé sur les rênes de son poney.

Nerys savait qu'elle n'oublierait jamais ce long après-midi d'ascension étouffante vers le col Baralacha. Quand, enfin, elle fut arrivée tant bien que mal au point le plus haut, à près de cinq mille mètres d'altitude, c'est comme si tout l'oxygène avait été aspiré de son sang et de son cerveau, laissant son corps aussi mou qu'une poupée de chiffon. Evan était d'une extrême pâleur et suffoquait, tenant difficilement sur sa selle. Un homme devait marcher de chaque côté de son poney pour le soutenir.

Puis Nerys se retourna. Derrière elle, vers le sud, s'étendait l'Inde en son entier. Elle fit un demi-tour. Devant elle, au nord, se trouvait le territoire inconnu de l'Asie. Elle se redressa et inspira une grande bouffée d'air glacé.

Sethi l'observait. « Bienvenue, memsahib. » Il sourit.

Les journées de poney, d'installation de la tente, de sommeil agité s'étaient succédé, et soudain elles étaient terminées. Leur petite caravane gravit une colline en zigzaguant et, arrivés à la crête, ils purent contempler la vallée de l'Indus. Des vergers, des noyers et des champs cultivés s'étendaient de part et d'autre du fleuve. La ville de Leh était située sur une pente ensoleillée en face d'une chaîne de hautes montagnes couvertes de glace.

Août touchait à sa fin et plus d'un mois s'était écoulé depuis leur départ de Shillong. Tandis qu'ils rejoignaient Leh, croisant des charrettes chargées de tiges d'orge séchées, des troupeaux de chèvres et des femmes rentrant des champs, Nerys pensait au froid qui glissait le long des montagnes derrière eux et resserrait sa prise sur les cols qu'ils venaient de franchir. Il avait déjà commencé à neiger dans les hauteurs, une neige qui fondait au soleil de midi et regelait en arêtes perfides dès la tombée du jour. Dès qu'ils auraient déchargé les poneys, leurs accompagnateurs repartiraient pour Manali malgré le mauvais temps, voyageant plus vite sans le poids des bagages, mais la lente expédition d'Evan et Nerys ne pourrait se faire en sens inverse. Pas tant que l'hiver ne serait venu et reparti.

Nous y voilà, pensa Nerys, en passant à gauche d'un long mur *mani* à la périphérie de la ville. Des milliers de pierres gravées y étaient empilées, chacune portant le mantra *Om mani padme hum.* Elle s'inclina respectueusement en direction du mur. Nous y voilà, et pour longtemps.

Presque un an s'était écoulé depuis.

Nerys se tourna pour être allongée dans la même position qu'Evan, mais elle ne se colla pas à lui de peur de troubler son sommeil. Elle inspira son odeur de savon et de transpiration. Maintenant qu'il dormait profondément, elle pourrait finir de passer la journée en revue en prenant en compte ce soir-là.

Ils avaient dîné tôt, comme à leur habitude. Diskit, la femme qui préparait et servait leurs repas, s'était retirée à la cuisine. Elle était veuve avec de jeunes enfants et était donc contente d'être rattachée à la mission, malgré l'allégeance religieuse que ça l'obligeait à montrer. Ils l'entendaient ouvrir la porte pour remuer les cendres dans le poêle en fer, puis y ajouter du combustible à base de bouse de yak afin de cuire le ragoût du lendemain pour l'école. L'odeur de mouton bouilli flottait jusqu'à eux. Evan tourna une page de son livre. Sans même le regarder, Nerys sut que son visage s'était assombri. Les bruits chaleureux de la cuisine avaient enclenché une chaîne d'associations importunes dans son esprit.

Les premiers missionnaires moraves étaient arrivés à Leh en 1853, avant les catholiques et bien avant les tout jeunes presbytériens gallois. Ils s'étaient implantés avec succès. Ils avaient apporté le petit poêle robuste qui était aujourd'hui présent dans toutes les cuisines du Ladakh, ouvert la première imprimerie et le premier bureau de poste, et traduit la Bible en tibétain.

Evan souffrait de la position précaire de leur mission à eux, bien plus récente, et de la taille ridicule de sa congrégation par rapport à tous les Indiens qui se rendaient au culte à l'église morave. Il s'en voulait de ne pas réussir à accomplir plus de choses, tant sur le plan pratique que spirituel.

« Tu ne dois pas considérer la situation de la sorte. Ce sont nos frères chrétiens et nous faisons le même travail », lui avait un jour dit Nerys.

Leurs collègues missionnaires étaient au nombre de trois : un Anglais, qui avait passé toute sa vie d'ordonné à travailler en Inde pour l'Église morave et allait bientôt prendre sa retraite, et un couple de Belges d'une quarantaine d'années. Pendant les interminables mois d'hiver, ils avaient presque été les seuls autres Européens à Leh, et Nerys les avait vite appréciés tous les trois. C'est Mme Gompert, avec Diskit, qui s'était occupée d'elle et l'avait consolée lors de sa fausse couche.

Elle n'avait rien dit ce soir-là et c'est Evan qui avait posé ses couverts et fermé son livre. « Nerys, il y a une chose dont j'aimerais discuter avec toi.

— Quoi donc ?

— L'hiver sera bientôt de retour. »

Elle pouvait difficilement ne pas le savoir. À présent, elle connaissait les profondeurs du froid et du silence, la monotonie d'une alimentation chaque jour identique, l'eau gelée dans leurs brocs de toilette et l'isolement de leur petit monde ; elle se disait qu'elle le vivrait mieux cette année. « Oui.

— Je ne peux pas rester assis à la mission tout ce temps. En été, quand je vais dans les villages et les campements de nomades, les gens sont presque toujours dehors avec leurs troupeaux. Mais si j'y allais en hiver, vois-tu, ils seraient chez eux. Ils seraient moins occupés et je pourrais alors avoir leur attention. »

Nerys réfléchit à cette idée. Il y avait des chemins qui menaient aux villages dans la vallée, et des routes semées d'embûches dans les montagnes pour atteindre les *gompas* excentrés et les grappes de cabanes qui les entouraient, mais elle n'imaginait que trop bien ce que ce serait de voyager dans le vent et sous la neige quand la température atteignait quinze degrés au-dessous de zéro.

« Je viendrai avec toi », dit-elle.

Evan ne répondit pas.

Regarde-moi, le suppliait-elle en silence. Leurs regards finirent par se croiser.

Il n'était pas hostile à son égard et n'avait rien à lui reprocher, mais la perte du bébé les avait menés au bord de la rupture. Bien qu'il ait eu très envie de cet enfant, Evan voulait aussi qu'elle soit forte et fiable dans cette entreprise collective qui l'accaparait. Sa fragilité physique depuis la fausse couche et la lourde masse silencieuse de sa tristesse semblaient indiquer qu'il ne pouvait plus compter sur elle. Dans un recoin de sa conscience, il supportait mal cette situation, et sa rancune devait se dresser dans son esprit comme encore un autre défaut qu'il devait expier.

Ils étaient arrivés à une impasse, conclut Nerys. Ils ne parvenaient pas à se parler : ça avait été l'enfant d'Evan autant que le sien, bien sûr, et il avait du chagrin, mais il élevait trop de barrières entre elle et lui et Nerys n'avait plus la force d'essayer de les briser. De plus, elle commençait à ressentir de la colère envers la faiblesse qu'il masquait avec un entêtement si déterminé.

« Il n'en est pas question, dit-il d'une voix glaciale. Tu dois prendre soin de toi, ce qui ne sera pas possible si nous sommes tous deux sur le terrain. »

Nerys détourna les yeux. Elle ferma la bouche, sachant bien que cela donnait un air sévère à son visage tout pâle. « Tu préférerais que je reste toute seule ? »

Evan fut étonné. « Tu ne seras pas seule. Tu auras les enfants de l'école, la congrégation, les Gompert, Henry Buller et nos autres voisins. Et les domestiques s'occuperont de toi. »

D'un geste lent, Nerys plia sa serviette et la replaça dans son rond en bois. Elle se leva, s'appuyant un instant au dossier de sa chaise. « Merci », dit-elle.

Elle se rendit à la cuisine. Diskit lavait les assiettes et les couverts à grande eau dans un bassin en étain, ses cheveux brillants d'onguent attachés sous un fichu car Nerys lui avait dit de toujours les couvrir lorsqu'elle travaillait. Le rouge du métal était assorti à la couleur de ses joues. Deux hommes étaient assis sur un banc contre le mur, leurs bottes en peau de yak jetées près de la porte qui menait au jardin. Diskit lâcha une poignée de fourchettes sur un plateau en métal et le bruit fit grimacer Nerys en son for intérieur. « Diskit, que se passe-t-il ?

— Mem, Leh beaucoup de monde. Cousin à mon frère, dit-elle en désignant un des deux hommes de la tête, vient d'Alchi.

— *Julley* », murmurèrent les hommes.

La jeune femme avait appris quelques bribes d'anglais du prédécesseur d'Evan et Nerys s'était améliorée en ladakhi, ce qui fait qu'elles communiquaient assez bien ces temps-ci, n'ayant que rarement besoin de recourir à la langue des signes.

Il y avait en effet beaucoup de monde à Leh. C'était la saison commerciale et des caravanes étaient arrivées, en provenance de Lhasa, Yarkand et Kashgar à l'est, et de Punjab à l'ouest. Les marchands venant du Tibet et du Turkestan apportaient des tapis, de l'or et de l'argent à échanger à leurs homologues indiens contre du coton et du thé. Les populations locales avaient de la laine et des produits à base de laine à vendre, de toutes les couleurs et de toutes les qualités allant de la fibre de yak drue au *pashm* le plus raffiné et, toute la journée, le bazar grouillait de physionomies et de vêtements traditionnels différents et retentissait de cris dans une grande variété de langues. Le Résident britannique était également sur place. Il supervisait la circulation et le commerce, et chaque marchand devait lui adresser une demande de passeport afin de pouvoir repartir d'où il était venu, où que ce soit, avant que les neiges hivernales ne bloquent les routes ancestrales.

Le lendemain avait lieu la réception annuelle à la Résidence, à laquelle Evan et Nerys étaient conviés, comme tous les gens d'un certain rang à Leh. Ils étaient arrivés quelques jours trop tard l'année précédente et Nerys se réjouissait de ce grand événement, l'une des rares distractions de leur routine consciencieuse et monotone. Elle n'avait qu'un choix restreint de vêtements convenables, mais son *dhobi* avait lavé son plus joli chemisier et elle l'avait repassé elle-même, afin de défaire les faux plis que l'homme créait systématiquement au niveau du col. Elle venait de finir de se tricoter un gilet. Il était en laine douce, couleur crème, la meilleure qualité que l'on puisse trouver, filée non loin de là, et ce soir son travail consisterait à y coudre une dizaine de boutons en perle pour la touche finale.

« Mem, je te dis, les joues de Diskit rougirent encore davantage, mon cousin, en voyage. Sahib et memsahib, des Anglais. Leh demain. Srinagar la semaine prochaine. »

Les deux hommes acquiescèrent avec vigueur. Le cousin se lança dans des explications volubiles au milieu desquelles Nerys parvint à déchiffrer qu'une partie de chasse était de retour de la vallée de la Nubra. Il y avait des porteurs et des cuisiniers, un *shikari*, ou chasseur, de jeunes campeurs, un grand sac de têtes de gibier, des poneys, des fusils, des tentes et des montagnes de bagages, tous les attributs d'une expédition sérieuse. C'est un couple d'Anglais qui avait organisé cette chasse.

La dernière information est celle qui retint le plus son attention.

C'était une grande nouvelle en soi d'apprendre que des voyageurs anglais passaient à Leh, mais il était encore plus étonnant qu'une femme ait entrepris ce voyage vers l'est lointain. Nerys se demandait à quoi elle ressemblait. La curiosité, la perspective de la fête et l'espoir de nouveaux sujets de conversation et de distractions inhabituelles la ravivèrent au point qu'elle se sentit presque redevenir la jeune Galloise d'autrefois. Elle oublia complètement Evan, assis à la table de la salle à manger avec son livre.

« Mem, je te dis », insista Diskit. Elle avait d'autres informations à communiquer.

Nerys comprit tant bien que mal que les voyageurs avaient auparavant logé dans le pavillon *dak* entre Leh et Thikse, raison pour laquelle elle ne les avait pas encore rencontrés. C'était une petite maison mise à la disposition des membres du gouvernement britannique ou autres fonctionnaires nécessitant un logement temporaire. Elle savait que c'était un endroit sans confort aux murs moisis, avec des tas de mouches mortes sur le rebord des fenêtres, et elle ne fut pas étonnée en apprenant que les visiteurs cherchaient un autre logement pour cette fois-ci. À cause de la réception du lendemain, la Résidence était malheureusement déjà bondée.

Elle dit immédiatement : « Il faut qu'ils dorment ici. »

Les Watkins avaient accueilli très peu de visiteurs à la mission, car la plupart des Européens passant par Leh logeaient soit à la Résidence soit chez les Gompert. En général, ils évitaient la maison d'Henry Buller. Elle faisait déjà dans sa tête une liste de ce dont elle devait s'occuper. Aérer les draps, allumer le feu sous la chaudière pour qu'il y ait assez d'eau chaude. Des brocs et des cuvettes. Des serviettes, un petit bouquet de fleurs pour le bureau de la chambre. Comment ajouter une touche d'élégance à leurs menus monotones ces prochains jours ?

« Diskit, avant toute autre chose demain, tu feras le ménage dans la chambre. Tu nettoieras le sol, tu feras la poussière, dans l'armoire, partout. »

Diskit hocha la tête, l'air grave devant l'importance de cette responsabilité. « Mon cousin, dire sahib en voyage ?

— Oui, oui. » Nerys se tourna vers l'un des hommes assis sur le banc. « Retournez au campement, dites-leur qu'ils sont les bienvenus ici. Vous pouvez vous rappeler ce mot ? *Bienvenus.* »

Quand elle eut fini de donner ces ordres, Evan était toujours assis à la table avec les restes du dîner près de lui. « Où est Diskit ? Pour quoi la payons-nous ? Dois-je faire la vaisselle moi-même ou trouvera-t-elle le temps ?

— Evan, demain nous aurons des invités. »

Il fronça les sourcils. Nerys avait réagi avec curiosité et enthousiasme, mais lui semblait sur la défensive. L'arrivée d'étrangers chez eux signifiait qu'il allait être dérangé et menaçait de pire : le jugement voire l'humiliation sans nom. L'expression de son visage avait donné envie à Nerys de coller sa tête contre sa poitrine et de caresser ses cheveux grisonnants, de lui dire qu'il n'avait aucune raison de s'inquiéter autant, mais elle ne pouvait se permettre un tel geste. La lassitude qu'elle éprouvait plus tôt l'avait rattrapée.

« Diskit viendra dans un instant. Son cousin a apporté un message de la route, et je lui ai donné une liste de choses à faire. Je vais aller me coucher à présent, Evan. Demain va être une journée chargée.

— Je te rejoindrai dans une demi-heure au plus », lui répondit-il tandis qu'elle s'éloignait.

Le sommeil était maintenant bien loin. Nerys combattait sa rancœur croissante envers le fait qu'Evan ait si facilement glissé dans l'inconscience tandis qu'elle restait éveillée et solitaire, de plus en plus troublée par leur récent désaccord.

Elle se demandait si son mari se rendait même compte qu'ils s'étaient éloignés à ce point. Il était fort possible, se disait-elle, qu'elle n'arrive pas assez haut sur sa liste de préoccupations.

Arrête, s'avertit Nerys. *Tu n'amèneras que plus de destruction si tu raisonnes comme cela.*

Dors. Essaie de dormir.

Ses os lui faisaient mal dans son effort pour ne pas toucher le corps endormi de son mari. Elle était trop fatiguée pour arriver à se détendre. Les heures se traînèrent jusqu'à ce que les coqs commencent à chanter.

Les voyageurs arrivèrent un peu après l'heure à laquelle Nerys et Evan déjeunaient généralement. Elle avait donné cours à la classe des plus petits enfants et dit aux autres qu'ils pourraient rentrer chez eux une fois qu'ils auraient mangé leur riz et leurs lentilles. Les traînards étaient encore à jouer et à se courir après dans la cour de la mission quand des chevaux chargés de matériel arrivèrent au portail. Nerys et Evan entendirent les habituels cris et aboiements des chiens caractéristiques d'un événement hors de l'ordinaire. Les écoliers se pressèrent vers l'entrée et Nerys se précipita sur les pavés pour aller accueillir ses invités.

Elle vit un homme svelte dans une tenue d'équitation bien coupée, avec sur la tête un chapeau à large bord, et une femme qui tenait la bride de son poney et lui frottait le museau avec affection. Elle portait une culotte de cheval ainsi que des bandes molletières, et un long voile en mousseline était attaché à son casque colonial. Une chaîne de porteurs approchaient des sacs tachés de boue et de crasse. La femme leva les yeux et aperçut Nerys. Elle passa immédiatement la bride à l'un des hommes chargés des poneys et remonta son voile d'une main gantée. Elle fit un large sourire, un sourire franc, et prit les deux mains de Nerys dans les siennes. « Madame Watkins, merci infiniment de nous secourir comme cela, dit-elle d'une voix rauque et chaleureuse. Je ne peux pas vous dire à quel point Archie et moi vous sommes reconnaissants. Une nuit de plus sous la tente m'aurait achevée. »

Elle avait à peu près la même taille que Nerys. Elle avait des yeux couleur tourbe, encadrés par des sourcils noirs et arqués. Quand elle retira son casque, Nerys fut étonnée de voir qu'elle avait les cheveux coupés à la garçonne mais, malgré ses vêtements de voyage, rien d'autre en elle ne faisait masculin. Elle avait une silhouette pulpeuse, avec une taille fine et de longues jambes dont l'élégance frappait malgré la culotte de cheval et le manteau en tweed mal ajusté.

« Bienvenue à la mission, dit Nerys en lui rendant son sourire. Ce n'est pas le Savoy, mais c'est mieux que le pavillon dak. »

Après avoir donné de strictes instructions à ses serviteurs, l'homme vint à son tour se présenter. « Madame Watkins ? Enchanté. Je m'appelle Archie McMinn. Nous vous devons une fière chandelle. » Il avait un peu de barbe, les cheveux blond cendré, ce qui faisait ressortir son bronzage, et des yeux bleus rieurs. Il parlait avec un léger accent écossais.

« Myrtle. Moi c'est Myrtle. » Sa femme se mit à rire.

« Nerys. » En lui serrant la main, Nerys eut l'étrange impression qu'elle connaissait déjà cette femme. Elle regarda Myrtle McMinn et pensa clairement, *je savais que vous étiez quelque part. Vous voici enfin.*

Elle dit simplement : « Entrez donc. Vous rêvez sans doute d'eau chaude, de nourriture dans des assiettes en porcelaine et de draps propres. Je me souviens ce que c'est que de camper pendant des semaines. »

Evan sortit dans la cour et, se tenant comme une colonne sombre sous le soleil, il serra la main des nouveaux arrivants et leur dit que la mission serait leur maison aussi longtemps que nécessaire. Nerys lui fit un rapide sourire reconnaissant. Les enfants de la mission vinrent se glisser au milieu d'eux, bouche bée devant les McMinn. Myrtle retira ses gants et fouilla dans les poches de son manteau pour en sortir un petit sac de bonbons qu'elle répartit entre les petites mains.

« *Julley* à tous. » Elle retourna le sac et le secoua pour leur montrer qu'il était vide. Les enfants se postèrent derrière elle et la suivirent jusqu'à la porte de la maison. Nerys leur dit d'une voix ferme qu'il était temps de rentrer chez eux et leur fit signe de s'en aller. Elle emmena les McMinn dans leur chambre.

« Comme c'est joli, s'exclama Myrtle. Regarde, Archie. Quel luxe ! »

Nerys leur dit que Diskit viendrait avec de l'eau chaude. « N'hésitez pas à lui demander si vous avez besoin de quoi que ce soit d'autre. »

Archie répondit qu'ils n'avaient besoin que des deux sacs en toile que leur porteur amènerait après les avoir brossés et éliminé le plus gros de la boue et de la crasse. Tout le reste, notamment ses trophées de chasse, serait emporté avec les poneys près du terrain de polo au sud de la ville.

« Son sac de trophées est vraiment tout ce qui lui importe, vous voyez, se moqua Myrtle. Deux têtes de bouquetins géants, avec des cornes recourbées, deux magnifiques paires de bois avec les têtes de cerfs qui vont avec, et un spécimen de chacune des autres bêtes comprises dans le permis d'Archie. Sans cette limitation, nous y serions encore, vous savez.

— C'était une expédition de chasse, ma chérie, répondit Archie avec calme. À quoi t'attendais-tu ? »

Les McMinn avaient l'air très détendus. Ils étaient proches l'un de l'autre, pensait Nerys, contents d'avoir retrouvé la civilisation et des gens à qui parler après leur excursion éreintante dans les montagnes. Mais elle se dit qu'ils auraient peut-être été aussi heureux de se retrouver seuls tous les deux. Diskit apporta le premier broc d'eau chaude de toute une série, et Nerys quitta ses invités pour les laisser se changer.

Leur arrivée avait illuminé l'ambiance tendue de la mission. Diskit chantait en marchant et Evan ne demanda pas combien de temps il devrait encore attendre avant d'avoir son déjeuner. Nerys ajusta les cuillères et les fourchettes sur la table, puis se rendit à la cuisine pour voir où en était la *thukpa*, la soupe de légumes locale qui était la spécialité de Diskit.

Les invités réapparurent bientôt. Archie s'était rasé la barbe, rendant sa mâchoire et le bas de ses joues plus pâles que le reste de son visage. Myrtle était toujours en pantalon, mais cette fois en flanelle ample, avec un chemisier clair et un collier de perles. « J'aurais voulu mettre une robe, dit-elle confuse à Nerys, mais je n'en ai pas avec moi. Ça vous embête ? »

Nerys lissa le devant de sa vieille jupe en tweed. « Bien sûr que non. Vous êtes... très jolie.

— Non, je ressemble à mon frère. »

Même quand elle passait les doigts dans ses cheveux courts en haussant les épaules, personne n'aurait pris Myrtle pour un garçon.

Evan sortit la chaise de Myrtle pour l'aider à s'asseoir. Son mari et elle inclinèrent tous deux la tête tandis qu'Evan récitait un long bénédicité. La *thukpa* fumait dans son bol. Le soleil traversait la petite fenêtre en face de Nerys et elle fut heureuse de fermer les yeux quelques secondes pour laisser sa chaleur caresser ses paupières. Après sa nuit blanche, elle était si fatiguée qu'elle ne se sentait pas réelle, comme s'il lui manquait une dimension physique. Quand elle rouvrit les yeux, Myrtle la regardait. Cela ne dérangeait pas Nerys. Ce sentiment de reconnaissance semblait signifier qu'il n'y avait rien à dissimuler.

Ce fut un repas gai. Evan appréciait Archie McMinn, cela ne faisait aucun doute, et il faillit rire quand Myrtle raconta leurs aventures. Chaque recoin, chaque *nullah* lointain avait été exploré lors de la poursuite acharnée de gibier d'Archie. Les McMinn avaient traversé des rivières, franchi des cols, escaladé des éboulis pour aller camper de l'autre côté, sur des plaines où les vents violents et les orages de grêle avaient ravagé leur tente. Il n'y avait pas de feu de bois, pas de nourriture à acheter ou à échanger, pas d'êtres humains dans un rayon de plusieurs dizaines de kilomètres. Archie se levait tous les matins, par tous les temps, impatient de partir avec ses fusils et les chasseurs.

« Les amis de Myrtle sont tous à Srinagar, à jouer au tennis ou à boire des cocktails au club, mais elle a insisté pour m'accompagner, protesta Archie. Que pouvais-je faire ? Je sacrifierais tout pour ma femme – à part le sport, bien sûr – mais je ne peux pas rendre un voyage de chasse confortable. »

Myrtle avait l'air enchantée. « J'ai failli me noyer et mourir de froid. Croyez-vous que j'aurais raté cela ? Combien de cocktails devrais-je prendre pour créer une telle excitation ? Peu m'importe d'arriver derrière ton amour de la chasse au cerf, chéri. Et je sais que *vous* comprendrez pourquoi je devais venir. » Elle se tourna vers Nerys. « Parce que vous avez accompagné votre mari jusqu'ici.

— Je n'aurais pas voulu rester toute seule, dit Nerys en hochant la tête. Ce ne serait plus un mariage, n'est-ce pas ? » Elle n'aurait pas pu définir ce qu'était un mariage véritable, mais les McMinn semblaient avoir percé le secret.

Evan avait une montre à gousset, à l'ancienne, et Nerys se disait qu'il mourait d'envie de la regarder. Il devait avoir un sermon à préparer ou d'importantes lettres à écrire. Elle fut donc étonnée quand Archie annonça qu'il allait fumer dehors et qu'Evan dit aimablement qu'il allait venir avec lui. Ils se mirent au soleil, s'assirent sur des fauteuils de jardin, et le pasteur alluma la pipe qu'il ne se permettait que rarement.

Myrtle poussa son assiette et s'enfonça dans le dossier de sa chaise. « Aaaah. » Elle sourit.

L'esprit de Nerys vagabondait entre toutes les choses qu'il lui restait à faire dans la maison avant de pouvoir partir pour la réception du Résident. Il fallait donner des instructions très précises à Diskit et au garçon de maison pour qu'ils préparent un dîner froid pour leurs hôtes, au cas où ils auraient faim plus tard. Il fallait remplir des bouillottes. Puis elle se rappela son nouveau gilet, pas encore terminé. « Oh ! », s'exclama-t-elle.

Myrtle se pencha et lui toucha la main. « Quelque chose ne va pas ? »

Nerys aurait aimé le lui dire. À quoi servait-il de reconnaître une amie potentielle si l'on ne pouvait pas être honnête avec elle ? Elle dit simplement : « J'ai juste oublié une chose. Un peu de couture que je voulais faire avant la fête. Maintenant il va falloir que je trouve quelque chose d'autre à me mettre. Ça ne fait rien. »

Myrtle la considéra du regard. Elle avait l'œil malin. « Nous avons encore le temps. Allons donc voir ! »

Nerys n'essaya pas de protester. Myrtle s'assit sur le lit et elle lui montra le gilet crème. Elles étaient d'accord sur le fait que ce serait dommage de coudre les boutons trop vite.

« J'ai une idée », lança Myrtle. Elle alla dans sa chambre et en revint avec une broche. Elle la tendit à Nerys. Le bijou consistait en un cercle de perles et de brillants attachés à une grosse épingle. « Vous pourriez la porter devant, elle rattacherait les deux côtés du gilet et vous n'auriez plus besoin des boutons pour aujourd'hui. Regardez, vous pouvez tourner les manchettes comme ceci. C'est un travail magnifique. Vous êtes très douée de vos mains. »

Un petit miroir terni était posé sur la commode, et les deux femmes faisaient face à leur reflet. Leurs regards se croisèrent tandis que les brillants étincelaient à la lumière du soleil qui perçait les volets.

« Puis-je vraiment l'emprunter ?

— Bien sûr. Vous pensez sans doute que je suis folle d'avoir emporté des bijoux pour une telle expédition. Elle était à ma mère et j'aime l'avoir auprès de moi. Comme ce collier. » Myrtle toucha les perles autour de son cou.

« Merci.

— Parfait. Voilà une chose de réglée. Allongez-vous donc un peu à présent. Les hommes sont en train de bavarder, et je vais aller essayer d'écrire mon journal. »

Elles se comprenaient parfaitement. Myrtle avait vu son épuisement. « Les serviteurs… commença Nerys.

— … se débrouilleront très bien, à mon avis. » Myrtle repoussa le couvre-lit. « Allez. »

Nerys s'enfonça et sa nouvelle amie l'aida à retirer ses chaussures. Les draps lui bordaient légèrement les épaules et les volets la protégeaient de la lumière. Elle ferma les yeux et se laissa sombrer dans le sommeil.

Le jardin de la Résidence était plein à craquer de toutes les personnes un tant soit peu importantes à Leh et de beaucoup des marchands itinérants qui allaient bientôt repartir chez eux. La réception marquait la fin de l'été et, une fois terminée la phase bienséante du thé et des petits-fours, les discussions et la musique s'amplifièrent en une marée de bruit. Les locaux et les marchands étaient résolus à profiter au maximum de la soirée. Le Résident, un petit homme enjoué au visage écarlate, avait donné son discours de bienvenue sur une estrade en bois et circulait à présent parmi ses invités, un verre de whisky-soda à la main. La lumière devenait grise tandis que la nuit approchait, les premières étoiles commençaient à apparaître et les blancs sommets des montagnes brillaient d'une lueur abricot surnaturelle sous les derniers rayons du soleil. Un périmètre avait été délimité par une corde au milieu du jardin, et un gigantesque feu de joie y crépitait de plus en plus haut au fur et à mesure que des hommes l'aspergeaient de kérosène et y jetaient des torches enflammées. D'autres torches brûlaient un peu partout, attachées à de grands poteaux, léchant le visage des convives avec des langues de couleurs criardes tandis que des panaches de fumée noire tourbillonnaient dans l'air.

Nerys avait dormi profondément ; elle dut remonter diverses épaisseurs de rêves et ce qui lui semblait être plusieurs siècles, même si c'est à peine une heure plus tard qu'Evan la réveilla en la secouant. Elle avait horriblement mal à la tête et elle glissa deux aspirines dans sa bouche desséchée avant d'entreprendre de s'habiller. L'effort pour passer ses vêtements et pour fermer son gilet avec la broche de Myrtle brûla presque toute la force qu'elle avait réussi à rassembler. Quand elle jeta un regard à son image dans le miroir, sa pâleur l'effraya.

Ils marchèrent la courte distance qui les séparait de la Résidence avec les McMinn. Myrtle l'examinait. « Êtes-vous certaine de vouloir venir ? » lui murmura-t-elle.

Nerys hocha la tête. Myrtle s'en tint à cette confirmation.

Elle s'était sentie mieux assise à l'ombre des arbres, souriant aux gens qu'elle connaissait et regardant la parade d'étrangers en différentes tenues traditionnelles. Mais maintenant il lui fallait s'éloigner de la chaleur du feu et des volutes de fumée de kérosène qui lui donnaient la nausée. Des hommes venant de Yarkand avaient effectué une danse cosaque sur fond de flammes, donnant des coups de pied dans l'air et enchaînant les roues au rythme des percussions, et à présent leur spectacle avait laissé place à une procession de moines en costumes traditionnels de bal masqué. Deux hommes portant des masques grotesques se déhanchaient devant le feu, suivis par des têtes de vautours, des cerfs immenses, des paons qui voltigeaient et un dragon en papier avec trente jambes humaines, son corps éclairé de l'intérieur le faisant luire comme un courant de lave dansant. Les masques qui s'approchaient, avec leurs dents tranchantes, leurs yeux géants et leurs langues pendantes, semblaient plus réels que la réalité même. La sombre masse formée par les arbres et le ciel noir s'approcha, puis s'éloigna à nouveau. La musique lui battait dans la tête. Elle allait s'évanouir. Prise de panique, Nerys regarda autour d'elle, mais elle ne vit personne de connaissance. Le sol pencha et se déroba sous ses pieds, une énorme tête d'oiseau donna un coup de bec dans sa direction, et elle tomba dans le néant.

CHAPITRE QUATRE

Quand Nerys reprit connaissance, elle vit un attroupement de visages ladakhis qui l'observaient. Sa tête reposait sur les genoux de quelqu'un.

« Dis-leur de reculer et de la laisser respirer, nom d'un chien. »

Ce fut un soulagement d'entendre la voix de Myrtle, puis de voir Archie McMinn disperser les curieux. On lui agita un flacon de sels sous le nez et elle toussa violemment. Elle essaya de se redresser et le visage d'Evan lui apparut. Il était agenouillé près d'elle, complètement bouleversé. « Je suis désolée, murmura-t-elle.

— De quoi ? » voulait savoir Myrtle. C'était sur ses genoux qu'elle était appuyée, et sa main qu'elle avait sur le front.

« Archie, débarrasse-nous de tous ces gens, est-ce trop te demander ? » ordonna-t-elle.

Des feux d'artifice éclataient non loin de là, faisant tomber du ciel des averses d'étincelles pourpres. Le Résident arriva, inquiet et embêté, le visage encore plus rouge que d'habitude.

« Monsieur Watkins, nous allons mettre en place un brancard pour transporter votre femme dans la maison. »

Nerys lutta pour s'asseoir. « Je me sens beaucoup mieux à présent. Laissez-moi me lever s'il vous plaît. »

Plusieurs paires de bras la soutenaient, certaines la tirant vers le haut et d'autres la contraignant dans son entreprise. Nerys tourna la tête pour voir le visage de Myrtle. Elle la regarda droit dans les yeux. « Aidez-moi », implora-t-elle.

Myrtle comprit ce dont elle avait besoin. Elle aida Nerys à se mettre debout et lui tendit son bras pour qu'elle s'y appuie. « Il me semble que vous pouvez marcher, n'est-ce pas ? C'est bien. Je vais vous emmener à l'intérieur.

— Nerys… » commença Evan.

Mais elle n'avait pas la force de le rassurer, pas maintenant, ni d'apaiser la vive gêne que son évanouissement en public devait lui causer. « Ça va aller avec Mme McMinn. » Elle essaya de sourire. « Je me suis évanouie, c'est tout. Ce n'est rien.

— Myrtle va s'occuper d'elle, mon vieux », dit Archie d'un ton qui insinuait qu'ils ne devaient pas se mêler de cette affaire de femmes.

Nerys toujours appuyée sur le bras de Myrtle, les deux femmes se mirent à marcher doucement, le Résident naviguant devant elles, tel un brise-glace fendant la banquise de la foule. Quand ils atteignirent la véranda, il expliqua que toutes les chambres d'invités de la maison étaient occupées : cela dérangerait-il Mme Watkins s'il les escortait vers ses propres appartements ? Il ajouta qu'un coursier avait été envoyé chercher le médecin de Leh, qui n'était malheureusement pas présent à la réception.

Myrtle lui toucha le bras. « Retournez donc à vos hôtes à présent et laissez votre porteur s'occuper de nous. »

Il parut profondément soulagé de cette suggestion. Quelques instants plus tard, un serviteur emmena les deux femmes dans une chambre masculine, avec les volets fermés pour atténuer le bruit de la fête. Nerys aperçut des gravures de polo sur les murs, un lit aux armatures en laiton, ainsi qu'une paire de grandes bottes minutieusement cirées d'où dépassait la poignée des embauchoirs. Par chance, il y avait un divan, avec un plaid, poussé contre le mur. Elle s'en réjouit car elle ne se serait pas sentie à l'aise sur le lit du Résident.

Myrtle secoua le plaid. « Allongez-vous là. Voulez-vous un verre d'eau ? Ou peut-être un peu de thé sucré ? »

Nerys passa sa langue sur ses lèvres sèches. « Vous avez été tellement gentille. Cet après-midi et ce soir. »

Myrtle s'assit près d'elle, lui prit les mains et les massa pour les réchauffer. « Il faut qu'on s'occupe de vous. Leh est-il un endroit approprié pour une femme dans votre état, même si elle est femme de missionnaire ? »

Nerys ne put se retenir. Elle essaya, contractant ses muscles et serrant les dents, mais il était trop tard. Le premier sanglot se forma dans sa poitrine et explosa. Un torrent de larmes inonda son visage. Elle haleta, au milieu de ses sanglots : « Je ne suis pas… je ne suis pas enceinte… Je l'étais, mais j'ai perdu mon bébé. » Ses mots étaient à peine compréhensibles et elle cessa d'essayer de parler. C'était un soulagement de pleurer. C'était la première fois qu'elle laissait s'échapper toute cette tristesse depuis sa fausse couche.

Myrtle la prit dans ses bras, l'étreinte la plus chaleureuse que recevait Nerys depuis de longues semaines. Elle lui chuchota à l'oreille : « Oh, mon Dieu, comme je suis maladroite, comme je suis bête. Pardonnez-moi. J'ai juste supposé. Était-ce terrible ? Sans doute, et vous ne vous en êtes pas bien remise. Ma pauvre. Laissez-vous aller, pleurez, ne retenez pas vos larmes. »

Elle maintint son étreinte et lui caressa les cheveux, chuchotant des mots de réconfort, et Nerys se laissa aller, pleurant comme un enfant de deux ans.

Finalement, les sanglots se ralentirent et s'arrêtèrent. Nerys releva la tête, révélant un visage tout rouge et des yeux bouffis. Le col et le haut du chemisier de Myrtle étaient trempés, mais celle-ci ne s'en préoccupa pas. Elle fouilla dans la poche de son pantalon en flanelle et en sortit un grand mouchoir en tissu. Elle en essuya les joues de Nerys avant de le lui mettre dans la main. « Il est à Archie. Les petites choses en dentelle ne sont pas très pratiques ici, n'est-ce pas ? Il a été lavé au campement et sent l'eau de kérosène. Allez-y, soufflez. »

Nerys se moucha avec force, puis renifla. Elle se rendit compte qu'elle se sentait infiniment mieux. « J'ai été très faible aujourd'hui. Ce n'est pas l'impression que je voulais donner, honnêtement. Je ne suis pas comme cela en général.

— Faible, vous dites ? Vivre ici, coupée du monde tout l'hiver, seule femme britannique dans un rayon de plusieurs centaines de kilomètres, gérer toute seule une école de mission, et tout le tralala. C'est clair. Je dirais que vous êtes fragile comme une fleur. » Myrtle souriait en essuyant du pouce les dernières larmes sur la joue de Nerys. « Regardez-moi en comparaison. Lotophage la moitié de l'année près du lac de Srinagar, puis m'aventurant dans un voyage de chasse mignonnet avec pas moins de cinq serviteurs, onze poneys et mon dévoué mari. À côté de vous, c'est moi qui me sens faible. Faible et gâtée. » D'un geste machinal, elle se mit à entortiller son collier de perles.

L'estomac de Nerys se noua. Elle se rendit compte que, en plus d'être couvert de poussière et de brins d'herbe, son gilet crème était ouvert. Ses mains tâtèrent l'endroit où elle avait attaché la broche. « Elle a disparu ! » s'écria-t-elle.

Myrtle enfonça la main dans son autre poche de pantalon. Elle en sortit le petit cercle. « Elle s'était détachée. Vous avez eu de la chance de ne pas vous faire *embrocher.* »

Elles se regardèrent et se mirent à rire. Myrtle eut alors la drôle d'idée de s'ébouriffer les cheveux ce qui forma une crête sur sa tête, tandis que Nerys était secouée de rires sur le divan. Elles riaient encore lorsque le serviteur du Résident frappa à la porte. « Madame, docteur là. »

Le Dr Tsering entra d'un air affairé, et sembla perplexe en les voyant. C'était le seul médecin de Leh et, comme le Résident, il ne passait que quelques semaines de l'année en ville. Nerys savait qu'il était surchargé de malades réclamant des traitements pour toutes leurs affections avant l'arrivée de la neige – comme si la lèpre ou la tuberculose pouvaient se soigner avec un flacon de pilules marron – et elle s'en voulut qu'on l'ait fait venir de si loin pour s'occuper de son problème trivial. Elle rassembla ses esprits. « Je vais beaucoup mieux, dit-elle.

— Le rire est le meilleur des remèdes, m'dame », répondit-il. Il ouvrit son sac et déroula son stéthoscope. « À présent, allongez-vous, s'il vous plaît. »

Quatre jours plus tard, le Dr Tsering rendit une nouvelle visite à Nerys, cette fois à la mission, et déclara qu'elle était en état de voyager.

Surprise, elle protesta : « Mais je n'ai pas l'intention de voyager où que ce soit. »

La compagnie de Myrtle l'avait rétablie. Elles passaient des heures à faire ce qu'Archie McMinn appelait du « pique-aiguille » même si, jusque-là, elles n'avaient cousu que de simples costumes pour une petite pièce jouée par les enfants. Elles passaient surtout du temps avec les plus petits, autour de jeux et de chansons, se promenaient dans le bazar et échangeaient à propos de leurs histoires si différentes. Nerys parlait du pays de Galles et s'était surprise à décrire les rochers escarpés et les vallées brumeuses avec une nostalgie qu'elle ne se connaissait pas.

À son tour, Myrtle avait expliqué qu'elle était la fille d'un fonctionnaire de la haute administration indienne, et que son enfance avait été répartie entre la vie avec des membres de sa famille en Angleterre et des visites annuelles en Inde. « Je ne voyais pas beaucoup mon père et ma mère », disait-elle pour résumer la situation.

Archie était ingénieur de chemins de fer et son long congé annuel touchait à sa fin. Myrtle et lui allaient retourner à Srinagar, et Nerys savait déjà à quel point sa nouvelle amie allait lui manquer.

Archie avait été assez occupé tous les jours, payant ses serviteurs de chasse et les hommes qui s'étaient occupés des poneys, faisant des arrangements pour les têtes qu'il avait mises en sac, engageant d'autres hommes pour le voyage du retour au Cachemire et rendant visite au Résident et aux autres personnalités de Leh. Mais un matin, le visage grave, de retour de chez le Résident, il se dirigea vers la pièce où se trouvait la vieille radio du prédécesseur d'Evan. « Il serait utile de capter les nouvelles de la BBC, murmura-t-il.

— Je crains que cette radio n'ait jamais fonctionné, expliqua Evan avec froideur. Ou du moins pas depuis que nous habitons ici. »

Archie hocha la tête et dévissa la partie arrière pour inspecter les entrailles de l'appareil. Une heure plus tard, il arriva à la conclusion qu'il n'y avait pas de problème mis à part que l'énorme batterie était déchargée. Le Résident et les Gompert avaient une radio, ils étaient donc rapidement mis au courant des nouvelles les plus importantes du monde extérieur mais, pour tout le reste, les Watkins devaient attendre que les journaux et les lettres de leurs proches parviennent jusqu'à Leh. Evan était d'accord sur le fait qu'il serait utile de remettre en marche la radio de la mission. Ce même jour, quatre coolies et une charrette tirée par un bœuf transportèrent la lourde batterie en plomb jusqu'à l'Indus, où elle fut accrochée au générateur d'électricité hydraulique. Le lendemain, accompagnée par une parade d'enfants surexcités, elle fit le trajet inverse.

Sous les yeux ébahis des enfants, Archie s'attela à la tâche à l'aide de pinces et d'un tournevis. Après quelques minutes, un torrent d'interférences jaillit soudain de l'engin. Surpris, les petits Indiens hurlèrent et trébuchèrent les uns sur les autres en essayant d'échapper au danger. Il tourna les boutons et les interférences se transformèrent en une confusion de voix, puis en la cadence guillerette d'une chanson folk. Les enfants ouvraient des yeux ronds.

Archie se frotta les mains. « Et voilà le travail. »

Ce soir-là, dès la fin du dîner, ils approchèrent leurs chaises de la radio dépoussiérée et astiquée pour écouter les informations.

Les troupes allemandes avaient atteint Leningrad et la ville serait bientôt encerclée. La guerre en Europe se rapprochait à pas de loup. Même Leh ne semblait plus échapper à la menace.

Evan glissa un marque-page dans sa Bible avant de la refermer. « Nerys, je crois que ce serait une bonne idée que tu partes pour Srinagar avec M. et Mme McMinn. M. McMinn a gentiment proposé que tu les accompagnes. »

Nerys laissa tomber son tricot. Elle croisa le regard de Myrtle où elle lut de l'étonnement. C'était une idée que les deux hommes avaient tramée, sans consulter leurs épouses respectives. Le Dr Tsering faisait de toute évidence aussi partie du complot. Pour contenir sa colère, elle compta cinq points sur son ouvrage avant de demander avec calme : « Pourquoi ferais-je cela ?

— Des vacances te feraient du bien et te redonneraient des forces avant l'hiver.

— Et toi ? »

Il fit une pause puis répondit : « Nous en avons déjà parlé, ma chère. Je vais quitter Leh pour me rendre dans quelques villages plus lointains. Je dois porter aux gens la parole du Seigneur, et non rester assis là à attendre qu'ils viennent à Lui. »

Du coin de l'œil, Nerys vit Archie McMinn étirer ses longues jambes. Elle reprit son immuable tricot. « Je pense, dit-elle, que nous ne devrions pas embêter nos hôtes avec ce débat. Nous en discuterons plus tard. »

Myrtle dit avec douceur : « J'aimerais beaucoup avoir votre compagnie, Nerys. Si ça vous aide de le savoir. »

Mais plus tard, quand Evan eut fait entrer le courant d'air froid dans leur lit, demandé à Nerys si elle était prête et soufflé la bougie, il dit simplement : « Bonne nuit, ma chère. »

Elle tourna la tête sur l'oreiller et fixa sa sombre silhouette. « C'est tout ? »

Il s'éloigna d'elle, d'un centimètre, pas plus, mais elle le sentit. Ce petit mouvement voulait tout dire. Evan ne la considérait plus comme sa compagne et son soutien, mais comme un souci supplémentaire. Il serait plus à l'aise sans elle et se sentirait plus libre d'entreprendre son travail de missionnaire hors de Leh. Toutefois, il ne souhaitait pas l'abandonner totalement. L'envoyer à Srinagar avec les McMinn devait sembler être la solution idéale. Elle comprenait très bien son raisonnement, et le seul point qu'elle pouvait contredire était qu'elle avait besoin de vacances près d'un lac, sans lui, pour se remettre de la perte de leur bébé.

« Comment ça, tout ?

— Je ne veux pas aller à Srinagar. Merci d'y avoir pensé, mais je ne veux aller nulle part si cela signifie que je dois te quitter.

— La séparation est l'un des inconvénients de mon travail, Nerys. »

Il était comme un mur, pensait-elle. Un mur blanc qui cachait la vue et niait inlassablement qu'il y avait quelque chose à voir.

Elle tenta un nouvel angle d'attaque. « Et mes écoliers ?

— J'imagine que des vacances leur feront du bien à eux aussi. » Il soupira et l'exaspération commença à se faire sentir dans sa voix : « Je ne sais pas pourquoi tu t'opposes à cette idée. Je pensais te faire plaisir. Tu apprécies Mme McMinn, n'est-ce pas ?

— Oui, beaucoup.

— Alors va passer quelque temps avec elle, repose-toi, récupère. Je ferai le voyage entre ici et Kargil plus lentement et j'évaluerai le travail que l'on pourrait faire à l'avenir, si jamais nous avons des renforts. Puis je te rejoindrai à Srinagar et nous retournerons ensemble à Leh.

— Tout cela avant l'arrivée de la neige ?

— Nous ne sommes que début septembre mais, si jamais le temps est contre nous, le Seigneur guidera nos actes.

— Tu veux vraiment que je parte ? »

Le matelas bruissa sous le poids d'Evan qui s'éloignait encore un peu plus. « Je pense que ce serait une bonne idée.

— Très bien », répondit Nerys d'un ton glacial qui ne lui ressemblait pas.

Trois jours plus tard, son sac se retrouva dans la cour de la mission à côté des bagages des McMinn, attendant d'être chargé sur le premier attelage de poneys. Nerys tendit des pommes et des abricots secs aux enfants de Leh, ses élèves et les autres, qui se bousculaient contre le portail, fascinés par une telle activité. Les trois enfants noirs de crasse de Diskit étaient parmi eux, et Diskit elle-même se tenait sur les marches de la maison, en larmes. Elle ne portait pas son fichu. Nerys posa le panier de fruits et s'approcha d'elle. « Ne pleurez pas. Je serai de retour dans deux mois. Sahib viendra me rechercher. »

Cela ne fit qu'augmenter ses sanglots. Nerys lui passa un bras autour des épaules, respirant la forte odeur de ses cheveux. « N'oubliez pas de mettre votre écharpe sur votre tête. Toujours quand vous travaillez. Prenez soin de Sahib pour moi. »

Diskit s'essuya le nez sur sa manche et renifla. « Oui, Mem.

— Les poneys sont prêts », annonça Archie, de derrière le portail, sa voix s'élevant au milieu des bruits de sabots sur la terre sèche. Myrtle avait mis son casque, avec le voile de mousseline autour de son visage, et Nerys portait un chapeau de paille.

Evan se tenait à l'écart, l'air triste à présent que le moment de la séparation était venu. Nerys alla près de lui et leva la tête pour lui donner un baiser. Un peu gêné, il écarta son chapeau et leurs lèvres sèches se touchèrent. Il recula très vite et lui tapa sur l'épaule. « Ce ne sera pas si long. Que Dieu te bénisse, ma chère. »

Elle marmonna un au revoir, consciente que Diskit, les garçons de maison et les écoliers regardaient, même si les McMinn s'étaient éloignés dans la rue, par discrétion. Les enfants les plus audacieux se jetèrent sur elle, lui serrant les genoux, et elle se baissa pour les embrasser l'un après l'autre, au lieu de son mari.

Archie et Myrtle étaient déjà montés et le poney de Nerys l'attendait. Le porteur d'Archie l'aida à se hisser sur la selle rembourrée, puis prit les rênes et tourna la tête de la monture vers la route pour elle. Elle se retourna pour faire un signe de la main. La procession s'éloigna sur le chemin, passant devant la chapelle et rejoignant le bazar, laissant la noire silhouette solitaire d'Evan se détacher sur le mur en pierre de l'enceinte de la mission.

Le ciel était dégagé. Tandis qu'ils parcouraient les premiers kilomètres dans la vallée de l'Indus, Nerys sentait le soleil taper à travers son chapeau de paille et regrettait de ne pas avoir emporté de gants en coton pour se protéger les mains du soleil brûlant. Au bout d'un moment, sur un haut contrefort, elle aperçut les drapeaux de prière et les flèches en laiton de Spitok s'élever au-dessus des murs imposants. C'était le premier des grands *gompas* sur la route et l'endroit le plus éloigné de Leh qu'elle atteignait depuis plus d'un an.

Myrtle était partie devant, mais elle contint l'ardeur de son poney et attendit que Nerys la rejoigne. Archie et la file de poneys porteurs de bagages étaient déjà loin, enveloppés dans un nuage de poussière tourbillonnante.

« Voulez-vous un peu de compagnie ? » demanda Myrtle. Seuls ses yeux sombres étaient visibles entre les drapés du voile. « Ou préférez-vous voyager tranquille ? »

Nerys regarda les montagnes devant elle. La force étonnante qu'elle s'était découverte lors du long voyage depuis Manali semblait de nouveau à sa portée. « Restez avec moi, s'il vous plaît », répondit-elle.

Myrtle se pencha vers elle pour lui donner une petite tape sur le genou. « Parfait. »

Elles se tournèrent vers l'ouest et poursuivirent leur chemin.

Nerys découvrit bientôt que voyager avec les McMinn était une expérience totalement différente de ses voyages avec Evan. La nuit, ils logeaient dans les maisons de repos installées le long de la route, les réquisitionnant sans se préoccuper de qui avait pu arriver avant eux. En tant que sahib britannique et fille d'un fonctionnaire du Raj, Archie et Myrtle passaient automatiquement devant les autres et considéraient cela comme un dû. Ils n'avaient aucun scrupule à chasser des voyageurs ladakhis ou cachemiris des abris, même un soir un musulman, à la barbe teinte au henné, accompagné de plusieurs femmes voilées et d'une demi-douzaine de jeunes enfants et de bébés. Evan et Nerys avaient toujours été gênés et réticents à l'idée de s'imposer aux dépens des autres, même des plus humbles. Lorsqu'ils atteignaient une maison d'hôtes, dormir près de la route sous leur tente, en plein courant d'air, leur semblait souvent être la solution de facilité.

Les maisons de repos n'étaient souvent pas davantage que des cabanes avec deux chambres, un salon dortoir et une petite cuisine, et elles étaient en général sales et dépourvues de commodités, mis à part les plus basiques, mais Sahib McMinn et ses accompagnatrices étaient toujours accueillis par les propriétaires à grand renfort de politesse et d'efforts pour plaire. Il n'était pas difficile de comprendre pourquoi, car bien qu'Archie demande un compte-rendu exact de ce qu'il devait et ne donnait pas un seul *anna* de plus, il comprenait toujours quel était le tarif juste et payait prestement et avec le sourire.

Leurs serviteurs de campement arrivaient toujours les premiers à la maison d'hôtes et, le temps que les McMinn finissent le trajet, leurs sacs *yakdan* avaient été détachés des poneys et placés dans leur chambre. Des lits de camp étaient installés car Myrtle refusait d'utiliser les couchettes fournies, sous prétexte qu'elles grouillaient d'insectes. Archie jouait toujours à l'homme consterné par le comportement difficile de sa femme, mais un amusement affectueux pétillait dans ses yeux. Il y avait de nombreuses couvertures chaudes et même des draps en lin, qui étaient défaits et refaits chaque jour. Les serviteurs des McMinn achetaient des aliments locaux pour compléter les denrées transportées par les poneys, et leur cuisinier préparait leurs dîners et les servait sur des assiettes et avec des couverts rincés quotidiennement dans une solution de permanganate de potassium. Ils avaient même parfois la possibilité de prendre un bain. Une structure pliante en toile était installée et remplie à moitié, et Nerys pouvait s'y asseoir et goûter au luxe de s'asperger la peau et les cheveux d'eau à l'aide d'un broc en émail.

Au terme de chaque jour de voyage, assis sur leurs chaises pliantes sous les chevrons couverts de toiles d'araignées de la maison d'hôtes, tous trois avaient de longues discussions joyeuses. Myrtle faisait des commérages sur les gens qu'ils avaient rencontrés ou plaisantait sur les différentes manies de leurs serviteurs.

« Pensez-vous qu'ils aient institué un roulement ? s'interrogeait-elle à propos du mahométan et de ses femmes.

— Non, je suppose qu'il favorise la plus jolie, répondit Archie. Du moins c'est ce que je ferais à sa place.

— Mais comment fait-il la différence ? demanda Myrtle.

— Elles ne portent pas leur voile au *lit,* chérie. »

Myrtle éclata de rire. Elle fumait de fines cigarettes noires aux extrémités dorées. La première fois qu'elle en alluma une, Nerys la regarda avec étonnement et Myrtle souffla une grande bouffée de fumée. « Je me tenais à carreaux, vous savez, quand nous nous sommes rencontrées. Nous logions dans la maison de la mission. Désapprouverez-vous grandement quand vous me connaîtrez vraiment ?

— Je ne crois pas. » Nerys se mit à rire.

Dernier rituel du soir, le porteur venait avec trois tasses de chocolat chaud. Archie versait une goutte d'eau-de-vie dans le sien et celui de Myrtle, puis levait un sourcil en regardant Nerys.

— Oui, s'il vous plaît », disait-elle presque à chaque fois. C'était une habitude des McMinn qu'elle avait vite adoptée.

Il n'y avait en général qu'une chambre à leur disposition dans les maisons d'hôtes, mais elle s'habitua rapidement aussi à la partager avec Myrtle et Archie. La nuit, Myrtle portait un pyjama en soie gris d'une marque parisienne. « C'est beaucoup mieux pour voyager, vous savez. Les coolies laissent tomber des poux dans les lits quand ils les font, mais ils glissent sur la soie.

Elle avait raison. Les poux avaient été une caractéristique du voyage des Watkins jusqu'à Leh, se cramponnant douillettement dans les coutures des chemises de nuit en flanelle de Nerys.

Avec les ronflements rythmés d'Archie et la forte respiration de Myrtle qui les accompagnait, Nerys trouvait qu'elle dormait mieux sur la route de Srinagar que dernièrement à la mission. Tous les matins, dès qu'il faisait jour, le porteur entrait avec leur thé qu'ils prenaient au lit. Après l'avoir bu, Archie sortait en robe de chambre pour se raser à la lumière pendant que les jeunes femmes s'habillaient, puis c'était l'heure du porridge, des œufs brouillés et du délicieux pain frais du cuisinier.

Ils marchaient ou montaient leur poney toute la journée, traversant des villages minuscules aux étroits champs de céréales mûres serpentant le long du chemin défoncé, où des poules ébouriffées picoraient les plantes latérales et où des moutons égarés filaient devant les montures. Des rangées de buissons de roses en piteux état s'étalaient de chaque côté, piquetés de cynorrhodons orange, comme des joyaux cousus sur du velours dévoré. En dehors des rares villages, la route traversait d'immenses étendues arides et rocheuses. Les montagnes se dressaient à nouveau devant eux, portant des ombres sépia et violettes, les crêtes les plus imposantes abritant parfois les murs blancs et massifs d'un *gompa*.

À Lamayuru, quelques kilomètres avant le col du Fotu-La – le point le plus élevé qu'ils auraient à franchir sur leur route – ils s'arrêtèrent pour la nuit dans l'ombre du plus grand monastère. C'était une masse menaçante de murs blancs et de dalles de bois peintes en rouge, aux petites fenêtres, surplombée par les dômes trapus d'une dizaine de chortens aux flèches noires et or qui étincelaient comme du sucre filé. Les poneys gravirent péniblement des centaines de marches irrégulières pour atteindre l'ensemble de bâtiments agglutinés au pied du monastère. Des drapeaux de prière dansaient dans le ciel bleu et Nerys se souvint du *gompa* de Spitok, près duquel ils étaient passés quelque temps après avoir quitté Leh. Avec une pointe de culpabilité, elle se rendit compte qu'elle avait été si occupée à vivre les petites aventures du voyage et à en rire avec Myrtle et Archie, qu'elle avait à peine pensé à Evan. À cette distance, il lui apparaissait comme une sombre silhouette désapprobatrice par opposition aux journées enjouées qu'elle passait.

À Lamayuru, ils logeaient dans l'inévitable maison de repos, mais celle-ci était bien plus grande que celles du bord de la route du fait de l'affluence de visiteurs pour voir le monastère. Nerys fut conduite dans une chambre particulière, minuscule avec une toute petite fenêtre. Elle donnait sur un précipice où planaient de sinistres craves noirs.

Ce soir-là, leur dîner fut inhabituellement silencieux, comme si la proximité du monastère et les rangs de moines en robe rouge calmaient même Myrtle.

À la fin du repas, au lieu de remonter dans sa cellule, Nerys sortit et, sur un coup de tête, grimpa davantage de marches en direction du monastère lui-même. Elle pencha la tête en arrière afin de contempler l'immense édifice qui s'élevait au-dessus d'elle, noir sur le rideau étoilé. Des taches de faible lumière jaunâtre luisaient comme des yeux voilés à travers quelques-unes des fenêtres et le vent la faisait frissonner. Elle crut entendre des voix psalmodier une prière. Archie avait murmuré au cours du dîner qu'il était triste d'habiter dans le village de Lamayuru, car la nourriture et les offrandes exigées par le lama pour les moines ne laissaient pas grand-chose aux villageois eux-mêmes. Il est certain que l'endroit paraissait désolé ce soir-là, tandis qu'elle se réfugiait dans un angle formé par un mur de pierre pour s'abriter. Quelque part au milieu des maisons délabrées au-dessous d'elle retentit le hurlement d'un chien. Elle essaya d'imaginer ce que pourrait accomplir Evan dans un tel endroit, offrant les promesses et les menaces d'une religion différente à des gens qui feraient mieux de garder leur riz et leurs moutons pour nourrir leur famille.

Tout ce qu'elle ressentait envers son mari était une tendresse exaspérée, et elle se demandait si cette affection en déclin – au-delà du fait qu'elle trouve ses efforts de missionnaire vains – serait suffisante pour lui permettre de traverser les années à venir. Je pourrais le faire, se disait-elle, et toute autre chose qu'il me demanderait, si nous avions notre propre enfant.

Elle était gelée à présent. Le monastère se dressait si haut et sombre qu'elle avait l'impression qu'il allait s'effondrer et l'écraser. Elle resserra son manteau autour de ses épaules et redescendit les marches. Le porteur d'Archie l'attendait à la porte de la maison miteuse.

« Viens maintenant, m'dame », appela-t-il, et elle se sentit coupable de l'avoir fait attendre dans le froid alors qu'il aurait pu être allongé sur sa couverture avec une bonne pipe.

« Je suis désolée, Hari. »

Il leva la lampe à huile et ouvrit la voie dans les escaliers en bois, puis dans le couloir aux petites chambres jusqu'à son box. Il alluma la bougie qui se trouvait pour elle sur une étagère et fit un pas en arrière. « Je vais apporter chocolat chaud, m'dame. Ça arrive.

— Je ne prendrai pas de chocolat ce soir, Hari, merci. Je vais aller me coucher directement. » Elle voulait fermer les yeux et que le jour arrive vite. Lamayuru était un lieu oppressant.

Après avoir soufflé sa bougie, elle écouta le silence, allongée dans son lit. Elle entendit une série de bruits de frottements, sans doute des rats dans le plafond. Le vent s'engouffrait à travers les fentes entre le mur et le cadre de la petite fenêtre. Puis elle entendit un autre bruit. Ce n'était autre qu'une voix de femme qui poussait un petit cri, à mi-chemin entre un gémissement et un soupir, suivi d'une série de halètements de plus en plus sonores. Ensuite, deux rires mêlés puis un *chhhhut.*

Nerys s'enfouit sous ses couvertures et se couvrit la tête de son oreiller qui crissait. Elle ne voulait pas avoir à écouter Myrtle et

Archie en pleine action. Il y avait ce soir trop de choses qu'elle ne voulait pas entendre ni savoir. Sa vie à elle lui semblait si exiguë, si solitaire et totalement dépourvue de but.

Le lendemain leur route les fit traverser le haut col puis la ville de Kargil. Avec Lamayuru loin derrière eux, les voyageurs étaient d'excellente humeur. D'autres journées passèrent, longues mais gratifiantes, jusqu'à ce que seuls les murs dentelés du Grand Himalaya ne les séparent de la vallée du Cachemire. Avec les montagnes au loin, il paraissait impossible que leur caravane trouve un passage vers le sommet via le col de Zoji-La, mais en s'approchant ils purent identifier le fil tortueux d'un sentier qui zigzaguait vers le haut. À un moment, ils furent éblouis par l'éclat d'un miroir ou d'un morceau de métal poli, sur un poney en tête de peloton, frappé par les rayons du soleil. Myrtle se voulait rassurante quand Nerys ralentissait sa monture pour évaluer l'étendue de la côte.

« C'est plus facile que ça en a l'air. Rappelez-vous, vous avez gravi des pentes encore pires que celle-ci au niveau de Fotu-La et lors de votre voyage vers Leh l'année dernière.

— Je ne m'inquiète pas. Je sais que nous y arriverons. Je me demande juste à quoi ressemblera la vue de là-haut. »

Les yeux de Myrtle brillèrent entre les plis de son voile. « Incomparable à tout ce que vous pouvez imaginer. Ce sera comme voir le paradis. »

Cette pensée encouragea Nerys le long de cette ascension brûlante et interminable. La poussière lui obstruait le nez et la gorge et sa gourde fut vite à sec. Le soleil était de plus en plus haut dans le ciel et lui frappait la tête et les épaules. Quand elle montait, son poney avançait de plus en plus lentement et elle le sentait frissonner quand un des hommes lui fouettait la croupe. Quand elle marchait, sous le soleil brûlant, elle sentait les pierres tranchantes à travers les semelles de ses bottes. Le cliquetis du harnais des poneys donnait un rythme à leur ascension, seulement cassé par le sifflement occasionnel d'une marmotte dans son terrier au milieu des rochers. Des gypaètes noirs se promenaient dans l'air, agitant paresseusement leurs ailes frettées.

Le col en lui-même était masqué par des affleurements et, sombre, Nerys pensait que leur ascension ne se terminerait jamais. Archie était loin devant, mais Myrtle alignait son allure sur celle de Nerys. Elles échangeaient quelques mots d'encouragement de temps à autre, mais la majorité de leur énergie était consacrée à mettre un pied devant l'autre.

Tandis qu'elles montaient toujours plus haut, Nerys commença à compter le nombre de virages qu'il restait à négocier. Sept, puis cinq, puis… un seul.

« Nous sommes arrivées ? » implora-t-elle, redoutant un faux sommet et une falaise dissimulée à devoir escalader.

À chaque fois qu'elle jetait un coup d'œil en arrière, le vaste désert marron du Ladakh avait encore perdu du terrain et elle comprenait qu'ils approchaient d'un nouveau pays.

« Presque, répondit Myrtle, essoufflée. Pourquoi Archie doit-il toujours cavaler devant ? »

Elles arrivèrent sur une large bande de terre avec des chortens qui se dessinaient dans le ciel devant eux. Archie et le groupe des plus rapides les attendaient. Au bas de la pente, Nerys aperçut la peau et les os en pagaille d'un poney qui avait dû chuter lors d'un précédent cortège de caravanes. C'était une journée calme, mais l'air l'enveloppa d'un tourbillon et elle dut rattacher les cordons de son chapeau de paille.

Ils traversèrent le col, soulagés par la ligne presque horizontale du sol, jusqu'à se retrouver au même niveau que les chortens. Sur les tas de pierres brutes étaient suspendus des centaines de drapeaux, aux couleurs passées ou encore vives avec, au milieu d'eux, des guirlandes de banderoles en lambeaux.

Myrtle et Archie étaient immobiles, main dans la main, et regardaient vers l'ouest. Nerys les rejoignit et s'arrêta net. Sous ses pieds, s'étalant comme le plus magique des tapis, se trouvait la vallée du Cachemire.

Les plis de la terre se propageaient vers eux, les arêtes basses habillées de rangées de sapins d'un vert profond et, les plus hautes, lumineuses, de bouleaux argentés. De longues coutures de neige reposaient dans les rigoles ombragées et des chutes d'eau enlaçaient les rochers violets de rubans étincelants. Une brume de chaleur brouillait la grande cuvette de la vallée, mais elle distinguait des pâtures lointaines, des champs et les méandres d'une rivière. Après le paysage gris et désolé qu'elle venait de traverser, le mélange délicat de mille nuances de bleu, d'argenté et de lavande associé au doré et au vert pâle semblait trop somptueux pour être vrai. Elle contempla cette vue un long moment, le parfum de terre riche et d'eau douce embaumait l'air.

Myrtle n'avait pas exagéré.

C'était le plus bel endroit que Nerys ait jamais vu.

CHAPITRE CINQ

Pour traverser les montagnes entre Leh et Srinagar, Mair avait trois options : prendre le car public, trouver un groupe de personnes qui faisaient ce même voyage et avaient besoin d'un passager supplémentaire pour remplir leur véhicule, ou louer sa propre voiture et embaucher un chauffeur pour les deux jours de trajet. Les cars marchaient quotidiennement, mais ils faisaient une courte halte nocturne à Kargil avant de repartir à une heure du matin. Les soldats aux postes de contrôle de chaque côté du col de Zoji-La fermaient la route à cinq heures du matin afin de laisser les virages en épingle à cheveux libres pour les convois militaires, donc la circulation civile officielle était censée avoir franchi le col auparavant. Mair avait vu des annonces punaisées dans certains cybercafés, proposant une place en voiture ou en camion, en échange d'une participation aux frais du voyage, mais quand elle se rendit à un bureau de téléphonie et appela l'un des numéros, elle se retrouva à parler (elle en était presque certaine) avec l'un des Israéliens de l'excursion de Changthang. Elle trouva en vitesse une excuse pour raccrocher et coupa la communication. L'option de louer sa propre voiture avec son propre chauffeur semblait donc de loin la meilleure jusqu'à ce qu'elle pousse la porte de la dernière agence de voyages encore ouverte et se renseigne sur le prix. Elle n'aurait qu'à faire face à l'inconfort légendaire et aux chocs d'adrénaline du voyage en car. Elle fit ses bagages, prête à quitter Leh le lendemain matin, et sortit pour un dernier dîner dans le meilleur restaurant de la région, selon son guide *Lonely Planet.*

« Coucou ! » appela une voix, au milieu du crépuscule glacial, quand elle descendait la colline vers le bazar. « Nous espérions vraiment vous revoir en ville. »

C'était Karen Becker, emmitouflée dans une doudoune, les cheveux attachés sous un chapeau en polaire.

« Comment était la randonnée ? » demanda Mair, calant son pas sur celui de Karen.

Celle-ci bafouilla de consternation. « Extrême, et pire encore. Nous sommes montés très haut et j'avais de la neige jusqu'aux genoux. Tout a gelé dans la tente pendant la nuit. Bruno a adoré chaque seconde de cette aventure, évidemment.

— Et Lotus ?

— Elle a été sage. Mais Lo est toujours assez sage, et elle aime la neige. Écoutez, pourquoi ne pas nous voir demain ? J'aimerais vous dire de venir chez nous ce soir mais Bruno à une affaire à régler, des coups de fil interminables à passer, ce qui n'est pas facile par ici, comme vous le savez. »

Mair le savait bien en effet. Tous les téléphones portables étrangers étaient automatiquement bloqués et la seule façon de téléphoner, autre que d'aller dans un bureau, était d'acheter un portable Jammu-et-Cachemire. Elle ne l'avait pas fait et souffrait de ce manque de communication avec ses proches. De plus, à cause de la variabilité du courant électrique, l'e-mail n'était pas non plus une solution fiable.

« Je prends le car pour Srinagar demain matin.

— Oh *nooon,* gémit Karen. Ne faites pas ça. Surtout pas. J'ai entendu dire que c'était un voyage atroce.

— Eh bien, ce sera une aventure. »

Karen prit Mair par le bras. « J'ai une bien meilleure idée. Restez un jour de plus, et venez au Cachemire avec nous. Nous avons réservé une voiture. Il y a de la place si ça ne vous embête pas d'être assise à l'arrière avec Lo et moi. »

Mair hésita. « Et Bruno ? »

Karen haussa ses élégantes épaules. « Cela ne lui posera pas de problème. Il aime rencontrer de nouvelles personnes tout autant que moi. »

La première impression que Mair avait eue de Bruno Becker avait suggéré tout autre chose, mais elle n'en dit rien. « Eh bien… c'est tentant. J'ai quelques doutes sur le car, pour être honnête.

— Bon, marché conclu. Nous passerons vous chercher à votre hôtel, après-demain. Tôt, je vous préviens. Bruno est un vrai maniaque sur ce genre de choses. »

L'affaire semblait réglée.

Karen dansait sur le bord de la route crasseuse, attendant qu'un camion s'arrête. « Vous avez passé une bonne semaine ? »

Mair commença : « Oui. J'ai appris des choses intéressantes sur l'histoire de… »

Mais Karen était déjà en train de traverser au milieu d'un nuage d'émanations de pot d'échappement. Elle fit un signe de la main à Mair. « Génial. À demain. »

Un rickshaw l'avait repérée et fit un écart. Karen monta à bord sans négocier le tarif. Mair poursuivit son chemin dans la direction opposée, vers les lumières scintillantes du bazar.

Ayant un jour supplémentaire, elle retourna au cybercafé. Dans un e-mail à Hattie, elle décrivit la découverte de la chapelle et du bâtiment de la mission en ruine, mais avec légèreté. Elle n'était pas prête à admettre – même pas à Hattie – à quel point l'histoire du châle l'intriguait. Elle cliqua sur *envoyer*, tant que le courant tenait bon.

Puis elle consulta sa boîte de réception. Les messages défilaient à un rythme plus lent que celui d'un boiteux portant une lourde charge. Elle en vit un de Dylan et l'ouvrit avec plaisir. Son frère n'était pas un correspondant régulier, mais ses e-mails occasionnels la réjouissaient davantage que ceux de n'importe qui d'autre.

Cette fois-ci il n'y avait qu'un paragraphe très court, mais ces quelques mots promettaient que la pièce jointe l'intéresserait.

Dylan avait pris la petite collection de photographies de leur père, rangées au fil des années dans deux ou trois vieilles boîtes à chaussures dans le bureau chaotique de Huw. Il avait vaguement dit à ses sœurs qu'il les trierait quand il aurait une heure à y consacrer, qu'il scannerait les meilleures et constituerait un album iPhoto qu'il leur enverrait. C'était le genre de tâches dans lequel il excellait. Eirlys avait répondu qu'elle appréciait cette proposition sachant qu'elle-même n'aurait jamais le temps de s'en occuper. Dylan avait souri à Mair en coin et elle avait alors été frappée par sa ressemblance croissante avec leur père. On se retrouvait bien souvent à imiter ses parents à son insu, se disait-elle. Sans doute ressemblait-elle plus à sa mère aujourd'hui qu'elle ne le saurait jamais.

Souriante, Mair entreprit d'ouvrir la pièce jointe jpeg de Dylan. Au début le système refusa de collaborer, mais elle persista jusqu'à le vaincre. Elle regarda avec attention. La photographie était un vieux cliché en noir et blanc, décoloré et chiffonné. Trois femmes étaient regroupées sur fond de lac en partie recouvert de nénuphars. Le coin supérieur gauche de la vue était coupé par une diagonale de boiseries, ce qui donnait l'impression que les dames se tenaient sur un balcon, au-dessus d'un lac. La femme du milieu posait avec le menton relevé, lançant un regard malicieux droit dans l'objectif. Sa grande bouche pulpeuse semblait noire, mais elle devait en fait porter du rouge à lèvres très sombre. Sa chevelure foncée et ondulée était balayée sur le côté et son apparence singulière était soulignée par les larges revers et les épaulettes massives de son élégante veste. Il y avait une ombre profonde dans le V de son décolleté.

La femme sur sa gauche avait une apparence bien plus enfantine. Elle était de trois quarts, souriait à ses amies et avait un cou de cygne et des cheveux bouclés clairs.

La troisième avait été saisie dans un grand éclat de rire. Elle avait la tête penchée en arrière et semblait si joyeuse et pleine de vie que Mair mit plusieurs secondes à la reconnaître. C'était sa grand-mère.

Observant les visages réjouis avec une fascination croissante, Mair se demandait ce que Grand-papa Evan avait bien pu raconter derrière l'objectif pour que sa femme rayonne ainsi de bonheur.

Ou peut-être le photographe n'avait-il rien à voir avec Evan Watkins.

Où donc se trouvait cette eau piquetée de fleurs ? Ce qui est sûr c'est que ça ne ressemblait pas à Leh.

Puis il lui vint une idée. Il y avait des lacs à Srinagar. Mair relut le message de Dylan. Il avait écrit :

Voici une photo volante qui se trouvait dans un album d'Inde de Grand-papa, très ennuyeux dans l'ensemble. Des gens de chapelle posant sur des marches, l'air solennel, etc. Elle a donc tout de suite attiré mon attention. Qui peuvent bien être ces amies de Grand-maman à l'air réjoui ?

Plus elle la regardait, plus la photo devenait fascinante et énigmatique. Les trois jeunes femmes semblaient si proches, et si complices devant l'appareil photo. Leur visage rayonnait de tant de vie qu'il était difficile d'imaginer que la photo avait été prise presque soixante-dix ans plus tôt.

Mair avait une envie folle d'en découvrir davantage sur cette amitié. La possibilité que la photo ait été prise à Srinagar ne fit qu'intensifier son impatience d'y arriver.

La Chinoise qui tenait le cybercafé fronça les sourcils. Au-dessus de chaque poste, une affichette disait « Telechargemmen interdite ».

Mair désigna la photo sur son écran, puis l'imprimante antique perchée sur un banc près de la porte et, toujours par gestes, l'implora de les connecter. Ce n'est qu'à partir du moment où Mair prit son portefeuille et en sortit quelques billets que la Chinoise commença à montrer un peu de bonne volonté. S'ensuivit une alternance de manipulations de boutons, de vérifications de câbles, de grommellements puis, enfin, une impression de treize centimètres sur dix émergea de la fente. Elle était plus sombre que l'original et la petite taille réduisait le sentiment de pure joie qui s'en dégageait, mais c'était mieux que rien.

Mair la rapporta à l'hôtel et la rangea soigneusement dans l'enveloppe qui contenait la mèche de cheveux bruns.

Les Becker et leur chauffeur, dans leur 4 × 4 Toyota blanc réglementaire, passèrent prendre Mair à son hôtel à 6 h 30 le lendemain matin. Karen lui fit un signe de la voiture. « Prête ? appela-t-elle. Nous allons bien nous amuser. »

Lotus était attachée dans un siège auto à rehausseur. Le chauffeur indien, de toute évidence déjà sous le charme de la petite fille, lui faisait de grands sourires et lui tapotait la joue. Bruno Becker sortit du véhicule. Il regarda Mair avec un léger sourire, ce qui lui donnait l'air un peu plus accessible.

« C'est très gentil à vous, dit-elle.

— Cela me fait plaisir que vous nous accompagniez. C'est tout ? » Il montra son sac du doigt. Mair acquiesça. Elle le portait sur l'épaule, avec le châle, la mèche de cheveux et la photo bien en sécurité à l'intérieur.

« Vous voyagez léger. Karen pourrait en prendre de la graine. » Il jeta le sac à dos dans le compartiment à bagages de la Toyota, au-dessus de la pile déjà importante.

« Hé, ce sont surtout les affaires de Lotus. » Karen rit. « Allez, montez ! »

Mair s'assit à côté de Lotus. Les cheveux de l'enfant formaient une masse de pâles spirales dans la lumière bleu acier de l'aube.

« C'est parti », s'exclama le chauffeur. Ils descendirent la rue principale et passèrent devant le moulin à prières et le long mur de *mani*. Mair se retourna pour voir la ville une dernière fois. D'épaisses barres de bas nuages masquaient le cercle des montagnes et les arbres ressemblaient à des gribouillis gris acier sur les bruns rochers. Il faisait très froid et les rues étaient désertes.

Karen se pencha vers l'avant de la voiture : « Ils sont inquiets du mauvais temps.

— On annonce de la neige, dit Bruno sans tourner la tête. Il ne va pas falloir traîner. »

Mair s'installa au fond de son siège. Au départ, la voiture avala des kilomètres et des kilomètres de route le long de l'Indus. Karen bavardait et Mair passait l'un après l'autre à Lotus les innombrables jouets et livres qui l'entouraient. De gros camions de marchandises et des véhicules militaires voyageaient dans les deux sens et, tandis que ça commençait à grimper, ils passèrent devant les campements sommaires des équipes chargées de maintenir la route en état praticable. Des femmes aussi bien que des hommes portaient des pierres sur le dos ou comblaient les fondrières avec de la terre.

« Quelle vie. Regardez, cette femme porte même un bébé sur son dos », soupira Karen. Deux autres enfants en bas âge étaient assis sur un rocher et observaient le flux constant de la circulation.

Pour augmenter le pathétique de la scène, il se mit à pleuvoir, les grosses gouttes rebondissant sur le pare-brise à intervalles réguliers. Les essuie-glaces ronronnaient et le véhicule roulait sur des ornières de plus en plus profondes. Ils arrivèrent à un poste de contrôle de police et le chauffeur porta leurs passeports dans une cabane pour vérification tandis que des soldats, en tenue de camouflage et semblant s'ennuyer ferme, agitaient leur fusil afin de diriger les camions. Après le poste de contrôle, une pancarte disait : « Organisation des routes frontalières. L'ennemi vous surveille. » L'autoroute passait tout près de la *Line of Control* entre l'Inde et le Pakistan, et la forte présence militaire indienne n'était pas qu'une décoration.

Ils poursuivirent leur chemin, toujours vers l'ouest, sur une route de plus en plus pentue. Celle-ci frôlait des précipices, les roues de la Toyota semblant parfois en suspension au-dessus du bord, le temps de négocier un autre virage à visibilité nulle. Mair détourna les yeux du vide juste à temps pour frissonner à la vue d'un camion engagé dans le tournant et fonçant droit sur eux. Sans broncher, leur chauffeur manœuvra pour éviter le poids lourd, frôlant le gouffre d'un demi-centimètre. La route était à présent si mauvaise que les passagers devaient s'accrocher aux poignées pour ne pas se heurter la tête au plafond. Au milieu de toute cette agitation, bercée par les secousses à répétition, Lotus s'endormit.

« Ils n'utilisent donc jamais de goudron par ici ? » grogna Karen.

Bruno la regarda par-dessus son épaule. « Cela ne tiendrait pas six semaines. Le mélange de pierre et de remblai compact est la seule chose qui résiste au climat et aux camions, et c'est un travail permanent de garder la route ne serait-ce que dans cet état. » C'était la plus longue remarque qu'il faisait depuis leur départ de Leh.

« Oh-oh. Aïe. » Ils firent tous un bond sur leur siège. Des pierres jaillirent de sous leurs roues et furent projetées dans l'air. Bien plus bas, Mair aperçut le fil anthracite d'une rivière. Elle remercia Dieu de ne pas être écrasée dans un car de quarante personnes avec un chauffeur épuisé au volant.

« La route entre Leh et Srinagar n'a ouvert aux véhicules motorisés que dans les années soixante, lança Bruno. Avant cela, c'était un simple chemin et l'on y voyageait avec des poneys.

— Combien de temps cela prenait-il ?

— La route fait à peu près quatre cents kilomètres. Je dirais qu'il fallait au moins une semaine. »

Quelques secondes plus tard, Mair ajouta : « Au dix-huitième siècle, le chemin était impraticable, même à cheval. Les porteurs transportaient tout sur leur dos, du Tibet au Cachemire. Dans ce sens, il s'agissait surtout de vendeurs de laine, pour le commerce du pashmina. »

Bruno se tourna pour la regarder. Pour la première fois, leurs yeux se croisèrent directement. « Vous vous intéressez à l'histoire des anciennes routes du commerce ?

— Oui.

— Moi aussi », fit remarquer Karen.

Son mari pivota vers elle et lui sourit. Mair se rendit compte qu'il était très beau, et le malaise qu'elle avait ressenti en présence des deux Becker ensemble se dissipa. Bien qu'elle ait envié leur intimité au tout début, elle avait commencé à suspecter qu'ils ne soient liés que par un antagonisme mutuel et l'adoration partagée de leur fille. Mais maintenant elle se disait qu'elle s'était sans doute trompée. Il y avait à la fois de l'affection et de l'amusement dans le sourire de Bruno.

« Je sais bien », dit-il avec tendresse.

Mair regarda la route tandis qu'ils prenaient encore un autre virage serré et aperçut au loin, à travers une fente dans les nuages, un mur blanc de neige.

Au bout d'une heure, Lotus se réveilla et commença à pleurnicher. Elle tirait sur les courroies de son siège auto et détourna la tête quand Karen voulut lui donner à boire. « Nous allons devoir nous arrêter une dizaine de minutes, dit-elle au chauffeur. Combien de temps nous faut-il encore pour arriver à Lamayuru ? »

Les hommes secouèrent la tête.

« Encore loin », répondit le chauffeur.

Ils se garèrent près d'un stand de thé au bord de la route. La pluie avait transformé la route en une affreuse coulée de boue et chaque véhicule qui passait risquait de les asperger d'eau crasseuse. La circulation vers l'ouest ne ralentissait pas. Mair comprenait que chaque conducteur était sous pression car il lui fallait passer Fotu-La avant la nuit et avant qu'il ne se mette à neiger pour de bon. Ces dernières minutes, la pluie s'était transformée en neige fondue, frappant le pare-brise de la voiture de légères éclaboussures.

Leur petite bande se serra sous l'abri en toile. Lotus s'égaya dès qu'elle vit des gens. Bruno la posa par terre et elle alla se faire de nouveaux amis tandis que Karen scrutait le contenu des casseroles du stand. Elle choisit un ragoût épais qu'elle compléta d'une louche de riz, et en donna l'essentiel à Lotus. Plus méfiante, Mair opta pour une tablette de chocolat et une poignée de noix. Leur chauffeur discutait avec les autres conducteurs et les sondait sur leurs prévisions météorologiques.

Dès qu'elles eurent fini de manger, Bruno les pressa de retourner dans la voiture. Karen soupira : « C'est tellement dommage que le temps nous empêche d'apercevoir Lamayuru. Sur les photos, il domine le paysage comme un château fantastique, toutes flèches et tourelles dehors.

— Karen, nous ne pouvons vraiment pas nous arrêter à ton monastère, déclara Bruno.

— *Quoi ?*

— Nous devons franchir le col le plus tôt possible.

— Oh, allez. Une heure ne va pas changer grand-chose. »

Le chauffeur était à présent penché en avant, tout près du volant, les épaules au niveau des oreilles. Tous les véhicules qu'ils croisaient avaient allumé leurs phares et l'on voyait une longue file de leurs petits cônes jaunes, formant un angle improbable dans l'obscurité.

« Si, chérie. »

Karen était furieuse. « Qu'est-ce que c'est que cette histoire ? Je sais que ça ne t'intéresse pas plus que ça, mais il s'agit du plus ancien *gompa* au Ladakh. Il date d'avant le dixième siècle. Il y a des fresques, des *thangkas*, comme nulle part ailleurs. Nous devons le visiter.

— Pas cette fois-ci. »

Un silence contrarié s'installa et Mair y sentait bien la bataille des deux volontés. Les essuie-glaces repoussèrent un rideau de neige fondue qui fut aussitôt remplacé par un autre. Lotus chantait doucement une berceuse à sa poupée.

« Ce n'est qu'un peu de neige, Bruno. Pourquoi es-tu si prudent tout à coup ? »

Le chauffeur les interrompit : « Nous allons directement à Fotu-La. Puis à Kargil. »

Cette intervention sembla clore le débat. Karen tremblait de rage, mais elle n'insista pas.

La visibilité était de plus en plus mauvaise, mais le chauffeur persévérait. C'était de la vraie neige qui tombait à présent et s'entassait sur les pierres au bord de la route. Ils croisaient moins de véhicules. Mair concentrait son attention sur Lotus et comment l'occuper, essayant d'ignorer les précipices qui n'étaient sans doute qu'à quelques centimètres. Elle se rendait compte qu'il était encore plus inquiétant de ne pas voir le pire et de l'imaginer.

Elle aperçut un panneau étrange qui disait : « Êtes-vous marié avec la vitesse ? Divorcez. »

Leur ascension était interminable. Les roues dérapaient, retrouvaient leur adhérence, puis dérapaient à nouveau. La déception de Karen s'était calmée. Bruno et le chauffeur discutaient à voix basse. Ce dernier allait plus lentement, maintenant la première et suivant les marques des pneus du véhicule qui les précédait. Très vite celles-ci n'étaient plus que de légères stries grises sur une étendue de la même couleur.

« Neige très mauvais », dit tout à coup le chauffeur.

Quelques secondes plus tard, engagée sur une pente raide, la voiture commença à glisser en arrière. Mair et Karen se regardèrent paniquées. Désorientée, Mair essaya de voir de quel côté se trouvait l'abîme.

Bruno avait déjà bondi hors de la voiture. Il poussa un rocher du pied pour le placer au niveau d'une des roues et le chauffeur le rejoignit très vite. Les deux femmes restèrent dans le véhicule, crispées.

« Veux sortir, gazouilla Lotus.

— Pas maintenant, trésor. Regarde comme il neige fort. »

Les hommes prirent des pelles et essayèrent de caler les pneus avec de la terre, mais la Toyota ne se stabilisa que quelques secondes avant de recommencer à glisser en arrière.

« On est dans le pétrin, cria Bruno sous la neige.

— Grand pétrin », surenchérit le chauffeur.

Les portières claquèrent.

« On ne va pas y arriver. Il va falloir redescendre.

— *Redescendre* ? s'étrangla Karen. Après tout ça ?

— Nous sommes à environ huit kilomètres de Lamayuru. Nous y passerons la nuit.

— Tu es sérieux ?

— On ne peut plus sérieux. C'est ça ou passer la nuit ici dans la voiture. Finalement tu les verras tes fresques. »

Karen empoigna ses cheveux dorés pour se dégager le visage. Elle lança un sourire à Mair, se rendant peut-être compte qu'elle s'était montrée intransigeante. « Désolée. Mais ce sont les aléas du voyage, non ?

— En effet », dit Mair.

Le chauffeur effectua une marche arrière des plus délicates, manœuvrant dans l'espace limité entre mur de pierres et précipice. Ils commencèrent à descendre tout doucement.

Mair ne voyait rien de plus que la neige qui tombait sans discontinuer. Elle sentait l'angoisse grandir en elle, comme un poids qui lui écrasait le diaphragme.

L'obscurité semblait impénétrable. Mair tâtonnait le long du mur de pierres moite, essayant de se souvenir de quel côté elle était arrivée et regrettant d'avoir laissé sa lampe de poche dans la voiture. Elle arriva à un angle, trébucha sur une marche cassée et faillit tomber. Elle remarqua que l'air était encore plus glacé à présent, la cour ne devait pas être bien loin.

Quand ses doigts touchèrent enfin la porte, elle chercha la poignée en fer et la tourna. La porte s'ouvrit vers l'intérieur, faisant s'engouffrer une rafale de vent et de neige.

Maintenant qu'elle était dans l'enceinte, elle ne savait pas très bien où aller. La femme qui l'avait menée à sa chambre lui avait montré où se trouvait la cuisine de la maison d'hôtes, mais la neige épaisse qui masquait toutes les petites portes donnant sur la cour lui avait fait perdre son sens de l'orientation. Elle ne leva pas la tête, consciente que les murs du monastère se dressaient menaçants au-dessus d'elle, comme prêts à s'effondrer et à écraser la maison précaire. Ils devaient être à peine visibles à cette heure-là de toute façon. Des bourrasques fouettaient les flocons, les faisant même parfois remonter et l'aveuglant tandis qu'elle marchait contre le vent. Elle passa la tête sous une saillie de neige qui recouvrait un porche rudimentaire et vit de la lumière.

Une autre porte s'ouvrit en grand fracas et elle entra, s'agitant pour se débarrasser de la neige tel un chien sortant de l'eau. Elle appuya son épaule sur la porte et réussit à la refermer derrière elle.

« Coucou Maï », cria Lotus.

La pièce était faiblement éclairée par une unique lanterne à kérosène. Des matelas étaient installés par terre contre trois des murs et, au milieu, un petit poêle qui fumait dans l'air froid et malodorant. La femme que Mair avait vue plus tôt était voûtée devant le poêle et y fourrait des galettes d'excréments séchés. Plusieurs hommes, sans doute des conducteurs de camions eux aussi bloqués par la tempête, étaient assis sur deux des matelas. Ils arrêtèrent de fumer et de discuter pour la regarder. Le troisième matelas était occupé par Bruno et Lotus. La fillette était emmitouflée dans une gigoteuse et enveloppée dans une couverture, de telle sorte qu'on ne voyait plus que sa petite tête blonde et rose. Ce cocon était douillettement installé sous le manteau de son père.

Mair était très jalouse de Lotus.

Toute chaleur serait la bienvenue dans ces circonstances, se disait-elle.

« Saute ! supplia Lotus. S'il te plaît ?

— Lotus, ça ne marche pas à l'intérieur, il faut être dehors.

— Va dehors, répliqua l'enfant en libérant sa petite main pour montrer la porte, comme si c'était évident et qu'elle ne voyait pas le problème.

— Je ferai un saut pour toi demain, promit Mair.

— Il neige, Lo, tu te rappelles ? lui dit Bruno. Nous restons tous ici, à l'intérieur, où il fait plus chaud. »

Il s'écarta et indiqua à Mair une place sur le matelas. Elle les rejoignit en se frayant un passage entre une tour de casseroles rouillées et une cage en osier contenant une poule à l'air désabusé. Les hommes reprirent leur conversation et la femme ferma la porte du poêle.

« Karen a la migraine, déclara Bruno. Elle a fait un saut dans la salle de bains avant de monter se coucher. »

La salle de bains était quelques mètres plus loin, située à gauche de la porte. Elle se composait d'un baril en métal avec un robinet, d'un trou d'évacuation dans le sol et d'une petite assiette en plastique rose avec un morceau de savon gris. Les toilettes, comme Mair l'avait déjà découvert, étaient situées dans un appentis, à l'autre bout de la cour. Elles consistaient en un trou profond, un abîme d'une centaine de mètres entre les repose-pieds. Des courants d'air glacés s'engouffraient dans le trou.

La maison d'hôtes principale du monastère était remplie par un grand groupe de touristes allemands dont le car n'avait pas réussi à franchir le col. Le logement un peu plus bas dans le village de Lamayuru était également plein de fugitifs plus précoces, et le chauffeur des Becker avait fait de son mieux pour leur trouver cet endroit. En arrivant, marchant péniblement dans la boue glacée des sentiers qui leur arrivait aux chevilles, cela ressemblait moins à une habitation qu'à une sorte d'assemblage de rochers et de planches plus ou moins rectangulaire. Mais il y avait deux groupes de chambres dans le labyrinthe qui prolongeait la cour, creusées dans la roche comme des cellules d'ermites. Le chauffeur les avait conduits jusqu'à cet abri avant de les quitter pour se rendre chez son cousin qui, semble-t-il, n'habitait pas trop loin. Toute autre victime de la tempête de neige devrait coucher sur les matelas dans la cuisine.

« Puis-je faire quoi que ce soit pour elle ? » demanda Mair.

Il secoua la tête. « Mais merci. »

Mair ajouta : « Ce n'est pas très luxueux, mais nous aurons certainement plus chaud que dans la Toyota. »

Les bras de Bruno se resserrèrent instinctivement autour de Lotus. « Oui. Passer la nuit dans la voiture aurait été terrible. »

Autant de neige aurait créé un mur autour d'un véhicule à l'arrêt. Pendant la nuit, la voiture aurait peut-être été ensevelie, et s'échapper à pied sur une route aussi isolée que celle qu'ils venaient d'emprunter aurait été dangereux, voire impossible.

Mair frissonna. Malgré l'optimisme qu'elle essayait de partager, elle n'aimait pas cet endroit, non pour son manque de confort mais à cause de son aspect lugubre et de la tristesse qui l'entourait. Mais c'était tout de même un havre sûr pour ce soir. Elle jeta un coup d'œil aux joues roses de Lotus. La petite fille suçait son pouce. « Nous serons bien au chaud, hein, Lo ? » dit Mair en souriant.

Un carré de toile qui masquait une porte intérieure fut écarté et une autre femme apparut. Elle portait une casserole dont s'échappait une faible volute de fumée.

Bruno prit le récipient et la remercia. Il se redressa et dit avec douceur : « Lotus, regarde, voilà ton dîner. »

Il commença à lui donner des cuillerées de haricots réchauffés en alternant avec des bouchées de pain indien. Elle se tortilla pour se dégager un peu de son cocon et mangea de bon appétit, salissant son menton de sauce orangeâtre.

Au-dessus de sa tête Bruno expliqua : « Nous emportons toujours avec nous deux ou trois boîtes de haricots. Lotus en mangerait à toute heure du jour et de la nuit. C'est pratique au cas où les autres aliments seraient douteux. » Il baissa la voix. « Nous envierons peut-être son repas dans quelques minutes. »

Un chaudron noirci avait été posé sur le poêle. Les deux femmes s'accroupirent et se mirent à couper des oignons avant de les jeter dans le récipient, tout en bavardant avec le groupe de conducteurs de camions.

« Ce n'est qu'une nuit ! » dit Mair en riant.

Mais Bruno ne riait pas. « J'espère que vous avez raison. »

Elle se dit qu'il pouvait vraiment avoir l'air intimidant, avec son visage sombre et ses sourcils noirs qui formaient une épaisse ligne continue. Karen et lui semblaient si différents qu'elle en conclut qu'ils devaient former un de ces couples où les contraires s'attirent.

Lotus termina tous les haricots et saisit la casserole pour vérifier qu'il n'en restait pas au fond. Après cela, elle avait les mains couvertes de suie et Bruno les essuya patiemment avec son mouchoir, lui disant qu'elle ne pouvait pas aller se coucher avec maman et laisser des empreintes noires partout autour d'elle ! Il sortit une pomme de sa poche, la pela, la coupa en quartiers et la donna à Lotus pour son dessert. Au quatrième morceau, ses yeux commencèrent à se fermer.

« Il est l'heure d'aller au lit », murmura Bruno. Il réarrangea les épaisseurs autour de l'enfant, ne laissant dépasser que ses yeux et son nez, avant de la hisser sur son épaule. Puis il lança un regard au repas en préparation. « Pourrai-je me joindre à vous pour le dîner ? » demanda-t-il cérémonieusement à Mair, mais l'expression amusée de son visage montrait qu'il n'était pas si sérieux.

« Bien sûr. Je serai ravie d'avoir de la compagnie », répondit la jeune femme.

Pendant son absence, elle s'assit contre le mur et observa les cuisinières à la tâche. Le poêle chauffait et l'odeur des légumes en train de cuire flottait dans l'air. Des gouttes de condensation dégoulinaient sur les vitres, mais la cuisine ne semblait pas s'être réchauffée. Mair se disait qu'elle aurait très bien pu se retrouver avec les Israéliens en guise de compagnie, à la place des Becker, et elle rendit grâce aux dieux de Lamayuru pour cette échappée belle.

Quinze minutes s'écoulèrent avant le retour de Bruno. Après avoir débarrassé ses vêtements de la neige, il s'assit près d'elle sur le matelas, sous les yeux des chauffeurs routiers. Il attendit qu'ils vaquent à leurs occupations avant de sortir une flasque. Il fouilla à nouveau dans ses poches et en extirpa deux gobelets pliants en métal. Il les lui montra et murmura : « Cognac ? » avant de lui en verser sans attendre sa réponse.

Ils trinquèrent. Bruno but une grande gorgée. Mair l'imita et l'alcool réchauffa instantanément ses os glacés.

« Aaah. Comment va Karen ?

— Elle est dans son lit à lire un de ses textes bouddhistes. J'ai couché Lotus à côté d'elle – elle s'est tout de suite endormie. » Quelques instants plus tard, il ajouta : « Elle possède de grandes ressources de volonté et de détermination, ma femme, alors elle souffre quand on se retrouve dans une situation comme celle de ce soir où elle ne peut rien faire pour améliorer les choses et doit se résigner. En fait, le type de bouddhisme auquel adhère Karen semble centré sur la détermination. On pourrait même appeler ça le besoin de tout contrôler. Pour être honnête, je ne vois pas vraiment le rapport avec les enseignements. Techniquement parlant. »

Leurs regards se croisèrent. Bruno était très pince-sans-rire, mais il avait une certaine forme d'humour. Il était suisse, mais avait certains côtés très peu suisses. Cela le rendait intéressant et attirant, se disait Mair. « Êtes-vous religieux ? » lui demanda-t-elle.

Il secoua la tête énergiquement. « Non. Et vous ?

— Pas du tout. Mais mon grand-père était missionnaire. Ma grand-mère et lui vivaient ici dans les années quarante, ils étaient membres de la Mission presbytérienne galloise de Leh.

— C'est pour cela que vous êtes ici aujourd'hui ?

— Mon père est mort récemment. Nous étions proches de ses parents car ils habitaient près de chez nous, mais nous n'avons jamais connu nos grands-parents maternels. Ma mère est morte quand j'étais adolescente et nous avons donc perdu cette partie de l'histoire. J'aimerais en découvrir des fragments. »

Mair ne parlait pas souvent de sa mère, pas même à Hattie. Instinctivement, elle voulait protéger la blessure causée par sa disparition. Il était donc très surprenant pour elle de se confier ainsi à Bruno Becker et de se rendre compte que, depuis sa première rencontre avec Karen et son explication des sauts périlleux, elle ne lui avait rien révélé sur elle.

Elle se rappelait avoir plusieurs fois commencé, mais quelque chose l'avait toujours interrompue.

Karen était flamboyante et attirait l'attention de tout le monde. C'est à cause de ces étranges circonstances, de la tempête de neige et de leur captivité temporaire dans l'ombre menaçante du monastère, que Mair parlait si librement à son mari. En temps normal, elle n'aurait jamais osé.

Elle reprit une gorgée de cognac. Sa main n'était pas très stable et le bord métallique du gobelet cognait contre ses dents.

« Continuez », chuchota Bruno.

Elle lui parla du châle et de ses découvertes à Changthang et à Leh. Il l'écouta avec attention, la regardant droit dans les yeux, sa tête sombre appuyée sur le mur de pierres. La cuisinière versa quelques maigres poignées de riz dans une autre casserole remplie d'eau tandis que l'odeur du mouton tourbillonnait dans la cuisine.

L'histoire du grand-oncle de Tsering se rappelant avec émotion son enfance, quand il écoutait ébahi la radio de la mission, plut à Bruno. « Et maintenant vous allez continuer à suivre la trace du châle du côté de Srinagar, dit-il finalement.

— Tout à fait. Dieu seul sait ce que j'y trouverai ! » *Ce qui est sûr c'est que j'en apprendrai plus sur la photo,* pensa-t-elle.

Il déboucha le flacon et remplit à nouveau leurs deux verres. Elle sirota le sien, étirant ses jambes et relâchant ses épaules. La longue journée de remous à rouler sur des nids-de-poule lui avait donné des courbatures.

Bruno jouait avec son verre, examinant les reflets dans la surface polie. « J'ai la chance d'avoir encore mes deux parents. Ils ont divorcé il y a longtemps et ma mère s'est remariée. Elle habite près de chez nous à présent, à Genève – elle adore Lotus. Mon père est encore en bonne santé physique, mais il a presque totalement perdu la mémoire. Ma sœur et moi nous sommes mis d'accord sur le fait qu'il serait plus heureux et plus en sécurité dans une maison spécialisée qui, d'ailleurs, est bien mieux que ce que l'on imagine en général.

» Quand je suis allé le voir juste avant notre départ pour l'Inde, nous étions assis sur son balcon à regarder les montagnes et je faisais la conversation – je suis obligé de beaucoup parler quand je lui rends visite. Il aime entendre ce qui se passe dans le reste du monde et dans la vie de chacun, bien que je craigne qu'il n'en retienne pas grand-chose. Je lui parlais de tous les endroits que nous allions visiter, et il semblait m'écouter, en hochant la tête, comme il le fait souvent.

» Puis il me rappela qu'une amie indienne de notre famille était originaire du Cachemire. La mémoire est vraiment un phénomène curieux. Il se souvenait de tous les moindres détails de l'arrivée de son amie et de sa mère en Suisse après la guerre, alors que parfois il ne semble même pas me reconnaître. Il m'a fait promettre que je chercherais la fille quand nous serions à Delhi. »

Mair hocha la tête, se rappelant la façon dont son propre père, au cours de ses dernières semaines, voyageait dans un passé de plus en plus lointain.

« La mère devait être de la même génération que vos grands-parents. Elle était chrétienne, catholique. Peut-être se connaissaient-ils.

— Est-ce possible ? Leh et Srinagar sont très éloignées l'une de l'autre. »

Bruno soupira. « Et encore, c'est quand il fait beau. Ce soir, Srinagar pourrait tout aussi bien être située en Amérique du Sud.

— Je ne sais pas du tout si mes grands-parents ont voyagé aussi loin vers l'ouest. Mais ce n'est pas impossible. » Elle repensa à la photo.

« Nous pouvons toujours demander à notre amie. Si nous nous retrouvons à Delhi en même temps, vous pourriez peut-être venir lui rendre visite avec moi. »

Leurs regards se croisèrent à nouveau.

« Cela me plairait », répondit Mair.

Le cognac et la conversation les avaient aidés à se détendre.

La préparation du dîner s'éternisait et une petite fille fit le tour des matelas pour distribuer des cuillères et des assiettes en métal. Bruno se leva pour aller voir le temps qu'il faisait et revint avec un air sombre. « Il va être difficile de sortir d'ici. »

À l'heure qu'il était, une épaisse couche de neige devait bloquer les routes de montagne dans les deux directions. Mair ne pouvait qu'imaginer l'ampleur du travail nécessaire pour les dégager.

L'un des conducteurs regarda Bruno. Il haussa les épaules et agita la main d'un air angoissé. « Très mauvais. Très tôt », lui dit-il.

Bruno acquiesça. « Très mauvais en effet. » Il se rassit sur le matelas en disant à Mair : « Nous aurions déjà du mal à gérer une chute de neige aussi importante et soudaine en Suisse, alors ici… »

Se souvenant de ce que Karen lui avait dit, elle lui demanda : « Êtes-vous originaire de Genève, à la base ? »

Tout de suite son visage anguleux s'éclaira et il se rapprocha d'elle, comme pour lui faire une confidence. Sans le vouloir, Mair avait touché sa corde sensible.

« Aujourd'hui je dois vivre dans la Suisse des plaines, à cause de mon travail. Je suis ingénieur. Mais ma maison d'enfance et mes racines se trouvent en Suisse des montagnes. Je suis originaire de l'Oberland bernois, près de Grindelwald. Vous connaissez ?

— Non. » La pièce oppressante et le fait de se retrouver emprisonnée donnaient à Mair une folle envie d'être transportée ailleurs par une histoire. Dans sa tête, elle imaginait un paysage digne d'Heidi aux prairies alpines baignées de soleil et aux sapins majestueux. « Mais je serais ravie que vous m'en parliez.

— Je viens d'une famille d'agriculteurs, commença-t-il. L'été, on emmenait les vaches paître dans les Alpes. En hiver, il y avait beaucoup de neige. »

Elle se sentait bien, assise là à l'écouter. Elle s'était enfin réchauffée et la description de Bruno lui était familière, pas dans les détails mais dans sa façon de parler du rythme de la ferme et des petits événements dans les vallées rurales. Elle entendait clairement, aussi, ce qu'il ne disait pas, son immense affection pour cet endroit et – elle en était certaine – à quel point il lui manquait. Cela lui faisait penser à sa propre maison. Elle n'avait pas le mal du pays, comme à Leh, mais elle aimait se remémorer tous ces souvenirs d'un endroit aujourd'hui perdu.

Bruno lui raconta que les fermiers des montagnes suisses, dans la première moitié du dix-neuvième siècle, étaient les seuls à connaître les chemins cachés permettant de franchir les cols et de rejoindre les vallées isolées. Ils étaient pauvres et, à l'arrivée des premiers touristes dans les Alpes, les Becker et leurs voisins avaient découvert qu'ils pouvaient gagner beaucoup d'argent en servant de guides aux visiteurs. Jusque-là, disait-il, personne n'avait eu l'idée d'explorer les pics et les glaciers pour le plaisir. Pour se rendre dans les vallées voisines afin de trouver du travail, pour vendre ses fromages ou éventuellement pour effectuer un pèlerinage dans une chapelle perchée en haut d'une montagne, mais sûrement pas pour la satisfaction d'une randonnée, ni même pour quelque observation scientifique obscure. Mais ensuite les alpinistes chics et les scientifiques amateurs étaient arrivés et s'étaient aventurés sur les traces des locaux. Après avoir conquis leurs pics, ils rentraient chez eux exaltés pour décrire leurs triomphes et faire l'inventaire de leurs découvertes.

La nouvelle se répandit et les gens commencèrent à affluer vers les Alpes. Bientôt, les riches gentlemen arrivèrent par centaines de toute l'Europe et les Becker furent parmi les premiers à proposer leurs services en tant que guides de montagne.

« Mon arrière-grand-père, par exemple, fut le guide d'Edward Whymper. »

Mair n'avait jamais entendu parler de ce M. Whymper et confessa à Bruno son manque de culture. Celui-ci leva un sourcil. « C'était un Britannique. Il fut le premier à faire l'ascension du mont Cervin, avec ses guides de Zermatt. La descente fut tragique et quatre hommes y perdirent la vie, mais Whymper survécut. Il venait régulièrement grimper dans l'Oberland et choisissait souvent Christian Becker comme guide. À la génération suivante, dans les années vingt et trente, mon grand-père Victor et l'un de ses clients furent dans les premiers à tenter d'escalader la face nord de l'Eiger, mais ils furent pris dans une terrible tempête. Victor sauva la vie du client.

— Vous devez en être fiers. »

Il hocha la tête. « Nous le sommes.

— Je ne connais aucun alpiniste. » Mais un souvenir lui revint en mémoire. « J'ai vu un mémorial à Leh, au cimetière européen. Nanga Parbat. » Elle se rappelait le nom de la montagne, mais pas celui du défunt.

Bruno compléta : « Matthew Forbes. C'était un mathématicien de l'Université de Cambridge, un jeune homme brillant.

— Vous aussi vous avez vu cette plaque ?

— Oui. Cette expédition au Nanga Parbat était dirigée par un Suisse du nom de Rainer Stamm, et c'est ce même homme que mon grand-père avait sauvé sur l'Eiger. Ils étaient restés bons amis depuis. »

Bruno et elle avaient donc tous deux leur raison de visiter le cimetière. Le lien entre eux semblait renforcé de manière significative par cette association de faits historiques. Entre cela et la neige, sans compter les effets du cognac augmentés par l'altitude, elle s'imaginait presque pencher la tête sur le côté, tout doucement, jusqu'à ce qu'elle se retrouve sur l'épaule de Bruno Becker.

Et quand elle le regarda, elle se rendit compte avec stupeur, mais aussi, il faut l'avouer, avec un certain plaisir, qu'il s'imaginait la même chose.

Elle se redressa et appuya sa colonne vertébrale contre la pierre froide. Bruno changea lui aussi de position.

Leur attention fut détournée par l'arrivée d'une cuve de ragoût de mouton. Mair saisit son assiette en étain et en accepta une louche, suivie par Bruno. Ils goûtèrent en même temps et Bruno pinça les lèvres.

« Vous aviez raison », dit Mair en riant.

Le riz et le dhal marron foncé qui accompagnaient le ragoût étaient à peine mangeables.

« Autant finir ça, dit Bruno en ouvrant une fois de plus la flasque. Je vous ai assez parlé de ma famille. Maintenant, c'est votre tour. »

À présent, cela lui paraissait facile. Elle commença par la première chose qui lui vint à l'esprit. « Après la mort de mon père, ma sœur, mon frère et moi avons décidé de vendre notre ancienne maison, celle où nous avions grandi. Cela nous attristait, mais nous ne pouvions pas la garder. Elle aurait été vide la plupart du temps, juste une maison de vacances, accumulant poussière, toiles d'araignées et mélancolie. Mais je sens encore le fil qui me lie à cet endroit. Ce soir il est tendu.

— Je comprends, dit doucement Bruno. Continuez. »

Mair se mit à lui raconter sa dernière matinée dans la maison. Elle n'en avait parlé à personne d'autre : si on le lui avait demandé, elle aurait répondu qu'il n'y avait rien à en dire, rien de particulier.

Eirlys et Dylan étaient tous les deux partis tôt. Eirlys la première, sa voiture chargée au maximum, son bloc-notes et ses nombreuses listes placées sur le siège passager. Dylan lui avait ouvert le portail et lui et Mair lui avaient fait un signe de la main tandis qu'elle s'éloignait, quittant la maison de son enfance comme si elle rayait un élément comme un autre de sa liste quotidienne de choses à faire.

Quand Dylan fut prêt à s'en aller à son tour, il resta un moment dans le jardin avec Mair. Elle remarqua qu'une grive avait installé son nid entre les branches du lilas blanc. Dylan lui prit la main. « Ne sois pas trop triste.

— C'est une tristesse positive, répondit-elle. Nous avons été heureux ici, non ?

— Pendant notre enfance ? »

Tandis qu'ils se tenaient là, le jardin et la cour semblaient bondés de jeunes versions d'eux-mêmes.

Mair répondit à sa propre question : « Oui, nous y avons été heureux, même si je ne m'en rendais pas compte à l'époque. »

Cette remarque les fit rire tous les deux. Petite fille, Mair appréciait peu les charmes de la vie à la campagne.

Dylan lui embrassa le front puis s'éloigna lui aussi.

Elle était contente d'avoir encore une heure pour elle toute seule. Elle déambula dans les pièces vides, fermant les portes derrière elle. Dans la cuisine, elle secourut un bourdon, le prenant délicatement dans ses mains pour l'orienter vers la sortie. Elle le suivit dehors et s'appuya contre le mur en pierre du jardin. Elle s'imprégna de la forme grise de la maison, des taches de lichen jaune sur le toit en ardoise, de la façon dont les fenêtres semblaient enfoncées dans les murs épais et dont toute la structure paraissait accroupie contre la colline, installée dans le sol depuis si longtemps qu'elle était devenue aussi immuable qu'un affleurement de roches.

Il ne lui restait qu'une chose à faire.

Elle escalada le mur, utilisant les mêmes prises qu'elle avait adoptées dès qu'elle avait été assez grande pour suivre Dylan et aller jouer dans les champs. Elle traversa l'herbe trempée, s'éloignant de la crête de la colline et du troupeau à présent dépourvu d'agneaux, et entra dans un petit bois. Il y poussait des campanules et c'est précisément lors de cette semaine du mois de maï qu'elles étaient à leur meilleur, piquetant le sol de douceur sous la canopée feuillue. Mair en cueillit un bouquet, les queues craquant sous ses doigts et leur parfum s'élevant autour d'elle, comme autrefois. Elle sortit un mouchoir de sa poche et en enveloppa les tiges.

Ce bouquet de campanules fut la dernière chose qu'elle mit dans sa voiture, le plaçant sur le siège passager, là où Eirlys avait installé son précieux bloc-notes. Elle resta assise quelques instants, à contempler la maison adossée à la colline. Puis elle démarra et s'éloigna, à l'instar de sa sœur et de son frère.

En arrivant au village, elle s'arrêta devant l'entrée du cimetière. De l'autre côté de la rue, Tal Williams sortait de chez le marchand de journaux. C'est sa famille qui exploitait les collines derrière la vieille maison depuis plus de cent ans. Il lui fit un signe un peu gêné, rougissant sous le vent. Vingt ans plus tôt, Tal avait été son premier amour.

Elle lui rendit son salut, mais il ne traversa pas la rue. Il était venu à l'enterrement de Huw, endimanché dans un costume noir et une chemise blanche raide, et il comprenait sans doute pourquoi elle était là aujourd'hui.

Elle poussa la porte et marcha le long du sentier, passant devant un if. À côté d'un robinet dans le mur, elle trouva un pot de confiture et y plaça les campanules. En faisant bien attention à ne pas renverser d'eau, elle le porta jusqu'à la tombe de ses parents.

Puis elle s'assit au soleil sur un banc, relisant les inscriptions des pierres tombales voisines qu'elle connaissait toutes par cœur.

Bruno l'écoutait d'une oreille attentive. Quand elle eut fini, il hocha la tête d'un air compréhensif. Pendant ce temps, ils s'étaient forcés à manger autant que possible et leurs compagnons d'infortune s'étaient enroulés dans des couvertures en loques, se préparant à dormir.

Il lui dit : « Vous auriez pu rester chez vous, ne jamais quitter cet endroit – est-ce ce que vous pensez ? Peut-être auriez-vous pu épouser votre fermier et vivre heureux tous les deux. »

Mair prit un air amusé. « Oh non. Nous ne sommes pas amoureux et il n'en a jamais été question. Cette année, il va épouser sa petite amie de longue date. Mais je reste tout de même curieuse de savoir ce que je serais devenue là-bas. N'est-ce pas la même chose pour vous ? Vous pensez sans doute par moments que vous auriez pu rester dans les montagnes et emmener les vaches dans les pâturages chaque printemps. » Et épouser Heidi, peut-être, au lieu d'être attiré par l'ardente flamme de Karen.

Les yeux de Bruno étincelèrent à leur tour d'amusement. Mair se demandait comment elle avait pu le trouver intimidant. « Je pense que vous avez raison, en effet. Et, comme vous, je savais que ma place n'était pas vraiment là-bas. Ça ne m'aurait pas convenu. Et nous aimons la vie que nous menons, pas vrai ? »

Mair répondit oui, car c'était la vérité.

« Enfin, aujourd'hui, plutôt que des vaches, les pâtures de ma famille abritent plusieurs télésièges et une cabine de téléphérique à grande vitesse. Pour le ski l'hiver, et la randonnée l'été », ajouta-t-il d'un air détaché.

Mair comprit donc que les Becker n'avaient pas trop de problèmes d'argent. « Karen a-t-elle aussi une maison de cœur ?

— Ah, Karen est un esprit libre », répondit Bruno.

De l'autre côté de la pièce, les hommes s'étaient effondrés en un tas silencieux de têtes et de genoux. L'heure était venue de braver le froid avant d'essayer de dormir. Bruno retourna la petite bouteille pour vérifier qu'elle était bel et bien vide, et Mair se hissa sur ses pieds.

Le sol bougeait et elle étendit la main pour retrouver son équilibre. Bruno la saisit dans la sienne. De sa main libre, il alluma sa lampe de poche.

« Oh mon Dieu, rit Mair. En voilà un bon cognac.

— Et en voilà une bonne compagnie », ajouta-t-il.

La violence du blizzard les frappa en pleine face. Dans la cour, la neige leur arrivait aux genoux et Bruno lui dit de suivre sa trace tandis qu'il ouvrirait la voie vers l'angle opposé. Le faible cône jaune de la lampe semblait solide, entouré des flocons tourbillonnants. La porte menant aux toutes petites chambres s'était ouverte sous l'effet du vent et une congère de neige s'était entassée dans le couloir de pierres glacial. Bruno trouva une pelle dans l'angle derrière la porte et creusa frénétiquement afin de dégager un passage tandis que Mair l'éclairait avec la lampe. Ensemble, ils parvinrent à refermer la porte et la bloquèrent en glissant un morceau de bois entre deux crochets en fer. Leurs ombres vacillaient sur les murs.

« Avez-vous une lampe de poche ? demanda-t-il.

— Dans la voiture, avoua-t-elle.

— Prenez donc la mienne. Nous récupérerons la vôtre demain matin.

— Mais… » Elle s'arrêta. Il était évident qu'ils ne pourraient aller nulle part le lendemain. Elle se rendit compte aussi qu'au fond cela lui était égal. Attention, se dit-elle. Ne *commence* même pas à t'imaginer des choses.

C'était l'effet de l'alcool, de l'altitude et du froid, rien de plus. Demain elle ne se rappellerait même pas ces désirs déplacés. Elle n'était plus une écolière rêveuse, après tout.

« Essayez de dormir. J'espère que vous n'aurez pas trop froid.

— Bonne nuit », dit Mair avec fermeté.

Le faible rayon de la lampe luisait sur le mur humide derrière son matelas. Elle retira sa première épaisseur de vêtements mais garda tout le reste, ajoutant un bonnet en polaire, des mitaines ainsi qu'une deuxième paire de chaussettes. Elle s'enfouit sous les couvertures, éteignit la lampe et ferma les yeux. Elle frissonnait. Immédiatement, elle vit l'image de Karen et Bruno allongés ensemble, Lotus au milieu d'eux, leurs cheveux emmêlés.

Elle appuya ses mitaines contre son visage, effaçant toutes ses pensées et ne voyant plus que les cercles lumineux imprimés sur ses rétines. Elle écoutait le bruit du vent et, finalement, elle parvint à somnoler par intermittence.

Quand elle se réveilla, le petit matin avait la couleur du plomb. Par sa minuscule fenêtre, elle ne voyait qu'un morceau de gris maussade. Elle avait les membres raides et les doigts et les orteils tout engourdis. Quand elle essaya de bouger, elle se rendit compte également qu'elle était assoiffée et une violente douleur lui monta à la tête. Elle tendit le bras, évitant tout effort inutile, et trouva sa gourde. Le contenu était gelé.

Elle ne mit pas longtemps à s'habiller. La cour était ridée de passages frayés au milieu des congères formées pendant la nuit. Le vent était tombé et avait laissé place à une nappe de brouillard d'où glissaient en spirales quelques flocons paresseux. Se déplaçant toujours avec précaution, Mair avança péniblement dans le froid glacial. La cuisine semblait bondée, mais les silhouettes voûtées sur les matelas se résumaient aux Becker et aux conducteurs de la veille. Bruno discutait avec leur propre chauffeur qui gesticulait avec son téléphone portable violet recouvert d'autocollants. Tout le monde avait l'air sombre à l'exception de Lotus et Karen qui lui firent toutes deux un grand sourire.

« Bonjour ! Je suis vraiment désolée pour hier soir. J'étais crevée. J'imagine que Bruno s'est occupé de vous », dit Karen. Elle était pâle mais, à part cela, fidèle à elle-même.

Mair hocha la tête. Sa seule préoccupation était de trouver de l'eau à boire. Une cruche en plastique était posée sur un cageot à côté de la salle de bains et, bien qu'elle sache que l'eau n'était que filtrée, pas bouillie, elle mit de côté tous ses principes prudents d'hygiène et avala deux tasses pleines, d'un coup.

Lotus tournait les pages d'un livre d'images en se racontant l'histoire à voix basse. Des bouclettes blondes dépassaient de son bonnet et, à chaque fois que les deux cuisinières regardaient dans sa direction, elles ne pouvaient s'empêcher de lui sourire.

Quand Bruno eut fini sa concertation avec le chauffeur, Mair était recroquevillée au-dessus d'un bol de porridge de riz bien chaud. Il l'inclut dans son exposé succinct de la situation.

« Gulam vient de parler à un de ses amis actuellement à Kargil. Les routes sont bloquées mais l'armée et les équipes d'entretien des routes frontalières travaillent pour les dégager dans les deux directions.

— Qu'est-ce que ça veut dire précisément ? soupira Karen.

— Cela veut dire que nous devons attendre. Au moins, ici, nous sommes abrités et en sécurité. Des voitures et des camions sont coincés dans la neige, il faut secourir leurs passagers en priorité.

— Prends un peu de porridge, chéri. » Karen en passa un bol à Bruno.

« Je regrette de ne pas avoir acheté de portable Jammu-et-Cachemire, dit-il tristement. Ou un téléphone par satellite. » Il retourna son BlackBerry et fronça les sourcils à la vue de son écran raffiné mais incapable de s'allumer. Mair comprenait son angoisse. L'isolement absolu de cet endroit la frappa de nouveau. Ils dépendaient du portable de Gulam et la batterie de celui-ci allait finir par se décharger. Sans ce lien fragile et à moins qu'il y ait une source d'électricité à Lamayuru où le recharger, ils se retrouveraient complètement coupés du monde extérieur.

« Selon Gulam, combien de temps cela va-t-il prendre pour dégager les routes ? persista Karen.

— À moins d'une vague de chaleur exceptionnelle, on en a pour plusieurs jours.

— Vraiment ? Si longtemps que ça ? » Karen se tourna vers Mair, jouant nerveusement avec ses cheveux. « J'espère que vous avez un bon livre, dit-elle. Sinon vous pourriez venir avec moi au monastère. Les peintures murales y sont magnifiques. »

Le silence s'installa. Lotus trouva sa poupée au milieu des vêtements humides éparpillés sur le matelas. Elle se mit à la bercer en chantonnant en français, sa petite voix s'élevant dans l'air froid.

Bruno annonça qu'il allait accompagner Gulam pour récupérer le reste de leurs affaires dans la Toyota. Cela signifiait creuser la neige pour extraire la voiture, les avertit-il, et cela prendrait donc un certain temps. Aussitôt, Karen bondit sur ses pieds et Lotus sauta du matelas.

« Nous allons venir aussi. Ça nous fera du bien de marcher un peu.

— On va faire un bonhomme de neige, gazouilla Lotus. Dis oui, Papa ! »

Bruno répondit sèchement que ce n'était pas le parc de Genève.

« Hé, ne fais pas ton grincheux », lui reprocha Karen.

Elle n'allait pas se laisser dissuader. Elle avait besoin d'air frais et d'exercice, insista-t-elle – en fait, ils en avaient tous besoin s'ils devaient rester enfermés dans cet endroit toute la journée. Elle virevolta vers Mair. « Vous allez venir aussi, hein ? »

Mair reconnut qu'une bouffée d'air frais l'aiderait à surmonter sa gueule de bois.

Finalement, Bruno accepta qu'ils y aillent tous ensemble. Armés de pelles empruntées à la maison d'hôtes, ils se mirent en route dans la brume caverneuse. Gulam ouvrait la voie et chaque nouveau pas en avant l'enfonçait un peu plus dans l'obscurité.

Le froid était intense et piquant. Longeant le mur, ils suivirent une série d'empreintes dans la descente. Lotus était cramponnée à sa mère. À un moment elle glissa, ses petits pieds dérapant sur une plaque de verglas, mais Karen la retint en la soulevant.

« Encore ! » pépia Lotus, faisant exprès de glisser au pas suivant. Son visage rose rayonnait et elle semblait peu affectée par le froid.

C'était une longue descente. Ils croisèrent un moine qui montait la côte, enveloppé dans un anorak, l'ourlet de sa robe traînant par terre, trempé. Son crâne rasé était couvert d'un bonnet à pompon. Une vieille femme le suivait, courbée sous le poids d'un fagot de bois presque aussi grand qu'elle.

La vie à Lamayuru continuait, comme cela avait toujours été le cas, parfois dans des conditions bien pires que ce jour-là.

Ils arrivèrent au bas des marches et atteignirent une section escarpée de la route qui faisait le tour de la colline. Mair ne reconnaissait rien, mais Gulam s'orientait parfaitement malgré la brume épaisse. Avec précaution, ils continuèrent leur descente jusqu'à un point où la route était plus large et plus plate. Voilés par la neige et la brume, une succession de hangars délabrés et une charrette brisée surgirent avec la beauté étrange et inquiétante d'une nature morte hivernale. Ici et là, des empreintes d'animaux rompaient l'uniformité de ce grand manteau blanc. Ils passèrent un nouveau tournant et se retrouvèrent nez à nez avec les monceaux formés par plusieurs véhicules abandonnés. La neige avait été lourdement piétinée tout autour d'eux et des tas souillés obstruaient le bord de la route où certaines des voitures avaient déjà été en partie déterrées. À côté de la portière arrière de l'une d'elles se trouvaient d'autres empreintes de bêtes et un sac d'ordures éventré. Des restes de plastique et d'épluchures de légumes mâchouillées tapissaient la neige.

La Toyota était la voiture la plus éloignée de la file et était encore sous un dôme immaculé. Bruno et Gulam l'attaquèrent à la pelle.

Mair s'arrêta pour reprendre sa respiration. Quelque chose la fit lever les yeux au moment précis où une bourrasque de vent trouait le brouillard. Loin au-dessus d'elle, si haut qu'elle devait pencher la tête en arrière pour les voir, une grappe d'une dizaine de dômes blancs trapus, couverts de merveilleuses spirales noires et or, semblaient flotter dans le ciel. Des drapeaux irréguliers dansaient entre les pinacles avant de disparaître dans les courants de vapeur. C'était comme l'aperçu d'un autre monde. Elle regardait encore quand la brume engloutit tout à nouveau.

Le cliquetis des pelles lui résonnait dans les oreilles, mêlé à des voix qui criaient un peu plus bas. Un générateur démarra, toussa et se stabilisa dans un ronronnement continu. Elle tapait des pieds et agitait les bras pour faire circuler son sang, mais une impression de détachement persistait. C'était comme si elle était sortie de son corps et qu'elle regardait la journée s'effilocher et lui échapper peu à peu.

Les instants suivants resteraient à jamais gravés dans sa mémoire.

Karen saisit de la neige à pleines mains. Elle la tapota dans ses mitaines pour la rendre compacte, puis la roula sur le sol pour commencer un bonhomme de neige. Lotus dansait d'excitation aux pieds de sa mère et, derrière elle, Bruno maniait la pelle avec acharnement. L'image que Mair garderait de lui était une silhouette noire sur fond blanc, en forme de point d'interrogation. Puis Lotus se précipita vers elle, souriant de toutes ses petites dents. Son nez coulait et elle levait les mains en l'air.

« Saute, Maï, cria-t-elle. Saute ! »

Mair regarda derrière son épaule gauche. Elle avait assez de place et la neige avait été aplatie en un cercle grossier. Elle banda ses muscles avec empressement et inspira.

Du coin de l'œil, elle aperçut une ombre qui s'approchait. Celle-ci sortit de sous l'une des voitures et se coucha dans les déchets. Mais Mair était déjà dans les airs, les voitures et la neige et le ciel gris et l'ombre elle-même tourbillonnant autour d'elle tandis qu'elle exécutait son saut arrière. Elle atterrit et entendit le cri de joie de Lotus.

Elle reprenait son équilibre lorsque l'ombre balaya la neige devant elle.

Elle jaillit du sol et fonça droit sur Lotus.

Le cri de joie de l'enfant se transforma en un hurlement de terreur, avant de laisser place à un silence abrupt tandis qu'elle tombait par terre.

Le chien tâcheté, tremblant et agité de secousses, enjambait le petit corps, la gueule grande ouverte.

Karen hurla et se précipita en avant, mais ce fut Bruno qui attrapa l'enfant le premier. Il donna un coup de pied dans la tête du chien avec une telle force que ce dernier valsa dans les airs, un filet de salive coulant de ses mâchoires. Avant même qu'il n'atterrisse, Gulam commença à lui frapper le crâne avec sa pelle. La créature grogna, prête à réattaquer, mais un coup de pelle supplémentaire l'envoya dans les ordures avant qu'il ne disparaisse dans la brume.

Bruno souleva Lotus et la prit dans ses bras.

Elle avait le visage bleu, les yeux ronds et la bouche ouverte mais, sous le choc, aucun son n'en sortait. Au milieu de l'une de ses joues se trouvait la morsure du chien. Là où la peau avait été déchirée, le sang commençait à couler, de troublantes pointes écarlates dans ce monde sans couleurs. Elle avait perdu son bonnet et ses cheveux pâles pendouillaient sur les épaules de son père.

Des portes s'ouvrirent et des gens sortirent. Le sinistre vide de quelques minutes plus tôt avait laissé place à des visages, des doigts montrant l'enfant et une clameur de voix.

Bruno s'était déjà mis à courir. Ses jambes faisaient voler la neige tandis qu'il filait à toute allure, passant devant les curieux, droit vers l'escalier d'où ils étaient venus. Karen se précipita derrière lui. Mair saisit le bonnet de Lotus et serra le poing sur la boule de douce laine. Elle se mit elle aussi à courir, entendant les halètements de Gulam près d'elle et – loin devant maintenant – la voix tremblante de Lotus qui commençait à pleurer de peur et de douleur.

Bruno avait atteint les marches et, aussitôt, la brume l'avala. Mair n'avait jamais vu personne se déplacer si vite. Elle suivait tant bien que mal, son cœur battant violemment dans sa poitrine et sa respiration de plus en plus forte. Malgré le bruit de son pouls accéléré, elle entendait toujours la faible plainte de Lotus. Elle arriva enfin en haut des escaliers et la maison d'hôtes ensevelie sous la neige prit forme à peine dix mètres plus loin. Ses jambes menaçaient de s'effondrer, mais elle mobilisa l'énergie qui lui restait pour s'élancer dans la cour, Karen et Gulam sur ses talons.

Dans la cuisine, un cercle de visages étaient penchés. Bruno avait allongé Lotus sur le matelas le plus proche. Il était agenouillé près d'elle et luttait pour la garder immobile tandis qu'elle se tordait de douleur. Il versa un peu d'eau dans la morsure, essayant de la nettoyer.

Par-dessus son épaule, il leur ordonna d'aller chercher plus d'eau, et du savon.

Désespérée, Karen attrapa le bras de l'une des cuisinières. Mair aperçut Gulam qui donnait lui aussi une série d'ordres. Il avait l'air terrifié.

Lotus gémit « Maman » en voyant Karen s'agenouiller à côté de son mari. La jeune femme tendit la main pour caresser les cheveux mouillés de la petite fille, en murmurant doucement : « Ça va aller mon trésor. Tout va bien, Maman est là. »

Une bassine d'eau fut introduite au milieu des spectateurs et une main brandit le morceau de savon de la salle de bains.

« Il me faut un chiffon propre », exigea Bruno. Karen regarda frénétiquement autour de la cuisine. Il n'y avait pas un lambeau de linge propre dans cette maison, et leurs sacs étaient toujours dans la Toyota. Mair retira vite son manteau et sa polaire. L'une de ses épaisseurs intermédiaires était une fine chemise en coton, enfilée à Leh hier matin. Seulement *hier* ? Elle l'enleva et, avec une force qu'elle ne se connaissait pas, la déchira en chiffons. Bruno trempa le premier dans l'eau, le savonna et se mit à nettoyer la plaie tandis que Karen maintenait l'enfant en place. Mair prépara un deuxième chiffon d'eau savonneuse.

Bruno leva la tête pour regarder sa femme. « Elle n'a pas été vaccinée », dit-il.

Le corps de Karen se raidit. « Quel vaccin ? »

Il murmura, la bouche déformée par l'angoisse : « Tu sais de quel vaccin je veux parler. »

Mair le savait, mais elle avait essayé de s'empêcher d'y penser. Quand elle osa la regarder à nouveau, Karen avait vieilli, et sa beauté avait commencé à décliner. Avec maladresse, celle-ci secoua la tête, essayant de retenir la vague d'horreur qui montait en elle.

« Non, tenta-t-elle de se convaincre. Non, ce n'est pas possible.

— Vous voulez bien prendre le relais ? » demanda Bruno à Mair. Il lui donna les chiffons et montra la bassine d'eau. « Continuez à rincer. Juste ça. »

Elle prit sa place en silence. Le choc de Lotus semblait s'apaiser. À présent, elle pleurait plus normalement, la colère et la douleur ayant pris le dessus, et elle serrait les poings et tapait des pieds sur le matelas.

Bruno agrippa Gulam par l'épaule. Il était d'une pâleur extrême. « J'ai besoin de votre portable », dit-il.

Ensuite, les souvenirs de Mair deviennent plus flous.

Elle se rappelle les heures entières que Bruno passait à parler, à crier ou à implorer misérablement, tout cela sur le téléphone emprunté à Gulam. Son visage était gravé de rides profondes et, sous ses yeux, les poches bleu marine s'intensifiaient.

Quand la batterie fut déchargée, elle laissa Bruno et Karen avec l'enfant et suivit Gulam, à travers les chemins brumeux, pour localiser le générateur dont elle avait entendu parler. Il s'était éteint par manque de carburant mais, avec leur escorte croissante de villageois intéressés, ils furent dirigés plus haut, au monastère. Ils furent reçus par un moine qui écouta ce qu'ils voulaient, hochant la tête d'un air impassible. Lourdes de désespoir, les minutes se transformèrent en heures. On trouva un autre téléphone. La frustration de Mair la rongeait comme de l'acide. Elle ne comprenait que trop bien ce qu'enduraient Bruno et Karen.

Les connexions téléphoniques étaient fragiles. Bruno parvenait à joindre quelqu'un, un médecin, un employé consulaire, ou un agent dans une base médicale de l'armée indienne, puis le réseau disparaissait et il devait tout recommencer à zéro.

Les informations étaient minces et contradictoires selon les personnes qu'il appelait. Il y avait des vaccins contre la rage à Kargil. Ou bien on en trouvait à Srinagar. Ou encore il n'y en avait nulle part si ce n'est à Delhi, et les doses dont Lotus avait besoin devraient être acheminées par voie aérienne. Il allait y avoir une éclaircie. Un hélicoptère de l'armée pourrait venir chercher les Becker, demain peut-être. La brume allait persister encore une semaine, au moins : aucun avion, aucun hélicoptère ne pourrait décoller. Les routes allaient bientôt rouvrir pour de bon ; elles seraient fermées jusqu'au printemps.

Après chaque renversement de situation, Bruno s'enfonçait la paume des mains sur les yeux, comme pour éclipser ce qu'il craignait de voir, puis il reprenait ses démarches, l'air grave. Dès qu'elles apprirent le drame, sa famille et celle de Karen commencèrent à faire tout leur possible d'Europe et des États-Unis, mais elles n'arrivaient même pas à relayer ce qu'elles parvenaient à orchestrer de si loin.

Lotus sur les genoux, Karen observait les négociations les yeux remplis de nuages. Son corps mince était tendu comme du fil de fer.

Ils attendaient tous dans la cuisine dont l'aspect sordide leur était maintenant familier.

À la fin de ce premier jour terrible, il y eut une cacophonie dans la cour. Gulam appela Bruno pour qu'il vienne voir. Le chien avait été retrouvé et les villageois l'avaient encerclé, puis lapidé. Son corps avait été mis dans un sac, placé dans une remise. Si l'occasion de quitter Lamayuru se présentait, les Becker pourraient faire analyser un échantillon de tissu cérébral du chien par un vétérinaire. À voix basse, Gulam confia à Mair qu'il n'avait aucun doute quant à ce qui serait découvert. Il avait déjà vu ce genre de choses. Une religieuse était morte de la rage l'année précédente. Quand son état s'était aggravé, elle avait supplié qu'on l'emmène à l'hôpital, mais il n'y en avait aucun à proximité.

« Beaucoup de chiens sauvages maintenant. » Il secoua la tête puis haussa les épaules d'un air triste. « On essaye de tuer, mais… »

Mair se souvenait avoir lu quelque part que les traitements vétérinaires donnés aujourd'hui au bétail empoisonnaient les vautours qui, jusqu'à présent, avaient toujours nettoyé la carcasse des cadavres d'animaux. Avec la quasi-extinction des vautours et l'abondance de charogne, il y avait eu une explosion du nombre de chiens errants. Et, avec ces chiens, venait la maladie. Voilà ce qui se passait.

L'acceptation des circonstances et la croyance qu'une issue tragique était inévitable devaient être bouddhistes, supposa-t-elle. Sa réponse à elle était inverse. Tout ce qui pouvait être fait devait être fait, et il fallait tenter encore d'autres choses. Mais elle luttait pour réprimer ses pensées, même une lueur de sentiment, afin de se consacrer totalement aux Becker et à ce qu'elle pouvait faire pour eux dans l'immédiat.

À force de faire des contorsions pour divertir l'enfant, le temps passa plus vite le deuxième jour.

Puis vint le troisième.

« Quand ? » implorait une fois de plus Bruno au téléphone. « Combien de temps ? »

Lotus avait un gros pansement antiseptique blanc scotché à son visage mais, à part ça, elle était de nouveau fidèle à elle-même.

Ce confinement forcé l'ennuyait et tous trois faisaient de leur mieux pour la distraire et l'amuser. Mair était témoin de la tendresse dont chacun des parents enveloppait l'enfant mais, entre eux, Bruno et Karen étaient distants et à peine aimables l'un pour l'autre. Chaque échange à propos de ce qu'il fallait faire, de ce qui allait se passer au cours de la prochaine heure ou du jour suivant, était trop important pour qu'ils admettent leur terreur. L'intimité naturelle qu'elle leur avait enviée, au bazar de Leh, s'était transformée en une relation froide. Tous deux agissaient l'un à côté de l'autre, mais pas ensemble. Mair préférait ne pas imaginer leurs nuits.

Le troisième jour d'enfermement, Karen voulut emmener Lotus au monastère pour que le lama la bénisse.

« Non », dit Bruno. Son visage fatigué se crispa.

« Je veux l'emmener. »

Bruno tourna la tête. « Mair, pourriez-vous sortir une minute avec Lotus ? »

Elle prit la main de l'enfant et l'emmena dans la cour. Des filets de brume s'entrelaçaient au-dessus des toits rudimentaires. Le ciel n'était nulle part ; le monde était dense et gris. Lotus était grognonne et lâcha la main de Mair, refusant de faire un pas de plus. Karen vint les rejoindre. Son visage blanc était teinté de gris.

« Viens, Lo, retournons voir Papa. Vous m'attendez, Mair ? »

Quand elle ressortit, elle supplia Mair de l'accompagner au monastère.

« Mon mari, commença-t-elle, refuse que notre enfant se fasse bénir. Il dit que tout ça ce sont des bêtises. »

Arrivée à la salle de prière, Karen tomba à genoux. À la lumière enfumée des lampes, les moines en rang étaient assis en tailleur devant leurs textes obligatoires. Leur scansion monotone n'avait ni début, ni fin, ni montée, ni descente, tout cela sous les anciennes peintures murales de dieux bedonnants et de bêtes, et sous le regard vitreux des statues dorées. Les poutres de cette grande salle, au cœur du monastère, étaient couvertes de dizaines de masques mais tous étaient drapés de mousseline noircie car ils étaient trop effrayants.

Regardant droit devant elle, Karen pleurait. Les larmes ruisselaient le long de ses joues tandis qu'elle murmurait une prière.

Mair se mit aussi à pleurer, d'impuissance.

Le cinquième jour, la brume se dissipa. Une fine couche obscurcit le ciel pour une heure encore, puis un bleu timide apparut.

Bruno parlait d'une voix enrouée au téléphone et, finalement, il leva la tête. « Un hélicoptère arrive. Nous devons emmener la petite près du fleuve, là où il pourra atterrir. »

On enveloppa Lotus à la hâte et son père la prit dans ses bras. Une procession descendit l'escalier et suivit la famille du village de Lamayuru jusqu'au lieu de rendez-vous. Enfin, dans le bleu voilé, un point noir apparut. Mair glissa dans la main de Karen un morceau de papier avec son adresse e-mail. « Je vous en prie, tenez-moi au courant.

— Je n'y manquerai pas. »

Bruno fixait le ciel des yeux. L'hélicoptère de l'armée indienne se posa un court instant, le temps pour les Becker de courir le rejoindre. Les portes se refermèrent derrière eux et ils s'envolèrent.

Mair attendit encore quatre jours à Lamayuru, jusqu'à ce que la route de Kargil soit dégagée et de nouveau apte à accueillir la circulation routière. Gulam et elle entreprirent alors le long voyage qui passerait par le col et par Kargil, avant d'atteindre Srinagar.

CHAPITRE SIX

Les deux femmes se frayèrent un chemin entre les tables et les parasols, évitant les serveurs débordés qui pivotaient sous des plateaux de cocktails. Le ponton tanguait doucement sur l'eau du lac et Nerys tendit une main pour ne pas perdre l'équilibre.

« Nous y voilà, annonça Myrtle par-dessus son épaule. Le Lake Bar du Srinagar Club. » Elle se glissa dans un fauteuil, à une table pour deux, et invita Nerys à s'asseoir aussi. Une fois installée, Myrtle sortit son étui et alluma l'une de ses cigarettes à bout doré. Elle s'enfonça dans les coussins, soufflant de la fumée sans desserrer les dents et observant la foule. « Le centre du monde, pour certains.

— Pas pour toi ? » demanda Nerys sur un ton léger. Elle était intimidée. La salle était pleine de femmes intelligentes et d'hommes vêtus des uniformes parfaitement coupés des différents régiments de cavalerie. Tout le monde semblait se connaître et se sentir incroyablement à l'aise, riant beaucoup comme s'ils faisaient tous partie d'une grande plaisanterie d'une drôlerie irrésistible. À son entrée, Myrtle avait été saluée par au moins dix personnes.

Un serveur en veste blanche s'inclina devant elles et leur souhaita la bienvenue.

« Tu prendras un cocktail ? » demanda Myrtle.

Nerys secoua la tête. « Juste un peu de thé. » Myrtle fronça les sourcils et Nerys hésita. « Eh bien, peut-être…

— Deux gin-fizz, commanda Myrtle avec autorité. Non, pour moi ce n'est pas le centre de l'univers.

— Ma chérie, où étais-tu passée ? » s'exclama une voix. Une femme jaillit de la foule et fondit sur elles. Elle pressa sa joue poudrée contre celle de Myrtle. « Tu as raté une saison paradisiaque. Nous nous sommes amusés comme des petits fous. Regarde-toi ! Tu es toute maigre – tu es devenue assez *jungli.* Qu'étais-tu donc allée faire dans ces montagnes ? Archie est avec toi ? Parce que j'aimerais lui dire deux mots, ce ne sont pas des manières que de traîner sa femme comme ça en pleine nature pendant des semaines et des semaines. *Oh,* tu as appris pour Angela Gibson ? » Elle baissa la voix et chuchota quelque chose à l'oreille de Myrtle.

Cette dernière s'écarta doucement. « Frances, laisse-moi te présenter. Nerys, voici Mme Conway-Freeborne. Frances, mon amie Mme Watkins. »

Mme Conway-Freeborne toisa du regard la jupe en lin basique et le chemisier fait main de Nerys. La jeune femme, déjà complexée, se sentait encore moins élégante scrutée par cette personne à la mode. « Comment allez-vous ? » lui demanda celle-ci, par pure convenance. Sans attendre la réponse, elle se remit à parler tout bas à Myrtle, mais l'avidité de son expression était en contradiction totale avec le discret murmure. Nerys ne surprit que des bribes de la conversation. « Encore sous les verrous » et « Cette fois il ne lui pardonnera pas, je te le dis ». Afin de ne pas en entendre davantage, elle se concentra sur la vue. Ce n'était que son troisième jour dans la vallée du Cachemire. Elle avait encore du mal à croire que ce qu'elle voyait était réel.

Derrière elle se trouvaient les fenêtres, les drapeaux et les auvents du club où se retrouvaient les Européens du Cachemire pour manger, jouer et commérer. Un peu plus loin commençait le Bund, la rue principale de la nouvelle ville de Srinagar. De part et d'autre s'élevaient des boutiques aux drôles de noms comme « Pauvre John » ou « Moïse souffrant » qui vendaient de l'argent et des perles, des tapis et du papier mâché, des châles et des rideaux en soie. Encore plus loin on apercevait l'un des sept ponts de la ville enjambant le Jhelum. Une *tonga* tirée par un cheval le traversait à allure réduite, obligeant une voiture engagée en sens inverse à s'arrêter. Le fleuve était l'artère centrale de la vieille ville. Il serpentait entre devantures en bois et *ghâts* traditionnels en pierre, était bondé de péniches et de bateaux-taxis et bordé de marchés. Nerys changea de position sur son fauteuil. Il y avait tant à explorer, tant à découvrir, pourtant elle était assise là devant un gin-fizz, les oreilles remplies d'éclats de rire et de rumeurs à propos de gens qu'elle ne connaissait pas.

On monta le volume du gramophone et quelques notes de swing lui parvinrent à travers les portes-fenêtres du club. Elle fut frappée par l'incongruité de cette juxtaposition – de la musique pour danser avec ce paysage de rêve. Droit devant elle, derrière les cordes du ponton, s'étalait le lac. Sur les côtés, de grands peupliers ombrageaient la surface miroitante et des libellules agrémentaient l'eau sombre de cercles concentriques. Au-delà des bateaux amarrés, ce n'était plus qu'une grande étendue argentée, tachetée de lumière. Une brise soudaine perturba ce calme et le reflet des hautes montagnes trembla et se brisa en mille morceaux, leurs crêtes enneigées s'éparpillant en vaguelettes blanches et anthracite. Il faisait chaud sous le soleil de cette fin d'après-midi, mais Nerys savait que, dès qu'il disparaîtrait, la soirée serait délicieusement fraîche et embaumée de fumée de charbon de bois.

Deux martins-pêcheurs cachemiris étaient perchés sur une boucle de corde, à tout juste un mètre. Leur plumage était marbré, noir et blanc. Les oiseaux la regardèrent à leur tour sans ciller, tournant à l'unisson leur tête à crête noire.

« Je suis vraiment désolée. »

Les excuses de Myrtle sortirent Nerys de sa rêverie. « Pourquoi cela ? »

Mme Conway-Freeborne s'était éloignée. Myrtle avala la moitié de son gin-fizz et se mit à plier la couverture rigide d'une pochette d'allumettes du Srinagar Club. « Les discussions du club, je suppose. Toujours les mêmes. Jamais bienveillantes, toujours cruelles. »

Nerys avait remarqué le changement d'humeur de Myrtle depuis leur arrivée. Sur la route elle avait été drôle, affectueuse et curieuse de ce qui l'entourait. Là, ses manières étaient plus cassantes et son attention dansait impatiemment d'un sujet à l'autre. Mais il y avait tant d'autres choses nouvelles pour Nerys, Srinagar bouillonnant de tellement de vie et de beauté par rapport à l'ennui de Leh que, jusqu'alors, elle ne s'était pas vraiment penchée sur la question de ce changement d'attitude.

Elle étudia le visage de son amie. Elle avait des rides verticales sur le front et sa grande bouche faisait une sorte de moue. « Tu as l'air de connaître tout le monde », commença-t-elle avec prudence.

Myrtle haussa une épaule. « C'est un cercle assez petit. Les vieilles figures venant voir ce qu'ils pensent être une nouvelle source de potins. C'est pourquoi je suis si contente de t'avoir avec moi. Tu es, comme on dit, une bouffée d'air frais. »

Les McMinn avaient accueilli Nerys dans un grand luxe. Ils habitaient un house-boat, amarré à l'ombre des arbres à l'extrémité du lac, non loin de là où elles étaient assises, mais ce n'était pas le genre de péniche que Nerys aurait pu imaginer. Les lois locales interdisaient aux Européens de posséder une propriété au Cachemire, toutefois les Britanniques et d'autres avaient habilement contourné cette législation en achetant ou en construisant des bateaux qu'ils avaient ensuite aménagés comme une maison. Des rangées de palaces flottants bordaient ainsi le lac et, quand les propriétaires souhaitaient changer de vue, ils n'avaient qu'à convoquer les hommes qui s'occupaient des péniches et leur demander de déplacer leur maison à un endroit différent.

Tous les bateaux avaient des noms fantaisistes : le *Délice de Cléopâtre*, le *Palace du Maharajah*, le *Plaisir royal*. Celui des McMinn s'appelait le *Jardin d'Éden*. C'était une structure en bois large et imposante sur des fondations plates, peinte d'une douce nuance de brun caramel. Le bateau contenait des colonnes torsadées et des treillages en bois encastrés, des sculptures et des pinacles, une grande véranda à l'avant, avec une large vue sur le lac, et des auvents blancs étincelants tout le long du côté ensoleillé pour ombrager les fenêtres. À l'intérieur, chaque mur était orné de cèdre encastré ou incrusté. Nerys trouvait que cet intérieur raffiné et délicatement parfumé ressemblait à une boîte à cigares géante, bien qu'elle n'en ait jamais vue en vrai. Sa chambre contenait un gigantesque lit à baldaquin, un lustre, des rideaux brodés et de riches tapis. Sa salle de bains était lambrissée de façon aussi élaborée que les autres pièces et plusieurs miroirs reflétaient sa pâle nudité à l'infini. Si elle voulait prendre un bain ou boire du thé – ou quoi que ce soit d'autre –, Myrtle lui avait indiqué l'endroit où elle devait sonner, sur le rebord de la fenêtre. Quelques instants plus tard, Majid, le garçon de maison en chef des McMinn, frappait doucement à sa porte. Un autre bateau bien plus petit, où se situait la cuisine et où vivaient les serviteurs, était relié au leur par une passerelle. Toute la journée de la fumée s'échappait de sa cheminée courbée recouverte d'un chapeau conique en étain.

« Oui, m'dame ? De l'eau chaude pour toi ? du *chai masala* ? Peut-être un petit *chota* ? »

Nerys sonnait rarement. Elle ne voulait pas donner à Majid plus de travail qu'il n'en avait déjà, même si elle savait qu'elle se ferait gronder par Myrtle si celle-ci l'apprenait.

Le *Jardin d'Éden* portait bien son nom et elle s'amusait à imaginer la réaction d'Evan devant toute cette luxueuse décadence. Mais déjà Nerys craignait d'abuser trop longtemps de l'hospitalité des McMinn. Elle envisageait de chercher une chambre à louer pour l'arrivée d'Evan, peut-être dans l'une des grandes maisons en bois qui avançaient en saillie dans le Jhelum, dans la vieille ville.

« Tu vas rester avec nous, n'est-ce pas ? insista Myrtle, comme si elle lisait dans ses pensées. Tu ressembles un peu moins à un fantôme mais tu n'es pas encore en forme, tu sais. »

Nerys restait au lit jusque tard tous les matins, et Majid lui apportait son petit déjeuner composé de porridge de riz avec du délicieux miel cachemiri et des petits pains tout frais. Quand Myrtle sortait passer un appel, faire des courses ou accompagnait

Archie à l'une de ses réunions d'affaires hautement ennuyeuses, comme elle les qualifiait, Nerys pouvait passer des heures à lire, choisissant des ouvrages au hasard dans la bibliothèque colossale d'Archie, ou simplement assise au milieu des coussins de la véranda à contempler la lumière glisser sur l'eau. Elle se sentait déjà plus robuste, comme si son corps avait été remodelé sur des os plus solides.

« Je me sens beaucoup mieux », protesta-t-elle.

Myrtle claqua des doigts en direction du serveur et montra leurs verres vides.

Nerys avait remarqué que la jeune femme avait l'habitude de boire deux ou trois cocktails d'alcool fort et que, pendant le dîner, elle était d'abord très bavarde, les taquinant Archie et elle, puis ergoteuse, et enfin endormie, absente. Pendant la phase ergoteuse, Archie tendait la main pour attraper celle de sa femme qui s'agitait dans tous les sens, comme s'il essayait de piéger un papillon, et lui murmurait : « Cela suffit, ma grande. Il est l'heure d'aller se coucher. »

Alors Myrtle le repoussait. « Il est encore tôt. Mets un disque, chéri. Dansons un peu. »

Nerys dit avec fermeté : « Je n'en prendrai pas d'autre, merci. »

Myrtle soupira et plissa le front. « Oh mon Dieu. J'avais oublié à quel point Srinagar était un endroit ennuyeux. Tu ne t'y ennuies jamais, Nerys ?

— Pas comme toi en tout cas, je ne crois pas. » *Tu as besoin de trouver une activité utile, Myrtle McMinn*, pensait-elle. D'après ce qu'elle avait constaté jusqu'à présent, les journées de Myrtle semblaient se réduire à passer des appels, s'habiller pour sortir, sortir, puis se remettre soit de l'ennui soit des excès d'alcool de sa sortie en se déshabillant et en s'enveloppant dans un kimono en soie. Toutes ces femmes faisaient-elles d'ailleurs autre chose que rire, siroter des cocktails et se vernir les ongles ?

Myrtle griffonna un mot dans l'air pour indiquer qu'il fallait mettre leurs cocktails sur la note des McMinn. Elle sourit à Nerys en lui touchant le bras. Son front s'était détendu. « Tu as raison. Archie sera de retour tôt ce soir et nous devrions rentrer lui tenir compagnie. Je suis désolée d'être une telle sorcière.

Frances Machin-Chose m'a corrompue avec ses histoires diaboliques. La pauvre Angie Gibson ne ferait pas de mal à une mouche et, si elle a finalement quitté son horrible mari pour de bon, je lui souhaite bonne chance. Elle mérite mieux. Bon, allons-y maintenant. Suis-je pardonnée ?

— Mais de quoi ? » insista Nerys. Elles se levèrent et, bras dessus, bras dessous, quittèrent le Srinagar Club. C'était la douce heure bleue près du lac, plus vraiment l'après-midi mais pas encore le soir. C'était l'heure à laquelle les Européens rentraient chez eux se changer pour le dîner avant de se retrouver à nouveau au club ou ailleurs.

Un petit pont de bois reliait le ponton à la bande de gazon tondue de près devant le club-house. Tandis qu'elles le traversaient, leurs talons claquant sur les planches de bois, la première chauve-souris de la soirée sortit des arbres en voletant et leur frôla la tête. Les lumières du salon du club étaient allumées et on apercevait les silhouettes d'un groupe d'individus derrière les fenêtres.

Nerys vit un homme avec une masse de cheveux bouclés, coupés n'importe comment, bien loin des coupes militaires impeccables de ses camarades. Il avait le visage rougi par les coups de soleil et il semblait s'être habillé à la va-vite, sans se demander si ses vêtements étaient propres, et encore moins s'ils étaient repassés. Il avait les yeux enfoncés, les épaules larges et, même s'il était d'une taille moyenne, il semblait plus grand que ses compagnons. Il parlait très fort, en anglais mais avec un accent étranger marqué, et Nerys l'entendit s'exclamer : « Pourquoi pas ? La réponse devrait être oui. À la montagne, non n'est jamais une bonne réponse, mes amis. Nous devons redemander… »

Quand les deux femmes passèrent, il leva la tête et les dévisagea ouvertement. Ses yeux rencontrèrent ceux de Nerys et il soutint son regard une seconde. Troublée, elle regarda droit devant elle et suivit Myrtle dans le salon, franchissant les portes-fenêtres. Elles se retrouvèrent hors de portée de voix.

« Tu les connais ? demanda Nerys tandis que Myrtle parcourait la pièce des yeux.

— Non – pourquoi ? Attends une minute. L'homme à l'air sauvage s'appelle Stamm, je crois. Il ne peut pas être allemand, si ? Il doit être suisse ou quelque chose du genre. Les autres, je ne les connais pas. »

La pièce était presque vide. Une jeune fille était assise toute seule dans un coin.

« Bon, voici quelqu'un à qui je veux *absolument* parler », chuchota Myrtle.

La jeune fille tenait un magazine, orienté sous la lumière de la lampe, mais Nerys voyait bien qu'elle ne lisait pas. Une tasse de thé était posée à côté d'elle. Elle n'y avait pas touché.

« Caroline ? » dit Myrtle.

À contrecœur, elle posa son magazine. Sa peau était très pâle, presque translucide, à tel point que l'on apercevait les veines bleues au niveau de sa gorge. Ses cheveux châtains et bouclés étaient attachés à l'aide de deux peignes en écaille et sa lèvre inférieure semblait prête à trembler à tout moment. Nerys voyait qu'elle était très jeune, la petite vingtaine, et vraiment jolie, dans un genre rond et innocent.

« Caroline, répéta Myrtle, comment vas-tu ? »

La jeune fille rassembla ses esprits. Elle fit un sourire un peu forcé. « Tu es de retour. »

Myrtle fit les présentations.

« Caroline, je vous prie », insista la jeune fille quand Nerys commença à l'appeler Mme Bowen. Manifestement, elle avait affaire à quelqu'un de bien différent de Mme Conway-Freeborne.

« Nerys, dit-elle en retour.

— Ralph est ici ? demanda Myrtle.

— Non. Il est parti avec le régiment – tu n'en as pas entendu parler ? Je crois qu'ils vont d'abord travailler leur tactique avant d'être réaffectés. Peut-être auront-ils une autre courte permission ou peut-être seront-ils déployés immédiatement. Je ne suis au courant de rien, cela dit. C'est juste ce que disent Mme Dunkeley et les autres épouses. »

Caroline agitait les mains sur ses genoux et ses bagues accrochaient la lumière. Nerys éprouvait de la compassion pour cette jeune épouse, sans doute récemment mariée et très éprise de son mari, un bel officier devant partir au combat.

Myrtle avança sur sa chaise. Elle tendit la main et attrapa le menton de Caroline, tournant son visage dans la lumière. « Et toi ? »

La jeune fille avait la peau si fine et pâle que l'on voyait nettement le rose lui monter aux joues, du cou jusqu'aux pommettes. « Je... » Elle pinça les lèvres et se dégagea de l'emprise de Myrtle. « Je vais très bien, merci. »

Elle regarda vers Nerys, inquiète, et Myrtle hocha la tête. « Je viendrai prendre de tes nouvelles », lui dit-elle d'un ton qui n'acceptait aucune objection. Nerys se demandait si la jeune fille le souhaitait, car elle n'avait pas l'air ravie à cette idée. Elle se mordait la lèvre et avait baissé ses longs cils pour cacher l'expression dans ses yeux.

Myrtle et Nerys prirent congé et traversèrent le club jusqu'à la jetée où les hommes des *shikaras* attendaient pour une course.

« Ici, memsahibs, appela l'un d'eux, au milieu d'une rangée de têtes. Rapide et pas cher. Vous allez où ? »

Elles montèrent dans son bateau-taxi tandis qu'il le tenait en équilibre pour elles. Comme les autres, la *shikara* était étroite et élégante avec une haute proue. Sous un baldaquin fermé par des rideaux se trouvait une banquette pour deux recouverte de coussins et de plaids. Nerys et Myrtle s'y glissèrent et le batelier largua les amarres. C'était un musulman, vêtu d'une longue tunique grise et portant sur la tête une chachia rouge vif. Il avait un châle sur l'épaule, en prévision du froid de la soirée.

Myrtle lui dit où elles allaient et il enfonça dans l'eau sa pagaie gauche. Des gouttes jaillirent quand il la ressortit et ils glissèrent au milieu des feuilles de lotus et des bancs de plantes séchées vers le centre du lac. Le soleil se couchait et des rangées de bas nuages à l'ouest se coloraient de rouge et d'or. De la brume s'élevait de l'eau et se maintenait dans l'air sous forme de couches vaporeuses, voilant en partie les deux basses collines de Srinagar, l'une couronnée d'un fort, l'autre d'un temple ancien. Les montagnes de l'Himalaya étaient sombres, des masses en deux dimensions sur un ciel bleu encre déjà piqueté d'étoiles. Des lumières jaunes brillaient dans la vieille ville et d'autres chaînes de lumières apparaissaient sur les îles du lac et dans les jardins moghols de l'autre côté. Le bateau semblait suspendu dans l'air, retenu par son reflet. On n'entendait que le bruit d'immersion régulier de la pagaie et le chant du batelier. Nerys pensa soudain, pour la première fois de sa vie : *C'est magnifique. Je suis si heureuse.*

Puis le briquet de Myrtle fit un petit bruit sec et la flamme éclaira légèrement une courbe de son visage. « Pauvre Caroline Bowen, soupira-t-elle en exhalant une bouffée de cigarette.

— Cela doit être dur pour une si jeune épouse de voir son mari partir se battre sans savoir quand il reviendra. »

Il y eut quelques instants de silence.

« J'aimerais que ce soit si simple, finit par dire Myrtle.

— Pourquoi ? »

Elle hésita, puis répondit : « Je vais te raconter ce que tout le monde sait. »

Elle décrivit la façon dont Mlle Caroline Cornwall, comme elle s'appelait alors, était venue au Cachemire juste après sa sortie de l'école de secrétariat de Londres. Elle était issue d'une bonne famille, mais avait perdu ses parents – sa mère quand elle n'était qu'un enfant et son père plus récemment, d'une crise cardiaque. Il ne lui restait que sa belle-mère avec qui elle s'entendait plutôt bien, mais de qui elle n'était pas particulièrement proche, car Caroline était en pension avant même le remariage de son père.

« Une histoire triste mais pas si inhabituelle, je suppose », murmura Nerys, se disant en même temps qu'elle ne voyait pas très bien qui enverrait en pension sa fille après la mort de sa mère. Elle n'imaginait pas son père, timide et affectueux, faire une chose pareille. « Comment la connais-tu ?

— Je l'ai rencontrée à une soirée donnée à la Résidence. Sa belle-mère a une lointaine parenté avec Mme Fanshawe. »

M. Fanshawe était le Résident dans l'État princier du Cachemire. Dans le cadre grandiose de la Résidence de Srinagar, lui et sa femme accomplissaient les rituels et les formalités élaborées de liaison entre les dirigeants britanniques et le gouvernement de l'Inde, le maharajah et sa cour, et dirigeaient les strates complexes des sociétés civiles et militaires les entourant.

« Les Fanshawe sont très efficaces dans leurs fonctions et pragmatiques quant à l'indépendance, Nerys avait-elle entendu Archie McMinn déclarer. Ils effectuent un travail formidable ici, à l'ancienne. » Elle n'avait pas compris ce que cela signifiait et n'imaginait pas le comprendre un jour en détail car elle n'avait pas l'Inde dans le sang, contrairement à Myrtle ou Archie.

Myrtle décrivit comment Caroline Cornwall avait rejoint la Résidence. « Elle a été nommée comme assistante de Mme Fanshawe. Je crois que ses tâches consistaient à arranger des bouquets de fleurs dans les salles publiques tous les jours, gérer le carnet des appels, envoyer des invitations, etc. Cela me fait penser, je dois t'emmener signer le livre d'or. Si tu ne laisses pas de carte de visite, ma chérie, tu ne seras pas invitée à de charmantes réunions organisées par la Résidence comme des cocktails, des goûters, des parties de tennis, ce genre de choses. »

Myrtle riait et Nerys rit aussi. « Je n'ai pas de carte de visite. Et je ne sais pas jouer au tennis.

— Mon Dieu. C'est la mort sociale. Comment comptes-tu rencontrer des gens dans ces conditions ?

— Je vous ai rencontrés toi et Archie. Cela me suffit. Continue ton histoire, je te prie.

— Alors. Mlle Cornwall était ici depuis à peine six mois quand on a annoncé ses fiançailles avec un certain capitaine Ralph Bowen. Ils se sont rencontrés, bien sûr, à une soirée suivant un match de polo au cours duquel elle avait vu le capitaine Bowen marquer à trois reprises. Ou quelque chose comme cela. Bref, très vite, il y eut mariage à l'église anglicane, garde d'honneur du régiment, réception à la Résidence.

— Cela me semble tout à fait convenable.

— C'est ce que l'on pensait. C'était il y a peut-être un an.

— Et maintenant le capitaine est parti à la guerre. »

Rien d'étonnant. La plupart des maris, membres de l'armée indienne, étaient partis et, alors que la saison estivale touchait à sa fin, Srinagar abritait les femmes laissées seules et les quelques familles de civils dont les hommes, comme Archie, étaient affectés à des tâches particulières. Myrtle avait remarqué à maintes reprises que c'était un endroit très différent de la ville d'avant-guerre.

Elles se trouvaient à présent au milieu du lac. Le soleil avait disparu et la couleur du ciel passait peu à peu de lavande à gris acier au fur et à mesure que la lune s'élevait au-dessus des montagnes. Nerys observait le disque argenté traverser les voiles de nuages.

« Nerys ?

— Oui ?

— Dirais-tu que ton mariage te rend heureuse ? »

Son devoir lui imposait de dire oui. Toute autre réponse serait une trahison. À ce moment-là, elle se rendit compte une fois de plus qu'elle avait à peine pensé à son mari ce jour-là. Comment était-ce possible pour une femme qui affirmait être dans un mariage heureux ?

Le moment d'exultation qu'elle venait d'expérimenter était lié à la beauté du lieu et au plaisir d'avoir une amie comme Myrtle, mais surtout à un sentiment de liberté. Pour la première fois de sa vie, ou du moins pour la première fois de sa vie de femme mariée, elle se sentait elle-même. Mais ensuite, elle se rappela qu'elle ne serait pas là si elle n'était pas mariée avec Evan, qu'elle soit heureuse ou malheureuse. Elle serait chez elle, au pays de Galles, sans doute vieille fille. Très peu d'autres opportunités de romance s'étaient présentées. Ou – plus précisément – aucune.

Nerys sourit, se remémorant son pays avec les horizons étroits de la chapelle et de la vallée. Il est vrai qu'Evan était un mari décevant à certains égards : sa vie d'épouse n'était pas la communion passionnée dont elle avait rêvé adolescente. Mais elle ne doutait pas un seul instant qu'Evan était un homme bon, gentil dans son genre, et une personne qui suscitait son admiration. Elle le respectait. Leur union ne ressemblait pas à celle d'Archie et Myrtle, mais tous les mariages étaient différents, c'était bien connu.

Elle commençait aussi à comprendre qu'il y avait du vrai dans le proverbe « Loin des yeux, près du cœur ». Elle avait hâte de voir Evan à Srinagar, même dans ses vêtements noirs et raides de pasteur au milieu des femmes à la mode. Elle eut soudain à l'esprit l'image de ses longs doigts posés sur sa main. *Ma chère ?*

Soudain, elle se retrouva à rougir aussi fort que Caroline Bowen et elle rendit grâce à l'obscurité croissante. « Oui, dit-elle avec conviction. Je dirais que oui.

— Oui », lança Myrtle en écho. Nerys était persuadée qu'elle se réjouissait mentalement de sa propre chance et de son propre bonheur, pas de ceux des Watkins.

Devant elles brillaient les lumières du *Jardin d'Éden* et de ses voisins sous les arbres sentinelles. Comme d'habitude, l'air était empli de l'odeur de fumée et de la bonne cuisine de Majid. Myrtle jeta son mégot de cigarette dans l'eau. « Le problème, dans le cas de Caroline, c'est qu'elle n'est pas heureuse. Et je ne crois pas que son capitaine puisse un jour la rendre heureuse.

— Je suis désolée pour elle, alors. » Nerys n'insista pas pour avoir plus d'informations.

Avec habileté, le batelier fit tournoyer sa pagaie, faisant se balancer la proue de la *shikara* vers les marches du house-boat.

Toutefois, Myrtle ajouta, à voix basse : « Elle est très jeune et a la tête remplie d'idées romantiques. Elle n'a pas grand monde à qui se confier. Son mari n'est jamais là et elle cherche ailleurs l'amour et l'attention qui lui manquent, la pauvre chérie. C'est quelque chose d'assez courant à Srinagar, bien sûr, mais malheureusement Caroline a choisi une option qui n'est pas juste compromettante, mais aussi dangereuse. Dès qu'elle m'en a parlé, je l'ai mise en garde et lui ai dit d'y mettre aussitôt un terme mais, étant donné son attitude de ce soir, je suppose qu'elle n'en a rien fait. »

La proue de la *shikara* frôla doucement les marches qui descendaient jusque dans l'eau. Le batelier amarra. Au même moment, les doubles portes menant à la véranda s'ouvrirent et Archie apparut, de la lumière jaune lui couvrant la tête et les épaules.

« Vous voilà enfin ! » lança-t-il.

En silence, Myrtle mit un doigt devant ses lèvres pour indiquer à Nerys que même Archie n'était pas dans le secret de cette histoire.

Nerys attrapa rapidement sa main. « Mme Bowen a de la chance d'avoir une amie comme toi, murmura-t-elle. Et moi aussi. »

Myrtle pencha la tête en arrière et éclata de rire, effrayant le batelier. La *shikara* tangua quand elles se levèrent, et Archie les aida l'une après l'autre à monter les marches avant de faire tomber quelques pièces dans la main tendue de l'homme.

« Merci, sahib. Bonne nuit, memsahibs. » Le bateau glissait déjà dans l'obscurité et ses vaguelettes lapaient gentiment la coque du *Jardin d'Éden.*

« Vous vous êtes bien amusées, observa Archie. Qui y avait-il au club ?

— Les mêmes personnalités théâtrales que d'habitude. » Myrtle poussa un soupir. « Je ne crois pas que Nerys ait été impressionnée.

— C'est faux ! protesta Nerys, indignée. J'ai été saisie par toute cette élégance. Nous avons croisé une dame qui a dit que Myrtle était devenue *jungli*, mais j'imagine qu'elle parlait plutôt de moi. »

Archie leur posa à chacune une main sur l'épaule. « Je ne vois pas de quoi elle parle. Vous êtes les deux femmes les plus chics et les plus belles de Srinagar. »

En riant, ils passèrent au salon du bateau.

La table ronde au milieu était dressée pour le dîner, avec de l'argenterie et des verres en cristal sur la nappe blanche amidonnée. La marqueterie et les corniches gravées luisaient à la lumière des chandelles et l'odeur du bois poli se mêlait à celle de dizaines de roses d'un rouge profond, disposées dans des vases sur les dessertes. Entourés de cadres en argent, les visages de la famille de Myrtle et d'Archie, restée en Angleterre ou en Écosse, couvraient les étagères, entrecoupés de photos de ponts et de moteurs à vapeur. Le travail d'Archie dans les chemins de fer indiens était aussi sa passion, néanmoins il regrettait vivement de ne pas pouvoir endosser l'uniforme quand son pays était en guerre.

Il se dirigea vers le plateau des boissons tandis que Nerys descendit le couloir qui s'étendait d'un côté du house-boat, sur toute sa longueur. Les larges lattes craquaient doucement sous ses pieds.

Dans sa chambre, son lit était déjà ouvert en prévision de la nuit. Ses quelques vêtements étaient suspendus dans l'armoire au doux parfum, impeccables, chacun fraîchement repassé, et ses chaussures avaient été cirées et placées sur l'étagère inférieure. Elle retira sa veste légère et la mit sur un cintre. Comme il serait facile, se disait-elle, de s'habituer à tant de luxe. Il était donc préférable que l'occasion ne se présente pas. Bientôt, ces prochains jours, il lui faudrait commencer à chercher un endroit adéquat à louer, afin d'être prête au moment de l'arrivée d'Evan. Elle ne pouvait abuser de l'hospitalité des McMinn éternellement. Son budget était restreint, mais elle était sûre de trouver quelque chose de convenable.

Après avoir doucement frappé à la porte, Majid apparut. « Vous êtes prête, m'dame ? Je fais apporter de l'eau chaude ? »

Une petite procession d'aides de Majid entra avec de grandes cruches d'eau pour remplir sa baignoire.

Ce soir-là, au dîner, Archie annonça : « Ma chérie, il faut que je descende à Rawalpindi dans deux jours, puis à Delhi. Ensuite, je ne sais pas très bien, j'irai sans doute vers l'est. J'ignore le temps que cela prendra, malheureusement. Il y a des problèmes de voies ferrées que nous devons résoudre afin de permettre les mouvements des troupes. »

Myrtle posa ses couverts. « Déjà ? » demanda-t-elle calmement.

Les deux jeunes femmes savaient qu'il valait mieux ne pas demander de quels mouvements de troupes il s'agissait.

« J'ai reçu un coup de téléphone cet après-midi. Nos vacances sont finies. Tu sais, nous avons eu de la chance d'avoir une aussi longue période d'interruption.

— Oui, bien sûr », acquiesça Myrtle. Elle but son verre d'eau et Majid, qui était resté silencieux dans l'ombre, de l'autre côté de la pièce, s'avança pour le remplir avec une carafe en cristal. « Je pense que Nerys et moi allons nous distraire ici quelques semaines de plus. Je ne pense pas aller tout de suite à Delhi. Cela signifierait ouvrir la maison comme il faut, ce qui me semble inutile si ce n'est que pour moi, tu ne crois pas ? »

Elle ne le précisa pas – parce que cela aurait été se plaindre et qu'elle avait comme règle de toujours s'incliner devant le travail de son mari – mais Myrtle appréhendait le retour à leur maison d'hiver. Elle s'y sentait trop seule, dans les pièces calmes, sans Archie. Et, cette fois-ci, elle était certaine qu'il serait absent un long moment.

« Cela me semble être une bonne idée », répondit Archie.

Nerys garda la tête baissée afin de ne pas intercepter les regards qu'ils échangeaient. Dès qu'ils eurent fini de dîner, elle prit le prétexte de lettres à écrire afin de laisser les McMinn seuls tous les deux.

Le tailleur travaillait dans une boutique minuscule entre le premier et le deuxième pont du Jhelum.

Archie avait quitté Srinagar la veille et Nerys faisait de son mieux pour distraire Myrtle. Elle ne trouvait pas la tâche si facile car elle avait reçu une lettre d'Evan lui annonçant qu'il était retenu près de Kargil dans le cadre de ses activités missionnaires et qu'il n'arriverait pas à Srinagar avant la toute fin du mois d'octobre. Elle avait le moral au plus bas depuis son départ de Leh. Ne souhaitait-il donc *pas* venir la rejoindre ? Pourquoi son travail était-il toujours beaucoup plus important qu'elle ? Pourtant, elle avait résisté à son envie de rester à se morfondre avec un livre dans la véranda ombragée du *Jardin d'Éden* et avait accepté d'accompagner Myrtle faire des emplettes.

Le tailleur se précipita vers elles dès qu'il les aperçut. Il les installa sur deux chaises qui prenaient la quasi-totalité de la pièce et commença à descendre des rouleaux d'étoffe des étagères.

« Soie, madame. Meilleure qualité. » Une cascade de tissu vert d'eau se déversa sur les genoux de Nerys. « Tussore, lin, pur coton. » Rose argenté, lavande, gris perle, blanc neige. Nerys ne pouvait s'empêcher de caresser les plis. Elle avait en effet besoin de vêtements, même s'il ne lui fallait pas des choses aussi élégantes que Myrtle ou Mme Conway-Freeborne. Elle avait même un peu d'argent à elle, les quelques centaines de livres sterling que lui avaient laissées ses grands-parents et auxquelles elle n'avait jamais touché. Elle s'était dit que cela servirait un jour à acheter une maison pour elle, Evan et leur famille ou – avec une vague piété aujourd'hui bien diminuée – peut-être à faire de bonnes œuvres. Mais finalement (l'idée la faisait se sentir délicieusement complaisante et dévergondée), peut-être pouvait-elle en dépenser un petit peu pour elle.

« Du tweed, déclara Myrtle d'un ton affirmatif, repoussant les tissus d'été. Il te faut un *pheran*, Nerys.

— Qu'est-ce que c'est ?

— Un long pardessus cachemiri avec des manches très larges, comme une cape. Chaud, pratique. Tout le monde en porte un dès l'arrivée du froid. »

Le tailleur revint, chancelant sous le poids de rouleaux plus lourds. Il exposa sa panoplie de tissus et tous trois se mirent à débattre des différences, comparant l'épaisseur, le tissage et le motif, des carreaux pourpres des plus subtils pour l'un, des carreaux verts avec une fine bande rouge piment pour un autre. Ensuite, quand Nerys eut enfin choisi un beau tweed bleu gris, de la couleur de la brume du lac, il restait encore une dizaine de détails de coupe et de style à régler. Puis le tailleur devait prendre toute une série de mesures et les inscrire dans un cahier noir aux pages aussi fines que la peau d'un oignon. On apporta un samovar, sur un lourd plateau de cuivre, et on leur servit du thé accompagné de pain tout frais venant directement du four de la boulangerie située une quinzaine de mètres plus loin.

Tout ce processus prit plus de deux heures et Myrtle déclara que c'était vraiment très rapide pour un achat d'une telle importance.

« Sept jours, puis prêt, memsahib », promit le tailleur.

Elles ressortirent enfin sous le soleil de la fin d'après-midi. Myrtle enfonça les mains dans les poches de sa jupe et partit d'un pas décidé dans la rue étroite. Ses cheveux noirs avaient poussé et elle les avait enroulés en boucles souples de part et d'autre de son visage. Elle s'était aussi mis du rouge à lèvres. Nerys pensa qu'elle était drôlement belle et que son air audacieux ne gâchait rien.

« Il est quatre heures et demie. Je dois aller au Club du Pansement, annonça Myrtle. Ce n'est pas très amusant, je dois t'avouer, mais voudrais-tu venir avec moi ? Tu auras peut-être une tasse de thé et une pâtisserie, à moins que celles-ci n'aient été supprimées à cause du rationnement. »

Il se trouve que l'organisation pour les femmes des militaires et des civils, indiennes et britanniques, s'appelait Fournitures d'hôpital en temps de guerre. Les bénévoles s'asseyaient autour de grandes tables pour trier et emballer des bandages et des pansements à envoyer au front. Nerys imaginait les dames du club en train de travailler tout en remplissant l'air antiseptique de leurs commérages. Elle n'était pas plus tentée que cela et les ruelles de la vieille ville lui faisaient signe. « La prochaine fois. Je crois que je vais aller faire une petite promenade. »

Myrtle eut l'air perplexe. « À pied ? Ici ? Pourquoi ne pas plutôt prendre une *shikara* et aller au Jardin de Shalimar ?

— Je rentrerai en *tonga* si je m'éloigne trop », répondit Nerys en souriant.

Une fois seule, elle déambula parmi la multitude de petites boutiques et s'arrêta devant le minuscule créneau de la boulangerie locale. Celle-ci consistait en une fosse creusée dans le sol où le boulanger s'accroupissait au-dessous du niveau de la rue devant un four cylindrique en argile qui chauffait grâce à un feu de bois allumé à sa base. Il se pencha en avant pour éventer les braises rouges et, même de là où elle était, Nerys sentait la chaleur sur son front et ses joues. Les murs verticaux du four étaient recouverts de disques de pâte à moitié cuite, le délicieux pain du Cachemire. Trois musulmanes voilées passèrent devant elle et le boulanger en nage se redressa légèrement pour leur servir des petits pains tout chauds qu'il saisit tout en haut du four. Même si elle avait goûté chez le tailleur, elle ne put résister à la bonne odeur du pain frais recouvert de graines de sésame. Nerys s'en acheta donc un et le dégusta en flânant vers l'éclat du canal qu'elle apercevait au loin. Sur le chemin, elle passa devant un magasin de poêles et de bouilloires en aluminium, un autre spécialisé en cordes et en ficelles de toutes sortes, enroulées sur des bobines de toutes tailles et de toutes formes, et d'autres qui n'avaient rien de plus que des barils d'huile de cuisine, quelques sacs de riz ou des fagots de bois pour le feu que le commerçant pesait sur une balance primitive. Un homme menait un âne qui titubait sous un chargement de bois plus grand que lui.

Quand elle atteignit le canal, Nerys regarda de droite à gauche. La ville de Srinagar était filetée de voies d'eau, un labyrinthe complexe qui reliait les lacs au fleuve, lui-même bien plus fréquenté que les rues poussiéreuses. À l'endroit où elle se trouvait, la surface du canal était recouverte d'une couche d'algues vert clair, brisée çà et là par les bateaux qui révélaient une eau huileuse et noirâtre. Une *shikara* était pourvue de rideaux pour protéger son passager du regard des badauds, et un autre bateau était chargé de légumes provenant des jardins flottants, au milieu du lac.

De part et d'autre, les rives boueuses bouillonnaient de vie. Une femme nettoyait des assiettes à l'aide d'un seau et d'autres débarrassaient leur linge de la mousse en le frappant contre des rochers. Des petits enfants nus et luisants criaient et sautaient dans l'eau tandis que, un peu plus loin, une fille y déversait un plat de bouillie. Une pauvre chèvre attachée à un poteau luttait pour ne pas s'enfoncer dans la boue tandis que des poulets raclaient et grattaient la crasse des marches. Un radeau aux bords relevés traversait le cours d'eau, lourd d'un troupeau de moutons et d'un enfant berger. Dès que l'embarcation frôla la rive opposée, les bêtes s'y précipitèrent et partirent dans une ruelle, suivant une route très ancienne dans les profondeurs de la ville. De grands édifices en bois faisaient saillie sur le canal étroit, les étages les plus hauts étant construits vers l'extérieur, leurs hautes fenêtres maintenues ouvertes pour attirer la brise.

Nerys hésitait, elle ne savait pas très bien où elle devait tourner. Sur sa gauche, la route était bloquée par les cannes à pêche et les auvents déchirés d'un marché de bord d'eau très fréquenté, où des barils d'huile percés et rouillés servaient de braseros sur lesquels les marchands faisaient frire des *pakoras* ou cuisaient de la viande de chèvre à feu doux ; sur sa droite se trouvaient les colonnes en briques d'un pont. Elle revint légèrement sur ses pas et tourna au hasard dans la première ruelle parallèle au canal. Elle avait déjà oublié où se situaient le tailleur et le boulanger dans ce fouillis de murs et de créneaux encombrés. Elle passa devant un tas d'ordures du marché qui dégageait une odeur pestilentielle et se dirigea vers ce qui lui semblait être un morceau de canal. Une charrette barrait la voie et l'obligea à tourner à nouveau et à marcher dans une autre direction, le long d'une ruelle si étroite que deux personnes ne pouvaient pas s'y croiser. Un tournant serré l'emmena dans un sens, puis un deuxième dans un autre, et à présent le ciel était masqué par un enchevêtrement de cordes à linge ployant sous le poids de grands morceaux de tissu fraîchement teints en train de sécher. Une file d'hommes barbus portant chacun une chachia rouge marchaient en sens inverse. Elle dut se coller au mur pour les laisser passer. Nerys savait qu'elle était perdue. La seule chose à faire était de continuer à marcher jusqu'à ce qu'elle arrive au canal où elle pourrait peut-être faire signe à une *shikara*, ou à une assez grande route où elle pourrait prendre une *tonga*.

Au fur et à mesure qu'elle s'éloignait du marché, la foule s'amenuisait et, parfois, elle se retrouvait même presque seule entre des murs de pierres et des volets fermés en bois. Les rares passants regardaient d'un air ébahi l'Européenne solitaire qui s'était aventurée hors du cadre sécurisé du club et des house-boats.

Elle commençait à penser que la suggestion de Myrtle d'aller au Jardin de Shalimar plutôt que dans les ruelles était en fait excellente.

Se demandant si elle ne pourrait pas, après tout, reprendre le chemin par lequel elle était venue, elle s'arrêta pour regarder derrière elle. Une violente secousse au niveau du bas de sa jupe la fit se retourner à nouveau et presque perdre l'équilibre. La rue semblait déserte mais, en baissant les yeux, elle vit trois petits enfants à ses pieds. Leurs visages étaient noirs de saleté, leurs yeux étincelants. La plus âgée devait avoir cinq ans et portait un bébé dans son dos. C'est son frère, le troisième, qui avait tiré sur sa jupe. La fillette dit quelques mots et pointa son doigt dans une direction et, pendant tout ce temps, le bébé regardait Nerys avec des yeux ronds. Comme Nerys ne répondait pas, la fillette répéta la même phrase avec insistance, la toisant comme si elle était stupide.

Ils lui rappelaient de façon frappante les enfants de son école à Leh. Ils lui manquaient tous, avec leurs applaudissements, leurs chansons et leurs rires timides, les jeux qu'ils faisaient ensemble – même leur résistance à son apprentissage lui manquait.

Sa connaissance basique du ladakhi ne lui servait à rien ici et elle n'avait encore retenu aucun mot de cachemiri. Elle essaya le peu d'hindustani dont elle se souvenait mais les enfants haussèrent les épaules et tirèrent sur sa jupe avec plus de force. Nerys abandonna alors ses tentatives de communication et les laissa l'entraîner dans leur sillage. Un autre tournant, un chien galeux gardant une maison, et un mendiant essayant de l'arrêter avec sa canne plus tard, ils arrivèrent devant une entrée sombre. Un morceau de toile était noué d'un côté et Nerys baissa la tête pour se glisser sous le linteau.

Clignant des yeux pour s'habituer à l'obscurité, elle regarda autour d'elle.

C'était une petite pièce triste et nue qui sentait le lait tourné et les excréments humains. Un tas de couvertures déchirées étendues sur des sacs révélait l'endroit où dormait la famille. Dans un autre coin se trouvaient quelques poêles et casseroles ainsi qu'un plat recouvert d'un torchon crasseux. Au milieu de la pièce, une jeune femme était assise sur un carré de tapis. Elle paraissait éreintée. Ses cheveux étaient recouverts d'un morceau de grosse toile en guise de *dupatta* ; sa tunique en coton, sale et informe, ne cachait qu'à moitié son extrême maigreur. Ses pieds nus étaient noirs et craquelés, posés à plat sur le sol tandis qu'elle se penchait sur un rouet. Quand les enfants entrèrent avec Nerys, elle laissa tomber une bobine de fil sur ses genoux et les regarda d'un air maussade. Sa fille se lança dans ce qui était de toute évidence une explication de ce à quoi pourrait leur servir la femme qu'ils avaient capturée. La fileuse hocha la tête avec lassitude, esquissant un vague sourire à l'attention de l'otage de ses enfants.

Plus que tout le reste de cette triste vision, ce sourire alla droit au cœur de Nerys.

Le petit garçon se mit à gémir et à pincer sa mère. Son sourire disparut. Elle lui caressa les cheveux un bref instant puis enroula une poignée de laine nébuleuse peignée et commença à actionner la pédale de son rouet. Une fois filée, la laine légère était si fine que Nerys, à moins d'un mètre, la voyait à peine.

La tête du bébé ballottant dans son dos, la petite fille fouilla sous les sacs et sortit un panier. Elle défit les attaches en chanvre, se pencha et sortit délicatement le contenu. C'était quelque chose de plat et mou, enveloppé dans du tissu. Une fois celui-ci repoussé, Nerys aperçut un éclat de couleurs.

Avec le brio d'une comédienne, l'enfant déplia le châle et le secoua en l'air, tournoyant pour faire flotter la laine, légère comme une plume. Le petit garçon, collé à sa mère, frappa des mains en souriant. Même le bébé passif gloussa. Faisant bien attention à ne pas laisser ne serait-ce qu'un coin du trésor toucher le sol en terre battue, l'enfant attrapa l'étoffe dans ses bras et la donna à Nerys. Le fond du doux pashmina était rose pâle et, de chaque côté, il y avait une large frise, des fleurs stylisées complexes tissées en rouge foncé et en une dizaine de nuances de vert et de beige. Elle examina le châle de près, intriguée par sa finesse. Le travail était si soigné qu'il était presque impossible de distinguer l'envers de l'endroit. Comment était réalisé cet ouvrage, si beau et si élégant ? Avec Myrtle, elle avait passé une heure à arpenter les boutiques le long du Bund, mais elle n'avait rien vu de semblable.

« *Kani*, déclara la jeune femme exténuée, comme si cela expliquait quoi que ce soit. *Kani* », insista-t-elle.

La petite fille sautait devant Nerys, serrant la douce étoffe dans ses poings. « Roupies ? Roupies ? »

La femme posa ses doigts sur ses lèvres, tous les traits de son visage semblant implorer un peu d'argent.

Dans une grande souffrance, Nerys sortit son porte-monnaie en cuir. Le garçon se mit debout et vint se cogner à ses tibias, essayant d'apercevoir ce qu'était la richesse. Elle savait ce qu'il contenait – rien que quelques pièces et des petites coupures très usées, à l'indienne. De quoi prendre une *shikara* pour traverser le grand lac et retourner au *Jardin d'Éden.*

Nerys déversa la petite somme dans sa paume pour la leur montrer. Honteuse, elle se rendit compte qu'il n'y avait même pas assez pour un cocktail au Srinagar Club.

La fillette se détourna pour replier leur trésor dans sa toile protectrice. La pauvre femme hocha la tête et tendit la main pour recevoir l'argent de Nerys. Elle le cacha dans sa tunique. Elle était gênée qu'une potentielle vente honorable se soit transformée en aumône sans fard et ne voulait pas croiser le regard de Nerys. Le petit garçon savait très bien ce qui se passait et s'était déjà remis à pincer le bras maigre de sa mère pour obtenir un peu de nourriture.

Nerys sortit brusquement, bouleversée par la scène à laquelle elle venait d'assister. Pressée de s'éloigner, elle se retrouva sur la route une fois de plus, où la nuit tombait, avant de se rappeler qu'elle était complètement perdue. Elle fut obligée de revenir sur ses pas et d'affronter encore la triste vision de cette famille. Elle mima la confusion, montrant du doigt une direction, puis une autre, secouant la tête et levant les mains. La mère soupira et donna de brèves instructions aux enfants avant de reprendre son ouvrage.

Main dans la main avec son frère, la petite fille mena Nerys par où elle était venue, repassant devant le mendiant, à présent endormi, et le chien inerte. La petite troupe s'apprêtait à tourner quand une autre bande d'enfants, plus nombreuse, sortit de l'ombre, cherchant visiblement la bagarre. Un garçon plus grand que les autres poussa un cri strident et agrippa les vêtements du petit guide de Nerys. Elle le tapa, hurlant de toutes ses forces tandis que les nouveaux venus s'attaquaient à son frère et à elle. Leurs mains fouillaient les vêtements sales des enfants, à la recherche de l'argent que Nerys avait dû leur donner. Celle-ci s'interposa entre les deux groupes, écartant les chenapans et poussant ses amis dans la ruelle vers une faible lueur.

Mais le bruit de l'altercation avait attiré l'attention et un gang d'enfants bien plus âgés jaillirent du dédale de ruelles sombres. Ceux-là se désintéressèrent du menu fretin et plaquèrent Nerys contre un mur. Acculée, elle essayait de repousser leurs mains qui plongeaient dans ses poches. Le plus grand, un garçon imposant avec un début de barbe noire, arracha la broche de perles et de brillants qu'elle portait sur le col de son chemisier.

« Rends-moi ça », cria-t-elle.

Elle était entourée de visages hostiles mais fut soulagée de voir ses trois petits compagnons profiter de la confusion pour s'éclipser. Elle pouvait alors concentrer toute son attention sur sa propre détresse. Elle se redressa et frappa le jeune homme dans la poitrine. Au lieu de reculer, celui-ci se rapprocha, colla sa tête contre la sienne. Elle sentait son haleine et la transpiration de son corps. Elle avait peur à présent et se préparait à courir.

Mais par où, dans ce labyrinthe d'obscurité ?

Nerys serra les poings et passa sous son bras. Elle fit une feinte à droite, le garçon suivit, puis elle partit à gauche. Cependant, saisie d'horreur, elle vit surgir devant elle la silhouette difforme d'un homme, bloquant la route qu'elle avait choisie comme échappatoire.

Elle était prise au piège.

L'homme lança une main pour lui saisir le poignet, et sa prise était comme un étau. À sa grande surprise, il dit d'une voix calme, avec un léger accent : « Restez derrière moi, s'il vous plaît. »

Il s'interposa alors entre elle et la bande d'enfants. Il prononça quelques mots en cachemiri d'un ton impérieux et tous reculèrent d'un pas.

Nerys se rendit compte que la silhouette de l'homme paraissait difforme à cause du gros tas de cordes qu'il portait sur l'épaule. Il posa son fardeau à ses pieds et en déroula un morceau de corde de la longueur du bout de sa main droite au bout de sa main gauche, bras en croix. Puis, d'une poche intérieure, il sortit un vilain couteau et coupa la longueur qu'il avait mesurée dans un éclat d'acier. D'un geste lent, il porta la lame à ses lèvres et l'embrassa.

Malgré eux, les assaillants de Nerys ne pouvaient s'empêcher de le regarder avec fascination, et elle-même s'écarta pour mieux voir.

Maintenant le couteau entre ses dents, l'homme saisit les extrémités de la corde, une dans chaque main, et frappa celle-ci contre sa poitrine pour la tendre. Puis il la plia vite en deux et refit le même geste. Il attrapa sa double corde au milieu, dans son poing gauche et, de façon théâtrale, il récupéra le couteau de sa bouche. La lame brilla à nouveau tandis qu'il coupait la double corde en deux. Les enfants chuchotèrent entre eux et se rapprochèrent, et l'homme laissa le plus grand inspecter les quatre extrémités cisaillées.

Ensuite, tout sourire, l'homme fit un nœud avec les trois petits morceaux et serra de toutes ses forces. Il mit la corde sous le nez de Nerys. « Veuillez souffler, je vous prie. »

Intriguée malgré elle, elle s'exécuta.

Il recula et brandit la corde nouée. Avec une précision chirurgicale, il plaça le pouce et l'index sur le nœud et le fit glisser le long de la corde.

Le nœud se défit et le magicien leur montra alors la corde réparée, comme neuve.

Les enfants en eurent le souffle coupé. Ils reculèrent comme un seul homme, s'écartant de ce sorcier. Il secoua la corde intacte dans leur direction puis la fit tournoyer en l'air, les terrifiant encore davantage et les faisant s'enfuir et se bousculer dans leur confusion. Une seconde plus tard, Nerys se retrouva en seule compagnie du magicien avec, pour unique fond sonore, des bruits de pas précipités et les jappements d'un chien.

L'homme s'inclina. Il était de taille moyenne mais il avait le torse large et musclé, avec une crinière de cheveux fauves. Elle savait où elle l'avait déjà vu.

« Voulez-vous me suivre ? » demanda-t-il poliment. Il enfouit son morceau de corde dans une poche, rengaina son couteau et reprit son fardeau sur ses épaules. Deux ou trois tournants dans les ruelles et un chemin dévoré par les mauvaises herbes les menèrent à une large boucle du Jhelum. Il y avait des lumières partout, dans les hautes maisons et sur les bateaux qui tanguaient doucement, et de la musique résonnait gaiement au-dessus de l'eau.

L'homme s'arrêta et s'inclina à nouveau. « Je m'appelle Rainer Stamm », dit-il en tendant la main.

Elle la lui serra, laissant son énorme main envelopper la sienne.

« Je m'appelle Mme Watkins. » Cela lui semblait froid, alors elle ajouta : « Nerys Watkins.

— Enchanté, Madame anglaise Watkins. »

Il se moquait d'elle. Nerys retira sa main. « Je suis galloise.

— Je vous prie d'excuser mon erreur. »

Suisse ou quelque chose du genre, voilà comment Myrtle l'avait décrit. En tout cas il n'était pas britannique, Nerys en était certaine. Il était trop sûr de lui, trop railleur avec son grand sourire. En résumé trop… *léonin*, pouvait-on dire cela ? « Merci de m'avoir secourue. »

Son beau héros la regarda. « Vous n'aviez pas besoin d'être secourue. Vous vous en seriez très bien sortie toute seule. J'ai juste fait diversion.

— Comment avez-vous fait cela, d'ailleurs ? » Nerys désigna le morceau de corde qui dépassait de sa poche.

« Ah, on appelle cela le tour de la corde coupée. Voulez-vous que je vous montre ? Cela pourrait s'avérer utile, la prochaine fois que vous vous perdrez dans le bazar. Ma maison est juste là. Je pourrais peut-être vous offrir un verre avec la leçon, maintenant que les présentations sont faites. »

Rainer Stamm montra du doigt l'une des belles maisons anciennes de Srinagar, à quelques mètres de là, le long du *ghât*, construite en briques et en bois et décorée de sculptures. Ses fenêtres à pignons donnaient sur l'eau.

« Non, merci. » Nerys sourit poliment. « Je dois y aller. Mes amis doivent se demander où je suis passée.

— Bien sûr. Je vous ai vue au club avec Mme McMinn, je crois. Je vais appeler un batelier. » Un instant plus tard une *shikara* arriva à leurs pieds.

« Ces petits diables ne vous ont rien volé au moins ? » demanda-t-il l'air de rien.

Nerys mit spontanément la main sur son cou, où le col de son chemisier bâillait. « Le grand a pris ma broche. »

« Je veux que vous la gardiez, avait insisté Myrtle. Elle vous va mieux qu'à moi. » Sa décision était prise et Nerys savait que cela ne servait à rien de protester. Depuis, elle portait la broche presque tous les jours.

Rainer Stamm se pencha et plaça délicatement son doigt dans le creux à la base de sa gorge. « J'en suis désolé », murmura-t-il.

Nerys se raidit, mais il avait retiré sa main. Le batelier sifflait doucement entre ses dents et elle se tourna vers le fleuve.

Rainer lui offrit son bras, mais elle fit mine de ne pas le voir. Elle se hissa avec peine sur le bateau qui tangua violemment, lui faisant presque perdre l'équilibre. Le batelier, du haut de son perchoir au niveau de la poupe, lui dit de faire plus attention. Elle s'effondra sur les coussins, irritée par sa gaucherie. Elle devrait emprunter à Archie l'argent de la course en arrivant. Mais, comme s'il avait lu dans ses pensées, Rainer donna un billet à l'Indien.

« Merci encore », lança-t-elle de sous l'auvent.

Rainer se toucha le front. Il indiqua au batelier : « Lac Dal, le bateau *Jardin d'Éden.* »

Il voulait qu'elle sache qu'il savait où elle habitait. Il serait difficile, devinait-elle déjà, d'éviter Rainer Stamm à l'avenir.

L'Indien enfonça sa pagaie et le bateau partit dans un doux bruissement.

« Bonne nuit ! » lança le magicien resté sur la rive.

CHAPITRE SEPT

L'orchestre commença à jouer et le maharajah lui-même invita Mme Fanshawe pour la première valse du Bal d'automne du Résident.

Nerys les observait assise sur une chaise dorée sur le côté de la salle de bal. Mme Fanshawe en lamé argenté, avec des plumes plantées dans ses cheveux, était complètement éclipsée par son partenaire, vêtu d'une redingote en brocart vert jade et coiffé d'un turban portant une énorme émeraude au milieu d'une grappe d'autres pierres précieuses. Après l'intervalle respectueux de rigueur, la piste se remplit peu à peu d'autres couples, des épouses et des jeunes filles européennes portant, avec leur robe de bal, des gants blancs montant jusqu'au coude, selon le protocole de la Résidence, au bras d'une poignée d'officiers indiens et britanniques en uniforme, de civils corpulents en smoking, de beaux hommes de l'escorte du maharajah, ainsi que des représentants des différents échelons supérieurs du personnel de la Résidence. Un parfum de lavande séchée, de camphre et de poudre pour le visage emplissait la pièce.

Les femmes des invités hindous ne dansaient pas en public, mais elles avaient assisté au dîner, splendides dans leurs saris en soie, comme une volée d'oiseaux exotiques. Nerys se demandait si elles s'étaient retirées dans l'un des salons de la Résidence pour admirer les cascades de bijoux en or des unes et des autres ou pour se livrer en privé à d'avides commérages. Au dîner, autour des assiettes en argent et des verres en cristal, la conversation générale avait tourné autour du froid inhabituel pour la saison, de la probabilité menaçante que la guerre gagne l'Asie, des inconvénients des rationnements à venir et – à voix basse – du dernier scandale social à Srinagar. Nerys n'était dans la ville que depuis trois semaines mais elle avait déjà rencontré Angela Gibson, l'épouse au centre des derniers chuchotements, et on lui avait montré son mari à plusieurs reprises.

Il était étrange de se rendre compte avec quelle rapidité on pouvait être entraîné dans ce tourbillon, même quelqu'un d'aussi socialement marginal qu'elle.

L'idée des murmures et des commérages la fit se redresser sur sa chaise et défroisser le bas de sa robe de bal, la première qu'elle ait jamais eue. Elle était en soie rose, réalisée par le tailleur de Myrtle d'après un modèle du *Compagnon de mode de la dame coloniale*, et elle la portait ce soir-là avec un corsage et une paire de longs gants blancs prêtés par son amie. Cette dernière lui avait aussi fait un chignon, lui avait glissé une goutte de parfum français derrière les oreilles et l'avait même un peu maquillée.

Une fois posée la touche finale, Myrtle avait reculé pour admirer son œuvre. « Nerys Watkins, tu as une bouche digne d'une star de cinéma, avait-elle proclamé. Si j'étais un homme, je voudrais rejoindre les autres dans la queue pour l'embrasser.

— *Quoi ?* » Nerys avait examiné son reflet qu'elle reconnaissait à peine.

Myrtle avait ouvert son sac à main orné de perles pour y ranger son briquet et son étui à cigarettes doré. « J'ai dit *si*, chérie. Je ne suis pas comme ça, pas même dans mon horrible pensionnat où ce genre de pratiques n'était pas inconnu, crois-moi. Mais si nous devons toutes nous passer de nos hommes pendant encore longtemps, qui sait ? »

Souriant au souvenir de cet échange qu'elle aurait encore trouvé profondément choquant quelques semaines plus tôt,

Nerys regarda autour d'elle à la recherche de son amie. Myrtle portait une robe simple en satin doré, se distinguant de ses compatriotes britanniques poudrées par sa coupe courte et ses lèvres écarlates. Sans grande surprise, elle était au centre d'un cercle d'hommes intéressés, mais Nerys aurait parié l'héritage de ses grands-parents – ou plutôt ce qu'il en restait, après qu'elle en eut donné une part substantielle au tailleur – qu'Archie McMinn n'avait pas de raison de s'inquiéter.

Le rubicond M. Fanshawe dansait à présent le fox-trot, guidant une femme potelée habillée en violet de douairière. Nerys était loin d'être assez haut dans l'ordre hiérarchique pour être honorée d'une danse, mais le Résident l'avait accueillie cordialement à la réception précédant le dîner. « Madame Watkins, bienvenue à Srinagar. Mme McMinn s'occupe bien de vous ? Votre mari nous rejoindra-t-il bientôt ? »

Elle avait expliqué qu'Evan était encore très occupé par son travail de missionnaire à Kargil, mais qu'il espérait atteindre le Cachemire avant que l'hiver ne rende le trajet impossible. Alors qu'elle prononçait ces mots, elle avait entendu l'alerte de vent froid, tranchant de glace, qui faisait vibrer les branches des platanes d'Orient dans les jardins moghols.

« J'ai hâte de faire sa connaissance », avait répondu le Résident, avec sa politesse bien rodée.

Nerys étudiait les boutons en perles de son gant, au niveau du poignet. Que penserait Evan s'il la voyait maintenant, si élégante et maquillée, ayant un peu le vertige après plusieurs verres du punch aux fruits de la Résidence ?

Elle se dit que, comme il n'était pas là, ce qu'il penserait ou non n'avait pas vraiment d'importance.

La chaise dorée juste en face d'elle fut retournée d'un geste brusque. « Bonsoir, Madame Watkins, dit une voix d'homme. Nous nous sommes rencontrés de façon peu orthodoxe, mais peut-être passerez-vous outre. »

Elle leva les yeux et vit une chevelure fauve et un large sourire. « Bonsoir, Monsieur Stamm », répondit-elle.

Il ne portait pas de chaussures de danse en cuir verni, comme les autres invités masculins, mais une paire de richelieus noirs pratiques, légèrement bordés de boue. Le reste de sa tenue n'avait rien de spécial, mis à part que ses vêtements n'étaient pas brossés, mais il ressortait tout de même plus que n'importe quel autre homme de la pièce, même que le maharajah.

L'orchestre jouait à présent plus fort, à un tempo plus rapide, et les lustres étincelaient encore plus vivement.

« M'accorderez-vous cette danse ? »

Son expérience en la matière était extrêmement limitée, mais elle trouva cette danse très différente des autres. Il lui prit la main exactement comme il fallait, avec la fermeté nécessaire, et elle sentit la chaleur de ses doigts à travers son gant blanc. Il posa sa main gauche dans le creux de son dos et cette caresse lui fit brusquement prendre conscience de la finesse des trois épaisseurs – elle les compta dans sa tête – de tissu glissant qui séparait sa chair nue de la sienne.

Ils parcouraient la piste, la frôlant à peine. Quand enfin son regard croisa celui de son partenaire, elle vit qu'il brillait de plaisir et d'amusement. Rainer fredonnait l'air de la valse, et il était si proche d'elle qu'elle sentait ces vibrations passer de sa cage thoracique à son propre corps, liant le rythme de leurs pas pour les transformer en une seule et même personne, parfaitement en accord et toujours les yeux dans les yeux. Il était assez bon danseur pour la convaincre qu'elle l'était aussi.

Nerys pensa qu'il vaudrait mieux dire quelque chose. « Votre tour de corde était très astucieux.

— Merci. Il faudra que vous me laissiez vous montrer certains de mes autres effets.

— Vous êtes magicien, alors ?

— Il n'y a rien de magique dans la magie, c'est le triste secret. Ce n'est que de l'entraînement et un art de la présentation.

— Oh non ! Et moi qui croyais que c'est en soufflant sur le nœud que j'avais réparé la corde.

— Qui sait », murmura-t-il.

Quand la valse se termina, ils restèrent dans une bulle de silence, main dans la main, jusqu'au début de la suivante. À présent ils discutaient en dansant, comme des amis.

C'est un peu plus tard – ou, peut-être, bien plus tard – que Nerys remarqua que Myrtle les observait du bord de la piste, la tête penchée sur le côté et la lumière faisant miroiter les pinces en diamant de sa robe.

« Nous avons attiré l'attention de votre chaperon », déclara Rainer Stamm.

Nerys s'écarta, faisant mine d'être offusquée. « Monsieur Stamm, je suis une femme mariée. Je n'ai nul besoin d'un chaperon. »

Son rire s'éleva du même endroit que son fredonnement. « Appelez-moi Rainer, je vous en supplie.

— D'accord, Rainer.

— Nerys, répéta-t-il avec douceur, plaçant les syllabes sur la musique. Donc, Nerys… »

Avec une insistance sur le *r* et une terminaison sifflante, elle se dit qu'il donnait à son nom banal une élégante mélodie. « Puis-je vous poser une question ? commença-t-elle, et il inclina la tête encore plus près. Les enfants avec qui j'étais lorsque vous m'avez secourue l'autre soir, les plus petits, vous les avez vus ?

— Je ne vous ai pas secourue. Mais oui, je les ai vus.

— J'étais allée chez eux parce qu'ils essayaient de me vendre un châle. Ils sont très pauvres.

— Comme beaucoup de gens à Srinagar.

— Je sais bien. Mais il se trouve que cette famille m'a trouvée moi et j'ai l'impression de ne pas avoir été à la hauteur. »

Les jours suivants cette rencontre, elle avait beaucoup pensé à cette petite famille et à leur unique pièce nue, au visage anguleux de la fillette et au sourire exténué de la mère.

« Que voulez-vous donc faire pour eux, Nerys ?

— Je suis femme de missionnaire », commença-t-elle.

Rainer la fit tourner un peu plus vite que nécessaire et sa main lesta sa colonne vertébrale. « Ah oui ? Alors vous souhaitez les convertir, c'est cela ?

— Non. Ce n'est pas que je ne soutiens pas la mission de mon mari, bien sûr que si, mais je n'ai pas tout à fait le même… le même désir de sauver des âmes

— En supposant qu'elles ne soient pas déjà sauvées par une différente voie ?

— Oui, si vous voulez. L'année dernière nous habitions à Leh. »

Il la regardait et elle remarqua que ses yeux avaient une couleur de sucre d'orge. « Je connais Leh.

— J'y étais institutrice. Je ne me fais aucune illusion sur la valeur de mon enseignement mais, pour ces enfants, c'était mieux que rien. Ils recevaient un repas convenable, et nous jouions et chantions.

— Il y a des écoles à Srinagar. »

Elle soupira. « Oui. Bien sûr. »

Une autre danse se terminait et les gens se pressaient vers la salle à manger. Nerys aperçut la fille qu'elle avait vue au club avec Myrtle – Caroline Bowen, si ses souvenirs étaient exacts – au milieu de la pièce. Elle avait les pommettes rouge écrevisse. Son partenaire était un jeune Cachemiri, grand et beau, à l'air très sûr de lui. Il s'inclina de façon exagérée et recula.

Nerys frissonna en sentant les doigts de Rainer lui effleurer la colonne vertébrale sans vraiment la toucher. Elle se força à se concentrer sur ses paroles tandis que l'autre main de son cavalier libérait doucement la sienne.

« D'après ce que vous me dites, j'ai l'impression que ces gens sont des fileurs de fibre de pashmina. La triste réalité est que le travail auquel ils contribuent, la production de châles *kani*, est superbe mais lent et plus tellement recherché. Les usines en Angleterre ou en Écosse peuvent reproduire les motifs traditionnels à un coût bien moindre et produisent des châles de type cachemiri pour une fraction du prix. Les biens sont réexportés vers l'est et les travailleurs locaux sont éjectés du marché. »

Kani : voilà le mot que l'enfant répétait.

Nerys regarda autour d'elle, ces épouses, ces filles audacieuses et séductrices avec tous leurs vêtements et accessoires à la mode, sans doute pas la dernière mode – même elle s'en rendait compte – à cause de la distance qui les séparait de l'Europe et des exigences de la guerre mais, quoi qu'il en soit, l'argent était bel et bien palpable.

« Êtes-vous riche, Nerys ? »

Elle secoua la tête. « Plutôt l'inverse. »

Le visage de Rainer s'adoucit et elle remarqua les plis pâles autour de ses lèvres et de ses yeux, là où le soleil n'avait pas frappé. « Peut-être y a-t-il quelque chose que vous pourriez faire pour cette famille. Néanmoins, je ne peux en parler maintenant, trop préoccupé que je suis à guetter l'officier de cavalerie qui va jaillir d'une seconde à l'autre pour vous arracher à moi.

— Je ne connais aucun officier de cavalerie.

— Vous m'en voyez soulagé. Puis-je vous accompagner à votre souper, madame ? »

Nerys prit le bras qu'il lui offrait. Elle avait la tête qui tournait : leur relation galopait à toute vitesse, sautant les haies de la convention et se ruant vers… elle ne savait ni où, ni quoi. Elle devait informer Rainer qu'Evan arriverait bientôt à Srinagar et lui dire clairement qu'ils avaient l'intention de retourner à Leh, sans doute au printemps, pour y continuer le travail de la mission non-conformiste. Voilà qui serait approprié.

Un bruit retentit soudain du milieu de la pièce.

Une voix féminine s'était élevée laissant place à des murmures tandis que la foule s'écartait.

Nerys vit d'abord l'homme aquilin à l'allure impérieuse, souriant dans son élégant et long manteau en soie. Puis vint Caroline Bowen, la tête baissée pour cacher son visage écarlate. Elle marchait si vite pour s'éloigner de lui qu'elle se prit le pied dans la traîne de sa robe et faillit trébucher. Nerys lui attrapa le bras et la soutint, et elles chancelèrent maladroitement jusqu'à ce que la jeune fille retrouve son équilibre. « Désolée », lança-t-elle. Elle semblait sur le point de fondre en larmes ou d'éclater de rire, comme si elle ne savait pas de quel côté ses émotions pencheraient.

« Tout va bien ? demanda Nerys.

— Parfaitement, insista-t-elle, avec un air de gaieté folle. Parfaitement. J'ai juste chaud. Un peu d'air frais me fera du bien. » Elle s'éventa le visage avec sa main et se détourna.

« Je viens avec vous », déclara Nerys. Se frayant un passage entre les visages attentifs à la scène, certains narquois, certains inquiets, d'autres simplement curieux, Myrtle arriva à son tour. Nerys et elle se mirent chacune d'un côté de Caroline et les trois femmes quittèrent la pièce, balayant le sol de leurs robes. Nerys eut juste le temps de se retourner vers Rainer qui hocha la tête calmement.

Il y eut moins de regards inquisiteurs dans le vaste hall d'entrée de la Résidence. Myrtle orienta le coude ganté de Caroline. « Tu connais la maison. Où pouvons-nous être tranquilles ? »

La jeune fille hésita. Elle semblait à présent bien plus proche des larmes que du rire hystérique. « Je n'arrive pas à réfléchir. Attends une minute – il y a le petit salon. »

Elle les mena à une porte fermée, gardée par un domestique de la Résidence en livrée rouge, toutefois celui-ci s'inclina respectueusement et leur ouvrit dès qu'il reconnut Caroline.

Le petit salon de la Résidence était décoré et meublé à l'anglaise. Il y avait des canapés recouverts de chintz et des tables où s'empilaient livres et magazines. Un piano à queue se tenait près de la baie vitrée aux grands rideaux et seules les fleurs – des cannas écarlates, des amarantes crête de coq et des glaïeuls chatoyants, au lieu des pois de senteur et des dauphinelles – permettaient de voir que l'on n'était pas dans la campagne anglaise. Myrtle conduisit leur compagne vers l'un des canapés pour l'asseoir. Immédiatement, le corps tout entier de Caroline se mit à trembler. Elle enfouit son visage dans ses mains pour étouffer un sanglot tandis que des larmes ruisselaient sur ses joues et trempaient ses gants.

Myrtle la prit par les épaules et la secoua avec force. « Écoute-moi. Tu ne peux pas, tu ne *dois* pas, te donner en spectacle de la sorte. Jamais plus. Tu m'entends ? Même si la situation est terrible – et tu ferais mieux de nous le dire tout de suite – tu dois sauver les apparences. C'est ton *devoir.* Ton mari est officier dans l'armée indienne, tu es une amie de la famille des Fanshawe. Tu leur dois au moins une attitude digne. Et toi, accessoirement, tu te dois bien plus encore. »

Les sanglots de la jeune fille redoublèrent. « C'est plus fort que moi, s'étrangla-t-elle. Je l'aime. »

Myrtle soupira. Elle tapa sur l'épaule pâle et soyeuse de Caroline et attendit que la tempête de sanglots atteigne son apogée avant de s'essouffler. Elle sortit un mouchoir amidonné de son sac à main et le lui tendit.

« Dois-je m'en aller ? murmura Nerys.

— Oui, dit Caroline dans un hoquet.

— Non, répondit Myrtle. Nerys est une amie et tu vas en avoir besoin de plus d'une, ma fille. Tu es prête pour un verre d'eau ?

— Je préférerais un whisky.

— Je crois que tu as assez bu comme ça. »

Une carafe et deux verres en cristal taillé étaient posés sur un plateau. Nerys versa de l'eau dans un verre qu'elle plaça dans la main de Caroline. Celle-ci renifla tristement et but à petites gorgées, la tête basse.

« Bon. » Myrtle alluma une cigarette. Nerys entendait la musique de la salle de bal. Pendant cet interlude du souper, l'orchestre s'essayait à un morceau de Debussy, moins indulgent pour les défauts des musiciens que les pièces dansantes.

« Je l'aime », répéta Caroline. Cette fois-ci, sa voix avait un petit accent de défi.

« Très bien. Si tu le dis. Ce sont des choses qui arrivent. »

Par-dessus la tête de la jeune fille, Myrtle croisa le regard de Nerys. Elle fit une grimace comme pour souligner la gravité de la situation, mais ensuite elle contrebalança son effet en clignant de l'œil. « Mais tu es britannique, et mariée. Il y a certaines façons de gérer des liaisons comme celle-là et, je ne saurais trop insister là-dessus, faire une scène en public n'en est pas une. Que pensais-tu ? Crois-tu que Ravi Singh apprécie ta discrétion et ton respect des convenances ?

— Je n'avais pas l'intention de faire une scène.

— Tu as pourtant réussi. » Le ton de Myrtle restait glacial, mais elle avait pris la main de Caroline dans les siennes. « Dis-nous ce qui se passe, hein ? Nous pouvons trouver une solution toutes les trois, tu sais.

— J'ai reçu une lettre de… de mon mari. Le régiment s'est vu accorder une permission de dernière minute, de quarante-huit heures, et il sera là demain. J'ai attendu que Ravi m'invite à danser, et il a bien suivi le protocole, en invitant d'abord Rosalind Dunphy et Jean Whittaker, il n'y avait donc aucune raison que ces vieilles sorcières du club remarquent quoi que ce soit. Puis je le lui ai dit. Je pensais qu'il... qu'il... »

Deux autres grosses larmes tombèrent sur la robe de Caroline.

« Tu pensais qu'au moins il serait jaloux, n'est-ce pas ? Tu rêvais même qu'il te défende de voir ton mari. Ton chevalier galant allait te prendre sur son cheval et s'enfuir avec toi. Mais au lieu de ça il a fait la révérence et changé de sujet. A-t-il fait des commentaires sur l'orchestre, ou le temps froid, ou les nouvelles de guerre ? Et alors tu as crié ta déception et ton désespoir devant tout le monde ?

— Ça ne s'est pas passé comme ça. Tu ne comprends pas. » Caroline était maintenant si pâle que Nerys crut qu'elle allait se trouver mal.

Myrtle l'enveloppa de son bras et fit reposer la tête de la jeune fille sur son épaule. « J'essaie de comprendre, dit-elle avec douceur. Tu crois que c'est ton seul espoir de romance, ton premier, ton dernier, ton seul espoir, et tu ne peux pas le laisser filer, même si tu sais au fond de toi que Ravi Singh n'est pas vraiment quelqu'un pour toi. Mais il est beau et viril, et il t'a murmuré toutes sortes de mots tendres que personne ne t'avait jamais dits auparavant, c'est cela ? »

Muette, Caroline hocha la tête.

« Évidemment. Tu es très jolie, et tu flattes son ego. Mais ça ne va plus loin. Ravi épousera quiconque sa mère choisira pour lui. Il est le cousin du maharajah. Sa place est ici, au Cachemire, même si Srinagar est une ville en proie aux troubles. Je sais que tu as des rêves, que tu serais prête à faire des sacrifices pour lui, mais une Anglaise divorcée ne s'assortirait pas à ce tableau, chérie. Il choisira une femme issue d'une famille Dogra, comme la sienne, et vous vous oublierez.

— Non. » La tête de Caroline fouettait l'air. « Jamais. »

Myrtle lui caressa la main. « Je crois que nous sommes face à deux problèmes et que tu les confonds.

— Ah vraiment ? » C'était au tour de Caroline d'adopter un ton froid. Nerys trouvait qu'avec ses grands yeux bleus, ses boucles blondes et la rangée de perles autour de son cou pâle, elle était l'incarnation parfaite de la rose anglaise égarée en Inde.

« Oui. Le premier problème c'est Ravi, et la toquade que tu as pour lui. Non, attends une minute, écoute ce que j'ai à dire. Le deuxième, c'est Ralph. Si tu n'arrives pas à aimer ton mari, tu sais, chérie, si tu n'arrives pas à faire marcher votre couple, peut-être ne devrais-tu pas gâcher ta jeune vie à essayer. Après cette guerre, rien ne sera plus comme avant, pas même le mariage et la façon de penser en Angleterre. Si tu veux le quitter, nous t'y aiderons. N'est-ce pas, Nerys ? Mais ce sera pour obtenir ton indépendance, pas pour te jeter dans les bras de Ravi Singh pour te remonter le moral.

— *Je ne peux pas quitter Ralph.* » Caroline dégagea sa main. « C'est impossible.

— Je vois. » Myrtle choisit d'ignorer la contradiction. « Bon. Je suis contente que tu sois claire sur ce point. Mais si ton intention est d'être une bonne épouse, dans le sens officiel du terme, et de garder la tête haute à Srinagar ou dans tout autre endroit où Ralph sera rattaché, alors tu dois être discrète. Je ne te conseillerai pas de ne pas avoir de liaisons – il suffit de regarder autour de toi pour reconnaître que ce serait peine perdue – mais, je t'en supplie, ne choisis pas n'importe qui. La vérité prosaïque de la romance est qu'elle est éphémère. N'en fais pas ton seul soutien car elle ne pourra porter ton poids. Comme tu es déjà en train de le découvrir. »

Comme tu es sage Myrtle McMinn, pensait Nerys.

Le visage sévère de Myrtle était à présent rempli de compassion, mais il n'y avait rien de sentimental dans tout cela. Elle avait l'esprit pratique et, bien qu'Evan la trouverait immorale, elle avait sa propre moralité.

Caroline se mordit la lèvre. Puis elle s'efforça de sourire, mais ses yeux restaient pleins de tristesse. « Vous êtes gentilles. Toutes les deux. Je vous suis reconnaissante, honnêtement. Je crois que je vais rentrer à présent. Quand vous direz bonsoir à Mme Fanshawe, pourrez-vous lui dire que je ne me sentais pas bien et que je me suis éclipsée pour ne pas la déranger ? »

Dehors, une longue file de voitures s'étendait dans l'obscurité. L'allée de la Résidence était bordée de torches enflammées dont les panaches de fumée serpentaient dans l'air. Myrtle et Nerys mirent la jeune fille, silencieuse à présent, dans une *tonga*, puis retournèrent dans la maison pour prendre congé de Mme Fanshawe et lui transmettre le message de Caroline.

La femme du Résident reçut leurs remerciements pour la soirée de bonne grâce. « Comme c'est gentil de votre part de veiller sur Mme Bowen. C'est une jeune femme passionnante, mais je crois qu'elle ne trouve pas la vie facile. »

Un autre serviteur en livrée aida Nerys et Myrtle à enfiler leur manteau. Une Rolls-Royce jaune primevère ronronnait au bas des marches ; flanqué de son escorte et d'autres membres de son entourage, éclairé par la lumière vive des torches en feu, le maharajah se glissa dans sa voiture et s'éloigna.

Les deux femmes s'installèrent sous le baldaquin de leur *tonga* tandis que le cheval se mettait en route dans un bruit de sabots au milieu des voitures et autres véhicules. Elles passèrent sous une voûte d'arbres, puis franchirent la grille avant de se retrouver dans les larges rues de la nouvelle ville. Les villas modernes des Cachemiris pandits et des musulmans prospères se dressaient dans leurs jardins isolés, la lumière jaune des lanternes traversant les branches automnales. Un veilleur était accroupi devant chaque portail et, quand ils passèrent devant l'un d'entre eux, le rythme lent d'un tambour en terre cuite assourdi par les plis d'une couverture résonna en écho aux sabots du cheval.

Au bout d'un long silence, Myrtle déclara : « Tu sais, si j'étais mariée avec Ralph Bowen, je ne trouverais pas la vie facile non plus.

— Quel est son problème en fait ?

— Comme dit Archie, il est de l'autre côté. »

Nerys n'avait aucune idée de ce que cela voulait dire. Peut-être Rainer Stamm pourrait-il le lui expliquer.

Le soir suivant, la jeune épouse du capitaine Ralph Bowen se déshabilla en silence dans la salle de bains du petit pavillon des mariés à l'extrémité de l'enceinte de la caserne. Il était séparé de ses voisins par une clôture et deux sillons aussi poussiéreux l'un que l'autre, honorés du nom de plates-bandes. Les murs du pavillon étaient minces et Caroline avait toujours l'impression qu'elle devait se déplacer avec prudence afin que ses voisins ne sachent pas exactement ce qu'elle faisait à toute heure du jour et de la nuit.

Elle se brossa les cheveux pour qu'ils tombent joliment sur ses épaules et arrangea le jabot en soie de son peignoir de voyage de noces. Celui-ci laissait voir une bande de sa gorge et de son buste ainsi que la rondeur de sa chair un peu plus bas. Elle savait à présent qu'elle était exquise dans cette tenue. C'est du moins ce que l'expérience lui avait montré. Sa détermination première faiblit l'espace d'un instant, mais elle se débarrassa de toute pensée sans rapport avec Ralph, qui était allongé sur leur lit derrière la porte.

Caroline fit un essai de sourire, et le miroir lui refléta un mouvement de lèvres triste et maladif. Loin d'être convaincant. Elle tira sur le peignoir pour qu'il s'ouvre un peu plus, secoua sa chevelure et élargit son sourire. Puis elle s'avança vers son mari.

Ralph Bowen lisait un magazine, sur lequel elle aperçut une photo de chasse avec des chiens au premier plan et, derrière, des champs et des taillis. C'était un très vieux numéro – il était chez eux depuis des mois. Ralph portait son pyjama bleu rêche resserré aux poignets. Elle se dirigea lentement vers son côté du lit et se planta là où il était obligé de la voir.

Le silence était pesant et, n'en pouvant plus, elle le rompit. « Je suis contente que tu ne dormes pas encore », dit-elle à voix basse, d'un air taquin.

Elle fut soulagée de voir que les mots sortaient de sa bouche assez naturellement. Ralph tourna une page. Il avait bu deux whiskys après leur dîner frugal, mais il n'était pas ivre. Caroline se disait que cela pourrait aussi bien tourner en sa faveur qu'en sa défaveur.

Elle avait tout planifié à l'avance, mais il était difficile de mettre son projet à exécution quand il ne daignait même pas lever les yeux vers elle. Tant pis. Elle défit lentement la ceinture de son peignoir et dénuda ses épaules. Elle maintenait le tissu fermé sur sa poitrine, puis le laissa peu à peu glisser. L'air froid lui gelait le dos et les fesses. Bientôt, les nuits seraient glaciales et tout le monde devrait transporter son feu d'appoint.

Le peignoir faisait à présent des vaguelettes à ses pieds. Caroline inspira et se redressa, entièrement nue.

Tu es divine, lui avait dit l'autre dans un souffle.

« Ralph, regarde-moi. »

Il posa son magazine et leva les yeux. Il avait de longs cils blonds, un visage et un cou rouges qui pâlirent brusquement. « Qu'est-ce que tu fais ? »

Caroline fit un tour sur elle-même, d'une façon qu'elle espérait voluptueuse, lui faisant voir la courbe de ses fesses, la saillie de ses hanches et la douce rondeur de son ventre. « Tu vas partir à la guerre, murmura-t-elle, et je suis si fière de toi. Je veux être tienne avant ton départ. »

Elle se déhancha vers lui, le regardant, jusqu'à arriver au bord du matelas. Les yeux de Ralph parcouraient son corps. Au moins il n'était plus absorbé dans sa lecture.

« Fais-moi l'amour », implora Caroline.

Elle repoussa la couverture poilue à l'odeur de naphtaline et un drap de son trousseau que leur *dhobi-wallah* n'avait pas très bien lavé. Elle s'allongea sur l'espace étroit qui séparait Ralph du bord du matelas, modelant son corps contre le sien. En même temps, ses doigts commencèrent à défaire les boutons puis la large ceinture de son pyjama. Chaque centimètre de son corps était rigide, à l'exception de ce qui comptait. Cela reposait dans sa main, flasque.

Elle ferma les yeux, concentrée. Elle plaça ses seins contre ses côtes et laissa sa chair réchauffer doucement la sienne. D'abord il ne bougea pas puis, à contrecœur et avec maladresse, Ralph se tourna vers elle pour qu'ils soient face à face. Il l'embrassa sur la bouche, sa moustache lui éraflant les lèvres.

Encouragée, Caroline continua à le caresser, mais rien ne se produisait. Elle s'y attendait alors, au lieu d'abandonner, elle déploya tout son corps contre lui. Puis elle s'appuya sur un coude afin de le regarder de haut. Ses cheveux fins, couleur paille, étaient en arrière, révélant son front touchant, rond et enfantin. Il avait les yeux grands ouverts, les bords rougis par le soleil et le whisky, avec leur habituel air furieux.

« Je t'aime », chuchota Caroline.

Maintenant qu'ils étaient en bon chemin ce ne serait plus si difficile. Tout allait bien se passer.

Aucun homme ne pourrait te résister, avait gémi l'autre dans ses bras. *C'est l'extase totale.*

Elle n'arrivait plus à repousser ses souvenirs. Elle cessa de s'y forcer et, en frissonnant, laissa les tendres scènes emplir son esprit, se pliant comme des voiles entre elle et Ralph.

La première fois avait été lors de leur pique-nique champêtre. Ravi l'avait assurée que d'autres gens viendraient avec eux mais, quand il était venu la chercher, il était seul dans une de ses voitures rutilantes, avec une série de paniers au niveau du siège repliable. Dangereusement taquin, il lui avait baisé la main avant de lancer :

« Alors, en fin de compte, nous ne serons que tous les deux, belle Caroline. Pensez-vous que vous serez en sécurité avec moi ? »

Elle était si heureuse qu'elle n'avait pas pensé une seconde à sa sécurité. Mais, de toute façon, en quoi était-ce important ?

Ils étaient partis dans la campagne indienne, le long de la route poussiéreuse en direction du village de Pahalgam, passant au milieu des troupeaux de chèvres et de moutons. C'était un après-midi argenté de mi-été et, une fois sortis de la ville, ils filèrent à l'ombre des saules et des peupliers, dépassant des rizières en terrasse où les villageois travaillaient courbés en deux à l'ombre de chapeaux coniques. Tout était vert et luxuriant et, quand ils s'arrêtèrent, le seul bruit était celui des grillons bruissant dans la chaleur. Il y avait un petit pavillon à côté d'une pommeraie, et Ravi tourna la clé dans la serrure et ouvrit grand les portes. À l'intérieur il y avait un plancher en cèdre, rendu gris par le manque d'entretien, des canapés aux coussins moelleux et un vieux narguilé sur une élégante table basse.

« Qu'est-ce que cet endroit ? » demanda-t-elle, passant son doigt sur la poussière.

Il haussa les épaules en défaisant les paniers. « Ça appartient à ma famille – juste un pavillon d'été pour venir profiter de la vue. Personne ne l'utilise en ce moment, comme vous le voyez. »

On voyait les montagnes, des rangées de conifères sombres grimpant jusqu'aux arêtes pour rejoindre des pentes brunes escarpées et des pics qui s'élevaient en dentelures à deux dimensions dans le ciel perlé. Caroline savait déjà que, comme tous les Cachemiris, Ravi aimait et révérait les montagnes.

« Venez, asseyez-vous là », ordonna-t-il. Les fenêtres ouvertes donnaient sur un enclos d'herbe tachetée de soleil. Des papillons jaune vif virevoltaient dans l'air. Il n'y avait plus qu'eux sur terre quand Ravi commença à l'embrasser. Parce qu'il se comportait toujours comme s'il avait un temps infini à consacrer à tout ce qu'il entreprenait, comme si rien n'était plus important que ce qu'il faisait, il n'y avait aucun sentiment d'urgence, aucun compromis. Elle l'avait vu agir ainsi avec son cheval, lui caressant les flancs de sa main, ou avec des plats élaborés qu'il dégustait en fermant les yeux afin de se concentrer sur les nuances des épices, ou lors de l'achat d'un bijou pour sa sœur, ou même avec un simple verre de limonade par temps chaud. C'est elle à présent qui bénéficiait du luxe de cette concentration.

Il mit quinze minutes à déboutonner la manchette de son chemisier et à relever la manche en lin, pli après pli, afin d'exposer le creux de son bras. Ce n'était pas la première fois qu'il l'embrassait : il y avait eu des baisers coquins lors de danses, dans des jardins ou derrière les rideaux d'une *shikara,* mais c'était la première fois que Ravi la plaçait au-dessus de tout le reste. Quand la bouche de Ravi quitta la sienne pour descendre dans son cou puis, avec une lenteur infinie, vers sa poitrine, elle fondit littéralement. Il n'avait pas besoin de lui demander quoi que ce soit : elle lui aurait tout permis.

Non. Elle l'aurait supplié.

Méticuleux, Ravi la déshabilla entièrement. Il plaça ses chaussures l'une à côté de l'autre, aussi délicatement que si elles étaient en sucre. L'air chaud caressait sa peau et le bourdonnement des grillons emplissait ses oreilles. Il examina ses membres, la courbe de sa taille, la concavité symétrique de ses cuisses et la forme de ses orteils. « Tu m'enivres », dit-il dans un souffle.

Enivrée elle aussi par sa propre beauté, enfin, après toute une année de tristesse et de solitude, Caroline arqua son dos contre les coussins du canapé. Rêveuse, elle remarqua le contraste de leurs peaux, crème contre caramel. Ravi retira sa chemise amidonnée et révéla son torse musclé. Elle y passa les doigts et s'arrêta à l'emplacement de son cœur. Il lui sourit, montrant des dents d'une blancheur éclatante, puis il s'agenouilla entre ses cuisses.

Quand il entra en elle, après son premier mouvement rapide, elle poussa un petit cri de douleur malgré elle. Il se figea au-dessus d'elle et elle vit que, pour la première fois depuis leur rencontre six mois plus tôt, Ravi Singh était surpris. Il se retira et tous deux baissèrent les yeux et découvrirent une petite tache de sang.

« C'est ta première fois ? »

Caroline hocha la tête. C'était une chose horrible à admettre pour une femme mariée depuis un an, mais ce n'était pas sa faute. Elle ressentait aussi une vibration de triomphe car c'est à Ravi qu'elle avait offert sa virginité, pas à son mari colérique, toujours critique et de plus en plus absent. L'amour jaillit en elle comme une rivière en crue. Ravi l'avait sauvée et maintenant ils appartenaient l'un à l'autre. Les prairies piquetées de fleurs et les vertes terrasses de la vallée étaient devenues leur royaume intime, maintenant et pour toujours.

Elle lui sourit. « Je suis contente, murmura-t-elle. Ça ne fera plus mal. »

Et ce fut le cas.

Après avoir repris ses esprits, Ravi se montra encore plus tendre envers elle. Plus tard, elle le prit dans ses bras et embrassa ses paupières. Ses cheveux noirs étaient humides de transpiration et les traits de son visage, qu'elle trouvait simplement beaux quelques heures auparavant, lui étaient soudain devenus familiers et précieux dans leurs moindres détails.

Il rassembla ses vêtements et l'aida à se rhabiller, jusqu'aux lacets de ses chaussures. Puis ils s'assirent au milieu des coussins et étalèrent leur pique-nique de fruits cachemiris frais et de crème jaune épaisse. Affamée, Caroline mangea d'une main, riant et renversant la nourriture que Ravi lui présentait car il gardait ses autres doigts entrelacés dans les siens.

« Bon. Dis-moi donc comment cette situation a pu se produire », murmura-t-il, écartant les assiettes et jouant avec les boutons de son chemisier.

Caroline rougit. « Mon mari n'est pas très porté sur la chose. »

Ravi fronça ses sourcils noirs. « Je n'arrive pas à le croire. C'est un soldat, un cavalier, et un homme avant tout. Cela me semble absurde.

— Je m'en souciais beaucoup au départ. J'avais imaginé – eh bien, toutes les choses qu'imaginent les filles et dont elles parlent à voix basse. Ma mère est morte, comme je te l'ai dit et, avant le mariage, ma belle-mère ne m'a aidée qu'avec les... choses pratiques. Nous n'avons pas été fiancés très longtemps. Une fois mariés, néanmoins, Ralph n'a pas fait ce que les maris sont censés faire. Notre voyage de noces n'a duré qu'une semaine. Ensuite il est parti avec le régiment, puis il est tombé malade. Dès sa guérison, il est reparti. Et une année s'est écoulée... ajouta-t-elle d'une voix maussade.

— Je vois, répondit Ravi. Tu as été très seule. »

Caroline se blottit contre lui. « Maintenant ça m'est égal. Je t'ai toi et c'est merveilleux. Je suis si heureuse de t'avoir trouvé. » Elle pensait que cet instant – les grillons dans l'herbe et le doux sifflement de la brise, le soleil étendant ses doigts sur le vieux plancher, sa nouvelle féminité, l'amour de Ravi et une vie retrouvée – était ce à quoi chaque jour de son existence avait mené. Tout était parfait. Elle n'aurait pas changé un seul détail.

« Ma chère », dit-il, et elle prit cela au pied de la lettre. Elle était sa chère.

« Je t'aime », murmura Caroline, laissant toute prudence de côté.

Les lignes du visage de Ravi se durcirent sensiblement. « De l'amour ? C'est à cela que tu crois ?

— Oui, bien sûr.

— Malgré ce que tu as appris depuis ton mariage ? »

Une petite pulsation de tristesse battait dans sa tête, mais elle l'ignora. Caroline regarda son amant droit dans les yeux. « Oui », répéta-t-elle.

En silence, Ravi porta sa main à ses lèvres et lui embrassa chaque phalange tour à tour.

Au cours des quatre mois écoulés depuis ce jour, il y avait eu une douzaine d'autres fois. En plus de leurs heures volées, il y avait eu les habituelles parties de tennis et promenades dans les jardins, ainsi que toutes les réjouissances d'une saison d'été à Srinagar. Pendant ces longues semaines, Caroline avait beaucoup appris sur les hommes et comment agir avec eux, notamment à ne pas laisser échapper de *Je t'aime*. Au lieu de cela, elle boudait et les taquinait. Mais Ravi Singh ne lui accorda plus jamais toute son attention comme la première fois. Ces derniers temps, alors qu'elle était devenue plus dépendante de lui, il semblait même impatient en sa présence, à part lors des brefs moments où ils étaient nus. La nuit précédente, au bal du Résident, quand ils dansaient et qu'elle lui avait dit que Ralph revenait, il l'avait scrutée de sous ses cils noirs.

« Alors maintenant tu vas mettre en pratique ce que tu as appris, hein ? », avait-il dit en souriant.

La brutalité de ses mots l'avait paralysée.

Son amant n'était pas jaloux ; son amant était presque un voyeur. Il l'imaginait joyeusement effectuer sur Ralph les actes qu'elle avait appris de lui. Et, dans un éclair de lucidité, elle avait compris la vérité qu'elle avait jusque-là ignorée : Ravi n'attendait pas le bon moment pour la revendiquer, pas du tout. Il ne faisait que s'amuser avec une Anglaise mariée. Exactement ce contre quoi Myrtle McMinn l'avait mise en garde.

Le choc fut suivi par une indignation bouillonnante. Caroline voulut le frapper, mais Ravi recula immédiatement et fit une révérence mielleuse.

« C'est tout ? C'est tout ce que tu vas dire ? » Sa voix s'éleva, involontairement stridente, et les couples qui dansaient autour d'eux ralentirent leurs pas pour les regarder. Ravi fronça les sourcils, mais sa colère et son désespoir étaient trop grands.

Elle inspira. « Je te déteste », siffla-t-elle, encore de façon trop audible. Avec l'image de l'air renfrogné de Ravi et celle des visages interloqués derrière lui brûlant dans ses yeux, elle s'était enfuie, s'était pris le pied dans sa traîne et avait failli tomber. L'amie de Myrtle puis Myrtle elle-même étaient venues à son secours.

Ce que Myrtle lui avait dit dans le petit salon n'avait fait que souligner la vérité. L'énigme autrefois fascinante de son amour pour Ravi Singh alors qu'elle était mariée à Ralph Bowen s'était, au cours du dernier mois, réduite à cela : un morceau de papier tiré d'un cracker de Noël, avec une charade mal imprimée, qui se désintégrerait et partirait en fumée dès qu'il toucherait le feu.

Caroline avait à présent une préoccupation encore plus urgente et c'est celle-ci qui l'amenait dans leur chambre, portant le trophée honteux de son expérience, à Ralph.

Elle baissa la tête, centimètre par centimètre, sa joue balayant la poitrine de son mari puis son ventre avec ses touffes clairsemées de brins cuivrés. Comme s'il se trouvait étiré sur un chevalet, elle le sentait de plus en plus tendu, ses articulations craquant de manière infime sous son oreille. Elle ferma les yeux et releva la tête, balançant sa chevelure blonde au-dessus de l'aine de son mari. Ralph avait arrêté de respirer. Sa respiration à elle était coincée quelque part dans sa cage thoracique. Elle le prit dans sa bouche. Un bref instant, sa chose tremblota.

Puis il hurla : « Pour l'amour du Ciel, qu'est-ce que tu fabriques ? »

Il la poussa en arrière et sauta du lit comme s'il était en feu, remontant son bas de pyjama d'un geste fébrile.

Caroline le regarda bouche bée. Ralph était cramoisi, les joues tremblantes, le visage exprimant un mélange de colère, de gêne et d'indignation.

« C'est un truc de putain, cria-t-il.

— S'il te plaît, arrête de crier », chuchota-t-elle, imaginant le commandant Dunkeley et sa femme en train de les écouter dans le pavillon d'à côté. Elle s'enroula dans le drap et se redressa.

Ralph s'était entièrement rhabillé. Il était debout, maintenant le lit entre eux comme une barricade, horrifié, les cheveux hirsutes. « Où as-tu appris un truc de putain pareil ? Les femmes décentes ne font pas ce genre de choses. »

Une des autres techniques qu'avait apprises Caroline au cours de sa liaison était comment dissimuler. Elle ouvrit de grands yeux innocents. « Comment sais-tu que c'est ce que font les prostituées ? Ce n'est pas ce qui est dit dans mon livre.

— Quel foutu livre ? Bon sang, de quoi tu parles ?

— *Le guide de l'amour conjugal pour la jeune épouse*, improvisa Caroline. Je l'ai commandé. Il est arrivé dans un paquet très discret, ne t'en fais pas. Je pensais avoir besoin de conseils sur comment encourager mon mari. C'est le cas, n'est-ce pas ?

— Tu es folle ? Donne-moi ce torchon immédiatement. »

Ralph leva le poing, mais elle avait de la suite dans les idées.

« Je l'ai lu, puis brûlé. Je ne voulais pas courir le risque que les serviteurs le trouvent. »

Il la regarda, nez en l'air, comme un chien de chasse essayant de renifler l'ampleur de son mensonge. Elle croisa son regard.

« Tu es répugnante », dit-il enfin, vaincu.

Caroline leva le menton. « Pourquoi m'as-tu épousée, Ralph ?

— Parce que c'est ce que font les gens comme nous. Ils se marient.

— Et ils vivent ensuite ainsi ? Dans une antipathie sans fin, sans rapports sexuels, dénuée de sens ? »

Il tourna les talons d'un mouvement brusque. « Oui, sans doute. Ne sois pas mélodramatique. » Il récupéra son magazine, prit sa robe de chambre en plaid sur la chaise à côté du lit, l'enfila et y glissa son étui à cigarettes et son briquet qui se trouvaient dans la boîte sur la commode.

Caroline le regarda marcher à grands pas vers la porte. Elle fit une dernière tentative, d'une voix douce : « Je suis désolée. C'est notre dernière nuit ensemble, viens te recoucher…

— Bonne nuit », lança-t-il d'un ton sec, et il claqua la porte derrière lui.

Elle se rallongea.

Ravi.

Tu es divine…

Peut-être. Mais elle n'était pas assez désirable ni assez convenable pour qu'il la veuille tout entière. Caroline ne s'était jamais sentie si seule, ni si effrayée, en vingt-deux ans d'existence. Elle réfléchissait en regardant le plafond. Demain son mari partirait avec le régiment. La guerre battait son plein.

Peut-être se retrouverait-elle veuve.

Myrtle et Nerys prenaient leur petit déjeuner dehors, dans la véranda du *Jardin d'Éden*. Les nuits étoilées étaient à présent glaciales, mais ce matin-là le soleil était juste assez chaud pour leur permettre de passer un agréable moment dehors. Une fine couche de brume était suspendue au-dessus de l'eau du lac et des aigles menaçants surveillaient les poteaux d'amarrage. Au loin, des bateaux glissaient sans bruit à travers ce qui ressemblait à des couches de lumière horizontales. Myrtle lisait son courrier, fendant les enveloppes d'un geste vif à l'aide d'un coupe-papier à la poignée en ivoire, examinant le contenu des lettres et les répartissant en trois petits tas bien rangés.

Nerys n'avait reçu qu'une lettre, de la part d'Evan. Il lui parlait de son travail à Kargil, de la difficulté de voyager vers les lointaines vallées du Nord, des privations de sa vie quotidienne – sa satisfaction de moine intensifiée, Nerys en était certaine, par le contraste qu'il imaginait avec son existence sybarite à elle, dans la vallée. Dans la dernière phrase, il lui annonçait qu'il avait l'intention de rester où il était deux semaines supplémentaires.

Elle replia les deux feuilles et les replaça dans leur enveloppe. Puis elle s'appuya sur son dossier et but son thé à petites gorgées, pensive. Majid arriva avec une carafe d'eau fraîche, débarrassa leurs assiettes vides et s'éloigna en silence, pieds nus. Des martins-pêcheurs noir et blanc piquaient vers leur propre reflet tandis qu'une *shikara* s'approchait du house-boat. Les vaguelettes dues à la proue et à la pagaie faisaient danser les nénuphars laissant, au centre de chacun, une goutte de cristal qui brillait un instant au soleil.

« Bonjour », dit Myrtle en levant la tête.

Le batelier s'arrêta au pied des marches. Ce n'était pas le marchand de fleurs ni l'homme qui apportait des poissons du lac tout frais pêchés, enveloppés dans du papier journal, ni aucun autre des marchands familiers qui exerçaient parmi les houseboats. Il se pencha de la poupe de sa *shikara*, mit un pied sur le *Jardin d'Éden* et, en équilibre, tendit un paquet. « Livraison spéciale, m'dame. »

Myrtle le regarda et déclara : « C'est pour toi. »

Nerys ne reconnaissait pas l'écriture noire acérée. Elle donna une pièce au batelier et utilisa le coupe-papier de Myrtle pour ouvrir l'emballage. À l'intérieur, en sécurité sous plusieurs épaisseurs de papier, se trouvait sa broche.

Myrtle était au courant du vol. Elle frappa dans ses mains d'un air ravi. « C'est malin de sa part. Crois-tu que tout cet épisode n'ait en fait été qu'un tour de magie de ton M. Stamm ? Pour t'impressionner ?

— Premièrement, il n'est pas mon M. Stamm. Ensuite, tout s'est déroulé comme je te l'ai décrit. La broche a été arrachée par un groupe d'enfants dans la vieille ville. Je ne vois pas comment il aurait pu tout organiser sans d'abord tous les recruter et les faire répéter, et pourquoi donc aurait-il pris la peine de faire une chose pareille ? »

Elle balaya des yeux la lettre qui accompagnait le bijou. Rainer se demandait si, pour continuer leur conversation du bal, Nerys serait libre pour lui rendre visite chez lui, pour un verre ? Mme McMinn était elle aussi la bienvenue. À six heures ce soir-là. Il donnait son adresse dans la vieille ville.

Nerys tendit la carte à Myrtle.

« Hmm. Plutôt sûr de lui, on dirait ! De quoi avez-vous discuté ? »

Nerys lui parla des enfants qui habitaient derrière le bazar et de son désir encore vague de faire quelque chose pour les aider.

« Alors, tu vas y aller ? » Avec langueur, Myrtle agitait la main pour éloigner la fumée de sa première cigarette de la journée.

« Oui, si tu viens avec moi.

— J'ai l'impression, ma chère, que je tiendrais la chandelle. Je vous ai vus danser l'autre soir. Vous mettiez le feu à la piste. »

D'un geste calme, Nerys accrocha la broche en perles au col de son gilet. C'était celui qu'elle avait porté à la fête du préfet à Leh, et qui avait à présent ses boutons, impeccablement cousus. « Je suis très heureuse d'avoir récupéré notre broche. Je me sentais si honteuse de l'avoir perdue, parce que c'était un cadeau de ta part. J'aimerais remercier M. Stamm en personne, mais ça ne va pas plus loin.

— Si tu le dis. D'accord. Ce soir, nous nous parerons de nos plus beaux atours et nous rendrons chez ton admirateur. Quelles sont les nouvelles d'Evan ? »

Nerys le lui dit.

« Encore deux semaines ? Il faudrait qu'il se dépêche. » Myrtle regarda les montagnes.

« En fait, je crois qu'il n'a tout simplement pas envie de venir à Srinagar. » D'un geste de la main, Nerys montra le somptueux ouvrage de bois que représentait le *Jardin d'Éden*, les coussins ornés de feuilles et de fleurs cousues à la main, le lac et les drapeaux du Srinagar Club au loin.

Myrtle la regarda avec douceur. « Comment le ressens-tu ?

— J'ai épousé un missionnaire. Je comprenais ce que cela impliquait.

— Bon. Veux-tu savoir ce que je pense ?

— Bien sûr. »

Myrtle saisit le petit mot de Rainer Stamm sur la nappe et s'en éventa. « Je pense que tu devrais t'amuser un peu. Tu es à nouveau forte et en bonne santé, Dieu soit loué. Je crois que tu devrais faire l'idiote et prendre du bon temps, rien que quelques semaines. Je ne pense pas que tu le regretterais. Aie confiance en moi. Je suis une femme d'une grande sagesse. »

Nerys comprenait ce que son amie sous-entendait sous l'appellation d'amusement. Malgré cela, elle éclata de rire et pensa en même temps à quel point Srinagar et Mme McMinn étaient en train de transformer l'épouse de missionnaire qu'elle était. « Oui, je sais que tu es sage. Mais ce n'est pas ce que tu as conseillé à Caroline Bowen.

— Pfff. Tu es une adulte. Une femme sérieuse et très sensée à qui un brin de frivolité ferait du bien. Caroline, au contraire, n'est guère plus qu'une écolière.

— Je vois. Es-tu en train de me dire de m'intéresser à un autre homme ? »

Myrtle ouvrit de grands yeux malicieux. « Je ne te conseille rien du tout, Madame Watkins. Tu es intelligente, tu n'as pas besoin de moi. »

CHAPITRE HUIT

Le *Salomon et la Reine de Saba* était amarré aux côtés d'autres house-boats, dans un isthme étroit du lac, en face de la rangée d'hôtels chinois hideux en verre bleu qui longeaient le Bund. Ce soir-là, cette section de la ville subissait l'une de ses régulières coupures de courant et le vrombissement de dizaines de générateurs concurrençait celui de la circulation. Les phares balayaient en rythme les devantures éteintes des boutiques et des cafés.

La *shikara* de Mair glissa vers le house-boat, fendant un épais enchevêtrement de fleurs de lotus rigides qui jaillissaient comme des poings dans l'eau noire. Le trajet pour revenir du Jardin de Shalimar avait été long et frisquet et elle repoussa avec soulagement la couverture qui sentait le moisi, prête à débarquer.

Le batelier pagaya jusqu'aux marches, au bord du lac. Le *Salomon et la Reine de Saba* donnait de la bande et les poutres de la vieille structure étaient esquilleuses et non peintes mais, malgré cela, le bateau était en meilleur état que beaucoup de ses voisins. Certains – encore habités – s'étaient détériorés au point qu'ils étaient à peine plus que des ballots de bordages branlants et de mâts de travers décorés de rideaux en lambeaux.

Farooq, le gérant peu coopératif du house-boat, apparut à la porte de la véranda et l'aida à monter à bord. « Enfin, madame. Je pensais toi avoir quitté Srinagar. Dîner prêt pour toi. »

Farooq aimait servir tôt le repas du soir pour ensuite se retirer dans la cuisine du bateau. Mair n'avait pas l'énergie de protester et de lui dire qu'il n'était que six heures.

Pendant qu'elle mangeait son curry et son dhal, elle essayait de se concentrer sur son livre mais, au lieu de cela, elle regardait la nappe défraîchie en pensant aux Becker.

Elle consultait sa boîte e-mail au moins une fois par jour, mais il n'y avait aucune nouvelle de Lotus. Pas un mot de Karen.

Farooq vint débarrasser la table et elle retourna dans sa chambre, sans conviction. Le générateur ne produisait qu'une faible lumière au plafond, et pourtant les trois jeunes couples indiens qui occupaient le bateau voisin s'étaient débrouillés pour amplifier le volume de la musique de leur film bollywoodien jusqu'à rendre le son criard et insupportable.

Mair avait la tête remplie d'images de Lamayuru sous la neige et de la petite fille dans les bras de son père tandis que l'hélicoptère militaire descendait du ciel.

Elle décida qu'elle ne pouvait rester seule dans sa chambre sur le bateau un soir de plus.

Elle enfila une veste chaude, arrangea sur ses cheveux le châle caramel acheté à Leh et glissa la photo de sa grand-mère et de ses deux mystérieuses amies dans sa poche intérieure. De la véranda, elle fit un grand signe de la main en direction des *shikaras* amarrées un peu plus loin. Un batelier l'aperçut et la conduisit de l'autre côté du plan d'eau. Il y avait un centre d'affaires, peu fréquenté, dans l'un des hôtels en verre bleu, où elle pourrait au moins commander un verre de vin. Il n'y avait pas d'alcool à bord du *Salomon et la Reine de Saba*. Ce n'était pas un lieu de divertissement.

Aucun message de Karen.

Mair lut en vitesse sa poignée de nouveaux e-mails.

Hattie avait répondu à l'un de ceux qu'elle lui avait envoyés :

Tu m'as l'air triste, miss Intrépide. Si tu ne t'amuses plus, pourquoi ne rentres-tu pas à la maison ? Je veux te voir ! Essaie de ne pas t'inquiéter pour la petite fille. Il n'y a rien que tu puisses faire et, comme on dit, pas de nouvelles, bonnes nouvelles. Tu me manques. Bisous.

Essaie de ne pas t'inquiéter était bien plus facile à dire qu'à faire. Et Mair n'avait pas l'intention de retourner chez elle simplement à cause de ses craintes pour Bruno et sa famille ou parce qu'elle ne se sentait momentanément pas à sa place. Demain, elle reprendrait ses recherches sur l'histoire du châle.

Elle répondit à Hattie sur un ton enthousiaste puis alla s'asseoir au bar, un endroit désert hanté par un vieux serveur à veste bordeaux. Avec son deuxième verre de vin, elle commanda une assiette de frites. Celles-ci arrivèrent accompagnées d'un tube de ketchup en plastique et elle y trempa chaque bâtonnet livide et salé. Tout en mangeant, elle étudiait la photo des trois jeunes femmes qu'elle avait adossée à la carafe d'eau.

Les visages joyeux rayonnaient.

Elles étaient encadrées par la diagonale de bois sculpté et l'eau calme piquetée de nénuphars. Ce n'était pas grand-chose pour poursuivre mais, à présent, elle avait vu le lac et les house-boats de ses propres yeux et était convaincue qu'il s'agissait du même décor.

Sa grand-mère avait bel et bien séjourné à Srinagar.

Cette histoire inconnue excita à nouveau sa curiosité, lui faisant presque oublier son angoisse pour les Becker. Mair finit ses frites qui étaient maintenant toutes froides. Elle s'essuya les doigts et rangea la photo dans sa poche, à côté de l'enveloppe contenant la mèche de cheveux bruns et soyeux.

Demain, pensa-t-elle.

Dehors, la rue n'était toujours que faiblement éclairée et le lac formait une étendue noire surplombée par les épaves menaçantes des house-boats. Mair regardait la jetée et ses quelques bateliers, l'un d'eux accroupi près d'un poêle à alcool brûlant avec une couronne de flammes jaune et bleu. Elle était plus ou moins consciente de la présence d'un groupe de policiers armés, membres des forces de sécurité indiennes à la frontière, avachis à l'arrière de leur pick-up Gipsy, d'une circulation plus fluide et des foules de piétons, principalement des hommes portant de longues chemises grises ou marron recouvertes de gilets en laine.

Il y eut un éclair et la rue explosa.

Dans la milliseconde qui suivit, les rétines brûlées par l'incendie, Mair vécut une silencieuse averse de décombres, le choc d'une détonation qui lui perça les os, puis une rafale qui la projeta en arrière, contre un mur. Elle y resta un instant comme épinglée avant de glisser en position assise tandis que ses jambes cédaient. De la poussière crépitait sur sa tête, heureusement recouverte du châle, et elle se protégea le visage de ses bras et de ses genoux.

Elle n'avait aucune idée de combien de temps elle était restée dans cette position, à écouter sa propre respiration tandis que le vol de décombres s'atténuait et que des cris commençaient à déchirer la nuit.

Elle tentait de lever la tête quand une autre explosion survint, tandis que le pick-up Gipsy s'enflammait. Elle entendit plus qu'elle ne vit le feu l'engloutir, tandis que des individus couraient dans tous les sens. Il y eut un *ta-ta-ta-ta* à proximité, le genre de bruit que Mair n'avait jamais entendu ailleurs qu'au cinéma mais qu'elle reconnaissait clairement comme étant celui de coups de feu. Les balles sifflaient dans l'air. Elle se couvrit la tête à nouveau, entendant son propre gémissement de terreur extrême comme un ajout minuscule aux hurlements de douleur et aux cris confus qui emplissaient à présent la rue.

Une camionnette de police fonçait sur la route devant elle. Mair vit que, autour de la carcasse embrasée du pick-up, tous les passants étaient partis se réfugier dans les boutiques et les hôtels, à l'exception de deux silhouettes côte à côte, à plat ventre dans la crasse et d'une grappe d'individus penchés au-dessus d'elles. Deux jambes tachées de sang portaient l'uniforme kaki des forces de sécurité indiennes. Deux hommes en aidaient un troisième, âgé et le visage couvert de sang.

Elle se rendit compte que les cris avaient cessé. Des hommes en uniforme tourbillonnaient entre elle et les blessés.

Mair regarda dans l'autre direction et vit que la porte de l'hôtel qu'elle avait quitté quelques minutes auparavant était maintenue ouverte. Un chasseur en uniforme lui faisait signe par saccades.

Elle se redressa sur ses mains et ses genoux, se leva et se mit à courir vers lui. Des volutes de lumière de l'éclair de l'explosion tournaient encore à l'arrière de ses yeux, la faisant chanceler. Le chasseur lui saisit le poignet et la poussa dans le hall. Il y régnait une douce chaleur et un silence apaisant, avec deux ou trois personnes qui se tenaient près d'une table, le réceptionniste qui murmurait au téléphone et le même vase rempli de glaïeuls qu'elle avait remarqué plus tôt sur son chemin entre le terminal informatique et le centre d'affaires.

Il était difficile de croire que la scène à laquelle elle venait d'assister ne s'était déroulée que quelques mètres plus loin.

« Où logez-vous, madame ? » demanda le chasseur.

Mair le lui dit.

« Retournez-y vite, vite. Ou peut-être attendez un peu ici. »

Obéissante, elle alla s'asseoir sur une chaise. Ses mains tremblaient et les coups de feu résonnaient encore dans sa tête. Après quelques minutes, elle demanda du thé et le but tandis que les véhicules de l'armée et de la police passaient lourdement devant la porte. Un petit filet de piétons s'était remis en route et, comme pour accentuer la rapidité de la reprise des activités, l'électricité fut rétablie. Tout était illuminé, même une enseigne néon bleu et jaune de cola qui se réfléchissait dans le lac. Le son des générateurs se tut, laissant place au seul bourdonnement de la circulation.

Mair appela un serveur et régla son thé. Elle secoua son châle pour le débarrasser du gros de la poussière et des saletés avant de le replacer sur sa tête. Puis elle repartit dans la nuit. La première personne qu'elle vit, marchant sur la jetée, fut Farooq. Il était venu la chercher.

Le pick-up Gipsy n'était plus qu'une carcasse noircie et fondue d'où s'échappaient des volutes de fumée. Les blessés avaient été emmenés, ne laissant qu'une flaque collante et sombre dans la crasse. La zone avait été sécurisée à l'aide d'une clôture de rubans blancs et trois policiers, ostensiblement armés, gardaient le périmètre. À part une rangée de fenêtres cassées, des devantures de magasins noircies par la fumée et une baisse notable de la circulation nocturne, peu d'autres éléments témoignaient de ce qui venait de se produire.

Mair traversa la route pour rejoindre Farooq. Il lui faisait des signes, soulagé. « Vous n'êtes pas blessée, madame, *inch'Allah* ?

— Non, je vais bien. Qu'en est-il du soldat ? Et des autres ? Était-ce une bombe ? »

Il croisa les mains et s'inclina en direction d'une *shikara* qui patientait. Tandis qu'ils s'éloignaient de la jetée, elle reposa la question.

Farooq échangea quelques mots avec le batelier. « Apparemment c'était une grenade, madame. Des soldats et des civils ont été blessés. C'est très mauvais pour Srinagar.

— Oui », acquiesça-t-elle à mi-voix.

Le lendemain matin, assise dans la véranda du *Salomon et la Reine de Saba* à la lumière d'un jour d'automne frisquet, elle lut le rapport dans le journal de langue anglaise. Des chansons de Bollywood et des bribes de conversation flottaient du bateau d'à côté et le chapeau blanc de Farooq s'agitait à l'arrière de la cuisine. La nuit dernière, lut-elle, cinq civils et deux membres des forces de sécurité indiennes avaient été blessés dans un attentat à la grenade sur un véhicule de patrouille des mêmes forces de sécurité indiennes au centre-ville. Le commissaire de police, continuait le rapport, avait déclaré qu'un militant du Hizbul Mujahideen avait lui aussi été grièvement blessé dans l'échange de coups de feu qui avait suivi.

L'événement était narré dans ses très grandes lignes et n'occupait qu'un quart de la première page, aux côtés des photos d'un incendie dans un hôtel situé dans un autre quartier de la ville. Le reste du journal n'y faisait pas allusion. Mair savait que les débordements de violence entre insurgés et forces de sécurité indiennes étaient si fréquents qu'ils ne provoquaient qu'une émotion passagère, du moins pour les observateurs extérieurs. Le manque d'attention publique que leur donnaient les autorités était sans doute délibéré.

Une *shikara* se frayait un chemin parmi les house-boats, la plupart desquelles n'accueillaient aucun hôte. Il s'agissait du marchand de fleurs connu – d'après l'enseigne accrochée au-dessus du baldaquin de son bateau – sous le nom de M. Merveilleux. Il attacha une corde aux marches du *Salomon et la Reine de Saba* et monta à bord pour présenter un océan tape-à-l'œil, ses bras chargés de fleurs écarlates, orange et pourpres. Il souriait de toutes ses dents. « Madame, aujourd'hui jour de chance pour toi. Prends-les toutes, seulement trois cents roupies. Pas beaucoup clients pour moi. »

Mair n'essaya même pas de négocier. Elle prit l'énorme bouquet et enfouit son visage dans les pétales frais et humides de rosée. Merveilleux s'éloigna avant qu'elle ait le temps de changer d'avis et Farooq fit un *tss-tss* désapprobateur devant un trop-perçu si flagrant.

« Elles sont si belles », dit-elle.

Quelque chose avait changé. Jusqu'à hier soir, Srinagar et ses habitants semblaient impénétrables, insondables malgré toute la beauté grandiose des lacs et des montagnes. Puis elle avait vu les visages dans la rue, et la façon dont les gens s'étaient relevés et avaient repris leur vie passant outre la violence qui bouillonnait autour d'eux, et son regard avait changé. Srinagar était meurtrie, appauvrie, et se décomposait dans ses propres artères aquatiques, mais Srinagar était fière. Une graine d'affection germa en elle, fertilisée par l'admiration.

Farooq se faufila près d'elle, armé d'un chiffon et de cire. Il attaqua la table avec énergie. « Peut-être, madame, vous allez retourner en Angleterre maintenant. » Il la fixa des yeux, ne voulant pas perdre sa seule hôte mais, en même temps, souhaitant se débarrasser de sa présence incongrue.

« Non, répondit Mair avec douceur. Pas tout de suite. »

Plus tard, dans la quatrième boutique qu'elle explora dans le quartier du Bund, le commerçant d'âge mûr lui prit des mains le châle de sa grand-mère. Il avança vers la fenêtre, approcha une loupe de son œil et inspecta la qualité du travail. Elle était à présent habituée à cette procédure. Pour patienter, Mair regarda l'étalage de pashminas modernes et coûteux, réalisés dans des couleurs de bon goût et adaptées aux touristes. Les plus chers présentaient des frises de broderies cachemire faites à la main qui contrastaient superbement avec le fond. Elle se rappelait les troupeaux de chèvres sur la plaine verglacée de Changthang et l'usine de transformation à Leh. Ce magasin du Bund de Srinagar représentait le cœur de l'étape finale du voyage de la laine même si, malheureusement, il manquait une présence essentielle.

Il n'y avait aucun client pour acheter les belles étoffes.

Dans chacune des quatre boutiques, elle avait été la seule personne à fureter. Elle ne pouvait qu'espérer que, quelque part le long des routes qui rayonnaient de là, dans les magasins des hôtels cinq étoiles ailleurs en Inde ou dans les enseignes coûteuses de la Cinquième Avenue ou de Bond Street, il y ait de nombreuses femmes intéressées avec de l'argent à dépenser.

À l'arrière de la boutique, un rideau de perles tinta, bien qu'il n'y ait pas de courant d'air. Quelqu'un observait Mair, sans doute les employées du commerçant ou les femmes de sa famille.

L'homme revint au comptoir. « Très usé. » Il soupira, comme elle s'y attendait, rangeant sa loupe dans un tiroir avant de le fermer d'un bruit sec. Il manipula les plis du châle afin d'exposer la tache jaune, puis montra du doigt les extrémités effilochées des minuscules fleurs brodées au fil de soie. Les couleurs limpides des feuilles et des fleurs se révélaient parfaitement fidèles à la réalité, maintenant que Mair les avait vues dans leur cadre naturel. Elle sourit au vendeur. Il suffisait de jeter un coup d'œil aux châles modernes exposés autour d'elle pour se rendre compte de façon certaine que celui dont elle avait hérité était d'excellente facture. Elle n'en avait d'ailleurs jamais douté.

« Que pouvez-vous m'en dire ? »

L'homme haussa les épaules. Il désigna la petite signature BB et les symboles l'accompagnant. « Il a soixante-dix ans. Les dates correspondent mais ça, ce signe, vient d'un tout petit atelier de grande qualité. Fini il y a longtemps. Ouvrage *kani*, oui. Broder par-dessus, pour effet comme ça, j'ai vu qu'une fois. Votre châle est beau, vous voyez, mais c'est une copie des vrais fabricants. Sinon, il serait dans un musée. » Il fit une pause pour donner plus de poids à son verdict. « Très dommage. Mais je vous en donne un bon prix, si vous le vendez. »

Mair sourit à nouveau. Les perles à l'arrière de la boutique tintèrent légèrement dans l'air lourd d'encens. « Merci. Je vais le garder.

— Peut-être que vous pouvez regarder nouveaux châles. Cadeaux pour vos amies, vous savez. Noël arrive. »

C'était un commerçant cachemiri comme tous les autres, étalant déjà un large éventail de marchandises sur le comptoir.

« Peut-être la prochaine fois. »

Elle marchait dans la rue, réfléchissant à l'endroit où elle pourrait aller boire du thé et manger un yaourt en guise de déjeuner quand une main agrippa sa manche. Elle fit volte-face, serrant le sac qui contenait son châle, et vit une vieille dame au visage couvert par une écharpe blanche.

« Que se passe-t-il ? Que voulez-vous ? » lâcha Mair en anglais, ce qui ne servait à rien. La seule réponse fut un petit morceau de papier que la dame lui fourra dans la main avant de tourner les talons et de disparaître dans la foule. Mair le déplia et lut ce qui avait tout l'air d'être une adresse.

L'endroit n'avait pas été facile à trouver. Il était perdu au fin fond des ruelles de la vieille ville et elle avait dû demander son chemin à une dizaine de personnes, en faisant de grands gestes et en communiquant par signes. On l'avait menée dans des cours obstruées d'ordures où des poules gloussaient entre des abris délabrés, on l'avait fait passer devant des ateliers de tanneurs et de teinturiers, devant des fenêtres qui laissaient voir des femmes accroupies devant des métiers à tisser, et devant des magasins misérables qui vendaient du riz et des haricots secs provenant de grands sacs éventrés. À chaque coin il y avait un cours d'eau, noir et visqueux ou bien recouvert d'algues vertes. Mais à présent elle était arrivée à destination. Un vieil homme édenté assis sur une chaise en plastique cassée au milieu d'une ruelle lui indiqua une porte ouverte.

Mair toqua sur le jambage tout en jetant un coup d'œil à l'intérieur sombre. « Bonjour ? » appela-t-elle. Puis elle ajouta, plus fort : « Il y a quelqu'un ? »

Une paire de jambes en survêtement apparut en haut d'un escalier. Une voix demanda : « Excusez-moi ? Que cherchez-vous ? »

Mair n'attendit pas qu'on l'invite à entrer. Elle se dirigea vers les marches et vit un jeune homme avec un sweat-shirt Nike à capuche. Il serait passé inaperçu dans la rue en Angleterre, même avec sa chachia et sa barbe noire. « Je ne suis pas sûre. On m'a donné cette adresse et je voulais montrer ceci à quelqu'un… » Elle sortit le châle de son sac tout en parlant et le tendit comme un laissez-passer. Le jeune homme ne lui barrait pas vraiment la route, mais il ne lui facilitait pas non plus le passage. « J'ai cru comprendre que quelqu'un ici pourrait peut-être reconnaître mon châle », dit-elle, en haussant la voix.

De la pièce en haut des escaliers une voix cria quelque chose et le jeune homme répondit par-dessus son épaule. Mair passa à côté de lui en souriant poliment. Elle arriva dans une pièce sans aucun meuble mais remplie d'hommes assis en tailleur contre les quatre murs. Il faisait froid car les hautes fenêtres étaient grandes ouvertes.

Tout le monde leva les yeux vers elle. Des vaguelettes de douce laine couvraient tous les genoux. Tous les hommes étaient en train de coudre. « Excusez-moi, murmura-t-elle.

— Puis-je vous aider ? » De l'autre côté de la pièce, un homme se leva. Il semblait un peu plus âgé que la majorité de ses camarades, il devait avoir vingt-cinq ou vingt-six ans. « Êtes-vous venue pour acheter un châle ?

— Malheureusement non. » Elle expliqua qu'on l'avait envoyée là et mentionna la quatrième boutique du Bund. La vieille dame qui lui avait donné l'adresse avait dû l'observer et l'écouter derrière le rideau de perles. La plupart des hommes baissèrent à nouveau la tête sur leur ouvrage. Elle remarqua que l'un d'eux ne cousait pas mais avait la main noircie de teinture. On n'entendait qu'un bruit rythmé de chair que l'on tapote tandis qu'il trempait un tampon dans la teinture avant d'imprimer le motif noir sur un délicat pashmina rose.

« Voulez-vous me suivre ? » demanda le jeune homme d'une voix douce.

Mair le suivit dans un bureau dépourvu de fenêtres derrière l'atelier. Il y avait une lampe néon au plafond, brutale après la lumière naturelle qui baignait l'autre pièce. Le mobilier se limitait à un bureau stratifié et à deux chaises.

« Je suis le *karkhanadar* », dit-il de la même voix douce. Le chef de l'atelier. « Je m'appelle Mehraan.

— Enchantée. » Mair savait à présent qu'il ne fallait pas qu'elle tende la main à un musulman. Elle se contenta donc d'étendre le châle, recouvrant le bureau de beauté.

Mehraan n'avait pas de loupe. Il saisit une extrémité du tissu et le caressa avec délicatesse. Une minute silencieuse s'écoula, puis une deuxième. Il finit par la regarder. « Je reconnais cet ouvrage. » Il parlait bien anglais.

« Dites-moi ce que vous en savez, s'il vous plaît », supplia-t-elle.

Les yeux du jeune homme brillaient d'intelligence et de curiosité, sans aucune lueur de préjugé ni d'hostilité. Mair fut soudain convaincue qu'elle avait enfin rencontré quelqu'un à qui parler. Elle déclara : « Je ne souhaite pas le vendre, ni connaître sa valeur, rien de tout cela. Je suis venue jusqu'à Srinagar pour retracer son histoire. Il appartenait à ma grand-mère, la mère de ma mère, et je crois qu'elle était ici il y a environ soixante-dix ans. Je n'en sais pas plus. »

Mehraan hocha la tête. De toute évidence c'était sa façon de réfléchir à son choix de mots avant de parler. « C'est un très beau travail. Le fabricant se trouvait dans le même village que mon grand-père. »

Le visage de Mair s'illumina. Le premier appel du muezzin retentit depuis la vieille ville.

« Veuillez m'excuser. Je dois aller prier, dit-il.

— Attendez. Je vous en prie, vous pouvez m'aider. Ce châle avait beaucoup d'importance pour ma grand-mère, j'en suis persuadée. J'ai suivi son histoire de Changthang à Leh, et maintenant ici. Je suis sûre que vous pouvez m'en apprendre davantage. »

Mehraan hésita. « Vous pouvez patienter ici si vous voulez. Je ne serai pas long. »

Il tourna les talons et suivit la troupe de travailleurs *karkhana* dans les escaliers. Ils glissèrent leurs pieds nus dans la rangée de tongs en plastique et de baskets boueuses placées près de la porte. Mair s'assit et écouta les bruits étouffés des coqs dans les tas d'ordures. À un moment donné, elle se leva et passa la tête dans l'atelier. Les châles étaient posés sur des nattes, formant des flaques de couleurs. Les feuilles et les pétales minuscules prenaient forme à l'aide de points en fil de soie d'une extrême finesse.

Au bout d'une demi-heure, les hommes rentrèrent. Le plus jeune n'avait pas quinze ans. Il devrait être dehors à jouer au football, se disait-elle. Il lança un regard à Mair avant de baisser la tête une fois de plus, et elle remarqua qu'il avait les yeux rougis et irrités par ce travail minutieux.

« Venez, lui dit Mehraan. Allons boire du thé une dizaine de minutes. »

Il l'emmena dans un *dhaba* au coin de la rue, un lieu pour les travailleurs avec des tables et des chaises en plastique. Il était bondé après la prière et enfumé par les plats chauds. Le jeune homme salua cinq ou six personnes sur son chemin avant de s'asseoir à une table près du mur, au fond du restaurant. Une photo du Hajj, gondolée par l'humidité, était accrochée au-dessus d'eux. Un serveur apporta des tasses et leur versa du thé d'une théière en métal.

« D'où venez-vous ?

— D'Angleterre. »

Il la dévisagea de derrière sa tasse. « Que faites-vous à Srinagar ?

— Comme je vous l'ai dit, je suis venue sur les pas de ma grand-mère. Elle était mariée à un missionnaire et tous deux travaillaient ici, au Cachemire, pendant la Seconde Guerre mondiale. Toutefois, je ne l'ai jamais connue. Elle est morte avant ma naissance. Votre grand-père est-il toujours en vie ?

— Non, mon père non plus. Ma famille se compose de ma mère et de mes deux sœurs, c'est tout.

— Voilà une grande responsabilité pour vous. »

Mehraan acquiesça. « Dites-moi, vous avez fait ce voyage juste pour voir des chèvres et un atelier de broderie ? C'est étrange.

— Vous trouvez ?

— La plupart des gens ont assez de soucis avec le présent et leur volonté de s'assurer un meilleur avenir. »

Dès qu'elle l'avait vu, Mair avait reconnu en Mehraan quelqu'un à qui elle pouvait parler. Il aurait alors été stupide de s'en rendre compte et de ne *pas* lui parler. Elle lui raconta donc la mort de son père et la découverte du châle lors de sa dernière soirée dans la vieille maison. Elle expliqua que son frère et sa sœur étaient mariés avec de jeunes enfants, mais qu'elle était célibataire et prête à entreprendre ce voyage. « En notre nom à tous les trois », conclut-elle, comme pour légitimer ce qu'il considérait sans doute comme un projet à la fois excentrique et complaisant.

« Je vois », répondit-il. Il reposa sa tasse vide sur la table avec précaution.

Mair savait qu'il n'acceptait pas complètement son explication. Elle ajouta : « J'avais besoin d'une quête. Tous les panneaux évidents de ma vie indiquaient des routes menant à des endroits où je n'avais pas particulièrement envie de me rendre, j'ai donc choisi un sentier. Si j'ai appris quelque chose en le suivant, au cours du dernier mois, c'est à quel point j'aime l'endroit où j'ai grandi. Et à quel point je suis attachée à ma famille. Là-bas, je ne m'en étais jamais rendu compte. »

À présent Mehraan souriait. C'était la première fois depuis qu'il s'était présenté à elle. « C'est bien. Vous êtes venue toute seule ?

— Oui.

— Vous n'êtes pas journaliste ?

— Bien sûr que non.

— Et vous n'êtes malheureusement pas non plus acheteuse en gros de pashminas cachemiris pour approvisionner vos boutiques à Londres ?

— Non, désolée.

— Quel dommage pour moi. »

Ils rirent tous les deux. Il regarda l'horloge sur le mur près de la photo du Hajj. « Il faut que j'y retourne. »

Mair avait sur les genoux le sac contenant son châle. « Quand pourrez-vous me parler de votre grand-père ?

— Je peux vous retrouver demain. Je prends quelques minutes pour déjeuner, avant la prière de l'après-midi.

— Ici ?

— Évidemment. » Il se leva pour partir.

Elle demanda : « Ces jeunes hommes apprécient-ils leur travail ?

— Au moins ils en ont un. Ils préféreraient être professeur, médecin ou même employé de banque, c'est sûr, mais actuellement il n'y a rien pour eux au Cachemire. Rien. »

Pensive, Mair l'observa s'en aller.

Le lendemain, elle était assise à la même table quand il réapparut.

« Avez-vous déjeuné ? » demanda-t-il. On plaça au milieu d'eux une assiette d'oignons et de citrons verts coupés en rondelles et saupoudrés de piment vert.

« Pas encore. Si vous commandez pour nous deux, j'aimerais offrir le repas. »

Il eut l'air de vouloir s'y opposer, mais il commanda rapidement auprès de l'un des hommes qui parcouraient la salle à toute vitesse armés d'assiettes fumantes. « Alors, que voudriez-vous savoir ? »

Beaucoup de choses, s'était-elle rendu compte pendant la nuit. Elle voulait qu'il lui raconte sa vie à lui autant que celle de son grand-père. Elle avait lu des articles sur les lanceurs de pierres, ces groupes de jeunes militants qui croyaient au Cachemire libre. Ils ramassaient des pierres et se regroupaient en masses afin de bombarder les forces de sécurité. Quand l'armée et la police intervenaient, un garçon était parfois tué. Des émeutes pour riposter à ces morts menaient à des couvre-feux, renforçaient la pression militaire, instauraient des périodes de calme relatif, puis le cycle recommençait. Comment un homme comme Mehraan interprétait-il cette violence ?

Mair commença avec prudence : « Pourquoi n'y a-t-il pas d'opportunités au Cachemire pour vos brodeurs ?

— Pas d'argent, pas d'emplois, pas d'investissement, pas de perspectives. Et donc pas d'opportunités.

— Êtes-vous en faveur de l'*azadi* ? » La liberté, l'indépendance.

Cette fois Mehraan rit avec amertume. « Pour un homme pauvre, la liberté n'est qu'une idée. Mais, non, je ne crois pas que le Cachemire puisse être indépendant. C'est une question économique.

— Ou rattaché au Pakistan, alors ?

— Peut-être que ça aurait pu être une solution après la Partition. Le maharajah, Nehru, votre vice-roi d'Inde, ils en ont décidé autrement. Mais aujourd'hui... » Mehraan haussa les épaules et soupira. « Le Pakistan a assez de problèmes comme ça. Pourquoi voulez-vous parler de nos problèmes ?

— Parce que je suis là. J'étais dans le Bund avant-hier soir et j'ai assisté à l'attentat à la grenade. Ou peut-être devrais-je me contenter de prendre des photos des lacs et d'acheter des tapis.

— C'est ce que ferait un simple touriste, oui. Une personne comme vous, m'dame...

— Mair.

— Oui. Naturellement vous souhaitez voir au-delà des magasins. Mais les difficultés du Cachemire existent depuis longtemps et ne sont pas faciles à comprendre. Moi-même je ne suis pas sûr de ce que je crois. À part en Dieu, et son Prophète, la paix soit avec lui. Bien sûr que c'est mal de lancer des pierres, ou parfois pire, sur des soldats et des policiers, mais les jeunes sont en colère, et le fait d'avoir si peu de pouvoir dans notre propre pays mène à plus de colère encore. Finalement, ce que vous faites est sage – je veux dire, concentrer votre attention sur votre propre histoire. Et sur les châles. »

Mair regarda son assiette. Elle contenait un naan tout chaud et parfumé recouvert de beurre fondu et de fines herbes fraîches, un dôme de riz et un petit récipient en métal rempli de curry de légumes. Mehraan roula un morceau de pain dans sa main droite pour le tremper dans la sauce épaisse avec dextérité. Elle savait que, comme Farooq, il lui conseillait de faire attention pour son propre bien.

« Mon histoire, alors, répéta-t-elle. Parlez-moi de votre grand-père. »

Le visage sombre de Mehraan s'illumina. Ses dents paraissaient très blanches au milieu de son épaisse barbe noire. « À cette époque, avant la Partition, le Cachemire était un pays différent. À Srinagar, mais aussi dans les villages, musulmans, sikhs, hindous, bouddhistes, tous se côtoyaient. Il y avait bien sûr parfois quelques querelles, quelques conflits, mais rien susceptible de déchirer un pays. Mon grand-père vivait dans un village du nom de Kanihama, sur la route de Sonamarg. *Hama* signifie point d'accord et *kani*, comme vous le savez, c'est la fabrication des châles. Il y avait de l'eau douce et saine, des jardins pour faire pousser des légumes et des pâtures pour les animaux. Comme moi il était *karkhanadar* et son atelier produisait les châles les plus raffinés. Cela prenait toute une année, voire plus, pour réaliser un châle comme le vôtre selon notre tradition. »

Mair écoutait, transportée.

Mehraan décrivait une vie simple dans la vallée idyllique, celle de familles travaillant en coopération comme elles le faisaient depuis des siècles. Les plus beaux spécimens étaient conçus dans l'espoir que le produit fini trouverait un riche acheteur, et que le châle serait porté par exemple pour un mariage ou ferait partie de la dot de la mariée. Dans les familles cachemiries, expliquait-il, les châles de toutes qualités représentaient la sécurité des femmes. Ils pouvaient être découpés, vendus en morceaux pour acheter des vivres ou rembourser des dettes, récupérés et réassemblés, rangés dans des emballages en lin clairsemés d'herbes amères pour éloigner les mites et sortis pour les grandes occasions familiales. Les châles étaient offerts comme présents, gardés comme des trésors, transmis de mère en fille. C'était toujours le cas, disait Mehraan, mais les plus beaux, les châles *kani*, comme celui de la grand-mère de Mair, n'étaient presque plus produits et les techniques se perdaient. Ils étaient trop onéreux et les tisseurs ne pouvaient plus se permettre de passer des mois à travailler courbés en deux dans l'espoir que leur châle se vendrait un bon prix une fois terminé. Il existait bien sûr des copies, tissées à la machine, mais elles n'avaient rien de la qualité des originaux.

« Avez-vous vu comment ce travail était réalisé ? » demanda Mehraan. Leurs assiettes étaient vides, bien que Mair ait été si absorbée par les paroles de son interlocuteur qu'elle avait à peine eu conscience d'avaler le contenu de la sienne.

« Si cela vous intéresse, il y a un endroit où cela existe encore, pas loin – le *karkhanadar* est un ami à moi. Il a un acheteur de *kani* à Delhi, mais ce dernier négocie autant qu'il peut. Les travailleurs tirent peu de bénéfices.

— J'adorerais le voir.

— Je vais me renseigner. Revenez demain.

— Avec plaisir. Savez-vous par hasard, Mehraan, comment ma grand-mère galloise aurait pu se retrouver avec un châle si onéreux ? »

Ils sortirent au soleil. Il faisait frais après la chaleur humide du *dhaba*.

« C'était une Occidentale, j'imagine qu'elle était assez riche pour payer mon grand-père. Ou c'était peut-être un cadeau de son mari. »

Quelle autre explication aurait-il pu y avoir ? Toutefois, Mair était certaine que le révérend Evan et Mme Watkins n'étaient pas riches, pas même aisés, et elle n'arrivait toujours pas à imaginer Nerys, la femme du pasteur, draper ses modestes épaules d'une telle splendeur.

« Même heure demain. » Elle sourit.

Mais quand elle retrouva Mehraan le lendemain, il était pressé.

« Je ne vais pas déjeuner aujourd'hui. Je dois aller voir un acheteur. Si vous vous dépêchez, nous pouvons visiter l'atelier maintenant. »

Ils empruntèrent des chemins étroits pour atteindre une porte au milieu d'une vieille façade en bois et en briques. De hautes fenêtres étaient conçues pour faire entrer un maximum de lumière pour les travailleurs. La quasi-totalité de l'espace dans la petite pièce silencieuse était occupée par trois métiers à tisser traditionnels en bois. Trois jeunes hommes étaient assis devant les appareils, concentrés sur leur tâche, mais quand Mehraan parla au plus proche, celui-ci recula et leur dévoila son travail en détachant la toile noire qui protégeait le châle. Disposées en une fine rangée le long de l'étoffe se trouvaient des centaines de bobines de fil *kani*, toutes dans les tons de l'exquise trame de laine mais chacune d'une nuance différente. Pour chaque ligne du motif, des fleurs entrelacées sur fond noir, Mair comprit que chaque bobine devait être prise dans l'ordre et son contenu passé entre les fils de la chaîne. À chaque fois, il fallait compter le nombre exact de fils avant qu'une couleur ne puisse laisser place à une autre. Les instructions du créateur du motif étaient inscrites sur un quadrillage sommaire punaisé devant le tisserand, un tas de chiffres gribouillés qui ressemblaient aux calculs mathématiques d'un astronome précoce. À côté de cela se trouvait un schéma du motif fini.

Mair avait arrêté de respirer, émerveillée.

D'après ses estimations, il fallait quinze minutes de concentration pour tisser rien qu'une rangée du châle.

Mehraan posa une autre question et le tisserand indiqua la taille du motif final. Il mesurait moins de cinquante centimètres.

« Trois mois », traduisit Mehraan.

Pour maintenir un prix raisonnable, ces motifs consistaient en deux larges frises de tissage *kani* sur un fond uni. Mair avait du mal à s'imaginer la charge de travail nécessaire pour un motif complet comme le sien. Ses yeux la piquaient, car elle compatissait avec les jeunes hommes qui fatiguaient les leurs toute la journée pour ce travail astreignant, mais aussi parce qu'elle était profondément émue qu'un tel héritage se soit retrouvé en sa possession. Elle se sentait plus que jamais déterminée à suivre l'histoire du châle et à découvrir comment il avait atterri dans sa famille.

« Merci », dit-elle.

Le tisserand, qui ne l'avait pas regardée une seule fois directement, se remit à compter.

Pas étonnant qu'il n'y ait pas de musique, aucun bavardage, aucune distraction. Une seule et unique erreur de fil bousillerait le dessin.

Dans la rue, Mehraan lui dit : « Vous voyez ?

— En effet. » Elle ne savait pas quoi dire d'autre. En vitesse elle demanda : « J'aimerais visiter Kanihama. Accepteriez-vous de m'y accompagner ? »

Elle pensait qu'il pourrait peut-être lui montrer l'ancien atelier et les maisons où les fabricants de châles travaillaient et vivaient à l'époque où l'Inde britannique existait encore.

Mehraan pinça les lèvres. « Non, je ne peux pas faire ça. »

De toute évidence, elle avait suggéré quelque chose d'indécent, une femme célibataire ne devrait pas faire de telles propositions à un jeune homme non marié. « Je comprends. Je suis désolée. » Il y avait des guides touristiques à Srinagar. Elle devrait se contenter d'un voyage à Kanihama en Toyota.

À présent, Mehraan semblait mal à l'aise. « Peut-être... peut-être que vous voudriez prendre le thé demain avec ma mère et mes sœurs ? Elles ne parlent pas du tout anglais, mais je peux faire la liaison entre vous.

— Oui, s'il vous plaît. Cela me ferait très plaisir. »

C'était une maison minuscule dans un quartier de la ville qu'aucun touriste au Cachemire – le peu qu'ils étaient – n'aurait eu de raison de visiter. Un labyrinthe de chemins de terre pentus se ramifiait à l'ombre des noyers et des abricotiers. De l'eau noire dégoulinait dans les caniveaux ouverts. Entre les maisons de plain-pied se trouvaient des clôtures en mauvais état, des coins de jardins broussailleux, des granges et des ateliers de tapis, ainsi que des terrains huileux où des mécaniciens faisaient la révision de tracteurs cabossés. Les chemins étaient remplis de monde, tandis que des vieillards regardaient par leur fenêtre et que des petits garçons dessinaient à la craie des guichets de cricket sur les murs en béton.

Des ombres de chiens rôdaient autour des tas d'ordures. Mair détournait les yeux à chaque fois qu'elle en apercevait un.

Derrière leur porte d'entrée peinte en bleu, séparée du chemin par une toute petite bande de potager, la mère et les sœurs de Mehraan attendaient leur visiteuse. Elles lui tendirent un bouquet de soucis et de cosmos entouré d'un ruban, et Mair leur offrit les gâteaux et les chocolats qu'elle avait achetés dans une boutique du Bund.

Le thé était une cérémonie. Elle prit sa place sur des coussins, face à la mère de Mehraan, de l'autre côté d'un tapis carré, et les sœurs apportèrent un grand samovar et un plateau de tasses en porcelaine. Elles disposèrent des petits pains frais et du miel en rayon, ainsi que les gâteaux de Mair, sur ce qui était de toute évidence leur plus beau plat. Mair posa poliment des questions et Mehraan traduisit consciencieusement. Les sœurs avaient quatorze et seize ans et leur mère expliquait qu'il serait bientôt temps de penser à leur trouver des maris convenables. Elle haussa les épaules de façon expressive. Leur mariage était clairement son plus grand souci, mais les filles ne faisaient que glousser.

Mehraan n'avait que vingt ans. Mair fut surprise d'apprendre qu'il était bien plus jeune qu'il ne le paraissait. Il avait acquis son bon niveau d'anglais à l'école ; il était le meilleur élève dans cette discipline. Il lui révéla cette dernière information à contrecœur, fortement incité par sa mère. Puis il avait étudié le commerce à l'université, grâce à la générosité du frère de sa mère qui possédait une affaire de vente de tapis. C'était maintenant le travail de Mehraan, au sein de l'atelier de châles, de vendre les produits finis aux détaillants à des prix qui permettraient de payer ses employés et lui laisseraient une marge suffisante pour entretenir sa famille.

Son père avait occupé le même poste. Il avait été tué douze ans plus tôt, pris entre deux feux lors d'une bataille entre l'armée et les insurgés.

Mehraan relata tout cela de manière très factuelle, sur fond d'interjections de sa mère et d'éclats de rire étouffé de ses sœurs. Le visage ridé de la mère témoignait d'une vie difficile. Ses pieds nus étaient calleux et ses ongles épais et cassés. Les deux filles étaient jolies, tête nue à l'intérieur, leurs cheveux lisses et brillants séparés par une raie au milieu du crâne et attachés en une natte qui leur arrivait à la taille.

Tendant l'oreille pour entendre ce qui n'était pas dit, Mair devina que les études du garçon avaient été une façon pour son oncle d'apporter de l'aide à la famille sans père. Les responsabilités de Mehraan impliquaient qu'il ne pourrait pas se marier tant que ses sœurs ne seraient pas installées dans la maison de la famille de leur mari. Puis il ramènerait une épouse appropriée, le choix de la famille autant que le sien, qui prendrait un jour soin de sa belle-mère dans cette maison même.

À son tour, Mair répondit à leurs questions sur l'Angleterre.

Il pleuvait beaucoup, en effet. Ils ne cultivaient pas de riz. Les études et les soins médicaux étaient gratuits, toutefois les impôts étaient élevés. Les familles ne vivaient pas sous le même toit et étaient souvent dispersées dans divers endroits, voire divers pays.

Audacieuse, entre deux gloussements, une des sœurs osa une question. Mair répondit que non, elle n'était pas mariée. Par tact, on ne lui fit pas remarquer son âge avancé ; de toute évidence, elle n'était plus en mesure de pouvoir espérer un mari, même un semblant de mari.

On but le thé et l'on mangea les gâteaux et les petits pains.

Mair expliqua pourquoi elle visitait le Cachemire. Lorsqu'elle déballa le châle et qu'elle le déplia aux pieds de la mère, un cri de surprise et de ravissement retentit, la première expression de spontanéité de l'après-midi. L'Indienne le saisit, l'approcha de la lampe, examina la marque de fabrique et s'exclama.

« Elle dit "L'atelier du père de mon mari", traduisit Mehraan. Elle le reconnaîtrait n'importe où. »

Il y avait un rouet dans un coin de la pièce et les sœurs le soulevèrent pour l'apporter à leur mère. Celle-ci sortit son panier de laine brute et vaporeuse, appuya sur la pédale avec son pied nu et se mit à filer la laine, la rendant aussi fine qu'une toile d'araignée. Mehraan expliqua qu'elle la vendait au kilo aux teinturiers et aux tisserands qui approvisionnaient ensuite son atelier à lui en carrés de pashmina basiques.

« Je commençais à croire que seuls les hommes travaillaient dans le secteur du châle.

— Le filage est un travail presque toujours réalisé par des femmes. Voulez-vous leur dire comment vous avez eu ce châle ? »

La mère poursuivait son ouvrage et les deux filles enroulaient les fils de laine en écheveaux. Toutes les trois écoutaient tandis que Mehraan traduisait patiemment. À la fin de son récit, Mair fouilla dans sa poche. Elle en sortit l'enveloppe et fit glisser la mèche de cheveux dans sa paume. Les trois femmes s'arrêtèrent pour l'examiner. Les reflets cuivrés qui y brillaient étaient très différents des chevelures cachemiries noires de jais.

Elle leur montra aussi la photo qu'elles étudièrent avec la même attention.

La mère tapota l'eau de son ongle. « Srinagar », dit-elle d'un ton catégorique. Elle remit le châle dans les mains de Mair après un dernier coup d'œil à la marque. Puis elle se rassit et reprit son filage.

Elles n'avaient aucun renseignement à lui donner. Mair avait à peine espéré que ce serait le cas, mais ressentit tout de même une pointe de déception. Le mouvement régulier du rouet était le seul bruit. Elle rangea la photo et la mèche de cheveux. Puis, parce que les Becker étaient toujours dans un coin de son esprit, une pensée lui revint soudain. Bruno avait mentionné une amie de sa famille qu'il allait essayer de trouver à Delhi, une convertie au christianisme dont la famille était originaire de Srinagar.

Peut-être y avait-il encore des gens dans cette ville qui se souvenaient de l'époque de la guerre, et même des missionnaires de ce temps-là.

« Pourriez-vous poser une dernière question à votre mère ? Connaît-elle des personnes âgées susceptibles d'avoir connu la guerre ? Les missionnaires chrétiens qui étaient là à l'époque, peut-être. »

Mehraan s'exécuta mais, comme seule réponse, la fileuse secoua lentement la tête. « Non, elle ne connaît personne comme cela. Les individus devraient avoir quatre-vingt-dix ans.

— Oui, à peu près cet âge-là.

— Très vieux », dit Mehraan avec respect.

Il était temps de partir. Mair remercia la famille pour son hospitalité, et les filles lui serrèrent la main timidement en lui souriant de sous leurs longs cils. La mère passa son écharpe sur sa tête et sa bouche et les raccompagna jusqu'au portail. Elle prit les mains de Mair dans les siennes et s'inclina, contenant ses émotions comme elle l'avait fait tout au long de la visite de Mair, mais cette dernière comprit qu'elle s'était fait une amie grâce à la provenance du châle.

Mair et Mehraan étaient de l'autre côté du portail en bois quand sa mère fit signe à son fils de revenir et lui chuchota quelque chose. Quand ils reprirent leur chemin, le jeune homme expliqua qu'une bonne amie de sa mère était infirmière et s'occupait des personnes âgées à l'hôpital européen. Cette infirmière connaîtrait peut-être une telle personne.

« S'il vous plaît, demandez à votre mère si elle pourrait se renseigner », répondit Mair, sans grand espoir.

Ils arrivèrent à une route très fréquentée où Mehraan appela un taxi pour elle.

Quand il arriva, l'e-mail était très court.

Mair le lit une fois, puis deux, fixant l'écran jusqu'à ce que les mots deviennent flous mais leur terrible annonce, elle, refusait de s'estomper.

> Notre Lotus chérie est morte hier.
> Bruno Becker

Elle écrivit une réponse, les quelques phrases les plus pénibles qu'elle ait jamais composées, puis retourna au *Salomon et la Reine de Saba.*

Farooq l'arrêta. « Madame, vous êtes malade ?

— Non, Farooq. Pas malade. J'ai reçu une mauvaise nouvelle. »

Elle alla dans sa chambre et s'allongea. Le clapotis de l'eau et le chant des oiseaux fusaient autour d'elle, mais elle ne voyait que Lamayuru, la neige immaculée et l'ombre du chien, puis Lotus dans les bras de son père.

« J'ai quelque chose à vous annoncer », dit Mehraan.

Mair l'avait retrouvé une fois de plus au *dhaba,* et cette fois il lui présenta deux de ses amis. Ils discutèrent en anglais de l'indépendance et des manifestations politiques, de façon féroce mais abstraite, jetant un regard à Mair de temps en temps pour voir sa réaction. Puis les amis partirent et Mehraan vida son verre de thé.

« De quoi s'agit-il ? » demanda-t-elle. Cinq autres jours s'étaient écoulés et elle commençait à penser que le moment était venu de quitter Srinagar. Rien d'autre n'allait lui être révélé et la mort de Lotus assombrissait les paysages de lacs et de montagnes.

« L'amie de ma mère, vous vous souvenez ? L'infirmière. Elle nous a dit qu'elle connaissait une Anglaise. Elle voit très mal. Elle est tombée dans sa maison et avait besoin d'un bandage. Elle a l'âge approprié et habitait à Srinagar il y a de nombreuses années, avant la Partition. »

Il y avait une autre maison de plain-pied en périphérie, celle-ci à moitié dissimulée par un jardin mal entretenu. Mair se pencha pour pousser le portail et passa sous un enchevêtrement de branches. Elle frappa à la porte et c'est une Indienne d'un certain âge qui vint lui ouvrir, serrée dans un *kameez* vert menthe décoloré. Elle repoussa une paire de grosses lunettes sur sa tête.

« Vous venez de la part du Dr Ram ?

— Non, j'ai peur que non.

— Qui êtes-vous alors ? »

Mair avait préparé sa réponse. « Je suis venue rendre une visite. Je cherche l'amie d'un vieil ami de la famille. Je viens d'Angleterre. »

La femme eut l'air surprise. « Ah oui ? Vous pouvez entrer dix minutes. Elle est fatiguée aujourd'hui. »

La pièce à l'arrière de la maison était très ensoleillée. Il y avait un tapis sur le sol, une grande chaîne stéréo démodée sur la table contre le mur et une cheminée avec, dans l'âtre, un vase rempli de tournesols. Une vieille femme aux cheveux blancs et à la posture droite était assise dans un fauteuil baigné de lumière. Sa jambe abondamment bandée reposait sur un tabouret et une canne était adossée au fauteuil. Elle tourna la tête vers Mair. « Aruna ? Vous êtes là ? Qui est-ce ?

— Je sais pas. Une Anglaise. »

Mair s'approcha. « Je suis désolée de vous déranger », dit-elle.

La tête de la vieille dame était inclinée, lui donnant un air d'oiseau curieux. Elle avait la peau cireuse, très ridée, et le regard inquiet. « Vous êtes une *vraie* Anglaise. Comme c'est agréable d'entendre votre voix. Venez près de moi, je ne vois pas très bien. Voilà, c'est mieux. Nous connaissons-nous ? Aruna, peut-on avoir du thé ? Ou préféreriez-vous du gin ?

— En fait, nous ne nous sommes jamais rencontrées. Je m'appelle Mair Ellis.

— Eh bien, enchantée ! » Elle tendit sa petite main noueuse à Mair. « Je m'appelle Caroline Bowen. Qu'est-ce qui vous amène, à Srinagar ? »

CHAPITRE NEUF

« Il ne fait pas si froid que ça », insista Rainer.

Il ne semblait jamais le ressentir mais, ces derniers jours, le temps de la vallée était devenu si froid et humide que, même à l'intérieur, Nerys portait son nouveau *pheran* en tweed par-dessus plusieurs épaisseurs. Myrtle l'avait prévenue qu'elle devrait bientôt se résoudre à transporter un feu d'appoint pour se tenir chaud, comme les Cachemiris. Ces derniers temps, les deux jeunes femmes avaient commencé à se sentir comme des soldats d'arrière-garde oubliés, voyant les derniers riverains de la saison d'été se retirer vers les plaines du Sud. Les montagnes étaient enveloppées de brume, le Srinagar Club était vide, à l'exception de deux ou trois tables de bridge, et le Lake Bar était silencieux, dépouillé de ses chaises longues et de ses parasols.

Rainer Stamm était l'un des rares à être resté. Myrtle et Nerys s'étaient rendues à sa réception où, à la place des visages habituels, elles avaient fait connaissance d'un professeur d'université pandit et de sa fille, qui était musicienne, d'un poète bouddhiste et de deux jeunes Américains à l'air coriace dont la profession n'avait pas été clairement expliquée et qui, insistait Myrtle, étaient d'anciens espions. Elles s'étaient amusées à cette réunion inhabituelle et, depuis lors, Rainer venait souvent prendre le café ou un verre au *Jardin d'Éden.* En échange, il les invitait aux spectacles de magie qu'il donnait à des publics d'étudiants.

Aujourd'hui, il expliquait à Nerys qu'on lui avait refusé un permis qu'il attendait avec impatience. « Les Britanniques invoquent la raison de la guerre. Dites-moi, comment le fait qu'un Suisse escalade le Nanga Parbat pourrait-il avoir la moindre influence sur la guerre ? À côté de cela, cette expédition est d'une grande importance pour moi et pour la famille de Matthew Forbes.

— Si vous escaladez quoi ? demanda Nerys. Et la famille de qui ? »

Ce matin ils étaient chez Rainer dans la vieille ville, assis sur le rebord d'une fenêtre croisée qui donnait sur la partie supérieure du Jhelum. Il y avait une vue magnifique d'un pont et de l'imposant temple hindou sur la rive opposée, mais la pièce elle-même était poussiéreuse et sous-chauffée. Les meubles de Rainer consistaient en un ensemble d'objets cabossés de deuxième choix, agencés n'importe comment sur un tapis qui avait dû être beau autrefois mais qui, aujourd'hui, était sale et effiloché. Ce qu'il possédait semblait se réduire à des livres, des cordes, des accessoires de scène à paillettes et des boîtes à charnière décorées de symboles occultes en rapport avec ses tours de magie. Nerys était fascinée par les rares aperçus qu'elle avait eus de la vie de Rainer mais, jusqu'à présent, il n'avait presque rien révélé de celle-ci.

Il répondit à sa question : « Vous ne connaissez pas ? Le Nanga Parbat est une montagne. Un pic grandiose, le neuvième plus haut du monde. Il ne se trouve qu'à cent trente kilomètres d'ici, vers le nord. Je serai le premier à en atteindre le sommet. J'ai pris cette décision il y a des années. Les Allemands pensent que cela leur revient, mais ils se trompent. »

Nerys commençait à reconnaître chez Rainer l'amour du défi et de la bravade. Il exposait ses ambitions avec une telle intensité et un tel humour scintillant qu'il était impossible de douter de son enthousiasme. « Je vois. »

Il soutenait son regard. Il avait rarement eu l'air aussi sérieux qu'à cet instant.

« Peut-être. Je m'en emparerai en allant vite et d'un pas léger. Cela avait toujours été mon intention avec Matthew.

— Rainer, je ne comprends pas un mot de ce que vous dites, protesta-t-elle. Allez-vous finir par me raconter l'histoire, oui ou non ? »

Rainer racontait bien les histoires. Il aimait captiver son auditoire, tout comme il le faisait lors de ses spectacles de magie. Il agita la main comme s'il allait prononcer *abracadabra.* « Je vous raconterai sur le chemin. Vous êtes prête ? »

Il avait suggéré de se rendre dans un des villages avoisinants et d'y pique-niquer. Rien que l'idée de sortir dans la brume la faisait frissonner, mais d'un autre côté la compagnie de Rainer compenserait le froid. Myrtle, elle, fuyait l'ennui en participant à toutes les activités bénévoles liées à la guerre, et aujourd'hui elle était à une réunion pour l'emballage de bonbons indiens et leur envoi aux enfants britanniques. Nerys ne faisait partie d'aucun groupe d'épouses et en était plutôt soulagée, mais la solitude et l'inactivité était une perspective particulièrement malvenue aujourd'hui.

Elle céda. « Oui, dit-elle. Je suis prête. »

Rainer souleva des sacs en toile dans ses bras et lui fit signe de sortir dans la rue. Sur un bout de terrain en mauvais état, entourée par une garde d'enfants, se tenait une grosse Ford rouge. Elle avait une petite cabine close et l'arrière découvert où Rainer jeta ses sacs. Deux garçons faisaient des cabrioles sur le toit et d'autres se balançaient sur le marchepied. Ils huèrent Rainer en lui faisant de grands gestes jusqu'à ce qu'il déverse quelques pièces dans les mains du plus grand. Ensuite, les garçons se battirent pour lui ouvrir la porte, comme une foule de valets dépenaillés. Rainer démarra à la manivelle et le moteur toussota. Nerys grimpa près de lui et ils vacillèrent au-dessus des ornières, les enfants les plus audacieux s'agrippant au châssis aussi longtemps que possible.

« Je ne savais pas que vous aviez une voiture, remarqua-t-elle tandis qu'ils accéléraient.

— Bien sûr que j'en ai une. Et pour vous j'ai même supplié pour obtenir une tasse d'essence. Assez pour nous emmener où nous allons et, qui sait ? Peut-être aussi pour revenir. »

Le carburant était réservé à des fins militaires et les civils avaient de plus en plus de mal à s'en procurer. Nerys se mit à rire. « Je suis impressionnée. Pouvez-vous me dire exactement d'où nous risquons de ne pas revenir ? »

Rainer se tapota l'aile du nez. « En temps utile. D'abord, l'histoire. »

Ils quittaient la ville, empruntant des rues calmes qui abritaient les maisons de fonctionnaires et de professeurs dans des jardins isolés. Nerys essaya de s'installer aussi confortablement que possible sur son siège rigide.

« Êtes-vous déjà allée au cimetière européen de Leh ? commença Rainer.

— Bien sûr. J'allais m'y asseoir à chaque fois que j'avais le mal du pays. Il y a une poignée de pierres tombales avec des noms gallois, sans doute des familles de missionnaires d'autrefois. C'est un endroit triste à cause des tombes d'enfants minuscules, mais la vue y est splendide.

— Vous vous souvenez alors certainement de la plaque à la mémoire de Matthew Forbes. »

Nerys se la rappelait, en effet. Elle lui apparut soudain à l'esprit, une plaque toute simple accrochée au mur de l'enceinte.

In Memoriam
Matthew Alexander Forbes, St John's College, Cambridge
Disparu sur le Nanga Parbat, en août 1938, à l'âge de 22 ans

« Oui, je m'en souviens », dit-elle.

Rainer regardait devant lui, au-dessus du volant. Ils avaient atteint la périphérie de Srinagar où les maisons et les marchés de bord de route laissaient place aux rizières et aux vergers. « Je l'ai mise là, en accord avec ce que souhaitait sa famille. J'étais avec Matthew le dernier matin de sa vie. Ses tout derniers mots ont été “On se voit dans deux ou trois heures. Je vais ouvrir une boîte de soupe”.

— Continuez.

— Rapide et léger, c'était notre plan. Nous étions en bonne forme pour l'escalade. Nous étions Matthew et moi avec une petite équipe de sherpas et deux officiers baraqués de l'armée indienne. Matthew et moi campions à six mille mètres et nous avions l'intention d'avancer le jour suivant pour installer notre campement encore plus haut. Matthew se reposait et j'avais grimpé tout seul jusqu'à un point de la crête d'où je pourrais partir en reconnaissance pour la suite de notre ascension. Je regardais vers le sommet avec mes jumelles, quand toute la pente au-dessus du campement s'est effondrée. Matthew, la tente, tout – tout ce qui était là – a été balayé et enseveli sous des milliers de tonnes de neige et de glace. »

La voix de Rainer ne tremblait pas, mais des rides étaient apparues sur ses joues. Il semblait soudain avoir pris dix ans. « Je me suis retrouvé dans les décombres de l'avalanche avec le vent comme seul compagnon. Je ne pouvais que redescendre au plus bas campement où les autres nous attendaient. Nous avons transmis la nouvelle à la famille de Matthew via Gilgit et Simla.

« Son père aussi était alpiniste et il comprenait cette envie irrésistible de grimper, mais je crois que sa mère ne s'en remettra jamais. Il était son fils unique, un mathématicien brillant. Je connaissais sa famille depuis dix ans car ils venaient en Suisse pour skier l'hiver et pour escalader l'été et, dès qu'il avait appris mon projet d'expédition, Matthew m'avait supplié encore et encore de l'emmener avec moi. Je savais qu'il en était pleinement capable, sinon j'aurais refusé. Nous sommes arrivés de Delhi, via Manali, jusqu'à Leh, afin de nous entraîner et de nous acclimater, et Matthew adorait cet endroit. C'est pour cela que j'ai placé la plaque dans ce cimetière-là. Atteindre le sommet aurait été pour lui une grande réussite, vous savez. Je ne pouvais pas lui dire non alors qu'il en avait tellement envie. Mais les montagnes reprennent aussi facilement qu'elles donnent. »

Nerys imaginait un jeune Anglais enthousiaste découvrant les ruelles tortueuses et calmes de Leh, ou montant vers le vieux palais surplombant la ville afin de contempler la vallée de l'Indus.

Comprenant qu'il lui révélait une source de douleur profonde et intime, elle tendit la main pour prendre celle de Rainer. Ses doigts reposaient sur son poing jusqu'à ce qu'elle reprenne ses esprits et les retire.

« Alors, vous comprenez peut-être pourquoi je dois y retourner. Quand je serai au sommet, le premier homme à l'atteindre, Matthew sera avec moi. J'ai un livre lui appartenant qu'il avait laissé au campement, avec sa signature à l'intérieur. J'emporterai cette page avec moi et je l'enterrerai là-haut pour lui. »

La voix de Rainer s'était mise à trembler, mais de façon quasi imperceptible. En retour, Nerys avait les larmes aux yeux. « Oui, je comprends.

— Les autorités britanniques ne voient pas cela à la même lumière. Je n'ai pas de permis qui me permettrait d'y retourner. Même quand j'arrive par manigance à m'introduire à la soirée de la Résidence, dans mes plus beaux habits, pour ce qu'ils valent, que je m'entretiens en personne avec M. Fanshawe et que je danse avec sa femme qui, malheureusement, ressemble à une jument, la réponse est non. Cependant… » Il regarda Nerys et les rides de son visage s'atténuèrent avant de disparaître. « J'ai dansé avec vous et, rien que pour cela, ça valait la peine d'assister à la soirée britannique la plus ennuyeuse du monde et de m'entendre dire que je n'étais *pas autorisé* à escalader une haute montagne en Inde.

— Je n'y connais rien en permis ni en montagnes, Rainer, mais moi aussi j'ai aimé danser avec vous. »

Elle se rappelait certains mots qu'elle avait entendu murmurer des connaissances de Myrtle à propos de Rainer Stamm. *Suspect*, *aventurier* et *charlatan* en faisaient partie, mais cela lui était égal. Il l'intriguait et, malgré sa mauvaise réputation, elle le trouvait aussi honnête qu'un autre.

Rainer pointa le doigt en avant. La route grimpait vers le nord, et la brume qui voilait la vallée se dissipa soudain en des traînées de vapeur argentée. Les contreforts apparurent, côtelés de sapins vert bouteille, et les blancs sommets émergèrent dans le ciel derrière eux. Elle savait, car elle suivait cette évolution depuis de longs jours, que la calotte de neige descendait d'une centaine de mètres chaque matin.

« C'est très beau, dit-elle, avec autant de légèreté que possible.

— J'aimerais vous emmener là-haut avec moi, vous faire traverser les cols pour arriver à un endroit qu'on appelle Astor, d'où l'on voit ma Montagne Nue. Le Nanga Parbat se nomme ainsi, vous savez, parce qu'il est isolé des autres. » Il se pencha en avant et tapota l'un des cadrans du tableau de bord poussiéreux. « Mais nous n'avons assez d'essence que pour aller à Kanihama et peut-être pour en revenir.

— Kanihama ?

— Vous allez voir. »

Après un trajet d'une heure sur un chemin de terre serpentant entre hauts peupliers et rizières dénudées, ils arrivèrent dans un village de maisons en briques d'adobe installées au milieu de pommeraies. Le soleil brillait au-dessus de la couverture chiffonnée de brume qui enveloppait la vallée en bas de la côte, et les arbres remuaient sous la brise. Rainer se gara et Nerys baissa sa vitre. Un air doux lui emplit les poumons, et elle entendit le cricri sonore des grillons, le chant d'un coq, les éclaboussures d'un cours d'eau et la voix d'enfants jouant dans les environs.

« Oh », dit-elle, surprise.

Cet endroit était très différent dans les paysages et les bruits, mais il lui rappelait avec force certains villages chez elle, eux aussi installés au creux des collines et inondés de l'odeur de fumier et de feu de bois. Elle ouvrit la portière de la voiture et sortit, s'enveloppant dans son *pheran*.

Kanihama était un endroit charmant.

Des enfants ouvrant des yeux ronds surgirent de derrière les maisons, suivis de loin par des femmes couvertes de châles et des hommes en manteaux épais et chapeaux en peau d'agneau. Rainer sauta hors du véhicule et dit quelques mots à un homme au visage lunaire portant une épaisse barbe noire.

Rainer se retourna vers Nerys. « Votre fileuse de châles… »

Il avait retrouvé où vivait cette femme, non loin de chez lui dans les ruelles encombrées de la vieille ville de Srinagar et, quelques jours plus tôt, Nerys et lui étaient allés ensemble lui rendre visite. Comme la première fois que Nerys l'avait vue, ils l'avaient trouvée dans sa pièce nue avec son rouet et ses enfants. Nerys avait donné à la famille de la nourriture et un peu d'argent et essayé de lui faire comprendre qu'elle promettait de revenir et de l'aider de son mieux. La femme la regardait, le visage éteint par la faim et le désespoir, tandis que les deux enfants les plus grands tiraient sur les vêtements de Nerys et fourraient leurs petites mains sales dans ses poches. Le bébé s'accrochait aux cheveux de sa sœur, semblant trop apathique ne serait-ce que pour cligner des yeux. La petite fille était retournée chercher le trésor de la famille et l'avait mis sous le nez de Nerys. « Toi acheter. *Acheter* », insistait-elle.

Nerys avait doucement repoussé le châle, demandant à Rainer de dire à la mère qu'elle souhaitait les aider sans pour autant prendre leur seul atout.

« Kanihama est le village d'où vient cette femme, continua Rainer. C'est ce que j'ai compris et j'ai demandé plus de renseignements. J'ai découvert que cet homme était son père. »

L'homme fit un signe de tête abrupt à Nerys. Elle prononça les quelques mots de salutation en cachemiri qu'elle avait appris jusque-là et il inclina à nouveau la tête. Une femme le rejoignit, les cheveux et la partie inférieure du visage cachés par les plis d'un pashmina basique.

« Ils demandent si nous voulons voir leur travail », dit Rainer.

L'une des maisons était un peu plus grande que les autres, avec des bancs en bois placés dehors le long des murs pour prendre le soleil. À l'intérieur, on les amena dans l'unique pièce, où les poutres du toit étaient soutenues par de sommaires piliers en bois. Un poêle chauffait d'un côté, dégageant des volutes de fumée odorante par un conduit de cheminée en fer.

Il y avait trois métiers à tisser qui ressemblaient à des toiles d'araignées horriblement complexes faites de cordes et de montants. Les seuls sons étaient le murmure régulier des bobines qui passaient entre les fils et le bruit sourd occasionnel des lices.

Quand les tisserands levèrent les yeux et aperçurent les visiteurs, ils laissèrent de côté leur affairement studieux et silencieux pour les accueillir avec enthousiasme. Celui qui se trouvait le plus près d'eux s'extirpa de son banc et fit signe à Nerys d'approcher. Sous le regard de l'homme au visage lunaire et de deux ou trois des femmes, ainsi que d'un groupe d'enfants curieux passant la tête dans l'embrasure de la porte, il détacha la toile en coton qui protégeait son ouvrage.

Nerys contempla le châle *kani* à moitié fini qu'il révéla.

Le dessin était très élaboré et représentait des plumes de paon bordées de luxueux motifs cachemire et floraux, mais ce sont les couleurs qui lui coupèrent le souffle. Elles rendaient toutes les nuances d'un après-midi d'été au Cachemire, du turquoise à l'argenté, du bleu du ciel aux profondeurs vertes de l'eau du lac.

« Tu aimes ? » demanda le chef de la tribu.

Elle ne put qu'acquiescer.

Avec un brin de théâtralité, le tisserand reprit sa place sur le banc et se mit à onduler les doigts comme s'il donnait un concert de piano sur les dizaines de bobines disposées devant lui. Il choisit une note, une bobine de fil couleur perle, et la plaça sous l'une des chaînes pour créer, comme l'observa Nerys, un minuscule point de lumière au cœur d'une fleur de lotus stylisée. Puis il en saisit une autre, argentée cette fois-ci, et compta les cinq fils suivants avant de glisser la bobine au-dessous. Il était déjà pleinement concentré et, par instinct, elle recula afin de ne pas le distraire.

Elle se rendit compte qu'elle retenait sa respiration.

Rainer et Nerys furent ramenés dehors et escortés vers un banc ensoleillé. Une des filles aux yeux noirs du village leur servit du thé. Elle sourit à Nerys mais était trop timide pour s'attarder. Rainer et le chef de la tribu étaient en grande conversation, composéc dc plus dc gcstcs quc dc vrais mots, alors elle appuya la tête contre le mur et étudia la vue. Le village semblait très éloigné de Srinagar. Elle supposait que peu de choses y avaient changé au cours des siècles derniers. On faisait pousser des légumes dans les champs et les petits jardins ; on plantait du riz, on le récoltait et on le vendait, et les tiges séchées étaient soigneusement assemblées en gerbes, qu'elle voyait entassées dans la grange près d'elle, pour fournir du fourrage d'hiver aux animaux. Deux garçons menaient un petit troupeau de chèvres et de moutons de l'autre côté de la place, tapant leur bâton contre les murs de la maison et émettant des petits cris d'encouragement. Un groupe de fillettes jouaient à lancer et à rattraper cinq cailloux blancs, accroupies sur le sol.

Nerys était si absorbée par la scène et par ses pensées, qu'elle sursauta quand Rainer prononça son nom. Il discutait à présent avec deux femmes qui lui montraient des paniers et des cruches en émail.

« Nous pourrions nous faire pardonner d'être trop pauvres pour acheter le châle en complétant notre pique-nique de yaourt et de quelques-uns de leurs fruits frais, qu'en pensez-vous ?

— Très bonne idée. »

Pour quelques roupies, ils choisirent un plat en faïence rempli de yaourt blanc et frais, quelques petites pommes jaunes et un sac de noix. Les villageois étaient déçus mais, de toute évidence, pas surpris qu'ils ne réalisent pas un achat plus conséquent.

« Au prix qu'ils demandent, ils devront attendre que Vivien Leigh vienne à Kanihama ! » Rainer fit un grand sourire. « Je vous l'aurais acheté, si j'avais les moyens.

— Cela ne m'étonne pas qu'il coûte une fortune. Il est sublime. »

Les enfants s'étaient pressés pour observer la transaction. Même les deux bergers avaient parqué leurs bêtes pour venir rejoindre les autres. Rainer agita les bras et les rassembla tous en un cercle. « Venez, venez voir ! » lança-t-il.

« Occupez-les une minute », dit-il à Nerys avec nonchalance avant de disparaître vers la Ford rouge. Nerys regarda la vingtaine de visages pleins d'attente, ainsi que les hommes et les femmes qui avaient quitté leur travail pour voir ce qui allait se passer. Elle n'avait aucune inspiration, jusqu'à ce qu'elle se rappelle sa petite salle de classe à la mission de Leh.

Optimiste, elle entonna une comptine enjouée. De sa puissante voix de contralto, entraînée à la chapelle, elle chanta avec emphase, mimant les paroles. À la moitié, les regards perplexes avaient laissé place à de grands éclats de rire et Rainer était de retour.

« Pas mal. Je vous embaucherai peut-être comme assistante », dit-il.

Des profondeurs de l'un de ses sacs en toile, il sortit quatre anneaux en argent, accrochés les uns aux autres. Il s'inclina et présenta la chaîne au chef de tribu barbu en lui indiquant qu'il devait la secouer avec vigueur et essayer de démêler les anneaux. L'homme s'exécuta, démontrant une grande force, mais il ne put les séparer. Rainer les reprit, les fit tourner une fois entre son pouce et son index, puis brandit quatre anneaux libres. Il y eut un brouhaha de stupéfaction, qu'il fit semblant de ne pas entendre, préférant lancer les anneaux en l'air et jongler avec. Quand il les rattrapa, il les montra pour que tout le monde puisse les voir, et ils étaient à nouveau liés. Cette fois il passa la chaîne à l'épouse du chef, et elle gloussa sous son châle en voyant qu'elle n'arrivait pas à séparer les anneaux.

Nerys applaudit avec conviction et les villageois se joignirent à elle. Rainer et elle étaient encerclés de toutes parts car tout le monde essayait de voir de plus près. Elle remarqua qu'il paraissait plus grand et ressemblait encore plus à un lion, électrisé par l'attention de cette foule.

Il jeta les anneaux dans son sac et sortit l'air de rien un morceau de verre plat. Il le leva en direction du soleil et la lumière le traversa. Il tourna le carré sous tous les angles, puis en toqua la surface qui tinta d'un son clair. Il haussa les épaules, passa le morceau de verre au spectateur le plus proche et fouilla dans ses poches. Comme il ne trouvait pas ce qu'il cherchait, il montra du doigt la plus petite fille, qui avait une poche à l'avant de son tablier. Celle-ci était vide, alors Rainer fit mine de réfléchir intensément. Puis il agita la main au-dessus de la tête d'un autre enfant et déroula un mètre de ruban en velours noir de son oreille. Terrifié, le petit garçon se mit la main sur l'oreille et s'enfuit à toute vitesse. Tous les autres riaient à gorge déployée. Rainer fit une boucle avec le ruban entre ses doigts et le retendit en fouettant l'air. Puis, en s'inclinant poliment, il récupéra son carré de verre et passa le ruban en plein milieu.

Il y eut un halètement, puis un chuchotement collectif. Le ruban se balançait de l'autre côté, et Rainer passa le morceau de verre à la femme du chef. Elle souffla dessus, puis essuya la buée avec sa manche. La lumière du soleil se reflétait sur la surface polie tandis qu'elle l'examinait. Rainer enroula le ruban et le lui présenta, récupérant son carré de verre pour le ranger dans son sac.

Cette fois-ci, les spectateurs étaient trop abasourdis pour applaudir. Les enfants étaient tous stupéfaits et un peu effrayés.

« Mesdames et messieurs, je vous remercie. » Rainer sourit et salua. Au milieu de ce silence étonné, il prit le bras de Nerys et tous deux repartirent vers la Ford. Ils s'éloignèrent de la petite place et descendirent la colline pour quitter le village. Il lui jeta un coup d'œil tout en négociant les ornières de la route. « Était-ce trop ?

— Vous m'avez impressionnée. »

Il soupira. « J'ai toujours envie de proposer un peu moins de spectacle, un peu plus de substance. Malheureusement, je ne mets pas mes bonnes intentions en pratique car l'illusion est facile et la vérité toujours si dure. Il est temps de nous arrêter pour notre pique-nique, vous ne croyez pas ?

— Oui, avec plaisir. La vérité est-elle vraiment si dure, Rainer ?

— Je sais que vous n'êtes pas de cet avis. C'est parce que vous êtes gentille, Nerys, et belle aussi. »

Nerys était gentille parce qu'elle n'avait pas tellement le choix. Mais aucun homme ne lui avait jamais dit qu'elle était belle. Se sentant rougir, elle se concentra sur le rempart neigeux de l'Himalaya qui s'élevait devant elle.

Ils trouvèrent une cuvette abritée à l'angle de deux énormes rochers non loin d'un ravin bordé d'arbres. Protégé du vent et avec la chaleur du soleil retenue par la pierre, cet endroit était presque confortable. Rainer hissa de l'arrière de la voiture un bidon rouillé percé de trous peu soignés et partit ramasser du bois mort. Quelques minutes plus tard, un feu crépitait sur le brasero et une vieille bouilloire en étain avait été remplie d'eau de source qui coulait dans le ravin. La bouilloire siffla quand l'eau fut prête, et la domesticité incongrue de ce bruit dans ce lieu sauvage fit sourire Nerys. Elle prépara du thé tandis que Rainer émincait un oignon et déballait un morceau de viande rouge. Il la coupa en cubes à l'aide d'un canif et la fit frire avec l'oignon et une poignée d'épices. Sentant le fumet de cumin et de graines de fenouil, Nerys se rendit compte qu'elle avait une faim de loup.

« Y a-t-il quelque chose que vous ne sachiez pas faire ? lui demanda-t-elle.

— Il m'est impossible de rester trop longtemps au même endroit », répondit-il sans lever les yeux. Elle comprit que c'était la vérité et qu'elle pouvait choisir de le prendre comme un avertissement.

Ils s'appuyèrent contre la roche pour manger le curry d'agneau dans des tranches de pain et conclurent le repas par un épais yaourt, des pommes et des noix. Rainer cassa les coquilles pour elle et arrangea les fruits sur son mouchoir.

Nerys fit plus de thé et le versa dans deux tasses en étain. « Je veux en savoir plus sur notre fileuse à présent. Pourquoi vit-elle seule à Srinagar si toute sa famille est ici ? »

Rainer but son thé à petites gorgées. Il lui raconta que la jeune femme avait grandi au sein des familles de fileurs, teinturiers, tisserands et brodeurs de Kanihama. Mais ensuite elle était tombée amoureuse d'un homme, un des colporteurs qui parcouraient les villages pour vendre de l'huile, des casseroles en aluminium et toutes sortes de babioles, et elle l'avait épousé contre la volonté de son père. L'homme venait de Srinagar alors elle était allée vivre avec lui en ville dans la maison de sa mère, comme faisaient toutes les jeunes femmes de la région car, après leur mariage, elles ne faisaient plus partie de leur propre famille mais de celle de leur mari.

Le marchand se révéla un horrible individu, comme le père l'avait toujours su, même si l'épouse eut trois enfants avant que son mari ne l'abandonne. Après cela, la belle-mère la chassa, la traitant de femme adultère, car c'est ce que lui avait dit son fils, et clamant que les trois enfants avaient dû être engendrés par un autre homme. Se retrouvant seule, l'épouse ne pouvait pas retourner dans sa propre famille au village car elle avait été reniée à cause de son mariage, il ne lui restait donc qu'à essayer de subvenir aux besoins de ses enfants toute seule. Autrement, ils mourraient de faim.

Nerys avait vu pour elle-même à quoi ressemblait ce combat. Elle avait écouté son récit avec autant d'attention que s'il s'était agi d'une fable. Mais elle reprit ses esprits, se rappelant que c'était bien la réalité et pas une histoire inventée. « Voilà qui est cruel, et triste.

— Oui, j'en ai peur.

— Que pouvons-nous faire ? »

Rainer secoua la tête. « À part leur offrir un peu d'argent, un peu de nourriture par-ci par-là ? Rien. C'est comme ça que ça se passe ici. »

Mais *rien* ne convenait pas à Nerys comme réponse. Même le peu qu'elle avait pu faire pour les enfants de Leh était bien mieux que cela. Evan non plus n'aurait pas accepté ce *rien* comme réponse. Il tendrait la main, selon sa pure conviction, pour aider une pécheresse, comme il la considérerait sans doute.

Nerys ferma les yeux. Evan occupait son esprit depuis que, ce matin-là, le facteur avait pagayé jusqu'au *Jardin d'Éden* avec la lettre.

« Il y a beaucoup de tristesse au Cachemire, murmura Rainer, mais je n'aime pas la voir reflétée dans vos yeux. »

Il la regardait avec tant d'insistance qu'elle n'avait d'autre choix que de le regarder elle aussi. Confuse, elle se rendit à l'évidence. Elle ne pouvait rien lui cacher et lui non plus.

« Vous ne voulez pas me dire ce qui ne va pas ? » dit-il d'une voix douce.

Nerys redressa les épaules. « J'ai reçu ce matin une lettre de mon mari. Je m'attendais à ce qu'il me rejoigne bientôt. Mais il a décidé de passer l'hiver à Kargil, parce qu'il est très impliqué là-bas et qu'il est un pilier de la mission. Il croit qu'il serait préférable et plus sûr pour moi de passer la saison d'hiver ici dans la vallée, avec Myrtle, et ensuite il fera le voyage quand la neige aura fondu. Puis nous reprendrons le travail ensemble. »

Cette dernière phrase est ce qu'elle espérait, mais elle n'en était pas certaine. Et elle ne recevrait plus de courrier de Kargil cette année. Les cols étaient à présent à peine franchissables et, dans une semaine, le Ladakh serait isolé au milieu de ses montagnes.

La vérité, que Nerys ne dit pas, était qu'Evan trouvait plus simple de prêcher et de travailler en son absence. Il pouvait aimer les créatures de Dieu de façon plus générale sans avoir à supporter le rappel précis et quotidien que sa femme et lui n'étaient pas du tout amoureux l'un de l'autre.

« Je ne connais pas votre mari, répondit Rainer, mais ça m'a l'air d'être un idiot. »

Il prit sa main dans la sienne et embrassa ses phalanges avec une infinie délicatesse. Elle ne résista pas.

Nerys avait appris beaucoup de choses sur les hommes et les femmes depuis sa rencontre avec Myrtle McMinn. Elle voyait comment Myrtle se comportait lors des fêtes, des parties de tennis et des cocktails à Srinagar, flirtant, riant et attirant des admirateurs où qu'elle aille, et elle l'avait aussi vue – et entendue – à la maison avec Archie avant qu'il ne parte. Nerys ne doutait pas un instant de l'amour de Myrtle pour son mari, néanmoins le monde n'était pas noir ou blanc en termes d'amour. Il y avait d'infinies permutations de couleur, et cent mille degrés de sentiment, entre aimer et ne pas aimer. Nier cela, commençait-elle à penser, revenait à nier non seulement l'évidente vérité mais aussi sa propre humanité.

Nerys voulait que Rainer la touche. Elle le souhaitait si fort que cela lui donnait le vertige. Elle commençait à comprendre ce qu'entendait Myrtle quand elle lui avait conseillé de s'amuser un peu.

Ma chère ?

Mais Rainer ne fit que poser le doigt sur la broche rescapée accrochée au col de son chemisier. Il y eut soudain un bruissement et un craquement de brindilles du côté des arbres. Ils levèrent les yeux et virent une chèvre à barbe qui les observait. Une chèvre signifiait un berger pas loin.

« Je crois qu'il est temps de rentrer. » Rainer sourit.

Le téléphone sonna dans le salon. Un dense enchevêtrement de fils suspendus à des poteaux en bois sur la rive fournissait une ligne téléphonique ainsi que de l'électricité au house-boat, mais sa sonnerie stridente faisait toujours sursauter Nerys. Elle était occupée à moitié à lire, à moitié à regarder les martins-pêcheurs sur le lac, et Myrtle écrivait des lettres. Cette dernière posa son stylo et décrocha le combiné.

« Ici le *Jardin d'Éden* », annonça-t-elle.

Nerys n'entendait qu'une voix de femme à l'autre bout du fil, aiguë et hystérique.

« Pas du tout. Ne t'inquiète pas », murmura Myrtle en levant un sourcil en direction de Nerys.

La voix continua. Après une minute et demie, Myrtle put enfin placer : « Je crois que le plus simple serait que tu prennes une *shikara* et que tu viennes ici directement… Oui, maintenant… Bien sûr… Bien sûr… À tout de suite. » Elle raccrocha. « C'était Caroline Bowen. Je crois qu'elle a encore des ennuis.

— Mon Dieu. Dois-je vous laisser seules ?

— Non, reste là. Tu peux peut-être sonner pour demander du café. »

Myrtle s'approcha de la fenêtre de la véranda. Elle alluma une cigarette et s'appuya contre le verre, guettant la venue du bateau.

En arrivant, Caroline était enveloppée dans son *pheran* et avait rabattu la capuche pour se cacher le visage. Elle attendit que Majid serve le café et s'en aille pour se découvrir. Myrtle et Nerys virent immédiatement qu'elle avait les yeux rougis et bouffis, peinant même à s'ouvrir. Elle avait dû passer des heures à pleurer. Myrtle poussa un soupir de compassion, l'installa sur le canapé et lui donna une tasse de café.

« Caroline, ma chérie, tu dois nous dire tout de suite et précisément ce qui ne va pas. Sinon, nous ne pourrons pas t'aider. N'est-ce pas, Nerys ? »

Nerys était moins confiante en leur pouvoir que son amie. Caroline essaya de parler, mais elle ne trouvait pas ses mots et n'arrivait pas à les regarder en face. Enfin, d'une voix grave et enrouée elle parvint à dire : « Je vais avoir un bébé. »

Myrtle hocha la tête, absolument pas surprise. « Ah oui ? Et pourquoi cela te rend-il si malheureuse ? »

Cette fois, Caroline leva les yeux. « Ce n'est pas l'enfant de mon mari.

— C'est celui de Ravi Singh ? »

Son silence misérable était une réponse assez éloquente.

« Est-ce que Ravi est au courant ? Est-ce que Ralph est au courant ? »

Elle secoua la tête. « Personne ne le sait, à part vous deux maintenant. Mon Dieu, je suis si contente de vous l'avoir dit. C'est un tel soulagement, vous ne pouvez pas imaginer. J'étais en train de devenir folle. J'ai absolument tout essayé, boire du gin jusqu'à en vomir, prendre des bains brûlants, monter à cheval et partir au grand galop, mais rien n'a marché. Je me sentais terriblement mal et fatiguée, et ensuite c'est à peu près passé et maintenant je suis juste… » Elle passa la main sur son ventre : « … de plus en plus grosse.

— Combien de mois cela fait-il, le sais-tu ? » demanda Nerys avec douceur.

Caroline se mordit la lèvre. « Quatre environ, je dirais. »

Myrtle faisait des calculs. « Quelles sont les nouvelles de Ralph ?

— Rien que les lettres habituelles. Il… n'aime pas tellement écrire. Tout le monde pensait qu'ils iraient en Afrique du Nord, mais ils sont en Malaisie.

— Le régiment est-il susceptible d'avoir une permission ?

— Non. Je ne crois pas. » Elle s'essuya les yeux et se moucha. « C'est ce que j'entends dire. Et Ralph n'a rien mentionné de tel.

— D'accord. » Après une pause, Myrtle continua : « Je sais que c'est une question assez personnelle, mais nous n'avons plus de secrets les unes pour les autres. Comment sais-tu que ce n'est pas le bébé de Ralph ? Il était à Srinagar tout l'été. La période correspondrait. Et si c'était le sien, il serait plutôt content, non ? Surtout si c'est un garçon, j'imagine. Et même si ce n'est pas le sien, Ravi Singh a la peau relativement claire… Ce ne serait pas la première fois dans l'histoire qu'une telle chose se produit ! »

Nerys ne disait rien mais essayait de lancer un regard d'avertissement à Myrtle. Attention. Ne suppose pas plus de choses que tu ne peux savoir.

Il était trop tard. Le visage de Caroline se décomposa et sa tasse de café vide lui échappa des mains et roula sur le tapis. Elle baissa la tête et tout son corps se mit à trembler.

« Que se passe-t-il ? s'exclama Myrtle. Qu'est-ce que j'ai dit ?

— Ça ne peut pas être le bébé de Ralph, tu comprends. Ce n'est pas possible.

— Ça ne *peut* pas ? » persista Myrtle.

C'est Nerys qui se leva, ramassa la tasse, la remit sur le plateau en laiton et vint s'asseoir à côté de Caroline. Elle prit ses mains dans les siennes et regarda son visage ravagé. « Je crois que je comprends, murmura-t-elle. Tu n'as pas à en dire plus si tu n'en as pas envie. »

Caroline eut l'air rassurée par ces paroles. Elle se reprit et secoua la tête avec fermeté. « Si, je veux, j'ai *besoin* d'en parler. Je suis venue vous voir vous et Mme McMinn, je veux dire, Myrtle, parce que je savais qu'il le fallait. Je n'avais personne à qui me confier, et c'est cela qui a rendu la chose si terrible. Enfin, ma belle-mère n'était pas si mal, mais elle est en Angleterre et moi je suis là, et nous n'avons jamais eu ce type de conversation mère-fille. C'est-à-dire que, avant d'épouser Ralph, je savais que je devais prendre certaines dispositions, donc quand j'étais à Delhi pour acheter ma robe de mariée, je suis allée voir le médecin – Mme Fanshawe m'avait conseillé une adresse – et il m'a donné l'horrible truc en caoutchouc qu'on est censé mettre à l'intérieur. »

Elle regardait Nerys droit dans les yeux.

Un homme de l'autre côté, se souvenait-elle. C'est comme cela qu'Archie McMinn qualifiait le capitaine Bowen.

« Je l'avais dans sa boîte au moment de notre nuit de noces, prête à le mettre comme le docteur me l'avait indiqué. Mais Ralph avait trop bu et il s'est effondré. Je n'étais pas plus étonnée que ça, je l'avais déjà vu boire, alors j'ai essayé d'en rire le lendemain, vous savez, en disant qu'on pourrait peut-être rattraper l'occasion perdue la veille. Ralph n'a pas trouvé ça drôle du tout. Ce soir-là il a trouvé une excuse pour aller dormir sur le lit de camp. Soi-disant, il était malade. Au bout de quelques jours, je n'ai plus trouvé ça drôle moi non plus. Tous les soirs, je mettais du talc sur le truc en caoutchouc et j'allais me coucher avec de jolies chemises de nuit, mais mon mari n'a jamais fait ce qu'il était censé faire.

— Jamais ? » murmura Myrtle. Nerys voyait qu'il était très difficile pour son amie d'imaginer une chose pareille. Pour elle, cela ne demandait pas un grand effort.

Caroline leva la tête. « Jamais.

— Mon pauvre chat. » Myrtle soupira.

« Je pensais que c'était moi le problème. Non pas parce que je croyais être difforme et repoussante ou quelque chose du genre – j'ai été pensionnaire et j'ai vu toutes les autres, alors je savais que je me situais du bon côté des filles ordinaires, sans vouloir me vanter. Je veux dire, je pensais ne pas être assez *séduisante.* Mais au bout d'un certain temps, j'ai commencé à penser, bon sang de bonsoir, s'il en a envie et qu'il ne passe pas à l'acte, ça ne peut pas être entièrement ma faute ! Parfois nous nous en approchions, mais j'avais toujours l'impression qu'il fermait les yeux pour être ailleurs quand cela se produisait, et qu'il n'arrivait jamais à se détacher assez pour pouvoir le *faire.* Vous comprenez ce que je veux dire ?

— Oui, tout à fait, lui assura Nerys.

— Bon, et après le voyage de noces, il était le plus souvent avec le régiment de toute façon. Ralph est un soldat, comme son père, comme son grand-père, et ainsi de suite jusqu'à la bataille de Waterloo, et la vie militaire passe avant tout le reste. Il avait pris la peine de m'en avertir, avant nos fiançailles, mais mon idée du mariage était telle que je m'étais convaincue que je pourrais soit le changer soit m'en accommoder. Enfin je veux dire, soyons réalistes, combien d'autres demandes en mariage aurais-je reçues ? J'étais venue jusqu'en Inde et je ne me voyais pas vivre à la Résidence pour le restant de mes jours. Ralph était assez beau et j'avais l'impression de lui plaire. »

Même Nerys comprenait qu'un soldat ambitieux avait besoin d'une épouse. Le colonel et la femme du colonel. Caroline avait dû lui sembler un choix parfait.

Caroline baissa les yeux sur son alliance et sa bague de fiançailles. « C'était une fin heureuse, n'est-ce pas ? J'allais être l'épouse de Ralph, la mère de ses enfants. Oh, *mon Dieu.* »

Les larmes reprirent, dégoulinant le long de ses joues rondes et roses. Myrtle lui tendit un mouchoir et lui demanda : « Et Ravi Singh ?

— Je suis certaine que vous pouvez deviner. Je n'aurais pas dû le laisser me faire l'amour, mais j'étais trop faible pour lui dire non. J'étais au paradis. D'abord, le côté charmant et facile. Tout était si amusant et ne me demandait aucun effort, pas comme chez moi où même le fichu garçon de cuisine ignore ce que je lui dis et laisse s'accumuler des couches de poussière. Ravi a des légions de serviteurs aux petits soins, une série de poneys dociles et un chauffeur qui l'emmène partout dans sa grande voiture. Tous les plats sont exquis, et vous verriez la soie et l'argenterie… et lui peut être plus drôle et blagueur que n'importe quel Anglais.

— Il a du temps à y consacrer, dit Myrtle d'un ton sec.

— Je sais, je sais. Et il m'a fait la cour pendant un temps fou, vraiment. Il n'était pas grossier ni trop insistant, rien de tel. Il ne faisait que m'embrasser l'intérieur du poignet – juste là – puis il recouvrait rapidement ce centimètre carré de peau avec ma manchette, avec humilité, comme si je lui avais offert un aperçu du plus beau trésor du monde. Cela a duré pendant des semaines, un peu plus loin à chaque fois, et il me faisait toujours rire, m'apportait des cadeaux et me disait… me disait toutes les choses que j'avais imaginées dans la bouche de Ralph. »

Nerys pensa à Rainer et au pique-nique à Kanihama. La seule différence était qu'elle était alors un peu plus sceptique à l'égard des hommes et des relations sexuelles que Caroline Bowen. Elle se sentit rougir et espéra que Myrtle ne le remarquerait pas et ne lui poserait pas de questions.

Caroline releva la tête. « Lorsque cela s'est produit, c'était merveilleux, insista-t-elle. Et je veux que vous sachiez que je ne le regrette pas, même si je me retrouve aujourd'hui dans un fichu pétrin. »

Nerys écoutait attentivement.

« Nous étions dans la maison d'été de sa famille, à la campagne. Quand Ravi retira mes vêtements, l'air était comme de la soie sur mes bras et mes jambes. Rien n'allait gâcher ce moment

– *rien.* Je me sentais aussi belle qu'un tableau, et aussi puissante qu'une reine. Il m'honorait, vous savez. »

Myrtle et Nerys étaient muettes. L'amour avait temporairement transformé une jolie Anglaise malchanceuse au visage rond en une héroïne tragique.

Myrtle retrouva sa voix la première. « J'imagine que tu n'avais pas ta protection avec toi ? L'horrible truc en caoutchouc dans sa boîte ?

— Non.

— Et, bien sûr, Ravi ne s'est chargé d'aucun arrangement de la sorte ?

— Non. »

Myrtle soupira.

Caroline ajouta rapidement : « Les fois suivantes je l'ai presque toujours utilisé. Enfin, parfois. L'ennui c'est que ce n'est pas très romantique ! Si on le fait avec son mari, je suis sûre que ça ne pose pas de problème. Il s'habitue à nous voir farfouiller dans un tiroir et nous éclipser dans la salle de bains. »

Nerys ne put s'empêcher de sourire.

« Puis j'ai commencé à remarquer que petit à petit, quand nous nous retrouvions ensemble, Ravi considérait cela de moins en moins comme un événement. J'avais de plus en plus envie de lui, à tel point que je me languissais de lui. Je lui disais bêtement que je l'aimais, je n'arrivais pas à m'en empêcher, et il était de plus en plus distant. Un jour que nous étions seuls tous les deux et que je commençais déjà à me douter de ma grossesse, il a regardé sa montre au lieu de me déshabiller et m'a dit qu'il devait aller monter à cheval.

« À la fête de la Résidence, j'ai bu deux ou trois cocktails pour me donner du courage et, quand il m'a invitée à danser, j'ai essayé d'avoir une conversation avec lui. Mais, mon Dieu, quelle froideur. Je n'avais jamais imaginé qu'il pouvait être aussi glacial, alors que moi je bouillonnais de rage et de peur. C'est à ce moment-là que vous êtes venues à mon secours. Depuis, je reste enfermée dans la petite maison vide et lugubre, à prier pour un miracle. Mais rien ne se passe. Me voilà dans de beaux draps, hein ?

— Es-tu vraiment amoureuse de Ravi ? » demanda Nerys. Elle avait vu le visage froid et aquilin ainsi que l'allure hautaine de cet homme.

« Évidemment. Je suis folle de lui », lança Caroline, mais Nerys la soupçonnait de se cramponner à l'amour lui-même plutôt qu'à Ravi. C'était déjà une bonne chose.

« Bon, voyons ce que l'on peut faire », déclara Myrtle. Caroline lui adressa un regard reconnaissant. « Est-il trop tard pour chercher quelqu'un susceptible de nous aider, à votre avis ?

— J'ai bien peur que oui », répondit Nerys d'un ton ferme. Il était très peu probable qu'un médecin digne de ce nom accepte de pratiquer un avortement tardif sur une femme en bonne santé, et elle ne supportait pas ne serait-ce que l'idée des sinistres alternatives clandestines. Les deux autres la regardaient fixement.

« Quand Evan et moi étions à Shillong, j'ai travaillé à l'hôpital de la mission, dans le service des accouchements. J'ai vu le résultat de deux ou trois tentatives sauvages d'avortement. Je ne veux plus jamais voir ça.

— Tu es sage-femme ? s'exclama Myrtle. Voilà une heureuse coïncidence !

— Non, pas du tout. J'aidais, c'est tout.

— Cela nous sera tout de même très utile. Pour ma part, je n'ai jamais vu naître de bébé.

— Moi non plus », dit Caroline. Elle était toute pâle à l'idée de ce qui l'attendait, mais Myrtle était maintenant tout excitée.

« Enlève-moi cette chose en laine, Caroline, et lève-toi. Mets-toi de profil que nous puissions t'examiner. »

Elle s'exécuta, lissant maladroitement sa jupe sur une petite protubérance. Oui, pensa Nerys, seize ou dix-sept semaines d'une grossesse apparemment normale. Caroline était mince, mais elle paraissait forte et résistante. Malgré cela, elle allait nécessiter un suivi médical approprié.

Myrtle hocha la tête. Elle réfléchissait intensément. « Voudras-tu garder le bébé ? Je veux dire, après sa naissance.

— J'ai fait assez d'efforts pour m'en débarrasser, non ? Pendant des semaines et des semaines c'était mon obsession.

Mais maintenant… » Elle posa une main sur son ventre. « … je ne sais plus très bien. Il grandit. Je le sens. Mais ce n'est pas l'enfant de Ralph, et je sais qu'il n'acceptera jamais, jamais, ce que j'ai fait, donc si je veux préserver ma vie actuelle, il faut que je le lui cache. Ravi reconnaîtrait peut-être le bébé, d'une certaine façon, mais uniquement comme un bâtard, jamais comme un membre de sa famille. Il ne m'épousera jamais, même si je divorce. J'ai même arrêté d'en rêver, conclut-elle.

— Je ne pense pas qu'il faille dire quoi que ce soit à Ravi Singh, la mit en garde Myrtle. Cela ne ferait qu'aggraver la situation.

— Quelle serait la meilleure solution pour toi, Caroline, à ton avis ? » demanda Nerys.

Elle eut un petit rire amer. « À part égarer le bébé discrètement, vous voulez dire ? Je suppose que ce serait d'accoucher, si possible en secret, et de trouver une bonne famille d'adoption pour le bébé, et peut-être que je pourrais même lui rendre visite de temps en temps. Pour le reste, je ne sais pas. J'imagine que ce serait que Ralph revienne après la guerre et que nous essayions à nouveau, en faisant plus d'efforts, d'être un couple tel que nous l'espérions au début. » Sa lèvre inférieure dépassait, lui donnant l'air d'un enfant vulnérable. « Mais je ne sais pas si je peux en espérer autant, si ? »

Le cœur de Nerys s'emplit de compassion. Caroline Bowen était une fille simple qui, au fond, souhaitait des choses tout aussi simples. Un mari, une famille, être aimée. Était-elle différente elle-même ?

Myrtle souriait et ses yeux pétillaient. Elle avait perdu son expression d'ennui qu'elle arborait si souvent depuis le départ d'Archie. Elle donna la main à chacune de ses amies et les attira en un cercle. « Nous allons être seules jusqu'à la fin de l'hiver. Ralph est en Malaisie, Archie quelque part à l'Est et Evan ne quittera pas Kargil avant le dégel du printemps. L'union fait la force. Voici ce que nous allons faire : nous allons *toutes* être enceintes. »

Nerys toussota et dit : « Je ne vois pas comment nous allons nous débrouiller

— Bien sûr, toi et moi ne le serons pas pour de vrai, malheureusement, mais nous allons faire semblant. Enveloppées dans un *pheran* tout l'hiver, avec un feu d'appoint dans les bras, qui verra la différence ? J'ai souvent regardé les femmes cachemiries en pensant qu'elles étaient enceintes à cause de leur accoutrement. Caroline, tu resteras dans le pavillon des mariés tant que tu pourras cacher ta grossesse et convaincre ces langues de vipère qu'il n'y a rien d'inhabituel. Puis, dès que cela deviendra trop compliqué, tu pourras dire que tu te sens trop seule sans Ralph et emménager ici avec moi. » Elle agita la main. « Il n'y a pas vraiment la place pour nous trois dans ce pauvre vieux *Jardin*, mais nous trouverons bien une solution le moment venu. Pendant ce temps-là, Nerys et moi ferons aussi mine de nous arrondir, nous nous déplacerons plus lentement et nous couvririons de tellement d'épaisseurs que, s'il y a des commérages ou des questions quant à la provenance d'un mystérieux bébé, personne ne pourra être sûr de quoi que ce soit. »

Son plan avait l'air de l'enchanter. « Allez, avouez que je suis un génie ! »

Nerys répondit : « On dit qu'il n'y a point de génie sans un grain de folie. Voilà mon verdict. »

Les yeux écarquillés, Caroline pesait le pour et le contre.

Myrtle poursuivit dans son élan : « Toi et moi, Caroline, pouvons aller à Delhi trois ou quatre fois, pour nous promener ou faire des courses. Personne ne nous embêtera chez moi, et tu pourras en profiter pour aller voir un médecin. Peut-être devrons-nous t'emmener ailleurs le dernier mois, loin des regards curieux. Puis, quand ta grossesse arrivera à terme, nous retournerons à Delhi. Ensuite, nous pourrons chercher des parents adoptifs. Nous sommes en guerre. De nombreux bébés vont se retrouver orphelins, non ? » Elle était si agitée qu'elle en avait le visage tout rouge.

Ah, pensa Nerys. « Myrtle ? » demanda-t-elle calmement.

Myrtle et elle n'avait jamais abordé la raison pour laquelle les McMinn n'avaient pas d'enfant, même au moment où Myrtle prenait soin d'elle après sa fausse couche. Elle se disait qu'ils n'avaient pas réussi, pour quelque raison que ce soit, et comme elle pensait déjà assez souvent à sa propre perte, elle évitait la question.

Myrtle leva la main sans lui répondre. Elle avait les yeux fixés sur le visage de Caroline. Celle-ci se mordillait la lèvre. Sa situation était assez désespérée pour tout essayer.

« Ça fonctionnera peut-être, finit-elle par dire.

— Nerys, es-tu avec nous ? » persista Myrtle.

Elles s'échangèrent un regard, qui montrait qu'elles faisaient chacune leurs propres calculs et qu'elles acceptaient à partir de cet instant de prendre soin de Caroline et de son enfant à venir. « D'accord. Vous pouvez compter sur moi. »

Le visage de Caroline reprenait peu à peu des couleurs. « Vous êtes si gentilles, toutes les deux. Je n'ai jamais eu d'amies comme vous auparavant. » Elle leur serra les doigts si fort que Nerys eut peur de saigner. « Amies pour toujours, déclara-t-elle.

— Je suis quand même drôlement maligne, hein ? » dit Myrtle en riant.

Ce soir-là, Nerys et Myrtle dînèrent en tête à tête.

Au-dessus de la nappe amidonnée, Nerys lança : « Qu'est-ce que tu mijotes exactement ? Tu sais, si nous devons être co-conspiratrices, tu ferais mieux de tout me dire. »

Myrtle tripotait son verre, examinant la lumière qui s'y reflétait. « Je veux aider Caroline, bien sûr. Elle est dans une situation très délicate. » Puis, à voix plus basse, elle ajouta : « Archie et moi n'arrivons pas à concevoir notre propre enfant, comme tu l'auras compris. Archie m'a toujours dit qu'il refusait d'adopter. Vous savez, l'enfant d'un autre homme… » Elle s'interrompit et soupira d'une façon qui ne lui ressemblait pas. Mais ensuite elle releva le menton et regarda Nerys droit dans les yeux. « Mais peut-être que s'il y a un bébé, un vrai, nécessitant de l'amour, un foyer, il envisagera la chose différemment. C'est possible, non ?

— Je ne sais pas. Peut-être. »

Connaissant Archie, qui était l'homme le plus doux mais aussi le plus déterminé de tous, Nerys était sceptique. Mais elle n'eut pas le courage de le dire à Myrtle dont les yeux n'avaient pas brillé comme ça depuis longtemps. Ses propres pensées se précipitaient.

Un bébé, nouveau-né et sans toit. Si finalement Myrtle n'arrivait pas à convaincre Archie, elle pourrait proposer de l'accueillir chez elle. Un orphelin, un bébé indien, comment Evan pourrait-il refuser de le secourir ?

« Quoi qu'il advienne, nous devons nous occuper de cette pauvre Caroline, déclara Myrtle.

— Puis-je te poser une question ? Qu'entend Archie par “être de l'autre côté” ? »

Myrtle leva un de ses sourcils noirs. « Cela veut dire homosexuel, expliqua-t-elle.

— Je m'en doutais. »

« LE CHÂLE DE ZAHRA »

Mair buvait un verre de gin chaud légèrement dilué dans du tonic éventé. De toute évidence, Caroline Bowen était gênée par sa mauvaise vue car elle inclinait étrangement la tête pour parvenir à voir sa visiteuse, alors qu'elle se tenait remarquablement droite. Mair avait commencé à lui expliquer sa mission au Ladakh et au Cachemire, mais son récit était trop long et elle voyait que la vieille dame ne suivait pas.

« Qu'avez-vous dit ? Je suis désolée, je ne reçois pas beaucoup de visiteurs », interrompit-elle Mair en plein élan.

L'assistante médicale potelée était partie après avoir servi le gin, mais elle venait de revenir en traînant les pieds. Elle regarda Mair d'un air découragé : « Je vous l'avais dit. Aujourd'hui Mme Bowen est fatiguée. »

Mair rapprocha sa chaise, en faisant bien attention à ne pas cogner le tabouret qui soutenait la jambe bandée. « C'est moi qui devrais m'excuser de faire ainsi irruption chez vous. »

Caroline Bowen sourit au milieu de sa confusion. Comme un reflet dans les vaguelettes d'un lac, Mair aperçut un instant la jeune femme qu'elle avait été autrefois. Une fraction de seconde, Mair crut reconnaître quelqu'un qu'elle avait déjà vu, puis l'expression de jeunesse et toute ressemblance supposée disparurent.

« Oh, je suis bien contente d'avoir un peu de compagnie. Aruna et moi nous ennuyons ici toutes seules, vous savez. Rappelez-moi votre nom ? Ma mémoire est absolument catastrophique.

— Mair.

— Comment ?

— C'est gallois. »

La tête blanche se pencha à nouveau pour se plonger dans des brumes invisibles. « Gallois…

— Madame Bowen, avez-vous quelques souvenirs des années quarante ? Mes grands-parents maternels vivaient à Srinagar à cette époque-là, avec la Mission presbytérienne galloise, et j'essaie de reconstituer leur parcours. Je sais que c'était il y a très longtemps, mais je pensais que vous vous rappelleriez peut-être quelque chose… »

C'était comme si la brume s'était dissipée pour permettre à Mme Bowen d'apercevoir une vision familière.

« Qui étaient-ils ? Qui avez-vous dit ? J'étais là, vous savez – 1941, 1942. Une sacrée époque. Mon mari faisait partie de l'armée indienne. Il défendait Singapour contre les Japonais. Tant d'hommes courageux ont péri.

— Votre mari était-il parmi eux ? »

De l'autre côté de la pièce, Aruna se leva.

La tête blanche se tourna, les yeux dans le vague, ne voyant presque plus rien à nouveau. « Ralph ? Non. Il était très courageux – il a remporté la Croix de guerre. Je suis désolée, ma chère, je ne connais personne… Quel nom avez-vous dit ? Notre amie a-t-elle assez à boire, Aruna ? Où êtes-vous passée Aruna ?

— Oui, oui, j'ai tout ce qu'il me faut », dit Mair rapidement. Elle fit mine de rassembler ses affaires afin de s'en aller et Caroline leva les yeux, l'air inquiet.

« Ne partez pas tout de suite. C'est divin d'avoir une conversation comme celle-ci. »

Mair n'était pas très à l'aise. Il y avait quelque chose de pas tout à fait normal avec Caroline Bowen. Ce n'était peut-être que son grand âge et son isolement apparent dans cette pièce ordinaire et ensoleillée. « Je ne veux pas vous fatiguer.

— Ne vous en faites pas. J'ai tout le temps pour me reposer, vous savez. De quoi parlions-nous ?

— Vous avez mentionné votre mari, et la guerre. Avez-vous toujours vécu à Srinagar depuis ? »

Aruna fit un autre geste, cette fois-ci pour intervenir. Caroline leva la main.

« Non. Je suis retournée chez moi en 45. Myrtle et son mari sont restés, mais la plupart d'entre nous sommes rentrés. Après la Partition, bien sûr, tout était très différent. L'ancienne Inde avait disparu. Et le Cachemire, ah, c'est une triste histoire. Vous ne vous en souvenez probablement pas, Aruna, de cette époque. Nous nous amusions bien. Une époque merveilleuse. » Elle abandonna sa lutte pour rester dans le présent et laissa sa tête tomber sur les coussins du fauteuil.

Mair supposait que les images dans sa tête étaient bien plus nettes.

« J'ai été malade pendant un certain nombre d'années. C'était malheureux, bien sûr. J'étais dans une maison de repos en Angleterre, et j'ai perdu pied. Quand j'ai été rétablie ou, plutôt, quand ils ont décidé que je l'étais, j'avais perdu mon mari, et c'est difficile, n'est-ce pas ? »

Ils avaient décidé ? s'interrogeait Mair. Qui pouvaient-*ils* bien être ? « J'imagine en effet que ce n'est pas une situation aisée.

— Êtes-vous mariée, ma chère ? »

Mair lui sourit. « Non. L'occasion ne s'est jamais présentée. Ou, plus précisément, je n'ai jamais atteint un point où il me semblait important de m'engager de la sorte. J'ai eu des petits amis, mais ce n'est pas allé plus loin. »

Caroline était ravie de cette réponse. « Que vous êtes moderne. Et indépendante. Je suis terriblement jalouse. Pas de veuvage pour vous, hein ?

— Il faudrait d'abord que je sois mariée, je suppose.

— C'est merveilleux. Si vous voulez un conseil, restez comme vous êtes. »

Elles riaient toutes les deux. À nouveau, la jeune Caroline Bowen transparut sur le visage ridé. Cette fois-ci, Mair mit presque le doigt sur la ressemblance fuyante avec quelqu'un, mais elle s'envola. « Que s'est-il passé ensuite ? demanda-t-elle.

— Quand cela ?

— Quand vous vous êtes retrouvée veuve ?

— Oh, tout cela n'a pas grand intérêt. L'Angleterre est un endroit très différent aujourd'hui, rien à voir avec le pays où j'ai grandi. J'ai fini par me rendre compte que je me sentais plus chez moi en Inde que ce ne serait jamais le cas en Angleterre. Je suis donc revenue ici, et j'y suis restée depuis. Je me débrouille, même si tout est hors de prix.

— C'est l'heure de votre médicament », déclara Aruna. Elle souleva un plateau, et la bouteille de gin presque vide tinta contre celle de tonic. Mair se disait que si Mme Bowen vivait d'un petit revenu fixe, son argent lui permettait sans doute de se payer bien plus de choses ici au Cachemire qu'en Angleterre. Les deux femmes regardèrent Aruna traverser la pièce pour aller chercher le médicament promis. Mair saisit son sac et son pashmina marron.

« Je ferais mieux d'y aller. » Tandis qu'elle prononçait ces mots, un visage lui apparut clairement.

Elle retint son souffle, stupéfaite.

Elle regarda Mme Bowen et, tout de suite, elle fut certaine. Elle fouilla dans son sac et en sortit la bourse habituelle. « Mais avant de partir, puis-je juste vous montrer quelque chose ? »

Elle secoua le châle pour le déplier dans l'air et l'étendit sur les genoux de Caroline Bowen.

Le silence s'intensifia dans la pièce. D'un geste lent, Caroline prit la douce étoffe entre ses doigts et la leva vers son visage. Elle parut inhaler l'odeur enfermée dans les plis puis, dans un grand effort, elle concentra ses yeux sur les couleurs d'un été au Cachemire.

Il sembla s'écouler un long moment.

« Où l'avez-vous trouvé ?

— Il était rangé dans les affaires de ma défunte grand-mère. »

Quelques instants plus tard, Caroline murmura : « J'aimerais tant pouvoir mieux vous voir. »

Mair s'agenouilla près de sa chaise. Caroline tendit sa main aux veines apparentes pour tenter d'explorer les contours de la joue et de la mâchoire de la jeune femme.

Elle chuchota : « Vous êtes galloise, n'est-ce pas ?

— Oui. Ma grand-mère s'appelait Nerys Watkins. J'ai une photo d'elle, avec vous, ici à Srinagar.

— Nerys était mon amie. Et ceci, dit-elle en soulevant une poignée de laine délicate, appartient à Zahra. Sa dot. »

Aruna revint avec le médicament et les trouva avec le châle étendu entre elles comme la trame d'une histoire.

CHAPITRE DIX

L'hiver arriva. Au début du mois de décembre 1941, les troupes japonaises envahirent la Malaisie. Les unités de l'armée indienne qui défendaient la côte malaise furent obligées de se rendre et, même s'ils étaient bien moins nombreux que les autres, les Japonais continuèrent leur avancée vers le sud de la péninsule jusqu'à Singapour, le bastion des Alliés. Au même moment, presque au jour près, les Japonais bombardèrent la flotte du Pacifique des États-Unis à Pearl Harbor.

La guerre en Europe s'était étendue à l'Asie et, en réponse à cela, les Américains lancèrent la plus grande mobilisation de l'histoire.

Loin de Srinagar, le capitaine Bowen et le 11e régiment de l'infanterie indienne furent rappelés pour défendre la base navale de Sembawang, au nord-est de l'île de Singapour. À la même période, les nombreuses tentatives d'Archie McMinn, l'ingénieur des chemins de fer indiens, pour endosser l'uniforme furent enfin récompensées. Il se retrouva presque immédiatement à coordonner le parc et le personnel ferroviaires pour approvisionner les troupes en Malaisie et préparer l'évacuation des milliers de blessés dans la direction opposée.

De l'autre côté de l'Himalaya, à Kargil, l'objecteur de conscience Parchedig Evan Watkins prêchait dans un hall de mission presbytérienne quasiment vide, et passait ses soirées solitaires dans les minuscules quartiers résidentiels de la mission, plus sinistres que jamais, à écouter les nouvelles de guerre via le service extérieur de la BBC. Sa principale consolation, tandis que le froid resserrait son emprise et que la futilité de ses efforts devenait difficile à nier, était de penser que Nerys profitait du luxe et du relatif confort de la vallée du Cachemire. Il était nostalgique de la maison qu'elle leur avait installée à Leh, du bruit des petits enfants qui chantaient et tapaient des mains dans la salle de classe, et même de la cuisine de Diskit. Il priait avec humilité pour recevoir le don de détermination, marchait péniblement sur des kilomètres dans le froid glacial pour atteindre de petits villages – dont les habitants le recevaient avec une grande perplexité – et se rendait compte à quel point il avait hâte de l'arrivée du printemps et des retrouvailles avec sa femme.

Pour Nerys, Srinagar avait un charme hivernal que les migrants aisés de la saison estivale auraient à peine pu imaginer.

De la fumée montait en volutes dans le ciel blanc, s'élevant des innombrables feux de bois et de charbon ; des oiseaux menaçants maintenaient l'ordre dans les arbres nus ; les sabots des chevaux des *tongas* résonnaient encore plus dans le silence gelé. Un matin, quand elle se réveilla, l'eau du lac était embuée, comme recouverte par une couche d'huile. Le lendemain, celle-ci s'était développée en une peau de fines plaques brillantes, comme le marquage d'un reptile gigantesque et, le surlendemain, tout était gelé. Poules d'eau et bergeronnettes laissaient des colliers d'empreintes en brosse sur le givre poudreux, et des guirlandes de stalactites ornaient les corniches gravées des house-boats.

Émerveillée par tant de beauté, elle demanda à Myrtle : « Cela se produit-il tous les ans ?

— Seulement tous les quatre ans environ. Avant la guerre, les années où le lac gelait, il y avait des soirées de patinage et des tours en luge. Une année, le Résident – pas celui-ci, son prédécesseur – avait organisé une fête de la glace, typiquement anglaise. C'était avant mon mariage et c'était une soirée inoubliable. Tout le monde était chic et un orchestre jouait pour accompagner danseurs et patineurs, les cuisiniers de la Résidence rôtissaient des agneaux et des chevreaux sur d'énormes broches sur la rive, et des marrons grillaient sur des braseros installés sur le lac gelé. Ce fut la meilleure fête de toute l'année – des gens étaient spécialement venus de Delhi et de Jammu. »

Elle soupira au souvenir de cette époque glamour révolue. « Il n'y aura rien de tel cette année. Il n'y a plus un chat ici et tout est rare, rationné ou impossible à obtenir.

— Je suis là moi, et Caroline aussi. Nous n'avons qu'à organiser une célébration de la glace à notre idée. Rainer nous y aidera.

— Je l'espère. Nous avons besoin de réjouissances. » Myrtle se resservit de gin et y ajouta une goutte de citron vert.

Rainer était devenu un habitué du house-boat, apparaissant sur le seuil de la véranda presque aussi souvent que Caroline. Myrtle était intriguée par les gens de Srinagar qu'il leur présentait, des individus qu'elle n'avait jamais vus auparavant et qui n'étaient pas du genre à se rendre au club ou aux fêtes de la Résidence.

Le lendemain du bombardement de Pearl Harbor, Rainer emmena les deux jeunes femmes rendre visite à son ami le professeur. Nerys et Myrtle burent du thé avec son épouse, la fille du musicien et d'autres femmes de la famille, tandis que les hommes allèrent s'installer dans une autre pièce pour fumer la pipe et discuter de politique et de la guerre. Myrtle ne protesta pas face à cette ségrégation automatique, contrairement à ce que Nerys aurait pensé. Les femmes de l'entourage du professeur étaient vives et étonnamment bavardes, ainsi que finement drôles et, quand elles rentrèrent au *Jardin d'Éden* ce soir-là, Myrtle déclara que ça avait été l'après-midi le plus intéressant qu'elle avait passé depuis longtemps.

Elle avait décrété que Caroline devrait aussi sortir autant que possible avant que son tour de taille ne soit trop prononcé. Tout au long du mois de décembre, elles allèrent presque un jour sur deux prendre le thé ou le café dans les confins sonores du club et devinrent ainsi une vision si familière que la poignée d'habitués faisait un simple signe de la main sur leur passage. Dès qu'elles quittaient le house-boat, elles se déplaçaient avec lenteur, comme trois petites boules de laine, de peau de mouton, de pashmina et de tweed épais. Très vite, Nerys reconnut que le plan de Myrtle, qu'elle avait d'abord jugé absurde, était en fait assez malin.

Cependant, Rainer ne les avaient vues toutes les trois ensemble que deux fois quand il demanda à Nerys, la fois suivante où ils se retrouvèrent seuls tous les deux, si elle voulait bien lui dire ce qui se passait avec Mme Bowen et les *pherans.*

« Les *pherans* ? demanda-t-elle d'un air qu'elle tâcha de rendre innocent.

— Oui. Toutes les trois, hier après-midi au club, vous ressembliez à une rangée de galions en mer, et je suis certain qu'il y aura des questionnements sur la qualité du chauffage car certaines adhérentes semblent obligées de porter leurs vêtements d'extérieur dans le petit salon. Hmmm ?

— Je suis un peu frileuse », tenta Nerys.

Elle s'était procuré un *kangri* et en était ravie. Le feu d'appoint était un récipient bulbeux en faïence, à peu près de la taille – se disait-elle en riant – d'un ventre en fin de grossesse, enveloppé dans un panier d'osier. Chaque matin, Majid le remplissait d'une pelletée de braises du poêle de la cuisine et le rapportait dans sa chambre. Elle le serrait contre elle tandis qu'elle mobilisait sa motivation à glisser de sous les couvertures et à enfiler ses vêtements et, une fois habillée, elle l'installait entre deux de ses différentes épaisseurs avant de se hâter sur le plancher froid pour rejoindre le salon où le poêle rougeoyait déjà et où Myrtle était blottie près de la cafetière. Cette dernière portait un bonnet en peau d'agneau avec des rabats qui lui couvraient les oreilles, ainsi qu'une paire de gants fourrés desquels elle avait coupé le bout des doigts afin de pouvoir les garder en permanence. Dans un rayon d'un mètre autour du poêle, il faisait assez chaud pour s'asseoir et bavarder, mais au-delà régnait un froid glacial.

Rainer se contenta de secouer la tête. Il leva son long bras et s'ébouriffa les cheveux en une véritable crinière. « T'ai-je déjà énuméré les quatre principes d'un spectacle de magie réussi ? Arrête-moi si c'est le cas.

— Non, je ne crois pas. » Nerys riait déjà. Ils avaient toujours des conversations comme celle-là, d'apparence formelle et solennelle, mais bouillonnantes d'amusement et de badinage amoureux sous la surface.

« Ces quatre principes – il les compta sur ses doigts – sont la mauvaise orientation, la diversion, le camouflage et la simulation. Si, par exemple, tu dis à un public qu'une cruche qui semble pleine d'un liquide blanc est en fait pleine de lait, il vous croira automatiquement car son esprit collectif n'ira pas chercher plus loin. Je crois que vous et vos amies appliquez les quatre principes à vos fins, et ce avec astuce. En tant que professionnel, j'admire la technique mais, en tant qu'ami, je ne peux m'empêcher de me sentir un peu exclu. »

La note plaintive qu'il injecta à son propos fit rire Nerys encore davantage. « Ce n'est pas mon secret et je ne puis donc pas te le révéler.

— Ah, d'accord. Mais si je peux me permettre de vous donner un conseil, en tant que collègue illusionniste, c'est que… eh bien *trop* de diversion finit par attirer l'attention.

— Je vois. Merci », répondit-elle.

Ce soir-là, elle avertit Myrtle et Caroline que Rainer commençait à se poser des questions. Elle pensait que ce serait une bonne idée de le mettre dans la confidence car il pourrait s'avérer utile à l'avenir.

Caroline hésitait. « Est-il discret ? » demanda-t-elle.

Nerys répondit qu'elle en était convaincue et Myrtle avait quelque chose à ajouter. « Rainer Stamm est un grand secret en lui-même. Tu te souviens de ces deux Américains que nous avons rencontrés chez lui, Nerys ? »

Elle se les rappelait très bien, et Myrtle sourit. « L'un d'eux avait bu deux ou trois whiskys et s'est entiché de moi. »

Nerys se souvenait de cela aussi.

« Eh bien, je pensais que c'était peut-être un espion, mais *lui* croit que Rainer en est vraiment un. »

Cette idée amusait Nerys. « De notre côté ou du leur, à votre avis ? »

Caroline les regarda l'une après l'autre. « Forcément du nôtre. Il ne peut pas être nazi, si ? Bien qu'il soit suisse ? »

Myrtle lui tapota la main. « J'imagine que tous les meilleurs espions possèdent cette qualité de il-ne-peut-pas-être-de-l'autre-camp, chérie. Je suis encline à faire confiance à M. Stamm et Nerys a raison : il pourrait nous être utile. »

Il fut donc conclu que Nerys lui révélerait leur secret.

Elle était chez Rainer le soir suivant, pendant que Myrtle et Caroline faisaient une apparition à une vente d'objets d'artisanat et de cadeaux pour lever des fonds afin d'envoyer des douceurs et des cigarettes aux hommes en Malaisie. Myrtle avait déclaré que, pour sa part, elle ne souhaitait plus voir d'objet en papier mâché de sa vie et qu'elle n'avait pas la moindre intention d'offrir à quiconque un étui à crayons ou un porte-cartes. Si elle recevait un tel cadeau de Noël, les avait-elle averties, elle attendrait le dégel du lac pour l'y lancer.

Caroline hocha la tête. « Je m'en souviendrai », dit-elle.

Parfois, Myrtle et Nerys ne savaient pas très bien si elle plaisantait ou si elle parlait sérieusement.

Il faisait très froid chez Rainer. Derrière la fenêtre, le ciel était une pluie d'étoiles gelées. Ils étaient assis à regarder l'eau sombre du fleuve et les lueurs jaunes des lampes qui apparaissaient dans les maisons sur l'autre rive. Dans leur cage en métal, les deux colombes blanches qu'il utilisait pour certains de ses tours dormaient, la tête cachée sous leurs ailes.

« Qui est le père ? demanda Rainer, une fois que Nerys eut exposé la situation.

— Je ne sais pas si je suis censée te le dire.

— Je peux sans doute deviner.

— Tu le peux sans doute en effet. Peu de choses t'échappent. »

Il y eut un moment de silence. L'humeur de Rainer pouvait soudain sombrer dans la mélancolie. « Si, certaines choses m'échappent...

— Je ne parlais pas de ce genre de choses...

— Je sais bien. » Il se pencha en avant. Nerys était drapée dans des couvertures en plus de ses vêtements, et la main de Rainer se glissa parmi les couches supérieures pour attraper la sienne.

« Tu as bien chaud.

— Oui. Mon *pheran* est particulièrement efficace contre le froid. Ici, je n'ai même pas besoin de mon *kangri*.

— Ce stratagème est une idée de Myrtle, je suppose ?

— Oui. Mais nous nous sommes toutes les trois mises d'accord. N'importe laquelle d'entre nous pourrait être enceinte, ou nous trois, ou aucune de nous.

— N'es-tu pas inquiète pour ta réputation, Nerys ?

— Non », répondit-elle après une seconde de réflexion. Elle n'avait que faire de ce que Srinagar pouvait penser.

Il se rapprocha, cachant de la tête la fenêtre et les étoiles. « Madame Watkins », murmura-t-il. D'un geste bref, il porta sa main à ses lèvres.

« Oui », dit-elle.

Rainer la regardait avec attention. Elle n'avait souvenir de personne la scrutant ainsi dans les moindres détails, avec autant d'insistance. « Nerys, tu comprends ce qui se passe entre nous, n'est-ce pas.

— Bien sûr. Je ne suis pas Caroline Bowen », répondit-elle en s'échauffant un peu. Il ne pensait quand même pas qu'elle était innocente ou obtuse au point de ne *pas* s'en rendre compte.

Absolument pas perturbé, il sourit. « Tu es mille fois plus désirable que Mme Bowen, toute anglaise, jolie et adorablement malléable qu'elle soit. »

Ils restèrent un instant silencieux. Le pouls de Nerys se ralentit jusqu'à pouvoir entendre à nouveau le craquement des bûches et le crépitement du feu, et plus uniquement les battements de son cœur.

Comprendre ce qui était en train de se produire signifiait reconnaître le dilemme moral auquel elle était confrontée, mais aussi son excitation ; elle ne pouvait pas prendre cette importante décision à la légère. Devenir – ou non – la maîtresse de Rainer dépendait de leur choix à tous les deux, voilà ce qu'il lui disait, et elle était enivrée par l'oxygène d'indépendance que cela lui donnait. Elle avait conscience que la femme docile, effacée et un peu perplexe qu'elle avait été avait évolué jusqu'à ce jour. Comme si elle avait été une chenille, puis une chrysalide gelée et était à présent sur le point de devenir un papillon plein de surprises.

Elle se redressa. « Je crois que nous comprenons tous les deux très bien. » Elle tendit le petit verre bleu qu'il lui avait donné, indiquant qu'elle reprendrait volontiers un fond de son cognac français. Il devenait difficile de trouver des boissons correctes à Srinagar, alcoolisées ou non. Puis elle s'enfonça dans son cocon de couvertures, le dos confortablement adossé au vieux lambris mangé par les vers. L'alcool lui montait agréablement à la tête tandis qu'elle le buvait à petites gorgées. « Sais-tu, dit-elle d'un ton amusé, que plusieurs personnes te soupçonnent d'être un espion ?

— Ah oui ?

— Et l'es-tu ? »

Sa réputation le réjouissait, elle le voyait bien. C'est à peine s'il ne secoua pas sa crinière.

« Non, ma chère. Je suis un alpiniste et un magicien.

— Dans cet ordre ?

— Toujours dans cet ordre. Je gagne ma vie en tant qu'illusionniste et j'ai monté des spectacles partout en Europe. Je pourrais même mentionner des têtes couronnées, si je souhaitais t'impressionner. Mais, dans mon cœur, les montagnes occupent toujours la première place. Je me rendrai au Nanga Parbat, quoi qu'en disent les Britanniques, et je revendiquerai le sommet pour mon ami Matthew Forbes. »

L'image de cruels pics blancs, aiguisés comme des dents de requin, vint à l'esprit de Nerys et la fit trembler d'inquiétude. Elle ne voulait même pas imaginer que Rainer puisse subir le sort de Matthew. « Quand ? »

Il rit, ouvrant sa grande bouche, ravi de voir qu'elle n'était pas rassurée. « Dès que je le pourrai. Mais aujourd'hui, avec la guerre si proche – il haussa les épaules – j'ai d'autres préoccupations. Je souhaite aider les Alliés, naturellement. L'option inverse ne me viendrait même pas à l'esprit. Je suis expert en camouflage et en d'autres formes de tromperies susceptibles d'avoir des applications militaires, et j'ai offert mes services aux Britanniques. Toutefois, comme tu le vois, pour l'instant ils ne me prennent pas très au sérieux. » Il désigna de la main son étrange fatras d'accessoires de toutes les couleurs.

« Ils ont tort », dit Nerys. Néanmoins, elle n'était pas certaine elle-même de croire à cette description de Rainer, tout en innocence.

Il baissa la voix : « Merci. Nous verrons bien. Entre-temps… Je trouve que Srinagar m'attire et retient mon cœur d'une façon dont je ne me serais jamais douté. »

Le silence se fit tandis qu'ils regardaient tous deux dans la même direction, vers les lumières émanant du labyrinthe de la vieille ville.

« J'ai besoin de ton aide, déclara Rainer au bout d'un moment.

— Je ne demande pas mieux. Dis-moi comment je peux t'aider.

— Ne parle pas trop vite, tu pourrais le regretter. En raison de mes projets divers et variés, je cherche à maintenir des relations cordiales avec le Résident, ton ami M. Fanshawe.

— C'est loin d'être un ami. Je ne fais même pas partie de la bonne société, protesta Nerys.

— M. Fanshawe m'a demandé de concocter un spectacle de magie que je donnerai le soir de Noël à la Résidence, quelque chose pour remonter le moral. Le but est de divertir les membres du personnel et leurs familles, ce qu'il reste du régiment et une certaine frange de la société de Srinagar. Je te laisse imaginer. »

Nerys voyait parfaitement.

« Cependant, afin d'assurer la réussite du spectacle, j'aurais besoin de quelqu'un pour m'aider sur scène. En général il s'agit d'une femme, de préférence d'origine exotique. La mystérieuse Madame Libellule ou Miss Soo Ling, arrivée directement de Shanghai, ce genre de choses.

— Je vois. Rainer, je ne suis jamais montée sur scène de ma vie. Et une Galloise ça ne fait pas très exotique.

— Tu ne me suis pas. Tu te souviens des quatre principes. Le camouflage. Tu devras retirer ton *pheran*, j'en ai peur, mais tu pourras le remplacer par des robes flottantes. Je te vois bien en Chinoise. Un petit chapeau rond et noir, un masque. Charmant.

— Vais-je me retrouver sciée en deux ? »

Leurs regards se croisèrent.

« Je n'ai pas encore établi le programme. Ce ne sera peut-être que le début. Et je ne suis pas un amateur, Madame Watkins. Nous allons devoir répéter, répéter et encore répéter. Es-tu partante ?

— Je suis prête et plus que partante », répondit-elle.

Plus tard, quand elle mentionna la nostalgie de Myrtle pour les glamoureuses fêtes de la glace d'avant-guerre, Rainer annonça que, en échange des services de Nerys en tant qu'assistante, il trouverait une idée pour une célébration de Noël.

Nerys fit un compte-rendu de tout cela à ses amies avant qu'elles ne se mettent en route pour Delhi, soi-disant pour échapper au froid sévère et pour faire des courses de Noël, mais en réalité pour aller discrètement consulter un médecin à propos de l'avancée de la grossesse de Caroline.

« Tu as l'air très heureuse, déclara Myrtle en la dévisageant.

— Oui, répondit Nerys en toute simplicité.

— Es-tu amoureuse de lui ? »

Nerys se retourna pour s'assurer que Caroline était trop loin pour les entendre. « Ce ne serait sans doute pas une bonne idée.

— Cela ne répond pas à ma question. N'oublie pas mon bon conseil, amuse-toi. Caroline et moi serons de retour le 23. »

L'excursion à Delhi ne fut pas une partie de plaisir. Le voyage, en car puis en train, était mortellement lent et inconfortable, et Caroline était nerveuse et souvent en larmes. Le docteur hindou qu'elles avaient trouvé l'examina et l'informa avec brusquerie qu'elle était plutôt en bonne santé et devait s'attendre à accoucher dans quatorze semaines environ. Il était plus intéressé de savoir où elle envisageait d'accoucher et voulait savoir pourquoi, si son mari était dans l'armée, elle n'était pas prise en charge par l'hôpital militaire.

Elles sortirent en vitesse et Caroline déclara que, quoi qu'il arrive, elle ne retournerait jamais voir ce médecin. Pire que cela, sur le chemin entre son cabinet et le pavillon de Myrtle, au niveau de la Connaught Place, Caroline s'arrêta pour s'adosser à une colonne et reprendre son souffle. Il faisait chaud à Delhi et elles avaient dû mettre leurs *pherans* de côté, s'enveloppant à la place dans des manteaux cache-poussière et de longues écharpes. À ce moment précis, un cri hystérique retentit. Il se trouve qu'une dame sortant de sa voiture à l'angle de la rue n'était autre que la sœur de la femme du commandant, habitant le pavillon voisin de celui des Bowen.

« Quel plaisir de vous voir toutes les deux. Vous allez prendre le thé ? Voulez-vous que je vous dépose quelque part ? »

Caroline raconta à Nerys qu'elle avait paniqué, sûre et certaine d'avoir justement la main posée sur son ventre rond. La femme paraissait vraiment étonnée de les voir là. Il fallut que Myrtle fasse semblant d'être malade et dise qu'elle allait avoir mal au cœur ou même peut-être s'évanouir, pour qu'elles parviennent à lui échapper.

« Notre chauffeur nous attend. Transmettez mes amitiés à M. Dunkeley », lança Caroline par-dessus son épaule. Elle ajouta à voix basse : « Quelle sorcière. »

Myrtle dit à Nerys : Delhi est une ville trop dangereuse. Il y a trop de gens n'ayant rien de mieux à faire que commérer. À moins que Caroline ne passe les trois prochains mois en quarantaine au *Jardin d'Éden,* tôt ou tard quelqu'un de connaissance l'apercevra et, en quelques minutes, tout l'empire sera au courant. »

Nerys partageait sa crainte. « Nous allons réfléchir à une solution. »

À onze heures précises la veille de Noël, dans le froid et sous un ciel morne, deux équipes s'assemblèrent sur une étendue du lac gelé, minutieusement balayée, juste en face du *Jardin d'Éden.* L'idée de Rainer était un match de cricket.

Le personnel de la Résidence avait embrassé son projet avec enthousiasme, jusqu'à s'en emparer pour l'organiser lui-même.

« Après tout, je ne suis qu'un Suisse. Je ne connais rien aux sports collectifs », murmura Rainer, un brin vexé.

L'équipe britannique était composée de la poignée de jeunes gens qui représentait le squelette du personnel diplomatique de la ville en ces temps de guerre, de quelques fonctionnaires de la Résidence et des rares officiers qui avaient réussi à obtenir un congé de Noël de quelques heures. M. Fanshawe était le chef d'équipe. Le camp de Srinagar était mené par l'ami pandit de Rainer, le professeur d'université, qui était un joueur de cricket passionné. Il avait mobilisé une impressionnante équipe de collègues et d'étudiants, aussi bien hindous que musulmans. Le gardien était un sikh majestueux.

Des balles et des piquets avaient été récupérés au fin fond de la Résidence et les joueurs s'échauffaient en faisant quelques tours de terrain. La plupart d'entre eux portaient des vêtements de cricket blancs par-dessus de nombreuses épaisseurs en laine produisant un drôle d'effet : vingt-deux très gros hommes boudinés dans des habits de petits garçons. On avait eu des difficultés à enfoncer les piquets dans la glace, mais Rainer arriva avec un outil conçu pour attacher des cordes dans les glaciers et perça six trous nets de la profondeur et du diamètre requis, au millimètre près. Il fit patienter les spectateurs en jonglant avec la balle et des pommes empruntées à l'un des nombreux vendeurs qui s'étaient empressés de s'installer autour du terrain. Le camp de Srinagar gagna le tirage au sort et choisit de lancer. M. Fanshawe cria : « Bon, plus de tours avec cette balle à partir de maintenant, Monsieur Stamm.

— Pour cela vous devrez attendre demain, monsieur. »

La véranda du *Jardin d'Éden* servait de loge et était remplie de batteurs et de spectateurs. À l'intérieur du bateau bondé, Majid et ses subordonnés servaient des grogs brûlants, des *pakoras* grillées et des assiettes de mince-pies. Sous l'œil sceptique de Majid, Nerys était parvenue à cuire les tartelettes dans le four du house-boat au milieu des longues heures de répétition que Rainer jugeait indispensables.

« Comment va la magie ? s'enquit Myrtle.

— En fait, c'est l'enfer. C'est un travail éreintant, aussi bien sur le plan mental que physique, et je n'ai pas droit à la moindre erreur.

— Nous avons tous hâte de voir un tel spectacle. »

Nerys fit une grimace d'extrême appréhension.

Rainer enfila un manteau blanc, bizarrement assorti à une paire de crampons d'alpiniste, et prit sa place d'arbitre, à mi-guichet. Il sortit un petit sifflet de nulle part et s'en servit pour annoncer le début du jeu.

Le match de cricket avait attiré une large foule. Le terrain était encerclé de marchands de *chai* et de nourriture, leurs braseros brillants installés sur des briques. Il y avait une forte odeur de mouton épicé et de pain délicieux. Les hommes se bousculaient pour avoir la meilleure place et quelques femmes voilées flânaient sur la glace, curieuses. Les enfants criaient et couraient dans tous les sens jusqu'à ce que la première balle s'envole pour marquer six points et disperse les spectateurs. Les enfants les plus grands poursuivirent le chasseur tandis qu'il dérapait derrière la balle volante.

Certaines amies de Mme Fanshawe, ainsi que les habituées du club, avaient persuadé des cochers de *tongas* de garer leur véhicule sur la glace et, emmitouflées de fourrure sous l'auvent, elles applaudissaient les batteurs qui glissaient aussi vite que possible entre les guichets. Mme Fanshawe elle-même était assise dans un grand fauteuil en osier, telle une reine sur son trône.

Dans le fond, les chevaux soufflaient dans leur musette, formant de la fumée dans l'air froid tandis que tintait leur harnais. Les cochers se joignirent aux autres spectateurs pour acclamer à renfort de cris le lanceur indien quand sa balle fit tomber les taquets d'en face, sans même être touchée par le troisième secrétaire de la Résidence, pourtant le batteur star.

Tout le monde était si couvert contre le froid qu'on aurait dit une foule de quenelles sur pattes, marchant avec précaution pour ne pas glisser. Les joues de Caroline rougeoyaient. Le bout de son nez et le lobe de ses oreilles étaient rose vif. « Qu'est-ce qu'on s'amuse ! » lança-t-elle à Nerys.

Un hurlement s'éleva lorsque M. Fanshawe fut arrêté dans sa course de façon spectaculaire. Le chasseur glissa sur la glace, à plat ventre, brandissant triomphalement la balle. L'équipe de la Résidence s'effondrait sous la pression féroce du XI du professeur. Il avait été décidé que le match se limiterait à douze séries de six lancers de chaque côté et, comme ils devaient marquer rapidement, les batteurs prenaient beaucoup de risques. Les uns après les autres, ils enfilaient leurs gants et descendaient les marches du house-boat, se précipitant vers le guichet, leur batte virilement coincée sous le bras. Trois minutes plus tard, ils faisaient le trajet inverse, levant leur casquette en passant devant l'épouse du Résident. Plus habituées que Nerys aux règles du cricket villageois, Myrtle, Caroline et toutes les autres femmes riaient et applaudissaient à la vue de cette absurde version du jeu. D'autres grogs et des carafes de xérès circulaient librement.

À chaque fois qu'un nouvel homme sortait, joueurs et spectateurs sautaient sur la glace et criaient, frappant l'air et se tapant sur l'épaule d'allégresse.

« Voilà qui n'est pas très sport », déclara Mme Fanshawe d'une voix désapprobatrice.

Des petits garçons s'amusaient à passer sous les guichets en glissant malgré Rainer qui essayait tant bien que mal de les en empêcher. À la fin de la douzième série, le responsable du décompte des points s'approcha du tableau noir, adossé aux marches du house-boat, et y inscrivit à la craie : *XI du résident britannique, 32 – 8.*

Au moment de la mi-temps, pendant laquelle Majid et sa troupe servaient du gâteau de Noël avec du thé ou plus d'alcool, l'ambiance était devenue hautement festive.

« Quelle idée remarquable. Vous êtes un génie », dit Myrtle à Rainer, et Nerys ressentit un ricochet de gloire. Rainer accepta la louange comme son dû et retourna à sa place d'arbitre.

Le premier batteur de Srinagar fut éliminé dès la première balle. Il y eut une clameur de consternation. M. Fanshawe, au fond du terrain, laissa échapper un petit sourire. Le batteur suivant, magnifique dans une énorme tenue rembourrée d'un blanc éclatant, n'était autre que le professeur. Il s'avança lentement vers le guichet, se mit en position et marqua six points, le maximum. Trois balles plus tard, il réitéra cette performance.

Même Nerys se retrouva dans les premiers rangs de la foule. Le soleil apparaissait à présent comme un disque argenté qui, en frappant les stalactites, donnait naissance à des lueurs arc-en-ciel. Myrtle et Caroline la rejoignirent en bousculant les spectateurs, tout excitées et, côte à côte, elles formaient un mur isolant d'écharpes et de *pherans*.

Le match ne s'éternisa pas. Le professeur marqua six points pour la sixième fois et une forêt de bras s'éleva en l'air, accompagnée de cris et de battements de pieds si enthousiastes qu'on aurait cru assister à l'annonce de l'indépendance du Cachemire. Les joueurs quittèrent le terrain, gelés mais rayonnants. Les marchands refermèrent immédiatement leurs petits stands et poussèrent les braseros vers la rive.

« Pas de chance, lança le professeur, au milieu d'une foule de supporters.

— Drôlement bien joué ! » répondit M. Fanshawe tandis que le responsable du score inscrivait : *XI du professeur Pran, 36 – 1.* « Il faudra que nous fassions cela plus souvent, à chaque fois que le lac sera gelé. Beau spectacle, Monsieur Stamm. »

Rainer s'inclina et Nerys se demanda combien de temps encore il devrait attendre avant de se voir accorder un permis pour le Nanga Parbat.

Majid faisait une autre tournée de boissons, mais la plupart des joueurs et des invités commençaient à partir. Tout le monde se souhaitait un très joyeux Noël.

« C'est si plaisant de voir les hommes s'amuser lors d'un match, hindous et musulmans, chrétiens et sikhs, tous ensemble, n'est-ce pas ? déclara Mme Fanshawe en montant dans la voiture du Résident.

— Si seulement la compréhension religieuse et le respect mutuel étaient aussi simples qu'elle », chuchota Rainer à l'oreille de Nerys.

Il avait passé les cinq minutes précédentes à parler avec entrain au gardien de guichet sikh. Ses yeux brillaient. « Viens avec moi », dit-il. Il lui prit le bras et l'entraîna vers la rive.

Deux des cochers de *tongas* qui attendaient avaient réharnaché leurs bêtes et conduit leurs véhicules derrière une ligne creusée dans la glace. Le gardien de guichet bondit dans l'un tandis que Rainer aidait Nerys à grimper dans l'autre. Les cochers brandirent leur fouet et le souffle des chevaux s'éleva en nuages. Les *tongas* grinçaient et se tendaient et les sabots impatients trépignaient sur la glace. Un homme à l'air hargneux coiffé d'un chapeau pathan vint se placer, un pied de chaque côté de la ligne, et leva un bras.

« Que se passe-t-il ? » demanda Nerys d'une voix rendue aiguë par l'angoisse.

Rainer s'enfonça dans la banquette en cuir froissé. « Un petit pari. Regarde notre cheval – c'est un beau spécimen.

— *Quoi ?* »

Le bras de l'homme s'abaissa. Les cochers fouettèrent les chevaux qui partirent à une telle vitesse que Nerys fut projetée en arrière. Rainer lui passa un bras autour des épaules.

« Tu as une place de choix. C'est une course jusqu'au bout du lac, puis en sens inverse. »

Les deux chevaux galopaient à présent, leurs sabots projetant dans les airs des averses de poudre de glace. Aucun des deux ne dérapait, c'était incroyable. Les vieilles *tongas* oscillaient et gémissaient comme pour protester contre cette vitesse éclair. Nerys se couvrait la bouche des mains tandis que le vent lui fouettait le visage. Elle hésitait entre hurler et pleurer de terreur. Rainer glissa sur le bord de la banquette pour exhorter leur cocher à aller encore plus vite. Quand ils atteignirent la rive opposée, ce dernier tira sur les rênes pour ralentir le cheval et, dès que la vitesse se fut réduite, Rainer bondit hors du véhicule. Il se mit à courir dès que ses pieds touchèrent la glace. Atteignant la rive, il saisit une branche du vieux mûrier qui y poussait avant de s'élancer en sens inverse. Agitant sa propre branche, leur adversaire n'était que trois secondes derrière eux quand ils repartirent dans l'autre direction.

Ils retournaient vers les house-boats, suivant leurs traces du parcours aller. L'excitation de la course commençait à monter en elle quand Nerys entendit un craquement comme un coup de pistolet. Elle sentit leur cheval freiner et presque trébucher. Le froid lui piquait les yeux, mais elle vit de grandes fissures se dessiner devant eux tandis que la glace cédait sous les roues de la *tonga*.

« Plus vite », cria Rainer. Il se précipita en avant afin de frapper le cocher entre les omoplates. « Plus vite mon vieux. C'est la seule solution. »

Le fouet s'agita et le cheval parvint finalement à se reprendre et à se remettre au galop. Dans leur sillage, de l'eau glacée jaillissait et se répandait comme des flaques de mercure pour combler les brèches. Un peu plus loin, l'autre cocher avait vu leurs difficultés et dévia vers la glace plus solide et plus sûre. Rainer savait qu'ils gagneraient la course s'ils parvenaient à aller plus vite que l'effondrement de la glace, et le cheval le sentit aussi instinctivement. C'était fatigant et sa tête piquait d'un côté puis de l'autre, mais il tenait bon au rythme des coups de fouet sur ses flancs couverts d'écume. De longues secondes plus tard, ils rejoignirent la bande de glace plus épaisse, laissant derrière eux les miroirs d'eau sombre.

La petite foule de spectateurs restants n'avaient rien perdu de la course qu'ils regardaient pétrifiés. La *tonga* victorieuse de Rainer s'approcha et le cheval eut quelques soubresauts avant de s'arrêter, les sabots écartés et la tête pendant piteusement. Rainer brandit triomphalement la branche de mûrier, mais tout le monde était trop horrifié pour applaudir. Myrtle s'avança et prit les bras de Nerys tandis que ses jambes tremblantes peinaient à ne pas flancher au sortir de la *tonga*. « Tout va bien maintenant. Pendant un moment j'ai eu peur que ce ne soit pas le cas.

— Moi aussi, haleta Nerys.

— Qui ne risque rien n'a rien. Nous avons gagné, non ? » répliqua Rainer. Il sortit une liasse de billets et se mit à compter de l'argent dans la main tendue de leur cocher. Nerys tapota l'encolure trempée du cheval et retourna au *Jardin d'Éden* d'un pas mal assuré.

L'autre cheval rejoignit au trot et, rayonnant, Rainer serra la main de son opposant défait.

Myrtle était encore dehors, à dire au revoir aux retardataires sous le choc, quand Rainer entra dans le salon, semblant trop grand et trop exultant pour cet espace restreint.

Nerys l'attaqua violemment, la colère lui embrasant les joues : « Qu'est-ce qui t'a pris ? Nous aurions pu tous nous noyer.

— Je sais, lui murmura-t-il, venant si près qu'elle sentait son souffle chaud sur son visage. Mais nous sommes sains et saufs, et tu étais excitée, n'est-ce pas ? Ne me dis pas que tu ne te sens pas cent fois plus vivante en ce moment qu'il y a une heure. »

Il avait raison. Elle avait conscience de chaque centimètre carré de sa peau et de chaque détail de ce qui l'entourait. Elle avait conscience de manière infime des couleurs vives des coussins en soie de Myrtle, de l'air qui emplissait ses poumons, de la peur qui coulait le long de sa nuque sous forme de gouttes de transpiration.

La vie était précieuse, chaque lueur dans le lambris, chaque petit froncement de tissu était divinement beau et, quand elle leva les yeux vers Rainer, il la prit par les épaules et l'attira encore plus près de lui. « Tu vois ? Tu ressens tout cela. Tu ne t'es pas évanouie, tu n'as pas crié ni manifesté aucune de ces attitudes de femme faible. Tu n'as pas besoin de coussins, ni de permission, ni d'un homme qui te protège ou te rabaisse. Je le savais. Nous avons le même esprit et je t'ai reconnue dès notre première rencontre. »

Leurs lèvres se touchèrent l'espace d'un instant. Le désir de Nerys pour lui se pressa dans ses veines, se répandant en une douce chaleur après les accès de peur et l'agréable frisson de se sentir plus en vie que jamais.

C'est l'arrivée de Myrtle et le bruit de ses pas sur les marches, puis déblayant la véranda de la glace, qui les fit se séparer. Nerys luttait pour respirer et Rainer s'écarta.

« J'ai trouvé le match fort agréable, pas vous ? dit-il à Myrtle d'une voix mielleuse.

— Je n'aurais sûrement pas trouvé cela agréable si ma meilleure amie s'était noyée devant mes yeux, répondit-elle d'un ton sec.

— Mais je ne me suis pas noyée. Je n'ai même pas les pieds mouillés », dit Nerys.

Rainer inclina la tête devant Myrtle. « Je vais vous laisser à présent. Je dois aller répéter pour demain soir. Je vous souhaite un très joyeux Noël. »

Nerys le suivit jusqu'à l'étendue cristalline.

« N'oublie pas de revoir le programme dans ta tête, lui ordonna-t-il. Je ne veux aucune bavure dans aucun des tours.

— Il n'y en aura pas », répondit-elle.

Les yeux de Rainer caressaient son visage aussi explicitement que si ça avait été sa main. « Demain », dit-il. Il ne parlait pas du spectacle de magie à la Résidence.

Elle leva la main pour se protéger les yeux de la lumière et le regarda s'éloigner.

Demain, demain, se répéta-t-elle. Ce mot et son excitation gonflèrent pour emplir sa tête d'une pluie d'étoiles d'or.

Myrtle avait enlevé son *pheran* et s'était installée dans son fauteuil près du poêle.

« Ne sois pas désapprobatrice », supplia Nerys.

Myrtle agita sa cigarette. « Je ne suis pas du genre à désapprouver quoi que ce soit. Ce que je ressens, ma chère, c'est de la jalousie.

— Tu te souviens quand tu as dit ne pas vouloir voir ta meilleure amie se noyer ?

— Oui.

— Suis-je vraiment ta meilleure amie ? »

Myrtle expulsa un rond de fumée bien calculé. « Oui, Nerys. »

Nerys n'avait jamais eu de meilleure amie auparavant. Il y avait eu les filles de son lycée puis celles de son école d'institutrice, mais aucune d'elles n'était comparable à Myrtle McMinn. Même avec la lueur de *demain* enveloppant sa conscience, Nerys se dit que cette simple déclaration était le plus beau cadeau de Noël qu'elle puisse recevoir.

Le lendemain matin, Caroline les rejoignit et elles parcoururent ensemble la courte distance qui les séparait de l'église anglicane, traversant les fines spirales de neige. Les bancs de bois étaient occupés par les courageux membres restants de la société du Srinagar Club. M. Fanshawe lut la leçon et la congrégation chanta les habituelles mélodies de Noël. Les poêles de chaque côté de la nef avaient été allumés bien à l'avance, mais les fidèles pouvaient tout de même voir leur respiration former des nuages dans l'air tandis qu'ils écoutaient le sermon. Les trois jeunes femmes ne se seraient fait remarquer que si elles n'avaient *pas* été enveloppées dans leurs vêtements les plus épais de la tête aux pieds.

De retour au *Jardin d'Éden,* pendant qu'elles échangeaient des présents et qu'elles riaient de l'interprétation loyale mais approximative de Majid d'un dîner de Noël traditionnel, Myrtle avertit ses amies qu'elles devraient préparer un nouveau plan, plus ambitieux, pour les trois mois suivants.

Caroline acquiesça. Elle déclara en se mordant la lèvre : « Il devient difficile de cacher ma silhouette aux domestiques.

— Il faut au moins que tu emménages ici avec Myrtle pour la nouvelle année, dit Nerys.

— Mais alors où iras-tu ?

— Ne t'inquiète pas pour cela. Je dois trouver un petit endroit où loger de toute façon. Dès que les cols rouvriront, Evan sera là. » Elle insista délibérément sur ces derniers mots.

Demain était devenu aujourd'hui.

« La neige finit toujours par fondre. Mais la guerre, finira-t-elle un jour ? demanda Caroline.

— Cela viendra aussi », répondit Nerys.

Elles se regardèrent un moment en silence. Le monde à l'extérieur de la capsule fragile et éclairée du house-boat était secoué de dangers connus et inconnus, et imaginer ce qui pourrait arriver renforçait encore le lien entre les trois amies. Caroline mit la main sur son ventre, où le bébé avait commencé à donner des coups de pied. Leur propre avenir semblait tout aussi incertain que celui de l'enfant à naître.

Myrtle brisa le silence en sortant une bouteille de champagne jusque-là immergée dans un seau rempli de glace du lac. « Ceci, mes chéries, est l'une des dernières bouteilles de vin pétillant convenable qui restent dans l'État du Cachemire tout entier. »

Elle remplit leurs verres. « Joyeux Noël. À la nôtre et à tous ceux qui nous sont chers. »

Nerys et Caroline reprirent ses mots, mais c'était un triste toast.

« Ce soir, nous nous réjouissons d'assister au grand début sur scène de Nerys », rappela Myrtle, après avoir vidé son verre. Nerys se cacha la tête dans les mains, car elle n'avait pas besoin qu'on le lui rappelle, et la gaieté reprit le dessus.

La salle de bal de la Résidence était décorée d'un énorme sapin de Noël. Les épouses du régiment, avec leurs enfants encore trop jeunes pour aller à l'école en Angleterre, leurs *ayahs*, le personnel de la Résidence et la majorité de la congrégation présente le matin étaient assis sur des rangées de petites chaises dorées. Il y avait une ambiance d'excitation festive.

Nerys jeta un coup d'œil à travers une fente des rideaux de fortune installés à l'arrière de la scène de Rainer qui avait été transportée de sa maison à la Résidence et montée par une équipe de porteurs. Elle avait des papillons dans le ventre. Dans l'océan de visages, elle aperçut Caroline, drapée dans une cape du soir en velours noir avec une capuche bordée d'hermine, empruntée à Myrtle, et cette dernière vêtue d'une robe Empire volumineuse qui formait un tourbillon de satin bleu nuit.

M. Fanshawe fit un discours de bienvenue et Nerys prit sa place en coulisses. Elle regarda Rainer, calme, positionné à l'endroit où les rideaux s'écarteraient pour le dévoiler. Contrairement à ses habits du soir habituels, son costume de scène était soigné et sa cravate amidonnée et immaculée. Elle aurait peut-être voulu lui souffler un baiser de bonne chance, en signe de leur intimité ainsi que de son trac, mais elle vit qu'il avait les yeux fermés, entièrement plongé dans ses pensées.

D'abord un alpiniste, puis un magicien, se souvenait-elle. Ensuite seulement, un homme.

Le Résident lança d'une voix de stentor : « Mesdames et messieurs, voici le mystérieux spectacle de magie de Rainer Stamm ! »

Grâce à deux porteurs qui, dans les coulisses, tiraient sur les cordes, les rideaux s'ouvrirent. Le spectacle pouvait commencer.

Au cours de la première partie, Rainer présenta une série de tours avec les anneaux reliés, des cartes à jouer, des balles de billard et des écharpes. Le public était enchanté et applaudissait à tout rompre. Puis vint le moment de vérité. Il annonça qu'il serait rejoint par Miss Soo Ling, à peine arrivée à Srinagar de Shanghai.

Se demandant si elle n'allait pas s'évanouir d'angoisse, Nerys baissa son masque noir de carnaval, arrangea la paille noire qui cachait ses cheveux et glissa sur scène. Elle rentra chacune de ses mains dans la manche opposée de sa robe chinoise et salua profondément en réponse au tonnerre d'applaudissements.

Alors qu'elle était courbée en deux, quelque chose d'étrange se produisit. Sa peur s'évapora complètement. Elle avait les idées claires et se sentait calme et euphorique.

Tout d'abord, son rôle était celui d'une simple assistante. Il y avait le tour de l'eau, dans lequel elle passait à Rainer les cruches en cristal, le tour avec les colombes qu'il faisait apparaître dans l'air, dans lequel elle devait s'assurer que leur panier était placé à l'endroit précis où aucun spectateur ne pouvait le voir, puis celui du manguier, où elle plantait la graine de laquelle – avec l'aide de miroirs – un manguier poussait et donnait des fruits comme par enchantement. Miss Soo Ling cueillit un fruit mûr et le présenta cérémonieusement à Mme Fanshawe, assise au milieu du premier rang. Pendant tout ce temps, Nerys joua le rôle muet qu'elle avait conçu avec Rainer. Elle était espiègle, refusant parfois de faire ce qu'il lui demandait. Sa désobéissance ravissait les enfants.

Quand ils arrivèrent au dernier tour, le final du spectacle, Nerys savait que tout allait bien se passer.

Il s'agissait du tour de la boîte magique. C'était elle la véritable responsable de la réussite du trucage, pas Rainer, mais ils avaient répété de façon si méticuleuse qu'elle avait vraiment envie de gérer le tour à la perfection. Les rires et les applaudissements résonnaient dans ses oreilles et elle s'en imprégna ; c'était comme si un autre tour de Rainer avait finalement fait éclore cette actrice glamour de la chrysalide d'institutrice réservée et de femme de pasteur presbytérien.

La boîte, une structure peinte en rouge et composée de trois tranches avec une série de hublots décorés de lunes et d'étoiles, fut apportée par deux porteurs et placée au milieu de la scène. Dès qu'elle la voyait, Nerys était censée abandonner tous ses airs de petite effrontée et essayer de s'enfuir en courant. Rainer lui barra la route et l'amena de force près de la boîte. Le public prit parti, encourageant soit Rainer soit Soo Ling.

La boîte était juste assez grande pour qu'elle puisse y tenir debout. Il ouvrit la porte, montra qu'elle était vide, y fourra Nerys et ferma la porte à clé.

Une fois qu'elle fut emprisonnée, Rainer fit un clin d'œil aux spectateurs. Il alluma une cigarette, se dirigea tranquillement vers un phonographe posé sur une petite table et choisit un disque. Il lança le « Boléro » de Ravel. Ils avaient répété la progression précise de chaque séquence du tour en suivant le rythme de la musique.

Rainer jeta sa cigarette. Des coulisses, il rapporta une énorme épée en argent et nettoya la lame à l'aide d'un mouchoir en soie. D'un grand coup précis, il trancha la boîte entre la section du haut et celle du milieu. Le public retint sa respiration. Il fit la même chose entre la deuxième et la troisième section. Puis il souleva la première section et la posa par terre. La deuxième suivit. Aplatie sur le dos, glissant sur un chariot à roulettes dans l'espace confiné à l'intérieur de la scène, Nerys entendit un enfant crier : « La dame chinoise découpée en morceaux, Maman. »

Il y avait des éclats de rire étouffés, et Rainer allait de plus en plus vite en faisant de plus en plus de bruit.

Tout ce qu'elle avait à faire était de glisser très rapidement entre les trois trappes de la scène et de passer la tête dans la première boîte avant que Rainer ouvre le hublot, glisser en arrière tandis qu'il jonglait avec les boîtes, s'appuyer sur les bras pour atteindre le hublot de la deuxième boîte et, alors que le tour prenait de la vitesse, se mettre en équilibre sur la tête sous la troisième pour faire sortir le bas de ses collants noirs et ses pantoufles chinoises.

Elle glissait dans cet endroit étroit et étouffant, quand soudain elle sentit une secousse et une inclinaison sur le côté. Au lieu de glisser avec fluidité, le chariot s'était arrêté. Au départ, elle ne comprit pas ce qui se passait mais, luttant pour respirer, elle se contorsionna pour atteindre sa place juste avant que Rainer n'ouvre le hublot, révélant son visage masqué serein. Elle entendait les rires et les applaudissements et le crescendo implacable du « Boléro ». Au-dessous de la scène, le chariot était maintenant un obstacle à ses mouvements suivants. Elle escalada de boîte en boîte, ne sachant plus dans la panique où elle en était avec la musique. L'inévitable instant arriva où elle se retrouva en retard par rapport à la séquence de boîtes et où Rainer ouvrit un hublot révélant une boîte vide.

« Mon Dieu », cria-t-il, et les rires redoublèrent. Il le referma à grand bruit.

Se reprenant, Nerys parvint à remettre ses membres endoloris en place. Il donna deux petits coups secs sur la boîte et, quand il l'ouvrit pour la seconde fois, elle était à son poste.

Elle réalisa la position suivante, étouffant dans la poussière, agitant frénétiquement ses chaussons au rythme des grands éclats de rire mais, alors qu'elle luttait pour prendre la dernière posture, un clou ressortant des planches de bois déchira un grand pan de sa manche et de la chair tendre de son bras au-dessous. Serrant les dents pour ne pas hurler de douleur, elle passa au-dessus du chariot détraqué et se releva avec peine à l'intérieur des trois boîtes que Rainer avait maintenant rempilées dans leur position d'origine. Les dernières mesures de musique retentissaient quand elle entendit le petit coup indiquant qu'il était sur le point de déverrouiller la porte. Elle colla un sourire sur son visage.

La boîte s'ouvrit en grand, parfaitement en rythme.

« La dame est réparée ! » cria le même enfant.

Rainer prit la main de Nerys et l'amena sur le devant de la scène pour saluer. Elle se forçait à sourire derrière son masque et serrait les doigts de Rainer, cachant son bras blessé derrière son dos car elle sentait que sa manche était trempée de sang.

Les rideaux se fermèrent enfin sous un tonnerre d'applaudissements et d'acclamations.

Il virevolta vers elle, hors de lui. « Qu'est-ce que tu fichais, bon sang ? Tu as failli tout faire rater.

— J'ai failli tout faire rater ? Ça, c'est la meilleure ! La roue a dû se détacher du foutu chariot. Bon sang, j'ai failli me tuer pour ton satané tour stupide. »

Submergée par la douleur et la colère, Nerys fit tournoyer son bras indemne vers lui, mais il lui attrapa le poignet avant qu'elle ne puisse le gifler. « Tu es une bête sauvage. C'est la première fois que je t'entends jurer de la sorte. » Il souriait de toutes ses dents, dégustant cette facette inattendue de sa personnalité.

« Je n'arrivais pas à faire glisser le chariot. Il bloquait le passage. J'ai dû ramper sur le ventre et je me suis déchiré le bras et… »

Son sourire disparut. « Montre-moi ça. »

Il y avait des gouttes de sang sur la scène et sa main en était barbouillée. Rainer remonta la manche trempée et vit la blessure. Il soupira. « Je suis vraiment désolé. Pardonne-moi. Tiens… » Il sortit de son gilet sans tache une ribambelle de mouchoirs noués les uns aux autres et pansa grossièrement son bras. Par-dessus son épaule, il dit au porteur de la Résidence le plus proche qu'il emmenait Mme Watkins se faire soigner une coupure de façon urgente. Puis il la souleva de terre et courut vers la loge improvisée, l'enveloppa dans son *pheran*, qui pendait à un crochet, et se précipita à l'arrière de la grande maison, passant devant des visages étonnés.

« Je peux marcher », protesta Nerys quand ils jaillirent dans la nuit bleu marine. Rainer vacillait un peu sous son poids et ses lourdes empreintes oscillaient sur le tapis de gel argenté.

« Ne souhaites-tu pas être enlevée ? grogna-t-il.

— Tu ne peux pas m'enlever. Je suis un esprit libre, une femme qui n'a pas besoin de coussins, tu te rappelles ? » Elle quitta ses bras en se tortillant, lui donna sa bonne main et ils coururent dans le jardin, devant les gardiens et les palefreniers curieux de M. Fanshawe, avant de franchir le portail et d'atterrir sur un chemin. Chanceux, ils croisèrent la route d'une *tonga* qui s'approchait de l'entrée dans l'espoir d'obtenir une course à la fin de la fête. Un instant plus tard, pour la seconde fois en l'espace de deux jours, ils se retrouvèrent sous un auvent ondulant tandis que le cocher fouettait son cheval pour le faire galoper à toute vitesse.

Il faisait plus froid que jamais dans la pièce à chevrons surplombant le Jhelum.

« Enlève-moi ça », lui ordonna-t-il. Elle déboutonna sa robe chinoise et la laissa tomber à ses pieds. Rainer embrassa ses épaules nues avant de les couvrir d'un châle en pashmina. Puis il lui leva le menton et lui embrassa les lèvres, la serrant contre lui comme si elle était aussi légère qu'une plume.

« Tu es magique », murmura-t-il au bout d'un long moment. Il s'écarta avec difficulté. « Attends. Assieds-toi là. Je vais te bander le bras. »

Il apporta un bol d'eau chaude et nettoya la coupure, annonçant que ce n'était qu'une blessure superficielle et qu'elle devait être en bonne santé pour saigner autant. Puis il la couvrit de teinture d'iode et elle glapit et jura de nouveau.

Quand il eut fini de la soigner, il lui donna un verre de son bon cognac.

« Je dois te remercier d'avoir sauvé le tour de la boîte du désastre, dit-il d'un ton solennel.

— Je l'ai sauvé, hein ?

— La roue du chariot a dû être endommagée quand les porteurs l'ont apporté.

— Tu t'es sauvé toi-même lorsque mes bras ne sortaient pas de cette boîte. Ils ont adoré, je l'entendais bien. »

Rainer approcha son verre du sien pour trinquer. Elle voyait les rides hâlées de son visage de lion. « Nous formons une bonne équipe », déclara-t-il. Ses éloges lui allèrent droit au cœur.

Puis, avec une grande délicatesse, il lui prit les mains et l'aida à se lever. Ils se regardèrent dans les yeux.

« Je crois que le moment est venu. Si tu es d'accord ? » dit-il.

Nerys inclina la tête. Elle avait à présent l'impression d'être son amie et sa complice, et cette touche d'intimité rallumait son désir. Malgré toutes les interrogations morales et la culpabilité qui l'avaient tourmentée, et malgré son émergence en tant que femme capable de faire ses propres choix, maintenant que le moment était venu elle ne se posait plus de questions. C'était simple et inévitable.

Il la souleva et l'emmena vers son lit. Puis il défit les rideaux qui se déployèrent pour les isoler de la pièce scintillante.

« Ce soir, c'est à cela que se limite le monde », lui dit-il.

Il s'agenouilla au-dessus d'elle et retira le reste de ses vêtements un à un. Elle le laissa faire et fut étonnée du plaisir qu'elle prenait à être admirée.

Enfin il murmura, avec une touche de formalité qui l'émut : « Me permets-tu ? »

Oui. Elle lui permettait tout, et elle saisit toute la liberté qu'il lui offrait en retour.

Elle n'aurait peut-être jamais connu cela, pensait-elle.

Elle n'aurait sans doute jamais appris ce langage qui, en fait, lui vint naturellement, et le délice aurait été enfermé pour toujours, comme un tour merveilleux caché dans l'une des boîtes du magicien.

Cependant, bien plus tard, alors qu'elle sombrait dans le sommeil, c'est Evan qui vint flotter dans ses pensées. Elle le voyait avec la clarté étrange et inquiétante d'un rêve, son mari avec son innocence maladroite et l'angoisse qui le suivait partout. Elle ressentit un élan de tendresse envers lui et un pincement de honte à cause de ce qu'elle venait de faire. Mais quand bien même, elle ne regrettait rien. Elle se disait qu'elle ne le regretterait jamais.

Rainer l'enlaçait étroitement et dormait déjà. Elle l'écoutait respirer et finit elle aussi par baisser la garde face au sommeil.

De grands coups et une voix s'élevèrent. En se réveillant, Nerys eut l'impression que le bruit durait depuis un certain temps. Le bras de Rainer reposait lourdement autour de son buste et elle se tortilla pour se dégager. Ouvrant une fente dans les rideaux du lit – *Ce soir, c'est à cela que se limite le monde* – elle fit entrer un rai de lumière grise. Il était très tôt, mais il faisait jour.

Quelqu'un tambourinait à la porte en bas des escaliers. La voix était enfantine. Les vêtements de Nerys étaient éparpillés, emmêlés dans les draps, et elle se souvint que sa robe chinoise tachée de sang se trouvait quelque part dans la pièce.

« Rainer, réveille-toi. » Elle lui secoua l'épaule et il ouvrit les yeux. « Écoute. »

Il se leva, cherchant déjà ses habits et les enfilant rapidement.

« Attends-moi ici », ordonna-t-il, mais elle n'en fit rien. Enveloppée dans une couverture, elle était juste derrière lui quand il ouvrit la porte. Son bras était raide et endolori, mais elle l'oublia immédiatement.

Sur le perron se trouvait la petite fille de la fileuse. Son visage crasseux était sillonné de traces de larmes toutes fraîches. Elle attrapa les jambes de Rainer tout en se lançant dans des explications.

« Que dit-elle ?

— Sa mère est malade. Elle demande de l'aide, de la nourriture. »

Nerys se baissa et prit l'enfant dans ses bras. Sa réponse fut de se débattre et de cracher, frappant les épaules de Nerys et hurlant de rage.

La jeune femme lança à Rainer : « Dis-lui que nous arrivons. Nous devons nous habiller. »

Tandis qu'ils s'habillaient à la hâte, la fillette courait dans tous les sens, saisissant des fruits sur un plat et les rangeant sous le morceau de tissu qui lui couvrait la tête. Le désespoir de sa fouille sauvage inspirait à Nerys autant de terreur que de pitié. Derrière l'enfant qui filait en avant, ils coururent au milieu de la boue glacée et des tas de détritus des ruelles jusqu'à la porte protégée par son lambeau de toile.

Le petit garçon était assis dans un coin de la pièce avec le bébé sur les genoux. Le blanc de leurs yeux brillait dans l'obscurité. La mère était étendue à côté de son rouet.

Ils virent instantanément qu'elle était morte.

La fillette s'accroupit près d'elle et lui tira sur le bras. Puis elle poussa un gémissement très bas, comme un animal, et se jeta contre sa mère.

« Emmène les enfants », murmura Rainer.

Nerys regarda autour d'elle. Il n'y avait rien dans la pièce nue à part le rouet et le lit de chiffons. Même le châle, dans son emballage de toile, avait disparu. Les yeux secs et les mains raides, elle souleva le bébé des bras de son frère et l'enveloppa à l'intérieur de son *pheran*. Elle prit la main froide du petit garçon et, avec l'aide de Rainer, détacha la fillette maintenant muette du corps froid de sa mère. Il n'y avait plus de larmes et, après ce gémissement terrible, plus un son.

« Emmène-les chez moi. Je vais aller trouver le chef de ce quartier pour lui signaler le décès. Puis je serai de retour », déclara-t-il. Son visage était semblable à une pierre.

Nerys conduisit les enfants sur le même chemin qu'elle avait emprunté peu auparavant. Elle n'était pas très sûre de l'itinéraire à travers le labyrinthe des ruelles, et elle était trop en colère pour tenter de demander à l'un des hommes silencieux qui les regardaient passer, debout dans l'ombre. La fillette refusait de lui donner la main. Elle marchait sans dire un mot, rigide comme un petit robot.

Ils finirent par atteindre le fleuve et la vieille maison. Nerys assit le garçon sur le lit de Rainer et enroula la couverture autour de ses frêles épaules. Le bébé remuait et pleurnichait et elle le berça en se déplaçant dans la pièce. La fillette alla près de la fenêtre et leur tourna le dos, regardant tomber la neige.

Dans la cuisine de Rainer, Nerys dénicha du pain *roghani* et une soucoupe de compote de pommes. Contrairement aux autres Européens de Srinagar, Rainer n'employait pas de domestique. Elle fit chauffer une tasse de lait sur la cuisinière à gaz et la plaça sur le rebord de la fenêtre pour la laisser un peu refroidir pendant qu'elle donnait des cuillerées de pain et de compote au petit garçon. Quand il eut un peu mangé, elle arriva à persuader sa sœur de quitter son poste de sentinelle. Celle-ci saisit brusquement un morceau de pain et, le tenant à deux mains, se mit à le grignoter en retournant à sa place.

Nerys tenait le bébé silencieux dans ses bras et lui faisait boire du lait chaud à l'aide d'une cuillère à café quand Rainer revint. Il avait rapporté du pain frais et un bol de ragoût de lentilles.

Il répartit la nourriture et la petite attrapa son assiette avant d'aller retrouver la fenêtre.

« Elle avait de la fièvre, dit-il. Elle était malade depuis plusieurs jours.

— Pourquoi personne ne l'a aidée ?

— Elle avait été exclue de la société. C'est comme ça que ça fonctionne ici. Peut-être que c'est vrai – peut-être avait-elle vraiment fréquenté un autre homme – je ne sais pas. Maintenant, personne ne le saura. »

Nerys regarda les enfants l'un après l'autre. On aurait à peine dit des enfants, plutôt des petites personnes ravagées.

Elle avait conscience que beaucoup de choses s'étaient produites au cours des vingt-quatre dernières heures et que c'était loin d'être fini. Ses propres préoccupations, si prenantes une heure plus tôt, étaient devenues complètement dérisoires. « Que pouvons-nous faire pour eux ? » chuchota-t-elle.

Il réfléchit à sa question, d'un air sombre. « Nous allons les ramener au village. Auprès de la famille de leur mère, à Kanihama. »

CHAPITRE ONZE

Deux jours après Noël, Nerys et Rainer conduisirent le petit trio à travers la neige, de Srinagar à Kanihama. Les deux aînés étaient blottis dans la remorque et le bébé gémissait dans les bras de Nerys.

Le grand-père et l'arrière-grand-père des enfants sortirent de chez eux pour les accueillir.

« Nous avons très peu de choses, déclara l'homme au visage lunaire. Déjà pas assez pour nourrir tout le monde.

— Ce sont les enfants de votre fille. Elle est morte, et si vous et votre famille ne vous occupez pas d'eux, ils mourront aussi, rétorqua Rainer.

— Qu'elle repose en paix », murmura l'arrière-grand-père avec piété. Son fils prit une expression sévère.

Les enfants claquaient des dents à cause du froid. Finalement, une femme sortit d'une des maisons et les emmena à l'intérieur. Nerys n'oublierait jamais le regard furieux et accusateur que lui lança la fillette, Farida, par-dessus son épaule. Elle n'avait pas prononcé un seul mot depuis qu'elle avait quitté la maison de sa mère, et c'était la première émotion qu'elle montrait. Elle avait attrapé toute la nourriture à sa portée, sans même attendre de voir si son frère en avait un peu, et le reste du temps elle était restée debout ou assise, leur tournant le dos.

« Son propre enfant, sa propre chair, son propre sang, chuchota Nerys à Rainer, dégoûtée.

— Leurs règles ne sont pas les mêmes que les tiennes, répondit-il. Il y a eu déshonneur. Sa fille a été reniée.

— Nous ne pouvons pas laisser ces enfants ici. Laisse-moi les remmener à Srinagar. Je trouverai un moyen de m'occuper d'eux.

— Leur place est ici, Nerys. Avec des gens comme eux, pas avec toi, Myrtle, les dames du Srinagar Club et leurs idées de charité. Ne laisse pas tes sentiments brouiller ton jugement.

— Tu es si dur, ça m'étonne de toi. » Elle était en colère contre lui car elle était perdue.

À la fin de l'entrevue, de l'argent changea de mains, et Rainer donna de strictes instructions aux villageois sur la façon dont ils devaient s'occuper des enfants.

Sur le chemin du retour, Nerys pleurait.

Trois jours plus tard, elle insista pour retourner au village afin de voir si tout se passait bien. Le spectacle ne fut pas rassurant. Le bébé était muet et mou, bien qu'il soit allaité par une tante ou peut-être une cousine, qui avait elle-même accouché récemment. Le garçon, Faisal, pleurait ou se balançait dans un coin et Farida gardait un silence amer.

Ils avaient apporté de la nourriture, ainsi que des vêtements supplémentaires, des couvertures chaudes et un berceau pour le bébé. Les villageois observaient Rainer déballer les provisions, presque aussi fascinés que lors de ses tours de magie. Nerys se disait qu'ils ne faisaient sans doute pas de distinction entre la prestidigitation de l'autre fois et cette matérialisation de vêtements et de nourriture convoités. Les biens furent vite emportés.

« Ils vont tout prendre pour eux », murmura-t-elle, regardant le cercle de visages sombres et austères. Sous l'emprise de l'hiver, Kanihama était un endroit bien plus hostile qu'il ne lui avait paru cet après-midi ensoleillé d'automne.

« Bien sûr. Ne ferais-tu pas la même chose à leur place ? L'idée est de leur montrer que garder les enfants au village leur apportera des avantages dont ils ne bénéficieraient pas autrement.

Qui que ce soit qui mange ces denrées et dorme sous ces couvertures, cela se répercutera positivement sur les enfants. »

Nerys n'était pas convaincue mais, pour le moment, elle n'avait pas d'autres idées.

Rainer alla fumer la pipe avec les hommes et elle se retrouva parmi les femmes. À l'exception des tisserands *kani*, toujours penchés sur leur métier à tisser, c'étaient les femmes qui semblaient faire l'essentiel du travail. Elle hochait la tête et leur souriait quand elles passaient devant elle, en essayant de ne pas trop attirer l'attention. Faisal cessa de pleurer, apparemment d'épuisement, et elle en profita pour le prendre dans ses bras. Au bout d'un moment, il s'endormit et, tandis qu'elle le berçait, elle étudia les cils noirs humides recourbés sur sa joue brune. À sa grande surprise, l'une des femmes apporta un tabouret en bois et le mit devant elle. Nerys la remercia en cachemiri et s'assit.

Farida ne jeta même pas un coup d'œil dans sa direction.

De sa place, Nerys avait une bonne vue de la place du village. Elle remarqua que trois ou quatre des petites structures en terre crue étaient vides, car les producteurs de châles avaient commencé à migrer vers la ville à la recherche de travail. Les vieilles traditions de la vie villageoise s'effondraient, le commerce de châles déclinait, mais les artisans devaient toujours nourrir leur famille. Rainer lui avait dit que certains des travailleurs qualifiés étaient partis dans de petites usines en ville, montées par des intermédiaires cachemiris pour produire en masse des approximations bon marché des précieux spécimens réalisés à la main. En effet, ces derniers prenaient des heures à tisser et ne payaient que très peu leurs fabricants en retour.

Faisal gémissait et donnait des coups de pied dans son sommeil. Elle s'imaginait les terribles cauchemars qu'il devait faire. Elle ne voulait pas le laisser à nouveau et retourner manger du lotus à Srinagar. Pensive, elle regarda les maisons vides et, quand Rainer revint, elle avait pris sa décision. Il approcha un autre tabouret et s'assit près d'elle. Les femmes les regardaient à la dérobée en menant leurs divers travaux.

« Si les enfants vivent ici, je resterai avec eux. Ils seront avec des gens comme eux, mais je pourrai m'assurer qu'ils vont bien et ne manquent de rien. Je pourrai peut-être leur apprendre des jeux et un peu d'anglais, comme je le faisais à Leh. »

Il la dévisagea, comprenant son idée mais doutant de sa mise en pratique. « C'est une vie rude. Crois-tu que tu peux survivre ici, toute seule ? »

Elle leva le menton, se remémorant sa vie au Ladakh, les efforts physiques de l'ascension à partir de Manali et, plus tard, le confort relatif de la traversée de l'Himalaya avec Myrtle et Archie.

« Oui. Le *Jardin d'Éden* et les parties de cricket ne sont pas tout à fait ce dont j'ai l'habitude. Je me suis amusée, mais je ne souhaite pas vivre ainsi tout l'hiver. De toute façon, je vais bientôt devoir quitter le house-boat parce que Caroline a besoin d'un logement moins exposé que le pavillon des mariés. J'envisageais de chercher une chambre dans la vieille ville, peut-être près de chez toi, mais m'installer ici et faire quelque chose de semblable à mon travail à Leh serait beaucoup plus utile. Et je ne serai pas seule. Regarde autour de toi. Il y a beaucoup de monde à Kanihama.

— Tu ne parles pas leur langue. » Il n'avait pas besoin d'ajouter : « Ici, il n'y a pas d'Européens, pas de ladies britanniques, même les femmes de missionnaires ne vivent pas seules dans des villages indiens perdus dans les collines », car c'était implicite.

« Rainer, j'apprendrai. » Sa voix avait un accent de reproche.

Il la regarda longuement, puis lui caressa la joue. « Tu m'impressionnes. Très bien, Nerys. Je ferai de mon mieux pour t'aider. »

Les négociations furent longues et complexes, mais finalement ils se mirent d'accord sur une maison – ou plutôt une masure, mais Nerys était certaine qu'ensemble Rainer et elle pourraient la rendre habitable – et sur un prix exorbitant. Elle tendit une liasse de roupies aux aînés du village, sur la base de son retour prochain et, cette fois, de son installation.

« Je reviens bientôt, je te le promets », chuchota-t-elle à Faisal qui ne comprenait pas ce qui se passait. Le petit garçon se cramponna un moment à sa jambe, puis se résigna. Farida observait de loin et ne manifesta aucune émotion à la vue de leur départ.

Une poignée de villageois s'attroupèrent pour les regarder s'éloigner. C'était une chose, pensa Nerys, de visiter Kanihama un après-midi d'automne et d'y être accueillie comme une riche touriste ayant peut-être assez d'argent pour acheter un châle ou deux, mais vivre au milieu des fabricants de châles, ce serait bien différent. À l'exception de ce qu'ils espéreraient tirer d'elle, son intrusion serait tout à fait malvenue.

Tandis que la Ford cahotait sur les ornières de la route, près de là où Rainer et elle avaient pique-niqué, sa résolution faiblit temporairement. Il serait tellement plus facile de rester confortablement à Srinagar jusqu'à l'arrivée d'Evan. Elle se rappela qu'elle avait ressenti la même angoisse à Shillong, et encore plus à Leh, où elle n'était que la subalterne de son mari, et pourtant elle était parvenue à se rendre utile aux deux endroits. Et Evan comprendrait pourquoi elle souhaitait s'installer à Kanihama. Cette pensée le rapprocha étrangement d'elle, au moment où ils n'avaient jamais été aussi éloignés l'un de l'autre.

« Tu es bien silencieuse, lui dit Rainer, par-dessus le vacarme de la voiture.

— Je fais des projets », répondit Nerys.

Ils retournèrent à la maison au bord du fleuve et à son lit à baldaquin.

Avec Rainer, les subtilités physiques se révélaient être proches de ce qu'elle avait imaginé, lors de ses longues nuits sans sommeil allongée aux côtés d'Evan, mais ce qui la surprenait était la façon dont deux corps pouvaient être naturels ensemble, drôles aussi, et disponibles sans cérémonie.

Il n'y avait pas de timide *ma chère ?* avec Rainer, et pas un soupçon de gêne. Il pouvait être passionné à un moment et, le suivant, se lancer dans un grand discours sur l'importance de l'entrée en guerre des États-Unis, ou demander avec nonchalance à Nerys si elle avait faim. Il pouvait se lever du lit et se promener tout nu pour aller chercher une assiette de nourriture. Si elle était en train de manger, ou venait de s'habiller, il glissait des mains pressantes sous ses vêtements ou lui léchait la nuque. Elle se rendit compte que, pour Rainer, les rapports sexuels étaient aussi naturels que manger ou discuter et, après la culpabilité et les inhibitions d'Evan, une telle liberté était une révélation. Et c'était très attachant. Pourtant, bizarrement, toute cette intimité physique ne semblait pas rapprocher Rainer.

Il était *là* de façon imposante, un épais bloc de muscles sous une peau chaude, mais elle n'apprit pas à mieux le connaître à travers leurs longs baisers, ni par la façon dont leurs membres s'enroulaient dans une tentative de se rapprocher et d'atteindre plus de profondeur. C'était comme une lune de miel à l'envers, décida Nerys, amusée. Pendant qu'il la courtisait, il y avait eu la promesse d'une fusion parfaite des esprits ainsi que des corps. Voilà ce dont elle avait rêvé. Maintenant qu'ils s'exploraient avec gourmandise, et qu'elle découvrait ce qui leur plaisait à tous les deux, c'était comme si l'érosion du mystère l'éloignait d'elle petit à petit.

Elle se souvenait de ses mots, « Il m'est impossible de rester trop longtemps au même endroit », et cet avertissement lui paraissait à présent plus intelligible. Il lui semblait possible que, d'une minute à l'autre, Rainer entre dans l'une de ses boîtes multicolores et s'évapore.

Nerys essaya d'expliquer la situation à Myrtle et Caroline.

Myrtle prit la tête de Nerys entre ses mains et la regarda d'un œil sévère.

« Cherches-tu à t'éloigner de lui ? Est-ce là la vraie raison de ce projet de Kanihama ?

— Non, pas du tout. Cela n'a rien à voir avec Rainer. Je veux me rendre utile, comme tu le sais, et je ne le peux pas ici, pas en me rendant avec les épouses aux ventes de charité, aux comités, ou aux formations de premiers secours. »

Ces paroles sortirent de sa bouche comme une critique de Myrtle, pas uniquement de ses amies, et Nerys le regretta immédiatement. « Je suis désolée.

— Il n'y a pas de mal. Tu es la femme d'un missionnaire. »

Et aujourd'hui la maîtresse d'un magicien, comme aurait pu ajouter l'une d'elles.

« Oui », reconnut Nerys.

C'était une période d'incertitude générale, alors qui remarquerait un peu plus de confusion ?

Myrtle n'avait pas reçu de nouvelles d'Archie depuis un certain temps. « Il écrira quand il le pourra », disait-elle, avant de vite changer de sujet.

« Tu es si courageuse », lança Caroline en apprenant l'intention de Nerys d'aller vivre à Kanihama. Son visage rond l'était encore plus qu'auparavant et était rose en permanence ces jours-ci, à cause de la rougeur de la grossesse qui s'intensifiait. Elle s'inquiétait que son boy l'espionne et que le *dhobi-wallah* ou la dame qui faisait sa couture aient deviné son secret. « Que vais-je devenir ? » pleurait-elle.

Myrtle aidait Nerys à faire ses bagages, et Caroline était assise dans un fauteuil. Ses yeux étaient brillants de larmes et sa voix tremblait d'angoisse.

Myrtle lui répondit d'un ton ferme : « Tu vas tranquillement t'installer ici avec moi. Majid est discret, Rainer et moi veillerons sur toi, et Nerys ne sera qu'à quelques kilomètres. »

Il n'y avait pas non plus de nouvelles précises de Ralph Bowen. Avec le reste de son régiment de l'armée indienne, il était au beau milieu de la bataille pour défendre Singapour.

Nerys avait honte de se surprendre à se demander si ce ne serait pas mieux qu'il soit tué au combat, mais ensuite Myrtle avoua la même sombre pensée.

« Que Dieu nous aide, soupira-t-elle. Nerys, tu ne feras pas la même erreur que Caroline, n'est-ce pas ?

— Non », lui assura-t-elle. Elle avait son propre appareil recouvert de talc dans une boîte, et elle l'utilisait.

« Très bien. Allons donc acheter ce dont tu auras besoin pour rendre habitable ta maison dans les collines », dit Myrtle. Son visage s'éclaira à l'idée de faire des emplettes.

Le 1er janvier 1942, une journée glaciale, Nerys emménagea dans sa nouvelle maison. Celle-ci consistait en une pièce avec une seule fenêtre et une porte qui donnait directement sur la place du village, et une autre pièce qui était à peine plus qu'une alcôve. Le public habituel de villageois se rassembla pour les voir elle et Rainer tituber sous le poids d'un lit de camp, de draps et de couvertures, de nourriture et de vêtements, de casseroles et de tapis, ainsi que sous un chargement de tissu grossier à attacher aux murs délabrés pour couper le vent.

Rainer cloua les pans de toile dans les vieilles poutres en bois, étala les tapis et mit en marche la petite cuisinière en fer pour elle. Elle était identique à celle que Diskit utilisait dans la cuisine de Leh comme le lui avaient enseigné les missionnaires moraves. Rainer alla chercher de l'eau au puits tandis que Nerys faisait son lit et glissait son *kangri* entre les couvertures. Elle avait tellement l'habitude de le transporter sous son *pheran* qu'elle se sentait légère et petite fille sans cette masse se balançant sur son ventre. Elle alluma la lampe à pétrole ainsi qu'une série de bougies, et la petite habitation sommaire eut tout de suite l'air plus accueillante. La bouilloire en étain de Rainer se mit à siffler sur la cuisinière et Nerys rit en entendant ce bruit familier. Il n'y avait qu'une seule chaise, alors il s'assit par terre, adossé contre ses genoux à elle, pour boire son thé. Elle lui ébouriffait la crinière.

Installer ensemble une maison qu'ils n'allaient pas partager suivait le sillage de la lune de miel qui n'avait pas révélé l'homme. Elle regardait vaciller la flamme des bougies en se demandant si, mariée avec lui, l'ensemble de leur union serait similaire. Elle arriva à la conclusion que oui, mais cette pensée ne diminua pas le moins du monde ses sentiments à son égard.

Rainer leva la main pour prendre la sienne. « Puis-je rester ? » murmura-t-il. Le lit de camp était attirant et l'endroit ne s'était pas encore réchauffé. Mais ce n'était pas Srinagar avec toute son agitation. Rien de ce qu'elle ferait à Kanihama ne passerait inaperçu. Elle se souvint de l'accord qui avait été conclu avec le fileur. « Il ne vaut mieux pas. » Elle sourit, avec regret.

« Et viendras-tu à Srinagar ?

— Quand je le pourrai. » Même dans les profondeurs de l'hiver, des véhicules agricoles et des marchands faisaient le trajet, et elle se disait que ce ne serait pas trop difficile de se joindre à eux moyennant une petite somme.

« Je t'apporterai des provisions et des nouvelles aussi souvent que possible.

— Réussiras-tu à te procurer assez d'essence ?

— J'ai mes relations », répondit-il en se tapotant le nez d'un air malicieux.

Nerys supposa qu'il parlait de ses amis américains baraqués. Depuis Noël, il les avait vus plusieurs fois et elle n'avait posé aucune question.

« Es-tu certaine que je peux t'abandonner ici, ma douce ? »

Elle fut touchée par ses mots et son inquiétude. Elle lui embrassa le haut de la tête et il se retourna pour la prendre dans ses bras.

Après son départ, elle souffla toutes les bougies sauf une. Elle s'allongea sur son lit et regarda les ombres. Il n'y avait aucun bruit à part le murmure du vent dans les branches, et elle se rendit compte qu'elle était heureuse. Elle ne serait pas revenue au house-boat sur le lac, même si elle avait pu.

Les jours puis les semaines passèrent lentement.

À de nombreuses reprises, pendant ce mois de janvier glacial, elle se serait volontiers enfuie, mais elle tint bon et ne bougea pas. Au début, elle avait du mal rien qu'à se nourrir, à dormir et à se tenir chaud, ainsi qu'à voir Faisal et Farida. Le bébé sortit de sa phase léthargique, commença à se fortifier, et fit bientôt partie de la petite tribu de nourrissons qu'on transportait partout ou qu'on laissait dormir au milieu de l'agitation du village. Avec le temps, Faisal aussi devint plus gai. Il avait compris que la porte de Nerys menait à de la chaleur, à de la nourriture et à de nouveaux jeux, même à de la musique et à des chansons, et il venait si souvent qu'il vivait presque sous son toit. Timides au départ, puis plus confiants, d'autres enfants commencèrent à suivre son exemple. Ils s'asseyaient en cercle sur le sol et elle leur racontait des histoires, leur apprenait des chansons où il fallait taper dans ses mains, ou les faisait dessiner. Rainer leur rendait visite de Srinagar et apportait des crayons de couleur, parfois un ou deux sacs de bonbons et même, une fois, une dizaine de ballons multicolores. Les enfants se souviendraient longtemps de ce jour-là.

Un après-midi, Nerys leva les yeux et aperçut l'une des mères qui l'observait par la fenêtre. Les villageois lui vendaient du lait, des légumes, du yaourt et la laissaient se servir de bois pour le feu, mais c'était la première fois qu'elle recevait une visite. L'Indienne se couvrit le visage de son châle et recula dès qu'elle vit que Nerys l'avait remarquée, mais celle-ci insista pour qu'elle vienne prendre le thé. Elles eurent une conversation peu naturelle, avec plus de gestes et de sourires que de mots. Après cette première, d'autres vinrent avec leurs enfants. Quand arriva le mois de février, Nerys avait pu installer un semblant de classe dans une pièce de l'une des plus grandes maisons. Elle n'avait absolument rien, bien moins même que dans sa classe primitive à la mission de Leh mais, deux ou trois heures par jour, elle faisait de son mieux pour divertir une douzaine de petits enfants. Ils étaient assis là, les yeux ronds, la regardant ou gloussant, mais le lendemain ils se souvenaient parfaitement de ce qu'ils avaient fait la veille et, si elle avait le malheur de modifier une mélodie ou un mime d'une histoire, ils protestaient aussitôt.

Il y avait une école dans un village plus loin dans la vallée, mais c'était un long trajet à faire à pied dans la neige hivernale et la plupart des parents préféraient garder leurs enfants à proximité pour surveiller les animaux ou s'occuper de leurs petits frères et sœurs. Certains des garçons les plus grands allaient encore plus loin, dans un *madrasah*, mais toutes les familles n'avaient pas les moyens de payer les frais de scolarité.

L'ébauche d'école fut d'abord considérée avec suspicion mais ensuite, presque du jour au lendemain, elle fut acceptée et Nerys fit alors partie intégrante du village.

« L'anglais, lui dit Zafir, le grand-père de Faisal. Apprenez-leur un peu d'anglais s'il vous plaît. »

Les Britanniques n'étaient plus vraiment les bienvenus au Cachemire et on s'attendait à ce qu'ils quittent bientôt la vallée et l'Inde elle-même, mais tout le monde continuait de convoiter le passeport vers la prospérité qu'offrait la connaissance de leur langue. Elle faisait de son mieux, reprenant les refrains de *hat, shoe, finger, nose* qui lui rappelaient Leh et, par conséquent – et en permanence – Evan.

Il approuverait ce qu'elle faisait à l'école. C'était déjà ça.

Seule Farida restait à l'écart et silencieuse. Parfois elle venait rôder près de la porte, mais ensuite elle se volatilisait et ne réapparaissait pas de la journée.

Rainer apportait des nouvelles des bombardements japonais à Singapour et des combats dans le désert libyen, des messages de Myrtle et de Caroline, ainsi que des avertissements qu'il allait sans doute bientôt quitter Srinagar.

« Pour aller où ? demandait Nerys.

— Je possède certaines aptitudes dont l'armée pourrait se servir. Comme toi, je veux me rendre utile », répondait-il simplement, sans donner plus de détails.

Quand elle n'était pas avec les enfants, elle adorait regarder les fabricants de châles à l'œuvre. Elle découvrit l'atelier de teinture à l'orée du village où un ruisseau coulait entre des mâchoires de roche et de glace. Elle vit comment le fil était immergé dans des cuves en cuivre qui mijotaient sur des feux de bois, dégageant de gros nuages de vapeur et de fumée dans le ciel triste. Les teinturiers plongeaient de longs bâtons dans leurs chaudrons, repêchant les écheveaux de laine afin d'examiner l'intensité de la couleur. L'eau pure et les teintures naturelles donnaient aux bleus, roses et ocres la clarté qu'elle avait admirée au village dans la salle de tissage. Les teinturiers étaient plus sociables que les artisans *kani*, trop concentrés sur leurs bobines pour remarquer ses allées et venues et, bientôt, sa présence fut acceptée dans le hangar enfumé.

Il lui fallut patienter encore un peu avant que les femmes n'essaient de lui montrer comment filer et, quand elle s'y mit, la maladresse de ses efforts provoqua l'hilarité.

Pendant tout ce temps, le châle aux plumes de paon s'allongea d'à peine la largeur d'une main.

Le tisserand était un jeune homme tout mince toujours coiffé d'une chachia rouge. Il se frottait les yeux et regardait les blanches montagnes pour se les reposer l'espace d'une minute précieuse.

Un matin à la mi-février, Nerys ouvrit les yeux et vit la lumière du jour au lieu de l'aube grisâtre habituelle.

Il n'était pas tard. Le garçon qui menait chaque matin les chèvres de leur grange au pâturage venait de passer – elle entendait leurs clochettes et ses sifflements tandis que le troupeau grimpait la colline. À Kanihama, elle n'avait jamais besoin de regarder sa montre car l'heure était évidente selon ce qui se passait dans les maisons voisines ou dans les champs. Les jours rallongeaient et, bien que le froid reste implacable, la différence de lumière suggérait que l'hiver allait peut-être un jour laisser place au printemps. Cette pensée l'emplit de joie tandis qu'elle s'habillait. Par sa fenêtre, elle apercevait l'immense platane planté au centre de la place, et les rayons de soleil lui rappelèrent son ombre accueillante de l'été précédent.

Elle alimenta le feu dans la cuisinière en fer, plongea une cruche dans son seau d'eau, remplit sa bouilloire et la mit à chauffer. Quand l'eau se mit enfin à bouillir, elle prépara du thé et s'assit sur sa chaise, emmitouflée dans son *pheran*, capuche sur la tête, se réchauffant les mains sur sa tasse.

Faisal serait là d'un moment à l'autre.

À peine avait-elle pensé à lui qu'elle entendit des petits pieds trépigner et des coups insistants à la porte. L'enfant bondit à l'intérieur et s'accroupit entre elle et la chaleur de la cuisinière. Elle lui dit bonjour d'un ton solennel.

« *Bonjour* », répéta-t-il tout fier, de sa voix chantante. Il apprenait vite.

En deux mois seulement, il avait grandi et se tenait beaucoup plus droit. Il ne se balançait plus et ne traînait plus dans l'ombre au coin de la pièce. Ce matin, il jouait gaiement avec une balle qu'il faisait rouler en chantonnant, et ne prêtait pas grande attention à Nerys qui préparait des œufs et du porridge.

« Tu as faim ? lui demanda-t-elle, tapotant ses mains sur sa bouche pour être sûre qu'il comprenne.

— Oui, s'il te plaît » répondit-il, comme elle le lui avait appris, mais il était toujours concentré sur sa balle.

Elle appréciait la compagnie de Faisal. Il était vif, il adorait jouer et imiter, et il retenait tout ce qu'elle lui apprenait à une vitesse impressionnante. Myrtle et Caroline lui manquaient, et les visites de Rainer étaient limitées par la disponibilité d'essence pour la Ford mais, grâce aux rapides progrès de Faisal, elle était convaincue d'avoir fait le bon choix en quittant Srinagar.

Le porridge de riz fumait dans ce qui était devenu un croissant de soleil. Elle donna une cuillère à Faisal et ils s'assirent à la petite table.

« C'est bon ?

— Bon. » Il rayonnait.

Elle prit une bouchée et, par-dessus les voix de deux femmes qui portaient de l'eau et le croassement d'un corbeau, elle entendit arriver un véhicule. Avant qu'il ne tourne sur la place et s'arrête, elle savait qu'il s'agissait de la Ford.

« Voiture », dit Faisal.

Nerys se leva et se précipita dehors. Rainer était avec Myrtle et Caroline. Elle courut à leur rencontre. Myrtle lui lança un regard d'avertissement et elle vit que Caroline était blanche comme un linge. Rainer ne lui sourit même pas.

« Venez à l'intérieur », chuchota Nerys, consciente des yeux qui suivaient chaque événement du village. Ils formèrent une garde rapprochée autour de Caroline pour parcourir les quelques pas qui les séparaient de la maisonnette. Nerys dit à Faisal d'aller jouer avec les autres petits garçons.

« Que s'est-il passé ? demanda-t-elle, dès qu'elle eut fermé la porte.

— Ravi Singh », réussit à prononcer Caroline. C'est Myrtle qui dut raconter l'histoire.

La veille, elles étaient assises près du poêle au *Jardin d'Éden*. Myrtle lisait et Caroline tricotait un gilet de bébé. Elle était sûre que l'enfant serait un garçon et avait choisi de la laine bleu ciel dans une boutique du Bund.

Majid arriva du bateau de la cuisine. Il ne marchait jamais vite, alors Myrtle sut aussitôt que quelque chose n'allait pas quand il entra en trombe.

« Que se passe-t-il, Majid ? »

Il montra le lac du doigt. « Un bateau arrive. »

La glace avait fondu et de l'eau grise et calme s'étendait à présent d'une rive à l'autre. Un canot à moteur privé, avec un batelier en uniforme à la barre, venait droit vers elles. La petite cabine était camouflée par des rideaux mais les deux femmes reconnurent la livrée du serviteur.

Caroline sursauta. « Oh mon Dieu. Qu'est-ce qu'il veut ? »

Par considération pour Majid, elle portait un large manteau en laine brodé et Myrtle était habillée de la même façon, même si le boy devait se douter de la situation depuis longtemps. Caroline n'avait pas le temps de se cacher ni de dissimuler quoi que ce soit. La seule chose à laquelle elle pensa fut de cacher son tricot dans son sac à ouvrage.

« Peut-être, memsahib... » Majid désigna le fond du bateau où se trouvait la chambre de Caroline.

« Oui, file, dit Myrtle à cette dernière. Restes-y et ne fais pas de bruit. »

Le moteur du canot s'arrêta et le batelier le fit doucement glisser jusqu'au bas des marches. Dès qu'il eut amarré, la porte de la cabine s'ouvrit et l'élégante silhouette de Ravi Singh apparut. Il était en tenue d'équitation, impeccablement coupée à la britannique, ce qui avait pour effet de lui donner l'air encore plus dédaigneusement cachemiri.

Myrtle alla le saluer à la porte de la véranda.

« Bonjour, Madame McMinn, dit-il sèchement.

— Ravi, je m'appelle Myrtle, vous le savez pertinemment. Que c'est gentil à vous de passer. Quelle surprise en cet après-midi gris et triste. Que prendrez-vous ? Une tasse de thé ou un cocktail ? Je pense plutôt un cocktail, n'est-ce pas ? Majid, s'il vous plaît. » Elle tapa dans ses mains et le boy s'inclina avant de se retirer. « Asseyez-vous, Ravi, je vous prie. Sinon je me sens minuscule à vos côtés !

— Je suis venu voir Mme Bowen. »

Myrtle ouvrit de grands yeux. « Vous devriez vous rendre à son pavillon alors. À moins qu'elle ne soit au club cet après-midi ? Nous nous y retrouvons parfois pour prendre le thé, mais aujourd'hui je suis un peu fatiguée. »

Ravi fit claquer ses gants en peau de chevreau dans la paume de son autre main. « Elle n'est pas chez elle. Je pense qu'elle est ici », dit-il d'un ton catégorique. Il regarda Myrtle avec des yeux perçants. « J'ai entendu certaines rumeurs. »

Myrtle répondit d'une voix doucereuse : « À quel propos ?

— Je ne suis pas là pour en discuter.

— Je vois. Je suis désolée de vous décevoir, Ravi, mais Caroline n'est pas ici. Elle est peut-être en déplacement. Je l'ai entendue dire qu'elle envisageait de se rendre à Delhi, maintenant que la glace a fondu. Vous savez, pour faire quelques courses, voir des gens. Elle se sent seule sans son mari, comme nous toutes, et Srinagar est si lugubre ces temps-ci, entre l'hiver et la guerre... Ne trouvez-vous pas ? »

Majid réapparut avec un plateau et un seau à glace.

« Gin-fizz ? » demanda Myrtle en souriant. Elle sortit son briquet pour allumer l'une de ses cigarettes à bout doré.

« Non, merci. Je vous prie de dire à Mme Bowen qu'elle ne peut rien me cacher et que c'est une folie d'imaginer qu'une famille cachemirie noble puisse accepter un tel outrage.

— Si je la vois, Ravi, je lui transmettrai votre message. Je crains, néanmoins, qu'il la déconcerte autant que moi. À moins qu'il ne s'agisse d'un jeu. Est-ce un *indice* ?

— Non, Madame McMinn. » Son attitude glaciale aurait pu facilement regeler l'ensemble du lac. « Au revoir. »

Majid s'inclina et ouvrit la porte de la véranda mais Ravi fit un brusque pas en arrière. Il avait aperçu le sac à ouvrage de Caroline dont dépassait une boucle de laine bleu pâle et, après l'avoir regardé, il se tourna vers Myrtle. « Au fait, puis-je vous féliciter d'un heureux événement imminent ? »

Myrtle aussi savait prendre l'air impérieux. Elle fronça les sourcils une fraction de seconde, mais ne donna aucun autre signe d'avoir entendu la question.

« Au revoir », finit par répéter Ravi. Un instant plus tard, son canot le remmenait de l'autre côté du lac, traçant un sillon d'eau vert menthe.

Caroline se recroquevilla sur sa chaise, les bras croisés sur le ventre. « Le *dhobi-wallah,* quelqu'un, peut-être le jardinier, a fait des commérages à un autre serviteur, et l'information est arrivée jusqu'à Ravi Singh. Maintenant il nous cherche, moi et le bâtard qui va déshonorer sa famille. »

Myrtle croisa le regard de Nerys. « N'aies pas peur de Ravi Singh, ordonna-t-elle. Il ne peut être sûr de rien, et les commérages des serviteurs de Srinagar ne sont pas plus que cela. Ce que nous avons fait, Nerys, c'est envoyer un message à Rainer qui est venu immédiatement.

— Nous sommes partis ce matin à l'aube, dit Rainer.

— Puis-je m'installer ici avec toi ? implora Caroline. Personne ne devinera que je suis venue jusqu'ici. Pas même Ravi.

— Bien sûr que tu peux venir vivre avec moi », répondit Nerys d'une voix réconfortante.

Rainer s'agenouilla devant le poêle et, avec dextérité, souffla sur les braises pour raviver le feu.

Myrtle ajouta : « Rainer a aussi une autre idée. »

Selon les estimations de Nerys, la grossesse de Caroline allait arriver à terme dans moins d'un mois. Quelle que soit l'idée, elle avait intérêt à être bonne.

Rainer prit son temps. Lorsqu'il fut satisfait de la hauteur des flammes, il s'assit sur ses talons et lança à Nerys ce sourire chaleureux, un peu endormi, qui réveilla la peau de la jeune femme sous toutes ses épaisseurs de vêtements. « Au sud-ouest d'ici, sur la route de Rawalpindi, dans un endroit appelé Baramulla, se trouve un couvent catholique. Les sœurs s'occupent d'un petit hôpital avec l'aide d'un médecin français et de sa femme. Si tu es d'accord, Nerys, Caroline restera ici avec toi, hors de la portée de Ravi Singh – il pensera naturellement que, si elle n'est pas à Srinagar, alors elle est à Delhi. »

Nerys cita l'une des quatre règles : « Mauvaise orientation.

— Exactement. Pourquoi s'aventurerait-elle dans les montagnes si elle est dans la condition qu'il soupçonne ? Je dois partir pour réaliser un petit travail, mais à mon retour je reviendrai à Kanihama et j'emmènerai Caroline chez le médecin et les religieuses de Baramulla. Elle pourra accoucher là-bas en toute sécurité. »

Caroline avait la tête baissée et ses doigts plissaient sans arrêt le bord de son *pheran.*

« C'est une bonne idée. Mais ne pourrait-on pas l'y emmener dès à présent ? demanda Nerys.

— Baramulla est sur la route. C'est un endroit bien desservi et par conséquent beaucoup de gens y passent. Qui sait où se cachent les espions de Ravi Singh ? Rester ici loin des regards me paraît plus sûr, aussi longtemps que possible. »

Caroline avait relevé la tête. L'effroi emplissait ses yeux bleus. « Je ne veux pas que Ravi me trouve. Il me fait peur », murmura-t-elle.

Par la fenêtre, on ne voyait qu'une poignée de maisons, quelques champs épars et puis les montagnes. Presque personne ne venait à Kanihama si ce n'est des marchands ambulants qui apportaient aux villageois le strict nécessaire, et peu des habitants sortaient du village à part Zafir et les autres dirigeants qui allaient vendre leurs produits plus bas sur la route de la vallée ou en ville.

« Nous resterons ici », déclara Nerys.

Rainer hocha la tête. « Parfait. Je partirai en fin de matinée et m'arrêterai au couvent de Baramulla sur mon chemin pour les prévenir de notre venue prochaine.

— Tu dois t'en aller si vite ? » suffoqua Nerys.

Myrtle était silencieuse depuis sa description de la visite de Ravi Singh, et elle se leva précipitamment en disant qu'elle allait chercher les affaires de Caroline dans la voiture. Rainer prit Nerys par le bras et l'emmena dehors, sous le platane.

Il regarda tout autour d'eux comme si des agents ennemis étaient susceptibles d'être perchés dans les branches, puis il lui dit à voix basse : « C'est une tâche que je dois accomplir. Il y a un aérodrome, très important d'un point de vue stratégique. Les Britanniques et les Américains veulent que je le déplace.

— Que tu le *déplaces* ? Un aérodrome ? À toi tout seul ? demanda Nerys.

— Je ne serai pas vraiment seul. J'aurai une petite équipe de charpentiers, de peintres, et cetera. Ce sera un tour, bien sûr, une illusion réalisée à l'aide de camouflage, de mannequins, de lumières – sans doute aussi d'autres choses mais je ne le saurai pas tant que je n'aurai pas survolé l'endroit. Mais grâce à mes capacités, les Japonais bombarderont un lopin de jungle vide au lieu d'une piste avec trente avions de combat. Personne d'autre en Inde, ni en Asie tout entière, ne peut réussir une telle mission. C'est *moi* le magicien. »

Elle sourit malgré sa grande angoisse. Rainer était toujours si sûr de lui, quel que soit l'exploit qu'on attende de lui. Elle lui dit simplement : « Bonne chance. »

Il leva sa main et la baisa. « Je serai de retour dans deux semaines. »

Elle ne rétorqua pas « Promets-le-moi », bien qu'elle en ait très envie.

Elle resta sous l'arbre à le regarder, jusqu'à ce que la Ford rouge ait disparu.

Dans la maison, Myrtle et Caroline avaient déballé un deuxième lit de camp et l'avaient monté dans l'espace confiné. Caroline avait les mains dans le dos pour soulager sa douleur. Les plis de son *pheran* camouflaient à peine son ventre rond.

« C'est dur, je sais, dit doucement Myrtle à Nerys, mais tout va bien se passer pour lui. »

Nerys releva le menton. « J'en suis sûre. Bon, je vais vous préparer un petit déjeuner. Vous n'avez sûrement pas eu le temps de grignoter avant de partir. J'ai du porridge de riz et des œufs, et j'imagine que ma voisine aura fini de cuire notre pain à cette heure-ci. Je vais envoyer Faisal en chercher. Il est délicieux. » Elle n'apercevait que le haut de la tête du petit garçon qui s'agitait par la fenêtre.

Myrtle déclara : « J'ai apporté mon sac de couchage. Puis-je rester, moi aussi, pour une ou deux nuits ? Après il vaudra mieux que je rentre pour me montrer à une réunion de femmes ou au club. L'histoire, au fait, c'est qu'après une forte fièvre, Caroline est partie dans le Sud pour récupérer chez une de mes cousines infirmières.

« Bien sûr que tu peux rester. C'est très amusant », répondit Nerys en souriant.

En compagnie de Myrtle et Caroline, Kanihama se transforma en un endroit chaleureux et ensoleillé, et sa maison poussiéreuse en terre crue en un lieu presque aussi luxueux que le *Jardin d'Éden.*

Si elles s'asseyaient genou contre genou sur leurs tabourets, il y avait juste la place pour elles trois autour de la planche qui servait de table. Après sa course, Faisal se remit à jouer avec sa balle à leurs pieds.

Myrtle prit un morceau de pain et quelques quartiers de pomme épicés, mais elle ne les mangea pas. « Es-tu au courant des nouvelles de guerre les plus sinistres ? » demanda-t-elle à Nerys.

Celle-ci montra la pièce nue. Aucune information ne lui parvenait à part celles que lui apportaient ses amis.

« Hier Singapour a capitulé. La ville est occupée par les Japonais. »

Caroline picorait sa nourriture à coups de petits mouvements précis.

Myrtle ajouta : « Il semblerait que beaucoup de nos hommes ayant survécu à la bataille et au bombardement aient été faits prisonniers par les Japonais. Les rapports sont très flous.

— Ralph est vivant. Je le sais », dit Caroline. Elle paraissait anormalement calme, presque isolée du monde extérieur, comme si trop de choses arrivaient en même temps et que, sachant qu'elle ne pouvait pas tout gérer, elle avait décidé de ne même pas essayer.

« As-tu des nouvelles d'Archie ? demanda Nerys, inquiète.

— J'ai reçu une lettre. Je ne suis sûre de rien mais apparemment ses hommes et lui sont impliqués dans l'évacuation des blessés de Malaisie. C'est… Eh bien, on peut imaginer ce que c'est. »

Caroline posa la main sur son ventre. Elle dit d'un air rêveur : « Ce bébé donne des coups de pied sans arrêt. Pire qu'un éléphant. »

Un mince rayon de soleil perçait la fenêtre. Elles restèrent assises à penser à cet enfant à naître et au monde incertain qui allait l'accueillir.

Pendant deux jours, elles passèrent leur temps près du poêle, pour se tenir chaud. Caroline tricotait des vêtements de bébé bleus tandis que Myrtle et Nerys jouaient avec Faisal et son frère, le bébé de la fileuse, à présent presque dodu. Farida observait de loin, mais si on lui faisait signe de venir, elle tournait les talons et partait en courant. Myrtle et Nerys se rendirent dans deux ou trois des maisons du village pour prendre le thé et, quand elles déambulaient avec leur *pheran* distendu par le *kangri,* elles plaisantaient en disant qu'elles devaient ressembler à deux théières sur pattes.

Dans l'atelier de tissage, Myrtle se pencha pour examiner le châle aux plumes de paon que le frêle tisserand, plein d'espoir, avait découvert pour le lui montrer. Les bleus lagon et les argentés chatoyants formaient une flaque irisée dans le froid terne de cette fin d'hiver. « Il est divin », déclara Myrtle, mais elle secoua la tête en réponse au geste implorant du fabricant. « Je suis loin d'avoir assez d'argent. Honnêtement, si j'en avais les moyens, je l'achèterais. »

Le troisième matin, Myrtle annonça qu'elle devait retourner à Srinagar afin de se tenir au courant des dernières rumeurs. Un vieil homme qui emportait trois troncs d'arbre à un atelier de travail du bois lui dit qu'elle pouvait faire le trajet avec lui sur sa charrette tirée par un bœuf, jusqu'à un endroit où elle pourrait prendre le bus pour continuer vers Srinagar.

Myrtle grimpa sur le siège de la charrette, s'enveloppant dans plusieurs épaisseurs de tweed pour couvrir ses genoux et caler son *kangri.* « Je serai vraiment contente quand cette grossesse arrivera enfin à son terme naturel, murmura-t-elle à Nerys.

— Essaie de ne pas te faire trop de soucis sur le chemin, lui conseilla Nerys.

— La vie est devenue une étrange aventure, n'est-ce pas ? Avant que Rainer ne nous amène ici dans un tourbillon, je regardais les trophées d'Archie – tu sais, les cerfs et les moutons des montagnes qu'il avait tirés au Ladakh. À l'époque, je trouvais fort audacieux de partir en expédition de chasse avec mon mari. C'était avant de te rencontrer, Nerys Watkins. »

Elles rirent toutes les deux, bien qu'il n'y ait rien de véritablement drôle.

« Je reviendrai avec Rainer, promit Myrtle. Ensuite nous irons à Baramulla et notre bébé naîtra, hein ?

— Deux semaines », dit Nerys, avant de reculer pour laisser passer la charrette.

Les jours passaient très lentement. Les villageois étaient curieux de cette nouvelle arrivée, mais sans aucune hostilité. À l'aide du mélange habituel de langage des signes et des quelques mots de cachemiri qu'elle avait appris, Nerys indiqua aux femmes les plus sympathiques que le mari de Caroline était parti à la guerre et qu'elle irait bientôt à l'hôpital pour mettre au monde son bébé. Elles acceptèrent son explication d'un haussement d'épaules. À Kanihama, les bébés naissaient derrière un rideau dans l'une des pièces en terre crue.

Caroline regardait les enfants quand ils venaient jouer avec Nerys. Elle chantait avec eux, ou dessinait pour Faisal – *arbre, mouton, fleur* – mais, la plupart du temps, elle restait assise, la main sur le ventre, où l'on devinait souvent la saillie d'un petit pied sous sa peau tendue. Son air absent se renforçait et Nerys le mit sur le compte de la concentration intérieure de sa fin de grossesse, se souvenant de la façon dont les futures mères de Shillong se retiraient ainsi en elles-mêmes.

La nuit, elles dormaient côte à côte sur leurs lits de camp. Caroline avait un sommeil agité, soupirant et changeant souvent de position pour se soulager du poids de son ventre, et Nerys l'écoutait bouger, inquiète. Elle laissait une bougie allumée dans une niche et les courants d'air, en faisant frémir la flamme, formaient des ombres sur les poutres du plafond.

Les pensées du bébé qu'elle avait perdu l'accablaient moins à présent.

Elle toussait et avait des engelures mais, à part ces affections mineures, elle sentait que la vie spartiate de Kanihama l'avait rendue plus vigoureuse, physiquement plus forte. Elle en tirait à présent une certaine satisfaction du fait de ce que Rainer lui avait montré. Mettant ses propres préoccupations de côté, elle concentrait son attention sur ce dont Caroline était susceptible d'avoir besoin.

Les deux semaines s'écoulèrent, mais Rainer n'avait pas réapparu.

Quelle jungle l'avait emporté ? Où était-il, lui qui n'était même pas soldat ? Il lui semblait qu'il avait exécuté le tour de volatilisation qu'elle avait souvent imaginé. Nerys réprimait son angoisse, la comprimant jusqu'à ce qu'elle pèse comme du plomb au-dessous de son diaphragme.

« Quand seront-ils là ? demandait Caroline en permanence.

— Ne t'inquiète pas », lui répondait Nerys, essayant de la rassurer.

Le courrier n'arrivait qu'une fois par semaine à Kanihama. Le postier apporta une lettre de Myrtle et attendit à la porte que Nerys l'ouvre, aussi impatient d'en connaître le contenu que les deux amies. Elle lui donna quelques pièces et il se retira.

Myrtle avait griffonné : « Personne ne sait où est Rainer. Pas un mot, ni même un semblant de rumeur. Il a tout bonnement disparu. Voulez-vous que je vienne à Kanihama sans lui ? Que puis-je faire pour vous aider ? »

Nerys répondit ces quelques lignes : « Il va venir. Reste où tu es, sois nos yeux et nos oreilles. Caroline et moi allons nous débrouiller. »

Cette nuit-là, sous les ombres vacillantes, elle passa ses options en revue. Elles étaient limitées. Il serait peut-être possible d'emprunter une voiture à Srinagar, avec un chauffeur qui ne connaîtrait ni Ravi Singh ni les épouses européennes, pour les emmener Caroline et elle au couvent de Baramulla. Mais un voyage pour une femme enceinte qui avait semblé être une entreprise faisable avec Rainer et la Ford devenait une perspective redoutable avec un étranger. Une alternative était de reconduire Caroline à Srinagar où elle pourrait se présenter à la clinique militaire, mais cela signifierait réduire à néant toutes les dissimulations des derniers mois.

Ou bien, elles pouvaient rester là.

Après une nuit d'insomnie, elle sortit au petit matin pour poser toute une série de questions aux femmes de Kanihama. Elles finirent par l'amener à une vieille mégère au visage fripé, coiffée d'un tissu blanc, qui fumait la pipe près d'un feu. Elle apprit que cette personne était la sage-femme du village. La vieille Indienne écouta en hochant la tête, puis tendit la main pour que Nerys la paye. En réponse à cela, Nerys fit mine de bercer un enfant puis de lui passer de l'argent. D'abord le bébé, ensuite la rémunération. La vieille femme se mit à rire, découvrant une rangée de dents noires, et son rire se propagea parmi les autres femmes. Nerys décida que la sage-femme lui plaisait et lui serra la main.

De retour dans la petite maison, elle réussit à convaincre Caroline de se déshabiller pour qu'elle puisse l'examiner. Tandis que Nerys lui tâtait le ventre, Caroline ouvrit des yeux si grands que ses iris bleus étaient cerclés de blanc. « À combien d'accouchements as-tu assisté ? demanda-t-elle, nerveuse.

— Plusieurs », répondit Nerys. La tête du bébé semblait bien engagée. Si l'accouchement se passait sans complications, tout irait bien. Sinon… *S'il te plaît, Rainer,* implora-t-elle dans sa tête. *Pour l'amour du ciel, viens avant qu'il ne soit trop tard.*

C'était une journée ensoleillée et la brise transportait même un soupçon de chaleur. Nerys rassembla draps, serviettes, torchons et les emporta en boule jusqu'au hangar des teinturiers au bord du ruisseau. Là-bas, elle persuada les hommes de remplir l'une de leurs cuves en cuivre d'eau cristalline du ruisseau et de la faire bouillir. Elle lava le linge puis l'étendit sur les cordes accrochées entre les deux rives. Il sécha au soleil, aidé par le vent, se gonflant au milieu des écheveaux de pashmina merveilleusement colorés.

Caroline se plaignait de douleurs de dos. Nerys remplit son *kangri* de braises et le lui donna pour qu'elle s'y appuie. Le soir arriva et elle alluma à nouveau les bougies.

Rainer, où es-tu ?

Elle refusait que son esprit se laisse infester par des images de Rainer fait prisonnier, allongé blessé dans la jungle épaisse, ou pire.

À minuit, Caroline se leva brusquement de son lit. Elle alla près de la fenêtre et mit la tête dans ses bras, grognant de douleur.

« Qu'est-ce que tu sens ? lui demanda Nerys.

— Ça commence.

— D'accord. Ne panique pas. » Elle alluma la lampe et raviva le feu.

Caroline se rallongea sur son matelas et leva les genoux. Elle avait l'air terrifiée et des gouttes de transpiration apparaissaient sur son front. « Ne me laisse pas ! cria-t-elle quand Nerys enfila son *pheran*.

— J'en ai pour cinq minutes. Je vais chercher la sage-femme. Essaie de te calmer. »

La vieille femme dormait profondément dans sa petite maison délabrée. Nerys la réveilla en la secouant aussi gentiment que possible. « Venez », implora-t-elle.

Elle se leva en ronchonnant et mit péniblement son *pheran* élimé. Elle saisit un seau cabossé sur une étagère, le remplit à moitié d'une mixture sombre qui se trouvait dans une casserole sur la cuisinière et suivit Nerys dans la nuit.

Caroline haletait de peur et de douleur tandis que la sage-femme l'examinait. Cette dernière fit un geste d'épaule dédaigneux en se redressant. Elle joignit les mains et y posa la tête comme sur un oreiller, puis montra du doigt la potion qu'elle avait apportée avant de s'en aller. Le message était clair. Caroline devait boire son breuvage d'herbes et tout le monde avait encore bien le temps de dormir.

Quand le jour pointa, Caroline se tordait de douleur dans ses draps fraîchement lavés. À chaque contraction, elle poussait un hurlement. Lors de chaque bref répit, Nerys lui épongeait le visage avec de l'eau froide et lui faisait boire une gorgée de la potion de la sage-femme. « Tu t'en sors très bien », lui répétait-elle. Et c'était le cas. « Essaie d'économiser tes forces. Respire. »

Au milieu de la matinée, la sage-femme revint, mâchant une poignée de noix au vinaigre et recrachant les morceaux de coquilles dans sa paume. Nerys lui fit se laver les mains avant d'examiner Caroline.

« Faites que ça s'arrête, criait Caroline. S'il vous plaît, mon Dieu, aidez-moi. »

La femme se redressa et ajusta son fichu.

« C'est bien », dit-elle en anglais, contre toute attente, et son visage s'éclaira d'un sourire. Elle sortit une bande de tissu en lin du panier de Nerys et le doubla pour faire un bandage. Puis elle plaça ce dernier entre les dents de Caroline avant que le visage baigné de larmes de la jeune fille ne soit déformé par l'arrivée d'une nouvelle contraction. Caroline mordit dans le tissu tandis que la vieille Indienne posait l'oreille sur son ventre. Il y eut un autre hurlement, étouffé par le bandage. La poche se rompit dans un flot soudain.

Quand Nerys regarda entre les jambes de Caroline, elle aperçut l'ovale noir et humide de la tête du bébé. « Tu peux pousser ? » demanda-t-elle.

Les bruits et les odeurs élémentaires de naissance imminente déclenchèrent un flot de souvenirs de la salle d'accouchement à Shillong. Elle se sentait calme à présent. Elle expliqua à Caroline comment respirer entre les contractions et comment pousser au niveau du pelvis et non de la gorge. La sage-femme était perchée sur un tabouret entre les genoux de Caroline et, quand la tête du bébé apparut, elle l'attrapa d'une main brune et, de l'autre, guida habilement les minuscules épaules glissantes.

« Pousse fort encore une fois et tu le verras », promit Nerys. Les larmes ruisselaient sur le visage cramoisi de Caroline, elle cracha la serviette trempée, hurla, et le bébé naquit. C'était une fille en bonne santé avec des jambes et des bras longs et maigrichons et une touffe de cheveux noirs.

Ensemble, Nerys et la sage-femme dégagèrent les voies respiratoires du bébé et échangèrent un sourire quand le premier miaulement retentit. Elles l'enveloppèrent dans un pashmina et la posèrent sur la poitrine de Caroline. La pauvre s'était affaissée dans ses oreillers et ses couvertures. Elle avait les yeux clos et tremblait d'épuisement.

« Ce n'est pas une fille, lança-t-elle dans un souffle.

— Si, et elle est superbe. »

C'était toujours le même miracle, pensa Nerys, toujours le même et pourtant à chaque fois différent. Elle rentra un des pieds minuscules sous un pli du châle et offrit une prière d'action de grâces, muette et désordonnée. Si Evan avait été là, il se serait agenouillé pour bénir cette nouvelle vie mais, étant donné les circonstances, la petite fille devrait se contenter de l'approximation de la prière de Nerys et des imprécations marmonnées de la sage-femme musulmane tandis qu'elle coupait le cordon ombilical dans un éclat de lame.

« Laisse-moi la prendre », dit Nerys.

Caroline abandonna le bébé sans protester, pendant que la vieille femme s'occupait de la délivrance du placenta. Nerys se rappelait à quel point les infirmières de Shillong faisaient attention à ce que rien de cet organe ne reste dans le ventre de la mère, et fut soulagée de voir que cette sage-femme-là était tout aussi attentive. Le bébé blotti contre son épaule, elle caressa les cheveux trempés de Caroline. « Tu te débrouilles tellement bien. Tu as été très courageuse.

— C'est pas vrai », répondit Caroline dans un sanglot.

Quelqu'un gratta à la porte avant de la pousser. La petite silhouette de Farida se dessina dans la lumière vive.

« Bonjour », dit Nerys, surprise.

L'enfant se faufila dans la pièce, s'approcha et tira sur le châle qui emmaillotait le bébé. Nerys jeta un coup d'œil à Caroline mais elle avait tourné la tête sur le côté et avait les yeux fermés d'épuisement. Elle s'accroupit pour que Farida puisse voir le nouveau-né, mais la petite fille alla plus loin. Elle saisit le bébé dans ses bras avec dextérité, s'assit en tailleur près du poêle, et le berça. Elle commença à fredonner une petite chanson. La sage-femme hocha la tête en signe d'approbation. Farida caressa la joue du bébé et Nerys se rendit compte que c'était la toute première fois qu'elle la voyait sourire.

Se voyant reléguée en marge de ce tableau digne d'un peintre, elle vaqua à ses occupations, allumant la bouilloire et rangeant les tissus tachés de sang dans un panier.

La sage-femme finit son travail puis, avec Farida, elle baigna le bébé dans une bassine en étain. Le petit bout de chair pleurait et s'agitait, mais Caroline était toujours enfoncée dans ses oreillers, les yeux clos. Elles habillèrent le bébé avec les vêtements tricotés bleus, après quoi Farida en reprit férocement possession.

Enfin la sage-femme tendit la main pour recevoir son dû. Nerys compta l'argent dans sa paume, billet par billet, et alors seulement la femme accepta une tasse de thé accompagnée de pain et de miel. Même Farida prit une tasse de thé. Les lèvres de

Caroline étaient enflées et craquelées, alors Nerys y fit pénétrer de la vaseline avant de la faire boire et manger un peu.

« Veux-tu essayer de la nourrir ? » demanda-t-elle, mais Caroline ne fit que secouer la tête.

« Zahra », annonça Farida.

La sage-femme et elle étaient en plein débat, puis Farida répéta « Zahra » avant d'ajuster le bonnet du bébé.

« As-tu réfléchi à un prénom ? » demanda Nerys.

Caroline avait mentionné que son père s'appelait Charles et avait plaisanté un jour en disant qu'elle choisirait peut-être Linlithgow, en l'honneur du vice-roi, ou même George pour le roi. Une éternité semblait avoir passé depuis, et aucun prénom féminin n'avait jamais été évoqué.

« C'est joli, Zahra, ajouta Nerys.

— Très bien, répondit Caroline. Je suis désolée, Nerys. Je suis si fatiguée.

— C'est normal. Repose-toi donc. »

Nerys pensa qu'elle devait trouver un moyen de transmettre la nouvelle à Myrtle.

En fin d'après-midi, quand Zahra dormait dans un semblant de berceau avec Farida accroupie à côté d'elle comme une ombre, une délégation de villageoises arriva à la porte. Elle était menée par la grand-mère de Farida qui portait un plateau en faïence recouvert d'un torchon. Il s'en dégageait une délicieuse odeur.

Avec une formalité majestueuse, les femmes disposèrent des bols et des cuillères en bois, puis servirent des portions de riz *tahar* fumant au curcuma, un plat cuisiné traditionnellement au Cachemire, à la fois par les hindous et les musulmans, pour rendre grâces à Dieu d'une issue heureuse ou d'un accouchement sans complications.

Nerys et Caroline partagèrent ce mets parfumé.

« Merci, dit Caroline avec humilité. Merci. J'ai eu de la chance, je le sais. J'avais peur de mourir. »

Quelqu'un avait connaissance d'un jeune homme qui partait pour Srinagar travailler avec son oncle à l'usine de châles. Nerys écrivit sa lettre à Myrtle et la lui confia.

Quand tout le monde fut parti, même Farida, elle réessaya : « Veux-tu la prendre ? murmura-t-elle. Elle a des cheveux si noirs et de grands yeux sombres.

— Alors elle ressemble à son père. Je ne peux pas la garder, je ne peux pas être sa mère, alors peut-être ne devrais-je même pas la considérer comme mon bébé. »

Nerys lui caressa la main. À la place de Caroline, elle n'aurait pu s'empêcher de serrer Zahra contre son cœur. Personne n'aurait pu la lui enlever – à moins de la tuer d'abord.

Néanmoins, étant donné les circonstances, l'instinct de Caroline était sans doute plus sage que le sien.

Il y avait une nourrice au village, la même femme qui s'était occupée du bébé de la fileuse. Zahra pouvait aller avec elle, pour l'instant, jusqu'à ce que Myrtle arrive et qu'elles puissent discuter des options envisageables.

L'après-midi suivant, un véhicule arriva sur la place. Il s'agissait d'un camion marchand venu de Srinagar, dont le chauffeur renfrogné sauta à terre et souleva le capot pour examiner le moteur comme si ce trajet l'avait achevé. Myrtle sortit par l'autre portière. Elle portait son *pheran* ouvert, révélant sa taille fine.

« Je n'ai jamais été aussi contente de te voir », lui dit Nerys.

Myrtle avait apporté du lait en poudre et des biberons en verre, des fleurs et des chocolats, le journal de Srinagar, mais aucune nouvelle des hommes. « On ne parle plus que des atrocités japonaises à Singapour, des prisonniers de guerre, d'un massacre dans un hôpital. Ces foutus Japs ont tiré sur les patients et tous les médecins. Personne ne se préoccupe le moins du monde de nos petites affaires, ma chérie. J'ai vu cette femme qui habite à côté de chez Caroline et je lui ai dit qu'elle se sentait beaucoup mieux après quelques jours au soleil chez ma chère cousine, et elle m'a à peine entendue. Mais pour de vrai, comment va-t-elle ?

— Physiquement, elle est fatiguée mais elle se remet bien. Émotionnellement, je ne sais pas trop.

— Et le bébé ?

— Elle est superbe. »

Myrtle transporta ses montagnes de cadeaux à l'intérieur.

« Mince alors, regardez-moi tout ça ! J'ai l'impression d'être dans la plus élégante des maisons de repos », lança Caroline de son lit, et le fantôme de son ancien sourire accompagna ses mots.

Plus tard, Myrtle et Nerys allèrent rendre visite à Zahra, installée confortablement avec Farida et la nourrice. Faisal était ravi d'accueillir Myrtle et lui prit la main pour quelques pas de danse.

Myrtle se pencha au-dessus du berceau et repoussa deux ou trois épaisseurs de lainages bleus. « Mon Dieu, dit-elle à l'oreille de Nerys, c'est le portrait de Ravi Singh. » Toutes deux firent des risettes à la toute petite fille, la contemplant comme si elle était un miracle.

Après une semaine de repos, Caroline retourna avec Myrtle au *Jardin d'Éden* où, selon la version officielle, elle récupérait encore de son accès de fièvre. Elle laissa sa fille à la garde de Nerys et ses deux amies voyaient bien qu'il y avait plus de soulagement épuisé que d'angoisse dans cette séparation. Elle était anormalement silencieuse, à l'exception de soudaines crises de larmes qu'elle semblait incapable de contrôler, mais à Srinagar sa détresse pouvait être mise sur le compte de son inquiétude pour Ralph Bowen, dont le nom avait été inscrit sur la liste des centaines de prisonniers de guerre.

Nerys reprit sa petite routine de chansons et de jeux éducatifs avec les enfants du village, entrecoupée d'après-midi à jouer avec Zahra et Farida, sa fidèle protectrice. C'était un heureux hasard que l'arrivée du bébé ait brisé la carapace d'isolement de la petite fille. Farida commençait même à jouer avec les autres enfants, bien qu'elle les quitte précipitamment toutes les deux ou trois minutes pour aller s'assurer que le bébé dormait ou observait joyeusement les dessins formés par les branches du platane au-dessus de sa tête. À présent, elle venait tous les matins, aussi régulière que Faisal, pour prendre son petit déjeuner avec Nerys.

Cette dernière commença à se rendre compte que Zahra pourrait bien être absorbée par le village, pleinement acceptée.

Bébés et enfants ne semblaient pas nécessiter l'attention individuelle de leur mère – ils passaient de bras en bras, de la grand-mère à la tante, au frère ou à la sœur, à quiconque était dans les parages en somme. Peut-être que, si Myrtle, Caroline et elle-même fournissaient l'argent, il pourrait y avoir une vie pour Zahra à Kanihama. Du moins pour ses premières années. Ensuite, quand la guerre prendrait fin, il y aurait des orphelins, des familles déplacées, et les enfants auraient besoin de protection de toutes sortes. Qui pouvait prédire ce qui arriverait à cette orpheline en particulier ?

Voilà comment raisonnait Nerys, avec un espoir et un désir secrets encore plus grands maintenant que Zahra était née.

Début avril, quand les bourgeons commençaient à grossir sur les buissons d'épines et les branches des platanes, et que les champs et les potagers étaient verts de nouvelles pousses, Nerys entendit le bruit d'une autre voiture qui s'approchait. Dans son désir de revoir Rainer, ce même son avait cent fois provoqué en elle un sursaut d'espoir, vite déçu mais, cette fois-ci, en écoutant plus attentivement, elle sut qu'elle ne pouvait se tromper. Elle laissa tomber la casserole qu'elle tenait et courut dehors.

C'était bien la Ford, conduite par Rainer. La portière s'ouvrit, mais il semblait ne pas réussir à sortir.

Elle cria : « Que s'est-il passé ? Tu es blessé ! Je vais t'aider. »

Il fit une grimace. « Pas de ce côté-ci. Viens par là. Si je pouvais m'appuyer sur toi… »

Soutenant le poids de Rainer sur son épaule, Nerys le mena tant bien que mal dans la maison et l'aida à s'asseoir sur la chaise près du poêle. Il avait le visage défait et son torse semblait tordu, comme un arbre frappé par la foudre.

« Où est Caroline ? »

Nerys ne savait pas d'où arrivait Rainer mais, de toute évidence, pas de Srinagar.

Elle répondit vite : « Au *Jardin d'Éden*, avec Myrtle. Elle se repose, et le bébé est ici. C'est une fille. »

Rainer passa sa langue sur des lèvres desséchées. « Je suis vraiment désolé, murmura-t-il, de t'avoir déçue. »

Elle colla sa joue contre la sienne. « Tu ne m'as pas déçue. Bois donc un peu de cela. »

Elle avait réchauffé une tasse du dernier breuvage de la sage-femme. Elle ne savait toujours pas ce que contenait la mixture, mais était impressionnée par ses effets revigorants. Rainer goûta et recracha. « Doux Jésus. Qu'est-ce que c'est que ce poison ? »

Elle se détendit un peu. « Rainer, que t'est-il arrivé ? »

Il prit sa main et la serra contre lui. Au bout d'un moment, il déclara : « J'ai eu de la chance. Je n'en suis pas sorti indemne, mais j'ai survécu. D'autres y sont restés. »

Nerys s'assit près de lui sur le tabouret habituellement occupé par Faisal ou Farida. La main de Rainer portait des croûtes peu saines et, sur les côtés, la nouvelle peau était plissée comme si elle avait été brûlée. Il n'a probablement pas besoin d'être bombardé de questions, pensa-t-elle. Il lui raconterait quand il serait prêt.

Il ne fut pas prêt avant d'avoir dormi deux heures. Nerys l'aida à se déshabiller puis il s'allongea. Sous la tunique qu'il portait par-dessus un pantalon lâche, son bras, son épaule et le haut de sa poitrine étaient couverts de bandages tachés et moites.

« Veux-tu que je change les pansements de tes brûlures ? demanda-t-elle sans détour.

— Tout à l'heure », répondit-il. Dès qu'il eut fermé les yeux, il s'endormit.

Nerys le laissa dans son lit et sortit jouer à cache-cache avec les enfants. L'air vif des montagnes sentait le feu de bois et le fumier, comme l'après-midi où Rainer l'avait amenée à Kanihama pour la première fois et, à présent, dans les endroits abrités, le soleil lui chauffait les épaules.

Plus tard, elle rentra sur la pointe des pieds et se mit à cuisiner mais, quand elle se tourna vers lui pour le regarder, elle se rendit compte qu'il avait les yeux ouverts, posés sur elle.

« Dis-moi que je ne suis pas en train de rêver, dit-il.

— Non, ou bien je partage le même rêve. »

Il tendit son bras non blessé. « Viens là. »

Avec précaution, pour ne pas le bousculer, elle s'allongea sur l'espace étroit. Il posa ses lèvres sur son front. « Voilà qui est mieux. »

Le cœur de Nerys battait si fort qu'elle se demandait s'il le sentait contre ses côtes endolories.

Enfin, il se lança : « J'ai quitté un hôpital militaire de cambrousse. Je ne suis qu'un civil et j'ai un statut national douteux, alors on n'a pas fait beaucoup d'efforts pour me retenir. J'ai réussi à prendre un vol pour Delhi. J'y avais laissé ma voiture à un ami, alors j'ai pu la récupérer et venir directement ici. »

Elle voyait bien ce que cet effort lui avait coûté.

« Tout le temps où j'étais allongé là-bas, je repensais à ma promesse de vous emmener Caroline et toi à Baramulla. Si j'avais pu te prévenir, je l'aurais fait. »

Elle lui sourit. « Je sais. Je t'avoue que j'étais inquiète de ne pas te voir arriver, mais l'attente a été bien pire que la réalité. Des bébés naissent sans arrêt à Kanihama, tu sais.

— Je suis sûr que tu as été remarquable. Comme toujours.

— Pas du tout. » Nerys se mit à rire. « C'est la sage-femme du village l'héroïne. C'est sa potion spéciale guérison que tu as bue.

— J'espère qu'elle va fonctionner », dit-il d'un air sombre.

Elle patienta.

« Alors, j'ai réalisé mon tour de prestidigitation. Ce n'était rien de plus, juste une illusion à grande échelle. Au départ, les Britanniques étaient réticents à l'idée de me donner ce dont j'avais besoin, parce qu'il s'agissait d'une mission top secret et que je n'avais pas d'attestation de sécurité. Pour les gros bonnets, mon nom et mon accent sonnent assez allemand pour que je sois un agent ennemi. Mais, au final, ils ont dû me laisser travailler car personne d'autre ne possédait les compétences nécessaires à la mise en place de ce dont ils avaient besoin. »

C'était agréable, se disait Nerys, d'entendre parler le bon vieux Rainer.

« Comme tu le sais, je devais déplacer la piste d'atterrissage pour que les Japs bombardent le mauvais endroit. Au milieu d'une jungle dense et touffue, il est très difficile d'estimer la taille réelle des choses vues du ciel, surtout la nuit, alors, sur un site similaire, à trois kilomètres au nord, nous avons défriché une zone deux tiers plus petite que la piste d'atterrissage réelle et nous en avons construit un modèle réduit. On m'a procuré une équipe britannique de sapeurs du génie. Nous avons construit et peint des avions en balsa, des abris, des dépôts, des fausses réserves de carburant, tout. J'ai survolé notre œuvre en reconnaissance, à quelques centaines de mètres à peine, et le résultat était superbe. Le véritable site était invisible, caché sous un filet camouflage, et l'autre paraissait identique. Bien sûr, une partie de la mission consistait à convaincre les Japs qu'ils nous avaient départis de nos avions ainsi que de nos réserves de carburant. Le carburant est crucial pour n'importe quelle bataille. Si l'ennemi croit que vous n'en possédez pas alors que vous en avez en grande quantité, c'est un avantage tactique. »

Il y eut un bref silence pendant lequel Nerys réfléchit à la question. Le tour avait dû impliquer la mise en scène d'un gigantesque incendie, se disait-elle.

« Nous avions des explosifs, assez pour créer une forte détonation. Nous avons élevé un bûcher qui brûlerait bien et l'avons arrosé d'essence. Il y avait un système de détonateurs, que je contrôlais, donc dès qu'il y avait un impact direct sur un dépôt, je pouvais tout faire exploser à la manière de carburant d'aviation. »

Rainer marqua une pause, cherchant ses mots.

« Cela a nécessité un certain nombre d'essais et d'erreurs. Difficile à réaliser sans faire s'élever des panaches de fumée trahissant notre position auprès des avions de repérage ennemis. Nous avons donc construit une sorte de tunnel dans un autre tunnel pour tester les systèmes de détonateurs. J'avais envoyé deux soldats à l'intérieur, pour installer le nécessaire. »

Il mit une main devant ses yeux. Puis il continua : « Quelque chose a mal tourné. Une lampe abandonnée, une étincelle égarée. Je ne sais pas. Les tunnels ont pris feu. En une seconde, ils étaient en flammes. Je suis entré, mais je n'ai pas réussi à secourir mes hommes. »

Nerys imaginait l'humidité dense et étouffante de la jungle isolée, la fumée noire dans un lieu clos, la puanteur de l'incendie.

« C'est arrivé la veille de l'opération. Je n'étais pas là pour le voir mais, le moment venu, la fausse piste d'atterrissage fut embrasée à la place de la vraie et je suis presque sûr que les Japs ont rappliqué. J'ai cru comprendre que l'explosion et la combustion des faux dépôts de carburant avaient été très efficaces. »

Il se tut à nouveau, changeant de position pour soulager la douleur de ses brûlures. « J'en suis content, au moins ils ne seront pas morts pour rien.

— C'est sûr », fut tout ce qu'elle put dire.

Rainer s'essuya la bouche du revers de sa main valide. « Tu m'avais gentiment proposé de changer ces bandages ? Il y a une boîte dans la voiture. »

Elle ressortit au soleil et vit Farida qui attendait patiemment à la porte avec Zahra enveloppée dans un châle sur son dos. Nerys lui prit la main et l'amena à l'intérieur.

« Regarde, tu reconnais Farida, dit-elle à Rainer. Et voici Zahra. »

Il se redressa. Nerys et Farida déplièrent un peu le châle pour révéler les grands yeux noirs, la peau olive et la crête de cheveux du bébé. Il hésita puis plaça un de ses doigts abîmés sur la joue minuscule. « Bonjour toi », dit-il. Puis il leva les yeux et croisa ceux de Nerys. « Ça me fait plaisir de voir qu'il y a aussi des commencements et pas que des fins. »

Tandis qu'elle marchait vers la Ford, Nerys regarda le sommet des montagnes. La neige fondait à grande vitesse, remplissant le ruisseau qui courait près des abris des teinturiers et le transformant en un torrent glacé. Bientôt, les hauts cols rouvriraient et la route entre Kargil et la vallée serait de nouveau praticable.

CHAPITRE DOUZE

Un grand fracas dans les broussailles, suivi d'une longue dégringolade de pierres roulant au bas de la colline, fit sursauter Mair. Elle fit volte-face et aperçut l'arrière-train maigrichon d'une chèvre qui s'enfuyait. Une seconde plus tard, sa puanteur envahit l'atmosphère et Mair eut instantanément l'impression d'être de retour à Changthang où ses semaines d'exploration avaient débuté. Et c'était là, dans ce village abandonné, que la longue histoire du châle se terminait enfin.

La famille du père et du grand-père de Mehraan ainsi que les autres artisans *kani* avaient vécu et travaillé dans ce hameau qui n'était à peine plus à présent que des murs en ruine assaillis par les mauvaises herbes et les buissons d'épines. Au milieu du semblant de place se trouvait un tronc d'arbre décharné, le bois noirci et éclaté indiquant qu'il avait été frappé par la foudre. Elle passa devant et se retrouva sur le seuil de la plus grande maison. Regardant à travers les chevrons nus, elle vit un gypaète qui voletait dans les courants d'air.

Il y avait quelques morceaux de meubles abandonnés sur le sol en terre battue de la maison, une vieille marmite en aluminium au milieu des décombres de briques, le conduit de cheminée d'une cuisinière incliné dans un coin. C'était comme la vieille maison de la mission à Leh. Les gens qui vivaient là autrefois étaient partis et ne reviendraient jamais. Les liens étaient rompus.

Frissonnant un peu, Mair ressortit et alla se promener à l'orée du village où la rivière se précipitait dans un ravin rocheux. Elle y trouva d'autres bâtiments délabrés, des toits ondulés en fer rouillé tenant à peine en équilibre, le coin d'une plaque grinçant sous l'effet du vent comme un contrepoint au clapotis de l'eau. Plus bas, de l'autre côté d'un coude de la rivière, Mair aperçut un petit point rouge. C'était la casquette de base-ball Coca-Cola du chauffeur de l'agence de voyages de Srinagar qui l'avait amenée jusque-là, dans l'inévitable Toyota blanche, pour une excursion d'une demi-journée.

Elle s'assit sur un rocher plan et contempla les restes de Kanihama.

Le grand-père de Mehraan, le tisserand qui avait signé son ouvrage avec un BB, était mort, son fils aussi, et les villageois avaient déménagé. On fabriquait encore des châles raffinés au Cachemire qui étaient achetés comme cadeaux de mariage puis rangés comme un trésor, ou envoyés à Delhi et, de là, expédiés dans des boutiques de luxe occidentales, mais ils n'étaient plus tissés dans ce village. Cet endroit abritait maintenant les bergers et leurs bêtes.

Mair se releva d'un geste brusque. Le vent, l'odeur de fumier, même les plaques de pelouse rustique entre les rochers gris lui rappelaient la vieille maison au pays de Galles. Tandis que la nostalgie de son pays l'envahissait, elle entendit la voix de son père. « Ça y est ? Tu as assez voyagé ? Allez, reviens-nous. »

Elle cligna des yeux. Il était parti, mais il avait raison. Il était temps de rentrer à la maison. Elle voulait voir Hattie et ses autres amis, ainsi que son frère et sa sœur.

Il lui restait une visite à rendre à Srinagar, après quoi elle serait prête à partir. Mair mit ses mains dans les poches de son manteau et commença sa descente.

« Vous revoilà. Comme c'est gai », lança Caroline dès qu'Aruna fit entrer Mair dans la pièce.

Il y avait un fond sonore de sitar, mais Aruna éteignit le CD et le rangea avec ostentation dans son boîtier. La jambe bandée de Caroline était toujours surélevée et une odeur d'antiseptique flottait dans l'air. La vieille dame se mit à parler comme si le temps avait été suspendu depuis la dernière visite de Mair.

« Je suis si contente que vous soyez passée. Revoir le châle m'a rappelé de merveilleux souvenirs. C'étaient des amies chères et fidèles, Myrtle et Nerys. Je me souviens parfaitement de tout. Le *Jardin d'Éden.* Comme cela nous faisait rire.

— Srinagar était comme le jardin d'Éden ? »

Caroline éclata de rire. « Non, je parle du house-boat. Celui de Myrtle – sur le lac.

— Ah, je vois. Les noms. Celui où je loge s'appelle *Salomon et la Reine de Saba.*

— Comme c'est amusant. C'est vraiment gentil à vous de venir rendre visite à une vieille croulante comme moi. J'imagine qu'il y a des centaines d'autres choses que vous préféreriez faire pendant vos vacances.

— Non, répondit Mair. Je vous assure.

— Prenez donc un peu de gin. Je ne suis pas censée boire, c'est ce que me dit le docteur. Mais à vous je peux vous en donner – ça ne peut pas me faire de mal, hein ? Aruna, où êtes-vous ? »

Se rappelant la fois précédente, Mair répondit avec conviction qu'elle préférerait du thé. Aruna fut envoyée le préparer. « J'ai une photo à vous montrer », dit-elle, dès qu'elles furent seules.

Caroline tourna sa tête blanche. « Ah oui, mon enfant ? »

Mair s'agenouilla près de sa chaise et leva la photo. « Si j'allume cette lampe et que j'oriente l'image vers la fenêtre, vous pensez que vous pourrez la voir ? »

D'un geste lent et raide, Caroline la prit et l'approcha si près de son visage qu'elle lui touchait le nez. Elle plissa les yeux au point qu'ils étaient presque engloutis par la peau relâchée et parcheminée de rides. Son autre main tâta les plis de ses vêtements et retrouva une paire de lunettes attachées à un cordon. En les mettant en place et en tordant le cou d'un côté, elle sembla réussir à voir net.

Elle observa la photo un long moment.

« Oui, c'était le *Jardin d'Éden.* » Elle pointa un doigt noueux. « Voici Myrtle McMinn, avec votre grand-mère, Nerys, cette douce créature. Regardez-nous. Nous étions des jeunes filles, n'est-ce pas ? À peine plus que des enfants. »

Elle serra l'image contre sa poitrine. Sans crier gare, des larmes se mirent à rouler le long de ses joues. Elle sortit un mouchoir de sa manche et s'essuya les yeux.

Mair chuchota : « Je suis navrée. Je ne voulais pas vous contrarier.

— Pas du tout. Je suis juste bêtasse. Cela fait si longtemps, vous savez. Si longtemps que j'ai du mal à croire que j'ai été cette fille.

— Vous rappelez-vous qui a pris la photo ? Votre mari ? Ou M. McMinn ? Ou peut-être mon grand-père ?

— Evan Watkins ? C'était un homme si sévère mais si bon. Non, ce n'est pas lui.

— Qui cela, alors ? »

Caroline secoua la tête. Elle sourit à travers ses larmes, un sourire coquin et mystérieux de très vieille personne. « C'est le magicien. Mon Dieu, c'était un joli cœur. Comment s'appelait-il déjà ? Je ne peux pas l'avoir oublié. » Son visage s'assombrit, puis s'éclaira à nouveau. « Je m'en souviens. Il s'appelait Rainer. »

Mair entendit un clic, comme une clé qui rentre dans une serrure.

À Lamayuru, la veille du terrible accident, Bruno Becker lui avait raconté que son grand-père, guide de montagne, avait travaillé pour l'alpiniste Rainer Stamm. Tous deux avaient failli mourir lors d'une tentative d'ascension du versant nord de l'Eiger. Elle se rappelait avec précision les modulations de la voix de Bruno, et elle avait presque le goût du cognac sur la langue. « Rainer Stamm ? »

Caroline acquiesça, surprise. « Eh bien, oui. Tout à fait. Vous le connaissez ?

— Non. Mais quelqu'un a mentionné son nom lors de notre voyage de Leh à Srinagar.

— Qui cela peut-il bien être ?

— Bruno Becker. Il est suisse et a épousé une Américaine du nom de Karen. » Elle pensait que les noms évoqueraient peut-être quelque chose à Mme Bowen. Elle ajouta : « Ils avaient une ravissante petite fille, Lotus.

— *Avaient* ? »

La grande brusquerie de la question prit Mair au dépourvu. Regrettant son manque de prévoyance, elle dit rapidement : « C'est une bien triste histoire. Je suis désolée, je ne voulais pas vous apporter de mauvaises nouvelles. »

Aruna apporta le plateau à thé. Il y avait un couvre-théière simple en patchwork, des tasses en porcelaine et un bol en argent cabossé contenant des morceaux de sucre et une pincette. C'était beaucoup plus attirant que du gin tiède.

« Je ne connais pas ces gens, déclara Caroline. Vous prenez du lait et du sucre ? Continuez, je vous en prie. »

Mair hésita. « J'ai rencontré les Becker par hasard à Leh et nous avons pris la route ensemble à partir de là. Notre voyage a été interrompu par une violente tempête de neige et, à l'endroit où nous logions, la petite fille a été mordue par un chien enragé. J'ai reçu un message de son père il y a quelques jours. Malheureusement, elle n'a pas survécu. »

Caroline posa le pot de lait. Sa main tremblait et la porcelaine cliquetait sur le plateau. « Je suis vraiment navrée d'apprendre cela. Quelle douleur pour sa famille. La mort d'un enfant est une grande tragédie. »

Aruna lui prit la tasse remplie des mains et la passa à Mair. « Ne vous fatiguez pas trop », mit-elle en garde la vieille dame. Elle lança un regard noir en direction de Mair.

« Je suis si contente que vous m'ayez apporté cette photo », murmura Caroline en faisant un gentil sourire. *Elle glisse sur la pente de l'oubli,* pensa Mair. La vieille dame ne savait pas vraiment qui lui rendait visite. La photo représentait un morceau minuscule dans la mosaïque de ses souvenirs, un motif encore net et brillant par endroits, mais gommé en un monochrome flou à d'autres.

À présent, Caroline semblait se parler à elle-même plus qu'à Mair. Elle hochait la tête. « Oui, Nerys avait dû les garder précieusement. La photo, et le châle aussi. »

Mair le sortit de son sac une dernière fois et le secoua en l'air, le faisant flotter entre elles deux. « Lorsque je vous l'ai montré l'autre jour, vous avez dit quelque chose comme : "C'est à Zahra."

— Ah oui ?

— Alors... je me demandais si vous le voudriez ? Peut-être pour le rendre à Zahra ? »

Ce n'était qu'une tentative au hasard, rien de plus. Cependant la réaction de Caroline fut surprenante. Elle leva les mains. « Oh non, non, merci. Pauvre petite Zahra. C'était une façon de la doter. Oui, c'était cela. Mon Dieu. Je vais me mettre à pleurer. »

Effarée, Mair vit Mme Bowen se friper comme une feuille morte. Elle était maintenant complètement déboussolée.

Aruna arriva en trombe et saisit le bras de Mair, la forçant à se lever. « Il ne faut pas trop contrarier Mme Bowen. Je vous demande de la laisser en paix, pas de lui rappeler ces vieilles histoires.

— Je suis dé-désolée, vraiment désolée », bégaya Mair.

Aruna la traîna presque jusqu'à la porte. Caroline s'était caché le visage dans ses mains.

« Veuillez m'excuser de vous avoir fait de la peine », lui lança Mair.

Une fois hors de la pièce, Aruna l'attaqua. « Pourquoi vous venez ici parler de ces blessures ? Elle perdu sa petite fille à elle. Vous savez tellement de choses mais pas ça ? Il y a longtemps, mais elle passé beaucoup, beaucoup d'années dans asile en Angleterre. Elle revenue ici à Srinagar, maintenant vie calme. Respect, s'il vous plaît.

— Bien sûr. Bien sûr que je le respecterai. Je ne savais pas. »

Caroline cria : « Les lettres, Aruna. De Nerys. Elles sont dans une boîte. Je veux que la jeune femme ait les *lettres.* C'est la petite-fille de mon amie Nerys Watkins, vous savez... » Sa voix âgée et chevrotante semblait y tenir, mais Aruna fit sortir Mair sans ménagement. Elle lui claqua la porte au nez. Mair attendit quelques instants avant de frapper à nouveau, mais elle savait que personne ne lui ouvrirait.

Chaque montagne bleue avait une jumelle dans l'eau calme du lac, et le reflet transformait toutes les *shikaras* qui passaient en étranges insectes suspendus dans l'air transparent. Dans les bas-fonds autour du *Jardin d'Éden*, les fleurs de lotus offraient leurs pétales crémeux aux rayons du soleil. Soupirant d'aise devant la vue et la perfection printanière de cette journée, Myrtle vida son verre et le souleva pour que Majid vienne le remplir.

Elle s'était bouclé les cheveux, avait appliqué son rouge à lèvres préféré, et semblait très gaie. Nerys remarqua le nombre important de cocktails qu'elle avait bus, mais elle savait bien que c'était la façon dont Myrtle se réconfortait quand elle n'avait pas le moral. Aux dernières nouvelles, Archie avait été placé plus près du front, mais Myrtle ne se montrait jamais anxieuse, pas même devant Nerys ou Caroline. Ce jour-là elle était pétillante comme d'habitude.

« Tu te rends compte de ce que nous avons là ? lança-t-elle. Trois mères et une fille. C'est charmant, tu ne trouves pas ? »

Nerys avait amené Zahra de Kanihama. Le bébé était allongé dans son panier en osier rouge et vert à l'ombre d'un auvent. C'était une petite créature paisible, buvant son biberon avec quiconque le lui donnait et observant gravement le monde des bras de Nerys ou enveloppée dans son foulard sur le dos de Farida. Parfois Caroline se laissait convaincre de la porter, mais les lignes tendues de ses épaules et son sourire crispé trahissaient ses doutes. Ses deux amies ne voulaient pas forcer la situation. Depuis qu'elle avait accouché, l'état mental de Caroline était fragile. Myrtle rapportait que, certains jours, elle n'avait même pas assez de volonté pour sortir de son lit sur le house-boat. Myrtle ne pensait pas qu'elle était prête à retourner chez elle dans les quartiers militaires, mais Caroline avait insisté en disant qu'il le fallait.

« Sinon, que va-t-on penser ? Je suis totalement remise de ma soi-disant fièvre. C'est ce que j'ai dit à Mme Dunkeley. Vous avez toutes les deux été si gentilles pour moi. Si seulement je savais ce qu'il va arriver à Zahra… »

Ses yeux se remplirent à nouveau de larmes. Caroline pleurait vraiment souvent ces temps-ci, à la vue d'un oiseau mort sur le bord de la route ou d'un enfant estropié mendiant au bazar. Nerys et Myrtle se précipitèrent pour la rassurer. « Zahra va très bien, elle est heureuse. Aux yeux du monde, elle sera une orpheline de la mission, tout comme Farida et ses frères. Rien ne permet de faire le rapprochement avec toi ou Ravi Singh », répéta Nerys pour la centième fois.

Myrtle adorait le bébé. Elle la soulevait et frottait son nez ferme contre le petit museau doux et rose de Zahra, et couvrait sa peau olive de baisers colorés de rouge à lèvres.

« Adorable, vraiment adorable, chantonnait-elle. Je pourrais te croquer en entier, des oreilles aux orteils. Oh, mon Dieu, Nerys, crois-tu qu'Archie acceptera que nous l'adoptions à la fin de cette fichue guerre ? »

Nerys hésita. Elle répondit avec prudence : « Les gens de Srinagar chuchoteront que c'est ta fille et pas celle d'Archie. Nous leur avons donné toutes les raisons d'arriver à une telle conclusion. »

Myrtle gloussa. « Qui se soucie le moins du monde des rumeurs ? Pas moi en tout cas. Quand Archie reviendra à la maison et la verra, je suis certaine qu'il tombera lui aussi amoureux d'elle. Tu ne crois pas ? » Puis elle cessa un instant de contempler le bébé et croisa le regard de Nerys. « Mais Evan et toi allez-vous me la disputer ? »

C'était une plaisanterie, avec un frisson de vérité douloureuse.

Nerys aussi était folle de Zahra. Parfois, l'adoration qu'elle portait à ses yeux noirs et à ses doigts minuscules l'effrayait. Néanmoins, elle ne pouvait que secouer la tête. Elle n'avait pas vu Evan depuis l'automne précédent et il commençait à lui apparaître comme un étranger. Qui pouvait prédire ce que son mari permettrait ou refuserait même de considérer ?

L'avenir de Zahra n'était qu'une des nombreuses incertitudes auxquelles ils étaient confrontés.

Majid apporta un autre cocktail à Myrtle. Soulevant le panier, il annonça : « C'est l'heure de nourrir le bébé. »

Lui aussi s'était épris de Zahra et, chaque fois qu'il le pouvait, il la subtilisait pour l'emmener dans l'antre de l'annexe du bateau où elle faisait fondre le cuisinier, les boys et leur armada de tantes et de sœurs. En la prenant dans ses bras, il lança : « Un visiteur arrive, m'dame. »

Au Cachemire, le mois de mai était le plus agréable de l'année. Amandiers, pommiers et cerisiers étaient en fleurs et des pétales flottaient dans la brise, comme l'antithèse de la neige.

Le batelier se dépêcha et Rainer grimpa les marches pour rejoindre l'ombre de la véranda. Il était robuste et ses brûlures avaient vite guéri, mais il ne parlait jamais de son expédition en Malaisie.

Il fit la bise à Caroline et Myrtle, puis souleva la main de Nerys et la porta à ses lèvres. Elle rougit devant cette soudaine manifestation de tendresse. « Je suis venu enlever Nerys, déclara-t-il. C'est la journée idéale pour un pique-nique au Jardin de Shalimar.

— Ouste, alors, dit Myrtle en agitant la main. Caroline et moi nous irons prendre le thé, et peut-être un cocktail ou deux au club.

— Puis-je d'abord essayer mon nouveau jouet ? » Rainer avait apporté un nouvel appareil photo Leica très élaboré, équipé d'un trépied et d'un jeu d'objectifs. Il sortit l'appareil de son étui en cuir marron et bricola avec les réglages. Puis il désigna l'angle de la véranda encadré par l'auvent en bois sculpté. « Allez donc vous asseoir là-bas, dos au lac.

— Comme vous voudrez, Monsieur Stamm. »

Myrtle prit place au milieu, tout naturellement, leva le menton et regarda droit dans l'objectif. Caroline se rapprocha d'elle, souriante mais regardant les deux autres pour exemple tandis que Nerys et elle plaçaient leur bras autour de la taille de Myrtle.

Il déclara : « Voilà qui est ravissant. J'appellerai ce portrait "Été au *Jardin d'Éden*". »

Nerys se rappellerait toujours le parfum de Myrtle et la volute de fumée de cigarette, la lumière accrochant le diamant de la bague de fiançailles de Caroline et Rainer faisant le clown derrière l'appareil. Il plaça un tissu noir au-dessus de sa tête et marmonna perdu dans ses plis, puis cria : « Et voilà ! » Tandis qu'elles riaient de ses grands gestes, l'obturateur fit un déclic.

« Vous n'avez pas disparu dans un nuage de fumée, fit remarquer Myrtle. Et nous non plus.

— Je dois manquer de pratique », répondit-il.

Un nuage vint lécher le soleil, éclipsant, l'espace d'un instant, le jour chatoyant. Nerys passa son gilet et vérifia que la broche de Myrtle était en sécurité.

« Avez-vous le temps de prendre un verre ? demanda Myrtle. Juste un, d'accord ? Caroline et moi risquons de déprimer après votre départ.

— Veuillez m'excuser pour cette fois-ci. Je veux parler à Nerys. »

Le batelier de la *shikara* les attendait aux marches du houseboat, trempant oisivement sa pagaie dans l'eau et regardant les insectes parcourir la surface à un rythme effréné. Des vaguelettes brisèrent un bref instant le reflet des montagnes. Myrtle frappa dans ses mains et son sourire s'élargit.

« Pas de problème. Amusez-vous bien ! » lança-t-elle.

Quelques secondes plus tard, Nerys et Rainer glissaient vers les arbres de l'autre côté du lac. Nerys était silencieuse car le charme de l'après-midi semblait intensifié par sa fragilité. Rainer avait placé le bras autour de ses épaules, mais elle se disait qu'il était devenu bien impénétrable. Ou peut-être l'avait-il toujours été. Elle avait découvert sa stature et son poids, l'odeur et le goût de sa peau, ses différents timbres de voix, mais il n'avait révélé que si peu de choses.

Dans le grand jardin moghol, les fontaines jaillissaient entre les plates-bandes de pivoines écarlates. Ils marchaient à l'ombre pommelée du déploiement des feuilles de platanes, tandis que Rainer parlait d'un nouveau tour qu'il concevait et d'une invitation qu'il avait reçue pour aller donner des spectacles de magie afin de divertir les troupes britanniques et américaines.

« Mais où *exactement* irais-tu ? » demanda Nerys, terrifiée à l'idée de son départ et effrayée à celle qu'il puisse rester. « Et quand ? » Elle avait elle aussi une raison pressante de lui parler aujourd'hui.

Ils arrivèrent en haut des marches du jardin et se retournèrent pour contempler la vue.

« Commençons par pique-niquer », dit-il.

Comme toujours, Rainer avait l'esprit pratique. D'un sac à dos en toile, il sortit une nappe blanche qu'il étendit à l'ombre d'un vieil arbre gigantesque. Il avait apporté un flacon de lait parfumé à la menthe et du pain sorti du four à peine une heure plus tôt, délicieusement parfumé et recouvert de graines de sésame.

Au-dessous d'eux s'étalaient fleurs et cours d'eau aux formes géométriques, piquetés de fontaines et, au-delà du jardin, le lac avec ses îles bleues, le brouillard de fumée au-dessus de la vieille ville et les deux collines de Srinagar coiffées d'un fort et d'un temple. Peut-être l'avait-il amenée là pour étendre tout cela à ses pieds, tel un empereur moghol avec sa dernière concubine. Elle se tourna brusquement vers lui, mais il l'arrêta en posant un doigt sur ses lèvres.

« Je dois quitter Srinagar, Nerys. Je serais déjà parti si chaque heure passée avec toi ne m'en faisait désirer deux de plus. »

Il serait si facile de le croire.

Puis il murmura : « Viens avec moi. Installe-toi avec moi. »

Un bref instant, le monde se contracta jusqu'à se limiter aux deux points de lumière qui se reflétaient dans les yeux sucre d'orge de Rainer. Il fit glisser son doigt jusqu'au creux à la base de son cou et, tout étourdie, Nerys imaginait les villes qu'elle ne verrait jamais à moins de le suivre, les voyages qu'ils entreprendraient et les montagnes qu'il avait promis de lui montrer.

Cependant, quand elle essayait de se représenter leurs retours à la maison, aucun foyer ne daignait lui apparaître. Un tel endroit n'existait pas. Pas même la magie singulière de Rainer ne pourrait leur en construire un pour tous les deux.

Il lui fallut faire le plus grand effort de sa vie pour saisir sa main sensuelle et la repousser, mais elle y parvint. Sa réponse fut de se rapprocher encore davantage. Leurs lèvres se touchaient presque et il ajouta : « Nerys, veux-tu m'épouser ? Je ne souhaite d'autre femme que toi. »

Elle laissa ces mots couler en elle comme du miel cachemiri. Mais ensuite elle se redressa et le regarda dans les yeux. « Je suis déjà mariée. Nous avons simplement essayé de faire comme si je ne l'étais pas. »

Rainer rejeta l'objection. « Divorce. Ou bien, si nous ne pouvons pas nous marier, viens vivre avec moi. Tu n'es pas une femme que les conventions entravent. Je te connais. »

Et cela prouvait au contraire qu'il ne la connaissait *pas.*

Elle avait dans sa poche la lettre d'Evan reçue le matin même, remplie des détails pointilleux du travail qu'il était obligé d'abandonner afin de venir à Srinagar, des aspects pratiques sur lesquels il souhaitait qu'elle se renseigne pour la potentielle implantation d'une nouvelle mission au Cachemire, ainsi que de tous les signes silencieux et agités de la peur et de l'anxiété de son mari.

Justement, c'était une femme entravée par les conventions, car ces mêmes conventions étaient ce qu'elle s'était engagée à respecter. Ce n'était qu'à présent qu'elle avait la réelle possibilité de les bafouer qu'elle prenait pleinement conscience de la fermeté de ses convictions.

Son estomac se retourna à l'idée de ce qui allait suivre. Le tableau était éclairé d'une seule touche de lumière : la fierté de prendre – enfin – la décision la plus difficile de sa vie.

« Non, dit-elle. Evan va arriver à Srinagar à la fin de la semaine. Il apporte la mission au Cachemire, et je l'aiderai dans son entreprise. »

L'incrédulité embrasait les yeux de Rainer.

Elle étudia les plis de sa peau, sa bouche si souvent rieuse, et se rendit compte que, de toutes les fois où elle l'avait désiré depuis Noël, c'était maintenant qu'elle avait le plus envie de lui.

Il répondit : « Ne renonce pas à ton propre bonheur pour le bien de quelqu'un d'autre. N'abandonne pas ta propre vie. »

Et dans son état à fleur de peau, elle ressentit soudain de la colère envers lui. Les incertitudes qui l'avaient inondée ces dernières semaines s'envolèrent. Peu importe ce que cela impliquait, elle vivrait selon ses principes à elle, pas ceux de Rainer Stamm.

« Abandonner ma vie ? Voilà une supposition bien arrogante. Je ne fais rien de tel. »

Un bateau à moteur traversait le lac, parant l'eau d'un filet argenté. *Peut-être était-ce Ravi Singh,* pensa-t-elle.

« Je t'aime », dit Rainer avec douceur.

Il ne le lui avait encore jamais dit. Elle forma une réponse dans sa tête. *Moi aussi je t'aime. Je t'aimerai toujours.* Mais elle ne répondit rien. L'après-midi était bruyant de chants d'oiseaux et de matchs de cricket, cependant le silence coula entre eux comme du sang, tranchant le lien qui les unissait et scellant leur séparation.

« Je quitte Srinagar demain », l'avertit-il.

Elle leva la tête. « Croyais-tu que je te suivrais ? »

Il la regarda dans les yeux. « J'osais l'espérer.

— Je suis vraiment désolée. »

Tandis qu'elle examinait son visage, son expression changea. En une seconde, il devint quelqu'un d'autre. Il lui sourit, un sourire de comédien qu'il aurait pu adresser à son public avant un tour de prestidigitation. « Quel dommage. Mais pourquoi sommes-nous si sérieux ? La vie est un cadeau, et nous devrions en profiter. Sinon, *pffffff.* » Il haussa les épaules en poussant un soupir et son côté étranger la frappa comme jamais auparavant.

Il se leva avec peine et lui tendit la main. « Viens. Allons donc terminer notre promenade ! C'est une très belle soirée. »

Ils descendirent la longue série de marches et traversèrent les terrasses entre les fontaines et autres points d'eau. Au plus bas niveau du jardin se trouvaient de grandes plates-bandes de tulipes écarlates. Pour les yeux brûlants de Nerys, elles ressemblaient à des flaques de sang.

Hors de l'enceinte, ils se frayèrent un chemin tant bien que mal entre les foules insistantes de mendiants, de marchands de pacotille et de vendeurs de *chai* rameutés par la promesse de l'été, et elle se sentit épuisée par l'effort permanent que demandait le simple fait d'exister en Inde.

Je veux rentrer à la maison, pensa-t-elle, presque pour la première fois depuis son arrivée à Srinagar. Elle fut submergée par le désir de retrouver le pays de Galles, son environnement, ses proches et cette autre vallée verdoyante entrelacée de ruisseaux.

Au niveau de la jetée les attendait la *shikara* peinte en doré. Le batelier l'aida à monter à bord et veilla à ce qu'elle soit confortablement installée sur les coussins du matelas. Au lieu de venir à côté d'elle, Rainer s'assit en face, adossé à la proue du bateau.

« Comme ça, je peux te voir. » Le soleil déclinait dans le ciel et la lumière, de bleue, était devenue dorée. Quand ils atteignirent le milieu du lac, où des voiles de brume commençaient à s'élever de l'eau, Rainer saisit la deuxième pagaie du batelier qui gisait à ses pieds. Il examina la pale familière en forme de feuille, puis la retourna. Appuyée contre sa poitrine, elle formait un cœur.

Ils arrivèrent au *Jardin d'Éden.* Il n'y avait personne dans la maison, mais ils entendirent des voix sur le bateau de la cuisine. Rainer se leva, se tenant en équilibre sur la *shikara* qui se balançait, et aida Nerys à monter sur les marches. Puis il lui lâcha la main. « Bonne nuit, dit-il.

— Bonne nuit, Rainer. Je te souhaite un bon voyage. »

Où que tu ailles.

Sous l'auvent de bois sculpté de la véranda, elle regarda s'éloigner la *shikara.* Rainer était toujours debout, la pagaie à l'envers contre lui. C'était l'image de lui qu'elle conserverait : son ombre au-dessus de l'eau calme, encadrée de part et d'autre par le reflet de la poupe et de la proue, et le cœur de feuille placé sur le sien, un bouclier autant qu'une déclaration.

« Bonsoir, m'dame. »

Nerys fit volte-face. C'était Majid dans sa tunique blanche, les mains jointes.

« Majid, où est Mme McMinn ?

— Club je crois, m'dame.

— Et le bébé ?

— Elle est ici, m'dame. »

Quand Zahra se réveilla, Nerys lui donna un biberon avant de la baigner et de la changer. Les petits membres maigrelets étaient devenus ronds et dodus. Lorsque la nuit tomba brusquement, elle était sur la véranda à bercer le bébé dans ses bras, les lèvres appuyées sur ses cheveux noirs.

Quand Myrtle sortit de la *shikara* qui la ramenait du club, elle trébucha sur les marches et faillit tomber dans l'eau. « Misère de misère ! Voilà ma dernière paire de bas convenables en lambeaux », gémit-elle.

Nerys lui prit le bras et essaya de la conduire à une chaise. Myrtle résista et préféra aller s'écrouler sur le canapé. Elle mit la tête dans ses mains et se massa le front. « Mon pauvre cerveau. Je suis sidérée.

— Je vais te chercher un peu d'eau.

— As-tu entendu la nouvelle ? »

Nerys attendit, retenant sa respiration.

« Un malheureux garçon a été poignardé. On a retrouvé son corps dans l'une de ces ruelles en briques du bazar. »

Elle n'eut même pas à poser la question, car Myrtle y répondit aussitôt. « Un musulman. »

Agressé dans le noir par de jeunes hindous se vengeant d'une précédente attaque de musulmans : le dernier épisode de la haine religieuse qui gonflait sous la peau soyeuse du Cachemire.

« Il y a des émeutes, ajouta Myrtle. Au club, à l'instant, on conseillait à tout le monde de rentrer chez soi et d'y rester jusqu'au matin. *Sinon*, j'y serais encore. »

Nerys écoutait et, au-delà de la tranquillité du lac, il lui semblait entendre le bruit lointain de cris et de jets de pierres.

« Je ne comprends plus l'Inde. C'est tout ce que je connais, mais je reconnais à peine le pays où j'ai grandi ni ne comprends ce qui arrive à cette belle vallée du Cachemire. Ils veulent que nous partions, et nous partirons, mais que se passera-t-il ensuite ? Il ne restera plus rien, si ce n'est le sang et la destruction. »

Myrtle farfouilla dans son sac à main et en sortit son étui à cigarettes. Elle alluma une de ses cigarettes à bout doré et expira un nuage bleu. Tandis que Nerys la regardait, elle perdit son maintien et son visage poudré se décomposa. « C'est la fin de tout. Que va-t-il nous arriver ? »

Nerys n'avait jamais vu Myrtle pleurer. Elle la prit dans ses bras et essuya les larmes qui traçaient des marques noires le long de ses joues.

« Mon Dieu. Je suis soûle. Ivre morte. Archie m'en empêche, tu sais. Mais il n'est pas là, et tout est si triste, et sans lui je ne suis que l'ombre de moi-même.

— Mais non. Tu es une femme courageuse, forte, admirable, et la meilleure amie que j'aie jamais eue. J'ai tellement appris de toi et c'est la stricte vérité. »

Elles se prirent les mains l'une de l'autre. La clameur au loin semblait se calmer, laissant le champ libre aux bruits nocturnes du clapotis de l'eau et des hululements des hiboux.

Myrtle renifla et se moucha. « Mince. Désolée. Je suis stupide. C'est l'alcool et la nouvelle d'un meurtre absurde. Comment s'est passé le pique-nique à Shalimar ? Où est Rainer ?

— Il voulait me dire qu'il quitte Srinagar demain. Nous nous sommes dit au revoir.

— Oh, ma chérie. Et moi qui t'embête avec mes petits malheurs. Au diable tout cela. Allez, prenons un dernier verre. Qu'en penses-tu ? Mmm ?

— Non, Myrtle. Plus d'alcool. Allez, il est temps d'aller te coucher.

— On dirait Archie. Ça me plaît. » Myrtle se leva et se dirigea chancelante vers le panier de Zahra. Elle se pencha et repoussa légèrement la couverture. « C'est *toi* l'avenir, n'est-ce pas, ma petite ? Dieu merci tu es là pour nous rappeler que ce monde cruel a un sens. »

Puis Nerys l'accompagna jusqu'à sa chambre, où elle la laissa retirer ses chaussures et déboutonner sa robe sans broncher. Avec peine, Nerys l'installa dans son lit au milieu des taies d'oreiller amidonnées, des rideaux brodés et des dessus-de-lit en soie. Il y avait de la poudre éparpillée sur le revêtement en verre de la commode, une pagaille de bougies parfumées, une pile de vêtements jetés sur une chaise en bois sculpté.

« Reste avec moi, supplia Myrtle. Raconte-moi quelque chose. Parle-moi, je ne sais pas… Parle-moi de Rainer et toi. »

Nerys réfléchit. « Il va me manquer », finit-elle par dire. Elle l'aimait, aurait-elle pu ajouter, mais aucune phrase ou suggestion ne découlait de cet aveu. L'alpiniste magicien et la femme du missionnaire ? Elle sourit. La fin de leur histoire avait été là tout au long, latente dès le début.

« Quand est-ce qu'Evan arrive à Srinagar ?

— Dans sa lettre, il disait qu'il lui restait quelques affaires à régler à Kargil et qu'il partirait dans deux ou trois jours. Donc il sera là dans une semaine, au plus.

— Rainer est au courant, j'imagine ?

— Bien sûr.

— Hah. Il fait une sortie stratégique, alors.

— Il m'a demandé de venir avec lui. Il m'a demandée en mariage. »

Myrtle inspira profondément et tourna sa tête sur l'oreiller. « Et ? »

Il n'y avait pas de *et*.

« Je lui ai rappelé que j'étais déjà mariée.

— Et tu feras ton devoir. D'accord. Dis-moi, et sois honnête s'il te plaît, te sens-tu coupable des événements de l'hiver dernier ? »

Nerys la regarda. Les paupières de Myrtle devenaient lourdes sous l'effet du sommeil.

« Non, répondit-elle.

— Voilà une bonne chose. Car rien ne corrode un mariage autant que la culpabilité, ma fille.

— Evan et moi devrons trouver une façon de vivre. Mais je ne le ferai pas comme une excuse, ni comme un acte d'expiation pour avoir commis l'adultère. »

Myrtle lança un petit rire endormi. « *Ça*, ça me plaît. Je suis impressionnée. Caroline devrait prendre exemple sur toi.

— Caroline trouvera la solution qui lui convient. Mais crois-tu que ce soit notre réelle mission à toutes les trois ? Faire notre devoir ?

— Bien sûr. C'est notre rôle. Nous sommes des épouses du Raj. »

Il y eut un autre petit rire faible avant que Myrtle ne sombre dans le sommeil. Nerys attendit que sa respiration devienne régulière, avec un ronflement à chaque expiration, avant de se lever du lit. Elle ajusta les couvertures sur les épaules de Myrtle et hésita à peine une seconde avant d'embrasser son front humide. Elle sentit le gin dans ses pores.

Au départ de Kargil, Evan avait engagé un guide et des chevaux pour traverser le col de Zoji-La jusqu'au sanctuaire hindou de Shiva à Amarnath et, de là, il rejoignit le flot de pèlerins qui retournaient en ville. Pour les quinze derniers kilomètres du trajet, la route de Srinagar était accessible aux véhicules, alors il s'entassa avec les autres voyageurs dans un car public.

Nerys l'attendait au dépôt de bus dans la banlieue poussiéreuse de la ville. Un car s'était déjà garé pour déposer ses passagers. Il y avait des fermiers venus vendre leurs produits, des pèlerins, des travailleurs manuels et plusieurs familles nombreuses représentant trois ou quatre générations, mais Evan n'était pas parmi eux. Elle retourna s'asseoir sur un muret de pierres et observa les foules grouillantes. Les véhicules faisaient un vacarme terrible et leurs pots d'échappement dégageaient kérosène et fumée noire. Un chien émacié, le dos couvert de plaies ouvertes, fourrait le museau dans les ordures jetées au bord de la route. Un deuxième car arriva à l'angle et s'arrêta au bout de la route. Une masse d'hommes en jaillirent, essayant d'extirper leurs paquets de l'intérieur. La cacophonie des cris et des rires gagna encore en volume et, au milieu de toute cette agitation, elle aperçut Evan. Il descendit les marches du car d'un pas lent et, avec maladresse, récupéra deux vieux sacs râpés de la cascade de bagages lancés du toit par les employés du car. Puis il alla en plein soleil d'un pas raide, un sac dans chaque main, la silhouette sombre dans ses vêtements cléricaux noirs et poussiéreux.

Nerys se leva d'un bond et se faufila à travers la foule. Elle toucha sa manche et il se retourna. Il ouvrit de grands yeux en la regardant fixement. « Nerys, tu es superbe », bégaya-t-il.

Cette remarque l'étonna et lui fit plaisir. Evan ne faisait jamais de commentaires sur son apparence physique. « Ah oui ?

— Absolument. On dirait… une des dames coloniales.

— Eh bien, je n'en suis pas une. Je suis toujours Mme Watkins de la Mission presbytérienne galloise en Inde du Nord, je n'ai pas changé. Bonjour, Evan.

— Bonjour, ma chère. » Il était intimidé par cette nouvelle version de sa femme avec ses cheveux joliment coiffés et sa robe au motif fleuri.

« Bienvenue à Srinagar. » Elle se mit sur la pointe des pieds pour l'embrasser, ses lèvres attrapant tout juste le coin de sa joue tandis qu'il tournait la tête.

« C'est très agité. Il y a tellement de monde. Je n'ai pas l'habitude des foules, déclara-t-il.

— Je sais. Mais c'est une très belle ville, une fois qu'on la connaît. » Elle prit l'un de ses sacs et glissa son autre main dans la sienne.

« Où allons-nous ? demanda Evan.

— En premier lieu, au *Jardin d'Éden*, répondit-elle. Myrtle habite là-bas et je voudrais te présenter Caroline. Ensuite nous pourrons retourner à la maison. Je veux dire, à Kanihama. »

Zahra était de retour au village, auprès des familles élargies. Nerys s'était dit que ce serait le meilleur contexte pour présenter leur petite orpheline commune à Evan.

Ils restèrent deux jours en ville chez Myrtle. Nerys ne fut pas surprise de la suspicion d'Evan envers Srinagar. Il déambulait mal à l'aise au milieu des coussins et des photos encadrées sur le house-boat et il refusait catégoriquement de traverser le lac en *shikara* pour voir le Srinagar Club. La série de fêtes et de matchs de polo de la saison estivale avait repris, bien que d'une façon moins exubérante du fait de l'absence de la majorité des hommes, partis avec leur régiment de l'armée indienne ou britannique, mais Evan ne voulait pas y participer. Ce ne fut que sous la contrainte qu'il accepta l'invitation au cocktail en plein air de la Résidence et qu'il fit la queue pour serrer la main de M. Fanshawe. Il comprit de travers le protocole de la ligne de réception des invités et se lança dans un compte-rendu interminable de la Mission presbytérienne en Inde.

« Je suis heureux de vous dire que nous faisons du bon travail à Kargil. Notre congrégation ne cesse d'augmenter et j'ai récemment laissé la mission aux mains très compétentes de l'un de mes camarades pasteurs, expliqua-t-il. À présent, nous apportons la Parole au Cachemire.

— Formidable », répondit M. Fanshawe avec amabilité, et l'un de ses assistants réussit à éloigner Evan. En temps de guerre, les missionnaires de toute croyance et de toute nationalité étaient relégués très bas sur l'échelle d'importance du gouvernement britannique.

Caroline vint prendre le thé sur le house-boat. Elle portait un chemisier vert pâle en crêpe de Chine et son collier de perles. Elle était pâle mais tenait bon. D'une voix faible, elle expliqua à Evan qu'elle avait été souffrante ces derniers temps et que son mari était en Malaisie, prisonnier de guerre des Japonais.

« Je vais prier pour vous deux et pour son prompt retour, déclara Evan.

— Merci. » Caroline lui toucha la main, semblant sincèrement réconfortée.

Cette nuit-là, Nerys et Evan étaient allongés côte à côte sous les boiseries de boîte à cigares. La présence de son mari semblait amplifier les craquements du house-boat et le clapotis de l'eau et, conscients de la façon dont le bruit résonnait, ils chuchotaient.

« Ton amie Mme Bowen est très nerveuse.

— Oui, en effet.

— J'ai de la peine pour elle », dit-il.

Nerys pensa qu'il reconnaissait sans doute une camarade de souffrance. Elle sentait la tension qui parcourait Evan comme s'il était fait de câbles d'acier sous les boutons et les coutures de son pyjama de flanelle.

« Mme McMinn a été bien gentille, tous ces mois.

— Oui, très.

— J'avais un peu peur que ça te fasse tourner la tête, tu sais. »

L'obscurité masqua son sourire. « La gentillesse ?

— Bien sûr que non. Ce mode de vie. Le *Jardin d'Éden*, qui porte bien son nom. Nous ne pouvons pas nous permettre d'avoir des légions de domestiques en veste blanche. Nous ne buvons pas de gin et ne fumons pas de cigarettes.

— Je suis ta femme, Evan. Je comprends quel doit être notre mode de vie. »

Nerys pensa à Rainer et à la manière dont il regardait son corps comme un instrument utile, pas comme un adversaire qui torture ou engendre la culpabilité. Et puis, déterminée, elle relégua dans sa mémoire Rainer et ce qu'ils avaient fait ensemble afin de se concentrer sur la connaissance qu'elle en avait tirée. Elle se blottit contre la hanche rigide d'Evan et plaça le menton dans le creux de son épaule. Elle écouta leurs respirations désaccordées se synchroniser peu à peu, imperceptiblement. Avec douceur, elle passa le bras au-dessus de ses côtes et la chaleur se répandit entre leurs corps.

Il se racla la gorge et se tourna sur le côté, dos à elle.

Autrefois, se disait Nerys, elle aurait pris ce geste comme un rejet et se serait éloignée à son tour, malheureuse, pour fixer le plafond obscur.

Au lieu de cela, elle se pelotonna davantage, adaptant sa courbe à la sienne. La colonne vertébrale d'Evan était une série de nœuds osseux. Ses lèvres touchèrent le plus proéminent d'entre eux, à la base de sa nuque. « Tout va bien se passer », murmura-t-elle.

Il lui fallait y croire.

Ils s'endormirent, blottis l'un contre l'autre.

Deux jours plus tard, ils arrivèrent à Kanihama.

Evan marchait à grandes enjambées sur la place délabrée et inspectait les vieillards assis à l'ombre du platane, les chèvres vagabondes et les maisons en briques de terre crue. Un groupe d'enfants, menés par Faisal, interrompirent leur jeu et vinrent crier aux pieds de Nerys. Farida apparut à l'ombre d'un mur, avec Zahra endormie dans l'écharpe sur son dos. Elle leva la main et la baissa dès que Nerys la vit. De fines spirales de fumée s'élevaient dans le ciel bleu et l'air était frais après la chaleur de la ville.

Les épaules rigides d'Evan semblaient se détendre. Il regardait autour de lui avec moins de certitude, mais avec un intérêt notable. Peut-être cet endroit lui rappelait-il leur véritable foyer, pensait Nerys, comme c'était le cas pour elle.

Elle le mena à sa maison. Il observa les murs en briques couverts de grosse toile, la chambre qui était à peine plus qu'une alcôve enfumée, son *kangri* rangé près du poêle en fer. « C'est *ici* que tu as passé l'hiver ? demanda-t-il.

— À partir de janvier, oui. »

Il y eut un silence. Des enfants curieux s'étaient attroupés à la porte et un cercle de villageois s'assemblait pour regarder le dernier spectacle.

Evan mit la main sur son épaule, puis la déplaça, effleurant le cou de Nerys. « Je t'admire.

— Ce n'était pas si terrible. Il fait bon quand le poêle est allumé.

— Je n'aurais pas dû dire ce que j'ai dit, comme quoi la vie au Cachemire t'avait tourné la tête. Je suis désolé.

— Ne t'en fais pas. » Elle sourit.

Faisal se faufila dans la pièce. « Bonjour, monsieur. » Pointant son index vif et sale, il récita : « Tête, bras, jambe, pied.

— Très bien, bravo, dit Evan en hochant la tête. Qui est ce garçon ?

— Faisal. Il est très intelligent. Il a été mon premier élève.

— Et combien en as-tu à présent ?

— Une dizaine. C'est un système de troc. Je leur apprends quelques mots d'anglais et je suis payée de temps en temps en œufs, en oignons et en carottes. » Elle se mit à rire. « Cela marche assez bien.

— Et leurs familles ?

— Ce sont des tisserands, des teinturiers, des brodeurs. Kanihama est un village musulman. Ils n'ont pas de mosquée ici, mais il y a une salle de prière. Les femmes travaillent très dur, elles cultivent les légumes, s'occupent des animaux, élèvent les enfants. La plupart des hommes sont dans le commerce de châles. Ceux qu'ils produisent sont remarquables de beauté et de finesse, mais ils sont devenus trop chers pour bien se vendre et en tirer des bénéfices. »

Evan sortit dehors, baissant la tête juste à temps pour éviter le bas linteau de la porte. Farida s'écarta du mur et fit un pas en arrière.

« Voici Farida, et le bébé s'appelle Zahra », murmura Nerys, le cœur battant.

Il jeta un coup d'œil dans leur direction et hocha la tête. « Je peux mettre en route notre travail ici, dit-il. Je commencerai par les villageois, puis j'irai rendre visite aux hameaux périphériques. J'ai remarqué en venant que la région était assez peuplée, étant donné l'altitude. »

Elle sourit. « Il y a du soleil, une terre fertile et de l'eau en quantité pendant les quatre mois d'été. Les Cachemiris considèrent leur vallée comme un petit paradis. »

Evan fronça les sourcils. « Ah oui ? »

Il faisait chaud sous le soleil de midi. Il retira son manteau clérical noir et retourna ses manchettes effilochées, révélant ses poignets fins, comme pour montrer qu'il était prêt à s'atteler à la tâche à la seconde même. À la tête d'un petit groupe de villageois, Nerys vit Zafir s'approcher d'eux. Il s'inclina devant elle, son visage lunaire toujours aussi austère.

« Votre mari, m'dame ? »

Nerys fit les présentations avec simplicité, priant pour qu'au moins Evan ne se lance pas dans un discours de prêcheur chrétien. Heureusement, il accepta en silence l'examen approfondi de Zafir, et celui-ci finit par hocher la tête, ce qui était un signe de bienvenue mitigée. C'était déjà un bon début, pensa Nerys. La seule façon pour les Occidentaux d'être acceptés à Kanihama était de se plier à ses coutumes, et elle supposa qu'Evan avait dû tirer des conclusions similaires – quoique peut-être tardives – à Kargil.

Ils retournèrent dans la maison. La bouilloire sifflait et Nerys fit infuser du thé cachemiri, très épicé. C'était étrange de voir Evan assis en face d'elle sans son col clérical, la chemise légèrement déboutonnée, sa chaîne de montre étincelant dans le gousset de son gilet. Elle lui sourit, et son visage vigilant lui rendit un faible sourire.

« Je crois que je vais acheter une bicyclette, annonça-t-il. Ce serait utile pour se déplacer dans les environs. »

Plus tard, elle emmena ses élèves dans la salle de classe de fortune. Il assista à un jeu qui se faisait en chansons, puis déclara qu'il pourrait peut-être utiliser la salle pour des lectures de la Bible et un groupe de discussion.

« Est-ce ainsi que tu as débuté à Kargil ?

— Oui. Il n'y avait pas foule. Je crois que nos réunions de prière et nos offices à Leh n'attiraient du monde que grâce aux excellents dîners *thukpas* que Diskit et toi serviez en fin de séance.

— Pauvre Diskit. » Nerys rit pour couvrir la pression de sa compassion pour Evan, les profondeurs patientes et inébranlables de sa foi, ainsi que sa volonté de continuer à travailler en Inde, contre vents et marées. « Je vais voir ce que je peux faire ici, sans son aide précieuse.

— Merci, ma chère. Je te dois sans doute plus que je n'en avais conscience. »

Le petit groupe d'enfants les regardaient l'un et l'autre à tour de rôle.

« Si nous chantions notre chanson à M. Watkins ? » proposa-t-elle. Accompagnés par leurs maracas et leurs percussions, ils unirent leurs voix en un chœur. Evan écouta jusqu'à la fin, puis déclara qu'il devait vraiment y aller afin d'écrire son rapport pour Shillong.

S'il avait été étrange de le voir assis en face d'elle dans cette maison minuscule, il était encore plus étrange de l'avoir allongé près d'elle ce soir-là. Quand il souffla la bougie, l'obscurité se referma sur eux comme une chape de plomb. Elle était contente que Rainer n'ait jamais dormi avec elle dans ce lit.

Il deviendra plus facile de ne pas penser à lui, se disait-elle. Le temps fera son œuvre.

« Tu m'as l'air très attachée à ce bébé », remarqua Evan. Nerys avait la tête sur son épaule, le bras autour de son torse. Elle sentait que ses membres étaient un peu moins tendus.

« Zahra ? Oui, je l'aime beaucoup. Tout comme Faisal, son frère et sa sœur. »

Elle n'avait rien dit à Evan de l'histoire de Zahra, si ce n'est que sa mère l'avait laissée au village car la garder avec elle aurait déshonoré sa famille. Evan avait vu trop d'orphelins en Inde pour être curieux et poser des questions embarrassantes.

Il déclara d'un ton ferme : « J'espère que nous aurons bientôt notre propre enfant. »

Il se tourna sur le côté, mais cette fois-ci c'était pour lui faire face. « Je suis désolé. J'ai été un mari médiocre. J'y ai beaucoup réfléchi quand j'étais seul à Kargil. J'ai l'intention de m'améliorer à l'avenir. »

Quand sa bouche rencontra celle de Nerys, elle goûta sa sincérité. Evan était tout à fait incapable de dissimuler quoi que ce soit.

Pas comme moi, pas comme moi.

« Moi non plus je n'ai pas été la meilleure des femmes. »

Evan considéra la question. « Et si nous nous mettions d'accord pour laisser nos débuts peu satisfaisants derrière nous ? »

C'est le seul espoir pour l'avenir de notre mariage.

« Oui, j'en serais heureuse. »

Il bougea la main. Elle écarta les genoux, puis les cuisses, et il explora timidement son corps. Maintenant, au moins, elle savait ce que l'explorateur était susceptible de découvrir. Lentement, étape par étape, elle le mena en terre nouvelle.

Il n'eut pas besoin de demander, *Ma chère ?*

Une routine se mit en place à Kanihama. Evan se procura une bicyclette, et sa silhouette grêle et sombre pédalant sur les chemins abrupts, d'abord un spectacle comique pour les villageois, devint rapidement une vision familière à laquelle l'on cessa de faire attention. Il entama ses enseignements sur la Bible, auxquels personne n'assistait à part quelques jeunes hommes curieux et le simplet du village qui essayait de placer sa voix sur celle d'Evan. Bien sûr, aucune femme ne venait. Puis Nerys commença à offrir un dîner simple composé de riz et de ragoût de légumes et quelques-uns des villageois les plus pauvres s'aventurèrent dans la salle de classe. Evan déclara qu'il relaierait cette nouvelle prometteuse à Shillong et à Delhi.

Nerys enseignait à ses petits élèves et, l'après-midi, elle jouait avec Faisal et les autres ou emmenait Zahra en promenade le long des sentiers sinueux au-dessus du village où l'odeur de résine des sapins emplissait l'air. Le soir, ils mangeaient leur dîner frugal et lisaient côte à côte à la lumière d'une lampe à pétrole. Les nouvelles de la guerre en Europe, en Afrique du Nord et en Birmanie leur parvenaient par le biais de journaux anciens de quelques jours, de lettres du pays de Galles et de messages de Myrtle et Caroline à Srinagar.

Fin juin, Nerys reçut une lettre de Myrtle.

Elle coupa l'enveloppe et une demi-feuille de papier tomba par terre. Les quelques lignes avaient été griffonnées si vite qu'elles étaient à peine lisibles.

> Archie a été grièvement blessé. Il a été ramené par bateau et se trouve dans un hôpital militaire à Chittagong. Je pars immédiatement. Je ne sais pas comment j'arriverai jusque là-bas, mais je trouverai un moyen.
> D. Fanshawe nous aide. Occupe-toi un peu de Caroline, si possible.
> Demande à Evan de prier pour A.
> Ton amie fidèle, M.

Les doigts engourdis, Nerys replia le message. Dans son panier, Zahra agitait ses petits pieds nus au soleil.

*
*   *

Mair était dans sa chambre du *Salomon et la Reine de Saba,* à faire ses valises en prévision de son départ. Elle roulait en boule les derniers tee-shirts et les fourrait dans les recoins de son sac lorsque Farooq frappa à la porte. Il avait déjà trouvé des prétextes pour venir deux fois, sa barbe teinte au henné frémissant de curiosité, alors elle soupira et lui dit d'entrer.

« Beaucoup de bagages, lança-t-il en examinant ses sacs ouverts.

— Vous trouvez ? C'est ce que j'appelle voyager léger.

— Un visiteur pour vous. Un jeune homme. »

Elle longea le couloir grinçant, salua de la tête un bénévole australien arrivé récemment, et marcha le long de la passerelle jusqu'à la rive du lac. Mehraan était à califourchon sur une moto, casque sur les genoux.

« Mehraan, cet engin est à vous ?

— Je viens de l'acheter. C'est bien utile.

— J'imagine. Je suis contente de vous voir. Je quitte Srinagar demain et je pensais passer à l'atelier vous dire au revoir.

— Je vous permets d'économiser un déplacement alors, dit-il en souriant. J'ai fait quelques travaux pour votre amie, l'Anglaise qui s'est blessé la jambe.

— C'est très gentil de votre part.

— Srinagar n'est pas que bombes et jets de pierres, vous voyez. La maison de cette dame est vieille, et certaines parties vont s'effondrer si nous ne faisons rien pour les consolider. J'y étais hier et son infirmière m'a donné ça pour vous.

— Qu'est-ce que c'est ? demanda Mair.

— Je ne sais pas. »

Sous un morceau de toile à sac attaché avec de la ficelle se trouvait une vieille boîte en carton en partie fissurée. Mair souleva le couvercle et découvrit un paquet de lettres. Un petit mot y était joint, rédigé sur du papier à carreaux dans une écriture pleine de boucles presque indéchiffrable.

> Mes yeux ne me permettent plus de relire les lettres de votre grand-mère.
> Peut-être aimeriez-vous les voir. Ne prenez pas la peine de me les renvoyer.
> Cordialement,
> Caroline C. Bowen

« Oh, lança Mair tout haut.

— Quelque chose ne va pas ?

— Si, si, tout va bien. » Elle était sidérée que Caroline se soit rappelé leur conversation et soit allée débusquer ces lettres. À présent, elle se demandait si elle devrait se rendre chez elle maintenant pour la remercier en personne de ce trésor, mais elle arriva vite à la conclusion qu'il ne valait mieux pas. Elle ne pensait pas que Mme Bowen soit maintenue en captivité par Aruna, mais l'aide-soignante préférait de toute évidence que personne ne vienne la déranger. La façon dont elle avait été mise à la porte la fois précédente ne l'encourageait pas à risquer de causer une autre scène.

« Pouvez-vous attendre ici cinq minutes, Mehraan ? »

Elle se précipita dans sa chambre et trouva une grande carte postale du Jardin de Shalimar. Au dos, elle écrivit un message de remerciement pour le prêt des lettres et promit qu'elles lui reviendraient, même si elle n'était pas sûre de pouvoir les lui rendre en main propre. « J'espère néanmoins pouvoir vous les remettre moi-même. » Elle signa.

Puis elle glissa la carte dans une grande enveloppe, écrivit le nom et l'adresse de Caroline Bowen et la confia à Mehraan. « La prochaine fois que vous lui rendez visite, pourrez-vous lui donner cela de ma part ? »

Au pire, Aruna la lirait à Caroline.

« Pas de problème », répondit-il. Il mit son énorme casque et appuya sur le démarreur de la moto.

Mair aurait aimé l'embrasser, ou au moins lui serrer la main, mais elle se contenta de lui adresser un chaleureux sourire et un signe de tête. « J'espère que nous nous reverrons, Mehraan, la prochaine fois que je viendrai à Srinagar.

— *Inch'Allah.* » Il releva la béquille du pied et partit à toute allure vers le Bund.

Tôt le lendemain matin, Farooq lui fit un signe de la main tandis qu'elle s'éloignait en taxi vers l'aéroport.

« Bon retour en Angleterre avec la famille », dit-il d'un ton guilleret, palpant son généreux pourboire et le glissant dans la poche de sa chemise.

Quand l'avion décolla enfin de Delhi, Mair regarda par le hublot pour voir la ravissante vallée disparaître peu à peu, remplacée par les grandes plaines brunes. Maintenant qu'elle était bel et bien sur le chemin du retour, elle se sentait profondément triste de quitter le Cachemire et l'Inde. Elle se rappela qu'elle rentrait à la maison et que, au bout du voyage, Hattie viendrait la chercher à l'aéroport. Immédiatement, elle retrouva sa bonne humeur.

Elle reviendrait à Srinagar. Elle l'avait déjà à moitié promis à Caroline Bowen.

Elle avait sur les genoux, encore dans son enveloppe fragile, l'unique lettre qu'elle avait extraite de la boîte pour la lire pendant le vol.

CHAPITRE TREIZE

La chapelle était petite, austère et recouverte d'un vernis marron. Les fenêtres étaient en verre simple et donnaient sur la colline rendue grise par la bruine. Pendant qu'elle prenait son livre de cantiques dans le petit casier en face d'elle, Mair repensa à la chapelle abandonnée de Leh. Elle toucha les plis du pashmina brun rentré sous le col de son plus beau manteau.

Le pasteur prit sa place, l'organiste mit fin à une improvisation décousue et l'assemblée se leva comme un seul homme. La mariée avança vers l'autel au bras de son père, et Tal, le vieil ami de Mair, se retourna pour regarder son Annie. Il avait le visage rouge et angoissé et, comme depuis qu'il était petit garçon, le col raide de sa chemise semblait un centimètre trop serré pour son cou.

Tous les mariages se ressemblent, pensa Mair, malgré les différences de glaçage. L'angoisse, l'excitation et la joie pétillante qui explose comme une bouteille de champagne.

Le pasteur accueillit l'assistance en gallois et, à nouveau, ses pensées se tournèrent vers Nerys et Evan Watkins.

Ensuite, à la réception, ils serrèrent la main des parents d'Annie puis de ceux de Tal, et Mair se contenta d'un laconique

« Oh, il faut d'abord que je rencontre la bonne personne » en réponse à leurs questions bien intentionnées. Les mariés sourirent, comblés, eux, de l'avoir rencontrée.

Dylan, Eirlys et Mair avancèrent dans la foule des invités. Des visages abîmés par le grand air s'animaient au-dessus de leur plus beau costume et de grosses mains d'agriculteurs empoignaient des coupes au pied délicat. Huw Ellis aurait apprécié ce rassemblement de voisins à l'occasion de l'union très appropriée de deux familles locales. Il avait toujours un peu regretté qu'aucun de ses trois enfants n'ait choisi de rester au pays de Galles, bien qu'il ne s'en soit jamais plaint. Il ne s'était même jamais vraiment opposé à l'entrée de Mair dans une troupe de cirque.

« J'aurais aimé que notre père soit là », déclara Dylan, exprimant leur pensée à tous les trois.

La réception fut suivie par un dîner de bonne heure, puis par de longs discours pendant lesquels une dizaine d'enfants épuisés se pourchassaient entre les tables. Graeme, le mari d'Eirlys, se leva de sa place à côté de la tante d'Annie, la directrice d'école de Liverpool, et annonça qu'il allait récupérer ses garçons et la petite fille de Dylan et Jackie pour les emmener tous les trois se coucher dans le cottage de vacances où ils logeaient.

« Non, je t'assure, ça ne m'embête pas », insista-t-il. On était en train de débarrasser les tables et, dans un coin de la salle, un disc-jockey installait ses platines sous une rangée de lumières multicolores. Mair se retira au bar en compagnie de Dylan, Jackie et Eirlys.

Quelque part au niveau de sa taille, une voix s'adressa à Mair en pépiant : « Bonsoir, ma chère. Tu es le portrait de ta mère, tu sais ? »

Elle baissa les yeux. La table à l'angle était occupée par une petite vieille dame vêtue de brocart bleu et coiffée d'une espèce de mélange d'œillets blancs et de fougère. Son chapeau désinvolte l'était d'autant plus qu'il glissait en avant, lui cachant un œil. Mair s'assit sur la chaise vide à côté d'elle.

« Je m'appelle Mair Ellis, dit-elle, pensant que la petite dame l'avait peut-être prise pour quelqu'un d'autre.

— Je sais bien. J'ai dit que tu ressemblais à ta mère. Je suis assez vieille pour me souvenir de sa naissance à *elle*. Ils étaient rentrés d'Inde depuis peu, n'est-ce pas, ta *nain* et ton *taid* Watkins ? Gwen a dû arriver comme une surprise. »

Nerys avait quarante et un ans – Mair le savait car elle avait vérifié les dates. Elle avait à moitié espéré que sa mère et, par conséquent, elle-même, ait eu plus de liens avec l'Inde mais, lorsqu'elle avait consulté *Espoir et Gloire de Dieu* à nouveau, elle avait eu confirmation que le pasteur et sa femme avaient quitté le service missionnaire en 1947 et que Gwen n'était pas née avant 1950.

« Tu es une vraie Watkins dans ton apparence, déclara sa nouvelle amie. Ton frère, en revanche, est plus du côté de ton père.

— Et moi ? » voulut savoir Eirlys. Évidemment, elle n'avait pas perdu une miette de la conversation, même si elle négociait une commande de boisson tout en discutant simultanément avec le frère de Tal.

La vieille dame plissa les lèvres. « Eh bien, ce qui est sûr c'est que Gwen était très fière de *toi*. Toujours première de la classe, disait-elle. Médecin à présent, si je ne me trompe pas ? »

Dylan passa le bras autour des épaules de sa sœur. « Chef de service. »

Eirlys sourit, rosissant légèrement. Sa personnalité caustique avait été adoucie par quelques verres de vin et elle paraissait plus jeune et – presque – insouciante. « Vous étiez une amie de notre mère ? »

L'explication, qui impliquait nombre de fermes, de mariages consanguins et de cousins du côté de la mère de Tal, était bien trop compliquée, et Mair et Eirlys avaient du mal à suivre, même si elles hochaient poliment la tête. Mme Parry leur raconta que, petite fille, elle allait écouter Parchedig Watkins prêcher à la chapelle ; c'était avant la naissance de Gwen. Ensuite, pendant les vacances scolaires, elle poussait le landau du nouveau-né tandis que Nerys s'occupait des tâches ménagères. Quand son mari était mort, vingt-cinq ans plus tôt, elle avait déménagé plus au sud pour habiter avec sa sœur près de Caernarfon. « Mais je reste très attachée à mon ancien village. »

C'était ainsi, pensait Mair. Les maisons de vacances grêlaient les flancs des collines et les parkings pour caravanes se répandaient sur la côte comme des pellicules, mais si c'était chez vous, vous y prêtiez beaucoup moins attention qu'aux champs, aux murs de pierres et aux sentiers dans la vallée qui, eux, changeaient à peine au cours d'une vie.

Quand elle croisa le regard d'Eirlys, Mair vit que la même réflexion occupait son esprit.

La maison avait été vendue, mais ils avaient toujours leur place, car ils partageaient cette familiarité enracinée. Mair était heureuse qu'ils se soient tous trois déplacés pour le mariage de Tal. Eirlys avait eu raison d'insister.

À travers la porte ouverte, Mair apercevait une fraction de la piste de danse. Tal conduisit son épouse au centre et ils entamèrent ensemble la première danse.

« Parlez-nous de Maman », demanda Eirlys.

Dylan se joignit à elles. Les enfants Ellis étaient comme des oisillons, le bec ouvert, avides de toute nouvelle miette d'information sur leur mère.

Mme Parry inclina sa permanente blanche, faisant s'agiter les brins de fougère de sa coiffe. De toute évidence, elle aimait avoir un public. « C'était un cadeau précieux, cette fille. Votre grand-père avait déjà la cinquantaine quand Gwen est arrivée. Tous les deux l'adoraient, bien sûr. Je me souviens de M. Watkins dans son long manteau noir, marchant dans la rue avec Gwen trottinant à ses côtés et lui donnant la main. Elle était très chic, avec son chapeau et son petit manteau, une vraie princesse. M. et Mme Watkins discutaient beaucoup tous les deux, ils n'avaient besoin de personne d'autre. On voyait tout de suite que c'était une famille heureuse. C'était charmant. »

Eirlys passa une phalange au coin de son œil. Puis elle redressa les épaules. Dans la pièce à côté, le volume de la musique était élevé et le bal commençait à prendre tournure.

Mme Parry but une gorgée. « Évidemment, ils avaient parcouru le monde ensemble, n'est-ce pas ? Je peux vous dire que cela nous semblait à tous très exotique, le fait que M. et Mme Watkins aient vécu en Inde pendant tout ce temps. Ça devait être agréable pour eux de se remémorer cette époque ensemble, quand le pasteur était encore de ce monde. »

Mair repensa à la photo, au rire de sa grand-mère sur fond de lac et de fleurs de lotus. Caroline lui avait dit qu'elle avait été prise par Rainer Stamm, le joli cœur. Elle se rendit compte qu'elle avait très envie de revoir Bruno Becker.

Bruno connaissait le versant suisse de l'histoire, mais elle ne savait pas très bien comment aborder le sujet. *Je suis vraiment désolée de la mort de votre fille. À présent, parlez-moi d'il y a très longtemps.* Mais ce n'était pas uniquement pour les informations qu'il était susceptible de lui fournir qu'elle souhaitait le voir : c'était pour lui en tant qu'homme.

Mme Parry se pencha en avant et tira sur l'extrémité du châle de Mair. « Nerys disait que ça avait été les plus belles années de sa vie. Le Cachemire, vous savez.

— Ah oui ? Vraiment ?

— Mair vient d'en revenir après trois mois. Elle a visité les endroits où ils travaillaient », précisa Dylan.

La vieille dame n'était pas impressionnée. « J'imagine que tout a changé, comme partout. Cela dit, la plupart d'entre eux sont ici de toute façon, n'est-ce pas ? »

Mair décida que Mme Parry était le contraire de Caroline Bowen. Tal vint au bar. Sa cravate était défaite, il avait chaud et il semblait ridiculement heureux. Il dit à Mair : « M'accorderais-tu cette danse ? »

Il prit sa main dans son énorme paluche et ils allèrent se placer au beau milieu des danseurs. Ils étaient entourés de visages écarlates et de corps dégoulinant de transpiration. Mair aperçut Annie dans la foule. Elle avait retiré son voile et son diadème et les grosses boucles de ses cheveux se défaisaient petit à petit.

Tal dansait toujours de la même façon, en faisant de grands mouvements de bras et en pliant les jambes. Il croisa le regard de Mair et sourit comme un jeune garçon intimidé, et elle fut instantanément projetée dans le passé, à la fête pour ses seize ans quand Tal était pour elle ce qui s'était le plus approché d'un petit ami jusqu'alors.

Il était bien possible que la chanson de l'époque ait été « Love is all around » comme à présent.

Sa conversation avec Bruno à Lamayuru résonnait dans sa tête et, comme pour l'amplifier, la Mair qu'elle aurait pu devenir prenait le dessus, chantonnait, bavardait, commérait et faisait danser ses cheveux tout autour d'elle. « On ne peut pas danser le jive là-dessus, Tal », cria-t-elle, et il beugla « Pourquoi pas ? » en souriant et en s'essuyant le front. Ses jambes partaient dans tous les sens, défiant ses genoux.

Mair avait à la fois seize et trente ans, et son imagination était comme un fil difforme du châle de cachemire, poursuivant son motif jusqu'à soixante ans et au-delà.

Tout cet après-midi et ce soir elle avait brassé des souvenirs, agglutinant des scènes et des conversations les unes sur les autres : son enfance et son adolescence, la mission en ruine de Leh, Dylan et Eirlys au fil des années, Srinagar, Hattie, Tal, son père et sa mère, la plaine de Changthang, Nerys, la chapelle, les montagnes, ses neveux et sa nièce. Lotus.

Un peu étourdie, elle remit de l'ordre dans ses pensées. C'était peut-être cela, vieillir : prendre conscience de plus en plus que tout ce qui vous arrive recouvre des souvenirs plus anciens, déclenche de nouvelles vagues d'associations, jusqu'à ce que chaque événement vous semble autant la résonance du passé que la réalité présente. C'était sans doute ce qu'éprouvaient Caroline Bowen, dans sa chambre tranquille à Srinagar, et Mme Parry, qui hochait la tête en évoquant ses souvenirs au coin du bar.

Mair se prit les pieds dans ceux de Tal, ce qui la fit trébucher et tomber dans ses bras. Il la prit par les épaules et la remit debout. « Merci d'être venue, lui hurla-t-il à l'oreille.

— Je n'aurais raté ça pour rien au monde. J'espère que vous serez très heureux.

— J'en suis certain. On sait ce qu'on veut, hein, Annie et moi ? »

Bien plus tard, repus d'obscurs commérages de la vallée, de vin tiède et de musique disco des années quatre-vingt, les Ellis rentrèrent à leur cottage.

Jackie fila se coucher tandis qu'Eirlys, Dylan et Mair s'assirent autour d'une bouteille de whisky. Ils profitaient du fait d'être ensemble ce soir, car ils savaient pertinemment que leur vie rendrait cela plus rare à l'avenir.

« On s'est bien amusés, non ? J'ai eu raison de vous faire venir tous les deux, hein ? dit Eirlys.

Dylan pouffa au-dessus de son verre et s'essuya le menton avec le bout de sa cravate. « Tu as toujours raison, perce-neige. Et nous t'aimons tendrement. » Il pencha ce qui restait dans son verre. « À nous, mes chères sœurs. »

*
* *

Une année s'écoula, et ce fut au début d'un autre printemps au Cachemire qu'Archie et Myrtle revinrent enfin au *Jardin d'Éden*. Les morceaux du corps d'Archie avaient été réassemblés par les médecins de l'hôpital militaire. « Mais, malheureusement, pas tout à fait dans le même ordre », plaisantait-il.

On lui avait finalement posé des membres artificiels pour remplacer ses tibias broyés mais, enseveli sous un wagon de chemin de fer renversé pendant le bombardement, il avait eu la colonne vertébrale trop grièvement endommagée pour espérer, un jour, la voir guérir.

Majid et une demi-douzaine d'assistants portèrent son fauteuil roulant sur le house-boat. Le passage intérieur était juste assez large pour leur permettre de pousser Archie sur la véranda où il pouvait passer la journée, une couverture sur les épaules, à regarder la lumière changer sur l'eau et les montagnes.

Myrtle confia à Nerys que c'était cet objectif, ramener son mari au charme et à l'air tonifiant de Srinagar, qui lui avait permis de tenir pendant toutes ces semaines et tous ces mois à l'hôpital. Des blessés y arrivaient par centaines et mouraient ou récupéraient suffisamment pour être transférés dans des centres de rééducation, remplacés immédiatement par d'autres blessés, dans cette marée continue de corps ensanglantés, mais Archie était resté. Ses blessures étaient si graves que, pendant des semaines, on ne pensait pas qu'il survivrait, pourtant il avait tenu bon et, finalement, de façon presque imperceptible, son état avait commencé à s'améliorer.

Myrtle vivait à côté de son lit. Elle lui parlait, lui lisait des passages de ses livres préférés, ou lui tenait simplement la main. « Il n'a jamais abandonné. Il a été plus courageux qu'aucun être humain ne devrait jamais avoir à l'être », dit-elle à Nerys.

Archie lui glissa, profitant de l'un des rares moments où Myrtle n'était pas auprès de lui : « Sans elle j'aurais fermé les yeux et abandonné. Ça aurait été bien plus facile. Mais elle a réussi à me convaincre que nous reviendrions ici un jour. »

Il leva une main et désigna l'eau scintillante et le reflet des bateaux qui passaient. La *shikara* du fleuriste s'approcha d'eux, chargée de seaux de bouquets de printemps ; Nerys se pencha et acheta une brassée de pivoines aux couleurs vives. Archie enfouit son visage émacié dans leurs pétales humides et ourlés. « Je ne serais jamais rentré sans Myrtle. Je n'aurais jamais quitté l'hôpital. Je lui dois cette vue, ces fleurs, chaque jour que nous passerons ensemble à présent. Je ne peux pas me plaindre, hein, quand tant de mes pauvres camarades sont morts ? Et quand tant d'autres, comme Ralph Bowen, sont dans les camps des Japs ? »

Elle lui sourit. Accrochés au mur derrière sa tête se trouvaient les magnifiques bois qu'il avait rapportés de son expédition au Ladakh. Archie ne pourrait plus jamais marcher, encore moins monter à cheval, chasser, jouer au cricket ou à tous les sports qu'il aimait. Derrière son sourire, Nerys se mordait l'intérieur des joues pour réprimer ses larmes.

Myrtle revint avec Majid et le samovar. Elle plaça une tasse de thé dans la main d'Archie et étendit une serviette sur sa poitrine au cas où il en renverserait.

Elle était maigre, ses clavicules saillaient à la base du cou et des cernes sombres et profonds s'étaient creusés sous les yeux. Elle ne buvait plus de cocktails. « Que se passerait-il s'il avait besoin de moi et que j'étais soûle ? », avait-elle déclaré en haussant les épaules. Elle fumait à la place, actionnant son briquet pour allumer une cigarette dès qu'elle avait fini la précédente.

Maintenant qu'elle avait atteint son objectif de ramener Archie à la maison, leurs problèmes se multipliaient.

Il était presque entièrement confiné dans le *Jardin d'Éden* du fait du grand nombre de paires de bras nécessaires pour le faire sortir du bateau. On avait essayé une fois de le transporter en *shikara*, mais l'embarcation tanguait tellement qu'il avait failli tomber dans le lac. Le chemin le long de la rive était étroit et accidenté et, lorsqu'il pleuvait, il était encrassé de boue épaisse. Au cours de leur ancienne vie, lorsque les McMinn gambadaient allègrement, la boue ne représentait qu'un léger désagrément. Même sur le house-boat, les parquets étaient irréguliers et la salle de bains lambrissée n'était pas adaptée à un homme qui ne pouvait pas marcher. Une fois l'été fini, il ferait beaucoup trop froid pour lui. Le médecin anglais venait régulièrement rendre visite à Archie, mais il avait expliqué à Myrtle que, s'il développait une complication pulmonaire ou circulatoire grave, le petit hôpital militaire de Srinagar ne serait pas le meilleur endroit pour s'occuper de lui.

« Je ne sais pas ce qui serait le mieux », Myrtle finit-elle par avouer à Nerys. Toute son énergie, cette vitalité formidable qui inquiétait autrefois Nerys du fait de son manque de canalisation, était maintenant consacrée à son mari. Mais, toute Myrtle qu'elle soit, elle ne pouvait pas régler tous les problèmes.

« Je pense que vous devriez peut-être déménager, dit Nerys avec douceur. Vous pourriez louer un pavillon dans la nouvelle ville. Vous pourriez avoir un jardin et y faire pousser des fleurs, même des légumes.

— Le docteur pense que je devrais l'emmener à Delhi. Mais la *chaleur*.

— Ne pourriez-vous pas juste y aller pendant l'hiver ? »

Le briquet cliqueta et sa flamme se dédoubla dans les yeux de Myrtle. Elle expira une colonne de fumée. « Cet hiver, oui. Après cela, je ne sais pas. C'est l'argent le problème. Notre maison à Delhi appartient à la compagnie de chemins de fer, nous ne pouvons donc pas la garder éternellement. Nous allons recevoir les allocations handicap d'Archie, mais cela ne nous permettra pas de garder deux logements. J'ignore ce que rapporterait ce bon vieux *Jardin* aujourd'hui. Qui l'achèterait ? »

Elles n'en parlaient pas parce que c'était inutile, mais Srinagar était en train de changer. On en voyait des signes partout, dans la façon dont hindous et musulmans se croisaient dans les ruelles étroites du bazar sans se saluer, dans les explosions de violence sous le couvert de l'obscurité, dans un feu mystérieux consumant un ancien temple hindouiste sur la rive du Jhelum. Le conflit se déclarait dans les jardins et sous les platanes. Certains des pandits, les hindous qui étaient professeurs et fonctionnaires du gouvernement, quittaient le Cachemire en silence. Le professeur Pran, le joueur de cricket qui avait permis à son équipe de remporter le match sur glace de Noël, déclara qu'il allait peut-être déménager au sud car ce serait mieux pour sa femme et ses filles, même si quitter le Cachemire leur briserait le cœur. Les anciens échelons britanniques se désintégraient également. Le mouvement Quit India prenait de l'ampleur de tous les côtés contre le Raj et, alors que le conflit s'intensifiait, Nerys se rappelait ce que disait Rainer. « Hindous contre musulmans. Diviser pour mieux régner, c'est votre devise à vous, Britanniques. »

Nerys aidait Myrtle à s'occuper d'Archie autant que possible. C'était une lourde tâche pour Myrtle qui lui laissait peu de temps pour quoi que ce soit d'autre. Mais ils convinrent ensemble que les McMinn resteraient au *Jardin d'Éden* jusqu'à ce que Myrtle trouve un acquéreur pour le vieux house-boat. Archie passait ses journées dehors sur la véranda avec sa pipe et le journal. Il soutenait qu'il était l'homme le plus heureux de Srinagar.

« Et Zahra ? demandait régulièrement Myrtle à Nerys, soucieuse.

— Crois-tu que tu pourrais t'occuper d'elle en même temps que d'Archie ? »

Alors Myrtle soupirait.

Nerys ajoutait d'un ton ferme : « Ne t'inquiète pas pour Zahra. Elle va bien et elle est heureuse. »

Au village, Faisal et son petit frère avaient été pleinement acceptés par la tribu qui jouait sous le grand arbre ou allait dans les champs avec les moutons. C'étaient des enfants exubérants, maigres et sales et, par conséquent, indifférenciables de la majorité des autres, mais Farida se maintenait encore et toujours à l'écart. Ce même printemps, Evan avait décidé qu'il devait retourner à Srinagar. Un nouveau missionnaire était arrivé pour l'aider et le jeune homme nécessitait un logement ainsi qu'une formation dans un environnement moins désolé et – même si Evan ne l'aurait jamais dit – plus gratifiant que Kanihama. Nerys divisait son temps entre le village et le *Jardin d'Éden* où elle aidait Myrtle à prendre soin d'Archie. À chaque fois qu'elle quittait Kanihama, elle payait les villageoises autant que possible pour qu'elles s'occupent de Zahra en son absence. Même comme cela, elle aurait été inquiète si elle ne savait pas que Farida serait la fidèle gardienne du bébé.

À une seule reprise, une fois qu'Archie était de retour à Srinagar et qu'il était devenu clair que Myrtle ne pourrait gérer autre chose que s'occuper de ses besoins physiques, Nerys essaya d'évoquer avec Evan la possibilité d'adopter un enfant. Elle pensait avoir réussi à dénuer sa voix d'accent de désir trop pressant, mais son mari la regarda avec curiosité. « Quel enfant ?

— Zahra, peut-être.

— Qui est-ce ? Il y a tellement de jeunes orphelins, Nerys, et le Seigneur nous a donné la mission de nous occuper de tous ces enfants, pas d'en privilégier un. Pour ce qui est de notre propre bébé, nous devons accepter Sa volonté. »

Il parla de sa voix la plus froide et la plus implacable, et Nerys se détourna en silence.

Farida continuait d'emmener Zahra partout sur son dos et, le soir, les deux petites filles partageaient le même matelas et la même couverture. Farida ne mangeait jamais avant que Zahra n'ait été nourrie, et elle préférait rester assise avec le bébé sur les genoux plutôt que d'aller courir avec les enfants de son âge. L'écharpe qu'elle portait lui couvrait les cheveux ainsi que la bouche, mais ses yeux noirs étaient toujours solennels et vigilants. Les seuls moments où un sourire semblait les éclairer, c'était quand Zahra faisait quelque chose de nouveau ou de malin.

Farida était bien moins insouciante qu'elle aurait dû l'être à son âge, mais Nerys devait accepter qu'elle ne pouvait rien faire pour y remédier. Elle regardait les deux enfants ensemble avec un vif mélange de plaisir et de chagrin.

À Srinagar, Nerys avait obtenu une sorte de salle de classe dans une rue qui menait à un canal plein de roseaux, parce qu'Evan et elle habitaient dans les pièces au-dessus. Le missionnaire assistant d'Evan, fraîchement arrivé, s'appelait Ianto Jones, un jeune homme myope avec une pomme d'Adam proéminente qui montait et descendait au rythme de sa voix. Ensemble, ils roulaient à bicyclette dans la ville ou prenaient un bus pour accéder aux villages sur la route de Kanihama.

Après avoir débarrassé la salle de classe du bois d'œuvre qui y était entreposé, et après y avoir semé de la mort-aux-rats, Nerys put y rassembler certains enfants du bazar. Tout comme à Leh puis à Kanihama, elle jouait avec eux et leur apprenait des chansons, puis leur offrait un repas simple. Les effectifs augmentèrent. Et dès que leur appartement fut habitable, elle demanda à Evan s'il accepterait que les deux petites orphelines de Kanihama viennent s'installer avec eux.

« Encore ces orphelins du village ? Pourquoi ? » Il fronça les sourcils. « Tu n'as pas déjà assez à faire ?

— Elles me manquent. »

Ils étaient réunis depuis plus d'un an, mais Nerys n'était toujours pas enceinte. Evan était devenu plus prévenant qu'au début de leur vie commune, et il lui prit la main avec un air d'indulgence résignée.

« D'accord, ma chère. Si c'est ce que tu souhaites absolument, amène-les ici pour une visite. »

Farida apprécia le trajet en camion puis en bus jusqu'à Srinagar. Elle s'était assise au fond au milieu d'un groupe de femmes voilées et leurs bébés, tout comme si elle avait le même âge qu'elles.

Zahra marchait à présent, bien que Farida préfère toujours la porter. Quand on la posait, elle titubait à la découverte d'espaces inconnus, les mains tendues, sur des jambes nues et dodues qui étaient aussi douces que des œufs brun pâle. Elle avait les yeux couleur de jade sombre et des reflets dorés dans ses cheveux caramel

« Ce bébé a une apparence inhabituelle », déclara Evan avant de fourrer une pile de brochures dans son sac à dos et de s'éloigner avec Ianto à bicyclette. Il était trop occupé et inquiet pour montrer de la curiosité envers tout ce qui ne le concernait pas directement.

Archie était différent. Il était beaucoup plus ouvert d'esprit et il lui suffit de voir une fois les trois jeunes femmes ensemble avec les deux fillettes pour connaître toute l'histoire. Il éclata de rire en entendant le stratagème des *kangris* et écouta fasciné le récit timide de Caroline sur son accouchement hivernal à Kanihama.

« Ma fille, comme vous avez été courageuse.

— J'étais entourée des deux meilleures amies possibles – on peut faire beaucoup quand on a des amis pour nous aider. Nerys a bien pris soin de moi à la naissance du bébé.

— Et tu as bu une ou deux tasses de breuvage aux plantes, ajouta Nerys. Nous n'avons jamais découvert ce qu'il y avait dedans. »

Archie faisait de grands gestes avec sa pipe. « Nous avons tous deux eu de la chance. Et regardez, maintenant je les ai toutes les deux pour s'occuper de moi. » Il attrapa le bras de sa femme qui passait près de lui, et elle lui embrassa le haut du crâne où un rond chauve était apparu au milieu de ses cheveux cendrés.

Escortée par Farida, Zahra faisait des allées et venues d'un pas chancelant entre la véranda du *Jardin d'Éden* et le salon. Elle enlevait des cadres en argent des étagères basses, mettait des traces de doigts sur les portes en verre et astiquait les tables de ses petites mains. Tous la regardaient en souriant, attendris.

« Elle va sans doute être ravissante », déclara Archie. Personne n'en parlait, mais elle avait une ressemblance marquée avec Ravi Singh.

Caroline suivait des yeux ses moindres mouvements. Hésitante, comme si elle se faisait à peine confiance, elle avait commencé à prendre sa fille dans ses bras, enroulant ses cheveux autour de ses doigts et lui caressant la joue du bout des doigts. Zahra lui faisait de grands sourires, comme à tout le monde, dévoilant une rangée de dents blanches minuscules, tandis que Farida surveillait, attendant de pouvoir la récupérer.

Nerys et Myrtle observaient cette tendresse croissante.

« Peut-être que finalement, un jour, on trouvera une solution », chuchota Myrtle.

Aucune des deux ne souhaitait pousser les spéculations plus loin. Nerys gardait ses propres désirs pour elle. Pour le moment, le bébé leur appartenait à toutes et cela suffisait pour la voir grandir et s'épanouir. Zahra était une lueur d'espoir dans l'obscurité.

Evan venait régulièrement fumer la pipe avec Archie et discuter des nouvelles de la guerre. Un après-midi d'été, les trois femmes laissèrent ces messieurs à l'ombre de la véranda et montèrent à bord d'une *shikara* en direction du Jardin de Shalimar. Farida tenait Zahra fermement, mais cette dernière gigotait et riait, tendant les mains vers les oiseaux au-dessus de sa tête et les gouttelettes d'eau dispersées par la pagaie du batelier.

Le jardin était plein de familles qui pique-niquaient sous les grands arbres, de soldats en permission qui déambulaient, ainsi que de marchands de fruits et de boissons. Zahra ouvrit grand les yeux et la bouche quand elle aperçut le scintillement des fontaines et la brillance éblouissante des parterres de fleurs. Elle se débattit pour qu'on la pose par terre et, dès que ses pieds touchèrent la pelouse, elle se déhancha en avant, passant de zone d'ombre en zone de lumière, tournant la tête au gré de ce qui attirait son attention : des papillons jaunes dansant dans le ciel, un petit chien se dandinant, un landau poussé par une *ayah.*

« Elle a l'air si heureuse, vous ne trouvez pas ? » lança Caroline. Elle n'arrivait pas encore à être fière, mais ses yeux exprimaient clairement le soulagement et la gratitude.

Nerys acheta une glace au marchand sur la première terrasse et la donna à Farida. La petite fille fit tomber un pan de son foulard dans son empressement à la lécher, mais ensuite elle hésita et regarda Zahra, comme si elle devait d'abord la lui faire goûter.

« Non, c'est tout pour toi, lui assura Nerys. Zahra est trop petite. »

Farida ferma les yeux pour se concentrer sur cette gâterie. Elles grimpèrent une série de larges marches, au rythme lent de Zahra qui ne daignait tenir un doigt de Caroline que pour garder l'équilibre. En haut des marches, elles se retournèrent pour contempler le miroir du lac, chatoyant au centre de son anneau de montagnes. Srinagar paraissait plus belle aujourd'hui que jamais.

« C'est presque comme au bon vieux temps », déclara Myrtle. Nerys passa le bras autour de la fine ossature de son amie tandis qu'elles tournaient pour monter plus haut, suivant Caroline qui ouvrait la voie. À leur gauche se déroulait un pique-nique élaboré sous le platane le plus majestueux. Il y avait des dames sur des chaises pliantes, certaines avec une ombrelle, plusieurs hommes assis dans l'herbe et des serviteurs qui se tenaient discrètement à distance.

Zahra poursuivait un papillon. Courant trop vite, elle perdit l'équilibre et tomba dans l'herbe, faisant valser son chapeau. Farida était occupée avec sa glace et c'est Caroline qui se précipita pour la prendre. Dans les deux secondes de silence pendant lesquelles Zahra prenait sa respiration et préparait un cri de choc et de rage, Caroline la souleva et embrassa son front nu.

Un homme se leva et quitta le groupe du pique-nique pour s'avancer lentement vers elle. Il était immaculé dans un *kurta* blanc sous une veste sans manches en lin crème.

« J'espère que l'enfant ne s'est pas fait mal ? » dit Ravi Singh.

Zahra hurla et Farida jeta sa glace par terre. Caroline croisa le regard de Ravi. « Ce n'était qu'une petite chute. »

Elle laissa Farida lui prendre le bébé des bras. Celle-ci murmura quelques mots de réconfort et, très vite, les pleurs cessèrent. Ravi dévisageait Caroline.

Elle paraissait beaucoup plus âgée que la fille qui avait épousé Ralph Bowen. Les deux années qu'elle venait de vivre avaient fané la rose anglaise, mais ses pommettes plus saillantes et ses yeux ombragés lui donnaient un genre de beauté sombre.

« Qui sont ces enfants ? » demanda-t-il. Sa voix était mielleuse comme des ondulations dans de la soie.

« Vous vous souvenez de mes amies, Mme McMinn et Mme Watkins ? »

Les manières de Ravi étaient parfaites, comme toujours. Il s'inclina devant chacune d'elles. « Bien sûr. Bonjour. Un bel après-midi pour profiter du Jardin de Shalimar.

— Bonjour, Ravi », répondit Myrtle en hochant la tête. Elle plaça une cigarette entre ses lèvres pourpres.

Nerys déclara : « J'enseigne à des enfants dans un quartier de la vieille ville. Ces deux-là habitent avec mon mari et moi à la mission. Toutes deux sont orphelines, malheureusement. Nous faisons ce que nous pouvons pour les aider. »

Ravi se tourna vers les fillettes. Les longs cils noirs de Zahra formaient une courbe humide sur sa joue dorée. Un petit pied rond se balançait dans une minuscule chaussure en peau de chevreau. Farida le regardait d'un air furieux. « Je vois, dit-il.

— Je vous en prie, nous ne voulons pas vous retenir, dit Myrtle d'une voix doucereuse.

— Merci de me rappeler mon pique-nique, Madame McMinn. » Il s'inclina encore plus bas, son beau visage crispé. « Bon après-midi. »

Il tourna les talons, mais en même temps il prit Caroline par le coude et l'entraîna à l'écart. Elle ne pouvait rien faire d'autre que le suivre. Immédiatement sa bouche s'adoucit dans un sourire et il baissa la tête pour lui susurrer à l'oreille : « Tu m'as manqué, chère Caroline.

— Ah oui ? Et pourquoi cela ? » Une bouffée rose apparut au niveau de sa gorge et lui colora les joues.

« J'aimerais beaucoup te revoir. Tu pourras me raconter ce qui t'est arrivé depuis notre dernière entrevue. Quoi que ce soit… » Il marqua une pause et l'examina à nouveau. « … cela a transformé la jeune fille que je connaissais en une femme superbe. »

Caroline se redressa. Elle dégagea son bras de son étreinte et fit un pas en arrière. Son visage rose était à présent rouge d'indignation. « Il en est hors de question. Mon mari est retenu prisonnier en Birmanie par les Japonais. Comme tant d'autres épouses de militaires, j'attends, je prie pour qu'il rentre à la maison.

— L'absence de ton mari n'a jamais posé problème dans le passé. » Il sourit.

« C'était bien là mon erreur. »

Ravi était contrarié. Son sourire disparut et il haussa un sourcil noir. « Alors je suis désolé de te l'avoir rappelé. J'espère que les souvenirs de cette autre époque ne te perturbent pas trop. » Il jeta un dernier coup d'œil froid en direction de Zahra qui, à nouveau rayonnante, se dirigeait vers les fleurs d'un pas mal assuré.

« Au revoir », dit Caroline. Ravi était déjà en train de rejoindre ses amis à grandes enjambées.

Myrtle et Nerys prirent les fillettes dans leurs bras et les trois jeunes femmes redescendirent sans tarder vers le lac.

« Il-il a demandé à me voir, réussit à bégayer Caroline, une fois qu'elles s'étaient suffisamment éloignées.

— Ce qui est sûr c'est que cet homme ne manque pas de confiance sexuelle, dit Myrtle.

— Il me fait peur. » Le cœur de Caroline battait à tout rompre et elle était horrifiée de se rendre compte que la moitié de son malaise était liée à son désir physique de revoir Ravi. Elle avait envie de se faufiler dans les couloirs de marbre jusqu'à ses appartements où les rideaux de soie pâle voletaient sous l'effet de la brise et où des pétales de rose flottaient dans des petits bassins d'argent.

« N'aie pas peur. » Nerys était près d'elle avec Farida et Zahra qui commençait à s'endormir sur la petite épaule de sa protectrice. « Avec nous tu es en sécurité.

— Et si jamais il a deviné ? dit Caroline dans un souffle.

— Il n'a pas deviné et ne devinera rien du tout », insista Myrtle.

Nerys n'en était pas si convaincue, mais elle n'en laissa rien paraître. Elle pensa à Rainer et à la façon dont son instinct, à chaque fois qu'une menace se présentait, lui dictait d'aller chercher de l'aide auprès de lui. Mais Rainer avait disparu de Srinagar et ne donnait aucune nouvelle. Elle avait entendu une rumeur selon laquelle il était retourné en Suisse pour de bon, une autre qui l'impliquait dans une mission secrète quelque part dans le Pacifique sud, et encore une autre selon laquelle il avait rejoint une troupe de magiciens et était en tournée dans les bases d'arrière-garde des troupes alliées. Mais rien ne lui permettait de savoir si l'une d'elles avait un fond de vérité.

Myrtle menait la marche. « Retournons à la maison, au *Jardin.* »

Leur *shikara* les attendait sur l'embarcadère.

CHAPITRE QUATORZE

Août 1944

« Tu en es sûre ? » demanda Myrtle. Une volute de fumée de cigarette flottait au-dessus de sa tête, lui offrant une légère protection contre les mouches qui gênaient Nerys et Caroline. Il y avait un tas de fumier de l'autre côté du mur du jardin. L'après-midi était étouffant et un épais brouillard masquait le ciel.

Caroline ouvrait de si grands yeux que ses iris bleus étaient cerclés de blanc. Elle se tordait les doigts en tripotant son alliance et sa bague de fiançailles. « Oh oui, je crois bien. Enfin, ce n'est pas encore officiel. Selon Mme Dunkeley, dès que la liste des noms et des grades sera confirmée, le siège de la division informera les épouses et les familles. Mais je pense que c'est vrai. »

Nerys s'appuya sur le dossier de son siège, un banc chancelant, frôlant de la cheville une plate-bande de coriandre qui embaumait l'air. Elle regardait Caroline de plus en plus inquiète.

Archie retira sa pipe de sa bouche. « Un beau spectacle. Des gars courageux. » Son fauteuil roulant fut installé à son emplacement habituel, à l'ombre d'un amandier.

Le pavillon en marge de la nouvelle ville de Srinagar disposait d'un petit jardin entouré d'une clôture. Avec l'aide d'un vieil homme voûté, qui travaillait au soleil avec un chapeau de paille cabossé sur sa chachia rouge, Myrtle faisait pousser des courges et des épinards, ainsi qu'une plate-bande de choux-raves gros comme des poings. « Regardez-moi celui-ci, il me ferait gagner le premier prix de n'importe quelle foire villageoise en Angleterre, avait-elle proclamé en brandissant le légume couvert de terre. Reste à savoir qui voudrait manger une chose pareille ! »

Les McMinn s'étaient retirés à Delhi l'hiver précédent, laissant le *Jardin d'Éden* vide et fermé à clé car Myrtle n'avait pas réussi à trouver d'acheteur. Toutefois, juste au moment où la chaleur estivale commençait à revenir, un couple de civils américains l'avait loué pour la saison, promettant vaguement qu'ils envisageraient de l'acheter si tout se passait bien. Bob Flanner travaillait dans l'import-export et, à en croire Myrtle, semblait disposer d'une certaine quantité de dollars à dépenser. Mme Flanner avait engagé Majid et le reste du personnel, ce qui était pour Myrtle un grand soulagement car Archie et elle n'avaient même pas les moyens de leur payer un salaire réduit. Comme solution provisoire, les McMinn avaient quitté Delhi et étaient revenus à Srinagar, au terme d'un pénible voyage. Ils avaient fait déménager leurs meubles et leurs affaires dans le petit logement qu'ils louaient. Ils habitaient à présent loin du lac et n'avaient aucune vue ni sur l'eau ni sur les montagnes, ni d'ailleurs sur quoi que ce soit à l'exception d'un mur de briques et de la cime des arbres des jardins voisins, mais Archie avait insisté en disant que c'était l'endroit idéal. « C'est si tranquille. Nos voisins sont tous des gens charmants. Et j'aime être assis dans un jardin sous la brise fraîche.

— Après cet été, je ne sais pas ce qu'il adviendra », confia Myrtle à Nerys.

Cette dernière ne pouvait rien suggérer, ne pouvait faire aucune prédiction qui ait plus de poids que les autres, et pouvait encore moins donner à Myrtle des raisons d'être optimiste. L'incertitude restait la réalité quotidienne, non seulement pour eux mais aussi pour la guerre et pour ce qu'apporterait la fin de celle-ci.

Fin mars, les Japonais, qui occupaient la Birmanie, étaient arrivés en Inde via les collines isolées de Naga. L'objectif de leur commandant était de couper la route entre Imphal, la capitale de l'État indien de Manipur qui ne se trouvait qu'à cent dix kilomètres de la frontière birmane, et la ville de garnison tranquille de Kohima. Ils ne réussirent pas à s'emparer d'Imphal, mais Kohima fut assiégée. Les combats à l'intérieur et autour de la ville se prolongèrent au mois d'avril du fait de la lutte d'une force disparate, composée d'un mélange de régiments indiens et britanniques, pour la défendre.

Les forces alliées continuaient de se battre avec acharnement tandis qu'augmentait le nombre de victimes. Des renforts arrivèrent au compte-gouttes, en provenance de la base d'approvisionnement alliée de Dimapur, et le siège fut finalement levé. Le 22 juin, à trente kilomètres d'Imphal, les troupes britanniques de Kohima furent rejointes par des hommes de la cinquième division indienne. L'avancée japonaise en Inde fut stoppée. Leurs troupes manquaient de plus en plus de munitions, de couverture aérienne et de vivres, et les forces alliées commencèrent lentement à les repousser des collines, les renvoyant en Birmanie par où ils étaient venus.

Pendant tout ce temps, seuls Evan et Ianto Jones avaient poursuivi leurs activités normalement. Contre toute attente, une grande cargaison de bibles était arrivée du pays de Galles, et les deux hommes partaient tous les jours à bicyclette pour les distribuer à leur congrégation minuscule et à tous ceux qui semblaient enclins à accepter la Parole. Nerys, elle, avait l'impression qu'ils avaient tous retenu leur souffle pendant des semaines et qu'ils pouvaient à présent pousser un soupir de soulagement. Un soir, elle entra dans la petite pièce blanchie à la chaux qui tenait lieu de chapelle de la mission et trouva Evan à genoux, en prière. À voix basse, elle s'excusa de l'avoir dérangé et se prépara à sortir sur la pointe des pieds, mais Evan lui prit la main. « Reste ici avec moi, Nerys. »

Elle s'agenouilla maladroitement à côté de lui.

« Je prie pour nos hommes au combat, bien sûr, en Birmanie et où qu'ils soient, dit-il, mais je prie aussi pour toi et moi et pour notre future famille, ma chère. J'espère que le Tout-Puissant sera assez bon pour ne pas considérer cela comme une supplication égoïste. »

Son cœur se serra de compassion pour lui. Evan désirait un enfant autant qu'elle. Il se rapprochait régulièrement d'elle dans l'obscurité, la prenant dans ses bras sans dire un mot – comme si parler pouvait ouvrir des vannes d'embarras – toutefois, malgré sa difficulté à s'exprimer, elle trouvait qu'ils se comprenaient un peu mieux ces derniers temps. Elle tenta de le rassurer. « J'en suis certaine. »

Dans le silence qui suivit, elle essaya même une version hésitante, inexpérimentée, d'une prière. Cela faisait très longtemps qu'elle n'avait pas prié. Des voix d'enfants s'élevaient de la cour, sous les fenêtres, où ses élèves de la mission jouaient et se poursuivaient les uns les autres. Elle pria humblement pour qu'Evan cède et accepte qu'ils adoptent Zahra. Ensuite, elle s'aventura à dire : « Nous pourrions quand même avoir une famille. Il n'y a pas qu'une seule façon… »

Il n'y eut pas une seconde d'hésitation. « Je ne pense pas que je le pourrais. Je ne pourrais jamais recueillir l'enfant de quelqu'un d'autre et l'élever comme le nôtre. » Il y avait un accent de pur désespoir dans sa voix.

Nerys resta à genoux encore un long moment, puis se releva avec raideur. Elle donna une petite tape sur l'épaule d'Evan et il baissa la tête sans mot dire. Il avait à présent les cheveux presque entièrement blancs.

En bas, dans la cour, Zahra courut vers Nerys pour lui dire bonjour. La petite fille avait maintenant deux ans et trois mois. Contrairement aux autres enfants, plutôt maigres, Zahra avait encore des fossettes moelleuses au creux des coudes et des genoux. Elle avait deux rangées de dents blanches parfaites et ses cheveux brun doré avaient poussé. « Ness, Ness », lança-t-elle, aux anges.

À la fin du mois de juillet, les quinze mille soldats japonais qui avaient pénétré en Inde battaient en retraite vers Rangoon.

La moitié d'entre eux allaient mourir sur le chemin, épuisés, affamés et handicapés par la dysenterie.

Puis, début août, des nouvelles extraordinaires filtrèrent à Srinagar.

Un détachement de prisonniers de guerre britanniques avaient été trouvés au milieu des collines isolées de Birmanie. À la suite de la chute de Srinagar, les hommes avaient d'abord été détenus à la prison de Changi, mais ensuite on les avait déplacés vers le nord pour travailler sur les routes que l'on construisait à la hâte afin de permettre une avancée de l'infanterie au niveau de la frontière indienne. Ces hommes, chanceux de ne pas avoir été massacrés par leurs ravisseurs japonais qui, à présent, se repliaient, avaient été découverts par une unité d'infanterie indienne. Quand les soldats les trouvèrent par hasard, ils se cachaient dans les collines, dans un campement de fortune en périphérie d'un village, incertains du progrès de l'avancée des Alliés et presque morts de faim. Le capitaine Ralph Bowen était l'un de ces hommes.

Voilà la nouvelle qu'apportait Caroline à Myrtle et Archie en cet après-midi d'été étouffant.

« Tu en es sûre ? répéta Myrtle.

— Non, mais si c'est le cas, si c'est bien lui, il devrait être de retour dans quelques semaines. Je pourrai m'occuper de lui. Je serai à nouveau une épouse, comme toi avec Archie. »

Archie parlait rarement de sa propre expérience de guerre. Sans les regarder, il lança de sous son arbre : « Ce ne sera pas facile pour lui, vous savez, de revenir à Srinagar. Son ancienne vie semblera appartenir entièrement à un autre type. Aucun de nous ne peut imaginer ce qu'il a dû voir et endurer. »

Il tourna les yeux vers la clôture et la cime des arbres, puis se reprit. « Il a bougrement de la chance, cela dit. Nous avons tous de la chance. Nous allons remporter cette guerre, bientôt maintenant, et ensuite la vie pourra recommencer. Un nouveau monde. »

Il frappa son poing serré dans la paume de son autre main et son visage creusé s'éclaira à cette perspective. Nerys était émerveillée par son optimisme, lui qui se considérait véritablement comme chanceux et qui avait hâte de l'avènement d'un nouveau monde où l'Inde britannique qu'avaient connue les McMinn toute leur vie n'existerait certainement plus.

« Oui. » Caroline hocha la tête. Ses mains tremblaient.

Ce fut Myrtle qui formula la question, mais toutes les trois se la posaient. « Et Zahra ? »

Caroline semblait frissonner de peur.

Depuis le retour d'Archie et de Myrtle, la question avait été en suspens, car les circonstances inhabituelles avaient créé leur propre rythme et qu'il n'y avait pas semblé avoir de raison d'intervenir. Entre eux, ils étaient devenus une famille élargie pour la petite fille. Caroline jouait avec elle ou l'emmenait en promenade, toujours accompagnée de Farida. Pourtant, malgré les signes prometteurs du début, il semblait qu'elle n'ait jamais vraiment appris à aimer sa fille. Son visage s'assombrissait quand elle la regardait, ses bras étaient toujours raides quand elle la portait. C'étaient Nerys et les McMinn qui submergeaient Zahra d'affection et faisaient remarquer ses dernières réussites avec une fierté affichée. Archie adorait la regarder jouer et courir et il pouvait passer des heures à bavarder avec elle et à lui raconter des histoires. Néanmoins, Myrtle avait fini par avouer à Nerys qu'elle ne pensait pas avoir la capacité de s'occuper d'une autre personne dépendante en plus de son mari handicapé.

« Je crains de ne même pas réussir à faire cela correctement. Comment pourrais-je être une mère en plus, quand je me consacre déjà entièrement à Archie ?

— Je sais, je comprends. Peut-être qu'Evan et moi, au bout du compte… » *L'espoir fait vivre*, se disait Nerys.

Elle insistait pour que les deux fillettes passent une bonne partie de leur temps à Kanihama, avec les familles de tisserands. Elle trouvait qu'il était important de ne pas les couper de leur milieu et de leur avenir probable. Toutefois, il leur était facile de venir souvent à Srinagar, surtout pendant l'été doré du Cachemire.

« Caroline a peur de s'attacher à elle, avait déclaré Myrtle, un jour où elle était seule avec Nerys.

— Elle a fait une dépression après la naissance. Voilà ce qui s'est passé, avait répondu Nerys. Zahra y est associée, et c'est du retour de la maladie que Caroline a peur. »

Un souffle de vent soudain fit tinter les clochettes en argile d'un temple décoratif bas de gamme que Myrtle avait suspendu à la poutre de la véranda. Le jardinier apparut au milieu de ses plates-bandes de légumes, son chapeau de paille s'abaissant au rythme de ses mouvements tandis qu'il levait et baissait son arrosoir.

Archie fit un geste avec sa pipe en direction de la maison. « Voulez-vous que je me traîne à l'intérieur pour que vous puissiez discuter entre dames ? »

Caroline secoua la tête. « Non, je vous en prie. Vous êtes au courant de tout. Dites-moi seulement ce que je dois faire. Je ne peux pas révéler à Ralph ce que j'ai fait avec… ce que j'ai fait, surtout maintenant qu'il a enduré tellement de choses et qu'il rentre à la maison pour qu'on prenne soin de lui. Qu'en pensez-vous ? » La panique rendait sa voix plus aiguë.

« Dans ce cas, ne dis rien, ne fais rien », conclut Myrtle.

Nerys essaya de la rassurer. « Nous pouvons tous continuer à nous occuper de Zahra, comme nous le faisons actuellement, comme nous l'avons toujours fait, aussi discrètement que nécessaire. Kanihama est assez loin, et en ville nous avons l'égide de la mission. C'est une orpheline, un enfant parmi beaucoup d'autres. Jusqu'à présent, personne n'a posé de questions sur elle, pas vrai ? »

Caroline secoua la tête d'un air hébété. Plus d'un an s'était écoulé depuis l'épisode au Jardin de Shalimar.

« Ce ne sera pas si difficile », déclara Nerys. Elle faisait des calculs dans sa tête. Zahra et Farida devraient passer plus de temps à l'écart, à Kanihama, mais cela se produirait naturellement avec le retour de l'automne puis de l'hiver. Peut-être lui serait-il possible de retourner au village. Comment pourrait-elle expliquer cela à Evan ?

« Vous avez raison, il vaut mieux ne rien faire. Je veux voir Ralph revenir sain et sauf, je veux voir si… si nous pouvons, eh bien, construire une vie ensemble, d'une façon ou d'une autre. Pourquoi pas, après tout ? » bafouilla Caroline.

Si seulement vous le pouviez, pensait Nerys. Elle essayait de voir le côté positif de la situation. Peut-être Ralph se serait-il adouci au cours de ses trois ans d'absence. Peut-être que le fait d'avoir à s'occuper d'un survivant épuisé et affamé donnerait à Caroline la dose de confiance dont elle avait besoin. Peut-être qu'une solution au problème de Zahra finirait par se présenter. Peut-être Evan changerait-il effectivement d'avis. « Il n'y a pas de raison qu'il en soit autrement », dit-elle.

Caroline se mordit le coin de la lèvre. « Je dois trouver un moyen… de subvenir à ses besoins. Avec de l'argent, j'entends. De m'assurer que même si elle n'a pas de mère… enfin, de vraie mère capable de… Comme ça un jour elle aura au moins une dot. Elle pourra alors se marier et avoir une fille à son tour. » Le visage de Caroline se décomposa et elle fondit en larmes.

Archie se grattait la joue avec la tige de sa pipe froide. Il restait malgré tout un officier britannique, mal à l'aise à la vue des pleurs d'une femme. Caroline parvint à se ressaisir. Souriant dans sa détresse, elle bredouilla : « Désolée. Je suis stupide. Zahra est déjà mieux lotie que Farida et les autres pour ses débuts dans la vie. Il y a toujours l'espoir d'une aubaine. Ou, que sais-je, d'un héritage. Ma marraine, peut-être.

— Exactement », convint Myrtle.

L'argent était devenu un problème pour eux tous. Nerys avait presque dépensé tout l'héritage de ses grands-parents, les fonds de la mission et de l'école étaient extrêmement limités et les McMinn n'étaient plus à l'aise financièrement.

« Le Seigneur intercédera », déclara Nerys. C'est ce que croyait Evan, ainsi que Ianto.

« Entre-temps, je vais aller faire du thé. » Myrtle rentra dans la maison, tapant dans ses mains et appelant la fille au pas bruyant qui aidait à la cuisine. Myrtle et Nerys riaient souvent de sa ressemblance avec Diskit, restée à Leh.

Le samovar et le lourd plateau en laiton de Bénarès étaient typiques du *Jardin d'Éden*, tout comme les tasses et les soucoupes en porcelaine délicate avec leurs motifs de campanules bleu clair.

« Merci, ma chérie, dit Archie en lui tapotant la main quand elle lui passa sa tasse. J'adore l'heure du thé.

— Cela ne serait-il pas lié à sa proximité avec l'heure du *tochota* ? »

Il n'y avait plus de cocktails, mais la bouteille de whisky d'Archie apparaissait régulièrement le soir.

« Non, je ne crois pas. Le thé a son propre charme limpide. »

Les McMinn continuaient de plaisanter et de se taquiner, et Nerys était la seule à savoir à quel point il était dur pour Myrtle de s'occuper de lui et à quel point l'homme vigoureux qu'elle avait épousé lui manquait. Elle éprouvait une profonde affection pour eux.

Après avoir fini sa tasse de thé, Caroline annonça qu'elle devait rentrer au pavillon militaire des mariés au cas où il y aurait du nouveau. Nerys lui dit qu'elle l'accompagnerait jusqu'à la station de *tongas*. Elles laissèrent Myrtle auprès d'Archie, ses bras autour de ses épaules. Le soleil déclinant projetait sur le sol une ombre longue et unie, comme s'ils ne formaient qu'un.

Caroline et Nerys sortirent par le portail arrière. Le ciel s'était dégagé, mais un nuage noir de mouches s'élevait du tas de fumier du voisin. Un mendiant qui s'était installé devant la clôture rassembla son *dhoti* effiloché et s'enfuit devant elles sur des jambes aussi maigres que celles d'une cigogne.

« Ça va aller ? » demanda Nerys. Un vieux cheval osseux leva la tête et le cocher quitta le siège arrière où il somnolait.

« Bien sûr que oui. Je devrais être heureuse. Mon mari m'est rendu. Beaucoup d'autres femmes n'ont pas cette chance. »

Nerys recula et la vieille calèche s'ébranla.

Elle était mal à l'aise à l'idée qu'elles avaient à moitié espéré que Ralph Bowen ne reviendrait pas, comme si la mort d'un homme résolvait plus de problèmes qu'elle n'en posait.

Pauvre Ralph, pensa-t-elle. Pauvre Ralph autant que pauvre Caroline : au moins autant.

Elle poursuivit son chemin vers la mission, à pied. C'était un long trajet, mais elle adorait se faufiler dans les rues et le long des sentiers étroits qui bordaient les voies d'eau. Le parfum de Srinagar, un mélange de fumier, de cuisine odorante et de fumée l'enveloppait ; des cris, une bribe de musique et des bruits métalliques laissèrent place aux coups de klaxon lorsqu'elle traversa une route très fréquentée avant de plonger dans un labyrinthe de ruelles qui lui étaient devenues presque aussi familières que les chemins gallois. Près de chez elle, elle émergea de sous un pont et vit de longues cordes couvertes de tissu en train de sécher, suspendues devant une usine de teinturerie. Des bandes pourpres, violettes, roses et jaune safran se reflétaient dans l'eau argentée du fleuve, tremblotant entre les dômes verts des temples. La ville était belle et forte, et les conflits qui la tourmentaient rendaient les petites inquiétudes de Nerys encore plus dérisoires. Quand elle arriva chez elle, elle était calme et aussi prête qu'Evan à accepter ce qui leur adviendrait.

Caroline paya le cocher de la *tonga* et souleva le loquet de la grille du jardin. Celle-ci grinça et se bloqua sur ses gonds, comme toujours, et la jeune femme renonça à l'ouvrir et préféra se glisser par la mince ouverture, comme elle finissait en général par le faire. Julia Dunkeley jardinait à côté – Caroline entendait les claquements du sécateur tandis qu'elle s'occupait de ses roses souffrantes. Elle baissa la tête et se précipita sur le chemin, passant devant un parterre de soucis assoiffés, espérant que, pour une fois, sa voisine ne passerait pas la tête par-dessus la clôture.

Il faisait chaud à l'intérieur de la petite boîte qui lui tenait lieu de maison. Le nouveau boy avait oublié de fermer les rideaux en partant et le soleil avait tapé tout l'après-midi. La lumière de début de soirée était encore assez vive pour révéler la poussière qui recouvrait le secrétaire à cylindre et obscurcissait le cadre de la photo de mariage. Caroline se dirigea directement dans la chambre. Elle défit les boutons de sa robe d'été et la laissa tomber à ses pieds. Elle s'étira le cou dans une tentative d'apaiser son mal de tête lancinant, puis s'enroula les cheveux et se les attacha en haut de la tête, découvrant sa nuque humide.

Le lit était doux et plat sous une couverture en coton rayé. Le traversin était en place, sous deux oreillers côte à côte, comme toujours. Caroline ferma les yeux. Dans quelques semaines, peut-être deux ou trois seulement, la tête de Ralph reposerait sur l'oreiller gauche. Un de ses livres d'histoire militaire rangés dans la bibliothèque du salon l'attendrait sur la table de nuit en bambou.

Elle tremblait des pieds à la tête. Un filet de transpiration coulait entre ses omoplates nues.

Elle se détourna du lit et courut hors de la pièce.

En sous-vêtements, elle s'assit au secrétaire et l'ouvrit. Elle sortit une feuille de papier à lettres d'un tiroir qui sentait le moisi et fouilla dans l'une des niches en bois à la recherche d'un flacon d'encre Quink et d'un stylo-plume. *Cher Ravi,* commença-t-elle.

Elle s'arrêta et mordilla l'extrémité du stylo, puis écrivit à toute allure.

> Je suis désolée d'avoir mis autant de temps avant de répondre à ta lettre.
> Peut-être que tout a changé pour toi depuis. Si c'est le cas, ne tiens pas compte de ceci. Sinon, j'aimerais venir te voir, comme tu me l'as proposé.
> Bien à toi, Caroline

Elle n'avait pas besoin de déplier la courte lettre qu'il lui avait écrite plus d'un an auparavant car elle la connaissait par cœur, mais elle sortit tout de même l'épaisse feuille de papier crème de sa cachette. Pensive, elle la caressa du bout de son index. L'écriture de Ravi était noire, régulière, avec des hampes très marquées.

Il avait écrit pour lui demander de venir lui rendre visite en privé, disant qu'elle lui manquait, et aussi qu'il croyait qu'ils avaient quelques sujets à aborder ensemble. La dernière ligne du billet semblait avoir été rédigée de façon plus rapide et plus spontanée :

> Viens s'il te plaît, ma très chère. À toi pour toujours, Ravi

Quels sujets, exactement, souhaitait-il aborder ?

Parfois, au cours des longs mois qui s'étaient écoulés, Caroline s'était laissée penser qu'il l'aimait vraiment, et que le seul obstacle entre eux était sa propre détermination. Néanmoins, la plupart du temps, elle avait réussi à s'en tenir à la conviction que Ravi Singh ne s'intéressait qu'à son plaisir à lui et qu'il était un homme à craindre.

La menace dans cette lettre était si légère qu'elle était à peine identifiable. Mais maintenant que Ralph revenait, elle devait découvrir quelles étaient les réelles intentions de Ravi ou vivre dans l'incertitude éternelle.

Elle avait une autre raison pour souhaiter le voir. C'était pour Zahra. D'une manière ou d'une autre, si elle parvenait à trouver un moyen de le faire, elle voulait exploiter la richesse si inconsidérée de Ravi Singh.

Caroline trouva une enveloppe pour sa lettre. Elle écrivit l'adresse et la cacheta. Puis elle retourna dans la chambre pour y chercher la boîte d'allumettes qui se trouvait à côté du bougeoir sur sa table de nuit. Elle craqua une allumette et mit le feu au coin du billet de Ravi. Elle regarda le papier se recroqueviller entre ses doigts et attendit de se brûler avant de jeter le dernier fragment crème dans la corbeille en étain.

La transpiration avait séché sur sa peau et elle avait froid.

*

* *

Un joueur de sitar faisait résonner sa musique tandis que Caroline suivait le serviteur au pas léger dans une cour intérieure pavée. Au centre de cet espace clos se trouvait un bassin entouré de carreaux en or et en turquoise, où de gros poissons nageaient au soleil. Un filet d'eau apportait une note de fraîcheur à cet après-midi brûlant.

Ravi était étendu sur une chaise longue dans une pièce voûtée près de la cour. Le musicien était assis en tailleur sur des coussins dans un coin, la tête penchée sur son instrument. Ravi se leva dès que le serviteur la fit entrer. « Que tu es belle. » Il lui baisa la main.

Caroline passa son autre paume sur le bas de sa longue robe d'été. Ravi s'était empâté, pensa-t-elle, et il avait à présent un léger double menton qui donnait à son profil juvénile une pointe de corruption.

Ravi hocha la tête en direction du joueur de sitar et donna un ordre au serviteur d'un ton sec. Tous deux se retirèrent et Caroline regarda autour d'elle avec une froideur délibérée. Elle avait souvent été seule avec Ravi dans d'autres pièces de sa maison, mais elle ne connaissait pas celle-ci. Il y avait un bureau sculpté avec un fauteuil à haut dossier qui, dans sa splendeur, faisait presque penser à un trône. Sur le bureau, recouvert de cuir vert, étaient entassés papiers, boîtes fermées à clé, petits sacs mous en feutre, et toutes sortes de documents imprimés. En face se trouvait une alcôve qui abritait un divan couvert de coussins en soie brodés. À part cela, il n'y avait qu'une chaise et une table basse où était posée une pile bien ordonnée de livres reliés en cuir. Les fenêtres étaient des fentes hautes et étroites qui rayaient de lumière les tapis en cachemire. Ravi ne semblait plus vraiment être le play-boy paresseux d'autrefois. C'était le bureau d'un homme actif qui s'occupait d'affaires importantes – ou, du moins, qui souhaitait en donner l'impression.

Caroline était déconcertée par cette atmosphère d'opulence austère. Déjà, Ravi prenait le dessus. Elle se détourna une seconde, faisant semblant de regarder le jardin par l'une des fentes.

« Où puis-je m'asseoir ? demanda-t-elle par-dessus son épaule.

— Viens là. »

Il lui passa le bras autour de la taille et la guida vers le divan. Celui-ci était assez grand pour laisser soixante bons centimètres entre eux quand ils s'assirent parmi les coussins. Caroline leva les pieds pour les glisser sous ses jambes et examina le visage de Ravi. Le supplément de chair le vieillissait, mais il restait extraordinairement beau. Elle chassa le désir inapproprié qu'il l'embrasse, et davantage.

« Qu'est-ce qui te ferait plaisir ? Une tasse de thé ? Un cocktail ? De la limonade glacée ?

— Peut-être de la limonade, merci. »

Il tapa dans ses mains et le serviteur réapparut. Ils étaient toujours là, invisibles mais toujours prêts, comme dans son souvenir. Quelques secondes plus tard, un plateau arriva avec des verres givrés, une carafe dans une structure en fil d'argent, une coupelle de rondelles de citron et de citron vert, des serviettes blanches amidonnées et une bassine d'eau où flottaient des pétales de rose. Ravi y trempa les doigts puis se les sécha, Caroline suivit son exemple. On servit la limonade.

« Laissez-nous maintenant », ordonna-t-il, et le serviteur s'inclina et se retira. Ravi décrocha un rideau de soie et le fit tomber, masquant la porte. Ils étaient seuls, ou du moins aussi seuls qu'ils ne le seraient jamais.

« Sais-tu que cela fait plus d'un an que nous ne nous sommes pas vus ?

— En effet.

— Cela remonte au Jardin de Shalimar. Tu étais avec Mme McMinn et la femme du missionnaire. Et les orphelins, bien sûr.

— Exactement, tu as une bonne mémoire. »

La limonade était glacialement rafraîchissante. Les yeux noirs de Ravi ne cillaient pas. *Il est au courant,* pensa Caroline. Bien sûr qu'il est au courant. Elle lui sourit.

« Les missionnaires font du très bon travail », dit-elle.

Ravi lui encercla le poignet avec le pouce et l'index, et rapprocha sa main. Il examina le réseau subtil de veines bleues sous sa peau avant de toucher le pouls chaud qui y battait. « Tu es nerveuse.

— Non. »

Il sourit, levant les sourcils pour l'imiter. « Qu'as-tu donc fait pendant toute une année, petite Caroline ?

— Je ne pense pas qu'un compte-rendu de mon temps t'intéresserait. Je mène une vie tranquille. La guerre fait rage et mon mari a été prisonnier des Japonais pendant tout ce temps. Mais j'ai appris récemment qu'on l'avait retrouvé vivant en Birmanie et qu'il reviendrait à Srinagar dès que son état de santé le lui permettrait.

— Je suis heureux de l'entendre. L'es-tu, Caroline ?

— Merci de demander. Oui, je suis heureuse. »

Il joue avec moi, pensa-t-elle. *Comme un chat avec une souris.*

Ravi hocha la tête. « Moi aussi j'ai une bonne nouvelle. Je vais me marier le mois prochain. »

Elle marqua un silence. « C'est merveilleux. Félicitations. Je la connais ? » Elle réfléchissait à ce que cela voulait dire. Ce serait plus sûr pour elle, certainement, si Ravi était un homme marié avec une réputation à protéger et ses propres préoccupations privées pour le distraire.

« Je ne pense pas. Elle vient de Jammu. C'est une union très satisfaisante pour les deux familles, mais il a fallu un certain temps pour finaliser les détails. »

Il fit un geste en direction des documents sur sa table. Caroline comprit que ce ne serait pas qu'un mariage entre deux individus. Il avait été absurde de rêver qu'il puisse en être autrement.

« Peut-être peux-tu m'aider. J'ai une grave décision à prendre. » Il se dirigea vers le bureau, prit les sacs puis les posa sur le divan, à côté de Caroline. Ils étaient fermés par des fils de soie brodés. Elle en ouvrit un et en renversa le contenu sur ses genoux, réprimant un cri de stupéfaction. Il s'agissait de rubis, polis ou bruts, magnifiques et rouge sang.

« Un cadeau de mariage, un collier. Qu'en penses-tu ? Ou ces saphirs, peut-être ? »

Une autre cascade de pierres, allant du bleu lagon au bleu marine le plus profond, coula dans la paume de sa main. Ravi en saisit une de la taille d'un ongle de pouce, l'orienta vers un rayon de soleil avant de la rejeter dans le tas. Certaines des pierres glissèrent entre les doigts de Caroline et il les ramassa comme s'il s'agissait de simples cailloux.

« Azmeena a la peau claire. Je pense que les saphirs flatteront son teint. Tu es d'accord ?

— Je ne connais pas ta fiancée, Ravi. Il m'est impossible de te conseiller en matière de choix de bijou pour elle. »

Il sourit à nouveau, rapporta les pierres sur son bureau et les laissa tomber en un petit tas sur le sous-main. Il y lança ensuite les sacs vides et revint s'asseoir à côté d'elle, beaucoup plus près cette fois-ci. « Sa peau n'est pas aussi pâle que la tienne. Tu as la peau la plus pâle que j'aie jamais vue. Ici. » Il se pencha et lui toucha la poitrine. « Et là. » Ses doigts frôlèrent les plis de la robe de Caroline, au niveau de l'intérieur de sa cuisse.

Elle sentait le sang bouillonner dans sa tête et avait la bouche aussi sèche que du papier de verre. Elle ouvrit les lèvres avec difficulté. « S'il te plaît. Arrête. »

Il leva un sourcil, d'un air de dire *Pourquoi es-tu venue ici si ce n'est pas pour ça ?* Il pencha la tête sur le côté pour la dévisager. « Les circonstances sont en train de changer pour nous deux, dit-il.

— C'est vrai.

— Nous nous connaissons bien, Caroline chérie… » Il souleva une mèche de ses cheveux et l'entortilla autour de son doigt, presque jusqu'au point de l'arracher. Il était si près qu'elle sentait son souffle sur sa joue.

« … et nous devons nous montrer particulièrement prudents quant à notre histoire commune. Afin de nous protéger, à la fois nous-mêmes et l'un l'autre, tu ne crois pas ? »

Les mots en soi étaient neutres, mais son ton semblait plein de sous-entendus, subtilement masqués, implicitement menaçants, et elle s'écarta de lui d'un geste brusque.

« Je ne prononcerai jamais une syllabe sur la façon dont tu m'as séduite, Ravi, si c'est là ce que tu redoutes. Je ne suis pas une petite poule, ni une fauteuse de troubles, ni même une pipelette. Tu as profité de moi quand j'étais beaucoup plus innocente qu'aujourd'hui, mais tu peux me faire confiance pour être discrète à ce sujet. »

Caroline avait la bouche si sèche que l'intérieur de ses lèvres collait à ses dents. Elle bougea la langue pour activer sa production de salive tandis qu'il la regardait, les traits plissés d'un léger dégoût. « Séduction, dis-tu ? C'est ainsi que tu te le rappelles ? Mon souvenir à moi c'est que tu as eu besoin de très peu de persuasion. »

Le sang lui battait violemment dans la tête tandis qu'elle revoyait certaines scènes, aussi clairement que sur un écran de cinéma. Des pétales de rose, des promenades à cheval au crépuscule, de l'herbe et du parfum, les lèvres et les mains de Ravi. Elle ne répondit pas.

« Je suppose, poursuivit Ravi, que nous ne devrions pas oublier qu'à l'époque tu étais mariée à un officier britannique en service, alors que j'étais un simple célibataire, sans aucun engagement auprès de qui que ce soit. »

Elle leva le menton. « J'ai déjà dit que tu n'avais rien à craindre quant à ma discrétion et, tu as raison, j'ai plus à perdre que toi. C'est en général ainsi que ça se passe, entre les hommes et les femmes, pour ces questions.

— Les hommes d'une catégorie et les femmes d'une autre, oui. »

Elle ne releva pas. Il lui fallait se concentrer pour avaler et sa gorge travaillait dur. Il la regarda par-dessus son nez aquilin, comme s'il avait l'impression qu'elle était un peu dérangée. Dans ce silence, elle n'entendait que le sympathique clapotis de l'eau dans la cour.

« Y a-t-il autre chose dont tu voudrais parler, ma chère, pendant que nous avons cette affectueuse conversation ? »

Elle n'hésita même pas une seconde. « Non. Rien du tout. »

Il attendit, et elle le laissa attendre. Les secondes s'écoulaient. Finalement, il soupira et lui caressa le bras avec douceur.

« Alors, Caroline, nous avons conclu un pacte ? Confiance contre confiance.

— Si tu veux.

— Oui. Mais si je découvre que ma confiance a été trahie…

— Cela ne se produira pas. Dis-moi, Ravi, conclus-tu un tel pacte avec chacune de tes maîtresses ? Si c'est le cas, cela doit te prendre un temps fou. »

Il bascula la tête en arrière et éclata de rire, apparemment enchanté par cette remarque. « Non, ma chère, je ne prends pas cette peine. Mais toi et moi, nous avons quelque chose de très particulier entre nous, non ? »

Il est au courant, pensa-t-elle à nouveau. *Il est au courant de tout.* « Je suis flattée que tu penses une chose pareille. »

Il l'examina à nouveau, toujours clairement amusé. « Très bien. Restons-en là. Et maintenant que nous avons conclu notre pacte, ne crois-tu pas que nous devrions le sceller ? »

Il resserra soudain la main sur son bras. Il l'enfonça dans les coussins et, déplaçant son poids, roula au-dessus d'elle. Il était devenu lourd, et très puissant. Sa bouche souriante descendit vers la sienne et, tandis que Caroline tordait la tête sur le côté, elle se cogna violemment la lèvre contre les dents de Ravi. Une heure plus tôt seulement, elle rêvait d'une version romantique de cela. Était-elle folle, peut-être, ou juste idiote ? Elle se débattit en dessous de lui, réussit à libérer la tête de sous son épaule et mordit aussi fort que possible dans le coton amidonné de la manche de son *kurta*.

« Petite pute », grogna Ravi, mais sa résistance ne fit que l'exciter davantage. Il essaya de lui couvrir la bouche de sa main mais elle parvint à se dégager. Elle se souvint des foules de serviteurs silencieux, invisibles mais toujours prêts à intervenir. « Au secours ! À l'aide ! » hurla-t-elle.

Ravi lui lâcha le bras. Il marmonna et se leva, lissant ses vêtements. Il se dirigea vers la fenêtre la plus proche, dos à elle, pour se calmer. Caroline bondit du divan et recula autant que possible, se retrouvant contre le bureau. Ravi se trouvait entre elle et la porte – autrement, elle se serait enfuie. Alors que le coin du bureau sculpté lui rentrait dans la cuisse, les joyaux lui revinrent à l'esprit. Aussitôt, elle se retourna et s'empara en un éclair d'une pierre du petit tas avant de reprendre sa position. Priant pour que ce ne soit pas la plus grosse du lot, elle l'enfouit dans la poche de sa robe. Le couturier, que lui avait présenté Myrtle, avait insisté pour en coudre une. « Memsahib a toujours besoin poche. Mouchoir, lettre, petit objet. »

Lorsque Ravi quitta la fenêtre d'un pas lent, elle était à un mètre du bureau et fixait la porte.

« Tu es comme une lionne, dit-il, presque avec tendresse. Et ta lèvre saigne. Laisse-moi… »

Son mouchoir était parfumé et amidonné. Il en trempa un coin dans la bassine d'eau, prit son menton dans sa main et lui tamponna doucement la lèvre. Caroline ferma les yeux, se soumettant à ses soins. Elle était hors d'haleine et son cœur battait à tout rompre.

« Voilà. C'est beaucoup mieux, dit-il.

— Je veux rentrer chez moi.

— Bien sûr. Tu es prête ? »

Il ouvrit la porte. De l'autre côté de la cour, Caroline aperçut le mouvement d'un serviteur qui sortait de l'ombre. Elle ne saurait jamais si quelqu'un aurait répondu à un deuxième cri.

Elle avait luxueusement demandé à son cocher de *tonga* de l'attendre. Elle n'avait pas voulu prendre le risque de se retrouver bloquée là, loin du lac, et elle était profondément contente de sa décision.

« Mais je t'aurais fait ramener en voiture, protesta Ravi.

— Ce n'est pas la peine. »

Il déplia lui-même la marche bancale, avant que le cocher soumis ne puisse l'atteindre, et aida Caroline à se hisser sur son siège.

« Au revoir », dit-elle.

Ravi dit au cocher de la ramener chez elle et lui tendit un billet qui lui fit rouler les yeux. « J'espère que ce n'est pas un adieu, dit-il en souriant. Présente mes hommages, s'il te plaît, à tes amies Mme McMinn et la petite femme du missionnaire. »

Le cocher fouetta son cheval et Caroline se fit toute petite sous la capote. Elle avait la main enfouie dans sa poche. Elle resta assise, tremblante, jusqu'à ce que la maison de Ravi soit deux kilomètres derrière eux, puis se pencha en avant et ordonna au cocher de l'emmener à une autre adresse.

Le négociant se trouvait dans la vieille ville, à une rue ou deux du couturier, raison pour laquelle elle avait remarqué sa boutique. Elle descendit à la jonction de deux routes et attendit jusqu'à ce que le cocher se soit éloigné, puis se précipita devant une rangée de vieilles maisons en briques rouges. La pierre glissait entre ses doigts moites et, consciente de ce qu'elle avait fait, sa tête tambourinait de peur. Quand elle atteignit le pas de la porte, elle était à bout de souffle et les battements de son cœur résonnaient dans ses oreilles. La vitrine était poussiéreuse et un chien roux était allongé de tout son long sur la marche de bois creuse. La petite enseigne indiquait *Marchand de pierres précieuses.*

Le commerçant était assis à l'intérieur et lisait le journal. Il replia ce dernier et se leva lentement. Sur son comptoir se trouvaient une caisse en laiton bien astiquée, une boîte en verre contenant quelques colliers et bagues sommairement ornés, ainsi qu'une loupe de joaillier.

« Bonjour, memsahib. »

Il semblait à Caroline à la fois mielleux et méfiant. Elle plaça son poing serré sur le comptoir et ouvrit sa paume. Elle vit que la pierre était un rubis taillé, de bonne taille mais pas assez gros pour être louche. Elle avait de la chance. Pour l'instant. « Je souhaite vendre ceci. »

L'homme inclina la tête puis saisit le joyau. Il le plaça dans une pince en métal et déplia la loupe grossissante pour l'examiner. Et si, pensa Caroline, cet homme était le marchand de Ravi et reconnaissait la pierre ?

Non, cet endroit était bien trop miteux. C'est d'ailleurs pour cela qu'elle l'avait choisi.

L'homme commença à respirer plus fort et tourna le rubis pour l'inspecter sous un autre angle. Les jambes de Caroline tremblaient tellement qu'elle avait peur qu'elles ne cèdent sous elle. Elle s'agrippa au rebord du comptoir pour garder l'équilibre en se disant qu'elle faisait tout cela pour Zahra. Les sentiments étouffants d'envie, de peur et de faiblesse qu'elle ressentait constamment face à sa fille – *sa fille* – l'envahirent aussitôt.

L'homme reposa sa loupe. « Pas une belle pierre.

— Combien ? »

Il fit une moue dédaigneuse. « Deux cents roupies. »

C'était trop rapide et bien trop peu. Les sens aiguisés de Caroline lui disaient qu'elle en valait bien davantage. Elle tendit la main pour récupérer le rubis.

« Trois cents », dit-il d'un ton sec.

Elle le regarda fixement. « Trois mille.

— Cinq cents. Dernier mot. »

Ensuite, ce n'était plus qu'une affaire de négociation. L'homme finit par acquiescer d'un air bourru. Il alla dans l'arrière-boutique et Caroline devina qu'il ouvrait un coffre.

Quelques instants plus tard, il était de retour avec deux billets de mille roupies, roses et frais en comparaison avec les billets de sommes plus modestes en circulation, sales et déchirés. Deux petits profils du roi. Caroline les enfonça dans la poche de sa robe et le négociant rangea le rubis dans un petit sac.

Dehors, elle inspira profondément. Le ciel avait pris la couleur du plomb et une brise sinistre soufflait dans la ruelle, présage d'orage. Dix mètres plus loin un mendiant aux jambes maigres était assis sur une marche, la tête pendante. Caroline tourna devant lui et suivit le chemin qu'elle empruntait régulièrement pour revenir de chez le couturier.

Arrivée chez elle, elle s'enferma. Elle cacha les roupies dans le tiroir qui sentait le camphre, là où elle gardait le linge de son trousseau, notamment la chemise de nuit qu'elle avait portée lors de sa nuit de noces. Il lui suffit de l'apercevoir pour refermer le tiroir violemment. Elle rampa sous ses couvertures et resta là, tremblante, à écouter les roulements de tonnerre. La pensée de ce qu'elle venait de faire la fit éclater de rire mais, dès que le rire s'essouffla, elle se mit à pleurer.

Nerys fut surprise et ravie lorsque Caroline lui demanda si elle pourrait l'accompagner lors de sa prochaine visite aux fillettes à Kanihama. Elles prirent le bus jusqu'à sa destination finale dans la vallée et, de là, un ami de Nerys d'une ferme périphérique les emmena dans son vieux fourgon. À l'arrière étaient entassés des sacs de riz recouverts d'un poulailler. Les deux femmes se serrèrent à l'avant, s'agrippant aux bords collants du siège pour ne pas tomber, et le véhicule démarra à travers les torrents de boue et les éboulements créés par la pluie récente. Nerys bavardait avec le chauffeur, riant et recourant au langage des signes quand les mots lui manquaient. Caroline semblait écouter, mais elle était tendue.

La place de Kanihama était recouverte de feuilles mortes et des nuages masquaient les versants bruns des montagnes. La maison où Nerys avait habité et où Zahra était née était à présent occupée par certains des teinturiers. Non loin de là, un bouc attaché à un poteau broutait un cercle de terre nue.

« Ness ! »

Farida et Zahra se précipitèrent vers elle, suivies de Faisal et des autres. Caroline était un peu à l'écart, souriant à la vue des enfants qui tiraient sur les mains de Nerys et fouillaient ses poches à la recherche de friandises. Nerys étreignit Farida, puis souleva Zahra de terre. Elle embrassa le cou sucré de l'enfant et essaya de la passer directement à Caroline, mais Zahra eut un mouvement de recul et blottit son visage contre l'épaule de Nerys.

« Cela ne fait rien. Je ne veux pas la prendre », dit Caroline.

La plupart des femmes étaient dans les champs, mais une petite délégation d'hommes menés par Zafir, le grand-père de Farida, sortirent de la salle de prière pour recevoir les visiteuses. On les emmena dans l'une des maisons et on les fit asseoir sur le plus beau tapis pendant qu'on préparait le thé. Nerys et Zafir échangèrent des remarques polies sur l'approche de l'hiver.

« Se souviennent-ils de moi ? demanda Caroline à voix basse, pendant qu'on servait le thé.

— Oui, répondit Nerys, mais ils ne parlent pas de ton lien avec Zahra, bien qu'ils fassent le rapprochement entre vous. C'est parce que cela ne les intéresse pas beaucoup. Ce sont des gens simples, et leurs structures familiales immédiates sont bien plus vagues que les nôtres. Le climat et les cultures, le soin des animaux, avoir assez d'argent pour se nourrir, voilà ce qui les préoccupe. »

En entendant le mot *argent*, Zafir pointa sa barbe noire vers elles.

« Le châle, dit Caroline en prononçant distinctement. Le superbe châle, vous vous rappelez ? Je l'ai vu en fabrication. Il doit être terminé à présent. »

Le mot *châle* provoqua une réponse immédiate. Zafir donna un ordre et un homme quitta la pièce. Nerys but son thé à petites gorgées dans le silence qui s'ensuivit.

Trois minutes plus tard l'homme revint, accompagné du tisserand à la peau claire et de deux autres jeunes hommes. Ils apportaient une toile de lin pliée, posée sur les bras tendus du tisserand, comme s'il s'agissait d'une sainte relique. Quand il se courba aux pieds des deux amies et commença à déplier la toile, Nerys lança un regard d'avertissement à Caroline.

Le dernier pan de lin fut repoussé.

Même dans l'obscurité de la pièce, le châle scintillait comme de la lumière sur l'eau. Le tisserand le secoua pour faire danser les couleurs dans l'air. Les deux autres jeunes hommes attrapèrent les coins et apportèrent l'ouvrage plus près pour mettre en avant le motif. C'étaient les brodeurs qui étaient restés assis toute une année, chacun d'un côté, pour travailler sur les fleurs tissées avec leurs points infiniment délicats. Néanmoins, le châle n'était pas uniquement le fruit de leur travail. Il appartenait aussi aux fileurs et aux teinturiers, ainsi qu'au *talim* qui avait dessiné le motif complexe à l'origine du tissage. Il était la propriété précieuse du village tout entier, son investissement collectif dans la tradition *kani* qui s'étiolait inexorablement. À la vue des maigres épaules du tisserand et de ses yeux pleins d'espoir, elle avait du mal à retenir ses larmes.

Le chef leur mit un coin du châle sous le nez, désignant de son ongle noirci une marque qui y était cousue, comme un double B avec l'un des deux à l'envers.

« Cet homme. Doigts comme ailes de papillon. Si légers, déclara Zafir.

— Je souhaite l'acheter.

— Caroline, ce n'est pas possible, cela te coûtera les yeux de la tête, chuchota Nerys. Ce sont des années et des années de leur travail.

— Combien ? »

Le tisserand et les deux brodeurs se rassemblèrent derrière Zafir. Ils marmonnèrent quelques phrases d'un ton féroce. Impassible, Zafir se retourna vers les deux jeunes femmes. « Mille cinq cents roupies. »

Nerys fit le calcul dans sa tête. « C'est presque cent vingt livres. Nous n'arriverons jamais à négocier…

— Tenez », dit Caroline. Elle prit une enveloppe dans la poche de son manteau en tweed bleu, l'ouvrit et en sortit les deux billets tout neufs. Les hommes regardaient abasourdis, mais Zafir avait déjà la main tendue. Nerys était certaine que, de toute leur vie, ils n'avaient jamais vu autant d'argent.

« Dis-leur de garder la monnaie. Dis-leur que c'est pour s'occuper de Zahra. Je veux qu'elle reste ici avec eux, elle y sera en sécurité. »

Caroline se leva et, d'un pas mal assuré, rejoignit la porte, laissant derrière elle le châle, l'argent et Nerys.

Quand cette dernière ressortit enfin, elle avait le châle avec elle, emballé dans son tissu protecteur. Caroline regardait le ruisseau éclabousser les rochers de la gorge. Sous le platane, les enfants jouaient avec des bâtons et des cailloux.

« Quand la neige arrivera-t-elle ? »

C'était le mois d'octobre. « Dans un mois environ. » Ensuite, il serait difficile voire impossible d'emprunter les routes jusqu'au dégel du printemps.

Caroline acquiesça, comme si elle avait l'esprit ailleurs. « C'est magnifique ici, tu ne trouves pas ? Cela m'a toujours frappée. »

Leur chauffeur avait terminé sa livraison de poulets et avait récupéré en échange une série de paniers remplis de pommes rouges. Elle mit les mains dans les poches vides de son manteau en tweed et commença à se diriger vers lui, à travers les tapis de feuilles mortes. En arrivant au niveau des enfants elle s'arrêta un long moment, mais Zahra gazouillait de rire tandis que Farida faisait rouler des cailloux vers elle. Zahra ramassa le plus rond et le plus blanc et le lança contre le tronc de l'arbre, sans adresser ne serait-ce qu'un regard à Caroline.

Nerys reçut un traitement différent. Dès que les enfants virent qu'elle s'en allait, ils se précipitèrent vers elle. Elle leur donna à chacun une friandise accompagnée d'un petit mot gentil. Ils savaient que Nerys revenait toujours et son départ ne causa donc pas trop de chagrin.

Le fourgon se balançait sur la route. Nerys essaya de passer le châle enveloppé à Caroline, mais elle secoua la tête. « C'est la dot de Zahra. Je veux que tu le gardes pour elle, en lieu sûr.

— Tu peux compter sur moi. Caroline, l'argent...

— Disons simplement que c'était un héritage. Voilà. Un héritage. De ma marraine la bonne fée. »

Nerys n'apprécia pas le caractère sauvage du rire de Caroline qui suivit.

*
*   *

Début novembre, les montagnes étaient à nouveau drapées de neige et la vieille ville brune craquante de gel. Certains prédisaient déjà que, cette année, le lac gèlerait pour la première fois depuis le fameux match de cricket de Noël.

Un après-midi, Caroline rentra chez elle après avoir rendu visite à Myrtle et Archie et trouva le boy agenouillé sur un sac de riz plié en deux, près de la plate-bande de tiges de soucis. Il astiquait une paire de bottes comme s'il cherchait à en retirer le cuir. Tremblante, elle ouvrit la porte d'entrée. « Ralph ? *Ralph ?* »

Il y avait une casquette militaire accrochée au portemanteau.

L'homme assis dans le fauteuil qui leva les yeux vers elle était méconnaissable.

Son visage était à peine plus qu'une tête de mort avec des yeux qui ressortaient d'orbites violacées. Il était presque chauve à part quelques mèches blanches, et le cuir chevelu exposé était ratissé de cicatrices. Caroline courut vers lui mais le spectre leva ses bras croisés. Elle ne savait pas très bien si c'était un geste pour la repousser ou une réaction automatique pour défendre son corps cassant d'un assaut potentiel.

Elle s'arrêta net et tomba à genoux sur le tapis devant la cheminée. Elle tendit une main pour lui toucher le genou et sentit un os à vif sous le treillis.

Il dit d'une voix qui n'était à peine plus qu'un murmure : « Je suis désolé de ne pas t'avoir prévenue de mon arrivée. Il y avait un avion prêt à partir dont un siège s'est libéré à la dernière minute, alors on m'y a placé.

— On m'avait dit que tu étais encore trop faible pour voyager. Je n'arrive pas à croire que tu sois là. Dieu merci tu es vivant. »

Il ouvrit la bouche en un semblant de sourire, révélant qu'il avait perdu plusieurs dents. « Tout juste. Tu as l'air en forme,

Caroline. Tu es… jolie. » Ralph souleva une mèche de ses cheveux, comme s'il avait du mal à croire à cette blondeur lumineuse. Il l'enroula autour de son majeur, s'arrêtant juste à temps pour ne pas l'arracher, et elle se souvint que Ravi avait fait exactement la même chose.

En un instant, son visage devint écarlate. Elle recula brusquement et poussa un cri au moment où ses cheveux furent arrachés de sa tête. Elle tomba sur les talons et Ralph la regarda fixement.

« Je-je vais te chercher quelque chose à manger, bégaya-t-elle. Il y a… du chocolat. Ou du miel, du miel cachemiri, je sais que tu aimes ça. »

Elle vit qu'elle l'irritait déjà.

« Je ne peux pas beaucoup manger », répondit-il d'un ton sec.

Caroline se mordit la lèvre. « Dis-moi ce que je peux faire pour toi. S'il te plaît, Ralph. »

Il renversa la tête en arrière et ferma les yeux. Ce seul mouvement épuisé lui fit comprendre que ce qu'il avait traversé, l'obscurité qu'elle ne pouvait qu'imaginer avait ouvert un gouffre entre eux. Elle eut la certitude soudaine et absolue que, quoi qu'elle fasse et quels que soient ses efforts, elle n'arriverait plus jamais à le rendre heureux.

D'accord, pensa-t-elle. *Mais j'essaierai. Je ferai de cela ma pénitence.*

« Rien. Rien du tout », dit-il.

CHAPITRE QUINZE

Mars 1945

Il était aussi beau que d'habitude, et tout aussi mystérieux. Elle avait du mal à croire qu'il était vraiment là, à Srinagar. Il s'était matérialisé, tout comme Miss Soo Ling dans la boîte coulissante ou les colombes de l'un de ses tours.

Nerys suivit Rainer à travers les rues près de Lal Chowk jusqu'à ce qu'ils atteignent un petit *dhaba* ordinaire, un endroit où les commerçants des ateliers du secteur venaient avaler un plat bon marché. Il l'aida à s'asseoir sur une chaise en métal à une table en contreplaqué.

« Qu'est-ce qui te ferait plaisir ? demanda-t-il. Du champagne ? Du foie gras ? »

Elle rit. « Oui, s'il te plaît. Et ensuite des fraises et de la crème. Rainer, je n'arrive pas à le croire. Est-ce vraiment toi ? »

Il tendit la main pour qu'elle puisse en vérifier la force et la chaleur. Elle la serra entre les deux siennes, rien qu'une seconde, ne pouvant se permettre davantage.

Il paraissait en forme, mais tendu et brûlé par le vent. « Merci d'être venue si vite », dit-il.

Elle avait reçu un billet griffonné, apporté par l'un des gamins du bazar. Sans même prendre le temps de se regarder dans la glace, elle était partie pour Lal Chowk. Il l'attendait au milieu de la place grouillante de monde au centre de la ville, comme pour souligner physiquement ce qu'elle savait déjà – que leurs semaines ensemble avaient été le cœur du séjour de Nerys au Cachemire.

« Comme si j'avais le choix. »

Il la regarda dans les yeux. « Cela aurait pu être difficile pour toi. Ton mari est-il à Srinagar ?

— Oui. Il est très occupé. »

Elle n'avait pas eu besoin de mentir à Evan à propos de l'endroit où elle allait car il n'avait rien demandé. Elle hésita avant d'ajouter : « Rainer… rien n'a changé. Je fais ce que j'ai toujours eu l'intention de faire. Je suis l'épouse et l'assistante du missionnaire. Maintenant et toujours.

— Je sais. Je sais, je sais, je sais. Mais je peux tout de même t'aimer, non ? Je suis parti car il m'aurait été impossible de rester et de te regarder être la femme d'Evan, et tout ce que j'ai appris c'est que, où que je sois, mes sentiments ne changeaient pas. J'essaye de considérer mon amour pour toi comme une bénédiction, tu sais. Cela fait de moi quelqu'un de meilleur, j'imagine. »

Ils rirent du *j'imagine*.

Rainer n'était pas malheureux, elle le voyait bien. Ce n'était pas sa manière de réagir aux aléas de la vie.

La simple joie de le voir et d'être avec lui l'envahissait, et c'était la première fois depuis des mois qu'elle se sentait si légère et décontractée.

On leur apporta une assiette d'oignons et de rondelles de citron vert, suivie d'un bol de *dhal makhani* et d'un panier de pain *naan* tout chaud. Rainer engloutit la nourriture sans même la regarder, comme si la finir était une tâche à accomplir. Nerys buvait du thé à la cardamome.

« Raconte-moi tout, exigea-t-il. Comment vas-tu ? Et je veux la vérité. »

Le sourire de Nerys s'estompa légèrement. L'hiver avait été rude.

« Non, attends une minute. J'ai quelque chose pour toi », dit-il. Il ouvrit la poche intérieure de son manteau et fit glisser sur la table une petite chemise en papier marron.

Les trois jeunes femmes sur la véranda du house-boat riaient à une plaisanterie oubliée, sur fond de feuilles de lotus et d'une portion d'eau du lac. C'était une photo charmante qui avait capturé l'ancienne époque glamour et heureuse sur le *Jardin d'Éden*. Nerys le regarda de l'autre côté de la table. « C'est pour moi ? Je peux la garder ? demanda-t-elle.

— Bien sûr. Je suis juste désolé d'avoir mis si longtemps avant de venir te la remettre en personne.

— Merci. » Elle rangea la photo dans son sac à main. « Je vais bien, lui dit-elle. Mais tu me manques. Chaque jour qui passe. »

Il entendit le non-dit. « Et Myrtle et Caroline ? »

Myrtle et Archie étaient à Delhi, et M. et Mme Flanner avaient fini par acheter le vieux house-boat. Nerys était tombée sur Laura Flanner lors d'une réception de charité et la nouvelle propriétaire s'était plainte du fait que les McMinn ne lui avaient décrit l'état de décrépitude du bateau qu'à moitié. Nerys avait protesté en disant que le *Jardin d'Éden* lui avait toujours semblé être d'un grand luxe.

Laura Flanner avait levé un de ses sourcils bostoniens. « Ah oui ?

— Mais bon, je viens du pays de Galles. »

Myrtle avait écrit pour dire que c'était terriblement triste et ennuyeux, mais qu'elle ne pensait pas qu'ils viendraient à Srinagar cet été. Après la guerre – soudain, tout le monde avait commencé à parler *d'après la guerre* comme une réalité, et non plus comme une prière pour un avenir lointain – Archie espérait retrouver un emploi lié aux chemins de fer. Dans un bureau, bien sûr. Et, disait Myrtle, ses chances étaient plus grandes en restant à Delhi où il pouvait aller voir tout employeur potentiel en fauteuil roulant. « Tu connais Archie, avait-elle écrit. Il n'est jamais abattu et n'abandonnera jamais. »

Nerys trouvait Srinagar bien ennuyeuse sans les McMinn.

Caroline et Ralph Bowen apparaissaient ensemble lors des cocktails à la Résidence que donnaient encore à l'occasion les Fanshawe, ou Nerys les apercevait parfois à un concert du régiment ou parmi les spectateurs d'un match de tennis. Tout le monde disait qu'il était très encourageant de voir à quel point ce pauvre capitaine Bowen récupérait rapidement et que ce dernier avait bien de la chance d'avoir sa femme pour prendre soin de lui. Nerys se demandait si elle était la seule à remarquer qu'au fur et à mesure que Ralph reprenait des forces, Caroline semblait de plus en plus pâle et silencieuse. Parfois elle venait prendre le thé avec Nerys à la mission, seule. Nerveuse, elle avait pris l'habitude de tourner ses bagues qui étaient devenues trop larges pour son annulaire.

« Je vais assez bien, insistait-elle. Je ne dors pas très bien ces derniers temps, c'est tout. Ralph fait de terribles cauchemars. Il ne me dit jamais de quoi il rêve, mais je crois que ça l'aide de se réveiller et de voir que je suis là. C'est déjà ça, non ? »

Nerys raconta tout cela à Rainer dans les grandes lignes.

« Et Zahra ? » demanda-t-il.

Les deux fillettes étaient à Kanihama depuis le début de l'hiver et Nerys allait leur rendre visite aussi souvent que la route était praticable. Les villageois s'occupaient bien de Zahra et le précieux châle était rangé en lieu sûr avec les plus beaux vêtements de Nerys dans une commode à la mission.

« Il ne se passe pas grand-chose à Srinagar. » Elle sourit à Rainer. « Donne-moi de tes nouvelles à toi. Où étais-tu pendant tous ces mois ? Je sais que je ne devrais sans doute pas le demander. Mais je pensais très souvent à toi. »

Comme c'est étrange, pensa-t-elle, *que deux personnes puissent avoir une conversation tout haut et, simultanément, en avoir une autre dans leurs cœurs.*

« Vraiment ? Voilà qui me plaît. Je mettais au point un nouveau tour. C'est un très bon tour, il te plaira. J'ai organisé quelques spectacles de magie pour les troupes – c'était une couverture pour un travail de conseil en camouflage. Dissimuler le mouvement des troupes, les dépôts d'approvisionnement. Rien d'héroïque. Je ne suis qu'un civil suisse. Je ne suis pas un ami car les gens de ton pays redoutent encore un peu que je sois un ennemi. Mais cela n'a plus d'importance. Cette guerre sera terminée dans quelques semaines. »

Evan disait la même chose et avait commencé à envisager d'être rappelé à Shillong par la mission ou, même, de finalement retourner au pays de Galles. Plus d'une fois Nerys avait essayé d'aborder le sujet de l'adoption, mais il maintenait que, si la volonté de Dieu n'était pas de leur donner leur propre enfant, ils ne devraient pas chercher à en avoir par d'autres moyens. Elle essayait de concevoir un avenir pour Zahra mais, en fait, elle savait qu'elle ne pouvait qu'attendre et espérer.

« Alors, que va-t-il se passer à présent ? » demanda-t-elle à Rainer.

Il roula une épaule. « J'ai quelque chose d'important à faire. »

Il ne servait à rien de demander de quoi il s'agissait.

Il avait fini jusqu'à la dernière miette de nourriture. Il poussa les assiettes sur le côté et déclara d'un ton abrupt : « Je t'ai fait venir ici parce que j'ai quelqu'un à te présenter. Tu peux m'accompagner quelque part ? »

Nerys le regarda, étonnée. « Bien sûr. »

Ils sortirent du *dhaba* et marchèrent à travers les foules successives. Il y avait plus de gens dehors, attirés par le pâle soleil de mars, mais le vent restait froid et Nerys s'enveloppa chaudement dans son fidèle *pheran.*

La maison était construite en briques rouges encadrées par d'épaisses poutres en bois, une vieille habitation de Srinagar dans une rue tranquille. La porte leur fut ouverte par une dame âgée en sari. Rainer était de toute évidence un visiteur régulier. Il lui parla doucement et la porte s'ouvrit plus grand. Ils se faufilèrent à l'intérieur et furent conduits en haut du petit escalier de bois.

Ils arrivèrent dans une pièce où une autre femme, bien plus jeune, était assise près de la fenêtre et regardait la rue à travers les lattes des volets. Dès qu'elle vit Rainer, elle se leva d'un bond et se précipita vers lui. Détournant le regard pendant qu'ils se disaient bonjour, Nerys remarqua un crucifix sur le mur. Au-dessous, sur une étagère, se trouvaient la photo d'un enfant et une bougie allumée. Un chapelet pendait du cadre.

La domestique ferma la porte.

« Nerys, je te présente mon amie Prita. »

Nerys lui prit la main. Prita avait les traits tirés et les yeux remplis de nuages. Elle était tout de blanc vêtue, la couleur du deuil.

« Je suis contente de vous rencontrer, dit-elle d'une voix faible. Rainer m'a parlé de vous, il m'a dit que vous étiez une femme remarquable et une bonne amie à lui. »

Nerys se rendait compte que le lien qui unissait Prita à Rainer allait au-delà d'une simple amitié. L'air dans la pièce semblait frissonner.

« Il a été très gentil pour moi en ces temps de tristesse, continua Prita. Vous voyez, là-bas ? C'est une photo de mon fils. Qu'il repose en paix, auprès de Dieu. »

Le garçon devait avoir trois ans, un petit enfant au visage solennel dans une chemise blanche.

« Le père d'Arjun a été tué en 1942. Mon mari était pour le Cachemire Libre, c'était ce dont il rêvait avec ses camarades, et son idée n'était pas la bienvenue auprès des Britanniques ou du maharajah. Beaucoup d'hommes ont péri alors, lors du soulèvement, mais cela n'a pas cessé et il y aura encore de nombreux décès. Je crois que la mort n'a pas fini de roder au Cachemire. »

Nerys tenait toujours la main de l'Indienne. Elle était sèche et légère et les tendons ressortaient sous la peau fine.

« Je suis ensuite restée ici pour mon fils, bien que les ennemis de mon mari soient aussi les miens. Notre enfant était d'abord cachemiri, avant toute religion, et s'il ne grandissait pas à Srinagar, quelle vie connaîtrait-il ? Mais aujourd'hui… »

Rainer vint se placer de l'autre côté de Prita. Il la prit dans ses bras et lui embrassa le haut de la tête, là où ses cheveux noirs et lisses se divisaient. Sa stature massive rendait Prita minuscule. Pendant un moment, tous trois furent aussi soudés par son chagrin que par n'importe quelle histoire.

« Arjun allait bien, vous savez, un bébé comme les autres. Puis il a été malade, un mois, deux mois, son état a empiré, et il est mort. Rainer m'a dit que vous étiez infirmière. Vous saurez peut-être me dire ce qui s'est passé.

— Pas une vraie infirmière. Juste l'épouse d'un missionnaire », murmura Nerys. Elle réfléchissait : rhumatisme articulaire aigu, diphtérie, tétanos, rougeole, diarrhée infantile – il y avait tant de maladies qui emportaient les enfants.

Ses bras brûlaient d'envie de porter Zahra.

« Cela ne fait que deux semaines qu'Arjun est mort, dit Rainer.

— Je suis vraiment désolée. » Nerys ne savait pas quoi dire d'autre.

Prita tourna son visage ravagé vers elle. « Je m'occupe très mal de mon invitée, de la bonne amie de Rainer, parvint-elle à chuchoter. Peut-être voudriez-vous un peu de thé. »

Nerys l'étreignit puis recula. « Merci, pas aujourd'hui. Mais je reviendrai vous voir, promit-elle.

— Merci, répondit Prita, et Nerys vit un éclair de gratitude dans les yeux de Rainer.

— Je vais te raccompagner, Nerys. »

Il dit à Prita qu'il serait bientôt de retour.

Nerys et Rainer repartirent à pied vers la mission. Après cette sinistre entrevue chez la veuve, la journée paraissait lumineuse et bruyante.

« Je souhaitais vraiment te la présenter. Je vais l'épouser, tu vois. »

La clameur de la rue résonnait dans les oreilles de Nerys.

Tu m'as demandée en mariage. Et je t'ai répondu que j'étais déjà mariée.

Un groupe de soldats américains en permission sortaient d'un bar par flopées, leur bloquant le passage. Nerys se faufila tant bien que mal. L'un d'eux vit son visage et s'excusa. « Désolé, m'dame. »

Elle retrouva sa voix. « Tu… l'aimes ? »

Rainer s'arrêta de marcher. Il ne la toucha pas, mais c'était tout comme. « Je crois que tu connais la réponse.

— Mais alors…

— Je vais l'emmener en Europe. Son mari était l'un des chefs du mouvement indépendantiste cachemiri et, même avant 1942, il s'est fait beaucoup d'ennemis. Ils l'ont fait payer, mais sa mort a aussi laissé sa famille dans une position terrible. Prita a quelques amis, mais ils seront aussi vulnérables qu'elle quand la guerre prendra fin et que vous quitterez l'Inde, vous les Britanniques.

Cet État sera cruellement divisé et elle ne sera pas en sécurité si elle reste ici, une veuve sans personne pour la défendre. Le mari de Prita était sikh, mais elle s'est convertie au christianisme. Elle est catholique, comme moi. »

Ils étaient près du Jhelum et Nerys fixait des yeux les *shikaras* chargées de produits locaux, en route pour être échangés ou vendus à Baramulla et aussi loin que Rawalpindi. Elle pensait aux potagers flottants sur les lacs, aux pommeraies et aux rizières, aux boutiques le long du Bund et aux fabricants de châles à Kanihama. Srinagar et le Cachemire dans son ensemble étaient calmes en apparence sous le soleil jaune citron du printemps, mais elle connaissait la profondeur des divisions sous la surface. Evan et Ianto continuaient de partir tous les jours pour essayer de convertir des musulmans et des hindous de castes inférieures, et ils rapportaient que les deux camps se détestaient encore plus qu'ils ne haïssaient les Britanniques. Nerys avait entendu qu'un dirigeant sikh radical menaçait : « Si les membres de la ligue musulmane veulent fonder le Pakistan, ils devront d'abord traverser un océan de sang sikh. »

L'été cachemiri, divin et fragile, arrivait, et elle tremblait à la perspective des horreurs qu'il allait peut-être apporter.

Bien sûr Rainer ferait tout son possible pour aider une femme qui avait perdu à la fois son enfant et son mari. Elle imaginait comment il remmènerait sa femme en Suisse où ils s'installeraient peut-être dans une autre vallée luxuriante, surplombée par les montagnes couronnées de blanc. « Je comprends, dit-elle. C'est bien, ce que tu fais. »

Elle vivait aussi depuis assez longtemps en Inde pour savoir que beaucoup de mariages, arrangés entre des gens qui ne se connaissaient quasiment pas, devenaient pourtant des unions fortes, solides et affectueuses. « J'espère que vous serez heureux », ajouta-t-elle, presque de tout son cœur.

Ils atteignirent la rive du fleuve et regardèrent les marches où se déroulaient les scènes familières de gens lavant leurs vêtements, cuisinant, ou savonnant leurs enfants.

« Viendras-tu à mon mariage ? demanda Rainer.

— Évidemment.

— Merci. » Il lui toucha la main.

Auparavant, elle le trouvait impénétrable, mais elle le voyait soudain dans toute sa puissance. Elle savait aussi qu'elle l'aimait. « Vous irez en Suisse ? »

Il y eut un bref silence. « Nous finirons par y aller. Mon père est là-bas et j'ai des amis dans les montagnes. Mais le Cachemire va me manquer. »

Il n'ajouta pas *et toi aussi*, et elle en fut soulagée d'une certaine façon. Ils s'étaient déjà tout dit.

Ils arrivèrent devant la porte de la mission. Deux petites filles du bazar étaient assises sur le perron, bien que la classe de Nerys ait fermé depuis des heures. L'une d'elles montra sa bouche avant de tendre sa paume. Rainer sortit une pièce de sa poche. La deuxième l'attrapa et toutes deux s'enfuirent.

« Je te tiendrai au courant du jour et de l'heure du mariage. Il aura lieu très bientôt.

— Je serai là », promit-elle. La main sur la poignée en fer, elle le regarda s'éloigner et partir retrouver Prita au-delà des foules indifférentes.

Elle était déjà réveillée, sachant qu'il était à nouveau sous l'emprise d'un rêve. Ralph se débattait, se protégeant la tête de ses bras et donnant des coups de pied pour repousser ce qui le traquait et le terrorisait. Il transpirait tellement que le drap et son pyjama étaient trempés. Caroline essayait de le maintenir en place, mais il se contorsionnait pour lui échapper. Il marmonna en donnant des coups, avant de hurler, rien qu'une fois, mais assez fort pour qu'elle craigne qu'il n'ait réveillé Julia Dunkeley à côté.

« Ralph, s'il te plaît, chut. Tout va bien. Je suis là, tu es en sécurité. C'était un cauchemar, rien qu'un autre mauvais rêve. »

Il lutta pour se redresser, à l'aveuglette, se tordant dans tous les sens pour essayer d'échapper à l'horreur dans sa tête. Elle lui saisit le bras et tenta de l'immobiliser, mais la panique le rendait plus fort. Il la repoussa et bondit pour se libérer. Il mit les mains de part et d'autre du cou de Caroline et commença à serrer, ses pouces s'enfonçant dans sa trachée comme des pinces en acier, ses membres lourds l'immobilisant sur le lit. Caroline suffoquait et finit par ne plus respirer. Elle était sur le point de perdre connaissance, lorsque soudain la pression des doigts de Ralph se relâcha et l'air se rua dans ses poumons. Elle haletait et tremblait, trop choquée pour faire le moindre geste. Dans l'obscurité, elle sentit que Ralph s'éloignait, les mains en l'air, de plus en plus confus tandis qu'il reprenait conscience.

« Caroline ? »

Elle émit un son, pas plus qu'un râle guttural.

Ralph se laissa tomber contre le traversin. Il était essoufflé et poussait des grognements. Elle se redressa et glissa au bord du lit. Elle tâtonna à la recherche de la boîte d'allumettes, en craqua une et alluma la bougie. L'électricité était en marche, elle entendait le vrombissement lointain du générateur de la caserne, mais elle avait appris qu'une lumière vive était susceptible d'effrayer Ralph quand il n'était pas encore bien réveillé. La flamme de la bougie oscilla quelques instants avant de se stabiliser sous le creux de sa main.

« Caroline ? »

Elle vit qu'elle pouvait parler, bien que son cou et sa gorge lui fassent atrocement mal. « Je suis là. Tu as fait un cauchemar. »

Il avait le crâne et le visage ruisselants de transpiration. Il hocha la tête, cherchant des yeux les ombres familières de la pièce tandis que s'éloignaient ses terreurs nocturnes.

« Veux-tu que je te prépare un peu de thé ? demanda-t-elle.

— Non. Pas de thé. »

Il se redressa, le pyjama collé au corps, et balança les jambes hors du lit. Il enfila sa robe de chambre et se dirigea vers la porte en traînant les pieds.

« Ralph, s'il te plaît, tu ne veux pas me raconter ton rêve ? Peut-être que, si tu en parlais, cela t'aiderait à y mettre un terme. »

Il secoua la tête. Il tourna la poignée de porte et elle sentit que sa seule envie était de trouver la bouteille de whisky.

« D'accord, pas à moi, peut-être, mais pourquoi pas à un des autres militaires ? Un de ceux qui auraient vu… des choses semblables ?

— Non. C'est un sale rêve, c'est tout. »

Elle le suivit dans le salon. D'un geste brusque, il attrapa la bouteille de whisky indien bon marché, placée sur le plateau d'argent gravé que leur avaient offert les Fanshawe comme cadeau de mariage, et en remplit un verre aux trois quarts. Ses mains tremblaient et ses dents cognaient contre la paroi tandis qu'il buvait. Il ne reposa même pas le verre pour le remplir à nouveau, mais ses mains étaient déjà plus stables.

« Ralph, ne bois pas autant. Ça ne va pas t'aider.

— Si, répondit-il d'un ton catégorique. Crois-moi. »

Après ses cauchemars, il buvait jusqu'à tout oublier et se mettait à ronfler bruyamment. Quand il se réveillait le lendemain matin, il était pâle comme la mort, furieux comme un ours en cage, et elle devait alors se déplacer dans la maison comme sur un champ de mines.

Caroline avait peur de son mari et de sa violence à peine contenue et, malgré tous ses efforts de compassion, elle avait l'impression d'être impuissante face à tout ce qu'il avait vu et enduré. Ralph pouvait se rendre au club ou au repas du régiment avec les autres officiers qu'il considérait comme des amis, et presque sembler à nouveau lui-même, en apparence. Elle était la seule à savoir à quel point il était hanté et à quel point sa carapace était fragile.

Sans faire attention, elle mit la main au niveau de sa gorge endolorie. Elle vit qu'il la regardait bizarrement et la retira.

« C'est *toi* que j'essayais d'étrangler ?

— Oui.

— Mon Dieu. Ce n'était pas toi dans mon rêve, tu dois le savoir. Il y avait un Jap, un des geôliers. Un bâtard sadique. Il... » Ralph ferma les yeux, puis les rouvrit brusquement comme s'il ne supportait pas la vision qui se trouvait derrière ses paupières.

Caroline attendit, retenant son souffle. Elle imaginait la possibilité qu'un autre homme (un homme de la même *sorte*, peut-être) ait identifié la faiblesse de son prisonnier – la vulnérabilité particulière de Ralph, qu'il dissimulait coûte que coûte et qu'il avait même espéré cacher à sa femme – et l'ait exploitée par des façons sans doute encore plus cruelles que tout ce qu'elle pouvait concevoir.

« Continue », dit-elle d'une voix douce, dans l'espoir de l'encourager.

Elle n'aurait pas dû parler. Ralph engloutit son deuxième whisky et reposa violemment le verre sur le plateau. « Bon sang, non. Je n'avais pas l'intention de te faire mal. Je faisais un cauchemar. » Il s'approcha d'elle et elle dut résister à sa pulsion de protection. Mais il ne fit que poser la main sur son épaule un bref instant. « C'est une sacrée vie pourrie pour toi aussi », marmonna-t-il. Le rouge montait au visage de Caroline et le sang martelait douloureusement sous ses bleus. Ralph la regarda puis pinça les lèvres, ce qu'il faisait quand il était forcé de lui adresser la parole plus longuement que lors des échanges de routine. Il se détourna brusquement et grommela : « Dieu tout-puissant, c'est quoi ton *problème* ? »

Sa question n'appelait pas de réponse et il n'en attendit pas. Il prit la bouteille et lança d'une voix sèche : « Retourne te coucher. Je vais rester ici à lire. »

Le lendemain matin, elle le trouverait vautré dans son fauteuil, inconscient.

L'église catholique était une petite structure en briques rouges avec un clocher miniature et un toit en tôle ondulée peint en vert pomme. Nerys et Caroline s'assirent au premier rang, à côté de la fille du professeur Pran. Elles étaient les seules invitées. Prita avança jusqu'à l'autel au bras du professeur, vêtue de son sari blanc et coiffée d'un *dupatta* tissé blanc, rehaussé d'un minuscule fil d'or. Rainer l'attendait au bas des marches, la veste brossée et une rose à la boutonnière.

Le prêtre qui menait le service était le père Kennedy de la mission catholique. Nerys le connaissait un peu, et Evan lui avait dit un jour que c'était un grand missionnaire. Alors que Rainer et Prita échangeaient leurs consentements, elle leva les yeux vers le vitrail basique des minuscules fenêtres en forme de trèfles de l'église et réfléchit aux différentes obligations impliquées par un mariage. C'était plus compliqué, beaucoup plus compliqué, que ce que suggéraient les verbes *honorer* et *obéir*.

Et en ce qui concernait l'amour – combien de variantes en existait-il ?

À ses côtés, Caroline était assise la tête inclinée et tournait ses bagues autour de son annulaire. La peau irritée de ses doigts pelait et, par endroits, était à vif. Elle portait un foulard léger autour de son cou pour cacher des hématomes violets, comme des empreintes de pouces.

Une fois que les mariés eurent signé le registre dans la toute petite sacristie, avec Nerys et le professeur comme témoins, Rainer les emmena tous à son *dhaba* favori pour le repas de mariage. Le père Kennedy vint aussi et raconta des histoires intéressantes sur les débuts de la mission au Cachemire. C'était une fête joyeuse. Prita parlait très peu, mais souriait de temps en temps et posait sa main ornée du nouvel anneau en or sur le bras de son mari.

Le lendemain, Nerys se rendit à Kanihama pour voir Zahra et la fidèle Farida. Elle resta quelques jours au village, chantant des chansons et jouant avec Faisal, son petit frère et les autres enfants de son ancienne classe. Elle avait apporté quelques bandages et médicaments de base et traita les nombreuses maladies hivernales des villageois de son mieux. Elle confirma à Zafir qu'elle gardait le précieux châle de Zahra en lieu sûr et, en même temps, s'assura que l'autre aspect du marché était honoré. Toutefois, elle ne doutait pas qu'on s'occupe bien de la petite fille, surtout Farida – la vie dans le village était rude, mais elle voyait que Zahra était gaie et en bonne santé.

Au moment de repartir pour Srinagar, elle emmena les deux fillettes avec elle pour une visite de printemps en ville, la première de cette nouvelle année. À l'arrivée, le petit duo galopa en avant le long du chemin qui menait à la mission, passant devant un mendiant qui se tapissait parfois dans une niche du mur. Dans la maison, Evan caressa la tête des petites filles d'une main distraite et Ianto rayonna derrière ses lunettes. Les enfants qui venaient régulièrement dans la classe les intégrèrent à leurs jeux.

Nerys fut déconcertée par la réaction de Caroline quand elle lui annonça la présence de Zahra et Farida. Caroline porta les mains à sa bouche et devint blanche comme un linge. « Je ne peux pas la voir. Vraiment pas, pas maintenant que Ralph est revenu. »

Nerys eut le cœur serré. « Mais pour Ralph et pour tous les autres c'est une orpheline de la mission.

— C'est *impossible*. Tu ne comprends pas. »

Ralph voyait tout, pensait Caroline. Coupable, elle rougit à l'idée de son regard noir et entendit dans sa tête *C'est quoi ton problème ?*

« Très bien, soupira Nerys, si tu as ce sentiment. Mais je trouve cela bien dommage. »

Avril arriva. Rainer faisait des cartons, se préparant à quitter son appartement donnant sur le Jhelum. Ses rouleaux de corde, son équipement d'alpiniste et son attirail de magicien étaient empaquetés, scellés et étiquetés, prêts à être emportés par différents affréteurs.

En Europe, les forces aériennes de l'armée américaine et les Mosquitos de la RAF britannique avaient bombardé Berlin à tour de rôle tandis que l'Armée rouge encerclait la ville par voie terrestre.

« C'est bientôt fini », déclara Ralph en écoutant les informations. Caroline se tourna sur le côté.

Après la guerre. Après la guerre. Que se passerait-il *alors* ? Elle avait de plus en plus l'impression de se trouver dans l'une des boîtes magiques de Rainer Stamm, où le plafond et les murs se rapprochaient inexorablement. Elle était prise au piège. Du coin de l'œil, elle voyait l'éclat du métal et sentait même l'acier lui effleurer la peau au moment où la lame tranchait le mur. Elle sursauta et se rendit compte que Ralph l'observait.

Evan ouvrit une lettre de la Mission presbytérienne galloise, en provenance de Shillong. Il la mit de côté jusqu'à ce que Nerys ait veillé à ce que Zahra et Farida dorment dans le lit qu'elles partageaient et que Ianto ait pris son dîner avec eux et soit reparti dans la chambre qu'il louait de l'autre côté du bazar. Puis il annonça : « Ma chère, j'ai quelque chose à te dire. On nous rappelle à Shillong.

— Comment ? Quand ?

— Dans un mois environ, probablement. Bien sûr, cela dépend beaucoup des nouvelles de guerre. Mais je dirais que c'est quelque chose de cet ordre. Tu seras contente d'apprendre que Ianto restera ici pour continuer notre travail. J'espère beaucoup que nous pourrons passer par Kargil et Leh, sur le chemin, pour que je puisse rendre visite à tous ceux que j'avais convertis. Je vais écrire pour demander si ce serait possible.

— C'est très bientôt », balbutia Nerys.

Evan avait sorti une feuille de papier à lettres pour commencer à écrire. « Nous sommes sur le terrain depuis un temps respectable », dit-il.

Je devrai emmener Zahra avec nous, décida Nerys. Il le faut, d'une manière ou d'une autre. La place de Farida est peut-être à Kanihama avec Faisal et les autres, mais je ne peux pas abandonner Zahra.

Ralph alla dîner avec le régiment. Ses quelques homologues officiers restés au quartier général de Srinagar étaient toujours polis avec lui, même respectueux, mais la cordialité qu'ils lui montraient n'avait pas crû depuis son retour. Au contraire, il était plutôt marginal. Ils savaient ce qu'il avait traversé, mais ne discutaient pas des conséquences. Ce n'étaient pas des hommes très bavards.

Ce soir-là, cependant, l'ambiance était différente.

Ils avaient écouté le dernier communiqué. La veille, les Russes étaient arrivés à Vienne. Le commandant Dunkeley tapa du poing sur la table. On en avait enfin fini avec ces satanés Boches, déclara-t-il. Bientôt Berlin et Hitler lui-même tomberaient aux mains des Alliés. C'était une honte que ce soient les Rouges et pas les Britanniques qui aient cet honneur, mais bon – il n'était pas prématuré de faire la fête entre amis, n'est-ce pas ?

Il y eut des applaudissements irréguliers et des appels à la boisson.

Tandis que la carafe de porto circulait et que la fumée de cigare s'épaississait, Ralph devint un court instant un officier comme un autre au milieu de soldats qui avaient enfin la victoire à portée de main. Il but, plaisanta et chanta les chansons du régiment, et son verre fut rempli encore et encore.

Depuis Singapour et la Birmanie, le foie de Ralph Bowen ne fonctionnait plus correctement. Plusieurs autres parties de son corps étaient en piteux état, alors il n'y prêtait guère attention malgré les recommandations du médecin de ne pas abuser de l'alcool. Il buvait pour s'enivrer quoi qu'il en soit, et il atteignait cette ivresse de plus en plus rapidement.

Très vite, il franchit les barrières que l'on s'impose en société. Au milieu de cette chaleur et de cette fraternité, il laissa tomber son bras du dossier de sa chaise sur les larges épaules du lieutenant Ormsby. Sous les ventilateurs, tout flottait autour de lui, mais il était dans un endroit sûr, un endroit qu'il aimait.

Ormsby se dégagea et se leva d'un bond. « Bowen, bon sang. »

Un verre de porto dérapa de la table lustrée et alla se briser à terre.

« En voilà assez, grogna Dunkeley. Capitaine Bowen, veuillez retourner chez vous. »

En silence, Ralph sortit de la pièce en chancelant.

Une voix lança derrière lui « Va donc retrouver ta jolie petite femme » et quelqu'un d'autre gloussa.

L'air froid le fit frissonner. Il s'appuya contre la porte et un serviteur qui passait lui demanda respectueusement : « Puis-je vous aider, monsieur ?

— Non. Laissez-moi tranquille », marmonna-t-il.

Il essaya d'avancer d'un pas de plus mais ses jambes ne suivirent pas. Il s'effondra dans les buissons aux couleurs vives qui poussaient sous les fenêtres de la salle où se tenait la fête. Il s'assoupit immédiatement, mais il se dit au réveil qu'il n'avait dû sommeiller qu'une seconde ou deux. Il entendit des voix et le bruit de deux hommes qui se soulageaient sur la pelouse quelques mètres plus loin.

« La sœur de Julia est tombée sur elle à Delhi, il y a deux ou trois ans. Elle sortait du cabinet d'un médecin avec la femme de McMinn.

— C'est *moi* qui aurais bien aimé aller à Delhi avec Myrtle McMinn. » Son compère se mit à rire.

« Elles étaient toutes les deux extrêmement gênées d'être surprises. Selon Alice, cela ne faisait aucun doute qu'elle était enceinte.

— Qui ça ? Caroline Bowen ?

— Elle-même. »

Ralph sentait la terre et la poussière sous sa joue. Il se tenait aussi immobile que possible.

Il y eut un gros rire. « Pas de son mari ?

— Nous arrivons à la partie intéressante de l'histoire. Bowen était en Birmanie. Pas de lui, donc – de cet épouvantable type, Ravi Singh, apparemment. C'est ce qu'on dit. Bien sûr, ce ne sont peut-être que des rumeurs de Srinagar, mais à un moment elles étaient assez épaisses, toutes les deux. »

Quelqu'un rota et s'excusa, puis des pas bruissèrent sur l'herbe, en direction du bâtiment. Les voix furent englouties par l'obscurité.

Quand il fut certain d'être seul, Ralph se traîna douloureusement pour s'asseoir. Il mit la tête dans ses mains et essaya de réfléchir.

Caroline ? Son épouse – qui ressemblait plus à une souris blanche qu'à une femme – son épouse et Ravi Singh ?

Cela lui paraissait tout à fait improbable et, en y réfléchissant, il se rendit compte que cela n'avait de toute façon pas grande importance. Une femme au lit avec le mauvais type ? Un pauvre petit bâtard, supprimé par un docteur à Delhi ou même mis au monde puis caché ? Qu'est-ce que cela pouvait bien faire ?

Des choses pires – bien, bien pires – étaient arrivées.

Ralph parvint à se mettre à quatre pattes et, en s'appuyant sur les buissons, réussit à se lever. En se concentrant et en répétant les mots *une, deux, une, deux,* il vit qu'il pouvait marcher à peu près correctement. Il balançait les bras en rythme et, même si le sol bougeait et penchait, il arriva à parcourir la distance qui le séparait du chemin menant aux pavillons des mariés. Voilà le portail. Ah non, pas celui-là. Plus loin. Ce ne serait pas malin d'entrer dans la mauvaise maison.

Pas celle-ci mais la prochaine. Presque arrivé. Dormir, voilà ce qu'il fallait faire.

Une tache d'ombre plus marquée s'étendait sur l'herbe près de la clôture. Ses yeux brouillés lui firent marcher dessus et, au même moment, l'ombre s'agita. Elle se transforma en homme, accroupi sur le sol, à l'affût.

Ralph titubait, mais la menace de l'ennemi lui rendit presque sa sobriété. Baïonnette ou pistolet, quelle pouvait être son arme ? Peu importait. Le tuer d'abord.

Il donna un grand coup de pied dans les jambes de l'homme. La silhouette recula et se leva en vitesse. Ralph le prit par le bras et lui donna un coup de poing dans la tête. La douleur de ses phalanges remonta dans son bras et il jura, perdant presque l'équilibre. Ce n'était pas du tout un soldat japonais, juste un mendiant. Il avait déjà vu ce misérable dans les parages. Il lança un autre coup, plus satisfaisant. « Dégage, foutu gueux. Et que je ne te revoie plus traîner près de chez moi. »

Le mendiant se libéra. À la grande surprise de Ralph, l'homme lui saisit le bras et le tordit derrière son dos. Appuyant sa bouche contre l'oreille de Ralph, il lui siffla deux ou trois mots qu'il ne comprit pas. Puis il le poussa sur le côté et partit à grandes enjambées dans la ruelle, pieds nus, silencieux comme un chat.

La tête de Ralph se remit à tourner tandis qu'il se tenait à la clôture.

Y avait-il vraiment eu un homme ou l'avait-il vu en rêve ?

De toute façon, il n'était plus là.

Il ouvrit la porte du pavillon et l'odeur familière de pâte à polir, de poudre anti-insectes et de curry l'enveloppa. Il avait envie d'un dernier verre, mais ce qu'il avait entendu sur la pelouse le turlupinait. Demander à Caroline, demander la vérité à sa petite femme, voilà ce qu'il devait faire…

Leur chambre était noire comme un four, mais il sentit qu'elle ne dormait pas.

« J'ai entendu une drôle d'histoire ce soir au dîner du régiment », cria-t-il.

La lampe s'alluma. Caroline se redressa et le regarda, les yeux ronds. « Tu as passé une bonne soirée ?

— J'ai entendu une drôle d'histoire, répéta-t-il. J'ai entendu dire que tu avais eu un enfant. Ma chère femme. Que dis-tu de cela ? »

Elle porta la main à ses lèvres. « Comment ça ? Qui a dit que… ? »

C'était donc vrai.

Elle avait l'air choquée et terrifiée, mais pas *surprise*.

Ralph respirait bruyamment. Au départ, cela ne lui avait pas paru si important, ce qu'avait pu faire Caroline pendant qu'il luttait pour sa vie à Changi et en Birmanie. Leur mariage était une imposture, de toute façon, et qu'est-ce que cela pouvait bien faire ? Mais à présent l'humiliation de cette soirée régimentaire, le traitement qu'il venait de recevoir de la part d'un foutu mendiant dans la rue, le brouillard de l'alcool et la douleur incessante de son corps s'accumulèrent. Il voulait hurler comme un chien. Il voulait poser la tête et que toute sa douleur disparaisse. Il voulait que sa femme arrête de chuchoter et d'avoir peur à chaque fois qu'il la regardait, et il voulait agir comme un homme.

« Ra-vi Singh », dit-il, en appuyant sur chaque syllabe.

L'effroi emplit les yeux de Caroline.

Ralph ne l'avait vu qu'à de rares occasions, des années plus tôt, mais il avait une vision soudaine du visage obscur, railleur, dédaigneux de cet homme. Ravi Singh était un Indien, même s'il était de la famille du maharajah. La colère gonflait en lui. Il serra les poings et s'approcha du lit. Caroline gémit et leva les bras pour se protéger et, pendant qu'elle le faisait, il comprit que ce qu'il détestait le plus chez elle était sa sottise.

Il n'allait pas la frapper. Jamais il ne lèverait la main sur une femme.

« Ne sois pas si faible, nom d'un chien. Tu peux dire à ton amant que je vais le tuer.

— Ralph, ce n'est pas… ce n'est pas mon amant. J'étais seule et stupide. C'est un homme cruel. Ne t'aventure pas près de lui. Je t'en prie, je t'en supplie.

— Je vais le tuer », répéta Ralph. Cette idée en tête, il se sentait tout de suite beaucoup mieux. Il se rappelait la façon dont la crosse de son revolver de l'armée s'emboîtait à merveille dans sa main.

Et donc, un dernier verre. Voilà ce dont il avait besoin maintenant – maintenant qu'il avait pris cette décision.

Il s'éloigna du lit et se dirigea vers la porte d'un pas peu assuré. Dans le salon, la bouteille se tenait sur le plateau, prête. Il la saisit et s'effondra dans le fauteuil. Pas de lit. Dormir ici.

Caroline resta pétrifiée sous ses draps.

Elle avait promis la confidentialité et espérait, croyait, l'avoir tenue. Pourtant, son infidélité semblait faire l'objet de commérages militaires et, bien pire que cela, le monde entier était au courant pour l'enfant.

Au bout d'un moment, les battements de son cœur se ralentirent un peu. Des pensées déconnectées les unes des autres ricochaient dans sa tête. Essayer de masquer sa grossesse avait été tout à fait stupide. C'est ce qu'aurait fait Myrtle, si elle avait été assez idiote pour commettre une telle erreur pour commencer, mais Myrtle aurait mené cette affaire avec élégance.

Son amitié avec Nerys et Myrtle, les jours passés sur le *Jardin d'Éden*, le match de cricket sur le lac, même Kanihama, tout cela semblait appartenir à une autre époque. Caroline avait l'impression d'être gelée, mais la haine qu'elle se vouait à elle-même la poignardait à travers son armure de glace.

La seule chose qu'elle pouvait faire était d'aller voir Ravi, lui dire toute la vérité et implorer sa clémence.

S'il la tuait *elle*, ce ne serait pas un problème. En fait, elle en serait même heureuse. Néanmoins, elle ne pouvait laisser Ralph approcher Ravi, car c'est lui qui serait blessé, voire assassiné.

De cela, au moins, elle essaierait de le protéger.

Et ensuite il y avait Zahra.

Elle se mit en boule sur le côté, levant les genoux contre sa poitrine. Quelle froideur. Parfait, garder ce froid, il est protecteur.

Elle devait demander à Nerys de s'occuper de Zahra. Nerys le ferait beaucoup mieux qu'elle.

Demain : Ravi, puis Nerys.

Allongée dans son lit, elle attendit que les heures passent.

CHAPITRE SEIZE

L'embarcation se rapprocha, suivie par un sillage vert tendre, sa flamme courbée tendue par le vent.

Caroline se tenait à l'extrémité de la jetée, pas loin du Jardin de Shalimar. Le moteur puissant accéléra et le bateau traça un demi-cercle, soulevant la pestilence de l'eau du lac tandis qu'il glissait vers la rive. Deux serviteurs en livrée descendirent pour l'amarrer et elle aperçut Ravi qui l'attendait sous l'auvent immaculé. Le serviteur le plus proche l'aida à monter à bord et elle se retrouva sur le pont en teck. L'engin se remit immédiatement à rugir et l'embarcation s'éloigna à nouveau, vers le milieu du lac.

Ravi s'inclina d'un air doucereux. C'était encore mieux que ce qu'elle avait espéré. Il ne pouvait pas lui faire grand-chose dans ces circonstances, exposé à toutes les *shikaras* qui passaient et avec deux serviteurs non loin. Ils s'assirent sur des chaises en toile autour d'une table aux coins en laiton. L'un des serviteurs était au volant ; l'autre s'était retiré dans la petite cabine. Le vrombissement du moteur et le bruissement de l'eau rendraient ce qu'elle avait à dire inaudible pour toute autre personne que Ravi.

« Voilà une belle surprise, dit-il en jetant un coup d'œil à sa montre ornée de pierres précieuses. Malheureusement, j'ai un rendez-vous à onze heures précises. »

Quand, enfin, cette longue et terrible nuit avait laissé place au jour, elle avait griffonné un message et l'avait envoyé par coursier. Dès qu'elle avait eu fini de s'habiller, Ralph était passé devant elle en titubant et s'était écroulé sur le lit qu'elle venait de quitter. Elle l'avait laissé là, jaune et ronflant, après avoir donné au boy l'instruction d'apporter à Sahib son café dès son réveil. La réponse de Ravi lui était parvenue dans l'heure et elle s'était dépêchée de quitter la maison pour retrouver le bateau à l'endroit indiqué.

« J'ai quelque chose à te dire, commença-t-elle.

— Je suis tout ouïe. »

Elle inspira profondément. Sa bouche était raide, sèche comme du papier, mais elle parvint à prononcer les mots simples qu'elle avait répétés. « Après les moments que nous avons passés ensemble, j'ai eu un enfant. Ton enfant, Ravi. Je ne voulais pas que mon mari l'apprenne, alors j'ai tout dissimulé.

— *Mon* enfant ? » Sa voix était tranchante comme une lame.

« Oui. » Elle quitta la table des yeux pour croiser son regard. « Tu es le seul homme avec qui j'aie eu des rapports. J'étais vierge, tu te rappelles ?

— Oui. Et c'est ça que tu voulais me dire ?

— Pas seulement. Mon mari a appris hier soir pour le bébé, de la bouche d'un officier du régiment. Je croyais avoir tout gardé secret, même de toi, ce qui m'avait semblé être la meilleure option, mais je me rends compte aujourd'hui que j'ai échoué. Alors, naturellement, je suis venue te voir sans attendre, pour tout te raconter et te demander d'être compréhensif. »

Ravi réfléchissait, en faisant la moue. Il finit par déclarer : « Je vois. Dis-moi, Caroline, croyais-tu vraiment que je n'étais pas au courant ? »

La jeune femme se recroquevilla sur sa chaise. « C'est ce que j'espérais.

— Je t'ai fait surveiller, ma chère. Toi – et tes amies courant partout avec leurs *kangris*.

— Tu sais pour Zahra depuis le début ? »

Il fit un grand geste d'impatience. « Ton village de tisserands n'est pas exactement hors de ma portée. »

Alors au moins un des villageois était payé par Ravi. Caroline frissonna en imaginant Zahra en train de jouer innocemment sous l'arbre, guettée en permanence par des yeux malveillants prêts à rapporter tous ses faits et gestes à Srinagar. Pourtant, Ravi avait préféré la laisser tranquille. Peut-être souhaitait-il uniquement la maintenir à distance de sa famille.

Elle leva la tête. « Je suis venue te prévenir, Ravi. Mon mari est très en colère. Il était soûl la nuit dernière… »

À nouveau, le geste d'impatience. « Ça aussi, je le sais. »

Comment, cela importait peu. Il lui faudrait plus tard découvrir dans quelle mesure elle et tous ceux qu'elle connaissait avaient été espionnés. « Il m'a dit qu'il allait te tuer. »

Ravi rejeta la tête en arrière et éclata de rire, comme s'il s'agissait de la chose la plus drôle qu'il ait jamais entendue. « Est-ce tout ce que tu es venue me dire ?

— Je ne veux pas que Ralph soit blessé. Je sais qu'il n'aura pas l'avantage s'il s'en prend à toi. »

L'amusement de Ravi disparut. D'une voix si basse qu'elle l'entendit à peine, il murmura : « Et moi qui pensais que tu venais m'expliquer pourquoi tu avais volé mon rubis. »

Le bateau passa entre les piliers de bois qui marquaient le début du fleuve. Sur leur droite, Caroline aperçut une rangée de house-boats, dont le *Jardin d'Éden* tout au bout. La *shikara* du fleuriste se dirigeait vers ses clients, les bouquets apportant une touche de couleur resplendissante sur l'eau ridée.

Elle se sentait défaillir, mais ne pouvait rien faire à part essayer de se sortir de cette situation. « Comme tu sembles être au courant de tout le reste, tu sais sans doute aussi que j'ai vendu la pierre à un négociant. J'avais besoin d'argent pour prendre soin de l'enfant. »

Ravi hocha la tête, comme s'il était satisfait de cette réponse. Ils passèrent devant le bar du Srinagar Club où les tables et les parasols avaient été installés dehors à l'approche de l'été. Un serveur tout de blanc vêtu était prêt à prendre les commandes de cocktails et quelques *shikaras* à louer dansaient sur l'eau à proximité.

« Je vais devoir te laisser ici. » Il désigna les marches qui menaient au Bund. Le soleil étincelait sur une voiture qui traversait le premier pont du Jhelum. « Au fait, ma femme va accoucher cet été. Je vais avoir un fils.

— Comme c'est merveilleux pour toi. J'espère que ce sera vraiment un garçon. J'espère que tout va bien se passer. »

Ravi rit à nouveau, beau et dodu sous l'auvent. Il se moquait éperdument de ses vœux et de ses espoirs. Par-dessus son épaule, il donna sèchement un ordre au batelier et la proue se balança vers les marches. Le bateau fut rapidement immobilisé et Ravi se leva pour aider Caroline à descendre. Cette rencontre avait été pour elle un parfait échec.

Elle mit le pied sur la terre ferme.

Incapable de se retenir, elle demanda : « Que vas-tu faire ?

— À quel sujet ?

— Pour mon enfant.

— Je vais protéger les intérêts de ma famille, évidemment. »

Un autre ordre au batelier et les cordes furent détachées, permettant à l'embarcation de s'éloigner sans tarder.

Nerys écouta Caroline raconter les événements, horrifiée.

Dehors, dans la cour de la mission, six ou sept enfants jouaient avec un ballon et quelques caisses en bois. Leurs cris flottaient à travers les fenêtres ouvertes, la voix joyeuse de Zahra bien audible parmi eux.

« Que voulait-il dire, à ton avis, quand il parlait de protéger les intérêts de sa famille ? »

Désespérée, Caroline secoua la tête. « Il est sans pitié. Il fait ce qu'il veut, obtient ce qu'il veut. Que pouvons-nous faire ? »

Nerys était perdue et un sentiment de profonde appréhension s'empara d'elle. « Je ne sais pas. Mais nous devons nous débrouiller pour cacher Zahra afin que Ravi Singh ne la trouve pas. »

Evan était sorti, mais Ianto Jones était dans la chapelle en train de préparer des feuilles pour une réunion de prière. Nerys prit une décision rapide. « Ianto ? S'il vous plaît, restez à la mission pour surveiller les enfants jusqu'à trois heures. Puis fermez le portail de la cour quand ils seront tous partis. »

Il cligna des yeux derrière ses épais verres de lunettes et sa grosse pomme d'Adam fit quelques allers-retours. « Mais...

— S'il vous plaît. »

Avec Caroline sur les talons, Nerys descendit les escaliers en courant et saisit Zahra au milieu du groupe de jeunes enfants. Farida lâcha le ballon et se précipita derrière Nerys. Arrivée au portail, cette dernière s'arrêta et observa la ruelle. Le mendiant n'était pas là. Elle demanda à Farida si elle l'avait vu ce jour-là et la petite fille acquiesça. Il était là plus tôt, mais elle l'avait vu repartir.

Elles filèrent le long de la rive du canal jusqu'au fleuve, passant devant des étals de nourriture fumants, des vendeurs de *chai* et des bateliers en train de commérer. Nerys serrait Zahra dans ses bras et l'enfant riait et gigotait de plaisir, enchantée par ce nouveau jeu. Elles étaient hors d'haleine lorsqu'elles atteignirent la porte de Rainer. Nerys tambourina, se rappelant malgré l'urgence de la situation la nuit où Farida était venue les chercher, les sortant du lit de Rainer, et qu'ils avaient découvert sa mère, morte.

Rainer leur ouvrit. « La ville est-elle en feu ? »

Nerys et Caroline entrèrent. Farida s'effondra sur le perron, refusant de les suivre à l'intérieur. Elle rassembla sa jupe et tira son châle sur ses cheveux, s'installant apparemment pour faire le guet.

Dans la pièce en haut des escaliers, rafraîchie par la brise apportée par l'eau, Prita était en train de coudre parmi les derniers cartons de Rainer. Elle posa son ouvrage et se leva, les accueillant sans bruit en s'inclinant au-dessus de ses mains jointes.

Zahra était lourde. C'est avec soulagement que Nerys la fit glisser à terre. L'attention de la fillette fut attirée par les couleurs éclatantes des morceaux de soie contenus dans le panier à ouvrage de Prita et elle courut dans leur direction. Puis elle vit une paire de petits ciseaux pointus et voulut les attraper eux aussi. Prita lui prit la main et lui dit en cachemiri : « Non, ils sont trop coupants. Tu vas faire mal à tes petits doigts. » Elle plaça les ciseaux sur l'une des boîtes, hors de portée.

« Que s'est-il passé ? » demanda Rainer.

Caroline répéta son histoire en bégayant. Intriguée par cette personne qu'elle ne connaissait pas et qui, de plus, parlait si bien la langue du village, Zahra se mit à bavarder avec Prita. Nerys regardait Caroline et guettait la réaction de Rainer mais, du coin de l'œil, elle vit Prita tendre le bras et caresser les cheveux de Zahra, d'une main maladroite et nostalgique.

Sans savoir très bien pourquoi, Nerys saisit les ciseaux de couture, se baissa pour dégager une mèche de ces mêmes cheveux brun doré et la coupa.

Rainer fronça les sourcils. « Oui. Elle ne peut pas rester ici. »

Zahra quitta Nerys et Prita et se dirigea vers la cage blanche en osier où les colombes de Rainer partageaient un perchoir.

« Oiseaux ! cria l'enfant, ravie. Oiseaux Zahra. »

Rainer ouvrit une boîte peinte et en sortit sa queue-de-pie. Il l'enfila, couvrit la cage du mouchoir rouge qui se trouvait dans la poche avant et invita Zahra à inspecter les autres. Dès qu'elle se fut assurée de ce que l'une était vide, il en sortit les quatre anneaux entrelacés en métal et lui plaça cette chaîne autour du cou, comme un énorme collier. Elle tirait dessus, perplexe mais tout sourire, quand Rainer la lui enleva et lança en l'air quatre anneaux séparés. Alors qu'elle était encore captivée par ce jonglage, il leva un coin du mouchoir rouge pour lui montrer que la cage était vide.

Zahra ouvrit des yeux ronds comme des billes. « Patis », dit-elle dans un souffle, regardant le perchoir, puis le vide.

Les trois femmes suivaient la scène. Prita souriait avec tendresse et même le visage pâle et crispé de Caroline s'était un bref instant adouci et avait repris quelques couleurs.

Rainer appela Zahra et elle se précipita vers lui. Il posa un doigt sur ses lèvres avant de lui bander les yeux avec le mouchoir rouge.

Zahra riait et, sans peur, tendit les bras pour essayer d'attraper Rainer tandis qu'il la faisait doucement faire trois tours sur elle-même.

Puis il lui enleva le mouchoir. La cage était toujours vide. Rainer mima la perplexité, mais ensuite il glissa la main dans la même poche qu'auparavant et, d'un geste ample, lança en l'air la première colombe blanche, puis la deuxième. Les oiseaux s'envolèrent au-dessus de la tête de Zahra et se posèrent sur un volet ouvert.

Nerys applaudit, rejointe par Prita et Caroline.

Zahra était trop enchantée pour bouger. Elle contemplait Rainer, émerveillée. Il leva le bras et les oiseaux, dociles, retournèrent dans leur cage.

« Encore, chuchota Zahra.

— Rainer… » commença Nerys, dans l'intention de lui dire qu'ils devaient discuter de choses importantes. Il fouillait dans la boîte. Il en sortit sa cape de magicien, brodée de symboles occultes. « *Rainer…* »

Tous entendirent les pas précipités de pieds nus dans l'escalier. Farida entra en trombe dans la pièce. « Monsieur. » Elle leva quatre doigts. Quatre hommes.

Nerys courut à la fenêtre qui donnait sur le fleuve. Elle les aperçut à travers une fente dans les volets et reconnut l'un des visages. Il s'agissait du mendiant qui traînait dans la ruelle derrière la mission, sauf qu'il ne ressemblait plus du tout à un mendiant. Et au bout de la rue étroite, elle vit la calandre argentée et bien astiquée d'une automobile, ainsi que son capot noir et brillant.

« Ravi Singh est là. »

On frappa à la porte à coups tonitruants. Caroline se colla au mur, les mains sur la bouche. « Mon Dieu. Ne les laissez pas entrer. »

Rainer n'hésita pas une seconde. Souriant, il leva le mouchoir rouge. Prête pour un nouveau tour, Zahra lui sauta dans les bras. Il lui fit signe de ne pas faire de bruit et lui banda à nouveau les yeux. Les coups à la porte se firent encore plus insistants. Rainer s'enveloppa avec Zahra dans la cape tourbillonnante. Prita était à ses côtés, accrochée à son bras. Il lui marmonna une phrase et elle glissa derrière son dos.

Il y eut un grand fracas en bas des escaliers tandis que les individus enfonçaient la porte. Suivi de près par Prita, Rainer souleva la boîte d'accessoires de magie de sa main libre et marcha calmement vers les escaliers. Les hommes de Ravi Singh grimpèrent les marches à grandes enjambées et il leur fit signe d'entrer dans la pièce qui donnait sur le fleuve. Caroline était debout, pétrifiée, alors que Nerys s'était installée sur la chaise de Prita et avait ramassé son ouvrage. Quand les quatre hommes se pointèrent dans la salle, elle fit un point soigneux et leva la tête, l'air étonnée.

« Bonjour », dit-elle en cachemiri. Puis, en anglais cette fois : « C'est une maison privée, vous savez. Que pouvons-nous faire pour vous ? »

Ravi Singh attendait sur le seuil de la maison, encadré de soleil, projetant son ombre obscure sur le vieux plancher. Il portait un *kurta pyjama* d'une blancheur éblouissante ainsi qu'une veste à boutons en lin chamois clair – l'aristocrate cachemiri hautain dans toute sa splendeur.

« Bonjour bonjour, lui lança Rainer d'un air joyeux. Que signifie ce remue-ménage ? » Sans attendre la réponse de Ravi, il descendit les escaliers pour le rejoindre. Au moment où son pied toucha la dernière marche, il parut trébucher et presque perdre l'équilibre. La boîte de magie s'ouvrit et une cascade d'anneaux étincelants, de tasses en métal, d'écharpes, de balles multicolores et de babioles se déversa aux pieds de Ravi. La somptueuse cape de Rainer, à l'opposé du *pheran* discret, tournoya autour de lui tandis que Ravi reculait en poussant un cri de surprise et d'agacement. L'air dégoûté, il fusilla du regard cet étalage d'arcanes barbares.

« Comme je suis maladroit. » Rainer poussa un soupir. Il se pencha d'un côté pour ramasser une balle, mais au même moment deux colombes s'échappèrent de sous sa cape. Leurs battements d'ailes résonnaient dans cet espace confiné. Ravi recula de plus belle, butant contre la porte, se débattant pour repousser les oiseaux. Le pashmina blanc de Prita voleta tandis qu'elle s'en enveloppait et en ajustait un pan sur sa tête baissée. Elle se faufila à côté de Ravi Singh et disparut dans la rue.

« Je suis confus. » Rainer riait gaiement. « J'essaie de dresser ces oiseaux. Comme vous le voyez, il me reste du travail. »

L'air de rien, il détacha sa cape et la laissa glisser le long de son dos. Il la plia avec soin et la rangea dans la boîte, puis il empila les autres objets par-dessus. Enfin, il retira sa queue-de-pie et ferma le couvercle de la boîte sur le tout. À présent en bras de chemise, il étendit les mains et les colombes volèrent vers lui.

« Venez-vous nous inviter à une fête ? demanda-t-il à Ravi dont le regard était de plus en plus noir.

— Absolument pas. Je suis venu chercher l'enfant.

— Et pour cela cinq hommes déboulent chez moi ? L'enfant dites-vous ? De quel enfant s'agit-il ? »

Dans un grognement d'impatience, Ravi le poussa sur le côté et monta les marches quatre à quatre. Nerys était toujours assise avec l'ouvrage sur ses genoux mais, quand Ravi apparut, elle se leva et alla tranquillement à sa rencontre. Caroline était comme un fantôme contre la fenêtre tandis que les quatre hommes fouillaient la pièce de fond en comble.

« Que faites-vous ? » demanda Nerys.

Ravi se rua vers Caroline. « Où est l'enfant ? » hurla-t-il.

Rainer revint et plaça les colombes dans leur cage. « Nos hôtes souhaiteraient-ils quelque rafraîchissement ? »

Nerys le rejoignit. Rainer lança un coup d'œil à Ravi, à moitié de dos, puis prit le visage de Nerys entre ses mains. Il lui murmura : « Il ne lui arrivera rien. Ne t'inquiète pas si tu n'as pas de nouvelles pendant un moment. Et je reviendrai, je te le promets. »

Il lui effleura le front des lèvres. Avant que Ravi ne se soit détourné, furieux, de la pauvre Caroline qui tremblait comme une feuille, Rainer s'était évaporé.

Disparu, envolé. Nerys sourit intérieurement.

« Fouillez le reste de la maison, ordonna Ravi. Où est passé le Suisse ? Ramenez-le. »

Sa fureur indiquait qu'il se savait déjà perdant. Les hommes coururent exécuter ses ordres et Ravi se tourna à nouveau vers les deux femmes.

« La fille était ici il y a une heure. Où est-elle passée ?

— Qui ça, elle ? » demanda Nerys d'un air innocent. Elle avait du mal à ne pas sourire et se rendit compte que cette petite comédie lui plaisait. Elle prit la main froide de Caroline et la coinça sous son bras ; ainsi, elles formaient un front solide contre Ravi. « Quelques enfants de la mission sont venus nous rendre visite. Ils adorent la magie, voyez-vous. Mais ils sont à présent tous rentrés chez eux. Parlez-vous de l'une d'entre eux ? »

Ravi s'approcha d'un pas, mais Nerys ne fit que lever le menton, toujours agrippée à Caroline. Le regard de Nerys disait clairement, *Je ne suis peut-être qu'une femme, mais je suis britannique et l'épouse d'un missionnaire. Vous êtes un homme puissant, mais que pensez-vous qu'il vous arrivera si vous levez ne serait-ce qu'un doigt sur l'une de nous ?*

Il s'arrêta net, les poings serrés.

« Qui était cette Indienne ?

— Je suppose que vous faites référence à Mme Stamm. Je regrette que vous ne m'ayez pas donné la possibilité de vous présenter. Peut-être y aura-t-il une autre occasion. »

Le beau visage de Ravi était rouge de colère, mais il parvint à parler assez calmement. « Comme vous le savez fort bien, Madame Watkins, l'enfant que je cherche n'est autre que ma propre fille. J'ai décidé que ni Mme Bowen, ni son mari, ni votre petite mission chrétienne ne convenaient pour s'occuper d'elle. Je vais la prendre au sein de mon foyer. »

Peut-être en tant qu'esclave de l'une de vos sœurs – ou, sans doute, bien pire que cela, compléta Nerys dans sa tête. « J'ai peur que vous n'arriviez trop tard. L'enfant n'est plus à Srinagar et quittera bientôt l'Inde.

— Vous ne pouvez pas arracher une Indienne à son pays et à son peuple. »

Son regard répondit, *Nous sommes encore en période de guerre. L'Inde compte des milliers d'orphelins ou d'enfants abandonnés qui meurent de faim. Pensez-vous qu'un enfant de plus ou de moins fasse une différence ?*

Mais elle ne tenta pas de le contredire.

Deux des hommes revinrent. La maison était vide et leur quête n'avait pas pris longtemps. Vraisemblablement, les deux autres passaient les rues au peigne fin à la recherche de Prita et Rainer. Néanmoins, Nerys ne s'en inquiétait pas.

Ravi jeta un dernier regard à Caroline. « Tu crois encore pouvoir être plus maligne que moi ? »

Seule Nerys sentait la violence des tremblements qui secouaient le corps de Caroline.

Ses hommes sur les talons, Ravi les quitta.

Dès qu'elles furent certaines qu'il était parti, Nerys prit Caroline, bouleversée, dans ses bras. « Ne t'inquiète pas. Zahra sera en sécurité. Rainer y veillera. »

Toutefois, elle vit que l'état mental de Caroline avait dépassé l'angoisse pour Zahra et même la peur pour elle-même. Elle frissonnait et se mordait les lèvres si fort que des marques de dents apparaissaient sur sa peau fine. Elle semblait rongée par une obscure terreur irrationnelle et déconnectée du réel, ainsi que par un profond malheur qui inondait tout son être. Tout ce que Nerys pouvait faire était de la serrer contre son cœur, lui murmurer des mots décousus qui ne la réconfortaient pas et espérer que sa détresse finirait par se calmer.

« Assieds-toi, lui chuchota-t-elle. Je vais te faire du thé, puis je te ramènerai chez toi. » Elle guida Caroline vers la chaise de Prita.

Farida apparut sur le pas de la porte. La fillette fonça droit sur Nerys, les yeux brûlants. Nerys la prit par les épaules. « Tu as fait ce qu'il fallait, Farida. Maintenant les méchants messieurs ne pourront plus faire de mal à Zahra. »

Mais Farida balança ses poings vers Nerys. Elle la roua de coups. « Zahra. Je veux Zahra. » Elle ne pleurait pas, mais son chagrin était évident.

Nerys ne pouvait que l'attraper par les poignets pour la maîtriser et lui dire : « Je sais, je sais, mais il fallait qu'elle parte. J'espère qu'elle reviendra, Farida, mais je ne sais pas quand. »

La fillette se débattit pour se libérer et courut vers la porte. Le cœur lourd, Nerys la regarda s'en aller. Ce serait dur pour eux tous jusqu'à ce qu'ils sachent à quoi ressemblerait l'avenir de Zahra, mais ce serait encore plus dur pour la pauvre et fidèle Farida.

Dehors, par cet après-midi ensoleillé, une femme vêtue d'un sari blanc basique marchait d'un pas rapide dans les rues, un enfant dans les bras. Celui-ci pleurait, mais personne ne prêtait la moindre attention à une vision aussi courante. À une distance raisonnable, un Européen costaud en chemise empruntait le même chemin. Après une série de détours à travers venelles et morceaux de terrains couverts de mauvaises herbes, ces deux individus arrivèrent devant le portail du professeur Pran, l'enseignant universitaire pandit qui quitterait bientôt pour toujours la ville chérie de sa naissance.

Lorsque Nerys et Caroline revinrent au pavillon des Bowen, le boy les attendait sur le perron, très inquiet. « Madame, vite. Très désolé, Sahib malade. Hôpital. »

Julia Dunkeley sortit la tête de derrière la haie. C'est son mari qui avait appelé le médecin en l'absence de Caroline. Elle lui dit qu'elle allait venir avec elle à l'hôpital, mais Nerys lui répondit d'une voix ferme que c'était inutile puisqu'elle accompagnerait Caroline elle-même.

L'hôpital militaire consistait en une rangée de bâtiments à un seul étage construits dans des jardins broussailleux. Ces dernières semaines, Ralph y avait passé beaucoup de temps. Une infirmière mena les deux femmes dans un coin de la grande salle, séparé du reste par un rideau, où les blessés étaient allongés et où les convalescents lisaient ou jouaient aux cartes autour d'une table.

Ralph dormait. Il avait la peau jaune foncé et respirait en haletant bruyamment, bouche ouverte. Une assiette métallique en forme de haricot était posée sur son casier. Caroline s'effondra sur le bord de la chaise de chevet et Nerys lui dit qu'elle l'attendrait dehors. Il y avait une loggia dans le prolongement de la salle et Nerys pensa que l'air y serait moins imprégné de bandages sanguinolents et de maladie. De petits groupes d'hommes y fumaient, assis dans des fauteuils en bambou. Elle trouva un siège libre et s'y affala, contente de pouvoir fermer les yeux et se reposer.

Elle avait besoin de temps pour assimiler les événements de la journée.

Plus tard, Caroline vint la retrouver. Elle avait l'air d'une somnambule, bien que ses yeux soient étrangement écarquillés.

« Le docteur dit que son foie est en train de lâcher. Il est très malade. »

Le médecin avait joint le bout de ses doigts, sans vraiment regarder l'épouse du capitaine Bowen dans les yeux. Franc, il lui avait décrit les graves dégâts qu'avait subis le corps de son mari quand il était prisonnier des Japonais, et comment sa vie tenait en équilibre.

« Nous devons espérer avec ferveur qu'il se remettra de cette crise », avait-il déclaré, avant d'ajouter qu'il était impossible de prévoir l'issue des prochains jours. Mais si Ralph s'en sortait, sa vie devrait dorénavant toujours être minutieusement contrôlée.

« Vous comprenez ce que j'entends par là, je suis sûr. Il doit rester calme, faire attention à ce qu'il mange, ne pas boire une seule goutte d'alcool. Néanmoins, il pourra bien sûr rentrer chez lui. Il a la chance d'avoir une jeune épouse pour prendre soin de lui. » Il avait ensuite légèrement touché l'épaule de Caroline. « C'est un autre choc pour vous, ma chère. Mais si nous arrivons à le tirer d'affaire, vous pourrez construire une vie ensemble. Je vous promets que nous ferons tout notre possible pour le sauver. »

Nerys lui fit faire quelques pas parmi les plates-bandes. Caroline donnait l'impression de devoir se concentrer pour marcher. Elles avaient presque atteint les grilles de l'hôpital quand soudain elle tressauta et se mit à rire. « Il ne pourra plus tirer sur Ravi Singh à présent, hein ? Mais juste pour être sûre, je vais jeter ses armes à feu dans le lac.

— Ne t'inquiète pas, Caroline. Je parlerai des armes avec le commandant Dunkeley », dit Nerys d'une voix apaisante.

Plus que jamais aujourd'hui, elle regrettait l'absence d'Archie et Myrtle.

Au fond d'un ravin étroit, couverte de pierres et de racines entortillées, gisait l'épave d'une Ford rouge. Des morceaux de verre étaient éparpillés sur les rochers et brillaient au soleil.

Un transport de troupes de l'armée indienne s'était arrêté au bord de la route, dix mètres plus haut, et trois soldats se précipitèrent le long des chutes de terre et des arbustes déracinés qui marquaient la dégringolade du véhicule. Quand ils atteignirent la Ford lacérée, on n'entendait que le vrombissement des mouches. L'un des hommes se pencha et regarda dans la cabine retournée. Une flaque de sang s'était accumulée dans la partie creuse et c'est là qu'affluaient les insectes. Il y avait encore plus de sang sur le tableau de bord en métal et sur les rubans déchirés d'un *dupatta* blanc qui pendait au rétroviseur tordu.

Les hommes fouillèrent le véhicule, regardant dans les boîtes qui contenaient quelques vêtements, des tasses en métal, ainsi qu'une balle multicolore écrasée et fendue par l'impact. Dans les brindilles d'un buisson d'épines, un des soldats récupéra une sandale d'enfant tressée en cuir.

Il n'y avait pas de corps, pas d'objets de valeur, rien que les maigres bagages déjà fouillés. Les hommes s'entretinrent à voix basse puis entreprirent l'ascension vers la route où leurs compagnons les attendaient en fumant. C'était une zone sous-peuplée, trop rocheuse et aride pour toute forme d'agriculture, même pour faire paître des animaux. Il y avait des grottes en haut de certains de ces ravins, utilisées comme cachettes par les rebelles du Cachemire Libre ou d'autres personnes désespérées, et ce terrain rocheux abritait également des tas de chiens sauvages. L'un des soldats déclara qu'il y avait aussi des loups dans les environs. Plus bas sur le versant de la montagne, là où les bergers passaient les mois d'été, se trouvaient des trous encerclés de pierres qui avaient été creusés en guise de pièges à loups. Les autres haussèrent les épaules. Ils n'avaient que faire de savoir s'il s'agissait d'un accident suivi d'un pillage, d'un braquage routier ou d'un meurtre, ils avaient vu beaucoup de choses plus troublantes. Le radiotélégraphiste signala l'incident à leur base et donna les coordonnées cartographiques. Puis le transport de troupes reprit sa route.

La cabine contenait six couchettes et un seul hublot minuscule. On avait attribué à la femme et à l'enfant des couchettes à gauche, celle du milieu et celle du bas, chacune avec un rideau en cretonne que l'on pouvait tirer pour plus d'intimité. Le portier apporta leurs bagages cabine et l'homme lui donna un pourboire. Dès qu'ils furent seuls, tous trois inspectèrent cet endroit exigu et jetèrent un coup d'œil dans la salle de bains miniature.

« Je me demande avec qui vous allez partager », dit l'homme.

Ce seraient des femmes, bien sûr, quoi qu'il en soit, et sans doute des Indiennes elles aussi. Peut-être des religieuses ou des étudiantes boursières partant pour l'Angleterre.

L'enfant était agrippé à la main de la femme. Il avait les cheveux courts et portait un *kurta pyjama* de tous les jours.

« Pourquoi ne viens-tu pas avec nous ? demanda la femme.

— Je ne peux pas, parce que j'ai une promesse à tenir. Tu ne veux pas que je brise une promesse, si ? »

C'était une discussion qu'ils avaient eue à maintes reprises.

« Qui nous attendra en Angleterre ? Comment le repérerai-je ?

— Mon ami sera sur le quai, voilà une autre promesse. Tu as sa photo en lieu sûr, tu sauras le reconnaître ? »

Elle sortit la photo en question. On y voyait un homme âgé et souriant portant des bottes en cuir et une culotte de cheval, le chapeau repoussé à l'arrière de sa tête et une pipe à la bouche.

« Edward prendra soin de vous deux. Et très bientôt, dans quelques semaines, je vous rejoindrai et nous irons chez moi en Suisse. Tu y seras heureuse, je le sais. C'est la promesse numéro trois. »

Elle sourit, enfin. « Tu es un homme très bon. »

Il prit son visage entre ses mains et lui embrassa le front. « Souviens-toi, dès que le navire lèvera l'ancre, vous serez en sécurité. Tu pourras lui remettre ses vêtements, et elle ne sera plus Arjun, mais la fille orpheline d'amis que tu emmènes chez les cousins de son père à Londres. »

La femme acquiesça sans discuter.

« Tu n'as pas de raison de t'inquiéter. » Il l'embrassa à nouveau, puis souleva l'enfant de terre pour le mettre sur la couchette du haut. « Tu es le roi du château là-haut, pas vrai ? »

Plus tard, au son des klaxons avertissant ceux qui ne voyageaient pas qu'ils devaient quitter le navire immédiatement, ils arrivèrent à l'avant de la passerelle. Partout amis et familles pleuraient et s'embrassaient tandis qu'approchait le moment de la séparation.

« À bientôt », dit l'homme dans un souffle. Il les embrassa à nouveau et descendit de la passerelle en courant. Il arriva sur le quai au moment où on libérait les aussières géantes et où la sirène du bateau retentissait à plein volume par trois fois. Levant la tête en se tordant le cou, il apercevait tout juste la femme contre la rampe, l'enfant serré dans ses bras. Il fit des grands signes jusqu'à se faire mal au bras et regarda le *dupatta* blanc voleter en réponse. Quand finalement il ne put plus les voir de l'autre côté de l'étendue d'eau, il tourna les talons et se fraya un chemin au milieu de la cacophonie de portiers et de chariots à bagages. Devant lui, surplombant les quais de Bombay, s'élevait l'arc gigantesque connu sous le nom de Porte de l'Inde. L'homme commença à presser le pas. Il devait attraper le train pour Rawalpindi où l'attendaient ses compagnons américains et leurs sherpas, recrutés à Darjeeling. Ensuite ils entameraient le long voyage vers le nord jusqu'à la montagne. La saison était déjà beaucoup plus avancée que ce qu'il avait prévu.

Ralph était toujours à l'hôpital, mais le médecin en chef pensait qu'il avait franchi un cap. Il dit à Caroline qu'elle pouvait être fière de son mari car il avait une insatiable volonté de vivre. Elle baissa les yeux sur ses mains, arrachant des lambeaux de peau jusqu'à faire saigner ses doigts meurtris. Une voix dans sa tête, plus forte et plus insistante que jamais, continuait de lui dire qu'elle n'était bonne à rien, et que la situation ne changerait pas puisqu'elle n'avait pas assez de volonté pour faire quoi que ce soit, même pas pour mettre fin à ses jours.

Si tu avais une once de courage, tu le ferais, si tu avais une once de courage, tu…

Quand elle n'était pas à l'hôpital, elle passait le plus clair de son temps seule dans le pavillon étouffant. Nerys essayait de la persuader de venir loger à la mission, mais Caroline avait de plus en plus de mal à être en présence d'autres personnes, même de Nerys.

« Je suis fatiguée, murmurait-elle. Inquiète et fatiguée. Quand aurons-nous des nouvelles de Rainer ?

— Je ne sais pas. Nous devons lui faire confiance et nous dire qu'il sait ce qu'il fait », était la seule réponse.

Le 9 mai, la nouvelle de la reddition inconditionnelle des Allemands fut annoncée et la victoire en Europe fut déclarée. La fête éclata à Srinagar, même si l'Inde avait toujours les yeux rivés vers l'est, attentive à la guerre dans le Pacifique. Des lumières multicolores mouchetaient le lac sombre et, au petit matin, de la musique de danse s'échappait encore du club.

M. Fanshawe annonça à la population militaire et civile britannique, peu nombreuse à présent, qu'une fête de victoire impromptue aurait lieu le soir du 10 mai dans les jardins de la Résidence.

« Viens, je t'en prie – viens avec Evan, Ianto et moi. Juste une heure, demanda Nerys à Caroline d'une voix suppliante.

— D'accord », finit par céder celle-ci.

Déployant de grands efforts, elle fit aérer et repasser sa robe de soie par le *dhobi-wallah*, plaça des bigoudis dans ses cheveux, et fouilla même l'armoire de la salle de bains à la recherche du rouge à lèvres dont Myrtle avait déclaré un jour qu'il était exactement de la bonne teinte pour sa peau. Une heure avant le début prévu de la fête, elle s'assit sur la chaise de la véranda pour rassembler ses forces. L'air était chaud et semblait assez épais pour l'étouffer. Elle reposa sa tête contre un coussin et s'éventa avec un vieux magazine.

Le cliquetis du portail la sortit de sa somnolence. Un homme se tenait près de la barrière, une enveloppe à la main. « Madame, pour vous », dit-il avec douceur.

Sur des jambes en coton, Caroline tituba jusqu'à lui et tendit le bras pour saisir la lettre. Vaguement inquiète de ne pas avoir de pièce qui convienne, elle lui demanda d'attendre, mais l'homme avait déjà refermé le portail. Son ombre disparut derrière les buissons et Caroline regarda l'écriture sur l'enveloppe. Une main glaciale lui empoigna le ventre.

Debout dans l'ombre de la véranda, elle l'ouvrit.

Ravi écrivait que l'enfant était mort.

On avait découvert la carcasse du véhicule du Suisse dans un ravin. Aucun corps n'avait encore été retrouvé, mais il y avait assez de preuves pour être certain qu'ils étaient bel et bien morts.

Une tragédie, bien sûr. Ravi se disait qu'elle voudrait sans doute être au courant avant que la nouvelle ne se répande. Il lui transmettait sa compassion et ses amitiés.

Caroline fit tomber la lettre. Sans bruit, elle alla errer dans les pièces étroites du pavillon, balayant des yeux le mobilier familier, les couvertures délavées, les livres d'histoire militaire de Ralph et le cadre avec leur photo de mariage.

Dans la salle de bains, elle fouilla jusqu'à trouver le vieux rasoir de Ralph. Avec précaution, elle déplia la lame et regarda l'acier bleu maussade. Il y avait un filet de savon séché près du manche et, quand elle l'inspecta de plus près, elle vit quelques restes de poils noirs. La nausée gonflait en elle, mais elle la combattit en répétant le mot courage. *Courage, courage.* Puis elle inséra la lame, d'abord dans un poignet, puis dans l'autre.

Des heures plus tard, dans le jardin de la Résidence britannique, les lanternes luisaient dans les grands arbres. Le chef d'orchestre leva sa baguette et s'inclina devant les noceurs qui emplissaient la pelouse. Le silence se fit, plein d'attente, puis il y eut un énorme *wooouuuch* tandis que la première fusée de feu d'artifice montait en flèche dans le ciel étoilé. Des étincelles écarlates tombèrent en cascade pendant qu'éclataient les cris de victoire.

Nerys recula et chuchota à Evan : « Elle m'a promis qu'elle viendrait. Je vais aller la chercher à son pavillon. »

Evan n'aimait pas tellement les fêtes et était content d'avoir un prétexte pour quitter celle-ci. « Je viens avec toi », dit-il.

Les lumières des pavillons attenants étaient éteintes. Tout le monde était sorti célébrer la victoire, à la Résidence ou à la grande salle du régiment, selon son rang, et tous les boys avaient saisi l'occasion pour aller fumer et bavarder dans la loge à côté de l'entrée de l'enceinte. Evan et Nerys parcoururent l'allée, une douce odeur de giroflées d'un jardin de femme se répandant dans l'air nocturne. Ils étaient encore à plusieurs mètres du portail des Bowen quand ils entendirent le bruit.

La porte d'entrée était fermée à clé, mais Evan y projeta son poids et le verrou se brisa.

La salle de bains était toute collante de sang, le sol, les murs peints à la chaux, les récipients en émail, les serviettes de toilette. Caroline avait enfoui la tête dans ses bras rouges et gluants. Ses cheveux blonds étaient tout emmêlés et du sang coagulé tachait les saillies de sa colonne vertébrale, ce qui était tout ce qu'ils voyaient d'elle car elle était allongée en boule dans un coin, à hurler encore et encore.

Evan avait le visage blanc comme un linge.

« Va chercher de l'aide à la loge », lui ordonna Nerys. Puis elle s'agenouilla dans la mare de sang et tenta d'éloigner les bras de Caroline de sa tête. Le rasoir auquel elle était restée agrippée tomba sur le sol en cliquetant.

« C'est gentil à vous d'être venues jusqu'ici. Merci », dit Ralph Bowen d'un air sévère.

Myrtle et Nerys se frayèrent un chemin le long du quai dans le sillage des Bowen, tandis que les passagers du *SS Euphemia* se déversaient vers le navire au milieu d'une rivière de malles et de boîtes portées par des centaines de coolies. Un détachement de soldats en treillis montèrent en rang sur la passerelle au son d'une fanfare militaire qui jouait à l'arrière du pont. Des dames en robes d'après-midi et chapeaux de soleil sortaient de voiture, et les rires et les cris et les sifflets de police et toute la cacophonie de l'embarquement étaient affectés par le coup de massue de la chaleur de ce milieu d'été. Caroline levait à peine la tête.

La cabine des Bowen se trouvait sur l'un des ponts supérieurs avec un minuscule hublot donnant sur les bossoirs d'un canot de sauvetage à un ou deux mètres de là. L'espace confiné était trop petit pour le bouquet démesuré envoyé d'avance par les McMinn.

« Merci aussi pour ces fleurs », dit Ralph en effleurant d'un geste furtif l'une des célosies cachemiries rouge sombre, après avoir lu la carte d'accompagnement. Il était d'une maigreur spectrale et le peu de cheveux qui lui restaient étaient collés à son crâne plein de cicatrices, mais il avait presque retrouvé son teint d'autrefois. Comme promis, on lui avait octroyé une libération anticipée de ses obligations militaires, avec une Croix de guerre saluant son remarquable courage, et à présent les Bowen s'apprêtaient à retourner en Angleterre.

« Assieds-toi donc », dit-il à sa femme.

Sans lever la tête, elle le laissa la conduire vers l'un des deux petits fauteuils séparés par une table ronde de la même circonférence qu'une simple boîte à chapeaux. Le seul autre endroit où il était possible de s'asseoir était l'une des deux couchettes. Caroline avait les poignets bandés, mais elle les gardait cachés en agrippant les manches de son gilet. Ses cheveux défrisés lui tombaient en pagaille devant les yeux.

Nerys et Myrtle étaient gênées.

« Peut-être pourrions-nous aller prendre une tasse de thé quelque part ? Je crois que nous avons le temps avant le départ du bateau », proposa Ralph.

Myrtle refusa, poliment, et Ralph en parut soulagé.

« Caroline ? » demanda Nerys.

Celle-ci leva la tête en guise de réponse, mais ses yeux bleus étaient troubles. Les calmants qu'elle prenait la rendaient léthargique et désorientée. Cela aurait pu être pire pensait Nerys, caustique. Ralph et les médecins auraient pu lui mettre une camisole de force. Mais peut-être qu'alors les autorités du navire auraient refusé de l'accepter à bord.

Aucun ne semblait trouver de paroles de réconfort.

« Tu seras bientôt à la maison. Essaie juste de te reposer et de profiter de l'air marin, dit Nerys. Tu promets que tu nous écriras, hein ?

— Bien sûr que oui, répondit Caroline, d'une voix d'enfant consciencieux.

— Au revoir ma chérie. Bon voyage », dit Myrtle. Son parfum, quand elle embrassa Caroline, dut réveiller un souvenir heureux. Cette dernière esquissa un sourire et ses yeux s'éclairèrent. Nerys avait le cliché de Rainer dans son sac à main et, un bref instant, elle reconnut la jeune fille de la photo.

Elles la laissèrent dans son petit fauteuil à regarder les fleurs cachemiries.

Ralph les suivit hors de la cabine, fermant la porte derrière lui avec précaution. Tout le long du corridor se déroulaient des scènes festives dans les autres cabines et l'agitation des portiers et des bagages battait son plein. Tous les trois se dirigèrent vers un vestibule au bout du couloir où une porte menant au pont laissait entrer un air humide.

« Vous avez été très gentilles pour Caroline après… euh, après sa maladie, toutes les deux, dit-il d'un ton brusque.

— Ce ne sont que les bons soins de Nerys. J'étais à Delhi pendant tout ce temps, objecta Myrtle.

— Il est bien sûr très triste que ce pauvre enfant soit mort et ait déclenché tout cela, ajouta-t-il. J'espère que Caroline s'en remettra avec le temps. Mais c'est peut-être une bonne chose, finalement, étant donné les circonstances. Elle est si fragile, la moindre… »

Nerys voulut répliquer, mais elle sentit les doigts de Myrtle se poser sur son bras.

« Prenez soin d'elle », fut tout ce qu'elle dit.

Ralph acquiesça. « Sa belle-mère et moi sommes parfaitement d'accord. Une fois de retour en Angleterre, elle ira dans une maison médicalisée jusqu'à rémission complète.

— Peut-être que ce ne sera pas nécessaire, l'air marin du voyage va sans doute la fortifier. Et cela lui fera tellement de bien de voir l'Angleterre en été », risqua Nerys.

Les images des journaux montrant des villes détruites par les bombes et des gens exténués faisant la queue pour un peu de nourriture n'étaient pas vraiment réjouissantes, mais en Inde tout le monde se cramponnait au souvenir de l'Angleterre d'avant-guerre.

En silence, Ralph joignit les mains.

Myrtle lui assura qu'il n'était pas nécessaire qu'il les raccompagne jusqu'à la passerelle et Ralph acquiesça, ajoutant qu'il ne fallait pas laisser Caroline seule trop longtemps. Il leur serra la main à toutes les deux et les remercia à nouveau.

Puis il s'éloigna à grands pas en direction de la porte close de la cabine.

Nerys et Myrtle parlèrent peu jusqu'à ce qu'elles soient installées dans le taxi poussiéreux les ramenant à leur hôtel. Elles firent un circuit autour de la Porte de l'Inde au milieu des coups de klaxon.

« Zahra n'est pas morte, nous le savons tous », lança Nerys.

Myrtle continua de regarder le dense réseau de rickshaws et de charrettes tirées par des bœufs tandis que leur chauffeur se frayait un chemin tant bien que mal.

Nerys insista, comme elle l'avait déjà fait une dizaine de fois. « C'est l'un de ses tours. Il a tout orchestré, l'accident de la Ford, pour convaincre Ravi Singh d'arrêter ses poursuites. Je le *sais.* Rainer m'a promis qu'il n'arriverait rien à Zahra et j'ai en lui une confiance absolue. »

Depuis l'annonce de l'accident de la Ford un mois plus tôt, elle se répétait que ce n'était rien d'autre qu'un acte classique de mauvaise orientation, de diversion ou de camouflage. Mais les jours s'étaient écoulés l'un après l'autre et elle n'avait eu aucune nouvelle de Rainer.

« Je ne sais pas, murmura Myrtle. Peut-être devrions-nous commencer à nous résoudre à cette possibilité ?

— Non », répondit Nerys, lançant ce monosyllabe d'un ton glacial.

Aucun des corps n'avait été retrouvé, mais la police – selon les rumeurs, bien que personne n'en soit certain, même pas M. Fanshawe, comme aucun ressortissant britannique n'était impliqué – était disposée à accepter le fait que dans une région sauvage et sans foi ni loi, toute une série de choses auraient pu leur arriver. Face à tout le sang, aux bagages pillés et à l'absence de toute autre preuve, les autorités étaient prêtes à choisir la solution de facilité et à conclure que l'accident avait fait trois victimes.

« *Non* », répéta Nerys.

Quelque part, Zahra, Prita et Rainer étaient vivants et en sécurité. Elle avait l'habitude des absences prolongées de Rainer. Il allait et venait selon son bon plaisir. C'est ce qu'il avait fait depuis qu'elle le connaissait et il ne changerait jamais. Elle n'avait jamais voulu le changer et – même si elle avait été libre – l'épouser ou simplement vivre avec lui n'aurait été rien d'autre que cela. Le début de leur histoire aurait annoncé sa propre fin et, bien qu'il lui manque à chaque instant, elle comprenait cette fatalité.

La raison pour laquelle il n'y avait pas de nouvelles s'éclaircirait. Il *finirait* par réapparaître. Il s'était bien débrouillé pour revenir à Kanihama, dès qu'il avait pu entreprendre le voyage, malgré de graves brûlures, parce qu'il en avait fait la promesse !

La dernière fois qu'elle l'avait vu, Rainer lui avait touché le front des lèvres. *Ne t'inquiète pas si tu n'as pas de nouvelles. Il ne lui arrivera rien, je te le promets. Et je reviendrai.*

Elles arrivèrent au petit hôtel et, au lieu de se retirer dans leur chambre, où un ventilateur d'une extrême lenteur ne faisait que brasser la chaleur, elles se rendirent dans un bar caverneux près de l'entrée. Des palmiers s'affaissaient dans des pots en laiton, il y régnait une odeur grise de vieille fumée. Dès qu'il les vit, un jeune serveur solitaire jaillit en affichant un large sourire de bienvenue.

Nerys aurait volontiers pris un gin fort, mais à présent Myrtle ne buvait plus que de la limonade, alors elle se résigna à commander la même chose.

Les yeux attentifs du serveur lui rappelaient un peu Farida, qui s'asseyait chaque jour sur sa marche habituelle devant une maison de Kanihama. Elle guettait la faible circulation sur les routes de montagne dans les deux sens et se précipitait à chaque fois qu'un véhicule s'arrêtait au village, au cas où Zahra s'y trouverait.

Cette pensée rendit Nerys si triste qu'elle eut honte de son ardent désir à elle, égoïste et silencieux, de revoir la petite fille.

Myrtle alluma une cigarette et trinqua avec Nerys comme si elles étaient en train de boire des cocktails au Lake Bar du Srinagar Club. Elle laissa échapper une volute de fumée et s'affala sur sa chaise en soupirant. « C'était un adieu assez lugubre. Mais nous devions y aller, tu ne crois pas ? »

Nerys en convint. « Oui. J'irai la voir dès qu'Evan et moi serons de retour. Elle ira mieux, j'en suis certaine. Et, bien sûr, j'aurai alors des nouvelles de Zahra à lui donner. »

Myrtle jeta un regard dubitatif à son amie. Elle était à présent beaucoup plus maigre et avait les joues presque creuses, mais elle riait toujours sans arrêt. Les hommes continuaient de se retourner sur son passage.

« Peut-être. Quelles sont les nouvelles de Shillong ? »

Nerys lui dit qu'Evan et elle quitteraient Srinagar pour Shillong au cours du mois suivant. En accord avec la mission centrale, ils passeraient, comme l'avait souhaité Evan, par Kargil et Leh pour rendre visite à ses quelques convertis, puis franchiraient les mêmes cols qu'à l'aller vers Manali. Les privations du voyage qui avaient alors paru si notables seraient désormais bien moins frappantes, pensait Nerys. Ils avaient tous pris l'habitude de l'absence de confort.

« Te souviens-tu de notre grand périple vers Srinagar ? demanda Myrtle en souriant.

— Je m'en souviendrai toujours. Je crois que je ne savais pas être moi-même avant de te rencontrer. » Elle avait conscience de tout ce qu'elle devait aux McMinn.

Archie exerçait maintenant un poste administratif à mi-temps avec les chemins de fer indiens, et avait utilisé ses compétences d'ingénieur pour adapter une voiture à sa condition physique, lui permettant de se déplacer. Cela faisait une grande différence, disait-il gaiement. Ses trophées, les superbes bois qu'il avait rapportés de ses vacances de chasse au Ladakh, avaient trouvé leur emplacement définitif sur le mur de leur maison à Delhi. Ni les excursions de chasse, ni les saisons passées près du lac à Srinagar n'étaient désormais de l'ordre du possible.

« Tout change, déclara Myrtle en détournant à nouveau les yeux. Je suis triste que tu quittes l'Inde.

— Allez-vous rester, Archie et toi ?

— Nous ne connaissons rien d'autre », répondit-elle.

De sa chaise, Nerys apercevait de l'autre côté du hall d'entrée la porte principale, gardée par un homme vêtu d'un long manteau et coiffé d'un turban rouge foncé, ainsi qu'une portion de la rue derrière. L'air lourd de poussière scintillait dans la chaleur, et des foules d'Indiens de toutes classes et de toutes religions se pressaient sur la route, mélangés avec des militaires d'une dizaine de nationalités qui affluaient avec le début de la démobilisation. Les piétons plongeaient entre bus bondés, voitures étincelantes et charrettes tirées par des coolies. Toute cette humanité affairée ruisselait en flot continu devant le *chai-wallah* qui, assis sur le bord avec son nécessaire à thé et ses tasses en étain, contemplait l'infini, le visage illuminé d'un sourire insondable.

À tout juste une centaine de mètres de là se trouvait le Victoria Terminus de Bombay, avec ses hautes arches, aussi grandioses que celles de n'importe quelle cathédrale. Le lendemain, Nerys prendrait le train vers le nord et Myrtle retournerait à Delhi.

Nerys comprit qu'elle était tombée amoureuse de l'Inde et que chacun de ses aspects, beau ou brutal, lui manquerait.

Elle se secoua et fouilla son sac pour en sortir un paquet enveloppé dans une toile en lin. Elle repoussa un coin de la protection pour montrer le châle à Myrtle. « Je voulais le rendre à Caroline avant son départ. Mais ça ne me semblait jamais être le bon moment.

— En effet », convint Myrtle.

Caroline croyait que sa fille était morte, et le châle de cachemire était tissé de culpabilité ainsi que de deuil.

« Je le garderai en lieu sûr pour Zahra moi-même, déclara Nerys.

— D'accord. »

Myrtle avait essayé avec douceur de persuader son amie que tous trois étaient morts – pourquoi sinon n'avaient-ils eu aucune nouvelle de Rainer – mais sans succès, et avait récemment décidé qu'il était plus gentil de laisser Nerys accepter cette vérité quand elle serait prête à le faire. Elle dit simplement : « Soyons folles et commandons une autre limonade, qu'en penses-tu ? »

Nerys sourit. « Allez. »

Soigneusement rangée dans une enveloppe marron dans son sac se trouvait la mèche de cheveux brun doré de Zahra. Elle n'en avait même pas parlé à Myrtle. C'était son talisman, le lien qui lui restait avec la petite fille rieuse qui se précipitait vers elle en criant : « Ness ! Ness ! »

Le lac était plat comme un miroir. Evan et Nerys avaient pris une *shikara* pour se rendre au Jardin de Shalimar, car c'était leur dernière soirée dans la vallée du Cachemire.

À la mission, les livres d'Evan ainsi que leurs quelques meubles et ustensiles de cuisine étaient empaquetés et attendaient d'être affrétés pour le pays de Galles. Leurs sacs de voyage et leurs paniers de vivres étaient prêts pour le car qui les emmènerait jusqu'au bout de la route de Srinagar. Là-bas, Evan et Nerys retrouveraient des poneys et leurs meneurs et entameraient leur longue ascension pour sortir de la vallée, jusqu'aux hauteurs du col de Zoji-La et, au-delà des montagnes, jusqu'au Ladakh.

Le début du mois d'août avait déjà orné d'ocre les feuilles de platane et répandu, au-dessus de la vieille ville, le voile automnal familier de fumée couleur lavande. Quand ils atteignirent la plus haute terrasse, ils se retournèrent pour contempler la vue. L'eau était sillonnée de bateaux minuscules qui, à cette distance, ne semblaient pas plus gros que des gyrins, les jardins flottants regorgeaient de légumes et de fruits mûrs et, surplombant le tout, les montagnes se dressaient en formant des plis gris et violets.

Evan toussait presque sans s'en apercevoir, comme un mouton fatigué dans un enclos. Cette année-là, il avait subi une série d'infections des voies respiratoires et Nerys était inquiète qu'il n'ait ni la santé ni la force de supporter le long voyage qui les attendait.

« Ne te tracasse pas pour moi, Nerys, s'il te plaît » : voilà ce qu'il répondait lorsqu'elle essayait de lui en parler. Elle jeta un coup d'œil à son profil, absorbé comme toujours dans ses réflexions sur son travail, la mission et les voies du Tout-Puissant. Il avait le visage émacié, bronzé à force de rouler à bicyclette dans les environs de Srinagar, et semblait timide et embarrassé comme toujours, mais aussi cher à son cœur.

Il sentit son regard posé sur lui et se tourna brusquement. Il lui dit qu'il devrait bientôt rentrer car il lui fallait encore discuter de deux ou trois points avec Ianto Jones.

Nerys hocha la tête et lui emboîta le pas tandis qu'il amorçait sa descente. Elle lui prit le bras et il garda sa main doucement appuyée contre lui.

Pour faire des économies, ils avaient payé leur premier batelier sans lui demander de les attendre, mais ce n'était pas un problème car une flottille de *shikaras* attendaient près de la jetée et l'une d'entre elles s'approcha d'eux sans tarder, dans l'espoir d'une course. Ils s'installèrent à l'intérieur du petit sanctuaire, composé de rideaux aux motifs imprimés fleuris retenus par des ficelles en raphia, et s'assirent sur les coussins tandis que l'odeur du lac montait et les prenait à la gorge. Le batelier repoussa la rive de sa pagaie et, quand elle le regarda, Nerys s'aperçut qu'il tenait celle-ci contre sa poitrine. La feuille inversée formait un cœur, et ce souvenir la transperça comme un poignard.

Presque trois mois.

Rainer, avec Prita et Zahra.

Disparus, envolés.

Son chagrin était lourd comme une pierre, mais elle le contint. Ce n'était que ce soir, ce dernier soir dans cet endroit charmant, qu'il lui semblait trop dur à porter.

Elle détourna la tête pour qu'Evan ne risque pas de voir son visage et fixa son regard sur la rangée de house-boats amarrés au bord du lac.

CHAPITRE DIX-SEPT

La toute petite couronne de flamme bleue semblait trop fragile pour survivre dans cet endroit balayé par le vent. L'un des hommes la protégeait d'un air grave, maintenant en place le bord de la casserole sur le bec de gaz alors que les blocs de neige refusaient de fondre. Son compagnon était recroquevillé dans son sac de couchage, les yeux fermés, tandis que la tempête rugissait et martelait les murs de toile. La tente enflait comme des poumons œuvrant pour inspirer un peu d'air puis, dans un grand bruit, s'affaissait à nouveau. Essayer de crier par-dessus ce vacarme nécessitait plus d'énergie qu'ils ne pouvaient en dépenser.

Au bout d'une heure, à peine assez de neige avait fondu pour leur permettre de se mélanger une tasse de soupe en poudre chacun. L'un des hommes tenait les deux précieux bols de boisson chaude car l'autre avait insisté pour ouvrir à grand-peine la fermeture Éclair de la tente avant de boire. Ils furent alors aspergés de neige tandis que les piquets de la tente peinaient à maintenir ancrée la frêle capsule. Il était absurde, réalisa tardivement l'observateur, d'avoir imaginé pouvoir apercevoir quelqu'un arriver – ou, même, d'avoir pensé qu'une quelconque créature puisse se déplacer en dépit de la violence de cette tempête.

L'altitude et l'épuisement minaient son jugement. Il lutta pour refermer le rabat.

Ils se penchèrent au-dessus de leur soupe.

« Quelle heure est-il ?

— Six heures et quart. »

Cela faisait trente-deux heures que l'homme qu'ils appelaient Martin Brunner et son compagnon avaient quitté leur minuscule campement. À six mille mètres d'altitude, ils étaient plus de mille cinq cents mètres au-dessus du camp de base installé au pied de la cascade de glace du Rakhiot. Depuis le départ de leur base, les trois alpinistes et Pasang Pemba, le plus fort et le plus expérimenté de leurs sherpas, avaient gravi la montagne lentement et dans la douleur, très chargés, jusqu'à ce point. C'était la mi-juillet et le temps avait été atroce. La neige était tombée tous les jours, remplissant leurs marques creusées au prix de grands efforts et, parfois, balayant leurs cordes fixes.

Le matin précédent, Martin et Pasang Pemba étaient partis en reconnaissance vers la formation rocheuse qu'ils appelaient la Tête de Maure. Ce mur laid et menaçant leur bloquait l'accès au col de la montagne et au sommet qui se trouvait derrière, bien que le sommet lui-même ait été presque constamment voilé par les nuages.

La veille à l'aube, néanmoins, ils s'étaient réveillés sous un ciel dégagé, révélant une vue de la montagne se dressant de toute sa hauteur au-dessus d'eux, froide et cristalline.

« Allons-y », avait dit Martin à Pasang. Ils formaient la paire la plus solide. Emportant le minimum de nourriture et de protections, ils avaient prévu d'escalader la tête rocheuse et d'évaluer la difficulté réelle de l'obstacle, puis de revenir au camp afin de se reposer et de préparer l'équipement nécessaire à l'assaut. Il faudrait dresser le camp suivant par-delà la Tête de Maure.

Ils seraient de retour le soir même, avait assuré Martin à leurs compagnons américains.

Les deux hommes étaient donc partis gravir la pente, avançant petit à petit jusqu'à n'être plus que des petites taches noires se mouvant parmi la neige et les rochers. Ils avaient fini par être avalés dans l'immensité de la distance.

En milieu d'après-midi ce même jour, un nimbus de mauvais augure avait encerclé le soleil. Le vent s'était mis à souffler et des nuages s'étaient vite formés dans les hauteurs. Les deux hommes restés en arrière avaient surveillé et attendu mais, à la tombée de la nuit, la neige et le vent de plus en plus violent les avaient fait se replier dans l'abri dérisoire de leur tente. Ils avaient attendu toute cette nuit-là, et tout le jour suivant, mais la tempête ne faisait que prendre de l'ampleur. Ils ne pouvaient pas battre en retraite, pas plus qu'ils ne pouvaient monter, et le plus jeune souffrait à présent de douleurs thoraciques et de troublants intervalles de vertige et de confusion.

Le plus âgé gardait son calme, dans la mesure du possible, évaluant la situation.

Brunner et le sherpa n'avaient emporté qu'un équipement et des provisions de base. Ils avaient dû bivouaquer à l'air libre pendant la nuit et devraient bientôt affronter une deuxième nuit. Il était inconcevable qu'ils puissent survivre à deux nuits successives dehors dans de telles conditions.

Une fois que la tempête se serait apaisée, il devrait déjà lui-même aider son compagnon à redescendre là où leur équipe d'assistance les attendait, au-dessus de la cascade de glace au Camp I, et il se disait qu'ils seraient chanceux d'y arriver. Il était hors de question de lancer une tentative de secours.

Martin Brunner et Pasang Pemba deviendraient sans doute les dernières victimes en date du Nanga Parbat.

Il se souvint du conseil du consul américain à Calcutta, qui l'avait exhorté à ne pas prendre de risques susceptibles d'entraîner des conséquences désastreuses. Évidemment le consul parlait en termes politiques aussi bien qu'humains, car l'octroi de permis pour de futures expéditions américaines dépendait dans une certaine mesure de l'absence d'issue tragique à celle-ci. Et en tant que chef d'expédition, du moins en théorie, il ne pensait pas qu'ils avaient été imprudents – juste malchanceux.

Toutefois, pris séparément, Martin Brunner était une autre histoire. Il escaladait avec une force et une détermination implacables, presque comme une machine, et cette concentration brutale signifiait qu'il ne se souciait ni des conditions météorologiques, ni de lui-même.

« Si je dois partir en solo, je le ferai, avait-il déclaré. Mais j'atteindrai le sommet. »

Le chef comprenait sa détermination. Il savait que Martin était déjà venu et que, lors de cette expédition précédente, son compagnon avait été emporté par une avalanche.

Martin était retourné au Nanga Parbat pour un garçon du nom de Matthew Forbes et sa famille, autant que pour lui-même – il ne l'avait jamais caché. Et l'équipe reconnaissait à l'unanimité que ce serait sans doute sa dernière chance d'atteindre le sommet. Pendant la guerre, il s'était vu plusieurs fois refuser un permis d'escalade de la part des autorités britanniques, mais le nom utilisé lors de ces négociations passées était différent.

Sur le nouveau permis, le tout premier à avoir été délivré à la suite de la fin de la guerre en Europe, il se nommait Martin Brunner, et c'est ainsi que l'appelaient les alpinistes. Il les avait remerciés, en riant, de leur indulgence. La possibilité de tels subterfuges ne durerait pas longtemps. Au fur et à mesure que le monde retrouverait la voie de la normalité, les hommes, leur nom et leur localisation seraient contrôlés plus attentivement.

« Le temps des secrets et des tu-me-vois-tu-me-vois-plus sera révolu. Nous serons tous à nouveau étiquetés et répertoriés, encore plus qu'avant. Alors profitons de nos tours de prestidigitation tant qu'il est encore temps », avait-il déclaré.

Frissonnant, le chef de l'expédition était allongé dans son sac de couchage et en remonta les plis gelés autour de lui.

Il dut s'assoupir.

Il fut réveillé en sursaut par un rêve d'un lourd poids s'écroulant contre la tente et par le bruit d'une voix qui appelait. Le vent était tombé et la toile enflait et désenflait doucement au rythme du courant d'air restant. Il bondit hors de son sac de couchage et déchira le rabat de la tente. Une botte d'homme bloquait l'ouverture, une silhouette recroquevillée était allongée dans la neige. Au-dessus de leurs têtes, des lambeaux de nuages voletaient dans un ciel piqueté d'étoiles.

« Martin ? Pasang ? C'est vous ? »

Le corps remua et poussa un grognement. Le chef vit qu'il s'agissait de Pasang Pemba.

À deux, les Américains le traînèrent dans leur abri. L'homme était plus mort que vif, mais ils lui donnèrent des boissons sucrées et l'encerclèrent de leurs corps jusqu'à lui faire retrouver un peu de chaleur. Quand ils lui retirèrent ses gants, ils virent qu'il avait les pouces et le bout des doigts complètement gelés. Il les perdrait, mais il survivrait.

« Martin ? » demanda le chef doucement.

Le sherpa secoua la tête. Les doigts gelés dessinèrent une ligne horizontale dans l'air.

Plus de six cents mètres au-dessus d'eux, dans le creux au pied d'un mur rocheux, un petit tas de glace bougea de façon infime et redevint un homme.

Il ne souffrait plus à présent, bien qu'il ait eu la jambe écrasée par l'avalanche.

Il était parcouru d'une douce chaleur et avait fait des rêves si précis qu'ils semblaient réels. Il avait revu Srinagar, éblouissante sous le soleil d'été, avec les charmants reflets de la ville et des montagnes qui se balançaient sur l'eau miroitante. Une petite fille courait vers une femme, criant une version enfantine de son nom.

Rainer flotta plus près de la surface. Il faisait nuit à nouveau, mais au moins il n'y avait pas de vent et le ciel était étoilé.

Il tourna la tête avec la plus grande difficulté et se rendit compte qu'il était seul.

Pasang était parti. C'était une bonne chose. Avec un peu de chance, le sherpa atteindrait le camp. C'était un homme fort ; il n'avait commis qu'une erreur.

Sa tête retomba en avant, enveloppée dans la capuche gelée de sa parka.

Un sentiment d'inaccompli résonnait comme un léger acouphène dans son crâne. Mais il était déjà trop loin pour s'occuper de sa conscience. Les rêves langoureux s'élevaient à nouveau autour de lui et il s'abandonna dans leurs bras.

Ses lèvres remuèrent pour former un mot.

« Nerys. »

CHAPITRE DIX-HUIT

Mair passa ce Noël-là avec Dylan, Jackie et leur plus jeune fille, après avoir attendu cette fête derrière la caisse de la librairie où elle travaillait à présent. Elle rentra à temps pour le Nouvel An, après quoi Hattie et son dernier petit ami en date partirent dans les Caraïbes pour deux semaines. Quand ils revinrent, bronzés et souriants, Mair sut qu'Hattie avait enfin trouvé l'homme qu'elle voulait. Ils finissaient les phrases l'un de l'autre et avaient adopté une série de nouveaux noms d'animaux domestiques.

Quand Mair fit mine de s'enfoncer deux doigts dans la gorge, Hattie sourit de plus belle. « Je sais, je sais. Mais je commence à adhérer. Le Couple, tu vois ? Je n'aurais jamais pensé que ça m'arriverait, mais… » Elle haussa les épaules, enchantée.

« Est-ce qu'être un couple nécessite absolument que tu l'appelles Edbo au lieu de Ed tout court, et autres horribles surnoms ? »

Son amie leva un sourcil. « Je crois que tu es jalouse.

— Bien *sûr* que je suis affreusement jalouse. »

Hattie était toujours la même, mais plus heureuse. Et plus occupée, il fallait aussi l'avouer. Elle ne souhaitait rien de plus qu'être avec Ed et, bien que tous deux invitent souvent Mair à se joindre à eux, il y avait désormais tout simplement moins de temps pour Mair et Hattie entre filles.

Mair essayait de se persuader que c'était le monopole exercé par Ed sur Hattie qui la rendait jalouse, et non les sables mouvants de la condition amoureuse.

Les deux femmes commencèrent à plaisanter en disant que Mair devrait compenser en se lançant dans de nouvelles activités ou en s'inscrivant à des sites de rencontre sur Internet, ou même en revisitant d'anciennes flammes pour voir s'il restait une étincelle de chaleur.

« Pas question.

— Tu ne fais aucun effort !

— Je vais me mettre au macramé alors, qu'est-ce que tu dis de ça ?

— Vraiment sexy. »

Mais ensuite Hattie parla sérieusement. « Veux-tu être avec quelqu'un, Mair ? Je veux dire, ce n'est pas la seule façon.

— Oui, j'en ai envie, répondit Mair après réflexion. Mais en fait peut-être pas. »

Elle ne voulait pas être plus explicite. Il n'y avait rien à expliciter, de toute façon, rien qu'un vague désir qui n'était même pas aussi défini qu'un souhait. Elle savait seulement qu'elle était impatiente et incapable de concentrer son attention sur quoi que ce soit en particulier car celle-ci était déjà concentrée ailleurs, de façon troublante et subliminale.

En février, Mair apprit que Tal et Annie attendaient un enfant et leur envoya un e-mail de félicitations. Elle finit par recevoir une réponse laconique de Tal disant que ce serait bien d'avoir une paire de bras supplémentaire pour l'agnelage de l'année suivante. Cela lui fit penser à la dernière soirée dans la vieille maison, quand elle avait vu le châle pour la première fois et que, sur la colline, les brebis des Williams pleuraient leurs agneaux disparus.

Le temps était rude, avec des tapis de neige qui persistaient depuis presque un mois et, par conséquent, la fréquentation de la librairie était devenue presque nulle. Mair demanda de but en blanc à son amie, la libraire, si elle avait vraiment les moyens de la garder.

Celle-ci répondit : « Peut-être plus pour très longtemps, mais accrochons-nous et voyons ce qui se passe quand arrivera le printemps. S'il arrive un jour. »

L'insécurité de son emploi n'inquiétait pas plus Mair aujourd'hui que dans le passé mais, ce qui avait changé, c'était un sentiment de fugacité et de détachement croissant, comme si elle ne remplissait pas complètement sa vie et qu'elle ne parvenait pas à y accorder assez d'importance pour changer quoi que ce soit. Elle s'occupait avec le train-train de la boutique, en sortant avec ses amis, et commença même à retourner à la salle de sport et à répéter certains des anciens enchaînements que Hattie et elle avaient élaborés à l'époque du cirque. Être plus souple et en meilleure forme physique était un antidote partiel à son état d'esprit étrange et incontrôlable.

Pendant tout ce temps, elle lisait et relisait les lettres de sa grand-mère.

Il y en avait une dizaine en tout, écrites au cours des quinze années entre 1945 et 1960. Mair dépliait les pages avec précaution afin de ne pas les déchirer, les étalait pour voir toutes les dates et séquences d'événements, avant de les classer par ordre chronologique, encore et encore. Elle avait conclu qu'il en manquait un certain nombre, car certains événements mentionnés par Nerys n'étaient jamais racontés de façon exhaustive.

Dans son imagination, la jeune Nerys Watkins devint sa compagne de tous les jours. Et en même temps, la Caroline qu'elle connaissait, la très vieille dame assise, la jambe surélevée, dans la pièce silencieuse dans un quartier tranquille de la nouvelle ville de Srinagar, fusionna avec la triste Caroline qu'elle ne connaissait pas et qui – comprit Mair au fil des lettres – était en séjour de longue durée dans un hôpital quelque part près des collines de Malvern.

La toute première lettre qu'elle lut, dans l'avion entre Srinagar et Delhi, était une tentative de sa grand-mère de réconforter son amie pendant sa maladie. D'une adresse à Shillong, Assam, en septembre 1945, Nerys écrivait que cela devait aider Caroline – même si ce n'était qu'un tout petit peu – d'avoir une vue si belle et si typique de l'Angleterre à contempler de sa fenêtre.

Et ensuite, avec la voix triste mais résignée d'une épouse de missionnaire qui n'a pas vu son pays depuis six ans, elle évoquait la chaleur de l'été indien, la dernière épidémie qui faisait rage à l'hôpital de la mission, et son désir de revoir bientôt ses vallées galloises. Il y avait d'autres nouvelles indiennes, racontées avec une gaieté déterminée, en partie de Myrtle, la beauté aux lèvres sombres de la photo que Mair avait transportée avec elle pendant si longtemps. Nerys écrivait que Myrtle et « Archie », sans doute son mari, s'étaient éloignés dans les montagnes pour échapper quelque temps à la chaleur, mais qu'à présent Archie était de retour au bureau à Delhi. « Myrtle souffre, mais elle fait contre mauvaise fortune bon cœur. Archie aussi d'ailleurs. »

Peu importait le nombre de fois qu'elle avait lu les lignes suivantes, la foi absolue de sa grand-mère envers le mystérieux joli cœur ne manquait jamais de la frapper. Le nom « Rainer » bondissait toujours sur Mair. Nerys disait qu'il n'y avait toujours aucune nouvelle de lui, pas encore. Mais qu'il tenait toujours ses promesses, comme le savait Caroline, n'est-ce pas ? Zahra serait en sécurité avec Rainer ; Caroline devait essayer de ne pas s'inquiéter ; ils réapparaîtraient comme par magie quand Rainer serait prêt et qu'il n'y aurait plus de danger et, à eux deux, ils s'assureraient que Zahra arrive sans encombre en Angleterre. Caroline serait alors rétablie et Nerys amènerait Zahra pour lui rendre visite : « Nous irons pique-niquer, assises sur l'herbe fraîche près de la rivière, toi, moi et la petite fille. Garde espoir en cela, ma chérie, si tu le peux. Et bien sûr Ralph n'a pas besoin d'être au courant – si cela t'inquiète le moins du monde. »

Mais il y avait une note de désespoir sous-jacent dans le passage sur Rainer et la petite Zahra – qui qu'elle soit – et même une certaine précipitation dans l'écriture de sa grand-mère qui avait perturbé Mair dès la première lecture de cette lettre. Nerys semblait lutter pour se rassurer et se convaincre elle-même, autant que Caroline, qu'il y aurait un heureux dénouement. « Repose-toi, chère Caroline, et laisse les médecins prendre soin de toi. Très vite tu te sentiras mieux et tu pourras sortir. Écris-moi quand tu te sens de le faire. Tendrement, Nerys. »

L'une des premières choses qu'avait faites Mair avait été de se renseigner sur l'adresse que portaient les enveloppes : Mme Ralph Bowen, Carteret Ward, Calderton Hall, Calderton, Nr Malvern.

La première entrée qui apparaissait sous Calderton Hall était un prospectus de promoteur. Il montrait un manoir désolé en pierres grises au milieu de terres étendues, en train d'être divisé en appartements luxueux mis en vente à prix d'or. Il n'y avait aucune information sur l'histoire de l'endroit depuis que les héritiers Calderton l'avaient vendu au milieu du dix-neuvième siècle, et Mair dut effectuer d'autres recherches avant de découvrir que, pendant plus de cent ans, le bâtiment avait abrité un institut psychiatrique sécurisé.

D'autres lectures l'amenèrent dans le milieu des asiles de fous, ces institutions sinistres où les familles plaçaient autrefois leurs cousins dérangés, à la réputation entachée ou parfois juste embarrassants, puis les y oubliaient comme par hasard. Son ordinateur portable et sa connexion lente mais régulière lui permirent de remonter de plus en plus loin dans l'historique de ces institutions, ainsi que dans les histoires individuelles de maladie mentale. Elle se mit à dévorer les œuvres sur le sujet, commandant livres et pamphlets au fur et à mesure que s'intensifiait son intérêt. L'hôpital de Calderton Hall avait été fermé plus de dix ans auparavant, à la suite de révélations publiques de traitement inhumain infligé aux patients de longue date. Certains avaient été enfermés pour des périodes allant jusqu'à cinquante ans et certains n'étaient au départ pas fous du tout, juste un peu étranges, sans amis ou filles-mères.

La compassion de Mair envers la jeune Caroline grandit au point de lui donner l'impression de la connaître, même si la véritable série d'événements qui l'avait amenée à Calderton, puis l'en avait fait sortir, pour finalement la ramener à Srinagar, n'était qu'un canevas de suppositions cousues les unes aux autres à partir de ses recherches et des indices contenus dans les lettres joyeuses de Nerys.

Mair arriva à la conclusion que Caroline avait dû faire une dépression en Inde et que, dès son retour en Angleterre, son mari l'avait fait interner dans la salle la plus sécurisée de Carteret, à Calderton, pour une durée indéterminée.

Cela paraissait en accord avec le peu d'informations que Caroline elle-même avait fourni à Mair, ainsi qu'avec l'étrange comportement d'Aruna, qui semblait combiner les rôles de domestique et d'infirmière avec celui de gardien de prison. Ensuite Caroline avait dû rester dans cette institution au moins jusqu'en 1960 car c'était la date de la dernière lettre de Nerys, ou du moins de la dernière lettre d'elle que Caroline avait conservée.

Celle-là était courte et provenait de la même adresse au pays de Galles que toutes les autres, à part les toutes premières :

> J'ai une bien triste nouvelle. Le pauvre Evan est mort il y a cinq jours, des suites d'une pneumonie. Nous l'avons enterré hier. Comme tu le sais, sa santé était restée fragile après nos années en Asie. Il était très paisible à la fin, j'étais à ses côtés en permanence et Gwen a pu lui dire au revoir quand il était encore conscient. Il va terriblement nous manquer à toutes les deux.

Si seulement j'avais parlé à Maman, se disait Mair. Si seulement l'un de nous trois avait un jour pensé à l'interroger à propos de Grand-maman et de ses années en Inde.

Le châle reposait à sa place habituelle, plié sur le dossier d'une chaise où elle pouvait le voir à chaque fois qu'elle levait les yeux de son écran d'ordinateur. Les couleurs ondulaient dans la faible lumière que reflétait la neige grisâtre. Le châle, la mèche de cheveux et les lettres elles-mêmes étaient les seuls éléments tangibles qui reliaient Mair à cette histoire, encore pleine de nœuds obstinés.

L'une des lettres de Nerys décrivait le joyeux bouleversement du retour au pays de Galles. En 1950, presque timidement, elle écrivait à propos de la naissance de sa fille. Ensuite, les lettres devenaient des récits de la vie domestique, sympathiques mais surtout destinés à maintenir Caroline en relation avec un monde qui la distançait inexorablement. Rainer et Zahra étaient de moins en moins mentionnés au fur et à mesure qu'avançait la chronologie, et la certitude qu'ils réapparaîtraient semblait laisser place à la perplexité, puis, enfin, au triste silence de l'acceptation.

Mair avait lu ces pages si souvent qu'elle en connaissait certaines par cœur, et elle en avait épuisé tous les indices potentiels. Toutefois, elle avait beaucoup de soirées libres et consacrait un grand nombre d'entre elles aux recherches sur Internet. Les archives nationales finirent par la mener aux données régimentaires du capitaine Ralph Bowen. Il avait été décoré pour sa bravoure en Birmanie et démobilisé avec les honneurs en 1945. Il était mort en 1978, sans rien à signaler. Il n'y avait aucune mention d'une veuve. La pauvre Caroline avait été effacée des registres.

En épluchant les données familiales écossaises en ligne, après nombre de faux départs, elle finit par découvrir Archibald Fraser McMinn des chemins de fer indiens. Sa femme Myrtle, née Brightman, était décédée avant lui, mais Archie avait vécu jusque dans les années soixante-dix et était mort à Édimbourg. Les McMinn n'avaient pas eu d'enfant.

Mettant toutes ces informations bout à bout lors de ses soirées tranquilles, la conclusion finale de Mair était que Zahra était très probablement la fille de Caroline, mais que les circonstances de la naissance avaient été tenues secrètes, même vis-à-vis de son mari. Zahra avait été d'une certaine façon confiée à Rainer, et ensuite tous deux avaient disparu.

Si cette théorie était bonne, alors il était presque certain que Zahra était morte. Le fait qu'Aruna ait rejeté Mair sous prétexte qu'elle tourmentait Mme Bowen, parce que celle-ci avait perdu sa fille il y a très longtemps, semblait le confirmer.

Aux dates concernées, elle ne trouva rien sous le nom de Rainer, si ce n'est quelques brèves mentions confuses dans des livres de magie (s'agissait-il d'un autre homme ?) ainsi qu'une compilation d'anecdotes d'alpinisme d'avant-guerre.

Rien de plus.

Pendant ses longues heures dans la librairie déserte, Mair contait le récit incomplet du châle à son amie Mandy, la libraire.

« C'est passionnant, déclara Mandy, en buvant son café, avant que Mair n'aille dans l'arrière-boutique pour déballer une nouvelle livraison de livres. Tu as consacré tellement de temps à te renseigner, en allant au Cachemire et tout. Peut-être devrais-tu mettre tout cela par écrit. »

Mair regarda autour d'elle. Les livres étaient disposés en différents niveaux et catégories, leurs couvertures semblables à une multitude de feuilles multicolores, vives et suppliantes. Il y en avait déjà énormément, bien assez, et l'histoire du châle était privée, c'était sa propre histoire. « Je ne crois pas », répondit-elle.

Le printemps arriva, tardif mais flamboyant. Les affaires de la librairie reprirent un peu.

Mair s'accorda une semaine de vacances et partit faire de la randonnée en Espagne avec des amis. Un mois plus tard elle était à Birmingham pour fêter les trente-neuf ans d'Eirlys. (« Je ne vais pas parler de l'événement de l'année prochaine », déclara Eirlys.) Dylan et elle avaient tous deux manifesté de l'intérêt pour les lettres de Nerys et regardèrent la photo des trois femmes sur le house-boat à la lumière de cette lecture. Ils écoutèrent poliment le compte-rendu des découvertes de Mair qui en avaient découlé.

« Les institutions pour troubles mentaux étaient en effet assez barbares à cette époque, dit Eirlys. À la mort du mari de Caroline et avec l'amélioration des soins psychiatriques, ils ont sans doute été soulagés de pouvoir la laisser sortir en la déclarant apte mentalement. Et puis avec l'avis de fermeture de l'hôpital, cela aurait été l'option la plus commode de toute façon. Comment t'a-t-elle semblé quand tu l'as rencontrée au Cachemire ?

— Frêle, répondit Mair en se remémorant la pièce calme à Srinagar. Avec une mauvaise mémoire. Mais pas folle. »

Eirlys acquiesça, l'air assombri par le poids de ses connaissances médicales.

Au mois de juin, un rare jour de chaleur, Hattie appela Mair pour lui dire qu'elle viendrait prendre un verre de vin chez elle après son travail. La porte de la sortie de secours était ouverte et elles emportèrent deux tabourets de la cuisine sur la plateforme métallique, les serrant l'un contre l'autre. Une légère brise soufflait dans les arbres. Mair but une gorgée de son vin et attendit.

« Ed et moi allons nous marier », déclara Hattie.

Mair s'exclama et prit son amie dans ses bras. Elle dit qu'ils étaient faits l'un pour l'autre, qu'elle était si heureuse que Hattie ait pris cette décision et qu'Ed était un homme très chanceux. Tout cela était vrai et le visage de Hattie, resplendissant de joie, était la plus belle image que voyait Mair depuis longtemps.

« Vais-je être demoiselle d'honneur ? demanda-t-elle.

— Essaie seulement d'y échapper. Je pense opter pour un thème rose, au fait.

— Je préférerais vraiment être en turquoise.

— Ne commence pas à faire la difficile. Tu dois faire ce que je veux. C'est mon jour d'autosatisfaction, ne l'oublie pas.

— D'accord, je sens que tu vas être une mariée insupportable… »

Mair avait une bouteille de champagne au frais. Elles la burent et, au bout du compte, Hattie dut abandonner sa voiture et appeler un taxi pour rentrer chez elle.

Après son départ, Mair s'assit à son emplacement habituel devant son écran d'ordinateur. Le châle attira son attention. Elle était juste assez ivre pour qu'un embryon d'idée qu'elle avait en tête s'implante et se transforme en quelques secondes en une intention délibérée.

Elle alla dans sa boîte de réception et trouva l'unique message qu'elle avait reçu de la part de Bruno Becker, huit mois plus tôt. Elle ne regarda pas le contenu car c'était inutile.

À Lamayuru, il avait mentionné le nom de Rainer.

Le *clic* qu'elle avait entendu pour la première fois lorsque Caroline avait prononcé ce même nom se répéta dans sa tête, tout aussi fort.

Voilà où se trouvait le lien réel, fut-elle soudain convaincue, pas dans les archives ou dans les bureaux d'état civil. Plusieurs fois au cours des mois précédents elle avait pensé le contacter, mais elle avait toujours fini par rejeter cette idée. Bruno et Karen pleuraient leur fille et elle s'était sentie trop timide pour les approcher, que ce soit avec d'autres condoléances ou des questions superficielles sur l'histoire de leur famille. Ils n'avaient pas répondu à son message ; mais cela ne l'avait pas vraiment étonnée. Que pouvait-on dire face à une telle perte ?

Mais à présent, inondée de la certitude du champagne, elle jugea que c'était le moment parfait pour écrire.

Elle commença à taper, avec rapidité et frénésie, se demandant dans quelle mesure elle utilisait l'interrogation à propos de Rainer pour masquer son vrai désir, celui d'obtenir des nouvelles des Becker eux-mêmes. Dans son agitation, elle fit toute une série de fautes de frappe et les corrigea de toute urgence, modifiant la formulation jusqu'à être satisfaite du résultat. Le message final ne faisait que quelques lignes. Elle écrivait qu'elle pensait souvent à eux et se demandait comment ils allaient aujourd'hui. S'ils s'en sentaient capables, elle aimerait beaucoup avoir de leurs nouvelles. Puis elle ajoutait que Bruno avait un jour mentionné l'alpiniste du nom de Rainer qui, selon ses découvertes à Srinagar et ses recherches récentes, avait peut-être une étrange connexion avec sa propre famille. Pourrait-il éventuellement lui fournir plus de renseignements ?

Elle hésita, puis tapa simplement *Amitiés, Mair.*

Il ne faisait aucun doute que Bruno et Karen se souviendraient d'elle. Elle n'imaginait pas qu'ils puissent rester plus de quelques heures sans repenser à ces jours d'attente.

Elle cliqua sur « envoyer ». Puis elle resta plusieurs minutes à regarder son écran, comme si la réponse était susceptible de lui parvenir dans l'immédiat.

Rien ne se passa pendant deux semaines.

Hattie et Ed prévoyaient de se marier juste avant Noël.

« Un mariage hivernal, disait Hattie, rêveuse. Peut-être m'envelopperai-je dans une veste en fourrure crème à col montant. Du lierre, du gui et du givre étincelant. » Elle était en train de s'attendrir et son cynisme grinçant se transformait en romantisme à l'eau de rose. Mair la taquinait, mêlant tendresse et amusement.

Puis, après un événement autour d'une lecture d'écrivain à la librairie, suivi d'une séance de dédicaces agrémentée d'un cupcake glacé pour chaque achat, elle rentra chez elle tard et découvrit un message de Bruno dans sa boîte de réception.

Il s'excusait pour sa réponse tardive, puis disait qu'il était content d'avoir de ses nouvelles et ajoutait qu'il était parti en montagne. Il la remerciait pour ses gentilles pensées et disait qu'il avait traversé des moments difficiles mais qu'il allait plutôt bien, tout comme Karen. Pour ce qui était de Rainer Stamm, il ne savait pas grand-chose, juste qu'il était apparemment mort dans un accident de la route au Cachemire en 1945. Mais aucun corps n'avait jamais été retrouvé.

Il était en mesure de lui donner quelques autres éléments d'information, mais peut-être serait-il plus simple qu'elle lui téléphone. Il donnait un numéro suisse. *Amicalement, Bruno.*

Mair regarda automatiquement l'horloge. Il était une heure plus tard en Suisse, elle en était presque sûre. Il était trop tard pour appeler maintenant et elle donnerait l'impression d'être trop impatiente. Elle sourit à l'idée d'être devenue une vieille fille solitaire travaillant dans une librairie. Comme un signe, le chat des voisins du dessous apparut à la porte pour lui offrir sa compagnie.

Elle attendit le soir suivant pour composer le numéro suisse.

Bruno répondit, un seul mot, mais elle reconnut sa voix immédiatement. Le combiné lui parut soudain glissant.

« C'est Mair.

— Salut », dit-il.

Après cela, elle ne se souvenait plus de l'enchaînement exact de la conversation, juste qu'elle semblait reprendre là où ils l'avaient laissée à Lamayuru. Il parlait plus lentement qu'auparavant, avec un soupçon d'hésitation, comme s'il remettait en question toutes ses certitudes d'autrefois. Quand elle demanda des nouvelles de Karen, il marqua une pause encore plus longue.

« Elle habite dans une institution de sensibilisation pour les personnes en deuil, au Nouveau-Mexique. »

Mair tâtonna en guise de réponse. « Une institution bouddhiste ? »

À son grand soulagement, Bruno se mit à rire. « Je ne sais pas très bien. C'est peut-être un endroit qui s'adapte à toutes les croyances. Karen et moi sommes séparés, Mair.

— Je suis vraiment désolée.

— Merci. C'est arrivé très vite après la mort de Lotus. Cette tragédie a été comme – une explosion, je dirais. Le silence, puis les ondes de choc, l'effondrement des pierres et des briques, les tessons de verre qui transpercent ce qui n'a pas été écrasé. » Elle entendait le rythme de sa respiration. « Il est devenu évident presque immédiatement que Karen et moi ne pouvions pas du tout nous entraider. Cela nous a forcés à reconnaître qu'il faudrait nous séparer. C'était triste, mais il n'y a pas eu trop d'animosité. Aucun de nous n'avait la force de s'énerver à ce stade-là. Je pense qu'en ce moment Karen analyse sa colère. J'ai lu qu'il n'était pas inhabituel que les couples explosent à la mort d'un enfant.

— Que devenez-vous ? demanda Mair avec douceur.

— J'ai démissionné de mon travail. Je ne savais pas comment reprendre des horaires réguliers. Je suis venu m'installer ici, dans les montagnes. Je survis dans une sorte de cabane. Je marche beaucoup. Parfois je prends une tente et quelques vivres et je vais même plus haut, dans un camping. C'est là que j'ai passé ces deux dernières semaines. C'est magnifique. Vous... devriez voir la vue que j'ai devant les yeux. Ça vous rappellerait le Ladakh.

— J'ai l'impression que vous faites mieux que survivre », lui dit Mair. Elle ne savait pas si elle était plus impressionnée par son honnêteté ou par la voie de rémission qu'il avait choisie.

« Je ne sais pas. Parfois j'ai même du mal à survivre. Elle était si parfaite. Et elle est partie pour de bon, il n'y a rien que je puisse faire pour la ramener. » Il y eut un silence. « Dites-moi donc ce que vous voulez savoir sur Rainer Stamm et pourquoi. »

Mair reprit ses esprits avec difficulté. Elle lui expliqua de façon aussi succincte que possible.

Bruno l'interrompit pour dire qu'il se rappelait tout ce qu'elle lui avait raconté, comme quoi elle essayait de reconstituer l'histoire du châle en cachemire de sa grand-mère.

Mair ajouta : « Il y a des lettres. J'y ai appris que Rainer avait connu ma grand-mère à Srinagar, ainsi que deux de ses amies. Le châle appartenait à l'une d'elles – Caroline. Je l'ai rencontrée, elle est revenue vivre à Srinagar. À la fin de la guerre, Rainer a disparu, emmenant un enfant avec lui. Je pense que cet enfant était probablement celui de Caroline. »

Il y eut un silence.

Puis Bruno dit : « Prita est morte il y a quinze ans, vous savez.

— Je ne savais pas. Je n'ai jamais croisé ce nom dans mes recherches.

— Prita était l'épouse indienne de Rainer. Elle a élevé Zahra comme sa propre fille. »

Mair pensa qu'elle avait peut-être mal entendu. « *Zahra* ?

— Oui. Prita Stamm et la petite fille ont été plus ou moins placées sous la protection de mes parents quand elles sont arrivées en Suisse à la fin de la guerre. Je les ai bien connues dans mon enfance. »

Les pensées de Mair se bousculaient les unes les autres. Elle avait *enfin* trouvé le maillon manquant, le fil conducteur… Ses yeux s'arrondirent tandis qu'elle comprenait la signification de cette information. « Zahra est-elle encore en vie ?

— Oh, oui. Elle approche des soixante-dix ans maintenant. Prita et elle sont retournées en Inde après la fin des études de Zahra ici. Nous sommes restés en contact, mais ce n'est qu'une carte de temps en temps. Nous avions prévu de lui rendre visite sur le chemin du retour l'année dernière. »

Mair écouta l'écho de ses mots. Il y avait encore trop à assimiler et trop à essayer de dire au téléphone. Prise d'une impulsion soudaine, elle demanda : « Bruno, pourrais-je venir vous voir ?

— Bien sûr », répondit-il.

Le voyage en train depuis l'aéroport de Zurich prit presque quatre heures, à bord de quatre trains différents, mais chaque correspondance était réglée à la minute. Elle effectua le dernier tronçon sur une voie de chemin de fer à crémaillère qui l'emmena en haut d'une montagne à travers des forêts de sapins, au milieu des Alpes luxuriantes piquetées de vaches brunes. Par la fenêtre ouverte s'engouffraient de grands courants d'air délicatement parfumés qui portaient le tintement des cloches des vaches. Mair leva la tête en tordant le cou pour regarder les pics couverts de neige qui rappelaient les reflets du lac de Srinagar et le cercle de montagnes entourant Leh. Elle avait l'impression d'être revenue un an en arrière.

Le train atteignit enfin la dernière gare. Elle descendit au milieu d'une marée de touristes japonais à visière qui lui arrivaient à l'épaule, ainsi que d'un surprenant contingent de juifs hassidim portant de longs manteaux noirs et des chapeaux à larges bords.

Au-delà d'une grappe de bâtiments de la gare et d'hôtels, la terre cédait face à l'air bleu, devant et derrière elle mais, à droite et à gauche, c'était comme si elle avait été saisie par une main géante et tordue pour façonner de grands monuments de roche et de glace. Un glacier s'élevait menaçant, avec d'énormes crevasses suspendues au-dessus d'une vertigineuse chute de moraine.

Immobile, Mair s'imprégnait de cette vision.

« Salut », lança une voix. Une main lui toucha légèrement l'épaule.

Elle fit volte-face et vit Bruno. Son visage hâlé était sensiblement plus maigre que la dernière fois qu'elle l'avait vu, mais il lui était familier d'une façon inattendue.

« Vous avez l'air surprise, dit-il.

— Vous avez vu ce paysage ? Je dirais plutôt abasourdie. »

Il hocha la tête, la regardant de ses yeux sombres. Soudain, elle entendit le bruit tranchant des pales de rotor et le vit avec Lotus dans les bras, courant vers l'hélicoptère.

« Bienvenue dans l'Oberland », dit-il. Il souleva son sac et le balança sur son épaule. « Vous sentez-vous de gravir la colline à pied ? J'ai peur qu'il n'y ait pas d'autre moyen d'accéder à la cabane. »

Ils laissèrent les Japonais et les hassidim errer au milieu des parasols des cafés et des boutiques de souvenirs et se mirent à grimper. Un ruban de chemin zigzaguait le long de la colline vers un éboulis.

Mair baissa la tête et suivit Bruno. Les feuilles et les hautes herbes lui effleuraient les chevilles – elle voyait à présent que tout le versant de la colline était tapissé de fleurs sauvages :

campanules bleues et marguerites en forme d'étoiles, doronics jaunes, enchevêtrements d'anémones alpines et flèches baroques de chardons géants. Le chemin était bordé de véroniques bleu foncé. Si cette route menait vraiment à la maison de Bruno, c'était le plus charmant trajet de retour de gare qu'elle puisse imaginer.

Le chemin inclinait dangereusement à travers l'éboulis.

Elle fut heureuse quand ils arrivèrent en haut de la pente. Bruno s'arrêta pour hisser son sac sur son autre épaule.

« C'est gentil de porter mes affaires.

— La pente est raide. Vous êtes drôlement forte. »

Cette remarque lui fit plaisir. Se retournant pour voir le chemin qu'ils avaient parcouru, Mair fut à nouveau époustouflée. Au-dessous d'eux se trouvait la gare et le petit train vert, comme un jouet d'enfant, redescendant en serpentant vers la vallée. De l'autre côté du col, les pics gigantesques semblaient à présent à portée de main.

Bruno les montra du doigt. « Jungfrau, Mönch et Eiger. »

Le versant que leur présentait la montagne appelée l'Eiger était une pyramide noire, formée de rochers concaves, à pic sur plus de mille mètres. Cette vision fit frissonner Mair.

« C'est le Nordwand, dit Bruno, la face Nord.

— À Lamayuru, vous m'aviez dit que Rainer avait tenté d'escalader cela.

— En effet. Mon grand-père lui servait de guide. Ils ont tous deux failli mourir, et leur survie a forgé une profonde amitié. »

Ils se tenaient côte à côte, les yeux rivés sur le mur de rocs.

« Venez, dit finalement Bruno. Nous ne sommes plus très loin. »

Cette partie-là était en descente, s'enfonçant de plus en plus, au gré des tournants, dans un paysage isolé d'air pur planant au-dessus d'une pelouse déferlante aux brins aussi velouteux que le tapis cachemiri le plus délicat. Tout en bas, dans la vallée, Mair apercevait des grappes de chalets et la lueur de la circulation sur les routes qui, de là, ne lui semblaient pas plus épaisses que des fils.

Ils franchirent une arête, et un minuscule lac à l'eau bleue et pure apparut juste au-dessous d'eux, comme un saphir incrusté sur une bague de gazon. Sur la rive opposée, sur une large bande de terre, une petite cabane se détachait parmi les fleurs. Il y avait quatre fenêtres, deux par deux, chacune avec une jardinière débordant de géraniums écarlates.

Sur le pas de la porte, Bruno s'inclina. Il paraissait plus suisse dans son cadre naturel.

« Bienvenue », dit-il à nouveau.

La cabane était en bois et avait un toit bas à deux versants fait de bardeaux. Les rives dépassaient largement autour et, à l'ombre de l'auvent de la maison était installée une terrasse en bois avec deux bancs, un de chaque côté de la porte. À gauche, il y avait un mur de bûches plat, bâti avec une si grande précision qu'il aurait été difficile de glisser un doigt entre les différents éléments.

À l'intérieur, le sol était constitué de larges planches de bois, il y avait un poêle en métal carré, des rideaux vichy rouge et blanc aux fenêtres et un vase bleu sur une table en bois rustique.

« C'est assez primitif, dit Bruno. Eau du lac, placard en terre, bougies ou lampes à huile. Cela dit, j'ai installé des panneaux solaires sur le toit. Ils chauffent un petit ballon d'eau chaude pour me laver. Je pourrais rendre l'habitation plus confortable, bien sûr, mais je dois dire qu'elle me plaît ainsi.

— Ne la changez pas trop. C'est un des plus beaux endroits que j'aie jamais vus. »

À la surprise de Mair, il sourit de plaisir. C'était la première fois de l'après-midi.

« Vous trouvez ? Quand j'étais petit, mon père m'amenait ici chaque été. Ce n'est pas vraiment plus qu'un abri de berger. »

Il lui fit monter une échelle qui passait par une trappe au coin du plafond, derrière une poutre. Là, deux petites chambres étaient séparées par une simple planche. Dans celle de Mair se trouvait un matelas par terre où le lit était fait avec des draps blancs et un dessus-de-lit en patchwork. Il y avait un vieux tapis aux couleurs passées, ainsi qu'une rangée de pinces à linge sur le mur, rien de plus. La fenêtre était à hauteur de genou. Elle fut touchée de voir une serviette bleu pâle posée sur le dessus-de-lit, soigneusement pliée avec un coin retourné. Bruno avait préparé un sympathique accueil pour son invitée.

Il retira la tête de la trappe et elle défit ses quelques affaires avant de les pendre aux pinces à linge. En redescendant, elle jeta un coup d'œil dans sa chambre à lui. Il y avait des piles de livres, un autre matelas une place, à peine plus de vêtements sur sa rangée de pinces à linge que ce qu'elle avait apporté pour un séjour de trois jours. Il était clair qu'il vivait dans la simplicité.

En bas, Bruno lui montra la cuisine soignée avec son évier en pierre et sa cuisinière moderne à bouteilles de gaz. Une rangée de casseroles, d'assiettes en émail et deux verres étaient posés sur une étagère en bois. Les toilettes se trouvaient dehors, dans un appentis. Un minuscule hublot découpé dans la porte donnait une vue circulaire d'un point de glace et de neige sur le Nordwand.

Une bouilloire siffla sur le gaz et Bruno fit du thé. En regardant autour d'elle, Mair remarqua une radio dynamo et un ordinateur portable. Sur une étagère de bois neuf était posé un cadre en Plexiglas avec une photo de Lotus. Ses cheveux voletaient autour de son visage comme un blanc nuage de barbe à papa. Le regard de Bruno s'y arrêta un bref instant.

« Le matin, en général, je descends au buffet de la gare par le chemin que nous avons emprunté ensemble, dit-il. Mon ami Christoph en est le patron. Je bois un expresso en lisant le journal et on me laisse charger mon téléphone et mon ordinateur. »

Ils emportèrent leurs tasses dehors et s'assirent chacun sur un banc.

Mair allongea les jambes et reposa la tête sur le bois chaud et esquilleux. Les murs de neige et de glace scintillaient dans l'air cristallin. Avec autant d'espace autour d'elle, elle avait le sentiment luxueux d'avoir un temps infini pour poser toutes les questions qui lui bouillonnaient dans la tête.

De sa nouvelle voix pleine d'hésitations, Bruno lui parla de sa vie dans la cabane.

« Quand je suis arrivé ici, le sol était encore enneigé. Je me réveillais et je voyais des empreintes de lièvres et de chamois devant la porte. Je chaussais mes skis et je les suivais aussi loin que possible. Si je suis pressé, je marche jusqu'à la gare où je prends le train pour descendre au village, que vous avez traversé en venant, pour faire mes courses et lire mes e-mails, mais je suis *rarement* pressé. Je laisse un vélo à la gare donc, en général, je fais l'aller-retour à bicyclette, voire à pied. Cela ne prend que deux heures environ. Au… début, après sa mort, je marchais et marchais, de l'aube au crépuscule. Aussi vite et aussi loin que possible, jusqu'à me sentir prêt à tomber d'épuisement. Comme si je pouvais fuir la réalité. Et j'ai fini par me rendre compte que c'était ce que j'essayais de faire. Cela va mieux maintenant que je l'ai compris. »

Mair hochait la tête, remplie de chagrin et de compassion.

Elle avait envie de se lever d'un bond et de le prendre dans ses bras, mais elle résistait. Bruno était solide, même s'il parlait avec tant de franchise. Il n'avait pas besoin qu'elle le materne.

Ils burent leur thé en regardant les oiseaux planer au-dessus de l'arête.

Au bout d'un moment, il déclara : « J'ai récupéré cela chez ma sœur, lorsque j'ai su que vous veniez. Elle habite à Bern. » Il sortit un gros album avec de lourdes planches noires, divisées et effilochées au niveau des coins. Il tourna les pages jusqu'à trouver ce qu'il cherchait.

« Voici Rainer Stamm, avec mon grand-père, en 1937. »

C'était une photo en noir et blanc, à bord dentelé, de deux hommes en culotte avec bretelles et chemise en flanelle. Ils se tenaient devant ce qui semblait être un refuge quelque part dans les montagnes. Tous deux fumaient, sourire aux lèvres, un peu éblouis par le soleil.

Mair l'observa longtemps.

Le joli cœur. C'étaient les mots de Caroline.

« Il était assez beau j'ai l'impression, dit-elle.

— Prita ne l'avait épousé que quelques semaines avant sa mort mais, que je sache, elle ne s'est jamais mise avec un autre homme, ni en Suisse, ni en Inde. Elle m'a dit un jour que les Européennes de Srinagar l'adoraient. »

Se souvenant de la photo de Nerys, prise à un moment de grand bonheur, Mair pensa *peut-être.*

Sa grand-mère avait probablement été l'une de ces Européennes. C'était la guerre. Elle en aurait eu l'occasion, après tout – elle savait, d'après *Espoir et Gloire de Dieu,* que les missionnaires partaient souvent sur le terrain. Elle se surprit à espérer que Nerys ait effectivement volé quelques moments romantiques avec le joli cœur. Cela lui aurait donné d'excellents souvenirs glamour pour l'aider à supporter ensuite ses années galloises de chapelle, de politique villageoise et d'épouse de pasteur. Mair n'avait jamais envié le mode de vie de sa grand-mère, ni de sa mère.

« Voulez-vous encore un peu de thé ? » La voix de Bruno la fit sursauter.

« Oui, avec plaisir. » Elle sourit.

Plus tard, pendant que Bruno faisait cuire des pommes de terre et des schnitzels, elle parcourut les autres photos de famille des Becker. Sur deux ou trois, on voyait la petite silhouette de Prita, en bout de rang ou un peu à l'écart. Cela avait dû être dur pour elle, une veuve indienne si loin de chez elle. Mais Mme Stamm avait un regard où se lisait l'invincibilité. C'était une rescapée.

Ils dînèrent l'un en face de l'autre à la table en bois, éclairés par la lumière jaune d'une lampe à huile.

« Vous cuisinez bien, dit-elle avec admiration.

— Karen n'aimait pas cuisiner. C'est étrange de préparer un repas pour quelqu'un d'autre que moi-même ici. » Mair écoutait le silence qui coulait autour d'eux. « Étrange mais agréable, ajouta-t-il. Merci d'être venue jusqu'ici. »

Ensuite, ils retournèrent sur leurs bancs, un verre de schnaps à la main. Le ciel passait du bleu roi à l'obscurité infinie, irradié par la lumière spectrale des montagnes.

« Nous avons bu une sacrée dose de cognac à Lamayuru », dit-elle délibérément. Elle ne voulait pas lui rappeler cet épisode, mais elle ne voulait pas non plus qu'il y ait des sujets à éviter. Il sembla néanmoins soulagé de se remémorer cet endroit. Il avait passé beaucoup de temps seul ces derniers mois et elle supposait que les mots lui venaient plus facilement dehors, le regard tourné vers la nuit, que face à face à la lumière de la lampe.

« Je me souviens de tout ce dont nous avons parlé. Et de la nourriture qu'on nous a donnée, et du visage des chauffeurs routiers assis de l'autre côté, et de la neige quand nous sommes sortis dans la cour. »

Le froid surgit tout à coup du silence et les ramena à l'intérieur de la cabane.

« Je me couche très tôt », dit-il d'un air gêné. Elle comprit qu'il avait besoin de solitude.

Allongée sur son matelas, à l'écoute des craquements du bois de la cabane, Mair se disait que c'était peut-être l'un des endroits les plus romantiques au monde, avec le lac de Srinagar. Les craquements faisaient même écho aux gémissements du *Salomon et la Reine de Saba* quand il s'enfonçait dans l'eau. Ce lac semblable à un saphir était une miniature de l'autre, reflétant ses propres sommets dansants. Même les fleurs sauvages rappelaient les couleurs du châle de sa grand-mère.

Elle avait une étrange sensation de temps rentrant en lui-même, se pliant, concordant avec une infime précision.

De l'autre côté de la planche, Bruno était absolument silencieux. Il ne se raclait même pas la gorge ni ne se retournait dans son lit. Elle pensa qu'il devait lui aussi être allongé sur le dos, à regarder les vieilles poutres.

Elle s'endormit bientôt.

Il y avait une délicieuse odeur de café et de bacon en train de frire.

Elle descendit l'échelle en bâillant.

« Des œufs avec votre bacon ? » demanda Bruno, levant une spatule en bois. Il rejeta ses protestations, disant qu'ils allaient partir en randonnée et qu'elle devait prendre des forces.

« Si, bien sûr, vous souhaitez vous aventurer plus haut dans les collines », ajouta-t-il. Elle fut surprise par le fait qu'il doute de sa réponse et veuille lui faire plaisir. Cette prise de conscience lui picota la peau, comme si celle-ci était devenue électrostatique.

Ils quittèrent la cabane, montant le long d'un haut chemin de montagne, puis négociant une arête de moraine. Bruno lui montra les chaînes de pics et lui donna tous leurs noms. Il commença également à lui révéler les autres choses qu'il savait de Rainer Stamm.

Le mystère de sa disparition ou de sa mort n'avait jamais été résolu bien que l'explication officielle, selon laquelle il avait dérapé sur une route de montagne au Cachemire et était tombé dans un ravin, alors que Prita et l'enfant étaient déjà à bord d'un navire partant pour l'Europe, ait permis à sa femme – après un certain temps – d'hériter de ses biens. Il lui avait laissé tout ce qu'il possédait, notamment une maison à Interlaken.

« Toutefois, il y a une autre version, dit Bruno.

— Allez-y. » Mair était essoufflée et il lui était bien plus facile d'écouter que d'essayer de parler.

« En 1945, il y a eu une tentative d'ascension du Nanga Parbat par une équipe d'alpinistes américano-suisse.

— Encore le Nanga Parbat ? »

Tinley et son vieil oncle, fumant des *bidis* dans le cimetière de Leh en l'attendant pendant qu'elle lisait les inscriptions. Elle avait découvert la plaque en mémoire du mathématicien de Cambridge Matthew Forbes, emporté par une avalanche en montagne.

« Tout à fait, encore le même. »

Mair jeta un coup d'œil par-dessus son épaule, vers le mur de l'Eiger.

« Il y avait trois noms sur le permis d'escalade pour cette expédition de 45. Deux Américains et un Suisse du nom de Martin Brunner.

— Oui ?

— Eh bien, Brunner a été tué. Il était monté avec l'un des sherpas pour repérer un camp plus haut et une tempête s'est levée. Le sherpa a fini par rejoindre les Américains, mais Brunner avait été blessé par une chute de pierres et n'a pas réussi à redescendre. J'ai cherché le rapport de l'expédition dans les annales de l'Association américaine d'alpinisme, alors je connais les détails. »

Bruno marchait au même rythme assuré, que ce soit en descente ou en montée, quel que soit le terrain. Mair devait faire attention à l'endroit où elle posait les pieds et elle mit un moment avant de pouvoir demander : « Pourquoi vous êtes-vous autant intéressé à ce Martin Brunner ? »

Il la regarda, prenant visiblement du plaisir à garder le suspense. L'hésitation dans sa voix avait peu à peu disparu. Il racontait bien les histoires.

« Parce qu'il n'existait pas. Aucune donnée suisse ne mentionne un alpiniste de ce nom. Les renseignements fournis pour le permis sont faux, eux aussi. Ils ne se rapportent à personne.

— Je crois que je commence à comprendre. »

Bruno leva un sourcil. « Allez. Vous pouvez deviner.

— Brunner n'était autre que Rainer Stamm ?

— Je ne peux pas le prouver, mais c'est ce que je crois. Mon père était à la fois le guide de la famille Forbes et de Rainer, et il disait que Rainer avait toujours promis au père de Matthew qu'il retournerait escalader le Nanga Parbat en l'honneur de son fils. Finalement, il a fallu attendre 1953 pour qu'un certain Hermann Buhl réussisse l'ascension, juste quelques semaines après que vous, Britanniques, avez atteint le sommet de l'Everest.

— Mais pourquoi l'avoir fait sous une fausse identité ?

— Je l'ignore. Je crois que nous ne le saurons jamais. Si nous nous arrêtions là pour nous ravitailler un peu ? »

Mair avait commencé à penser qu'ils marcheraient toute la journée mais, à son grand soulagement, il la mena vers un rocher plat. Elle s'écroula, posant le menton sur ses genoux pour s'extasier devant la vue. Bruno lui tendit un morceau de pain, du fromage de montagne et une pomme. Ces aliments simples avaient un goût merveilleux.

« Rainer devait avoir une bonne raison pour changer d'identité et simuler sa propre mort. Il était magicien en plus d'être alpiniste. C'était un illusionniste.

— Ah, *ça* je le sais, dit Mair en riant. Parce que moi aussi j'ai fait des recherches sur lui. C'était déroutant. »

Bruno regardait le versant noir et rocheux de la montagne où Victor Becker avait sauvé la vie de Rainer.

Mair pensait, *Ce même homme était peut-être l'amant de ma grand-mère, ou en tout cas un très bon ami à elle.* Cela ne faisait que grandir sa sensation de complexe concordance du temps. Elle murmura : « C'est triste. Rainer était jeune marié, il réalisait une sorte de tour de disparition avec sa propre vie, et ensuite il a disparu pour de vrai en essayant de revendiquer le Nanga Parbat au nom d'un jeune garçon qui était déjà mort sur cette montagne. Ce que je sais c'est que, des années après, ma grand-mère attendait et espérait encore de ses nouvelles.

— C'est triste, en effet. Mais peut-être comprenait-elle aussi ce qui faisait ce qu'il était. Beaucoup de gens ont perdu la vie sur le Nanga Parbat avant que Buhl ne l'escalade. Seize hommes en une seule journée en 1937. Rainer savait certainement tout cela, mais il y est quand même allé. Peut-être avait-il besoin de vivre et de risquer la mort de cette façon, parce que le risque extrême était finalement la seule réalité à laquelle il souscrivait. Peut-être que la gravité des montagnes et l'apesanteur de l'illusion magique étaient constamment en opposition en lui. Il cachait sans doute cette obsession, peut-être même aux gens qu'il aimait. Ce devait être un personnage fascinant. Vous croyez que votre grand-mère l'aimait ?

— Oui. Et je crois aussi que vous avez raison. »

Le châle, la photo, la mèche de cheveux.

Les excentricités de l'histoire qui la liait à Bruno Becker, le versant vertigineux de la montagne face à eux – tout cela formait un motif qui, à cet instant, semblait s'intégrer dans un dessin plus grand et intelligible seulement en partie.

Cette pensée rendit Mair profondément heureuse, d'une façon qui lui semblait tout à fait nouvelle.

« Maintenant il est temps de parler de Zahra », dit-elle.

Bruno se leva et fit tomber des miettes de ses genoux. Avides, deux craves alpins leur fondirent dessus.

« Plus tard, répondit-il, souhaitant tenir son public en haleine. « Vous souvenez-vous du nom des montagnes ? Comment s'appelle celle-ci ? » Il désigna une vaste chute de neige et de pierres.

« Euh, je dirais le Wetterhorn ?

— C'est bien. »

Ils retournèrent à la cabane pour le dîner, après quoi Bruno alluma les lampes à huile. Ils étaient assis à l'intérieur, la porte fermée, car des nuages avaient investi le ciel et un vent froid soufflait en provenance du glacier. Il saisit un autre livre sur une étagère et l'ouvrit. La tête penchée près de la sienne, Mair vit qu'il s'agissait d'un album de photos plus moderne avec des feuilles de plastique collant entre les pages. Certaines photos étaient même en couleurs.

« Voici Zahra. »

Une petite fille solennelle avec des cheveux brun foncé attachés en deux nattes serrées, alignée avec d'autres enfants en robes d'écolières. Elle avait la peau plus foncée que ses camarades, mais pas de façon frappante.

« Ici aussi. » Bruno pointa une autre page.

Cette fois-ci, elle était adolescente, les cheveux courts, vêtue d'un jean et d'une chemise à carreaux bleus. On y distinguait mieux son visage et Mair l'examina à la recherche d'une ressemblance avec Caroline Bowen. Elle n'en voyait aucune. Zahra avait des traits aquilins et des sourcils noirs qui se rejoignaient presque au niveau de l'arête de son nez.

« Il n'y en a plus qu'une. Ma famille n'était pas du genre à photographier chaque rite de passage. »

Zahra était debout en haut d'un escalier de pierres et Prita se tenait sur la marche au-dessus d'elle. Leurs têtes étaient au même niveau. Les cheveux de Prita étaient à présent grisonnants, avec la raie au milieu, tirés en arrière de façon lâche. Zahra devait avoir vingt ans, formelle et solennelle avec une jupe et une veste sombres. Même avec leurs vêtements occidentaux, pensait Mair, elles paraissaient cachemiries sans équivoque. Elles avaient des traits bien différents, mais on aurait pu les prendre pour une mère et sa fille biologique, du fait de leur air digne et posé, la tête haute et le regard déterminé. Elle se dit que toutes deux avaient dû être plus proches que beaucoup de mères et de filles biologiques du fait de leur différence vis-à-vis de leurs amis et de leurs voisins suisses.

Bruno répondit à une question implicite : « Cette photo a dû être prise quand Zahra était à l'université. Prita et elle avaient toujours convenu qu'elles retourneraient au Cachemire une fois que Zahra aurait terminé ses études. »

Il attrapa ses deux verres sur l'étagère et y versa du schnaps, avant d'en glisser un sur la table pour Mair. « Mon père me disait qu'ils plaisantaient souvent ensemble à ce propos. Avant que le maharajah finisse par accepter d'intégrer l'Inde, il proclamait qu'il souhaitait que le Cachemire soit une sorte de Suisse asiatique. Un pays indépendant, neutre, en bons termes avec tous ses voisins. Prita et Zahra disaient que le Maharajah Hari Singh avait la bonne idée de départ, au moins. Elles connaissaient assez la vraie Suisse pour le savoir.

— Alors elles sont reparties ?

— Oui, peu après cette photo. C'était au milieu des années soixante-dix, avant la terrible époque de l'insurrection. Mais vous savez plus ou moins ce qu'elles y ont trouvé. »

Mair le savait en effet.

« Srinagar est devenue un endroit dangereux. Elles ont fini par s'installer à Delhi. Zahra enseignait les langues européennes à l'une des universités.

— S'est-elle mariée ? »

Bruno fit un de ses rares sourires et vida son verre de schnaps. « Oui. Elle a eu trois fils. Je crois que l'un est pilote, un autre concepteur de logiciels, et le troisième architecte. »

Mair rayonnait de satisfaction. « Comme c'est merveilleux.

— En effet. J'aurais beaucoup aimé pouvoir lui rendre visite à Delhi. »

La lumière jaune de la lampe projeta des ombres plus obscures autour du visage de Bruno. Dans le silence qui suivit, ils écoutèrent le vent rugir et la vieille cabane craquer comme un navire en mer. Bruno avait les yeux posés sur la photo de Lotus avec ses cheveux blancs voletant en un nuage autour de sa tête. « Dans quelques semaines, cela fera toute une année qu'elle est morte. »

Avec autant de douceur que possible, elle demanda : « Serez-vous ici tout seul ?

— Je ne pense pas que je serai une compagnie agréable pour qui que ce soit.

— Bruno…

— Je sais. Elle est morte et elle ne reviendra pas, et ceux d'entre nous qui restent doivent reprendre notre vie sans elle. C'est ce que je fais, Mair. Mais cela demande du temps et un effort de volonté. » Sa tête tomba soudain entre ses mains et il s'agrippa les cheveux. Le visage caché il lança, d'une voix étouffée déchiquetée par la douleur : « Cela demande tellement d'efforts. Se réveiller, exister un jour de plus, dormir – ou plutôt essayer. Encore et encore, vivre pendant que tout ce temps Lotus est *morte.* »

Elle se leva de sa chaise et alla vers lui. Cette fois elle ne put s'en empêcher. Elle mit les mains sur ses épaules recroquevillées. « Je n'allais pas te dire de faire quoi que ce soit différemment. Je n'aurais pas ce culot, quand tu es déjà plus courageux qu'il me semble possible de l'être. J'allais dire que si tu voulais avoir quelqu'un avec toi, même dans les environs, je serais là. J'étais à Lamayuru. J'ai vu comment c'est arrivé. Il n'y aurait rien à expliquer. »

Elle avait dit cela dans le sens où il ne serait pas nécessaire d'expliquer l'enchaînement de ces événements à quelqu'un qui n'y avait pas assisté, mais il tressaillit sous ses mains.

« Elle était si innocente et confiante et pourtant nous n'avons pas pu la maintenir en sécurité. Ça, je n'arriverai jamais à l'expliquer.

— Il n'y a pas d'explication. Pas pour ce qui est arrivé, ou comment c'est arrivé. C'était un terrible accident. »

Il était à présent secoué de sanglots. Mair aussi avait le visage humide. Elle berça sa tête contre elle et attendit qu'il s'arrête de pleurer.

Il finit par relever la tête et elle le lâcha immédiatement. Ses mains gardaient en mémoire la forme de son crâne et l'épaisseur de ses cheveux. Elle retourna s'asseoir et, après un dernier coup d'œil sur Prita et Zahra, referma l'album de photos.

« J'entendais battre ton cœur », dit Bruno. Il y avait une lueur étrange, incrédule dans ses yeux qu'elle interpréta comme de l'espoir. D'une voix si faible qu'elle entendait à peine les mots, il ajouta : « Un autre cœur humain. »

Il attrapa la bouteille et remplit à nouveau leurs verres. « Discutons, dit-il. D'accord ? Je suis surpris de voir que cela m'a plu aujourd'hui. J'avais oublié ce que c'était de parler et d'avoir quelqu'un qui écoute, qui assimile ce qu'on dit, l'évalue et forme une réponse dans une voix différente de la sienne, au lieu du monologue répétitif dans sa propre tête. J'ai passé trop de temps seul. Néanmoins, je ne veux plus parler de Lo. Je finirai par le faire, si tu acceptes d'écouter, mais je ne suis pas encore prêt. D'accord, Mair ? »

Ses mots coulaient à présent de source, toute l'hésitation effacée.

« Oui, lui répondit-elle. Cela me va. Peut-être pourrais-tu m'en dire plus sur Prita et Zahra. Étaient-elles très proches ? »

Il écouta le vent pendant quelques secondes. Puis il s'installa confortablement sur sa chaise, prêt pour l'histoire. Mair avait à présent plus de facilité à respirer.

« Oui. Elles ont eu quelques désaccords, je crois. Zahra était de la génération de mon père mais elle était assez moderne dans ses idées, alors que Prita était très traditionnelle. Mais au moment où j'ai été assez grand pour remarquer quoi que ce soit, elles étaient très dévouées l'une envers l'autre. Elles sont revenues deux ou trois fois dans mon enfance pour rendre visite à mon père et à leurs autres amis. Je me souviens que Prita me donnait des bonbons de couleurs incroyables, et je trouvais cela très exotique. Zahra m'apprenait quelques mots d'urdu.

— Savait-elle d'où elle venait ?

— Oh, oui, Prita ne lui a jamais rien caché. Zahra savait qu'elle était une orpheline adoptée à la mission de Srinagar.

— La mission de mon grand-père », ajouta Mair.

Ils se regardèrent par-dessus la table. Les deux moitiés de l'histoire qu'ils connaissaient s'imbriquaient entre eux aussi parfaitement que deux coquilles abritant une seule et même noix.

« Prita était une veuve dont le propre fils était mort à peu près à l'âge qu'avait Zahra quand elles sont arrivées en Europe. Prita elle-même était officiellement mariée avec Rainer donc, bien sûr, en tant qu'épouse puis en tant que veuve présumée pour la deuxième fois, elle a pu venir en Suisse et hériter des biens de Rainer. Zahra est arrivée avec elle, d'une manière ou d'une autre, sans doute grâce à l'un des stratagèmes de Rainer visant à camoufler une naissance illégitime. Tout cela c'est si tes théories sont correctes. Zahra a fini par acquérir elle aussi la nationalité suisse. Pour nous tous, les personnes qui les connaissions, elles étaient mère et fille. »

Bruno marqua une pause. Il ajouta, à voix plus basse : « Je suis presque certain que l'une envers l'autre, elles se considéraient aussi comme mère et fille. »

Mair pensait la même chose. Et pourtant elle croyait – ou plutôt, elle *savait* – que la mère biologique de Zahra était encore en vie et habitait dans une maison tranquille en périphérie de Srinagar. Devait-elle les réunir, après si longtemps ? Était-il correct d'intervenir dans la vie des autres et de jouer avec leur histoire ?

Les deux moitiés reposaient à présent dans ses mains et celles de Bruno.

Elle n'avait pas de preuve : juste une théorie, une liasse de lettres, une mèche de cheveux et un châle *kani*. Et un homme assis en face d'elle qui avait perdu sa fille, tout comme Caroline Bowen croyait avoir perdu la sienne. L'atroce douleur de cette perte était évidente. Soixante et quelques années l'avaient peut-être diminuée dans le cas de Caroline, mais elle avait vraisemblablement passé la moitié de cette période dans un asile de fous.

Mair se redressa. Il ne faisait aucun doute dans son esprit qu'elle n'avait pas le droit de garder un tel secret après l'avoir démêlé. « Je vais retourner en Inde pour les voir toutes les deux, si tu veux bien me donner l'adresse de Zahra. »

Bruno regardait la flamme de la lampe sans rien dire.

Mair attendit.

Puis elle ajouta d'une voix douce : « Ou peut-être pourrais-tu venir avec moi. Nous pourrions rendre visite à Zahra ensemble. C'était le projet, non ? »

Cette fois il la regarda, se souvenant de ce qu'il avait dit.

Elle vit autre chose sur son visage, une contraction des muscles oculaires et un pincement des lèvres, et elle reconnut la peur.

Bruno était terrifié à l'idée de quitter son cocon, la sécurité de sa cabane dans les montagnes, et de s'aventurer à nouveau dans le monde.

Il secoua la tête. « Je serais un frein pour toi, dit-il d'un air gêné.

— Non. Je ne crois pas. L'histoire ne vient pas que de moi ! Tu as ta moitié à raconter.

— Je ne sais pas. »

Mais il le savait très bien : cela aussi elle le voyait sur son visage. Les préoccupations extérieures s'immisçaient dans l'isolement du chagrin.

En silence, il se battit contre lui-même tandis que la pluie martelait le toit de la cabane. Mair alla rincer les verres dans l'évier, replaça la bouteille sur l'étagère et monta l'échelle pour aller dans sa chambre pendant qu'il restait assis à la table. Elle était dans son lit, allongée dans l'obscurité, quand la tête et les épaules de Bruno apparurent dans l'embrasure de la porte. « D'accord. Je t'accompagnerai en Inde. »

Il ferma la porte et le loquet fit un petit bruit sec.

CHAPITRE DIX-NEUF

La maison se trouvait dans une rue boisée dans le sud de Delhi, cachée derrière des murs crépis peints en jaune moutarde. Ils attendaient devant une grille noire en métal pendant que Bruno parlait dans un interphone.

Ils étaient arrivés séparément la veille au soir, Mair de Londres et Bruno de Zurich, et s'étaient retrouvés à l'hôtel anonyme près de l'aéroport où ils avaient convenu de loger. Pendant le dîner au bar sinistre de l'hôtel, ils étaient mal à l'aise l'un avec l'autre, rien à voir avec la facilité de la cabane en Suisse. Maintenant qu'ils étaient enfin en Inde, ils ne savaient plus quelle était vraiment leur mission et il paraissait trop tard pour se mettre d'accord sur ce qu'ils allaient dire à Zahra et comment. Ils avaient parlé de la pluie et du beau temps et étaient allés ensuite directement dans leurs chambres.

Souffrant du décalage horaire et incapable de dormir, Mair avait ouvert la porte de son balcon et était sortie dans la nuit. Il n'y avait pas même un semblant de mouvement dans l'air brûlant et le bruit de la circulation derrière le jardin de l'hôtel était aussi assourdissant à trois heures du matin qu'à midi. Les rubans orangeâtres des voies aériennes partaient dans toutes les directions, étincelant de voitures et de camions et, au-dessous d'elles, s'abritaient des colonies d'indigents. Au cours des dix mois qui s'étaient écoulés depuis son départ, elle avait oublié le vacarme, le mouvement déferlant et les contrastes brutaux de l'Inde.

Était-elle sur le point de commettre une erreur ? Aurait-elle dû laisser l'histoire là où elle reposait ?

Elle se secoua.

Une voix comme le bruit d'une sauterelle sortit de l'interphone et le battant gauche du portail s'ouvrit. Ils avancèrent le long d'un sentier entre des buissons de laurier-rose au son d'un arroseur automatique installé non loin de là. Une porte s'ouvrit en haut de quelques marches, révélant une petite dame âgée. Elle avait la peau claire et des traits cachemiris, mais ce n'était pas Zahra. « Mme Dasgupta vous prie d'entrer. »

Ils la suivirent dans un large hall d'entrée dont le sol était couvert de tapis cachemiris.

« Je m'appelle Farida. Suivez-moi. »

Une succession de portes les amena dans une pièce remplie de meubles sculptés sombres, maintenue fraîche et obscure par de grands stores abaissés. Une silhouette majestueuse vint à leur rencontre, les bras tendus pour envelopper Bruno. Elle avait les cheveux bien coiffés, plus gris que noirs, elle était ronde, vêtue d'une chemise en soie ample et d'un pantalon large, et des lunettes pendaient autour de son cou.

« Te voilà ! cria-t-elle. Approche que je te voie. »

Mair resta sur le côté pendant qu'ils s'embrassaient et parlaient à toute vitesse en suisse allemand. Bruno lui donna les fleurs et les cadeaux qu'ils avaient apportés, et Zahra s'exclama et protesta. Mair regarda les coupes en porcelaine remplies de bonbons, les bibelots en verre multicolore, les théières et les nombreuses photos encadrées de garçons et de jeunes hommes tour à tour en uniforme, en vêtements de sport et en costume. Elle sourit intérieurement. C'était une maison de famille. La maison familiale de Zahra.

« Zahra Dasgupta. » Elle serra chaleureusement la main de Mair.

Bruno fit les présentations : « Voici Mair Ellis, Zahra. Mair est devenue une bonne amie depuis la mort de Lotus. »

Après avoir prononcé le nom de sa fille il sembla se détendre un peu.

« Je suis tellement désolée pour Lotus, dit Zahra. Effondrée. C'est une terrible tragédie. Comment va ta femme ?

— Elle est aux États-Unis. Nous nous sommes séparés, Zahra. »

Elle regarda tour à tour le visage crispé de Bruno et celui de Mair, comme pour les évaluer. Il y avait un esprit vif derrière l'apparence majestueuse. Mair avait envie de lui dire, *Non, ce n'est pas ce que vous croyez : il y a ces deux moitiés d'un tout que Bruno et moi sommes venus apporter…*

« Je suis désolée pour cela aussi », dit Zahra. Elle prit Bruno par le bras et le mena vers un fauteuil.

Farida revint avec l'inévitable plateau de thé composé de tasses en porcelaine et d'un samovar en laiton. Elle apporta aussi des assiettes de gâteaux, ainsi que des serviettes brodées, et Zahra en changea la disposition dès qu'elles furent installées, toutes deux se gênant dans leurs mouvements respectifs et disant à l'autre ce qu'il fallait faire. Il était évident que c'étaient des compagnes et amies de longue date plutôt qu'une maîtresse de maison et sa domestique. Elles finirent par être toutes deux satisfaites et tous s'assirent dans les lourds fauteuils peluchés, tasses et assiettes dispersées au milieu d'eux.

Zahra dit à Mair : « J'ai connu cet homme alors qu'il n'était qu'un petit bébé. Un très mignon et gentil petit bébé. En grandissant il était comme la plupart des garçons, bruyant et chahuteur. Il rendait souvent folle sa mère.

— Zahra, tout cela n'est pas très intéressant pour Mair », protesta Bruno.

Il était gêné car Zahra traitait Mair comme s'il s'agissait de sa petite amie et dès que cette dernière s'en rendit compte, elle sentit le rouge lui monter aux joues et s'y installer avec obstination.

Zahra et Farida se regardèrent.

« Vous êtes en vacances à Delhi ? » demanda Farida.

Zahra l'interrompit : « Non, non, non, tu sais que Bruno m'a dit qu'il y avait quelque chose de très important dont il souhaitait parler. » Elle s'installa confortablement dans son fauteuil, ses pieds chaussés de pantoufles côte à côte et les mains jointes sur le ventre. « Je suis très curieuse d'entendre de quoi il s'agit. » Son regard passait de Mair à Bruno.

Le silence s'installa dans la pièce.

Mair avait du mal à respirer en ouvrant son sac. Elle sortit le châle de son emballage et l'étendit sur les larges genoux de Zahra.

Farida poussa instantanément un petit cri et saisit le coin le plus proche d'elle. Clignant des yeux, elle approcha le doux tissu de sa joue. « C'est un tissage *kani*. Ça vient de chez moi, au Cachemire. »

Mair prit ensuite la photo dans une pochette et la plaça sur le bras du fauteuil de Zahra. Sur le deuxième bras, elle posa la petite enveloppe en cellophane contenant la mèche de cheveux brun doré. Farida avait trouvé la signature inversée BB. « Je connais cet ouvrage, lança-t-elle dans un souffle. Il a été fait dans mon propre village. » Son visage rayonnait.

« Qu'est-ce que c'est que ces objets ? demanda Zahra. Pourquoi me les apportez-vous ?

— C'est une longue histoire. Mair va d'abord expliquer sa partie, dit Bruno.

— Regardez la photo », suggéra Mair.

Zahra mit ses lunettes sur son nez et pencha la tête. Elle expira avec force, poussant presque un grognement. « Srinagar, je crois. »

Mair pointa l'image du doigt. « Voici ma grand-mère, Nerys Watkins. Elle et son mari étaient des missionnaires chrétiens en Inde, au Cachemire, pendant la guerre. »

Farida semblait tout agitée. Elle attrapa la photo pour la voir. « Ness. C'est Ness ! » cria-t-elle.

Tous la regardèrent, éberlués.

« Vous avez *connu* ma grand-mère ? demanda Mair.

— C'était comme une mère pour moi quand j'étais petite fille. Je me souviens très bien d'elle. Il y avait des jeux et des chansons. Elle était si gentille, un ange. »

Mair tendit la main et Farida la saisit dans la sienne, sèche et minuscule.

Farida lui dit : « Je vois maintenant, votre visage. Vous avez quelque chose d'elle. » Elle traça un cercle autour de sa bouche et de son menton à elle.

Mair pensa, *Quoi qu'il puisse se passer ensuite, je suis ravie d'avoir fait le déplacement.*

Nerys avait connu cette petite femme enthousiaste alors qu'elle n'était qu'un enfant. C'était comme si elle tenait la main de Nerys elle-même, par-delà la séparation de presque soixante-dix ans.

Une fois de plus le temps se réarrangeait, se pliant pour former de nouveaux motifs.

Elle ne saurait sans doute jamais exactement quelle avait été la relation entre sa grand-mère et Zahra et Farida, et pourquoi elle avait si longtemps gardé un châle et une mèche de cheveux, comme s'il s'agissait de ses biens les plus secrets et les plus précieux, mais elle avait trouvé ce lien humain qui la reliait directement à Nerys.

Bruno lui souriait.

Mair pointa à nouveau son index sur la photo. « Cette dame est une amie de ma grand-mère du nom de Myrtle McMinn. Et celle-ci est une autre de leurs amies, Caroline Bowen. »

Zahra commençait à s'impatienter. « Je ne comprends pas ce que vous essayez de me dire. » Elle faisait la moue. « C'est *moi* qui ai trouvé Farida, vous savez. Mon mari et moi sommes allés à Srinagar, où nous nous sommes mariés, et j'ai rendu visite à l'école dont m'avait parlé ma mère, une école de missionnaires, voyez-vous, où l'on s'était occupé de moi. J'étais orpheline tout comme Farida, expliqua-t-elle à Mair. Il y avait beaucoup d'orphelins au Cachemire. Ma mère Prita et mon père m'ont adoptée et m'ont retirée de cette école pour m'emmener en Suisse. »

Mair ne pouvait s'empêcher de baisser les yeux vers le doux visage anglais de Caroline Bowen.

« Quand Dilip et moi sommes venus voir l'école, il n'y avait plus de missionnaires. Cela arrive, surtout à Srinagar qui est un endroit où beaucoup de choses changent pour le pire. Mais l'école existait toujours et Farida aidait les professeurs. Nous avons parlé et elle se souvenait de moi quand j'avais deux ans. Vous imaginez ? »

Farida donna une petite tape sur l'épaule de Zahra et rit. « Je ne l'avais jamais oubliée. Je l'aimais tellement que je la prenais pour mon propre bébé. Mais ensuite elle est partie et j'ai pleuré pendant des jours et des jours. J'étais si heureuse de la revoir, adulte et mariée. Je n'ai pas de mari et mes deux frères sont partis au Pakistan, il y a de nombreuses années.

— Alors elle est venue habiter avec moi. J'ai insisté, dit Zahra, triomphante. Pour être une tante pour mes garçons et une sœur pour moi. » Elle agita l'enveloppe de cellophane. « Alors. Quel est notre rapport avec ces gens, et ces cheveux ?

— Je crois, dit lentement Mair, que c'est une mèche de vos cheveux. Elle était avec le châle, et je l'ai trouvée rangée parmi les affaires de ma mère après la mort de mon père l'année dernière. »

Farida ouvrit l'enveloppe et en fit glisser le contenu dans sa main. Zahra se pencha, pinçant la mèche entre ses doigts et la plaçant près de sa tête pour que Farida puisse comparer.

Il n'y avait aucune ressemblance.

« Non, déclara Zahra.

— Peut-être que si », dit Farida.

Elles rirent toutes les deux, mais l'incertitude brillait dans leurs yeux. Elles appréhendaient la suite des révélations.

Mair fut contente de laisser Bruno prendre le relais.

« En plus d'être proche de mon grand-père, Rainer était un ami de ces trois dames, commença-t-il.

— C'était la guerre, fit remarquer Zahra, à l'époque les amitiés se faisaient et se défaisaient du jour au lendemain.

— C'est vrai. En 1945, comme vous le savez, Rainer a mis Prita, son épouse, à bord d'un bateau pour l'Angleterre avec un enfant. Sur le dock de Liverpool, elles ont été accueillies par un Anglais, un ami alpiniste de Rainer, qui les a ensuite aidées à rejoindre la Suisse. Et quand elles sont arrivées là-bas, elles ont été prises en charge par Victor Becker et sa famille.

— Ils le faisaient par égard pour mon père. Ma mère était très fière de lui. Elle me disait que le fait qu'il ait des amis comme ton grand-père montrait que c'était un homme formidable. »

Bruno sourit à nouveau. Mair voyait que l'aisance de la cabane lui revenait peu à peu, et il y avait plus que cela – il était animé par l'intérêt qu'il portait à l'histoire de Zahra.

Celle-ci se pencha en avant. « Ma mère a toujours pensé que Rainer avait l'intention de nous rejoindre. Il a été tué dans un accident de voiture avant de pouvoir venir. Mais il ne nous a pas abandonnées. »

Il hocha la tête. « Zahra, Mair et moi croyons tous deux que Rainer et sa femme voulaient aider une amie en emmenant son enfant naturel loin de l'Inde. En t'emmenant toi, en Suisse, pour te mettre hors de danger.

— Ma mère m'a dit que Rainer et elle m'avaient emmenée, coupé les cheveux et habillée comme un garçon jusqu'à ce que je sois sur le bateau. Je n'étais pas en sécurité, mais Prita ne savait pas très bien pourquoi. Évidemment Rainer aurait dissipé ce mystère s'il n'était pas mort. »

Mair se pencha en avant à son tour, posant le bout de son doigt sur la photo, sur le sourire de Caroline. « Madame Dasgupta, Rainer Stamm a pris cette photo. Je pense que la troisième femme est peut-être votre mère. »

Zahra fronça les sourcils. « *Elle*, vous croyez ? » Elle détourna la tête et montra l'un des cadres sur une table basse près d'elle. « Regardez, je vous prie. Voilà ma mère. »

Sur la photo, Prita Stamm était debout, tête haute, un jeune petit-fils à chaque main.

« Je voulais dire, la femme qui vous a donné naissance, précisa Mair. Elle est toujours en vie et habite à Srinagar. Je l'ai rencontrée l'année dernière et je lui ai montré ces trois éléments. »

Zahra leva sa tasse, but une gorgée de thé avec ostentation, puis reposa la tasse sur sa soucoupe. « Si vous savez tant de choses, qui était mon père alors ? » Sa lèvre inférieure dépassait et sa voix s'était refroidie de plusieurs degrés.

L'amant de Caroline devait être cachemiri, et leur liaison était forcément interdite, une aventure de temps de guerre, mais elle n'avait aucune idée du type d'homme qu'il avait pu être. Pas quelqu'un de bien, cela semblait certain. Caroline était-elle amoureuse de lui ? Pourquoi Ralph Bowen n'avait-il pas soutenu sa femme ? Le mystère paraissait s'épaissir, alors qu'elle pensait l'avoir résolu.

Elle sentait que Bruno la regardait et elle voulait se tourner vers lui, mais elle continua : « Ça, je ne le sais pas. Je crois qu'on ne le saura jamais, à moins que Caroline Bowen ne nous le dise elle-même.

— Avez-vous des preuves de votre théorie ?

— Des preuves officielles tangibles ? Non, aucune. Il n'y a que les lettres de ma grand-mère à Caroline et l'histoire que Bruno et moi avons rapiécée ensemble. Mais quand j'ai montré ce châle à Caroline, elle l'a tout de suite reconnu et dit : "Il appartient à Zahra. C'est sa dot." »

Il y eut un silence.

Puis Zahra fit l'observation suivante : « Mon prénom n'est pas très original. » Son visage exprimait de la désapprobation. « Et Prita, ma mère, s'est assurée que j'aie un mariage tout à fait convenable, avec une dot appropriée. Ma théorie est quelque peu différente. Je crois, *moi*, vous voyez, que Rainer était mon père biologique. »

Mair réfléchit. Oui, c'était tout aussi plausible. La guerre, un alpiniste magicien aux airs de joli cœur, et une fille de la vallée du Cachemire. Une fille que Rainer ne pouvait pas épouser – peut-être à cause de la colère de son père ou de la volonté de ses frères de défendre son honneur – mais dont il avait juré de protéger l'enfant. Il trouva une épouse, une veuve qui avait perdu son propre fils, et s'occupa de les envoyer toutes les deux en sécurité en Suisse. Ce n'est qu'alors, au dernier moment, que tout ne se passa pas comme prévu.

Une lueur de triomphe brillait dans les yeux de Zahra quand elle rendit la photo à Mair. « Le rasoir d'Occam. Connaissez-vous ce principe ? »

Bruno se mit à rire. Il quitta son siège et alla mettre son bras autour des larges épaules de Zahra. « L'explication la plus simple est en général la bonne ?

— C'est bien, mon garçon. »

Mair commença à protester mais Bruno lui lança un regard d'avertissement. Elle était en colère. Il n'allait tout de même pas l'empêcher de dire ce qu'elle savait être la vérité, pas quand elle avait mis si longtemps à la découvrir ! Mais son regard était catégorique, et Mair fut envahie par un sentiment en totale contradiction avec le précédent.

Ce n'était plus un sentiment doux, ou mielleux, ou même un tant soit peu agréable – c'était un sentiment tranchant et profondément déconcertant, car elle sut à cet instant précis, sans l'ombre d'un doute, qu'elle était amoureuse de lui.

Quels qu'aient été les mots qu'elle avait l'intention de prononcer, ils séchèrent dans sa bouche.

Une pointe d'amusement transparaissait sur le visage de Bruno. Son regard lui disait qu'ils se comprenaient. Elle avait envie d'aller l'embrasser, mais elle fit un effort pour rester immobile et concentrée.

Zahra entrelaça les doigts. « J'ai raison, vous voyez. Mais il s'agit d'une époque très, très lointaine. Pourquoi en parlons-nous ? Parlons donc de jeunes gens. Ils représentent l'avenir. Bruno, dis-moi, est-ce que ce sera douloureux pour toi si je vous montre quelques photos de mes petits-fils à toi et ton amie ?

— Non, cela me ferait plaisir de les voir. » Il avait encore le regard posé sur Mair et elle avait chaud dans cette pièce surmeublée, elle était désorientée. Il était impensable que Bruno soupçonne qu'elle s'intéressait à lui. Pourrait-il penser qu'elle avait concocté tout ce voyage en Inde pour se rapprocher de lui ? Certainement pas, quand elle-même venait à peine de se rendre compte de ses sentiments.

Zahra et Farida remettaient les tasses sur le plateau et faisaient de la place parmi les coussins pour y déposer les albums photo, se disant sans arrêt l'une à l'autre où trouver ce qu'elles cherchaient et où l'installer. Farida mit le châle sur le côté.

Mair rangea la photo dans sa pochette et la replaça en silence dans son sac à main, avec la mèche de cheveux.

« Tu vois, Bruno ? Voici le petit Sanjay – il va bientôt avoir six ans. C'est un garçon très intelligent. Il est déjà doué en mathématiques. Son père nous dit qu'il est le meilleur de sa classe. »

Un long interlude suivit, pendant lequel Bruno passa en revue toutes les photos et posa les bonnes questions, tandis que Mair regardait par-dessus son épaule et faisait du bruit supplémentaire.

Ensuite, après les nouvelles de la famille Dasgupta, vint le moment des questions réciproques à propos des parents de Bruno et de leurs voisins, ainsi que des commisérations sur le fait que M. Becker ne montre aucun signe d'amélioration mentale. Farida apporta à nouveau du thé et des amuse-bouches salés. On entendit des pas dans la cour et un homme âgé au visage ovale, en costume d'homme d'affaires, apparut sur le pas de la porte.

Zahra l'appela : « Dilip, te voilà enfin. Viens dire bonjour à nos visiteurs. »

M. Dasgupta était chauve, souriant, avec la peau presque aussi claire que celle de sa femme. Il fut courtois envers les connaissances de Zahra venues de Suisse, mais il était évident que cet homme était prêt pour son dîner. Avec des formulations polies, des invitations à rester et des refus désolés, la visite commença à toucher à sa fin.

Mair avait décidé ce qu'elle souhaitait faire. « Madame Dasgupta, j'aimerais vous demander une faveur.

— Bien sûr, ma chère, répondit Zahra en jetant un coup d'œil par-dessus ses lunettes.

— En souvenir de ma grand-mère, accepteriez-vous de garder le châle ? J'aimerais que vous l'ayez – vous et Farida, évidemment – et je crois que c'est aussi ce qu'aurait voulu Nerys. Pendant des mois, j'ai retracé son histoire. Je suis allée au Ladakh et à Srinagar, et même jusqu'à ce qui reste du village de Kanihama pour voir où il avait été tissé et brodé.

« J'ai le sentiment que le châle serait plus à sa place ici avec vous, plus près de son histoire, qu'avec moi en Angleterre. »

Le visage de Farida rayonnait de joie. Elle dit à Zahra, d'une voix implorante : « Mon village. C'est ma famille qui l'a réalisé. Tant de travail. » Elle le serrait contre son buste frêle. « Et il vient de notre mère Ness, tu sais, il y a très longtemps. »

M. Dasgupta plaça sur son nez des lunettes à monture d'écaille et examina le coin du châle qui dépassait des bras de Farida. « Un ouvrage remarquable. Digne d'un musée. »

Zahra pinça les lèvres. « Dilip sait de quoi il parle. Il travaille dans le textile. Si c'est vraiment ce que vous souhaitez, bien que ce châle n'ait aucun véritable lien avec moi, j'apprécie ce que vous dites. Par conséquent, merci.

— Juste une dernière chose, dit Mair. J'aimerais prendre une photo. »

Elle sortit vite son appareil numérique et le passa à Bruno. Elle se plaça d'un côté de Zahra, avec Farida de l'autre, le châle étendu entre elles comme une banderole magnifique.

Bruno prit la photo.

M. Dasgupta insista pour les reconduire à leur hôtel, mais Mair et Bruno lui répondirent qu'il n'en était pas question. Ils arrivèrent à un compromis en acceptant qu'il les amène à une rue plus passante où ils trouveraient facilement un taxi ou un rickshaw. Zahra et Farida sortirent et les raccompagnèrent jusqu'à la grosse voiture noire dont les sièges étaient recouverts de housses de protection en lin blanc. Zahra étreignit Bruno avec force, fit la bise à Mair, et la voiture démarra enfin.

Zahra leur fit de grands signes jusqu'à ce qu'ils disparaissent au coin de la rue. Farida se tenait dans l'ombre du mur, le châle toujours dans les bras.

Après que Dilip les eut laissés, avec un flot d'instructions sur comment regagner leur hôtel, Bruno poussa un long soupir. « J'ai besoin d'une *bière* », grogna-t-il.

Le bar le plus proche était éclairé de néons roses et bleus. Les murs étaient tapissés de posters de Bollywood géants et la clientèle était vêtue de jeans skinny et de tee-shirts japonais mystiques.

Bruno déclara : « C'était plutôt malin de ta part. »

Un serveur apporta leurs boissons, dans des verres délicieusement couverts de gouttelettes de condensation. Ils trinquèrent. Mair avait l'impression d'être déjà à moitié soûle. Stupéfaction et appréhension la parcouraient en courants irréguliers. « Qu'est-ce qui était malin ?

— Tu as rendu le châle à sa propriétaire légitime, sans que celle-ci accepte la véritable raison de son droit de possession. Es-tu triste de t'en être séparée ? »

Mair secoua la tête. « Il appartenait à Zahra depuis le début. Je ne pouvais pas le garder pour moi. Tu crois à notre version des faits, hein, plutôt qu'à celle de Zahra ?

— Oui. Mais bon, scientifiquement parlant, la théorie la plus simple ayant le plus de chances d'être la bonne n'est pas ce qu'indique vraiment le rasoir d'Occam…

— Oh, je t'en prie, dit-elle en riant.

— L'histoire de Zahra est une vraie *success story* en tout cas. Je pense qu'étant donné ce qu'elle a traversé, elle a le droit de croire à la version de son passé qui lui convient le mieux.

— En effet. Merci de m'avoir fait signe de m'arrêter quand j'allais foncer tête baissée.

— Tu avais l'air furieuse. »

Elle se mordit la lèvre, luttant contre la gêne qui l'envahissait à la pensée de la révélation qui avait suivi cette colère. « Cela n'a duré qu'une seconde. Ai-je eu tort d'essayer de la convaincre au départ ?

— Non. Cacher délibérément la vérité n'aurait pas été correct. Si nous regardions ta photo ? »

Tandis qu'ils se penchaient au-dessus du petit écran, Mair sentait intensément la main et le bras de Bruno, ainsi que le poids de son épaule contre la sienne.

La photo était très nette et Bruno avait réussi à capturer comme un écho de cette autre photo de trois femmes.

« Elle est bonne, dit-elle. Merci.

— Je vais aller au centre d'affaires de l'hôtel pour en imprimer un exemplaire en brillant. Nous pourrons l'emporter avec nous.

— L'emporter avec nous ?

— À Srinagar. »

Elle le regarda, interdite. « Nous allons quand même à Srinagar ? »

Après le rejet si catégorique de Zahra par rapport aux informations qu'ils lui avaient révélées, Mair supposait qu'ils abandonneraient leur projet initial de continuer leur voyage au Cachemire. Elle ne voyait pas comment ils pourraient annoncer à Caroline que la fille à qui elle avait dû renoncer il y a si longtemps était vivante et heureuse, mais avait choisi de ne pas croire à leur lien de parenté.

« Bien sûr. Nous devons trouver un moyen de boucler la boucle, tu ne crois pas ? »

Comme pour lui montrer la chose, Bruno lui attrapa la main, glissant légèrement ses doigts entre les siens.

Tout étourdie, Mair se demandait de quelle boucle il parlait vraiment. Elle l'aimait pour avoir embrassé sa quête et l'avoir faite leur. Pour cela, et pour tout le reste. Soudain, Hattie et Ed flottèrent dans son esprit.

« En veux-tu un deuxième ? demanda-t-il en désignant son verre vide.

— Volontiers. »

Srinagar avait changé.

Sur le chemin qui les y amenait, à partir de l'aéroport, les routes étaient engorgées par une circulation lente, stoppée à presque tous les carrefours par des barrages de l'armée indienne ou de la police. De jeunes groupes paramilitaires portant des armes automatiques patrouillaient dans les rues, canalisant les foules de piétons qui passaient en courants lents sous les platanes. Dans l'air bleu, encrassé par les émanations des moteurs à l'arrêt, la tension était palpable. Autour de Lal Chowk, il y avait des bâtiments détruits par les bombes, des bazars abîmés et de belles maisons anciennes en briques rouges noircies par le feu ou percées d'impacts de balles. Où qu'ils regardent, il y avait d'autres troupes et d'autres barrages routiers. Mair savait que les insurgés séparatistes étaient passés à l'étape supérieure, maintenant que beaucoup de jeunes militants jeteurs de pierres avaient suivi une formation de tireur ou de pyromane. Le niveau de violence contre l'armée indienne d'occupation avait presque atteint le point de guerre ouverte, pourtant Mair ne s'attendait pas à l'atmosphère de découragement et au déclin économique flagrant qui criblaient Srinagar.

Le mot qui lui venait à l'esprit était *éteint*. Voilà comment l'endroit et ses habitants, d'ordinaire si gais, semblaient aujourd'hui. Elle fut frappée par la tristesse de cette vision.

Dans le taxi, Bruno regardait par la fenêtre, en silence. Elle aurait voulu qu'il ait un coup de foudre pour le Cachemire comme cela avait été le cas pour elle, et elle se retrouva à essayer d'excuser l'état actuel de la ville. Elle désigna d'anciens toits en gradins au loin. « Ce n'est pas toujours comme ça. C'est vraiment très beau. Regarde, voici la Jama Masjid, la mosquée du vendredi. Elle date du quatorzième siècle. »

Leur chauffeur était recroquevillé dans sa tunique grise, attendant patiemment qu'encore un autre soldat indien lui fasse signe d'avancer et examine minutieusement leurs papiers.

Ils parvinrent enfin à leur hôtel. Mair avait choisi un des établissements gérés par des Chinois dans le Bund, pas celui où elle s'était réfugiée lors de l'attaque à la grenade, mais tout près de là. Sur le chemin, ils étaient passés devant *Salomon et la Reine de Saba*, le vieux house-boat penchant encore plus allègrement vers la surface miroitante du lac. Elle ne le montra même pas à Bruno. Elle avait décidé de ne pas réserver de chambres dans un house-boat. Malgré leur état de délabrement plus ou moins avancé, ils restaient des destinations tape-à-l'œil et romantiques que choisissaient les amants et les couples en voyage de noces.

Quand ils se présentèrent à la réception, on leur dit qu'un couvre-feu serait appliqué dans toute la ville du crépuscule jusqu'à l'aube. Ils dînèrent à nouveau dans un café, mais cette fois-ci ils n'avaient même pas le petit réconfort de l'alcool car l'hôtel n'en servait pas. Non loin d'eux, ils entendirent les cliquetis brefs et choquants de coups de feu.

« Les temps sont durs. » Leur serveur soupira en posant des bols de soupe rougeâtre. « Très durs. Vous êtes des touristes ? » Il y avait toujours l'espoir de plus de touristes.

« Pas vraiment, répondit Mair.

— Vous représentez l'ONU ? Une ONG ?

— Non, nous sommes juste venus rendre visite à une amie. » Bruno n'avait sans doute pas eu l'intention d'être sec, mais l'homme se retira immédiatement.

Ils ne parlèrent pas beaucoup pendant leur repas. Mair savait que Bruno pensait sans doute à cette autre visite qu'il avait prévue, avec Lotus et Karen.

Dans sa chambre, avant d'aller se coucher, elle souleva plusieurs épaisseurs de voilages qui empestaient le tabac et regarda par la fenêtre. Une voiture de police avançait au ralenti dans la rue désertée. Près de là, un bâtiment était en feu. Elle apercevait une affreuse lueur rouge qui léchait les dessous de coussins de fumée.

Le lendemain matin, ils prirent un rickshaw pour se rendre chez Caroline.

Les passants affluaient dans les vieux bazars et, au lieu d'une jeep de l'armée, c'était un troupeau de chèvres et de moutons mélangés glissant parmi la circulation qui les empêchait de passer. Bruno sourit à cette vue. « Je suis désolé d'avoir été aussi taciturne hier soir.

— Pas de problème.

— C'est un endroit peu engageant.

— Mais il est résistant. Et je t'assure que, très vite, on l'a dans la peau.

— Cela a dû être le cas pour Caroline. Elle a fait le voyage inverse de la grande majorité du Raj britannique, en revenant d'Angleterre pour vivre ici, non ? »

Leur petit véhicule s'élança en avant quand les derniers moutons lui laissèrent la voie libre.

Ils arrivèrent devant la maison au jardin mal entretenu. Aruna vint leur ouvrir et fronça les sourcils à la vue de Mair, comme si sa dernière visite datait seulement de l'avant-veille. « Mme Bowen très fatiguée. Pas bien du tout. Je suis désolée. »

Mair fit un pas en avant, la liasse de lettres de Nerys à la main. « Je lui avais promis de lui rendre cela. Nous ne resterons pas très longtemps. Voici M. Becker, l'ami d'un vieil ami de Mme Bowen. »

Aruna fronça à nouveau les sourcils en recevant cette information et le paquet de lettres, mais elle abandonna sa tentative de leur barrer la route.

La pièce à l'arrière de la maison était silencieuse, à l'exception d'un nocturne de Chopin qui s'échappait du lecteur de CD. Caroline était assise dans son fauteuil habituel. Cette fois-ci, elle avait les deux pieds surélevés sur un tabouret et, près d'elle, un déambulateur. Sentant leur présence, elle tourna la tête dès qu'ils entrèrent, mais Mair se rendit compte qu'elle avait à présent complètement perdu la vue. Inquiète, elle avait les yeux fixés dans leur direction, à l'affût du moindre bruit extérieur au piano.

« Aruna ? C'est vous ? »

Sans attendre, Mair s'approcha d'elle. « C'est encore Mair. Vous vous rappelez ? La petite-fille de Nerys Watkins ?

— Qui ? Qui cela ? La petite-fille de *Nerys* dites-vous ? Ma chère Nerys ? Je n'arrive pas à le croire. »

Mair hésitait, déconcertée par ce trou de mémoire. Heureusement, Bruno vint à la rescousse. Il se plaça de l'autre côté du fauteuil et dit d'une voix douce : « Bonjour, Madame Bowen. Je m'appelle Bruno, et je suis un ami de Mair. Mon grand-père était un bon ami de Rainer Stamm.

— Rainer. » Caroline tapa dans ses mains. « C'est extraordinaire. Où est-il ? J'aimerais le voir. Dites-le-lui, d'accord ? »

Bruno lui prit la main. En comparaison, celle de Caroline ressemblait à une serre minuscule.

La vieille dame sourit, rayonnante dans sa cécité. « Bonjour très cher, dit-elle. Merci d'être venu me rendre visite.

— Rainer est mort, malheureusement. En escaladant une montagne.

— Tout le monde est mort, rétorqua-t-elle, sans perdre son sourire. On s'y habitue à mon âge. J'ai quatre-vingt-dix ans, vous savez. Quatre-vingt-dix ans. C'est bien cela, Aruna, n'est-ce pas ? » Elle pencha la tête pour essayer d'entendre la voix d'Aruna.

« Oui, quatre-vingt-dix ans », répondit cette dernière en soupirant. De toute évidence, il s'agissait d'une question fréquente. Elle dévissa le bouchon d'un petit flacon marron et en sortit des capsules vertes et blanches.

Caroline était bien installée dans son fauteuil et tenait toujours la main de Bruno. « Comme c'est gai ! Quoi de neuf ?

Dites-moi tout. Prenons donc un verre. Aruna, ma chère, qu'est-ce que nous avons ?

— Merci, ce serait très sympathique », dit Bruno en lançant un regard à Aruna. Il savait comment la prendre.

« Je vais aller voir ce qu'il y a », dit-elle en quittant la pièce.

Mair se rapprocha encore plus. « Madame Bowen, vous rappelez-vous quand je suis venue vous voir l'année dernière avec un châle ? Vous m'aviez dit que c'était le châle de Zahra.

— J'avais dit cela, mon enfant ? » Son sourire s'estompa à peine. Le CD s'était arrêté et le lecteur émettait un léger bourdonnement électrique.

Mair baissa la voix. Elle n'avait pas préparé ce qu'elle était sur le point de dire.

« J'ai laissé le châle chez Zahra. Était-ce la bonne chose à faire ? Je l'ai vue il y a deux jours, à Delhi. Zahra a survécu, voyez-vous. Rainer l'a envoyée en lieu sûr en Europe, il y a si longtemps. Bruno et moi l'avons rencontrée, ainsi que son mari. »

Il y eut un silence.

« Ah oui ? C'est bien, mon enfant. »

Le bourdonnement électrique était comme une plainte de moustique. Bruno esquissa un mouvement pour aller éteindre le lecteur, mais Caroline s'agrippa à sa main. « Restez.

— Ne vous inquiétez pas, la rassura-t-il. Comprenez-vous ce que Mair est en train de dire ? »

La vieille dame tourna la tête, essayant en vain de voir leurs visages. L'incertitude assombrit son sourire confiant. « Qui ? Qui est là ? C'est toi Nerys ? »

Mair répéta, avec plus d'insistance : « Était-ce la bonne chose à faire, de donner à Zahra son châle ? »

Elle croisa le regard de Bruno au-dessus de la tête blanche de Caroline.

Celle-ci murmura : « Eh bien, je suppose que oui. S'il lui appartenait. Où est donc passée Aruna ?

— Elle est juste allée chercher des rafraîchissements. Elle sera de retour dans une minute », lui dit Bruno. Il lui serra la main plus fort et le visage de Caroline s'éclaira à nouveau.

« Oh oui, j'aimerais bien boire quelque chose. Rappelez-moi votre nom ?

— Bruno. »

Aruna revint avec un plateau sur lequel étaient disposés des verres et une carafe. Elle leur servit à tous de la limonade et, quand elle donna son verre à Caroline, la vieille dame l'avala d'un trait, comme un enfant. Après quoi, elle fit un petit rot. Aruna plaça deux pilules dans sa paume et elle les avala avec un deuxième verre de limonade.

Mair se demandait depuis combien de temps ils étaient dans cette pièce, avec sa vue sur le jardin que Caroline ne pouvait plus voir. Elle avait l'impression que cela faisait une éternité.

Le fil conducteur qu'elle suivait depuis tant de mois prenait fin ici. Il avait tissé un motif compliqué et, même si elle ne pouvait pas en couper les extrémités et les parfaire en y faisant un nœud, comme les fils du châle lui-même, elle était heureuse de l'avoir suivi jusqu'au bout.

Caroline bâilla. Sa tête tomba contre le dossier de son fauteuil et sa mâchoire s'affaissa. Bruno lui lâcha la main et la posa sur ses genoux. Un instant plus tard, un ronflement s'échappa de sa bouche ouverte.

Mair regardait autour de la pièce. Ostensiblement, Aruna apporta une couverture qu'elle enroula autour des épaules de Caroline. Elle prit ses lunettes et les mit sur le plateau tandis que Mair et Bruno se levaient.

« J'aimerais laisser ceci à Mme Bowen, dit Mair rapidement. Ce sont... de vieilles amies à elle que nous avons vues cette semaine à Delhi. »

Le fauteuil de Caroline fut placé près de la cheminée carrelée. Au-dessus de celle-ci se trouvait un miroir encadré d'une bordure dorée, et Mair y coinça la photo. Zahra, Farida et elle souriaient face à la pièce. Aruna vint tout de suite l'observer, ajustant ses lunettes pour mieux voir.

Elle pointa son index. « Vous avez apporté ce châle avec vous la dernière fois que vous êtes venue.

— En effet.

— Elle peut pas voir photo, vous savez. Qu'est-ce que c'est ?

— Rien. C'est juste un châle en cachemire. Et c'est plutôt nous – ou devrais-je dire *moi* – qui voulons que la photo la voie. Cela pose-t-il problème ? »

Elle ignora le regard sceptique d'Aruna. « S'il vous plaît, puis-je passer aux toilettes avant de partir ?

— Je vais vous montrer. »

Caroline dormait profondément. Mair se pencha au-dessus d'elle en passant et effleura des lèvres le haut de sa tête.

« Elle dort la plupart du temps maintenant », dit Aruna, avec une légère pointe de tendresse. Elle désigna le petit couloir où l'on apercevait une porte ouverte, donnant sur une salle de bains peinte en vert, et remporta le plateau à la cuisine. Bruno se mit à examiner une série de photos encadrées d'équipes de polo, accrochées près de la porte d'entrée.

Mair vérifia par-dessus son épaule, se précipita vers la salle de bains et ferma la porte à grand bruit, de l'extérieur. La chambre de Caroline devait être la pièce d'à côté. Elle y aperçut un lit avec une couverture blanche sous le baldaquin d'une moustiquaire. Elle se glissa dans la chambre et regarda autour d'elle. Cela ressemblait plus à une chambre d'hôpital qu'à autre chose, avec la même odeur d'antiseptique dans l'air. À côté du lit se trouvait une table de nuit avec un seul tiroir.

Elle l'ouvrit et jeta un coup d'œil au matériel médical qu'il contenait. Puis elle fourra la mèche de cheveux de Zahra et son enveloppe en cellophane au fond, là où personne ne la verrait. Elle referma le tiroir et retourna vite vers la porte pour regarder par la serrure si la voie était libre. Le couloir résonnait de bruits de vaisselle. Aruna jaillit de la cuisine et, pendant qu'elle avait le dos tourné, Mair fit mine de sortir de la salle de bains.

Bruno la regarda en levant un sourcil.

Trois femmes se tenaient sur le pas de la porte, la tête couverte d'un *hijab* noir. L'une d'elles portait un panier en osier, avec les mêmes dessins rouges et verts qu'une protection de *kangri*. Visiblement, Aruna connaissait bien ses visiteuses. Elle leur indiqua les vieilles chaises à l'ombre de la véranda. Mair réfléchissait : Moi *aussi* je les connais. Mais d'où est-ce que je les connais ? Il y avait deux jeunes filles aux joues lisses couleur olive, et une dame plus âgée au visage ridé.

Aruna accepta le panier en osier et ouvrit le pot qui s'y trouvait. Une délicieuse odeur les enveloppa.

« Ça sent drôlement bon ! » s'exclama Bruno.

Aruna acquiesça. « C'est du riz *tahar,* cuisiné de façon spéciale avec du curcuma. Au Cachemire, nous en préparons toujours quand quelqu'un arrive sain et sauf, échappe à un danger. »

La mémoire de Mair s'éclaircit. Bien sûr. C'étaient la mère et les deux sœurs de Mehraan, le *karkhanadar.* Elles aussi la reconnurent. Les filles gloussèrent et la mère inclina la tête.

« J'avais l'intention de rendre visite à Mehraan dans son atelier, dit Mair en souriant. Comment va-t-il ? Comment allez-vous ? »

Il y eut un échange entre les femmes. Aruna déclara : « Si vous voulez vous asseoir avec nous, nous pouvons partager le riz. C'est important. Un... symbole. Elles l'ont apporté pour Madame, mais il y en a bien assez pour tout le monde.

— Merci », répondit simplement Mair. Ils s'installèrent en cercle, les adolescentes en tailleur par terre. Aruna apporta des assiettes et, avec respect, la mère de Mehraan servit quelques bouchées de riz à chacun à l'aide d'une grande cuillère. On le mangeait humecté avec du yaourt cachemiri crémeux, saupoudré de noisettes et de coriandre fraîche. Mair et Bruno copièrent les Indiennes, mangeant en silence, avec les doigts, rattrapant d'un pouce avide chaque grain qui s'éloignait.

C'était l'un des plats les plus délicieux que Mair ait jamais goûtés.

Aruna replaça le couvercle sur le récipient. « Pour Mme Bowen, quand elle se réveillera. Elle va aimer. »

Les filles se remirent à glousser et à murmurer.

Aruna interpréta : « Elles aimeraient savoir, cet homme est votre mari ? »

Mair ne pouvait pas regarder Bruno, mais elle sentait ses yeux posés sur elle. Elle était troublée par sa proximité, par le fait d'être avec lui à Srinagar. Maintenant que tous les morceaux laissés par Nerys avaient été remis en ordre, il allait être temps de penser à rentrer, séparément.

Son cœur se serra.

« Non, ce n'est pas mon mari. Mais c'est un bon ami. »

Il y eut à nouveaux des rires étouffés et un échange de paroles que Mair et Bruno ne pouvaient pas suivre.

Aruna retrouva son calme et leur dit : « Mehraan est un bon garçon. Il est venu souvent cette année, pour m'aider. En hiver, il apportait du bois et déblayait la neige. Vous voyez ? Il a réparé la barrière. »

De nouveaux piquets de bois clair étaient disposés parmi les anciens, fendus et abîmés.

« C'est très gentil de sa part. Où est-il ? À l'atelier ? »

Aruna hésita. Puis elle répondit : « Mehraan pas à Srinagar. Parti dans un camp. Il a traversé la Ligne, et sa mère appris aujourd'hui qu'il est en sécurité. Alors fait *tahar.* »

Mair et Bruno se raidirent tous les deux.

Traverser la *Line of Control* pour atteindre la partie du Cachemire sous autorité pakistanaise était un voyage dangereux, et ce camp dont parlait Aruna ne pouvait être qu'un centre de formation pour les insurgés militants du Cachemire Libre. Mair avait du mal à associer cette information avec son souvenir d'un jeune homme grave dont les responsabilités lui donnaient l'air plus vieux que son âge véritable.

« J'espère... que tout se passera bien pour lui », murmura-t-elle, l'imaginant revenir auprès de sa mère et de ses sœurs pour être ensuite assassiné par l'armée des paramilitaires.

Aruna agita son index en leur direction. « C'est pas ce que vous pensez. Pas un camp de guerre. C'est pour apprendre l'islam, pour la paix. »

La mère parlait rapidement et les deux filles se tournèrent vers elle.

Aruna fit de son mieux pour traduire. « Pour Mehraan et ses amis, il y a qu'un jihad. Dans le cœur de chaque homme, seul, où pas d'autre arme que vérité de Dieu. C'est grâce à ce camp, et aux professeurs là-bas, que Mehraan trouvera sa voie. Il nous manque ici, mais il fait ce qu'il doit faire. »

La mère de Mehraan baissa la tête. Mair vit qu'elle était au bord des larmes. Il y avait tant de tristesse au Cachemire, et une telle force morale.

Il était temps de partir.

Mair et Bruno remercièrent les Indiennes d'avoir partagé cette offrande du riz *tahar*, et Mair demanda à Aruna si elle pourrait à nouveau rendre visite à Mme Bowen avant de quitter Srinagar. À nouveau elle-même, Aruna hocha la tête de façon à peine perceptible.

Mair étreignit les petites sœurs de Mehraan et s'inclina, les mains jointes, devant leur remarquable mère.

Un instant plus tard, Bruno et elle marchaient le long du chemin, sous des pommiers et des noyers aux feuilles colorées par l'automne. Pensant à cette visite, ils ne prêtaient pas attention à leur parcours et, au bout de deux minutes, ils étaient perdus au milieu d'un labyrinthe de ruelles bordées par de hauts murs. Un chien haletait sous des marches en bois.

Bruno s'arrêta. « Tu crois que c'est la bonne direction ?

— Non – nous sommes arrivés de là-bas. »

Ils hésitaient, ne sachant pas où aller. Il mit ses mains sur ses épaules et la regarda droit dans les yeux. « Cela n'a pas d'importance. Nous allons bien finir par retrouver notre chemin. Que faisais-tu, dans le couloir ?

— Je voulais laisser la mèche de cheveux de Zahra à côté du lit de Caroline. Ce n'est pas un lien extraordinaire, je sais. Mais c'est mieux que rien.

— Je n'y aurais jamais pensé. Mais c'est la meilleure chose que tu pouvais faire. Ça, et puis la photo et le châle. »

Il penchait sa tête vers la sienne quand un cri retentit soudain, accompagné par le bruit sourd de pas se précipitant dans leur direction.

Le chien jaillit de sous son abri, une tache tremblante de poils fauves qui grognait de sa grande gueule rouge.

Bruno attrapa le poignet de Mair et l'entraîna à distance de l'animal, courant à toute allure vers ceux qui arrivaient de l'autre côté.

Mair eut tout de suite à l'esprit l'image d'une troupe de soldats armés jusqu'aux dents. Mais avec Bruno près d'elle, elle courut malgré tout.

Un flot d'enfants jaillirent au coin de la rue. Mair et Bruno faillirent les percuter, mais firent un écart à temps pour les laisser passer. C'étaient des garçons de cinq à treize ans environ, coiffés de chachias blanches, tous vêtus d'un *salwar kameez* bleu foncé impeccable. Ils portaient chacun un sac *satchel* qui s'agitait au rythme de leurs pas, et ils se donnaient des coups de coude pour se dépasser mutuellement. L'école était finie pour la journée. Le chien fit demi-tour et alla s'abriter, et Mair et Bruno se retrouvèrent collés au mur de la ruelle tandis que les enfants s'éloignaient en courant. Les cris et les rires résonnaient derrière eux.

Il pencha la tête en arrière et expira de soulagement. « Désolé. Je suis désolé. J'ai peur des chiens.

— Ne t'en fais pas. » Elle lui prit le bras. « S'ils se dirigent tous par là c'est que ce chemin mène quelque part. Si nous les suivions ? »

Ils reprirent leur marche à la suite des enfants les plus lents. Au bout de cent mètres, ils étaient sortis du labyrinthe et avaient atteint la rive d'un ruisseau, l'un des affluents du Jhelum, bordé par une petite prairie. Il y avait une rangée de peupliers et de saules argentés, dans une pelouse où l'herbe avait disparu par endroits, laissant place à des ronds de terre nue. Des enfants s'étaient déjà mis à se poursuivre et à taper dans un ballon, visant un but marqué par deux *satchels.* Un autre groupe avait installé des guichets de cricket, et quelques audacieux se balançaient au-dessus de l'eau à l'aide d'une corde à nœuds. La corde se balançait de plus en plus loin et de plus en plus haut, un enfant agrippé à son extrémité comme un pendule.

Mair et Bruno s'assirent sur l'herbe pour les regarder.

La lumière de l'après-midi déclinait tandis que la fraîcheur du soir montait du ruisseau, mais ils restèrent malgré tout. Les jeux étaient universels, et la joie des participants semblait effacer les soucis de la ville.

« Ils ont l'air si heureux », dit Mair.

Bruno hocha la tête. « Et pleins d'espoir. Même dans un endroit dangereux, avec un avenir incertain qui attend la plupart d'entre eux. L'espoir est la force rédemptrice la plus puissante. Et tu sais quoi ? Pendant que nous les observions, j'ai oublié de penser à Lotus. Cela m'est arrivé plusieurs fois depuis le début de notre voyage en Inde. Comme lorsque nous mangions du riz de fête tout à l'heure, assis sur cette véranda sans la pression de devoir parler, sans l'obstacle de la langue ou de la religion. Cela ne dure jamais très longtemps mais, quand je pense à nouveau à elle, je ressens une douleur intérieure. C'est comme si vivre ne serait-ce qu'un petit moment de bonheur revenait à rejeter sa mémoire. Comme si, d'une certaine façon, j'étais obligé de nourrir mon sens du deuil afin de l'honorer correctement. » Il secoua la tête. « Je ne sais pas où finit le chagrin véritable et où commence la complaisance envers soi-même.

— Tu n'es pas complaisant, dit Mair avec douceur.

— Ah non ? J'analyse sans cesse mes pensées. Je ne suis pas sûr de comprendre quoi que ce soit comme avant. Toutes mes anciennes valeurs ont été chamboulées. L'ambition, le travail, le succès, même l'amour, est-ce que tout cela a la moindre importance après ce qui s'est passé ?

— Je ne sais pas. C'est difficile à dire. Je pense que ce qui importe c'est ce qui se passe ici et maintenant. Et ses différentes versions, partout ailleurs. »

Elle montrait le petit monde du terrain de jeu, pensant en même temps au pays de Galles, au bébé de Tal et Annie, ainsi qu'au calme de la cabane en bois de Bruno dans les montagnes. Et au châle de Zahra.

« Tu n'es pas encore prêt pour arrêter de la pleurer. »

Il cessa de regarder dans le vague et se tourna vers elle. « Non, en effet. Cela risque de prendre du temps. »

C'était l'avertissement le plus gentil et le plus complet qui soit. Elle appréciait cette candeur et l'inquiétude pour elle qui y était associée. « Je sais, je comprends. »

Pendant qu'ils discutaient, elle continuait de regarder le jeu de corde du coin de l'œil. À tour de rôle, trois des garçons les plus grands se balancèrent en avant jusqu'à ce que la corde soit presque horizontale et, au plus haut point, ils la lâchèrent pour sauter sur l'autre rive.

Les muscles de Mair se contractaient automatiquement tandis qu'elle évaluait avec envie l'effort nécessaire.

L'un après l'autre, les grands garçons firent le voyage inverse en passant sur un vieux tronc d'arbre en équilibre sur les croûtes d'écume jaune qui descendaient le long du ruisseau. Ce fut au tour d'un garçon beaucoup plus petit d'attraper la corde et de courir en haut de la rive pour prendre de l'élan et commencer à se balancer. Le dernier du trio qui revenait perdit l'équilibre sur le morceau de bois et le poussa du pied en sautant sur la terre ferme. Le tronc roula sur le côté et s'effondra dans l'eau, mais le petit garçon était trop concentré sur son acrobatie pour le remarquer. Il était trop léger pour créer le grand arc auquel étaient parvenus les autres, mais il se tortillait au bout de la corde, se balançant de toutes ses forces en avant et en arrière. Les plus grands l'encourageaient en riant, mais la majorité des autres enfants avaient commencé à s'éloigner, le temps de jeu touchant à sa fin avec l'arrivée du soir et l'approche du couvre-feu. Le garçonnet se balança en avant pour la troisième fois, la corde se ramollissant tandis qu'il perdait de sa détermination. Mais il ne voulait pas non plus abandonner et se balançait en arrière pour rejoindre le bon côté du ruisseau. Il hésita un quart de seconde, puis s'élança en avant, mais trop tard. Il se débattit dans les airs avant de s'écraser dans l'eau. Il se releva d'un bond et marcha en titubant jusqu'à la rive où il s'effondra dans le sable et la boue. Quand il se releva, il était trempé jusqu'à la taille et le devant de son *kameez* bleu était tout sale.

Même à cette distance, Mair vit qu'il essayait de sourire, mais ensuite il se rendit compte que le pont précaire était détruit et qu'il était bloqué.

Les grands garçons criaient son nom.

Mair se précipita. Elle courut les quarante-cinq mètres qui la séparaient de la corde et serra les pieds autour du nœud du bout. En se balançant, elle mesura les distances des yeux. Il y avait un arbre avec une branche basse juste au bon endroit.

L'exaltation l'envahit.

Un balancement de plus lui donna assez d'élan et la bonne trajectoire.

Au plus haut point, elle lâcha la corde. Le ciel, l'herbe, l'eau, tout tournait autour d'elle, mais elle ressentait cette sérénité, cette gloire, quand on sait qu'on ne peut pas tomber ni rater son atterrissage.

Elle attrapa la branche et se lança dans un saut périlleux tout à fait inutile. L'écorce rugueuse lui déchira les paumes, mais elle tint bon.

Le trapèze ne donnait pas des sensations aussi intenses que l'amour physique, disait Hattie. Mais pas loin.

Rayonnante, Mair posa le pied à terre. Le petit garçon avait la bouche grande ouverte. Il en oublia de pleurer, ou même de crier. Sur l'autre rive, les garçons bondissaient et applaudissaient.

Elle se baissa au niveau de l'enfant. Il avait les yeux pleins de larmes.

« Bonjour », dit-elle, et elle lui tendit sa main douloureuse. Il la saisit et tous deux se tournèrent vers la rive. Bruno était de l'autre côté. Il barbota dans l'eau crasseuse et attrapa l'extrémité du morceau de bois, tandis que les autres enfants se pressaient autour de lui, passionnés par ce surprenant sauvetage. Ensemble, ils hissèrent le tronc pour le remettre en position de pont, et Bruno y monta et s'arrêta au milieu. Mair amena le petit garçon et le lui passa. Dès que l'enfant fut posé en sécurité sur la rive, Bruno revint sur ses pas pour la secourir.

« Fais *très* attention. Je ne voudrais pas que tu glisses et que tu te fasses mal, dit-il en lui prenant la main.

— Merci d'être venu me sauver. Mais tu as les pieds mouillés. »

Ils rirent l'un de l'autre tandis que les garçons faisaient des cabrioles autour de Mair, le plus petit ayant déjà été réabsorbé par le groupe. Un des enfants qui devait être son frère ou son cousin essayait de débarrasser son *kameez* de la boue.

« Génial, vous venez d'où ? D'Angleterre ? Bien joué », crièrent-ils, comme à leur habitude. Le plus grand lança un avertissement, et ils s'éloignèrent en courant le long de la rive, à travers la pelouse. En un rien de temps, Mair et Bruno se retrouvèrent tout seuls.

« Tu es une femme étonnante, dit-il. Une femme absolument extraordinaire.

— J'avais juste envie de faire ça. »

Le vent bruissait dans les feuilles et de la fumée s'élevait au-dessus des toits des petites maisons en briques rouges. Bruno prit le visage de Mair entre ses mains et, de ses pouces, caressa les coins de sa bouche. Ensemble, ils écoutaient la brise et les clapotis de l'eau.

Mair pensait à Leh, presque un an plus tôt, et au jour où elle avait rencontré Karen et Lotus pour la première fois. Puis lui vint le souvenir du terrible matin dans la neige à Lamayuru. Elle avait effectué un flip arrière pour amuser Lotus et le chien avait surgi de nulle part.

Elle ferma les yeux, puis les rouvrit.

Une année avait tout changé.

Je ne le ferai plus, pensa-t-elle. Plus d'acrobaties. L'époque du cirque était révolue.

Le bonheur vint l'envahir à l'improviste : sa réalité semblait aussi parfaite, aussi indestructible et aussi fugace que son envolée quelques minutes plus tôt.

« Il fera bientôt nuit », murmura Bruno.

Il lui prit la main tandis qu'ils traversaient la pelouse. Non loin de là, un groupe de femmes vêtues de *burqas* noires gonflées par le vent se précipitaient vers la mosquée en réponse à l'appel à la prière qui résonnait au-dessus des petites maisons. C'était un quartier musulman très traditionnel, qui ressemblait plus à l'Arabie Saoudite qu'à Srinagar. Mair et Bruno se lâchèrent la main et suivirent avec bienséance le chemin qui menait au Jhelum.

Lorsqu'ils atteignirent les murs en verre de l'hôtel, Bruno poussa un soupir. « Sommes-nous obligés de passer une nuit de plus dans cet endroit ? demanda-t-il.

— Non, pas du tout. Où veux-tu aller ? »

Il se tourna vers l'eau scintillante du lac. Une poignée de *shikaras* se balançaient près d'une jetée, espérant obtenir une course avant le couvre-feu. Deux jeeps chargées de soldats passèrent devant eux à allure réduite.

De l'autre côté de l'eau, quelques lumières jaunes clignotaient à l'intérieur d'une rangée de house-boats. Le crépuscule masquait leur peinture défraîchie et leurs coques abîmées.

« Si nous allions… là ? »

Une demi-heure plus tard, sans bagages ni rien à part leurs vêtements du jour, ils avaient investi la *Rose du Cachemire.* Le boy les mena fièrement à travers des pièces en bois sculpté décorées de broderies et de lustres miniatures. Le plancher grinçait fortement sous leurs pas et les miroirs ornés étaient voilés de poussière.

« Je prépare dîner », leur dit-il, avant de disparaître dans le petit bateau de la cuisine.

Mair et Bruno restèrent debout sur la véranda à colonnes. Une lune pareille à un ballon d'argent flottait au-dessus des hautes montagnes. La dernière *shikara* passa en glissant sur l'eau, son sillage ponctué par les gouttes d'eau tombant de la pagaie.

Il soupira. « Tout est très beau ici. Mais le Cachemire ne serait qu'un dessin de carte postale sans… sans toi. Ai-je le droit de dire cela, Mair ? Comme je l'ai dit, je ne suis plus sûr de rien. Si je me trompe pour cela… »

Demain, pensait-elle, il y aurait d'autres questions, et certainement des choses qui se révéleraient problématiques, mais ce soir rien n'était déplacé, rien ne manquait, seul importait l'instant présent.

« Tu ne te trompes pas du tout », dit-elle.

Il faisait sombre, mais elle distinguait son visage, et lui le sien.

Dans les arbres sur la rive, une chouette hulula.

Remerciements

Au départ, les docteurs Bob et Carolyn Wilkins ont attiré mon attention sur les effets d'un médicament vétérinaire, le Diclofénac, sur les populations de vautours en Asie, ainsi que sur la forte augmentation du nombre de chiens errants et la propagation de la rage qui en résultent. Les Wilkins ont aussi été de merveilleux compagnons de route lors d'un long trek dans les montagnes du Zanskar, du côté indien de l'Himalaya, tout comme Jane Maxim, Stephen Barnard et Graham Francis. Notre guide était l'extraordinaire Seb Mankelow, qui a partagé avec nous sa profonde connaissance de la région et son amour pour elle, et qui m'a aidée de multiples façons lors de mes premières recherches pour ce livre. Notre guide local, Sonam « Jimmy » Stobges, nous a permis de bien supporter les longues journées de marche sur des terrains difficiles, grâce à son énergie et à son humour. Je les remercie, sa femme et lui, de nous avoir accueillis dans leur maison à Padum, et je suis aussi reconnaissante au personnel du camp et aux meneurs de poneys. Le docteur Tsering Tashi du centre de santé de Padum m'a accordé un après-midi de son temps pour discuter de la menace et des effets de la rage. Je remercie aussi un autre Tashi, le chauffeur plein de ressources qui m'a conduite sur le trajet montagneux, long et difficile, du Ladakh jusqu'à Srinagar, au Cachemire, en passant par Kargil.

À Srinagar, j'ai reçu l'aide précieuse des propriétaires et du personnel des Gurkha Houseboats sur le lac Nargin. Je remercie les fileurs, les teinturiers, les tisserands et les brodeurs de Srinagar et de la vallée du Cachemire qui m'ont invitée dans leurs ateliers, montré leurs méthodes de travail et patiemment expliqué les processus de fabrication des châles traditionnels. Merci à Justine Hardy pour ses généreux conseils, ainsi qu'à Sara Wheeler.

Mon beau-frère Arwyn Thomas est né en Inde de parents missionnaires gallois, et il m'a fourni des informations utiles à propos de leur travail.

J'aimerais aussi remercier Lynne Drew et tout le monde chez HarperCollins, Hazel Orme, Annabel Robinson, ainsi que toute l'équipe de FMcM Associates, la London Library, et mon agent insurpassable, Jonathan Lloyd.

Comme toujours, merci à ma famille, Charlie, Flora et Theo, pour leur soutien.

Composition et mise en pages :
Patrick Leleux PAO
14123 Fleury-sur-Orne